U0105598

孫紹振解讀學簡釋

賴瑞雲　著

第四輯

總序

　　福建師範大學已歷經百又十年春秋，回想晚清帝師陳寶琛弢庵先生創立「福建優級師範學堂」時所題校訓：「化民成俗其必由學，溫故知新可以為師」，將教育宗旨植根於「學」字，堪稱高瞻遠矚。百多年來，學校隨著時代的更替發展變遷，而辦學理念始終沿循校訓精神，學高為師，身正為範，英才輩出，教澤廣布，為學術建設與文化教育作出了富有意義的貢獻。從我校文學院協同臺北萬卷樓圖書公司編選出版的「百年學術論叢」前三輯三十種論著，以及這次推出的第四輯十種作品，均可印證這一觀點。

　　第四輯又再現「四代同堂」的學術勝景：已故李萬鈞先生的《中西文學類型比較史》開拓了中西文類比較研究的遼闊視野；資深學者中，林海權先生的《李贄年譜考略》以精密的考辨展示了明代著名思想家李卓吾的生平事跡，歐陽健先生的《中國歷史小說史》以史論結合方式展現了中國歷史小說的發展脈絡，賴瑞雲先生的《孫紹振解讀學簡釋》昭顯了孫紹振先生文本解讀學體系的理論與實踐意義，譚學純先生的《廣義修辭學研究——理論視野和學術面貌》開拓了修辭學發展的一個嶄新局面；中青年學人中，祝敏青《當代小說修辭性語境差闡釋》就修辭性語境差問題作了細緻的解析，王漢民《傳統戲曲與道教文化》將戲劇連同宗教作有機的思考，袁勇麟《中國當代雜文史》梳理了兩岸三地雜文五十年的發展演變，呂若涵《另一種現代性——「論語派」論》對論語派散文作出切實的價值評估，蔡彥峰《元嘉體詩學研究》對劉宋時期詩學進行了系統的深入探討。

　　以上只是簡約提示本輯各位作者各有專攻和創獲。綜觀這四輯四十種論著，可謂蔚然大觀，並有學脈貫通。六庵先生之經學，桂堂先生之散文學，喆盦先生之詩學文說，穆克宏先生之六朝文學，李萬鈞先生之比較文學，陳一琴先生之詩話批評，孫紹振先生之文本解讀學，姚春樹先生之雜文史，齊裕焜先生之小說史，陳良運先生之詩學史，莊浩然先生之話劇史，陳慶元先生之福建文學史，以及其他學者的專題著述，不僅體現了我校人文學術的特色優勢，也呈示了我校文學院薪火相傳、嚴謹精進的治學傳統。溫故知新，繼往開來，理應為我輩後學義不容辭的學術使命。

　　近幾年來，我校文學院持續開展和加強兩岸文化教育的交流合作活動，以文會友，廣結善緣，深獲臺灣學界同仁的鼎力支持和真誠勉勵，我們對此感念於心，永誌不忘！兩岸一家親，閩臺親上親，血緣割不斷，文緣結同心。在此戊戌仲春之際，我依然深信，兩岸的中華文化傳人，秉持同種同文的民族自尊心、自信心和責任心，必將跨越歷史鴻溝，進一步交流互動，昭發德音，化成人文，為促進中華文化復興繁榮而共同努力！

汪文頂

西元二〇一八年夏正戊戌仲春序於福州

目次

第一章
孫紹振解「寫」論

　　孫紹振解讀學是孫紹振文本解讀學，或孫紹振文學文本解讀學的簡稱。文本包括文學文本和非文學文本，孫紹振的解讀實踐和解讀理論，兩類文本都涉及，而以文學文本為主，為核心，故其二〇一五年由北京大學出版社出版的國家社會科學基金後期資助的結項成果，取名為《文學文本解讀學》。

　　孫紹振解讀學的基礎是文學創作論。孫紹振先生經常說，他是從創作論的角度解讀文本，是以作者的身分和作品對話的。文本是作者創作出來的，站在作者，站在創作尤其是創作過程的角度解讀文本，就像數理化等自然學科能揭示自然奧秘那樣，意在揭示，也才可能揭示文本產生，尤其是文學作品產生的藝術奧秘。而我們一般的解讀實踐，是站在讀者的角度解讀文本，與成品而不是創作過程對話的。這是孫氏解讀學與一般解讀實踐及解讀理論的根本區別。無疑，無論怎麼站在作者角度，都必然帶上解讀者即讀者的個人色彩，故以作者身分，站在作者角度的解讀，實際上作者、讀者兩者兼具。而僅僅站在讀者角度的解讀，就不一定會去考慮作者是怎樣創作出這個作品的，因而，就往往可能產生這樣的結果：第一，它無意、無法揭示作品的創作奧秘、藝術奧秘，這既與解讀的最主要目的相悖，也與解讀所可能產生的最妙效果無緣。第二，它雖因讀者的不同，雖因多元解讀帶來對文本的更為豐富、全面、互補的理解，但因無統一的指向（作者是唯一的，站在作者創作作品的角度，才較可能有統一指向），就較易各說各話，而不利於發現真理。第三，不能揭示創作奧秘的解讀，於創作實踐並無多少指導作用。

　　近年，孫紹振先生又多次在學術研討、講座、講課中進一步提出了「文本第一性、作者第一性」的觀點。

　　為簡便起見，本書在特定情況闡述時，會把孫紹振從創作論的角度解讀文本，以作者身分和作品對話，以及文本第一性、作者第一性的解讀實踐及相關解讀理論，稱為孫紹振解「寫」論。

　　孫紹振解寫論最早見於孫先生上世紀八十年代初中期的課堂教學，包括在福建師範大學中文系、解放軍藝術學院文學系軍旅作家學員班上的講課，以及發表於一九八二年第四期《文學評論》上的〈論詩的想像〉等論文、一九八七年春風文藝出版社出版的《文學創作論》[1]和同年花城出版社出版的《論變異》等專著中。隨後數十年，特別是最近十幾年間，孫紹振在許多論文、著作中不斷就此命題做了深化、發展，二〇一五年出版的《文學文本解讀學》不僅就此做了系統闡述，而且又有重要發展。其解寫論的主要提法，先後出現過五說：揭示奧秘說、教練說、三層揭秘說、生成機制說、作者身分（作者角度）說。

揭示奧秘說

　　最早見於孫紹振的早期代表作《文學創作論》。該書後記[2]中，孫紹振詳盡、生動闡述了他在中學、大學時代尋找藝術奧秘的心路歷程。他說他被令人心醉神迷的文學作品所震懾，切望理論告訴他文學形象構成的奧秘，然而有關的理論和評論文章往往令他大失所望，不

1　孫紹振《文學創作論》最早由瀋陽市春風文藝出版社出版，版權頁標示為一九八七年，實際一九八六年已面世；後來福州市海峽文藝出版社多次再版，二〇〇九年有精裝本第四版。本書引述文字主要引自一九八七年版，少許文字表述參照了二〇〇九年版，故均注為一九八七年版，後文不再另做說明。

2　凡有關文字片段、文章所在著述名稱在上下文中已明確出現的，一般不再另注引文或引述內容的出處。

是一筆帶過就是空談一氣。在〈後記〉中他以文學中的核心範疇──「形象」為例具體說：

有那麼多的文章異口同聲地說形象是如何重要，可是沒有一篇文章告訴我，形象是怎樣構成的。當時我已經在化學課本上讀到門捷列夫的週期表。一想到元素週期表，我對人的聰明和智慧就驚歎不已，可是一看到文學理論，作為一個人我又變得自卑。一個最蹩腳的化學家都知道水是由二分氫、一分氧化合而成的，一旦成為水，氫的自然性質、氧的助燃性質就走向了反面──滅火。可是當時的文藝理論告訴我形象就是生活。可是，形象既然與生活沒有區別，為什麼那麼多有生活的人又不能創造形象呢？形象與生活的區別究竟在哪裡呢？……所有理論都在強調生活與形象的統一性，當時我幾乎有點憤懣，在我看來這就好像沒完沒了地強調氫和氧的性質與水的性質沒有區別一樣。我深深感到強調形象與生活的共同性就掩蓋了形象與生活的特殊矛盾，這樣的理論事實上都是一些系統的空話，對培養作家構成形象的能力是沒有什麼切實效用的。任何統一性都是矛盾的統一，事物的本質在於特殊矛盾之中，掩蓋了矛盾就混淆了本質。我開始懷疑這些理論出了大問題，但是當我向同學訴說這種懷疑時，我被告知，理論就是理論，它不能管那麼多實踐的事；而且不管蘇聯人、美國人都是這樣主張的。

最後幾句話所涉及的文學理論能否指導創作實踐，以及西方文論的重大缺憾問題，我們留待「教練說」及第七章中闡述。現在首先要理解，為什麼孫紹振要聯繫自然科學，聯繫門捷列夫元素週期表，來說明揭示藝術奧秘對於文學理論的重要性？這就是學科的任務究竟是什麼的問題。原復旦校長楊玉良說，學科是能使學習者「獲得探索未知

世界的基本能力」，「從中體驗到發現的愉快」[3]。這就是學科的基本任務、普及性的任務。一個學習化學的人，不一定成為化學家，但他學習了元素週期表，獲得了探索物質構成的一種能力，並且體驗到洞察物質奧秘的愉悅，從而才對這門知識、這門學科嚮往崇拜，有熱情有興趣了解它，希圖努力掌握它。同樣，學習文學理論及其下位的語文學科的人，不一定成為作家，但應該從中獲得探索作品怎樣形成的能力，體驗到洞察作品創作奧秘即藝術奧秘的快感。正是在學科的這一基本任務、普及性任務的角度上，孫紹振以能否揭示創作奧秘、藝術奧秘，作為檢驗文學理論和語文學科的試金石，作為建構新一代文學理論和語文學科的圭臬。

在《文學創作論》之後，孫紹振就此有過許多精闢、生動，給人留下鮮明、深刻印象的表述。如：「年青的時候，我對於評論家曾經有過相當熱烈的期待，許多權威評論文章，我莫不細心研讀再三，然而其結果不免是大失所望。我所期待於評論家的是藝術的奧秘，但是那些權威評論家常常對此毫無興趣，每當涉及藝術特點之時，則以三言兩語搪塞過去。」[4]「在閱讀當代西方文論中，我很少享受到對百思不解的藝術奧秘恍然大悟的幸福。」[5]「任何一個文學理論家，必須有兩種功夫，第一是對理論文本的理解力，第二是對文學文本的悟性，而這後一點，即對文學奧秘的洞察卻更為重要。」[6]「自然科學或者外語教師的權威建立在使學生從不懂到懂，從未知到已知。而語文教師卻沒有這樣便宜。他們面對的不是惶惑的未知者，而是自以為是的『已知者』。如果不能從已知中揭示出未知，……再雄辯地揭示

3　楊玉良：〈關於學科和學科建設的思考〉，《科學時報》2009年9月8日。

4　孫紹振：《挑剔文壇》（福州市：福建人民出版社，2001年），頁3。

5　孫紹振：《審美價值結構與情感邏輯》（武漢市：華中師範大學出版社，2000年），頁11。

6　孫紹振：《審美價值結構與情感邏輯》（武漢市：華中師範大學出版社，2000年），頁11。

深刻的奧秘，讓他們恍然大悟，就可能辜負了教師這個光榮稱號。」[7]

在《文學創作論》及其隨後數十年的總數逾一千萬字的論著中，孫紹振除了質疑、深究文學理論的上述缺憾外，更主要的是鍥而不捨、努力構建能揭示創作奧秘的文學理論新體系，其中，海量的個案文本解讀是其最重要的基礎和區別於其它文學理論著述的最鮮明特色，這些，均容後詳述。

教練說

最早亦見於《文學創作論》。該書〈後記〉中，孫紹振認為，「文藝理論的生命來自於創作實踐，理論的權威應該在指導實踐的過程中確立。當創作都對理論採取敬而遠之的態度時，不是創作者愚昧，而是理論的架空。」他說他後來得到一個信息，「說是絕大部分作家都對這種理論採取調侃態度，有世界聞名的大作家甚至把這種理論家比作牛虻、蝨子，我有一種心花怒放的感覺。」〈後記〉中接著描述了他給大學生們上文學理論課時的心情：「我總是懷著某種不安的心情，每當我意識到我所講的與我在大學裡所不能忍受的那些空話有某種共同性時，我總禁不住感到心慌、臉紅，甚至有某種冒汗的感覺。」當時，正是孫紹振撰寫《文學創作論》的八十年代初期，所講內容即後來成書的「初稿」。他的學生對象包括福建師大中文系的學生和解放軍藝術學院文學系作家創作學習班的學員，後者中就有當年初出道的莫言。莫言與孫紹振的故事，我們將在第二節專門介紹。他接著堅定地說：

　　我的信條是凡於創作無用的於理論也無用。

7　孫紹振：《名作細讀》〈自序〉（上海市：上海教育出版社，2006年），頁1。

他說他「當然也追求理論的系統性、嚴密性、自洽性」，但「為了於創作有用，我寧願犧牲一點理論的森嚴性，寧可敗壞理論家的胃口，我決不敗壞作家的胃口。」他認為「文藝理論與文藝創作的脫離，不管有多少理由，都不是可以誇耀的事」。當然，孫紹振很清楚，「理論家和作家一樣有表述自己看到的世界的權利」，「理論可以是理論家世界觀的一種表現」，但他指出，理論家僅停留在表現自己上是不夠的，他說：

> 最好的理論應該是既表現了理論家自己，又能給作家以具體的幫助。

孫紹振這樣說，是很客氣的。為了讓大家有更大一點觸動，又保留這樣的君子之風，他在〈後記〉中提出了「教練說」。當時女排奪冠，轟動華夏，孫紹振就用體育運動作比，他說：

> 最大的功勳並不屬於評論郎平的評論員，而屬於培養了郎平的教練員。……如果一個國家一個教練員也沒有，卻充滿了見解獨特的評論員，那這個國家的體育運動水平是很難迅速提高的。

當然，腦力勞動的創作與運動員的競技還是不同的，但如果這是有用的理論，於腦力勞動的創作必有獨特的意義，理論與實踐關係的基本規律是一致的。因此孫紹振在〈後記〉中總結性地指出：

> 最好的評論員不應該為自己只會評論而不會當教練而自豪。

於是，他那六十五萬字的《文學創作論》就致力於構建能揭示創作奧秘、能像好教練那樣能指導他人創作，於作家有具體幫助的理論

體系。這一目的，後來果宏願竟酬，且高標中的。這就是前面提到的，本章第二節將專門介紹的莫言與孫紹振的故事。

教練說隨後的重大發展，就是轉移到指導他人進行有效的文本解讀，孫紹振為此構建了一系列的可供一般解讀者掌握的文本解讀的具體方法，並且在實踐上取得了重大成功。我們不僅在本章第三節將作介紹，而且在後面的其它章節將作詳述。

三層揭秘說

這指的是孫紹振先生從揭示創作奧秘的角度對歌德著名的「秘密三層說」的解釋。我們先介紹歌德的原文。歌德言：

> 內容人人可見，意蘊只有經過一番努力才能找到，而形式對於大多數人是一個秘密。

這段譯文，綜合了朱光潛、宗白華、李澤厚及報刊上的流行譯法[8]。朱光潛的譯文最可靠，它是唯一有歌德原文出處的譯文，並且它是朱光潛《西方美學史》〈歌德章〉中側重介紹的歌德文藝理論觀點之一，在該章中還有歌德類似的系列說法。朱光潛的譯文如下：

> 材料是每個人面前可以見到的，意蘊只有在實踐中須和它打交道的人才能找到，而形式對於多數人卻是一個秘密（朱光潛注

---

8 朱光潛、宗白華譯文見下文相關處。李澤厚譯文為：「藝術作品的內容人人都看得見，其含義則有心人得之，而形式卻對大多數人是秘密。」李譯無歌德原文出處，故有標明是「記得歌德說過」。報刊流行的譯文為：「內容人人看得見，涵義只有有心人得之，而形式對於大多數人是一個秘密」，更無歌德原文出處。參見孫紹振、孫彥君：《文學文本解讀學》（北京市：北京大學出版社，2015年），頁28。

明，原文出自歌德《關於藝術的格言和感想》）。[9]

　　朱光潛是這樣解釋的：材料，即取自自然的素材；意蘊，亦譯為「內容」，指在素材中見到的意義；形式，指作品完成後的完整模樣（呈現的樣子）；並指出，一般把頭二個因素譯為「內容」[10]。這顯然是從創作的角度說的，即先有某種素材，素材加工後成為包含有某種意義的內容，最後必然通過某種藝術形式（如文學作品的文字）實現這一完整模樣的呈現。歌德類似的從創作角度表述這一素材、意蘊、形式三者關係的言論不止一處，如：

　　　　音樂最充分地顯出藝術的價值，因為它沒有材料須考慮（注
　　　　意：是考慮，亦即創作），它完全是形式和意蘊。（歌德《關於
　　　　藝術的格言和感想》）[11]

　　　　如果形式特別是天才的事，它就須是經過認識和思考的，這就
　　　　要求靈心妙運，使形式、材料和意蘊互相適合，互相結合，互
　　　　相滲透。（歌德《東西合集》注釋）[12]

　　　　如果特殊表現了一般，……是把它表現為奧秘不可測的東西在
　　　　一瞬間的生動的顯現。（歌德《關於藝術的格言和感想》）[13]

9　朱光潛：《西方美學史》第十三章〈歌德章〉（北京市：人民文學出版社，1979年），頁420。

10　出處同前歌德名言注。

11　朱光潛：《西方美學史》第十三章〈歌德章〉（北京市：人民文學出版社，1979年），頁420。

12　朱光潛：《西方美學史》第十三章〈歌德章〉（北京市：人民文學出版社，1979年），頁420。

13　朱光潛：《西方美學史》第十三章〈歌德章〉（北京市：人民文學出版社，1979年），頁408。

　　上述言論，第一，如上所述，均是從創作角度說的；第二，重心在秘密，言論中的「秘密」、「找到」、「考慮」、「特別是天才的事」、「靈心妙運」、「奧秘不可測」等，均是「秘密」的同義詞，作家只有找到了這一創作奧秘，才能成就其作品，哪怕他可能在理性上並不能清晰表達這一意蘊的內涵、這一藝術形式的規範稱謂，但他實際表現了它（意蘊），實際運用了它（形式），他就是找到了創作奧秘；第三，更大的重心在「藝術形式」，每段言論的重點都在形式，這是文學藝術與所有其它學科的最根本區別，最大的創作奧秘。那麼，歌德這些言論能否用於解讀呢？可以。朱光潛在《西方美學史》〈歌德章〉中著重介紹了歌德關於藝術的整體概念和辯證觀念，歌德強調理性與感性、主觀與客觀、藝術與自然、自然性與社會性、形象思維與抽象思維，包括內容與形式、欣賞與創作的統一。上引歌德的所有言論，朱光潛都是把它統轄在歌德整體概念和辯證觀念的範疇內。也就是說，歌德這些言論，既是對創作者而言的，也是對鑒賞者說的。換句話說，鑒賞、解讀，主要就是揭示創作奧秘，這就是所謂欣賞與創作的統一。但是，朱光潛的譯文「材料……」，如上所述，顯然是指向創作的，朱光潛再將「材料」解釋為「素材」，更明白無誤是指創作了。而開頭所引譯文：「內容人人可見……」，則明白無誤指向閱讀、鑒賞、解讀。能否將「材料」譯文「內容」？前文已交代，朱光潛自己就說「一般把頭二個因素譯為『內容』」。這與我們通常的理解是一致的，素材也罷，作品中的表層內容也罷，深層意蘊也罷，人們習慣上都是把它們看成內容的。所以，指向閱讀、鑒賞、解讀的「內容人人可見……」譯文完全可以。看來，歌德「秘密三層說」的本意，就是創作、解讀皆涉及的。宗白華的譯文，實際就徘徊在二者之中。其譯文為「文藝作品的題材是人人可以看見的，內容意義經過一

番努力才能把握，至於形式對大多數人是一個秘密。」此譯出自宗白華的〈形式美的秘密〉[14]一文。從宗先生的文章所舉例子，即舉出《浮士德》的故事題材本已流傳久遠，英國作家馬洛早就寫過，而歌德以新形式使其面貌一新的例子看，「題材」一詞也是既指素材也指成為作品後的表層內容，即創作、閱讀皆涉及。

　　但是，朱先生以歌德類似的系列言論雄辯證明，歌德「秘密三層說」首先的、主要的意思是指創作，是指欣賞（解讀）要與創作統一，主要是要發現作品的創作奧秘。

　　我們在實際應用上，可以分開引用。用於創作時，引用朱光潛的譯文；用於解讀時，引用李澤厚的，或報刊上流行的，或本小節開頭的譯法。但重要的是，用於解讀時，要與歌德本意相符，要有揭示創作奧秘的強烈意識。正是在這一重要關鍵上，孫紹振在其二〇一〇年出版的《解讀語文》序言中對歌德「秘密三層說」做出了指向創作奧秘的更為精準的表述，在後來的《文學文本解讀學》緒論以及相關的講座中，又使之進一步明晰。

　　孫紹振在引用了歌德名論後，提出的「三層揭秘說」為：第一層是一望而知的顯性的表層內容和外部形式，如小說、詩歌、散文（本書按：「外部形式」一般讀者能看懂，加上它，第一層的「人人可見」就更準確了）；第二層是隱性的意脈（本書按：意蘊是秘密，已如前所述，但點明「隱性」，表述更明確。「意蘊」變「意脈」，表明這意蘊不是局部的，而是貫通全文的內在有機聯繫，這既是成功作品的創作奧秘，也是揭秘的正確方向，更制約了解讀者不從創作角度，而從自身角度的任意讀解）。第三層是最隱秘的藝術形式和風格特點（本書按：加了「風格特點」，表明個性化的表現手段、表現藝術，

---

14 此文及上引譯文轉引自《當代人》2011年第6期，或見宗白華：《美學漫話》（武漢市：長江文藝出版社，2008年），但宗譯無歌德原文出處。

才是成就作品的「最後一里路」；也是揭示創作奧秘的更為要緊也是更難實現的目標）。

　　孫紹振的「三層揭秘說」，表明揭秘的要害是揭示創作奧秘。孫紹振在《文學文本解讀學》緒論中舉了一個例子：上海世博會上展出的《清明上河圖》，這是一幅美術傑作，表現了宋代汴京市井的繁華，這樣的表層結構，一般觀眾都能看懂。其第二層次隱含的意脈，則為北宋盛世的頌歌，在當時社會、政治、經濟、軍事危機之中，這樣的藝術只是一種抒情，如缺乏一定的背景知識，這一內在意脈就不一定能看出來。這揭示的，正是北宋畫家張擇端「盛世危機」的創作意圖，據說宋徽宗正是看出了這一意圖，只是題簽後轉贈臣子，而未把它收藏入宮。第三層次最為隱秘的藝術形式和風格特點，是指它是國畫中的界畫、工筆劃、長卷，和西洋畫的一眼全收的焦點透視不同，它把國畫特有的散點透視（藝術形式規範）發揮到極致（風格特點），視點可以順序移動，但又不是雜亂無章。孫紹振指出，能夠欣賞這種藝術家創作時運用的特殊規範形式和表現的獨特藝術風格的可能是鳳毛麟角。也就是說，要立足於揭示創作奧秘，掌握有關的背景文化知識，特別是要有一定的國畫修養（藝術形式規範知識），才可能解讀出其中的內在意涵和藝術創作風格。[15]

　　孫紹振近期率領團隊與臺灣學者合作編寫出版的語文教材，解讀《世說新語》中謝道韞〈詠絮之才〉的故事亦如是。這則故事中，謝安問「白雪紛紛何所似？」，答句的「未若柳絮因風起」勝過了「撒鹽空中差可擬」，前者用飛絮比喻飛雪，更為形象、貼切，更富詩意，更具視覺美感，這些，一般都能分析出。而孫紹振指出，更重要的是一樣要抓住作者運用的藝術形式和風格特點，也就是這不是孤立

---

15 以上材料詳見錢理群、孫紹振、王富仁：《解讀語文》〈序〉（福州市：福建人民出版社，2010年），頁6-10；孫紹振、孫彥君：《文學文本解讀學》（北京市：北京大學出版社，2015年），頁27-28。

的修辭問題，這是詩的比喻，更與謝道韞的女性身分相「切至」，因而充滿了雅致高貴的風格，如果換一個人，關西大漢，這樣的比喻就可能不夠「切至」，如古人詠雪詩曰：「戰罷玉龍三百萬，殘麟敗甲滿天飛」，就含著男性雄渾氣質的聯想。[16]這一不同的作者就有不同的創作風格例子告訴我們，哪怕是短小的藝術品，其最主要的藝術密碼，也是創作奧秘。

　　這就是孫紹振立足創作奧秘對歌德「秘密三層說」的解釋和運用。

生成機制說

　　如同《文學創作論》裡用元素週期表比喻藝術奧秘那樣，孫紹振在二〇一二年發表於國家權威刊物的著名論文〈西方文學理論的危機和文學文本解讀學的建構〉，以及後來成書的《文學文本解讀學》中又一次用自然奧秘比喻藝術密碼。而此次比方，不像元素週期表那次，僅僅是比喻而已，這一次，是對解讀的本質就是解「寫」的形象論證，是對揭示創作奧秘的極端重要性的深刻描述，是對如何實現這一揭示的極具操作性的生動說明。孫紹振是這樣說的：

> 創作實踐，尤其是經典文本的創作實踐是一個過程，藝術的深邃奧秘並不存在於經典顯性的表層，而是在反覆提煉的過程中。過程決定結果，決定性質和功能，高於結果，一切事物的性質在結果中顯現的是很表面和片面的，而在其生成的過程中則是很深刻和全面的。最終成果對其生成過程是一種遮蔽，正如水果對其從種子、枝芽、花朵生長過程具有遮蔽性一樣，這

---

16 見孫紹振、孫劍秋主編：《普通高級中學國文·教師手冊》第一冊第十三課「世說新語·絕妙好辭」主編解讀（臺北市：育本數位出版公司，2016年）。

在自然、社會、思想、文學中是普遍規律。對於文學來說，文本生成以後，其生成機制，其藝術奧秘蛻化為隱性的、潛在的密碼。從隱秘的生成過程中去探尋藝術的奧秘，是進入有效解讀之門。[17]

這實在是對文本解讀根本規律的一次精彩洞察。

的確，我們面前的作品，就像手裡的蘋果，這只是結果，它的生長過程、生成機制不見了，僅僅知道蘋果是紅的、甜的、有營養的，對於志在揭秘的研究者而言是遠遠不夠的，關鍵是揭示其藝術的隱秘生成過程。這就不僅為文本解讀清晰指明了方向，而且為如何解「寫」提供了具體的操作性。同時，不僅使有效解讀之門一目了然，也使破解創作奧秘的艱巨性一展無遺。書中所舉〈草船借箭〉解讀例極能說明這一點。孫先生分析說：故事的原生素材在史書《三國志》裡是孫權之船中箭，船體因此傾歪，孫權掉轉船體受箭，「箭均船平」，轉危為安。到了小說《三國志平話》裡，主人公變為周瑜，並增加一個情節：周瑜因此獲得了數百萬枝箭，周瑜向曹操高呼：「丞相，謝箭！」孫先生說，這二則故事都只是孤立表現孫、周之機智，到了《三國演義》變為「孔明借箭」時，增加了周瑜多妒、曹操多疑的關鍵要素。由於周瑜對孔明的多智深懷嫉妒，逼其短期內造出十萬枝箭。這一逼，使孔明想出了利用多疑的曹操在大霧中不敢出戰，必以箭射船，通過借箭，完成了本不可能的造箭任務。這就使本來僅僅只是體現實用價值的簡單的鬥智故事，變成了深刻得多的多妒、多

---

17 孫紹振、孫彥君：《文學文本解讀學》（北京市：北京大學出版社，2015年），頁5。下述「草船借箭」例同此頁。此段話更早見於孫紹振發表於《中國社會科學》2012年第5期的〈西方文學理論的危機和文學文本解讀學的建構〉一文，但可能限於篇幅，水果生長過程的生動比方被刪去。生成機制說的早期表述，還見《中國比較文學》2011年第2期的孫紹振〈美國新批評「細讀」批判〉一文（詳見後文）。

智、多疑性格衝突的經典。後來，瑜、亮間的妒、智矛盾不斷發展，周瑜處處算計，諸葛亮處處棋高一著，化險為夷，於是多妒的更多妒，多智的更多智，最後多妒的感到自己智不如人就不想活了，發出「既生瑜，何生亮」的悲鳴。著名的「瑜亮情結」——這一表現深層微妙人性的藝術經典，就這樣經過作家對原生故事的改造、創新，生成了。這就是通過解「寫」，通過經典作品的生成過程的「回放」，使文本的創作奧秘昭然若揭。

　　無疑，這「回放」絕非輕而易舉。僅分析中涉及的那些文獻資料，如無相應方法的引導和相關專業的準備，就會像孫先生在同類解讀案例中說過的——「兩眼一抹黑」[18]。當然，作品生成過程豐富多樣，解「寫」的手段自然絕非一種，並非篇篇都如〈草船借箭〉解讀那樣，需運用我們後面章節將稱之為「專業化解讀」的方法，需查閱歷史文獻資料，但揭示作品形成過程、生成機制，比感想式解讀來得艱辛則顯而易見。

　　比如〈背影〉，最動人的一幕是父親為兒子買橘子攀爬月臺場景：父親「用兩手攀著上面，兩腳再向上縮；他肥胖的身子向左微傾，顯出努力的樣子。這時我看見他的背影，我的淚很快地流下來了。」我們憑經驗想像一下：「攀」的動作，表明月臺牆體比人高，或與人體差不多齊平（否則就只能叫撐或抓），而如果牆體上沒有腳踩、腳蹬的著力點、著力處，沒有這個動作，就是年青人，沒有經過運動體能鍛煉的，手再怎麼努力攀，腳再怎麼努力縮，懸空引體，是引體不上去的，何況一個身體肥胖、穿著厚棉袍，身子如此笨重的老年人。所以，這是有矛盾的。實際情況可能是，應有其它輔助動作，如加上了腳踩、腳蹬，乃至還抓住了其它輔助物，才攀上月臺去的。但作者當時瞬間的記憶，只記住了最具吃力感的「攀、縮」以及

---

18 錢理群、孫紹振、王富仁：《解讀語文》〈序〉（福州市：福建人民出版社，2010年），頁14。

「傾」幾個動作，為老父親如此努力為自己做這件事而感動得流淚。或者後來成文時（朱自清是七年後寫作〈背影〉的），只能回憶起印象最深的幾個最吃力的動作。這些在人們的經驗中是常有的事[19]，無需查閱歷史文獻，無需什麼專業背景，只憑經驗推想，就可得知。這就是自然科學裡稱為的「思想實驗」。自然，這種思想實驗，也需解讀者一番努力，並非隨隨便便的感想式解讀能奏效的。還有一種可能，就是作者寫作過程中，有意把那些他認為不那麼吃力的輔助動作、輔助物排除在文章之外了，如寫進去，吃力感就減弱了。這也是創作過程的「回放」，也無需查閱專業文獻，但同樣其付出的努力不是任意性的感想式解讀可比，它同樣要有強烈的方法意識，才會如此想像作者的創作過程。這就是我們後文及後面章節將介紹的魯迅的「知道了『不應該那麼寫』，這才會明白原來『應該這麼寫』的」還原法、替換法解讀方法。

作者身分（作者角度）說

作者創作的過程和讀者解讀的過程，正「相反」。作家是要把意蘊（意脈）和形式隱藏起來。「作者的見解越隱蔽，對藝術作品來說就越好（恩格斯語）[20]」，「傾向應當從場面和情節中自然而然地流露出來，而不應當把它特別指點出來（恩格斯語）[21]」。至於藝術形式、

---

19 孫紹振把這稱為「心象」，他說：「……就是敘事作品，都不可能是絕對客觀的描繪。一切描繪表面上是物象，是景象，但是，事實上是作者的心象在起作用。」（見孫紹振、孫彥君：《文學文本解讀學》（北京市：北京大學出版社，2015年），頁179。它涉及的心理學依據，我們將在第五章的有關「還原法」部分，再做具體介紹。

20 《馬克思恩格斯選集》〈致瑪·哈克奈斯〉（北京市：人民出版社，1972年，第1版），第4卷，頁462。

21 《馬克思恩格斯選集》〈致敏·考茨基〉（北京市：人民出版社，1972年，第1版），第4卷，頁454。

表現手法，更無作家把其標示在作品中，或者這些形式、手法，連作家本人都不知曉，對他們也是秘密。或者如上述生成機制說指出的，作品形成後，「天然」地把創作過程、生成機制遮蔽了。解讀者則應把這些創作秘密揭示出來。在孫紹振看來，以作者身分，站在作者角度，才能更有效達到這一目的。

　　孫紹振在《文學文本解讀學》中指出，要揭示創作奧秘，就要「以作者的身分和作品對話」，亦即「把自己當作作者，設想其為什麼這樣寫而不那樣寫」，「有了作為作者的想像，才有可能突破封閉在文本深層的……生成奧秘」，「把作品還原到創作過程中去」，才可能「從隱秘的生成過程中去探尋藝術的奧秘」。[22] 上舉〈草船借箭〉、〈背影〉解讀例，實際就是以作者的身分和文本對話，站在作者的角度「回放」創作過程。所以，作者身分說與生成機制說有異曲同工之效。

　　孫紹振引述了多位名家的言論，說明這一解「寫」觀的根本性意義。如朱光潛說：「讀詩就是再做詩」[23]；克羅齊說：「要了解但丁，我們必須把自己提升到但丁的水準」[24]；海德格爾說：作品「只有在創作過程中才能為我們所把握，在這一事實的強迫下，我們不得不深入領會藝術家的活動，以便達到藝術作品的本源。」[25] 孫紹振許多論著中，包括他的早期著述中，引述得最多次的，也是最能使人理

---

22 孫紹振、孫彥君：《文學文本解讀學》（北京市：北京大學出版社，2015年），頁5、35、36、37、38。

23 朱光潛：〈談美〉，《朱光潛美學文集》第一卷（上海市：上海文藝出版社，1982年），頁497；轉引自孫紹振、孫彥君：《文學文本解讀學》（北京市：北京大學出版社，2015年），頁35。

24 見朱光潛：〈克羅齊哲學述評〉，《朱光潛全集》第四卷（合肥市：安徽教育出版社，1988年），頁337；轉引自孫紹振、孫彥君：《文學文本解讀學》（北京市：北京大學出版社，2015年），頁35。

25 海德格爾：〈藝術作品的本源〉，《海德格爾選集》（上）（上海市：上海三聯出版社，1996年），頁297；轉引自孫紹振：《文學的堅守與理論的突圍》（北京市：人民出版社，2015年），頁41。

解──為何站在作者創作的立場上，最可能發現藝術的奧秘──的言論，就是魯迅在〈不應該那麼寫〉中的這段著名表述：

> 凡是已有定評的大作家，他的作品，全部就說明著「應該怎樣寫」。只是讀者很不容易看出，也就不能領悟。因為在學習者一方面，是必須知道了「不應該那麼寫」，這才會明白原來「應該這麼寫」的。這「不應該那麼寫」，如何知道呢？惠列賽耶夫（亦譯華西里耶夫）的《果戈里研究》第六章裡，答覆著這問題──「應該這麼寫，必須從大作家們的完成了的作品去領會。那麼，不應該那麼寫這一面，恐怕最好是從那同一作品的未定稿本去學習了。在這裡，簡直好像藝術家在對我們用實物教授。恰如他指著每一行，直接對我們這樣說──『你看──哪，這是應該刪去的。這要縮短，這要改作，因為不自然了。在這裡，還得加些渲染，使形象更加顯豁些。』」[26]

《文學文本解讀學》緒論中，引完魯迅這段話後，孫紹振介紹了惠列賽耶夫的《果戈里研究》第六章裡分析果戈里創作《外套》的過程。原始素材是彼得堡的小公務員，千方百計節約，終於買了一枝獵槍，結果在芬蘭灣打獵時被灣邊的蘆葦把橫在船頭的槍帶到水底去了。從此他一提此事面如土色。果戈里為突出其悲劇性，並形成喜劇性與悲劇性的交融，把獵槍改成了「外套」（即大衣，在寒冷的彼得堡，大衣是必要的行頭，而獵槍則是奢侈品），虛構了一連串的情節。小公務員失去了大衣以後，先是向大人物申請補助，遭到呵斥，

---

26 文載〈且界亭雜文二集〉，見《魯迅全集》第6卷（北京市：人民文學出版社，2003年），頁321。魯迅引文及下舉《外套》解讀例同時見孫紹振、孫彥君：《文學文本解讀學》（北京市：北京大學出版社，2015年），頁35-36。

鬱鬱而終。小公務員的陰魂，一直徘徊彼得堡卡林金橋附近，打劫行人的大衣。直到呵斥小公務員的大人物被這個幽靈搶走了大衣，幽靈才銷聲匿跡。孫紹振通過這個創作過程的實例，說明了他通過上文列舉的名家觀點，推出的「以作者身分和作品對話」的解「寫」觀的重要性。

作者身分（作者角度）說與生成機制說不僅異曲同工，而且應互為表裡、互為犄角。孫紹振以《外套》解讀例提煉出的「這就要求讀者，把作品還原到創作過程中去」[27]，實際就是要求站在作者角度與文本對話；「把自己當作作者設想其為什麼這樣寫而不那樣寫」，實際就是要求還原到創作過程去解讀文本。前文提到的〈草船借箭〉和〈背影〉例亦如是，既是站在作者角度，又是還原到創作過程解讀文本。

這些例證還表明，作者身分（作者角度）說與生成機制說不僅是其解寫論的重要指導思想、重要觀點，而且也是具體的可操作的解讀方法。但它同時，往往還須有更具體的方法，才能走完解讀的「最後一里路」。就上舉諸例就涉及三種更具體的解讀方法。第一種是像魯迅提出的用未定稿與定稿對比及惠列賽耶夫《果戈里研究》中的創作過程研究資料的「引入相關文獻，還原創作過程」的文獻解讀法，這就是孫紹振指出的：「這時文獻資源就顯得十分必要。」[28]也就是孫紹振非常重視的專業化解讀法。第二種，與上述第一種同類。由於像上述第一種這樣的文獻資源很少，尤其未定稿在古代中國作家，乃至許多現代作家的留存資料中更少，所以運用這類方法的解讀不多。於是，就產生了如〈草船借箭〉解讀那樣的，自己搜集有關資料，研究、推理創作過程的文獻解讀法、專業化解讀法。孫先生論著中的多數案例，如郭沫若〈鳳凰涅槃〉解讀、〈隆中對〉及與〈三顧茅廬〉

---

27 本段兩句引文見孫紹振、孫彥君：《文學文本解讀學》（北京市：北京大學出版社，2015年），頁37-38。

28 孫紹振、孫彥君：《文學文本解讀學》（北京市：北京大學出版社，2015年），頁5。

比較解讀、酈道元〈三峽〉解讀、〈花木蘭〉解讀等等，都屬於運用了這種方法的案例。第三種就是如〈背影〉「攀、縮」解讀那樣的憑經驗推想的「思想實驗」，其所涉及方法為還原法和替換法。這些，我們都將在「解讀方法」章中詳述。

　　以作者身分和文本對話，並不是遲至近年的《文學文本解讀學》才出現，早在其《文學創作論》中，就引入了《外套》創作過程例，還運用魯迅〈不應該那麼寫〉中的觀點及其未定稿與定稿比較的方法，細緻分析了托爾斯泰《復活》、肖洛霍夫《靜靜的頓河》經多次修改使藝術形象走向完整的創作過程。雖然當時孫先生致力於創作論，是為創作構建文學理論體系，但其創作論是以解剖大量作品亦即豐富的文本解讀實踐為基礎的，並且實際上就是以作者身分不斷與文本對話。後來他轉向解讀學，可以說其轉向既輕而易舉，又是新的長征。第一，其創作論中已包含豐富的解讀實踐和解讀學基因，其解讀學又是他常說的，是建立在創作論基礎上的，他一下子抓住了揭示創作奧秘這一解讀之要害，所以其解讀案例甫一問世就與眾不同，閃亮登場，獨步一時，滔滔不絕，給人「多快好省」之感，所以說是輕鬆轉向。第二，創作論的解讀實踐與解讀學的解讀實踐，實際有很大不同。前者，可以僅作為觀點的例證，不一定是個案文本的完整解讀，雖然它要有一定量的完整解讀，而後者，必須有相當量乃至海量的個案文本的完整解讀實踐，才能發生這一解讀學的蛻變，才有資格說出那些具有根本規律意義的觀點。孫紹振正是後來完整解讀了不少於五百篇的中學課文，才成就了他今天的文本解讀學。這在許多同行中是難以想像的，絕不亞於完成一部長篇小說。第三，所以，以作者身分和文本對話，雖然實踐上早就存在，但作為理論觀點有意識提出來，不僅是後來大量的個案文本的完整解讀實踐催生的，而且是有意識建構解讀學時的建樹。明確提出這一解讀指導思想的論文，應是發表於二〇一一年《中國比較文學》第二期上的〈美國新批評「細讀」批

判〉一文。生成機制說也是二〇一二年發表在《中國社會科學》上那篇著名論文中才明確形成的。第四，其間，他為建構作者身分說而引用的名家觀點，也是在解讀學的建構中不斷豐富的。早先，最主要引用並且是多次引用的就是魯迅的〈不應該那麼寫〉。而且，前期的引用還主要是「以作者身分和文本對話」的實踐自覺而不是理論自覺。當這一引用昇華為作者身分說，發生這一質變時，就引用了更多的名家之論以佐證其觀點，上述克羅齊、海德格爾、朱光潛觀點的引入就由此而來。在二〇一四年發表於《語文建設》第二期的〈以作者身分與文本對話〉一文中，他還引述過夏丏尊的說法。夏丏尊說，讀文章的時候，要把自己放入所讀文章中去兩相比較，如果叫我來寫將怎樣？如果我也能寫，是平常的東西；如果我心中早有此意見或感想，可是說不出來，現在卻由作家代我說出了，覺得是一種快悅。[29]孫紹振認為，這也是以作者身分和文本對話。

　　不僅作者身分說，上述五說，實際都是創作論中就已明確提出或有此基因，並且以此實際指導了自己的作品分析實踐。其區別在於：揭示奧秘說和教練說明確出現於孫先生的《文學創作論》中，後來在建構解讀學時，不斷地被豐富和發展。三層揭秘說、生成機制說、作者身分說，作為鮮明的理論觀點，是建構解讀學時才明確形成的。而且，後三說的操作性更強，不僅是指導思想，而且是文本解讀實踐的具體方法。

　　同樣，孫紹振解讀學的基礎是創作論，這在孫先生的解讀實踐中一直如此。但明確在理論上意識到這一點，意識到自己解讀實踐的巨大成功的奧秘在於自己的解讀是從創作論進入的，則是在主動建構文本解讀學時出現的。孫先生還經常說，是潘新和（他的學生，寫作學的著名學者）提醒他才意識到這一點。這既是孫先生謙虛，更是這

---

29 見夏丏尊：《夏丏尊文集》第2卷（杭州市：浙江文藝出版社，1983年），頁531。

「無心插柳柳成蔭」、「水到渠成」說明了事物發展往往是必然與偶然的結合。還說明了，這一理論的自覺，正是孫紹振從創作論轉向有意建構解讀學的重大發展。孫先生二〇一一年所說的這段話，極能說明問題：

> 我的解讀與新批評最大的區別是理論基礎不同。這個分歧，不僅僅是我與新批評的，而且是我與幾乎所有解讀人士的分歧。我堅信文學理論的基礎是創作論，而百年來的文藝理論，包括西方的和中國的，卻是以哲學本源論和本體論為主導的，可以說脫離創作越來越遠。就是某些本體論的甚至鑒賞論的文藝理論，也都毫無例外地把作品當作成品，所謂與作品對話，也只是與不可改變的成品對話。但是。成品解讀最大的侷限是，只能看到現存的結果，而看不到成品中大量被提煉了的成分。沉迷於結果，就看不到建構結果的過程。分析，不完全是和作品對話，而是和作者對話，不滿足於做被動的讀者，就要設想自己是作者。還原之所以必要，就是把作者未曾創造的原生狀態想像出來，與作品現存狀態對比，把作品還原到它歷史的、個體的建構過程中去。在客體對象，在主體情致，在形式的、流派的、風格的建構中，首先要看出它排除了的東西，其次要看出它變形變質了的東西，最後要看出它凝聚起來的過程。[30]

這是對自己大量成功解讀實踐的理論總結，也是對自己建構解讀學的理論探索的概括。這段話裡，我們已經看到了生成機制說、作者身分說、三層揭秘說，當然，此三說的更精緻、嚴密的表述，見於其同時

---

[30] 孫紹振：《月迷津渡——古典詩詞個案微觀分析》的自序之二（上海市：上海教育出版社，2012年），頁14；原載《中國比較文學》2011年第2期，孫紹振〈美國新批評「細讀」批判〉一文。

期的專門論述，特別是集大成的《文學文本解讀學》，我們前文已就
此做了介紹。這段話裡，我們還看到了孫先生對當代西方文論及流行
解讀理論、解讀實踐的批判和超越，以及建構本土文藝學和獨樹一幟
解讀學的宏遠征程，還看到了還原法等具體解讀方法對完成個案文本
最後解讀的無比重要，這一切，我們都將在後續的章節裡逐步闡述。

第二章
文學理論教育的奇蹟

　　孫紹振解讀學的基礎是創作論，其創作論又是要像教練指導運動員那樣能指導他人創作。這是孫氏創作論與當時乃至現今流行的許多文學理論最大的不同。在一般人的認識裡，文學是神秘的，成功之作不是天才之花，就是實踐之果；課堂是培養不出作家的，理論是指導不了文學創作的，理論最多只能指導一般的寫作；理論雖也是智慧之果，但卻是另一個領域裡的智慧結晶。然而，孫紹振創造了奇蹟，創造了神話。他的文學創作論，正如王光明先生說的：「在文學理論與個人寫作之間架設了一道橋樑，這是不可思議的事情；他……幾乎要讓人們相信，文學其實不那麼神秘，並非都是天才的專利，作家也是可以通過課堂來培養的，至少，是可以從課堂上得到啟發的。」[1]

　　我們即將介紹的莫言與孫紹振之間的「故事」，孫紹振創作論對莫言的具體影響，已經不是一般意義上的「啟發」，而是理論所能創造的最好奇蹟了，並且是可以載入文學史的佳話、史實。

　　作為基礎的創作論尚能如此，其衍生的孫紹振解讀學在一線實踐領域所引起的近乎風暴般的熱烈反響，就毫不奇怪了。本節就先介紹孫紹振文學創作論創造的奇蹟般的重大實踐作用。

1　見汪文頂等主編：《孫紹振詩學思想研究文集》（北京市：社會科學文獻出版社，2016年），頁150。

一　莫言們的「最高票」

　　孫紹振撰寫文學創作論時，曾應邀到解放軍藝術學院為該校文學系的軍旅作家學員上課。講稿就是後來出版的《文學創作論》。學員個個身手不凡。改革開放之初，文藝迎來歷史的春天，著名的作家群體有不少，如王蒙、張賢亮這樣的「右派」作家，如梁曉聲、舒婷這樣的知青作家，再如軍旅作家。當時孫紹振上課班的軍旅作家裡，有孫紹振稱為當時就名滿天下的李存葆、錢剛，有後來名蓋群雄、獲得諾獎的莫言。

　　　　據孫先生後來回憶，他剛去上課時，也領教過學生們給的「下馬威」。「當我開始講課時，已經是六月份了，前邊已有些名家、學者講過課，但是，對於他們的學問，學生們似乎很不感冒。當時上課是很自由的，學生可以來，也可以不來，而且到了六月份，這些學員都三十歲以上了，大都有了自己的小家庭，巴不得早點放假回家。所以，有時一個偌大的階梯教室，才來幾個人，這樣，對專家就太不尊重了。系裡，也許是班上決定，無論如何，組長都要來。」「當時大概有八個組，所以經常只有八個人來聽課。等到我上第一節課的時候，也比較慘，只有八個人來聽，我只好硬著頭皮講……一堂課上完以後，同學們開始紛紛轉告說『昨天那個人講得好』。等到我第二次再上課時，大家都來了，一下子有點座無虛席的樣子，我的虛榮心得到很大的滿足。」一週上兩個上午，一個月八次……就這樣，孫教授得到了學生們的認可。到了第二年，學校的經費就比較緊張，機票的費用似乎也漲了，北京地區以外的老師就全免了，只有孫教授一人是例外。「我連著去了五年，每年講一門課，我覺得非常榮幸。到了一九八六年，我的

《文學創作論》出版，當時在班上每人發了一本，就等於是課本了。莫言承認我，還可能是因為，其它專家都是（只作）一次兩次講座，而我講的是一門課吧！」[2]

上引表述，是《東南快報》記者在莫言二○一三年十二月二十六日、二十七日來福建參加「福清元素文學創作沙龍」活動後，採訪孫紹振的通訊稿中的一段話。孫紹振先生說的「莫言承認我」，指的就是莫言十二月二十六日、二十七日兩次發言的開場白都以「親愛的孫紹振老師和各位來賓」開頭，沒有他人開場白慣常有的「尊敬的某某領導」，提到名字的就是孫紹振一人。並且，在二十六日的發言中，緊接著，花了十幾分鐘專講孫紹振老師在解放軍藝術學院講課給他留下的深刻印象，給予他的「非常大的影響」。莫言的發言如下：

……幾十年前，我是一個文學愛好者，充滿熱情地向全國的刊物投稿。總是被退稿，好不容易，我的第一篇小說〈春夜雨霏霏〉發表在刊物上了，當我第一次看到自己的小說變成鉛字出版，後來經歷的所有事情都不會有這種欣喜。剛開始學寫作，還是有一些基本規律，無論什麼樣的天才，都是會碰到各種各樣的困難，需要很多老師的幫助。一個人從文學愛好者變為文學讀者，再發展到作者再到作家，有個人的奮鬥，這是必然的，也有老師的重要作用。剛才，我為什麼特別提起孫紹振老師？就是一九八四年到一九八六年，我在北京的解放軍藝術學院上學期間，孫老師給我們講過七次或者八次課，給我留下了非常深刻的印象。孫老師在課堂上跟我們講詩歌，講臺灣的詩歌，講余光中的詩歌，講唐詩，講宋詞。我雖然是寫小說的，

2　筱婭：〈孫紹振莫言的1984〉，《東南快報》2014年2月24日。

但是，孫老師的課給了我很多的感受，很多的啟發。孫老師對很多詩歌意境、詩意的分析，對我文學語言的改善、對我小說意境的營造，發揮了非常大的作用。我最早發表的小說，當時的編輯也是福建人，毛兆晃老師，發表在河北保定一家文學刊物上。所以，我對福建是很有感情的。在我們解放軍藝術學院文學系裡，在我一個班的同學裡邊，提到孫紹振老師的課，大家都記憶猶新。在每個學期結束的時候，學校會做調查問卷，「本學期，哪位老師的課給你印象最深？受到的教益最大？」孫老師的得票最高。³

第二天（12月27日），莫言在講話中又將孫老師的講授「對我文學語言的改善、對我小說意境的營造，起到了非常大的作用」以及「孫老師的得票率是最高的」這最重要的兩點重複了一遍。

顯然，莫言這發言不是客套了。二十六日那天，莫言是邂逅孫先生，是突然遭遇，會議主辦方對孫紹振與莫言的這段師生情完全不知曉，孫先生又遲到了，差點擠不進去，坐在第一排的邊角。但是，莫言卻發現了他。一講又那麼動情，那麼具體。莫言如此具體深情回憶孫先生講授的《文學創作論》，不止這一次，在獲獎前後見之於文字的至少有四次。這一次是當著孫先生和廣大聽眾的面，鄭重其事說的，而且事先並不知曉孫先生的到來，是毫無準備情況下的突然噴發，而且最重要之點（孫紹振的課對他文學語言的改善、小說意境的營造起到了非常大的作用，以及獲得最高票的肯定）在第二天再次重複，可見這是長期積澱其心中的肺腑之言。見於文字的另外三次分別是：

3　據《福建日報》二〇一四年一月七日〈「學生」莫言〉及其「視頻連接‧莫言在福清談孫紹振」所載二〇一三年十二月二十六日莫言在「福清元素文學創作沙龍」活動會上的發言錄音，以及《東南快報》二〇一四年二月二十四日筱婭〈孫紹振莫言的1984〉一文中記載的二〇一三年十二月二十七日莫言在上述沙龍活動會上的發言，綜合而成。

　　蘇州大學出版社二○○三年出版的《莫言王堯對話錄》中所載莫言就「超越故鄉」的發言中提到的「同化生活的能力」。這個創作觀就是從孫紹振那邊獲得的，莫言說：

> 我記得在軍藝讀書時，福建來的孫紹振先生對我們講：一個作家有沒有潛能，就在於他有沒有同化生活的能力。有很多作家，包括「紅色經典」時期的作家，往往一本書寫完以後自己就完蛋了，就不能再寫了，再寫也是重複。他把自己的生活經歷寫完以後，再往下寫就是炒剩飯。頂多把第一部書裡的邊邊角角再來寫一下。新的生活，別人的生活很難進入他們的頭腦，進入了也不能被同化……[4]

　　莫言就「同化」創作觀做了長篇大論的、深入具體的發言，可見這個問題在莫言創作中的重要。而提到的理論來源和理論家就孫紹振的同化論。這大概是莫言最早一次見之於文字提及的孫紹振創作論對其創作的影響。

　　第二次，見於著名文學評論家、作家朱向前發表於《解放軍藝術學院學報》二○一三年第四期上的〈超越「更有難度的寫作」〉一文。文中談到：

> 記得近三十年前——一九八四年秋，由於我的引薦，徐懷中先生特邀福建師大的孫紹振教授北上首屆軍藝文學系，講述他那本即將問世的洋洋六十萬言的填補當代文學理論批評空白的開山巨作《文學創作論》。在我看來，孫著是一本「在森嚴壁壘的理論之間戳了一個窟窿的於創作切實有用的好書」，為此

4　莫言、王堯：《莫言王堯對話錄》（蘇州市：蘇州大學出版社，2003年），頁204。

還應《文學評論》之邀撰寫了萬字書評〈「灰」與「綠」——關於《文學創作論》的自我對話〉（載《文學評論》1988年第2期）。孫紹振亦藉此創造了一個在軍藝文學系講課最系統持久（一連五個半天）的記錄，至今無人能及（一般情況下，任何專家、教授、作家都只給每屆講一堂課），而且深受好評。此後多年，莫言等人都曾著文憶及當年聽孫先生講課時所受到的震動和啟發。[5]

朱向前文章發表於二〇一三年七月初[6]，文中提及的莫言著文回憶，從時間上、內容上都不是前面提到的二次，而當是莫言又一次見之於文字的回憶自己深受孫紹振創作論課的影響。

《人民文學》二〇一七年八月號上徐懷中、莫言、朱向前〈不忘初期許可待：三十年後重回軍藝座談實錄〉記載了莫言最近一次，也就是見之於文字的莫言第四次就孫紹振一九八四年講課對自己創作直接影響的回顧：

莫言：剛才我們老主任（徐懷中）列舉了這麼多名字，聽到這些名字的時候，他們講課的形象生動地在我腦海裡浮現出來。我覺得我可以列出很多個名字，他們的講課直接對我的創作產生了影響。

比如說孫紹振，來自福建師範大學，我記不清他給我們講了四課還是五課，其中有一課裡面講到五官通感的問題。他講詩歌，比如說我們寫詩，湖上飄來一縷清風，清風裡有縷縷花

5　轉引自汪文頂等主編：《孫紹振詩學思想研究文集》（北京市：社會科學文獻出版社，2016年），頁381。

6　見汪文頂等主編：《孫紹振詩學思想研究文集》（北京市：社會科學文獻出版社，2016年），頁381。

香，彷彿高樓上飄來的歌聲。清香是聞到的，歌聲是聽到的，但是他把荷花的清香比喻成從高樓飄來的歌聲。還講一個人曼妙的歌聲餘音繞梁三日不絕。繞梁是能夠看的一個現象，也就是把視覺和聽覺打通了。講一個人的歌聲甜美，甜實際上是味覺，美是視覺，他用味覺詞來形容聲音。他給我們講詩歌創作中的通感現象，這樣一種非常高級的修辭手法，我在寫作〈透明的紅蘿蔔〉這一篇小說的時候用上了，這個小說裡的主人公是小黑孩，他就具有這樣一種超常的能力，他可以看到聲音在遠處飄蕩，他可以聽到別人聽不到的聲音，甚至可以聽到氣味，這樣一種超出了常規、打破了常規的寫法是受到了孫先生這一課的啟發。這樣的通感現象現在來講是有科學依據的，我前不久看《挑戰不可能》，撒貝寧主持的節目，看到一個視力有障礙的女孩兒，可以聽到物體的形狀，她對著目標物拍手就可以聽出來哪個是真人，哪個是假人，哪個人身上穿的服裝質地比較厚，哪個人身上穿的服裝質地比較柔軟。她的聽力已經部分替代了視覺，這樣一種現象生活當中是存在的，在文學當中應該大膽地使用。[7]

　　莫言當時的發言，當然還提到一九八四年給軍藝文學系首屆作家班上課的其它名家的課對他創作的影響。但多數不是理論本身的直接具體的指導，而是有關內容給予他的啟發、影響。如中央美院的孫景波教授的《美術簡史》課上，展示了一個人類生殖時期的胸部和臀部被誇張了的女陶俑，對他創作《豐乳肥臀》有很大啟發；孫景波教授講到了凡高的作品，他就去圖書館借來很多凡高的畫，那色彩的強烈、筆觸的大膽，莫言說〈紅高粱〉裡大量的色彩描寫就是受到凡高

7　見徐懷中、莫言、朱向前：〈不忘初期許可待：三十年後重回軍藝座談實錄〉，《人民文學》2017年8月號。

畫的啟發和影響。又如著名指揮家李德倫的課上放了一段《牧神午後》的音樂，那充滿欲念、欲望的曲調，啟發了他用語言表現類似的意境。再如北大吳小如教授講了莊子的〈馬蹄〉、〈秋水〉，這兩篇文章雖然是講哲學、人生道理的，但莫言說，對他創作的影響也蠻大。他就寫過一篇叫〈馬蹄〉的散文，獲得過「解放軍文藝獎」。他說他小說裡經常出現的秋水氾濫、洪水滔天、一望無際的高粱被淹沒在很深水裡的景象，就實際來自於莊子的〈秋水〉。所講理論對他創作產生直接具體指導作用的，除了孫紹振的創作論，還有葉朗先生講的《中國小說美學》，特別強調了中國小說特別重要的修辭手段「白描」，這是與西方意識流完全不同的寫法，寥寥數語就把人物活靈活現地呈現在讀者面前，莫言說，「我想這在我的寫作過程中也發揮了非常重要的作用。」莫言不僅是文學天才，而且據徐懷中、朱向前在座談會上介紹，莫言是極認真、勤奮的人，沒有曠過一次課，考試的卷面最乾淨，答題一次寫完。所以老師教學中於其創作有幫助的，直接的、間接的、點點滴滴，他可能都記在心頭。座談會時間有限，所以莫言最後會說：「類似課程很多，不能一一歷數。總而言之，我們文學系請來的確實是各個領域裡的高手或者領軍人物，他們確實像主任講的，都是把多年的研究心得和研究成果以最集中的方式傳授給我們。我們認真聽講就受益匪淺，不認真聽講就一晃而過。」不僅在此次座談會上，莫言在其它有關的回憶文字裡，早在獲諾獎前的有關著述如上述的《莫言王堯對話錄》裡，都不止一次提到過對他的創作和成長有過幫助的人和事，包括他首先最感恩的發現、培養、多次力薦其作品的第一伯樂、時任軍藝文學系主任的大作家徐懷中先生（徐看了莫言自薦作品，說這個人一定要招進軍藝；開學第一天，專門評論、推薦了莫言的作品，一時莫言名聲大振；力薦其成名之作〈透明的紅蘿蔔〉、〈紅高粱〉等等），包括其它著名作家、著名評論家孫犁、汪曾祺、馮牧、王蒙、張潔、劉心武、史鐵生、李陀、雷達、曾

鎮南……，包括許多刊物的編輯……。[8]

　　正因為如此，莫言屢屢提及孫紹振具體理論對其創作的直接影響，於我們理解理論與實踐的關係就有特別的意義。那天座談會上，徐懷中先生先介紹軍藝文學系為作家學員們設置的一些短線課程，是徐先生特別去請的一些大名家讓學員增長知識、廣開思路的所謂「閒課」。不少學員急著出創作成果，經常缺課，莫言卻沒有拉下一節。徐先生介紹完這些短線「閒課」後，莫言說他是得益匪淺，接著就談了如上介紹的孫景波、李德倫課的有關內容對他創作的啟發和影響。隨後，徐先生介紹了當時的師資，說主要靠外聘，於是念了一串名單，包括著名作家丁玲、劉白羽、魏巍、汪曾祺、林斤瀾、王蒙、張潔、劉心武……，著名學者教授吳祖緗、王瑤、李澤厚、吳小如、袁行霈、嚴家炎、張炯、謝冕、葉朗……，包括張炯、謝冕的同學孫紹振在內（但並非與張、謝北大同班才被邀請，原因見後）共四十五人。徐懷中用的是「等等」，即實際所聘不止這些念到名字的。緊接著，莫言發言，開頭即如上所引「剛才我們老主任列舉了這麼多名字……」這段話，首先具體憶起的就是孫紹振的通感論，接著談了吳小如講授的莊子〈秋水〉、葉朗講授的「白描」，最後表明「類似課程很多，不能一一歷數」。由此可見，如此認真的莫言在如此多大家的講課中，首先提起孫紹振通感論對其創作的指導作用是絕非偶然之舉的。

　　朱向前是被稱為預言莫言獲諾獎的第一人，在軍藝那天的座談會上，他隨即作了補充。他介紹說，老主任是不拘一格用人才，剛才念的名單中絕大部分是當時的大家，是全國領軍的人物，但孫紹振是一個例外，剛剛評上副教授，名氣和資歷在當時最不起眼，其它人統統是北京的，孫紹振先生是唯一的京外人士，來自福建（福建師範大學

8　見徐懷中、莫言、朱向前：〈不忘初期許可待：三十年後重回軍藝座談實錄〉和莫言、王堯：《莫言王堯對話錄》的〈發現民間〉部分，參見筱婭：〈孫紹振莫言的1984〉，《東南快報》2014年2月24日。

中文系）。當時，朱向前向徐懷中先生力薦孫紹振，說他六十萬字的
《文學創作論》（當時尚未出版，只有一個打印的上半本，送到徐懷
中的辦公桌上）是全國第一本文學創作論，是最貼近創作實踐的。徐
懷中看了，就請他去講課。而且一上七、八個半天，最後獲得了學員
的「最高票」，被莫言多次提起。[9]

　　這無論從哪一方面講，都是很特別的。徐懷中發現了莫言，又發
現了孫紹振（當然離不開朱向前），並且「無意」間使他們產生了某
種特殊的聯結。無疑，莫言的成功，其個人奮鬥是第一位的、決定性
的，他人的作用，包括大量文學作品和理論書籍的作用，直接的、間
接的、有意無意起作用的，也是眾多的，絕不僅僅是孫紹振的文學創
作論，也不是孫紹振創作理論的全部都對莫言創作產生了影響，但
是，作為具有如此優越素質和巨大成就的莫言如此主動多次地提起，
在軍藝座談會和福清沙龍活動的公開正式場合上如此突出地提起，以
及提起的內容又如此具體，足以說明，孫紹振創建其文學創作論的初
衷，相當程度得到了體現。

　　在此，不能不提起前文引述到的朱向前一九八八年初發表於《文
學評論》上的〈「灰」與「綠」——關於《文學創作論》的自我對
話〉一文中一段極重要的文字。朱向前當年就提到了莫言從孫紹振書
中吸取營養之事，他是從自己研讀《文學創作論》的體會說起的。他
認為給予他啟發、刺激的主要是：

　　　　（孫紹振《文學創作論》中）大量的藝術感覺、審美經驗和悟
　　　　性把握。

緊接著，他說——

_____

9　見〈不忘初期許可待：三十年後重回軍藝座談實錄〉、筱婭〈孫紹振莫言的1984〉、
　　朱向前〈超越「更有難度的寫作」〉。

據說莫言成名前從這些東西裡獲益匪淺，成名後回過頭來看《文學創作論》，獲益匪淺的還是靠這些東西。

又緊接著，作者說「從這個意義上說，下面一種評價過於消極。」什麼評價？就是認為孫紹振的文學創作論僅僅是為步入文學創作領域的一代青年解除了不少困惑。翻譯成通俗的話，就是把孫氏創作論僅僅看成創作入門書，在朱向前看來是不夠的。這自然是因〈紅高粱〉而名重天下的莫言不可小覷的體會擺在那裡，朱向前的「從這個意義上說」，就是成名前後的莫言都說「獲益匪淺」，這是不可迴避的重要事實。故作者接著指出，那些「不讀任何理論，一憑著靈氣和感覺包打天下」的作家是「不可救藥」，「家裡看理論，出來罵理論，心裡受益，口頭不認帳」的作家是「潑皮無賴」。但緊接著，當時的朱向前又產生了困惑：一方面覺得「理論多少還可以指導一點創作，想當『文學教練員』也並非奢望」，另一方面又認為「理論家與創作家的關係與其說是指導與被指導，莫如說是互相碰撞與啟發；與其說是教練員與運動員，莫如說是運動場上的藍隊與紅隊」。這後一種想法，當時作者自己也認為「骨子裡還是不太認帳」理論對實踐的指導作用。產生這種想法的部分原因，是作者當時尚不太認可孫紹振創作論中關於「藝術形式規範」作用的理論，作者文中有一句話「給我以啟發和刺激的主要不是那些『三三制』式的條條道道（指孫書中對詩歌形式規範的發現）」，其引述莫言之說，也暗含莫言「獲益匪淺」的也不是「條條道道」。並且就其不太認帳理論對創作實踐作用的想法引述了一段當時頗具權威的依據——「這種看法代表了一種世界性的思潮。據說美國、蘇聯文學界都有人持類似觀點」。最後，困惑的作者留下了一個並不困惑的結論：「我看只好存疑，留待實踐去檢驗吧。」[10]

---

10 轉引自汪文頂等主編：《孫紹振詩學思想研究文集》（北京市：社會科學文獻出版社，2016年），頁136。

　　上段文字，包含的信息太多了。第一，後來的實踐做出了回答，莫言二○○三年之後已多次見之於文字的憶及孫紹振創作論的具體直接的作用（而且是「很大作用」）已回答了這個疑問。前引朱向前二○一三年《解放軍藝術學院學報》上那篇論文和二○一七年軍藝座談會上的發言，也回答了這個問題。不過，朱向前一九八八年《文學評論》論文中說的「不是這塊料的人打死也成不了作家」是對的，但僅僅說理論作用是「啟發和刺激」又欠準妥。第二，有關藝術形式規範的作用，是孫氏創作論和解讀學中非常重要的核心理論，我們留待第六章討論；那個所謂「世界性思潮」則恰恰是西方文論的重大錯誤、重大缺憾，也留待第七章討論。第三，這應該是上述四次之外的，並且是莫言最早對孫紹振理論的反應，以朱向前與莫言的關係和身分（朱向前是軍旅作品的著名評論家、著名軍旅作家，是莫言軍藝時期最要好的同窗，是預言莫言獲諾貝爾文學獎的第一人），這應是有根據的，只是未見於莫言文字，當是口頭表述、口耳相傳。第四，最重要的是，這正是孫紹振理論的特點，以對海量作品的解讀分析使其創作理論令人折服，而孫氏解讀又從創作角度切入，立足於能指導他人創作。莫言在軍藝座談會和福清沙龍上的發言都著重說到了孫紹振對相關作品和創作現象的分析。第五，莫言從「孫紹振《文學創作論》的大量藝術感覺、審美經驗和悟性把握」中「獲益匪淺」，看來包含的不僅是前文提到的「同化」、「通感」、「文學語言的改善」、「小說意境的營造」，甚至還有一些別的東西。

　　莫言是一個典型，但不是孤例，朱向前文章已表明是一批軍旅作家。至於廣大的文學青年，正如王光明說的「武漢大學的寫作講習班，坊間傳說孫紹振的課堂有上千人聽講」，福建師大中文系的學生「聽孫先生的課是學生們的節日」[11]。誰能確證，當年的文學青年、

---

11 轉引自汪文頂等主編：《孫紹振詩學思想研究文集》（北京市：社會科學文獻出版社，2016年），頁150。

後來的名家中沒有一個像莫言那樣「獲益匪淺」？而筆者卻至少能確證，今日文壇頗有名氣的陳希我就是當年過節般聽課、現今仍追隨孫先生左右的孫門高足。

　　以上是作家原話、數字等富有衝擊力的事實。下文將就孫紹振的通感論、同化論等試分析其與莫言有關小說的關聯，以進一步說明孫氏理論的實踐價值。

二　莫言的「通感」與孫紹振的「通感論」等文學創作理論

　　莫言明確提到，他創作觀念和創作實踐上的「通感」是受孫紹振先生直接影響的。從其自身回憶、朱向前回憶及孫紹振的相關回憶，莫言系統聽過孫先生「文學創作論」課（主要是詩歌部分及相關理論部分），當年就看過孫先生的《文學創作論》。我們的任務，就是試梳理二者之間的關聯。

（一）莫言的「通感」超出了通常的五官通感，擊倒了無數文學愛好者

　　上述莫言軍藝座談會的發言，實際已超出了我們通常說的五官通感。在《莫言與王堯對話錄》中，莫言同樣如此談到了〈透明的紅蘿蔔〉中的「通感」問題。莫言先說了他的創作起因。他在軍藝時做了一個夢，夢見一片很開闊的大紅蘿蔔地，很鮮豔，很大的一輪紅日冉冉升起，一個很豐滿的紅衣少女，用手裡的魚叉叉起一個紅蘿蔔，朝著紅太陽走去。夢醒後，他就把這寫下來，把自己少年時代在水利工地當打鐵的小幫工的一段經歷寫進去了。莫言接著說：

　　　　寫完以後，我自己也拿不準，這個小說能發表嗎？而且裡面很

多是通感的東西，像小男孩奇異的感受，超出常人的嗅覺、聽
覺。以及在鐵匠爐看到的蘿蔔的變換啊，紅蘿蔔在他眼睛裡變
成一個很神奇的東西。

這兩段發言綜合起來，莫言說的通感內容有這麼幾點：一、通常
說的五官通感，如用歌聲比喻花香，聽覺與嗅覺的接通，等等。二、
超常的感覺能力，如小男孩超出常人的嗅覺、聽覺，可以聽到別人聽
不到的聲音。三、超常感覺能力與五官通感交混，如小男孩可以看到
聲音在遠處飄蕩，這既是說他感覺能力超常，又是視覺（飄蕩）與聽
覺（聲音）的接通；可以聽到氣味，也是既說其感覺能力超常，又是
聽覺與嗅覺（氣味）的接通。四、幻覺、變異的感覺、奇異的想像，
如鐵匠爐裡蘿蔔的變換，紅蘿蔔變成一個很神奇的東西。這既可以說
是感覺能力超常，也可以說是在特定條件下，常人也可能出現的一種
幻覺。或者說，這屬於荒誕手法的變異感覺、奇異想像。五、這些東
西不是雜亂無章的，而是合起來要表達一個中心意思。莫言前頭說的
夢，紅蘿蔔、紅太陽、紅衣少女，紅衣姑娘舉著紅蘿蔔朝著紅太陽走
去，象徵著一種希望，一種不可壓抑的富有生命力的新鮮力量。有
人、有植物、有無生命的自然物，合力表現這個希望，不過都是視覺
罷了。小說裡，就打通五官感覺，打通日常和超常感覺，加上幻覺、
變異感覺、奇異想像，一起來為他寫的故事服務。六、當時最重要的
是，這樣一種超出了常規、打破了常規的寫法，能不能發表？然而恰
恰是，從「文革」歲月走出來不久，剛剛開始改革開放的八十年代初
期，如此令人耳目一新的寫法，成就了莫言的最初成名作——〈透明
的紅蘿蔔〉。

莫言的「通感」觀及其創作中的「通感」現象，不僅實踐了當時
極少作品涉及的五官通感手法，而且顯然超出了狹義的五官通感，出
現了許多奇異感覺的融通際會。後來奠定其文壇地位的〈紅高粱〉，

莫言式「通感」的超常表達更是成倍湧現，驟然爆發，一系列聞所未聞的寫法瞬間擊倒了當時無數的文學愛好者。莫言無疑是重大創新型作家，但任何驚世駭俗的名家，都是文學發展鏈上的一環，都是在對過往藝術形式規範的遵循與突破中推出其卓傑名篇，形成其創作風格的。從《莫言與王堯對話錄》中，我們可以看到，莫言的文學成長道路上，讀過大量的文學作品，接觸過相當多的文學理論，而且莫言的個性是內向、勤奮、認真、敢言，既非常有自己獨立的思考、獨特的思想，又絕非那種浮躁無根、信口開河之人。從前述的軍藝讀書的三年中，從未拉下一次課，三十年後的座談會發言，竟如此清晰記得老師們上課的點點滴滴，就足見一斑[12]。我們不能說，莫言每一創作靈感都是對既有文學作品、文學理論的某一規律規範的遵循與突破、傳承與發展，有些，莫言大約是意識到的主動運作，有些，大約是讀書、生活閱歷潛入積澱其腦海後的下意識、潛意識行為，有些則是其與生俱來的基因之果、天才之花。當然，即使天才之作，也是人類發展成果在莫言身上的呈現，莫言畢竟不是天外來客。本書不是專門探討莫言創作成因的，只就其「通感」創作觀與創作實踐，從文學史上的創作實踐現象、孫紹振的「通感論」等文學創作論理論，尤其是莫言主動提及的孫紹振創作理論，試做一些解釋。

（二）莫言「通感」創作觀、創作實踐與文學史上有關的創作實踐形態，與孫紹振的「通感論」、「交感論」、「感覺論」、「聚合論」的關係

描述客觀對象，大概有二種形態：

一種是單一的、「如實」的，視覺就是視覺，聽覺就是聽覺，今

---

12 本節前文所轉述的莫言對軍藝的回憶，很簡略，莫言對老師教學的回憶，許多細節栩栩如生，詳情應查閱〈不忘初期許可待：三十年後重回軍藝座談實錄〉原文。

天就是今天，昨天就是昨天，第一人稱就是第一人稱，第二人稱就是
第二人稱，動植物就是動植物，人就是人，乃至只出現一種感官（最
常見是視覺）、一種人稱（最常見是第三人稱）、一種時態（最常見是
現在時）。古代中國的現實主義作品，尤其是小說，此類描述居多。
這第一形態似較易得，但並不意味低級、平庸。《紅樓夢》等四大名
著，許多古代經典就常取此法。而且第一形態，還有不少極致狀態的
名篇，如孫紹振一九八七年出版的《論變異》（第四、九章）中就說
過，有一類被稱為詩中神品的古典漢詩，如陶潛、王維的詩，就像生
活原生態本身一樣，無變異地以原始的素樸形態呈現，臺灣現代派詩
人和大陸「北島以後」的年青詩人中的許多作品也都是這樣的例子；
孫紹振後來的《文學文本解讀學》（第七、八、十一章）還指出，俄
語英語詩歌中亦不乏其例；敘述文本，按孫紹振上述兩書中的介紹，
以非陌生化和日常語義為特點，也是現代小說的一種普遍追求，著名
的海明威就是代表，他甚至追求像「白癡一樣的敘述」。還有，古代
文章常見之一的「寓褒貶」於客觀敘述中的史家筆法，今日常見的
「紀實性」規範新聞和記人記事散文，都不乏這方面的極品，如朱自
清自稱為「寫實」的〈背影〉、開明版教材編者稱為幾乎全為敘述的
吳晗的〈少年時代的朱元璋〉、後人認為最好的回憶魯迅的散文——
蕭紅的〈回憶魯迅先生〉，都是這樣的以常規手法為主的典範篇章。

　　第二種形態是，不僅幾種感官、人稱、時態同時使用，甚至五官
通感，人稱交混，時空錯雜，幻覺紛呈，至於運用以物喻人、以人擬
物等比喻、擬人等等修辭手法，則是家常便飯。古代浪漫主義經典詩
歌於此特別突出，如〈離騷〉，由視、聽、嗅等多種感官，我、你、
他等三種人稱，天國、人間、幻境、過去、現在、未來等多維時空，
香草美人等貫通動植物、凡人、神鬼的奇幻比喻、象徵等構成了超現
實的瑰麗境界；又如李白接通人間、仙境的〈蜀道難〉、〈夢遊天姥吟
留別〉，白居易打通聽覺、視覺、觸覺的〈琵琶行〉。小說、散文，部

分地運用第二形態，或比喻，或擬人，或通感（甚至僅僅只是視聽覺接通），或多種人稱並用，或插敘、倒敘時態交錯等等，乃常見之事。但各種手段並舉，臻此極境者，較少，即使六朝志怪、唐傳奇、明清筆記小說、《聊齋志異》等人神雜處的古代小說，魯迅《故事新編》古今錯綜的現代名篇，都還只是部分體現了第二形態。我們後文將詳述，莫言的〈透明的紅蘿蔔〉、《紅高粱家族》是較多運用了第二形態的小說。當年明月新世紀初推出的第一、第二、第三人稱三種人稱，過去、現在、未來三種時態，現代書面語、文言詞彙、當代口語三種語彙交錯出現的八卷本歷史小說《明朝那些事兒》，也是較多運用了第二形態的作品。像莫言、當年明月如此超常規筆法較多的小說，不要說在問世當年獨步一時，就是今天也少有作品能企及。可見，莫言的超常規跨界「通感」，既有藝術形式規範的歷史淵源，更有作家自身的創新突破。

　　莫言的「通感」，不僅是文學創作實踐史上由來有據的第二形態的創新文學現象，而且是有創作理論指導的創造性實踐，後者就是莫言多次提及的孫紹振創作論。

　　我們再看看莫言就「通感」問題幾次說到孫先生的有關要點：

1. 孫先生給我們講詩歌的五官通感，舉了嗅覺與聽覺接通、聽覺與視覺接通、聽覺與味覺接通等例子。「他給我們講詩歌創作中的通感現象，這樣一種非常高級的修辭手法，我在寫作〈透明的紅蘿蔔〉這一篇小說的時候用上了。」

2. 小男孩有超常的能力，超出常人的五官感受，能看到聲音的飄蕩，聽到別人聽不到的聲音，甚至聽到氣味；有奇異的感受，能看到紅蘿蔔很神奇的變換（幻覺）。

3. 把這些已超出通常所說的五官通感的現象統統都稱為「通感」，稱為超常寫法，而且不是雜亂的堆砌，是為表達一個中心意思服務。

4. 強調「這樣一種超出了常規、打破了常規的寫法是受到了孫
　先生這一課的啟發。」

5. 「孫老師對很多詩歌意境、詩意的分析，對我文學語言的改
　善、對我小說意境的營造，發揮了非常大的作用。」

6. 從孫紹振《文學創作論》裡的大量的藝術感覺、審美經驗和
　悟性把握中獲益匪淺。

　　首先要理解的，就是莫言「通感」的內涵。理論是為實踐服務
的，修辭是研究者對確在的藝術表現形式的總結和命名。因此，我們
無須為莫言的「通感」所指與通常的「通感」內涵是否一致而糾結，
我們只需弄清莫言的本意是否有實踐意義就行了。從上述的莫言回憶
要點可知，莫言的「通感」重在跨界融通，不僅指視覺、聽覺、嗅
覺、味覺、觸覺之間二種或二種以上的接通，而且還在超常能力與正
常能力之間的溝通，幻覺、變異感覺與正常感覺之間的匯通，超常規
寫法與常規寫法之間的融洽。莫言如此跨界融通的目的，就是為作家
自己要表達的核心意思、中心故事達到更好的效果。正是如此「通
感」觀造就了他的成名作〈透明的紅蘿蔔〉，並因此使後來的《紅高
粱家族》裡出現了更大量的跨界融通現象，包括多種人稱、多種時空
的並存交錯，人與自然的多次融合，等等。實踐證明，莫言的「通
感」創作觀是行之有效的。

　　其次，莫言反覆提到孫紹振的影響，前述的莫言回憶要點也表
明，這些影響是很直接的，甚至是「獲益匪淺」的、作用「非常大」
的，孫先生在軍藝是系統講了一門課，並且講課時《文學創作論》書
稿已完成，莫言又是認真系統聽完全部課的，並且明言，其「通感」
創作觀和創作實踐直接源自孫先生的理論和教學（當然也是莫言自身
的創造性產物）。

　　在此，我們還要補充一個與此相關的莫言就自身創作經歷的重要

回憶。莫言在與王堯對話的「發現民間」章中說，到軍藝讀書是他「創作生活中的一個巨大轉折」。在這之前，莫言說他也發表過一些小說，在軍內文藝界小有名氣，其中的〈黑沙灘〉後來還成為當年整黨的形象化教材。到軍藝後，才知道那完全是一種圖解。一九八四年到軍藝讀書後，軍藝文學系「請了北大、北師大等大學的教師來講課，我腦子才漸漸開竅了，開始知道應該寫些什麼東西」，知道身邊的普通事情「也能變成小說」，起初「怎麼寫還是不太清楚，不知道什麼是小說的結構、語言」。但到一九八四年冬寫就具有藝術自覺的代表作〈透明的紅蘿蔔〉時，自然是知道了應該怎麼寫。就此，王堯與其對話，王堯先說：

> 〈透明的紅蘿蔔〉讓你發現了童年生活的意義，發現了童年的夢境。

莫言的對答卻是：

> 這和後來學到的文學知識結合在一塊了。

王堯說的是內容（知道應該寫些什麼東西），莫言沒有否定王堯所說的，但說的是藝術形式（知道應該怎麼寫，語言、結構等等文學知識）。這段同樣記載於「發現民間」章中的對話，是順著軍藝讀書是他「創作生活中的一個巨大轉折」，聽大學老師課，「腦子才漸漸開竅了」這些重要回憶而出現的。[13]孫紹振正是一九八四年夏天來軍藝講課，而且是外請老師中講得最多最系統的一位老師。我們完全可以合理推測，莫言記憶中印象更深的「文學知識」就具體包含了他後來幾

---

13 以上引述內容、引文見莫言、王堯：《莫言王堯對話錄》（蘇州市：蘇州大學出版社，2003年），頁107-112。

次提起的孫紹振的「通感論」。也完全可以合理認為，這是莫言見之於文字的說到孫紹振創作理論對其具體影響的又一次，所以我們前面會說，如此見於文字提及孫紹振影響的，至少有四次。

那麼，我們就看看孫紹振創作論中的哪些內容與莫言之「通感」是對應的。

孫紹振《文學創作論》中與莫言「通感」創作觀、創作實踐有關的理論主要是「通感論」、「交感論」、「感覺論」、「聚合論」，主要見於其《文學創作論》第七章（二〇〇九年版為第五章）「詩歌的審美規範」部分。

1 通感論

孫紹振指出，通感是感覺的動態的挪移（按：修辭學上也稱「移覺」），是一種感覺向另一種感覺的轉移，轉化，聯想的過渡層次要自然、流暢，因此，它是有條件的。其條件，一是有相似、相近、相通之點。如其舉例，波特萊爾〈契合〉一詩：「有些芳香如新鮮的孩肌，／婉轉如清笛，青綠如草地」，用視覺、聽覺的美來表現嗅覺的美，其過渡聯想的關鍵是幾種感覺都是清新的、柔美的。又引吳景旭的《歷代詩話》，古人稱為「本色之外，筆補造化」。吳舉例「竹初無香，杜甫有『雨洗涓涓靜，風吹細細香』。」類似的，孫紹振還舉艾青的「太陽有轟響的光彩」，因陽光的照射有瀑布瀉落之感，使視覺轉向了聽覺；余光中的「掌聲必如四起的鴿群」，掌聲和鴿群四處飛散都有騰起之感。二是如運用到有關詞語，這表現聯想程序的詞語已經千百年的積澱而固定下來了，如「紅杏枝頭春意鬧」，視覺向聽覺的聯想，是「由紅聯想到火，由火聯想到熱，由熱聯想到熱鬧」，紅火、火熱、熱鬧，「聯想程序已由詞語固定下來了。」而「白熱」是晚起的詞語，「尚未來得及溶入民族心理積澱中成為聯想的自發規

範」，因此，「『白杏枝頭春意鬧』，就很難得到欣賞和稱讚。」[14]據孫先生回憶，在軍藝上課時，他還補充舉了莫言座談發言中提到用歌聲比喻花香的聽、嗅覺通感等其它例子。

2 交感論

　　孫紹振認為，詩的感覺結構是多維複合的。一、多維結構有種種情況：有時是同類的，如「江流天地外，山色有無中」，都是視覺。有時是不同類的，如「無邊落木蕭蕭下，不盡長江滾滾來」，前者是聽覺，後者是視覺。更有包含兩種以上感覺的，如李瑛的〈雨〉：「滿山是野草的清香，／滿山是發光的新綠，／滿山是喧鬧的小溪」，嗅覺、視覺、聽覺並在。交感往往既包含靜態的感覺契合，如上述三種，這些感覺契合「是一種呼應，一種共鳴，是靜態的感覺之間的一種交響，一種張力系統，相異的各方沒有一方往另一方接近的動勢」；又包含前文所述的一方向另一方接近，被另一方同化的動態的通感挪移，如前例「有些芳香如新鮮的孩肌，／婉轉如清笛，青綠如草地」，既是視覺、聽覺、嗅覺的三維複合，又是嗅覺向視覺、聽覺之美的挪移；還可能包含後文將介紹的幻覺（錯覺、奇異感覺）、畫境、心境等。二、孫紹振在該章節中用系統論和格式塔學派理論反覆強調，結構的功能「大於組成它的要素之和」（即所謂一加一大於二）；多維「不是平面上的簡單相加，而是立體的相乘」；「知覺的整體大於感覺之和」；幾種感覺「互相感應和互相滲透」，「交織起來就形成了一種感覺的『場』」，「任何一種感覺都沒有的那種神秘感」，「許多奇異的功能就在詩行的空白處產生了」。如上述〈雨〉的處處充滿生機的、水分充盈的、新鮮剔透的感覺，〈契合〉的特別清新、特別柔美的感覺，都不是單單一句能奏效的。三、孫紹振進一步反覆

14 孫紹振：《文學創作論》（瀋陽市：春風文藝出版社，1987年），頁400-404。

指出，不論交感還是通感，「都是為了擺脫感覺的平面羅列，為了追求感覺的立體效果」，而且不是為立體而立體，為感覺而立體，而是要到「心靈的即情感的領域」；並且這「心靈的綜合」不止於情感，孫紹振認為，「生活的感覺處於感性認識的低層次」，詩的感覺「綜合著感情和智性」，「滲透著詩人的審美經驗（包括對詩歌形式的審美規範的駕馭）和人生經驗，所以蔡其矯說每一首詩都是人生經驗的一次巨大的支付」，也就是好詩的深層要到「智性」（詳見後文）。孫紹振還介紹，「交感」為上述〈契合〉詩的作者、法國象徵派代表人物波特萊爾命名。詩人又稱這種感覺與感覺的立體相乘為「特殊的交響效果」，為「契合」，並為此創作了體現這一理論的十四行詩〈契合〉，〈契合〉的最後一句——將充滿全詩的那種清新、柔美、渺茫、浩蕩、深沉、神秘之感，歸結為是為了「歌唱心靈與官能的熱狂」，這就是點題，點出詩要表現的情感與思考。[15]

3 感覺論

　　感覺論不是孫紹振原著中的命名，是為方便起見，筆者對《文學創作論》第七章及第六章中所涉及的有關感覺問題的權宜取名。它包含了上述的通感、交感，但內容遠比上述二者豐富，且與它們密切相關。這裡僅就上述二者未闡述到的但又相關的，並且與莫言「通感」較有關的主要問題，介紹如下：一、在立體交感中，中心感覺和自我感受特別重要。孫紹振說：「詩的形象自然從詩的感覺開始，但是詩的感覺並不是諸多感覺要素的總和，而是一種中心感覺焦點的凝聚，或局部感覺的瀰漫擴散，這已經不是生理上的感覺了，也不是一般的心理感覺了……創作論上叫做感受，感受是為詩人的自我個性所淨化的一系列獨特的感覺。詩人的自我能不能得到表現，首先取決於能不

---

15 孫紹振：《文學創作論》（瀋陽市：春風文藝出版社，1987年），頁398-407。

能找到屬於自我特有的感受，找不到自己的感受，就不可能找到自我」。二、詩的感覺是感覺、感情、智性（一九八七年版稱為「理性」）的三位一體，特別要注意的是智性。孫紹振認為，詩「的表層是感覺，在它的中層是感情，而在它的深層則牽動著智性。但是這種智性又不僅僅是簡單藏在感覺的背後，而且又通過感情牽制著感覺，使感覺成為感覺感情智性的三位一體。」又介紹了華滋渥斯的觀點。華滋渥斯認為，通過沉思，詩人去把握動作、意象、思想感情的價值和三者之間的關係。[16]孫紹振認為，華滋渥斯所講的沉思，大約與我們所說的智性相對應。孫又指出「詩越是向現代發展，隱藏在感覺底層的智性就越是重要」。三、幻覺、錯覺、奇異的感覺，孫紹振引述聞一多的話：「奇異的感覺便是極度的喜悅，也便是一種熾熱的幻覺，真詩沒有不是從這裡產生的。」[17]孫紹振舉李白的「疑是銀河落九天」為例，指出這是幻覺，沒有它，就不能強化表現李白對大自然景象的驚歎。又認為：「幻覺常常是變異之感，變異意味著對習慣了心理常態定勢效應的衝擊，常態常常是對感情的抑制，引不起強興奮，而異常則迅速地形成一種優勢興奮中心，調動情感機制的活躍。正常與異常的誤差越強大，調動感情的幅度越大。」孫還進一步指出：「智性越是重要，感覺越是以變異的形式呈現。有時產生了一種怪異的結果：歪曲的感覺和哲理式格言的互為表裡」，舉出北島描寫天安門事件的〈回答〉：「卑鄙是卑鄙者的通行證，／高尚是高尚者的墓誌銘」，認為這「更適於表現詩人那叛逆的感情和嚴峻的哲理概括。」孫又認為，「感覺的生動性往往得力於幻覺（幻視、幻聽、幻嗅、幻聞、幻味）。……審美的抒情性的幻覺和錯覺恰恰是通向更高智性的橋樑。」四、指出「在人的五官感覺中，最重要的無疑是視

---

16 〔英〕華滋渥斯：《抒情歌謠集》〈序言〉，《十九世紀英國詩人論詩》（北京市：人民文學出版社），頁35-36。轉引自孫紹振：《文學創作論》，頁391。

17 聞一多：〈評本學年週刊裡的新詩〉。轉引自孫紹振：《文學創作論》，頁396。

覺，據現代生理科學研究，從外界進入大腦的信息百分之九十（一說八十五）通過眼睛，正因為這樣，視覺形象在文學中，在詩歌中都占著相當大的優勢」，但其它的感官也是重要的，「老是限於同類的，例如限於視覺的，詩人的感受性就會受到限制。有誰願意做目光明亮的聾子呢？」五、畫境與心境。孫紹振指出，「經過心靈綜合」，詩人可以「把五官不可感的憂愁化成五官可感的物象。在中國古典詩歌中這種清詞麗句俯拾皆是」，如賀方回的「試問閒愁都幾許，一川煙草，滿城風絮，梅子黃時雨」、李後主的「問君能有幾多愁，恰似一江春水向東流」，「把愁緒化為一幅圖畫。把心境化為畫境是中國古典詩歌的傳統法門。」又指出，「也可以把具體的物象化作五官不能直接感知的心象，把畫境變為心境：『自在輕花飛似夢，無邊濕雨細如愁』」，又如當代的賀敬之「把很具體的桂林山水比作五官不可直接感知的『情』和『夢』：『情一樣深啊夢一樣美／如情似夢灕江水』。」孫紹振認為：「把具體的化作不具體的和把不可感的化作可感的是詩歌形象構成過程中的兩條軌道，二種反應是可逆的、靈活的。」[18] 六、詩歌與小說感覺的相通和區別。上述內容是僅就詩歌部分涉及的感覺的概要。因為，孫先生當年給莫言他們講的主要是詩歌部分，一方面，莫言也主要是將詩的感覺引進了小說，這也正是他的〈紅高粱〉系列小說（尤其是〈紅高粱〉）充滿詩意語言，充滿詩樣的意境，而明顯不同於別人的鮮明特色，這些，我們後文分析莫言小說時將涉及；另一方面，文學各品種的感覺往往又是相通的，上述各點感覺基本上都可以在散文、小說中出現。但完整的感覺論，必須包括散文、小說的感覺，散文、小說的感覺還是與詩歌有區別的。這裡僅引《文學創作論》第六章「形式論」中這段話，以明確二者的主要不同：「在不同的形式面前，作家的主觀感覺、知覺、想像的變異是不

---

18 孫紹振：《文學創作論》（瀋陽市：春風文藝出版社，1987年），頁328。

相同的。不同的形式要求作家將生活信息和感情信息化合為變異了的感覺和知覺時，要遵循不同的原則，在面對客觀的物理屬性和生理、心理感覺時，作家要掌握不同的超越方式。因而對於作家來說，最重要的不僅僅是從生活中吸取那些情感記憶，那些知覺和感覺的記憶，而且還在於把這種記憶加以變幻，按不同的藝術形式的不同規律對之加以改造。沈從文先生說他童年對感覺知覺的記憶能力很強，辨析力很高。例如死蛇的氣味、腐草的氣味、屠夫身上的氣味、蝙蝠的聲音、魚在水中拔剌的聲音，他都能在分量上細細加以辨析。這樣過細的辨析力、準確的記憶力，幸虧被他用之於寫小說和散文，如果要用來寫詩，那就糟了。在詩裡不能容納這麼多帶著量的準確性的特殊感覺和知覺，在詩裡就要求用一種概括的方法，把這些感覺和知覺單純化就是寫小說，這些感覺和知覺的記憶也不能照搬，也得使不同的人物有不同的感覺，否則，人物性格就會模糊。」[19]

4 聚合論

　　上述通感論、交感論、感覺論，尤其是其中的五官通感、立體交響、心靈綜合、中心感覺、自我感受、感覺感情智性三位一體、幻覺錯覺等，與《文學創作論》第五章（二〇〇九年版為第三章）中「作家想像力」裡的「聚合論」密切相關。孫紹振說：「一個有想像力的作家，當他的內在感情受到特殊生活形態刺激之時，馬上就引起一種內心的翻騰，他記憶中貯存的有關的一切，會在朦朧中逐漸確立一個特殊的核心，一旦有了這個具體的，而不是抽象的核心，哪怕是在時間與空間上距離遙遠的，都會奔赴而來，哪怕是聯繫緊密的，都會驟然分解，凡與那特殊核心能呼應的，就會或早或遲聚合起來，而在這聚合的過程中，感情的特徵也從瀰漫狀態中明確起來，和生活的特徵

---

19 孫紹振：《文學創作論》（瀋陽市：春風文藝出版社，1987年），頁391-415。

匯合起來。這個過程，也許是迅猛的，也許是漫長的，但是在作家的
想像中以特殊形態、性狀、機遇為核心，像無規則的分子布朗運動一
樣去碰撞有關的特殊性狀和形態是一個穩定的規律」。[20]他後面在「詩
歌的審美規範」章中舉到的舒婷的〈路遇〉，就是這種瞬間的強烈刺
激，瞬間凝聚的強烈感情，瞬間打破時空，錯覺、幻覺和打亂了五官
感覺奔湧而來的典型例子。〈路遇〉說：「鳳凰樹突然傾斜／自行車的
鈴聲懸浮在空間／地球飛速地倒轉／回到十年前的那一夜」，孫紹振
分析道：「路上遇見十年前的相知，一種突如其來的強烈刺激引起了
感官的錯亂，這種異常的生理錯亂又是一種很深刻的感情錯亂，如果
不錯亂就是不深刻的了，僅僅是一瞥就使感情震動得那樣深，把十年
的意識以下的積澱都攪動了，甚至連聽覺、視覺（下面一段還有嗅
覺）的正常功能都給打亂了。讀者不但驚異於錯覺的奇妙，而且驚異
於感情的強烈。」[21]

　　上述四論來自孫紹振的理論系統，莫言「通感」言論是回憶性
的，自然前者比後者豐富，但二者的交集又是明顯的。即莫言的「通
感」不限於五官通感，而涉及幻覺、奇異感覺、超常現象、跨界融通
共同為其要表達的中心服務的意識等，明顯與孫紹振上述四論中的諸
多要點相通，至於其〈透明的紅蘿蔔〉、《紅高粱家族》中的大量跨界
聚合、交感意境，則更多與上述孫紹振四論遙遙相對、息息相通了。
特別值得提起的是下述三點：一是孫紹振當時主要講詩歌，但莫言明
言，孫老師雖然是講詩歌創作，分析唐詩宋詞、余光中等等的詩歌，
但「孫老師對很多詩歌意境、詩意的分析，對我文學語言的改善、對
我小說意境的營造，發揮了非常大的作用」。二是孫紹振的理論和教
學最大的特色之一是對大量作品的一個個文本的極富藝術感覺的精彩

---

20 孫紹振：《文學創作論》（瀋陽市：春風文藝出版社，1987年），頁208。
21 孫紹振：《文學創作論》（瀋陽市：春風文藝出版社，1987年），頁415。

的個案分析、極具審美經驗的很具體的悟性把握，上段話及朱向前的回憶（見前）表明，莫言正是從這些大量的個案文本解讀中「獲益匪淺」的。三是，《文學創作論》論述到「交感」時指出，人們常常將感覺契合與五官同感的感覺挪移統稱為「通感」，一方面，這二者其實是有區別的（見前），另一方面，這原因在中國古典詩歌中感覺挪移的傳統比較豐厚，因而比較容易為人理解[22]——孫先生指出的這一現象，對我們理解莫言之「通感」尤有意義，看來，莫言無論是有意還是無意使之「通感」超出了狹義的五官通感，都表明其「通感」的實質是指一切跨界融通現象，是著意於創作實踐的主動行為。

再說，理論是為實踐服務的，修辭是人們對語言實踐、語言現象的命名。同一語言現象，不同的修辭理論命名也可能不同。如「寂寞的花朵」、「花朵寂寞」，一種認為，都是擬人，凡是把事物人格化，使其具有人的外表、動作、個性、情感的修辭手段都叫擬人，通過形容詞、動詞或名詞表現出來都可以；另一種則認為，前者叫移就（移人於物，把原來形容人的修飾語移用於物），常作定語（形容詞、修飾語），後者才稱擬人，多作謂語。顯然，都稱擬人更好，通俗易懂，便於掌握運用。某一語言現象可能兼用了多種修辭，但一般總有更突出、更主要、更重點的，記住了突出的，才能更好服務於實踐。如「一陣響亮的香味迎著父親的鼻子直叫喚」，兼用了擬人、通感、移就三種修辭格。把「香味」當成能「叫喚」的人，是擬人。用「響亮」去修飾「香味」，是移就（移物於物，把原來形容聲音的修飾語移用於氣味）。從嗅覺的「香味」訴諸聽覺感受的「叫喚」、「響亮」的角度，是地道的通感。但最突出的是擬人，其次是通感。還有，五官通感、擬人、擬物、比喻、移就等等修辭現象，都是本體與修辭體之間有某一相似點、聯繫點，否則，不同界域的現象怎麼能「共處一

---

22 孫紹振：《文學創作論》（瀋陽市：春風文藝出版社，1987年），頁402。

室」？也許，莫言正是化繁為簡，抓住本質，牢記重點，便於自身實踐，把一切可以跨界融通者都稱為他的「通感」。當然，為了方便分析莫言的「通感」，我們又需要最必要的修辭細分的術語。下文，我們就依憑以上原則，討論莫言作品中的「通感」現象。

（三）莫言〈透明的紅蘿蔔〉中的「通感」現象試析

五官通感是有一定難度的，〈透明的紅蘿蔔〉中主要是下面幾例：

· 這時他聽到了前邊的河水明亮地向前流動著。
· 聲音越來越低，像兩隻魚兒在水面上吐水泡。
· 聲音細微如同毫毛纖毫畢現，有一根根又細又長的銀絲兒，刺透河的明亮音樂穿過來。

這三例都是聽覺向視覺（明亮、像兩隻魚兒在水面上吐水泡、如毫毛纖毫畢現、有一根根又細又長的銀絲兒、刺透、穿過來）的挪移，聲音變得可見可視。第二例也是聽覺本身的以物喻物（以吐水泡的微細聲響比喻說話聲的輕微）。此外，這三例正是前面「感覺論」提到的「能在分量上細細加以辨析」的小說、散文的感覺，下文中許多例亦如是。下面一例出現了比較多種的外部感官的通感：

河上傳來的水聲越加明亮起來，似乎它既有形狀又有顏色，不但可聞，而且可見。……

不僅是聽覺（水聲）向多種視覺（明亮、形狀、顏色）的挪移，還移向了嗅覺（可聞）。前面的第三例也是用多種視覺形象來表現不可見的細微聲音。視聽覺之間的通感挪移較常見，難度較小，視覺或聽覺向嗅、味、觸覺的通感挪移，難度較大，較少見。前面向嗅覺的挪

移，雖未出現具體的嗅覺，不過我們知道這表現了小黑孩感覺的靈敏
與奇異。下面一例，就具體寫出了視覺向觸覺的挪移：

> 他眼睛一遍遍地撫摸紅爐、鐵鉗、大錘、小錘、鐵桶、煤鏟，
> 甚至每塊煤，甚至每塊煤渣。

　　二種以上的感覺（包括同類的或不同類的）組成結構，就形成了
立體交感。感覺越多，立體的效果越突出。跨度越大，立體的效果也
越突出。不同類的感覺並在，是跨度大的一種。五官通感，如前面的
聽覺向視覺、嗅覺，視覺向觸覺的挪移，是跨度大的另一種，尤其是
比較少見的向嗅覺、觸覺的挪移，是跨度更大的一種。前面的第三
例、第四例在原文中是同在一個文字片段裡的，並且還夾雜了其它聽
覺、視覺、觸覺的比喻、描寫：

> 夜已經很深了，黑孩溫柔地拉著風箱，風箱吹出的風猶如嬰孩
> 的鼾聲。河上傳來的水聲越加明亮起來，似乎它既有形狀又有
> 顏色，不但可聞，而且可見。河灘上影影綽綽，如有小獸在追
> 逐，尖細的趾爪踩在細沙上，聲音細微如同氄毛纖毫畢現，有
> 一根根又細又長的銀絲兒，刺透河的明亮音樂穿過來。

如此豐富的感覺，同類的、不同類的，除了味覺，視、聽、嗅、觸諸
覺並在，並且有多種外部感覺的通感挪移，突顯的立體交感效果以及
諸感覺之間的相似點，就構成了一種不可名狀卻又清晰可辨的微細、
柔細的意境，透露了黑孩感覺能力的靈敏和奇異。
　　有時僅一句話，就把多種感覺以及多種感覺之間的通感挪移囊括
其中：

　　你狗日的好口福。要是讓我撈到她那條白嫩胳膊，我像吃黃瓜
　　一樣啃著吃了。

白嫩胳膊，主要是視覺，也包含隱秘的觸覺，乃至嗅覺，而「吃黃瓜
一樣啃著吃了」就向突顯的觸覺、味覺、嗅覺，以及內部的機體覺、
欲望感挪移了，生動表現了她（菊子姑娘）秀色可餐的青春美麗，以
及小鐵匠的內心欲望和粗野粗直的個性。這裡還用了借代（以「白嫩
胳膊」代指她全人）、擬物（以「吃黃瓜一樣啃著吃了」這一具體可
感的行為比擬小鐵匠對菊子姑娘垂涎欲滴這一抽象的內心欲望）等多
種修辭手法。必須區分的是，這句話中雖然有如此豐富多樣的感覺、
通感和修辭手段，卻未構成意境，主要是前者代指的青春美麗與後者
表現的粗直欲望形不成深層意味的統一，前一分句的作用主要是作為
後一分句的條件。當然，全句旨趣本非在「意境」，而全在於生動傳
神表現主人公的內心欲望和鮮明個性。
　　這句話還告訴我們，只要不斷裂，而有某種聯繫（該句中前者為
後者的條件），跨度越大、越不常見，對讀者就越有新鮮感、吸引
感，內心引起的交感交響立體效果就越明顯。比喻是最常見，某種意
義也是跨度最小的跨界融通現象，往往是一般作品中最常用的。但如
喻體是很少見的，跨度也就大了。如前文第六例中「吹出的風猶如嬰
孩的鼾聲」就是不常見之比。〈透明的紅蘿蔔〉中比喻用了不少，既
有常見的，如「他（黑孩）像隻大鳥一樣飛到小石匠背後，用他那兩
隻雞爪一樣的黑手抓住小石匠的腮幫子使勁往後扳」，兩個比喻都是常
見之比，更有些比喻是少見之比，如「嬰孩的鼾聲」，又如下二例：

・黑孩的眼睛轉了幾下，眼白像灰蛾兒撲楞。
・他的眼睛就更加動人，當他閉緊嘴角看著誰的時候，誰的心
　就像被熱鐵烙著一樣難受。

也是較少見的比喻。一般而言，擬人以及擬物中的以物比擬人，跨度比比喻大。以物比擬人，我們在《紅高粱家族》中再著重舉例，〈透明的紅蘿蔔〉中主要是大量運用了擬人，如下述十一個句段中總共十六處運用了擬人：

· 他抽了一支煙，那隻獨眼古嚕嚕地轉著，射出迷茫暴躁的光線。
· 小石匠渾身立時爆起一層幸福的雞皮疙瘩。
· 鐵屑引燃了一根草梗，草梗悠閒地冒著裊裊的白煙。
· 儘管這個傷疤不像一隻眼睛，但小石匠卻覺得這個紫疤像一隻古怪的眼睛盯著自己。
· 待了好長一會兒，她們才如夢初醒，重新砸起石子來，錘聲寥落單調，透出了一股無可奈何的情緒。
· 扒了一會兒，他的手指上有什麼東西掉下，打得地瓜葉兒哆嗦著響了一聲。他用右手摸摸左手，才知道那個被打碎的指甲蓋兒整個兒脫落了。
· 河水在霧下傷感地嗚咽著。幾隻早起的鴨子站在河邊，憂悒地盯著滾動的霧。有一隻大膽的鴨子耐不住了，蹣跚著朝河裡走。在蓬生的水草前，濃霧像帳子一樣擋住了它。……它只好退回來，「呷呷」地發著牢騷。
· 他望見了河對岸的鴨子，鴨子也用高貴的目光看著他。
· 小鐵匠在鐵砧子旁邊以他一貫的姿勢立著，雙手拄著錘柄，頭歪著，眼睛瞪著，像一隻深思熟慮的小公雞。
· 他半蹲起來，歪著頭，左眼幾乎豎了起來，目光像一隻爪子，在姑娘的臉上撕著，抓著。
· 那些四個稜的狗蛋子草好奇地望著他，開著紫色花朵的水芡和擎著咖啡色頭顱的香附草貪婪地嗅著他滿身的煤煙味兒。

> 河上飄逸著水草的清香和鰱魚的微腥，他的鼻翅扇動著，肺
> 葉像活潑的斑鳩在展翅飛翔。

最後三例還用了比喻。

　　上述跨度較大、不常見的向觸覺、嗅覺、味覺的挪移，跨度亦較大的種種擬人、以物比擬人以及部分少見之比喻等，對於熟悉的語言現象而言，它們是陌生化的，是前述第二形態創作實踐的重要體現，是更富表現力的語言手段，也是很重要的贏得讀者的手法。從修辭的角度，往往也被稱為變異搭配、異常搭配。當然，不是凡使用上述幾種修辭的就一定比較陌生，好些詞語，如「桌腳」、「椅腿子」、「瓶頸」、「河口」等，誕生之初是擬人，跨度亦大，有陌生感，但長期使用後已見怪不怪，習以為常，陌生感就消失了。所以，採取第二形態的作家，一般總是力求新異之語，即使沒有明顯運用上述修辭，亦可能是變異搭配、異常搭配。下述二例，就不是挪移通感，擬人或擬物亦較模糊，但都是變異搭配、異常搭配則是十分明顯的：

> ‧黑孩雙手拉著風箱，動作輕柔舒展，好像不是他拉著風箱而是風箱拉著他。
> ‧姑娘目瞪口呆地欣賞著小鐵匠的好手段，同時也忘不了看著黑孩和老鐵匠。打得最精彩的時候，是黑孩最麻木的時候（他連眼睛都閉上了，呼吸和風箱同步），也是老鐵匠最悲哀的時候，彷彿小鐵匠不是打鋼鑽而是打他的尊嚴。

風箱怎麼能拉人呢？「尊嚴」怎麼能像打鋼鑽那樣用鐵錘打呢？前者似可稱擬人，後者亦似可稱擬物，但都不如叫變異搭配、異常搭配好，或者稱為奇異感覺、錯覺好。正是這些「異常」、「變異」的語言現象極好表現了對象的內涵，極有效吸引了讀者的眼球。下述片段，

更為怪異，它不是簡單的擬人，它在表現現實生活的故事裡插進了一個童話片段，應歸為荒誕手法：

> 老頭子走了，又來了一個光背赤腳的黑孩子。那隻公鴨子跟它身邊那隻母鴨子交換了一個眼神，意思是說：記得？那次就是他，水桶撞翻柳樹滾下河，人在堤上做狗趴，最後也下了河拖著桶殘水，那只水桶差點沒把麻鴨那個膿包砸死……母鴨子連忙回應：是呀是呀是呀，麻鴨那個討厭傢伙，天天追著我說下流話，砸死它倒利索……

插入童話是荒誕，表現的意涵是現實的，它隱晦、含蓄暗示了小石匠、菊子姑娘、小鐵匠三人之間明爭暗鬥的情愛關係。

　　跨度更大的跨界現象是小說中不止一處出現了黑孩的奇異感覺、幻覺，其中下述二例最為突出：

> ・黑孩的眼睛本來是專注地看著石頭的，但是他聽到了河上傳來了一種奇異的聲音，很像魚群在唼喋，聲音細微，忽遠忽近，他用力地捕捉著，眼睛與耳朵並用，他看到了河上有發亮的氣體起伏上升，聲音就藏在氣體裡。只要他看著那神奇的氣體，美妙的聲音就逃跑不了。他的臉色漸漸紅潤起來，嘴角上漾起動人的微笑。
> ・黑孩的眼睛原本大而亮，這時更變得如同電光源。他看到了一幅奇特美麗的圖畫：光滑的鐵砧子。泛著青幽幽藍幽幽的光。泛著青藍幽幽光的鐵砧子上，有一個金色的紅蘿蔔。紅蘿蔔的形狀和大小都像一個大個陽梨，還拖著一條長尾巴，尾巴上的根根鬚鬚像金色的羊毛。紅蘿蔔晶瑩透明，玲瓏剔透。透明的、金色的外殼裡苞孕著活潑的銀色液體。紅蘿蔔

　　的線條流暢優美，從美麗的弧線上泛出一圈金色的光芒。光
　　芒有長有短，長的如麥芒，短的如睫毛，全是金色……

這二例就是莫言在《莫言與王堯對話錄》及在軍藝座談會等重點提到
的受孫紹振「通感論」影響，成為其〈透明的紅蘿蔔〉的核心意象的
著名的小黑孩超常能力及透明紅蘿蔔、金色紅蘿蔔的奇異幻覺。前文
多次說明，莫言的「通感」超出了一般的五官通感，是跨界融通，種
種奇特感覺不是為了獵奇，跨界和奇感都服務於作家要表現的中心意
思。此兩核心意象即為此典型。

　　先說透明的、金色的紅蘿蔔。這是整篇小說的分水嶺。故事的前
半部分裡，小黑孩被分派去做鐵匠的小幫工。小黑孩是沒有家庭溫暖
的苦命孩子，鐵匠小幫工又是艱辛活計，此時他遇上了善良美麗的菊
子姑娘，菊子給予了小黑孩大姐般、母親般的種種關愛。小石匠是小
黑孩的同村青年，同被派去水利工地，算是小黑孩的領班，道義上負
有關照黑孩的責任，小石匠又戀上了菊子，更是不時與菊子結伴去看
望小黑孩。他倆擔心黑孩吃不了鐵匠爐活計的苦，受人欺負，時不時
以監護人的身分與小鐵匠論短長。小鐵匠粗直、暴躁、刁鑽，既會以
大徒弟的身分使喚小黑孩，又仍不失江湖大哥的底線和惻隱之心。歷
盡世事的老鐵匠更是給予了小黑孩師傅的仁愛和溫暖。這一切，慢慢
累積，使苦澀、艱辛日子裡的小黑孩燃起了生活美好一面的嚮往。小
石匠和菊子日漸升溫的關係，也給小黑孩朦朧的美麗幻想。透明的、
金色的紅蘿蔔的奇異美麗的幻覺就是在這背景下產生的。莫言創作起
因中的幻覺之夢全是紅色的，遍地紅蘿蔔、紅日東升、紅衣姑娘，舉
著紅蘿蔔向紅太陽走去，也是充滿新鮮、希望，象徵著不可壓抑的生
命力和生活嚮往。小說中則更為燦爛更富活力了。放在鐵砧子上，在
青幽幽藍幽幽光芒襯托下的紅蘿蔔照舊遍身通紅，遍身的根鬚和射出
的光芒則全是金色的，更為璀璨，又通體透明，晶瑩剔透，裡面的液

體則全是銀色的，所有的線條又都活潑流暢、玲瓏優美，這真是無比
奇特美麗的七彩斑斕的圖景。小說中明言，這不是夢，而是小黑孩眼
前出現的幻覺。就像前面孫紹振「感覺論」、「聚合論」中指出的，奇
異的感覺便是極度的喜悅、熾熱的幻覺；突如其來的強烈刺激所引起
的奇妙幻覺，往往是通向更強烈感情和更高智性的橋樑。小黑孩生活
中的變化，雖然是累積的，椿椿是小事，對他而言卻是巨大的、震撼
性的。黑孩十歲前的人生是悲慘的，親爹闖關東去了，一去杳無音
信；後娘只是打他，按小石匠的說法「生被你後娘給打傻了」；平日
食不果腹、衣不蔽體、發育不全，按村裡人說法，是放個屁都怕把他
震倒的稻草人；是孤兒、棄兒都不如（孤兒們還不會遭後娘毆打）的
天生可憐蟲。現在來到工地，突然遇上一群好人。哪怕菊子姑娘一聲
噓寒問暖、幾根黃瓜、幾個窩窩頭，老鐵匠一件禦寒的褂子、一句手
藝上的囑咐，小石匠一次仗義護弱的出手相助，小鐵匠眼看他攥住冒
煙的鋼鑽而發出的貓叫一樣的「扔、扔掉」的喊叫，都是他十歲以前
的人生從未經歷過的。石匠與菊子的卿卿我我又給予了他某種幸福的
朦朧想像。這一切，對於小黑孩是突然的巨變，是從未有過的溫暖衝
擊，突然產生的異常綺麗的幻覺不過是這巨大感情衝擊的產物。而對
作家而言，則是借助這一突顯的幻覺，表達了他對人生、人性的智性
思考。

　　幻覺之後，小說進入了下半部分。小鐵匠與小石匠「情敵」之間
的明爭暗鬥，在故事前頭已露端倪。在石匠與菊子數度幽會於麻黃地
裡的秘密被發現後，兩位血性男兒的公開決鬥終於爆發了。在屢戰屢
敗，第三次被最慘地摔倒在地後，菊子哭著撲上去，扶起了石匠。菊
子的哭聲使小鐵匠頓時喜色消逝，呆呆站立。小石匠則突然抓起一把
沙土撒向小鐵匠，迷住了他的眼睛（這手段是不正當的，但情人哭聲
也刺激了屢敗男兒）。正當石匠趁機撲上，按倒小鐵匠亂搖其腦袋
時，小黑孩衝了出去，奮力將小石匠扳倒。黑孩不助朋友（小說裡把

小石匠稱為黑孩的朋友）而助師傅，原因簡單而又似複雜。簡單是石匠的手段不正當，男兒的血性激起黑孩出手。複雜在應當夾雜了石匠「專有」菊子的因素：他倆自成天天幽會後，一連十幾天再也不來看黑孩了。他倆第一次野地裡野合，也是黑孩無意中第一個發現的，那天也是黑孩性意識的第一次朦朧覺醒，興許怨恨就在那天朦朧起始。甚至決鬥當場，菊子哭著撲去扶起石匠，都刺激了黑孩。事情不止於此，眼睛迷住的小鐵匠突然摸起地上的碎石片叫罵著向四周拋撒，飛散石片中的一塊插進了近旁的菊子的眼睛。姑娘的慘叫，使所有人都變色驚呆了，人群一片紛亂；小鐵匠怪叫一聲，捂著眼睛，躺在地上痛苦地扭動著；黑孩趁著人們的慌亂，跑回橋洞，蹲在最黑暗的角落上，牙齒「的的」地打戰。遺憾的又是，最能不動聲色消弭矛盾於肇端中的老鐵匠又離開了工地（原因是：刁鑽的小鐵匠以狡猾的手段學到了師傅老鐵匠的「絕門獨活」，獲得了出師資格，老鐵匠主動讓位給徒弟，離開了工地），一時無人能化解他們之間的矛盾。第二天，整個工地氣氛陰慘。異常難受的小鐵匠哭叫著要徒弟再去拔個蘿蔔來救救師傅（前頭的紅蘿蔔，就是小鐵匠派黑孩去偷挖來給大家加餐、解渴的）。這回，小黑孩在紅蘿蔔地裡，拔出一個蘿蔔，舉起來對著陽光察看，他希望還能看到那天晚上的奇異景象，但是這個幻覺再也沒有出現。他拔出一個，失望一個，扔掉一個，拔，舉，看，扔……幾乎把半地裡半生不熟的紅蘿蔔全拔出來了。他幾乎進入了一種瘋呆的狀態。

　　這個奇美幻覺未再出現的對比、象徵意義是深刻的。故事不無悲劇意義，但卻是正劇。苦澀的生活、艱辛的年代、後娘的惡行，更多普通人的善良行徑和對弱者的同情，生活中總是存在的正義、美好與希望，又總有可能遭遇的不幸、破滅與失望，原始的欲望與衝突，人性的優點與弱點，幹部的威風與通達，百姓的苦楚與樂趣，血性、粗野、老到、美麗、鄙俗，安於現狀與欲圖變化，並行不悖出現在下層

人們的素樸生活中。重要的不是小說寫出了那個特殊年代的一角圖景和原生態的世態百相，而是作家借此，借黑孩的經歷，尤其是借黑孩的奇美幻覺的出現和消失所表達的對生活、社會、人性的深入思考和深切希望。

　　再說小黑孩的超常能力。這比前面的作家的思考、希望更為重要。這超常能力包括前例的奇異感覺──能聽到別人聽不到的奇異聲音，看到別人看不到的奇異景象，包括後例的奇特幻覺，包括小說中多數出現於他身上的五官通感。小說本質上是現實主義作品，如果僅僅如此，僅僅是寫出了特殊年代的一角世態，哪怕表達了作家思考的深入，它與當時的許多名篇無甚區別，它之異於他者就在於突出融入了浪漫主義乃至荒誕手法。這就是上述小黑孩的種種超常能力，而這恰是貫穿全文的線索、支撐全篇的構架。最重要的是，它的出現是合理的。作品以它的自洽邏輯，讓讀者相信這些非現實現象的合理性。小說塑造了一個奇特的小孩，他那異於常人的苦難成就了異於常人的個性。他不是啞巴，卻從頭到尾沒說一句話，他異於常人的內向，使他的全部精神活動幾乎集中於腦海中的感覺、想像、思索中，加之他前後溫暖判若天地的異於他人的深切經歷，因此其感覺、想像、思索往往比別人敏銳、豐富、深入，乃至奇特。除了如前所述的十歲人兒就意識到菊子與石匠的異常幽會，出手相助小鐵匠，人事、友情出現意外變故後幾近瘋呆等事實，證明了黑孩的異常思維外，小說中還有不少細節，很能說明這個問題。如菊子姑娘以為他在鐵匠爐那裡會受苦，強拉他回打石工地，他死活不回去，狠咬姑娘一口，掙脫跑回鐵匠爐邊了。他衣不蔽體，寒冬已至，其它宿地，尤其他家的狗窩（還要受後娘毆打）哪能比得上溫暖的鐵匠爐？正如小鐵匠一語道破的「怪不得你死活不離開鐵匠爐，原來是圖著烤火暖和哩，媽的，人小心眼兒不少。」當他感覺到小鐵匠要作弄朋友小石匠時，他心裡特別的害怕。當老鐵匠被小鐵匠「擠兌」離開工地那天，「整整一個上

午，黑孩就像丟了魂一樣，動作雜亂，活兒毛草」。他比同齡小孩敏感、靈慧。因此他的種種超常感覺能力，包括透明的金色的紅蘿蔔的奇特幻覺，就完全可能。小說的合理還在於，他畢竟是十歲的小孩，他的異常思維常常是寄託於幻想、幻覺。小說寫道，當他正沉湎於透明金色的紅蘿蔔的幻覺中時，小鐵匠卻要將那根特殊的紅蘿蔔吃了，黑孩不顧一切奮力搶奪，最後這根紅蘿蔔被小鐵匠拋到河裡去了。從此，黑孩老想那河裡的紅蘿蔔，小說寫道，黑孩總是想：「那是個什麼樣的蘿蔔呀。金色的，透明。他一會兒好像站在河水中，一會兒又站在蘿蔔地裡，他到處找呀，到處找……」因為這寄託著他的希望、美好、夢想，寄託著他對生活、對人們的理解。這就是小孩的思維、小孩的邏輯。

所以，說到底，是作家藝術表現形式的成功。他讓浪漫、荒誕與現實成功結合，讓超常與正常巧妙交織，讓五官感覺打通，讓奇異感覺、超常感覺、幻覺錯覺與常態感覺奇妙交匯，他把這一切跨界融通稱為「通感」。這是他對文學史上既有藝術形式規範的遵循與突破，對經典浪漫主義作品的借鑑與創新，對孫紹振創作理論的實踐與創造。不止於上述的語言、意象、內容上的跨界融通，還有跨界融通所臻達的意境。莫言說，孫紹振對很多詩歌意境、詩意的分析，對他「小說意境的營造，發揮了非常大的作用。」〈透明的紅蘿蔔〉中最具意境感的至少有下述二例：

一例是菊子和小石匠來尋找小黑孩，大聲喊叫終於把睡在黃麻地裡的黑孩從夢幻中喚醒。但此時，黑孩聽到了如下的對話，不經意闖入如下的情境：

「這孩子，睡著了嗎？」
「不會的，我們這麼大聲喊。他肯定是溜回家去了。」
「這小東西……」
「這裡真好……」

「是好……」

聲音越來越低，像兩隻魚兒在水面上吐水泡。黑孩身上像有細小的電流通過，他有點緊張，雙膝脆著，扭動著耳朵，調整著視線，目光終於通過了無數障礙，看到了他的朋友被麻稈分割得影影綽綽的身軀。一時間極靜了的黃麻地裡掠過了一陣小風，風吹動了部分麻葉，麻稈兒全沒動。又有幾個葉片落下來，黑孩聽到了它們振動空氣的聲音。他很驚異很新鮮地看到一根紫紅色頭巾輕飄飄地落到黃麻稈上，麻稈上的刺兒掛住了圍巾，像挑著一面沉默的旗幟，那件紅格兒上衣也落到地上。成片的黃麻像浪潮一樣對著他湧過來。他慢慢地站起來，背過身，一直向前走，一種異樣的感覺猛烈衝擊著他

由他敏感微細的、強烈的感覺，由配合這感覺的一會兒全沒動，一會兒像浪潮一樣湧過來的黃麻葉稈以及紫紅色頭巾、圍巾、紅格兒上衣構成的境界，不無詩意地含蓄告知了黃麻地裡正在發生的故事和小黑孩朦朧的性覺醒。

再一例是決鬥之後、菊子受傷、人事變故的第二天上午：

第二天，滯洪閘工地上消失了小石匠和菊子姑娘的影子，整個工地籠罩著沉悶壓抑的氣氛。太陽像抽瘋般顫抖著，一股股肅殺的秋風把黃麻吹得像大海一樣波浪起伏，一群群麻雀驚恐不安地在黃麻梢頭噪叫。風穿過橋洞，揚起塵土，把半邊天都染黃了。一直到九點多鐘，風才停住，太陽也慢慢恢復正常。

這顯然是人化的自然，太陽、秋風、黃麻、鳥雀、塵土、空氣、人群，整個氛圍一齊為這善良人們間的悲劇變故悲鳴。

這樣的意境將在《紅高粱家族》的紅高粱地裡更精彩地重現。

（四）莫言《紅高粱家族》中「通感」現象略述

　　莫言的〈透明的紅蘿蔔〉成稿於一九八四年下半年，徐懷中看後當即大加肯定，正式發表於《中國作家》一九八五年第二期。為配合發表，發表前還由徐懷中主持了座談會。按莫言的說法，〈透明的紅蘿蔔〉的成功「使我信心大增，野心大增。」那時期，他一鼓作氣、接二連三寫了七、八部中篇，〈紅高粱〉就是其中最重要的作品。該篇草稿成於一九八四年底，改就於一九八五年春天，正式發表於一九八六年第三期的《人民文學》。如果說，〈透明的紅蘿蔔〉是他的成名作，〈紅高粱〉則如王堯所言「橫空出世」，奠定了他在文壇獨立風格的地位。〈紅高粱〉產生重大影響後，莫言一口氣寫了〈高粱酒〉、〈狗道〉、〈高粱殯〉、〈狗皮〉四個中篇，後來又寫了〈野種〉、〈野人〉，構成了他的《紅高粱家族》小說。拙作不是對篇幅宏大的《紅高粱家族》的整體研究，也不是其中「通感」現象的系統梳理，僅簡略說說其「通感」現象，例子以〈紅高粱〉為主。

1　內容上大幅度的跨界融通

　　作為上世紀八十年代中期誕生的〈紅高粱〉，正如文壇評價的，其顛覆意義是很強的。僅就內容而言，它把一個土匪司令的野蠻與抗日英雄的雄豪結合在一起，把正義的反抗與自由的欲望結合在一起，把民族大義的英勇悲壯與民間世界的俠骨決絕結合在一起，把戰爭的慘烈與愛情的濃烈結合在一起，把愛者的熱情奔放與戰士的無畏無懼結合在一起，把豪氣蓋天、敢作敢為的人性優點與放蕩粗俗、無法無天的人性缺點結合在一起，正如小說一開頭說的「高密東北鄉無疑是地球上最美麗最醜陋、最超脫最世俗、最聖潔最齷齪、最英雄好漢最王八蛋、最能喝酒最能愛的地方。……他們殺人越貨，精忠報國，他們演出過一幕幕英勇悲壯的舞劇。」作品的跨界融通僅就內容上就幾乎達到了一個極致。小說甚至跨界到自然界的紅高粱，「無邊無際的

高粱紅成洸洋的血海。高粱高密輝煌，高粱淒婉可人，高粱愛情激蕩」，如此的紅高粱與如此的內容結合得完美無缺，從頭到尾貫穿始終，融洽無隙。如此大幅度的跨界，其結合、融通點就在那個像野生的片片紅高粱那樣的原始而真實的生命、鮮活而本然的人性。另一結合、融通點就在小說的核心內容上，即凝結在一個極其悲壯慘烈的英勇反抗殘暴的日本侵略者的動人故事裡。日本鬼子燒殺搶掠，極其殘忍地當眾活剮了不肯屈服、不肯就範的鐵骨錚錚的羅漢大爺（小說極為詳細地描述了羅漢大爺殉難的經過。羅漢大爺是作品中「我奶奶（作品中名戴鳳蓮）」釀酒作坊裡的長工領班與管家）。為反抗侵略者的殘暴，高密東北鄉的血性野性的男兒們自發拉起了一支抗日隊伍，由土匪頭子出身的余占鰲（作品中的「我爺爺」）當司令。這支抗日隊伍進行了一次伏擊日本汽車運輸隊的戰鬥（這是全書的主幹故事），最後，當場擊斃領隊的日軍少將，全殲日軍，繳獲大量物資槍械，取得了重大勝利，但余占鰲的抗日隊伍也幾乎全軍覆沒。

如果說，〈透明的紅蘿蔔〉裡莫言式的「通感」主要表現在修辭上的跨界融通，那麼，〈紅高粱〉的更大幅度的跨界融通首先表現在內容上。「橫空出世」首先就是這一點吸引、震撼了無數讀者。

2 異常搭配

《紅高粱家族》中單獨使用某一修辭手法的很少，一般是多種修辭手段並用，這在修辭學上稱為「兼格」。而且多是新異的、陌生的，或用的喻體很少見，或用跨度較大、難度較大的擬人、以物比擬人等，或出現異常感覺、幻覺。總之多為如前所述的變異搭配、異常搭配。在孫紹振的理論話語裡，就是包含通感、幻覺、異常感覺在內的多種感覺並存的立體交感交響。在莫言的「通感」觀裡就是各種異常、超常的與正常的交融在一起，跨界幅度大，跨及界域多。總的就是異樣新穎，給人深刻印象。如：

奶奶鮮嫩茂盛，水分充足。

全句是視覺，又包含鮮明的觸覺感（鮮嫩、水分充足），更重要的是用了不常見的、難度較大的以物擬人，以植物比擬青年時代的奶奶靚麗光鮮的外表和旺盛鮮活的青春年華，由此才將視覺與觸覺融通起來。其實就是水靈靈。水靈靈本身就是視覺和觸覺的融通，就是以物比擬人，只是像如前所述的，長期使用，習以為常，不覺其視覺中交融了觸覺，亦不覺其擬物、不覺其新異了。而「奶奶鮮嫩茂盛，水分充足」給人強烈刺激、強烈印象，既直露又含蓄地表達了對少女、少婦時代「奶奶」的奪目的美感、性感。如此異常搭配寫女性，很可能是首創的。跟這句有點類似，主要用了少見的以物比擬人，還有這句：

父親（作品中余占鰲與戴鳳蓮的兒子余豆官）告訴過我，王文義的妻子生了三個階梯式的兒子。這三個兒子被高粱米飯催得肥頭大耳，生動茂盛。

其中「三個階梯式」的比喻，也很新鮮。下面這句，比較複雜，更為陌生：

奶奶豐腴的青春年華輻射著強烈的焦慮和淡淡的孤寂。

這裡有狹義的五官通感，即焦慮和孤寂是神態、神情，本屬視覺效果，輻射著，就挪移到觸覺，可感性更強了。豐腴本是形容身體的，現在通過擬物（以物擬物）或移用（移物於物）手法，用來形容抽象的青春年華，其青春年華的旺盛飽滿亦更為突顯可感。在如許風華絕代的年歲竟然有著「強烈的焦慮和淡淡的孤寂」，對比之下，這焦慮和孤寂也更突出了。抽象的青春年華本不具有實物那樣的輻射功能，

現在有了，這又用了二重的以物擬物，先以具體可感的年青身體比擬
抽象的青春年華，再以自然物的實物比擬人的身體。作者調動了如此
多個不同界域的現象（或者說，運用了如此多修辭手段），合力表現
了主人公的焦慮和孤寂是非同尋常、值得關注的。下面這句則是並存
了較多的外部感覺：

> 她的濕漉漉的睫毛上像刷了一層蜂蜜，根根粗壯豐滿，交叉著
> 碰成一線，在眼瞼間燕尾般剪出來。（其它[23]）

濕漉漉、粗壯豐滿都是視覺、觸覺兼有。蜂蜜，既有味覺又有嗅覺。
粗壯豐滿，還用了擬人形容睫毛。

> ．冰涼的月光照著沉重如偉大笨拙的漢文化的墨水河。（其它）
> ．和尚的血溫暖可人，柔軟光滑，像鳥類的羽毛一樣。（其它）

這二例的比喻都是少見之比，尤其是前例。後例主要是觸覺，溫暖可
人還是擬人。下例更是罕見、複雜、新穎：

> 民夫們站在水裡咬牙切齒，沒有動彈，彷彿在一齊賭氣。父親
> 看到了他們的思想，這個思想如幾百朵花瓣旋轉成一朵美麗的
> 花朵，充實而飽滿地懸掛在河道上空，父親用思想看著它的鮮
> 豔，用思想嗅著它的芬芳，用思想觸摸著它潤澤的肌體，寒冷
> 和饑餓通通被排擠到意識之外，只有這朵花，這朵奇異的花，
> 還有馨香醉人的音樂。父親感到自己的靈魂舒展開形成澎湃的

---

23 凡標「其它」，是指除〈紅高粱〉外，《紅高粱家族》中的其它中篇。未標「其它」
　　者為〈紅高粱〉。

　　逐漸升高的浪花，熱淚頓時盈滿了他霸蠻如電的黑眼睛。（其
　　它）

這整個是如同〈透明的紅蘿蔔〉中的小黑孩那樣呈現出的超常能力、
超常感覺，是孫紹振說的突如其來的強烈刺激所引起的奇妙感覺，乃
至幻覺。故事是《紅高粱家族》中〈野種〉中篇臨近結尾的部分。送
軍糧的民夫們在「父親」余豆官及指導員的帶頭作用下，全部赤身露
體跳進隆冬的冰涼河水裡，排成人鏈，準備傳送軍糧，卻發現必須留
一部分人在岸上，軍糧才能送上岸，但此時沒有一個民夫願意上岸，
「父親」一再喊叫，民夫們竟沒有動彈。此時，「父親」的腦海裡呈
現出了這奇異的一幕，實際就是「父親」用自己的思想去思考、讚美
民夫們的思想。作品用美麗花朵這一具體可感的事物比擬那抽象的令
人感動的思想，民夫們看不見的思想可見了。思想本也無感覺功能，
通過擬物，「父親」可以用自己的思想去具體感覺民夫們思想的花朵
了。這思想之花，不僅有視覺形象（鮮豔），還有嗅覺形象（芬芳）、
觸覺形象（潤澤的肌體）、聽覺形象（醉人的音樂），這醉人的音樂的
聽覺還向嗅覺（馨香）挪移通感。作品再用擬物手法，使「父親」抽
象的靈魂變成了澎湃的浪花。最後的擬人＋比喻也是特別的，霸蠻的
黑眼睛是擬人，霸蠻如電是比喻，形容其霸蠻之極致。如此多的異常
搭配，如此鮮明的跨界交感，如此強烈的立體交響，乃至形成了一種
意境。像這樣的乃至更精彩的意境，我們後面再舉例。

3 幻覺

　　上例所說出現的幻覺，並不典型純粹，它更多還是在表現其它修
辭手法的作用。下面諸例就比較典型純粹了。小說中寫到年青時的
「奶奶」坐在花轎裡，從轎夫們有意讓她知道真相的議論中，得悉她
即將嫁與的男人單家少爺真是痲瘋病人。花轎就要到達單家，「奶

奶」只覺得死期臨近，頃刻悲痛欲絕：

> 奶奶在嗩吶聲中停住哭，像聆聽天籟一般，聽著這似乎從天國
> 傳來的音樂。奶奶粉面凋零，珠淚點點，從悲婉的曲調裡，她
> 聽到了死的聲音，嗅到了死的氣息，看到了死神的高粱般深紅
> 的嘴唇和玉米般金黃的笑臉。

這才真正是突如其來的強烈刺激下的極度悲憤情感中產生的幻覺。

　　下面系列的幻覺是「奶奶」為正在伏擊日本鬼子的余占鰲隊伍送
飯，但在即將到達目的地時，不幸被鬼子機槍射倒，「我父親」跑過
去救「奶奶」，就要離去的「奶奶」腦海裡幾度出現的幻覺。第一次
的幻覺是：

> 父親從高粱根下抓起黑土，堵在奶奶的傷口上，血很快洇出，
> 父親又抓一把。奶奶欣慰地微笑著，看著湛藍的、深不可測的
> 天空，看著寬容溫暖的、慈母般的高粱。奶奶的腦海裡，出現
> 了一條綠油油的綴滿小白花的小路，在這條小路上，奶奶騎著
> 小毛驢，悠閒地行走。高粱深處，那個偉岸堅硬的男子，頓喉
> 高歌，聲越高粱。奶奶循聲而去，腳踩高粱梢頭，像騰著一片
> 綠雲⋯⋯。

幻覺中重現了當年她成親三天後，回門路上，被余占鰲（即上文幻覺
中的「偉岸男子」）劫掠至高粱地裡，「在生機勃勃的高粱地裡相親相
愛，兩顆蔑視人間法規的不羈心靈⋯⋯在高粱地裡耕雲播雨」，從此
改變了她一生，也為「高密東北鄉豐富多彩的歷史上，抹了一道酥
紅」的往事。這同樣是絕境來臨時，才會重現的承載自己一生情感、
命運的極度歡樂的幻覺情景。接著，「奶奶」在走向天國的路上，努

力回憶過去，極力想留住現在，挽回生命，在真切而又模糊的現實感覺、思考中，幻覺不時出現：

奶奶躺著，沐浴著高粱地裡清麗的溫暖，她感到自己輕捷如燕，貼著高粱穗子瀟灑地滑行。那些走馬轉蓬般的圖像運動減緩……多少仇視的、感激的、凶殘的、敦厚的面容都已經出現過又都消逝了。奶奶三十年的歷史，正由她自己寫著最後一筆，過去的一切，像一顆顆香氣馥郁的果子，箭矢般墜落在地，而未來的一切，奶奶只能模模糊糊地看到一些稍縱即逝的光圈。只有短暫的又黏又滑的現在，奶奶還拚命抓住不放。奶奶感到我父親那兩隻獸爪般的小手正在撫摸著她，父親膽怯的叫娘聲，讓奶奶恨愛幻滅、恩仇並泯的意識裡，又濺出幾束眷戀人生的火花。奶奶極力想抬起手臂，愛撫一下我父親的臉，手臂卻怎麼也抬不起來了。奶奶正向上飛奔，她看到了從天國射下來的一束五彩的強光，她聽到了來自天國的、用嗩吶、大喇叭、小喇叭合奏出的莊嚴的音樂。

「奶奶」離天國越來越近時，小說著重描述了一段「奶奶」對自己一生的莊嚴審視：

奶奶感到疲乏極了，那個滑溜溜的現在的把柄、人生世界的把柄，就要從她手裡滑脫。這就是死嗎？我就要死了嗎？再也見不到這天，這地，這高粱，這兒子，這正在帶兵打仗的情人？槍聲響得那麼遙遠，一切都隔著一層厚重的煙霧。豆官！豆官！我的兒，你來幫娘一把，你拉住娘，娘不想死，天哪！天……天賜我情人，天賜我兒子，天賜我財富，天賜我三十年紅高粱般充實的生活。天，你既然給了我，就不要再收回，你

寬恕了我吧，你放了我吧！天，你認為我有罪嗎？……我只有
按著我自己的想法去辦，我愛幸福，我愛力量，我愛美，我的
身體是我的，我為自己做主，我不怕罪，不怕罰，我不怕進你
的十八層地獄。我該做的都做了，該幹的都幹了，我什麼都不
怕。但我不想死，我要活，我要多看幾眼這個世界，我的天
哪……。

小說說，「奶奶的真誠感動上天」，「奶奶」出現迴光返照，年少的
「父親」以為他用黑土真把母親的血堵住了，母親有救了，就跑回去
叫他爹余占鰲來看母親。兒子一走，戴鳳蓮再度昏迷，復又甦醒。當
她覺得自己真要離開人世時，腦海中就出現了魔鬼與親人不斷交替的
幻覺：

父親跑走了。父親的腳步聲變成了輕柔的低語，變成了方才聽
到過的來自天國的音樂。奶奶聽到了宇宙的聲音，那聲音來自
一株株紅高粱。奶奶注視著紅高粱，在她朦朧的眼睛裡，高粱
們奇譎瑰麗，奇形怪狀。它們呻吟著，扭曲著，呼號著，纏繞
著，時而像魔鬼，時而像親人，它們在奶奶眼裡盤結成蛇樣的
一團，又忽啦啦地伸展開來，奶奶無法說出它們的光彩了。它
們紅紅綠綠，白白黑黑，藍藍綠綠，它們哈哈大笑，它們號啕
大哭，哭出的眼淚像雨點一樣打在奶奶心中那一片蒼涼的沙灘
上……。

當她再度被野鴿子的叫聲喚醒時，彌留之際的「奶奶」以對生命、親
人、愛情的留戀和熱愛，高喊道：我的親人，我捨不得離開你們！但
是，她在死亡邊緣的努力掙扎，沒能鬥得過死神，她再度昏迷，完全
的幻覺再次出現：

奶奶的眼睛又朦朧起來，鴿子們撲楞楞一起飛起，合著一首相
當熟悉的歌曲的節拍，在海一樣的藍天裡翔翔，鴿翅與空氣相
接，發出颼颼的風響。奶奶飄然而起，跟著鴿子，劃動著新生
的羽翼，輕盈地旋轉。黑土在身下，高粱在身下。奶奶眷戀地
看著破破爛爛的村莊，彎彎曲曲的河流，交叉縱橫的道路；看
著被灼熱的槍彈劃破的混沌的空間和在死與生的十字路口猶豫
不決的芸芸眾生。奶奶最後一次嗅著高粱酒的味道，嗅著腥甜
的熱血味道，奶奶的腦海裡忽然閃過了一個從未見過的場面：
在幾萬發子彈的鑽擊下，幾百個衣衫襤褸的鄉親，手舞足蹈躺
在高粱地裡……。

最後的時刻終於到了，作品這樣表述戴鳳蓮的最後時刻：

最後一絲與人世間的聯繫即將掙斷，所有的憂慮、痛苦、緊
張、沮喪都落在了高粱地裡，都冰雹般打在高粱梢頭，在黑土
上扎根開花，結出酸澀的果實，讓下一代又一代承受。奶奶完
成了自己的解放，她跟著鴿子飛著，她的縮得只如一拳頭那麼
大的思維空間裡，盛著滿溢的快樂、寧靜、溫暖、舒適、和
諧。奶奶心滿意足，她虔誠地說：
「天哪！我的天……」

這已經分不清是主人公的幻覺還是真實感覺、真實呼喊，分不清是主
人公的最後思考，還是作者的思考。作者要的怕就是這樣的效果。正
是這樣的幻覺與真實感覺的交錯，主人公情感、思想與作家情感、思
想的交混，才更巧妙通過故事畫面寄寓作家要表達的思想感情。戴鳳
蓮是作品塑造的民間女豪傑。她掌管酒坊，心有主見，剛強堅毅，豪
邁決斷，富甲一方。她演出了風情萬種的愛情悲喜劇。她面對侵略者

帶來的災難，面對日寇殺害像親爹一樣的羅漢大爺的深仇大恨，堅決支持余占鰲拉起隊伍，抗擊日寇。余占鰲的叔叔余大牙酒後強姦民女，任副官認為要嚴肅軍紀，槍斃余大牙。余大牙對余占鰲有養育之恩，不願殺他。任副官憤而出走。任副官能文能武、富有韜略、一身正氣，拿余占鰲的話，是「純種好漢」。戴鳳蓮認為「千軍易得，一將難求」，堅決主張留住任副官。余占鰲心煩意亂，竟拔出手槍，威脅道：「你是不是活夠了？」讓戴鳳蓮閉嘴。戴鳳蓮撕開胸脯：「開槍吧！」余占鰲終於冷靜下來，聽從了戴鳳蓮的勸告，留住了任副官，槍斃了親叔叔。伏擊戰中用鐵耙擋住鬼子汽車退路的巧計，就是戴鳳蓮想出來的。余司令傳話要送戰地飯，她立馬指揮鄉親擀餅，並毫不猶豫，和王文義妻子一起挑餅上前線。不料，犧牲於前線。幻覺中那些親人們的號啕大哭、數百鄉親的遇難、對生命的留戀、對親人的熱愛、對故土的眷戀、對自己一生的心滿意足（對應的就是她彌留之際對自己一生的莊嚴審視），就是作品作家對這位女中豪傑有聲有色、短暫傳奇一生的評價。

　　與〈透明的紅蘿蔔〉比，〈紅高粱〉裡的幻覺有了明顯的發展，更充分體現了孫紹振說的，這是通向強烈感情和更高智性的橋樑。

4 擬人

　　擬人，是莫言小說中很獨特的跨界融通現象，它賦予自然界的物種以人的生命，根據小說中的不同內容、意象，賦予自然物不同的情感、思想、神態、動作，與人的相應精神活動交融交感交響，使人的活動更為形象更豐滿，更富詩意更傳神，乃至使相關情境更具意境之味。在《紅高粱家族》中，這一手法也大為發展。其中，最突出者是紅高粱，它以不同的擬人形象出現在相應句段中，它與人性相通，像一個智者，審視、評判著人間的活動，它點染其間，意境之味往往由此而生。前文中的不少引文裡，已出現了如此的紅高粱擬人形象。現

再引述有關句段如下：

- ‧一穗一穗被露水打得精濕的高粱在霧洞裡憂悒地注視著我父親。
- ‧高粱與人一起等待著時間的花朵結出果實。
- ‧三天中又長高了一節的高粱，嘲弄地注視著我奶奶。
- ‧無邊的高粱迎著更高更亮的太陽，臉龐鮮紅，不勝嬌羞。
- ‧去年初夏的高粱在堤外憂悒沉重地發著呆。
- ‧遍野的高粱都在痛哭。
- ‧風利颼有力，高粱前推後擁，一波一波地動，路一側的高粱把頭伸到路當中，向著我奶奶彎腰致敬。
- ‧「汽車來啦！」父親的話像一把刀，彷彿把所有的人斬了似的，高粱地裡籠罩著癡呆呆的平靜。
- ‧八挺歪把子機槍，射出的子彈，織成一束束幹硬的光帶，交叉出一個破碎的扇面，又交叉成一個破碎的扇面，時而在路東，時而在路西，高粱齊聲哀鳴。
- ‧當時為他們的革命行動吶喊助威的是生氣蓬勃的高粱。（其它）
- ‧路兩邊依舊是坦坦蕩蕩、大智若愚的紅高粱集體。（其它）
- ‧爺爺也過來了。奶奶屍體周圍燃著幾十根火把，被火把引燃了的高粱葉子滋溜溜地跳著，一大片高粱間火蛇飛竄，高粱穗子痛苦萬端，不忍卒視。（其它）
- ‧父親張著兩隻手，像飛騰的小鳥，向奶奶撲去。河堤上很安靜，落塵有聲，河水只亮不流，堤外的高粱安詳莊重。父親瘦弱的身體在河堤上跑著，父親高大雄偉漂亮，父親高叫著：「娘——娘——娘」，這一聲聲「娘」裡滲透了人間的血淚，骨肉的深情，崇高的原由。

　　上述紅高粱的幾乎每一擬人形象，都使相關句段染上了一點意境感。最後一則情境比較完整，意境感最突出，文中，紅高粱的擬人形象就只一句：「高粱安詳莊重」，當然還有「河水只亮不流」等，一齊向這人人為之動容的血淚情深、莊嚴獻身致敬，這就是通人性的紅高粱，這就是擬人點染意境之效。又如「幻覺」節的引文中，在說到「奶奶」和「爺爺」當年在生機勃勃的高粱地裡相親相愛時，高粱的形象是「寬容溫暖的、慈母般的」，這實際就是代表善良的人們悲憫「奶奶」當年的不幸，對「奶奶」當年的叛逆行徑深表同情；在說到「奶奶」即將走向天國時，高粱們時而像魔鬼哈哈大笑，時而像親人號啕大哭，悲劇的氛圍頓時籠罩其中。還有開篇所言的「無邊無際的高粱紅成洸洋的血海。高粱高密輝煌，高粱淒婉可人，高粱愛情激蕩」，就是全篇基調、色彩的寫照，每每使人想起張賢亮導演的〈紅高粱〉電影紅成一片的紅高粱情境。

　　有時，不一定擬人，但當它們與人的活動相通，所起的立體交感交響效果是一樣的，如：

> ‧一群年輕女人，簇擁著奶奶的身體，前有火把引導，左右有火把映照，高粱地恍若仙境，人人身體周圍，都閃爍著奇異的光。（其它）
> ‧命中注定她死在日本人的槍彈下，命中注定她的死像成熟的紅高粱一樣燦爛輝煌。（其它）

　　不僅紅高粱，作品中許多自然物都與人性相通，為情境染色。如「村頭那棵鬱鬱青青已逾百年的白果樹，嚴肅地迎接著父親」、「公路黃中透出白來，疲憊不堪」、「那四盤橫斷了道路的連環耙……父親想它們也一定等得不耐煩了」、「（我奶奶）望見了墨水河中淒慘的大石橋」、「天上的太陽，被汽車的火焰烤得紅綠間雜，萎萎縮縮」……。

　　還有動物的擬人。前面介紹到的〈野種〉中隆冬赤身渡河故事裡，就有一節描寫人、驢相通的動物擬人形象的。軍糧過河後，馱軍糧的驢子得全部趕過河。但小說說：「毛驢是一種複雜的動物，它既膽小又倔強，既聰明又愚蠢，父親坐騎的蛋黃色小母驢（按：他因腿被打傷無法持續行軍）是匹得了道的超驢，基本上不能算驢。毛驢們畏水，死活不下河。」後來想出一計，像磨面那樣把驢眼蒙起來，然後拉著它們不斷轉圈，轉迷糊後就趁機趕過河去。但這辦法對得道的小母驢不行。小說寫道：

> 小母驢焦灼地叫起來，父親一招手，她搖頭擺尾跑過來，彎曲著身體蹭父親的肚子。
>
> 父親拍拍她的脖子，說;「黃花魚兒，該我們過了。」
>
> 她點點頭，叫了一聲。
>
> 父親說：「要蒙眼嗎？」
>
> 她搖搖頭，叫了一聲。
>
> 父親說：「河水很涼，你怕嗎？」
>
> 她點點頭，叫了一聲。
>
> 父親說：「要我扛你過去？」
>
> 她點點頭，叫了三聲，四蹄刨動。
>
> 父親搔搔頭，說：「媽的，隨便說說你竟當了真，自古都是人騎驢，哪個國裡驢騎人？」
>
> 她撅起嘴巴，一副好不高興的樣子。
>
> 父親拍著她，勸道：「走吧走吧，別耍驢脾氣了，不是我不扛你，是怕人家笑話你。」
>
> 她擰著頭不走，嘴裡還咕咕嚕嚕說些不中聽的話，惹得父親性起，攥起大拳頭，在她臉前晃晃，威脅道：「走不走？不走送你見閻王。」

> 她咧嘴哭著，跟著父親向河中走去。河裡的冷氣如箭，射中
> 她的肚皮，她翻著嘴唇，夾著尾巴，耳朵高高豎起，好似兩柄
> 尖刀。

更震撼人的是，過河以後，極度饑餓、疲憊的民夫們到處找不到
可以果腹的食物，又不願吃軍糧，民夫隊長「我父親」決定斬殺自己
的坐騎小母驢。小說又有一段撼人的人、驢「對話」……。

這是唯一一匹和人一樣，以其清醒意識和超常意志戰勝了極寒，
又是唯一一匹和整個人、驢運輸隊伍不一樣，以其自身意識到的耶穌
精神，「犧牲一人救大家」的最通人性的毛驢。

加上這些更大幅度的乃至荒誕手法的跨界融通情節，作品的立體
交感效果，通向情感、智性亦即作品要高揚的某種重要精神的交響效
果，就達到了一個小高潮。

5　時空交錯

時空交錯是將現在、過去、未來的事情，或其中兩個時空裡發生
的事情交織在一起敘述，是一種典型的跨界融通。在敘述「現在」
時，回頭敘述過去發生的事情稱為「閃回」，提前敘述未來發生的事
情稱為「閃前」。現代敘事學的閃前、閃回，與傳統敘述中的倒敘、
插敘不同。倒敘是提前敘述事件的結果。插敘一般是插入敘述與事件
相關的過去發生的事情，也有插敘以後發生的相關之事的，但這種情
況較少。傳統的倒敘、插敘一般都是主體事件不可缺少的，特別是倒
敘，它是故事情節本身的一環。而閃前、閃回之事，不一定是主體事
件必不可少之環。如〈紅高粱〉中下述這段文句：

> 父親常走這條路，後來他在日本炭窯中苦熬歲月時，眼前常常
> 閃過這條路。父親不知道我的奶奶在這條土路上主演過多少風

流悲喜劇，我知道。父親也不知道在高粱陰影遮掩著的黑土上，曾經躺過奶奶潔白如玉的光滑肉體，我也知道。

這是主幹事件「父親」跟「爺爺」余司令去打伏擊戰，走在行軍路上的一段插入。「父親常走這條路」，「這條路」是指當下的行軍路，時間是現在，「常走」表明是過去，是閃回，於主幹故事而言，可講可不講。「後來他在日本炭窯中苦熬歲月時，眼前常常閃過這條路」是閃前，與主幹事件無關，更可不講。以下幾句，總體是閃前，「我知道」是指「我」後來為了弄清家族史而採訪了健在的前輩老人，才知道「奶奶」當年那些故事（而「父親」並不知道其母親生他之前的這些風流韻事），即使這與主幹故事的主人公余司令有密切關係，在小說的第二章中也另有敘述，因此在這裡亦可講可不講。其中，「奶奶」的風流悲喜劇、「奶奶」躺在黑土地上的故事，又是這總體閃前中的閃回，這些「奶奶」故事，不僅第二章，後面其它章節中都有不斷插入細敘。總之，上述這段文字，並非是主幹情節必不可少的一環，似乎可以刪去。

但是，這段文字，會使讀者產生懸念和好奇，當讀到後面的相關章節時，就知它雖於主幹故事非必不可少，但於整篇小說還是相關。再說，它於傳統敘述而言，有一種新鮮感，尤其是「我知道」、「我也知道」，用法不僅新鮮、陌生，且由於「我」的在場，增加了故事的真實感、現實感；於表述筆法而言，則既有一種隨機感、趣味感，又有一種密度感，短短幾句話就融通了過去、現在和未來，包含了那麼多家族大事。因而，於文字魅力，它不是冗餘之筆。

上述這段微型時空交錯是《紅高粱家族》時空交錯、閃回、閃前筆法的一個縮影。在一段獨立文字中，包含過去、現在、未來，有閃回、閃前，有單獨的閃前，有包含了閃回的閃前（即敘事學說的「閃前中的閃回」）。就〈紅高粱〉全篇，主幹故事伏擊戰之外的大大小小

的閃回、閃前共出現四十七處（上述引文只計入了二個閃前，未將「父親常走這條路」及「奶奶風流韻事」二個未展開的閃回計入。全篇類似情況者亦未計入）。其中，「閃回中的閃回」、「閃回中的閃前」、「閃前中的閃回」的戲中戲者出現十九處。如此多量出現融通過去、現在、未來的時空交錯，出現閃回、閃前及戲中戲的小說，在當年是罕見的，當年稱譽〈紅高粱〉「橫空出世」，大約離不開這令人耳目一新的寫法。其妙處，正如王先霈的《文學批評原理》指出的：「〈紅高粱〉中那恣意而為的敘述正體現了敘述者對時間的獨到處理。敘述者把故事時間牢牢地掌握在自己手中，充分發揮敘述時間靈活多變的優勢，在敘述中不僅分別運用了閃回、閃前、交錯的敘述技巧，而且創造性地運用了閃回中的閃回、閃回中的閃前、閃前中的閃回等新奇的敘述手段，從而建立了一種複雜且更具凝聚力的敘述結構。」[24]

　　就〈紅高粱〉的主幹故事伏擊戰而言，與之密切相關的大事件即前文提到的羅漢大爺慘烈殉難、余占鰲與戴鳳蓮驚世駭俗的愛情、純種漢子任副官整治軍紀三件大事及前文未提到的冷麻子的國軍隊伍未按原定時間到達伏擊地點一事。如果這「1＋4」五件事，完全按時間順序，流水帳敘述下來，不是不能成為傑作（那是另一種功力），但最可能失手的就是凝聚力，不僅是內容緊湊的凝聚，更重要是意義的凝聚，可能因此減色。現在的〈紅高粱〉，就全篇而言，凝聚於伏擊戰，因之另四件事不僅是伏擊戰的成因，且因此提升了意義。余占鰲在余、戴愛情中敢作敢為，以大事為重、敢冒風險，在伏擊戰中，就有不因冷麻子爽約，失去右翼支持而動搖殲敵決心的傑出表現，並因為後者，余之形象，少了匪氣，多了英雄本色。羅漢大爺殉難的價值意義，任副官整治軍紀的深遠作用，戴鳳蓮不負自身、活出人樣、短暫絢麗的一生，都因伏擊戰而成正果。所以，這四件事，就被切割成

24 王先霈：《文學批評原理》（武漢市：華中師範大學出版社，1999年），頁169。

大大小小的若干塊，以閃回、閃前、戲中戲等，不斷插入主幹故事伏擊戰中，主幹故事也因此切成若干段，或隱或顯，走脈千里。同時，每一閃回、閃前、戲中戲，自身又是一個凝聚，又生出自身的意義（如上述「我知道」段就凝聚於「我知道」，產生多種獨特感覺）。由此，全篇搖曳多姿、高潮迭起、懸念叢生、緊湊熱烈，完全沒有那種流水帳式敘述可能出現的冗長沉悶。

另一方面，上述這段微型時空交錯又只是《紅高粱家族》時空交錯、閃回、閃前筆法的一個形態，並不能由此推及其它。

如〈紅高粱〉第五章開頭道：

> 我奶奶剛滿十六歲時，就由她的父親做主，嫁給了高密東北鄉有名的財主單廷秀的獨生子單扁郎。（這於主幹故事而言，是閃回。接著道：）單家開著燒酒鍋，以廉價高粱為原料釀造優質白酒，方圓百里都有名……（原文細述了單家如何善於經營持家，如何富甲一方，多少人家都渴望和單家攀親，儘管風傳單扁郎有癩瘋病。又說「奶奶」被單家看中也是天意，十六歲那年的清明節如何穿著豔麗，踩著小腳出門踏春。──這是閃回中的閃回。接著道：）曾外祖母是個破落地主的女兒，知道小腳對於女人的重要意義。奶奶不到六歲就開始纏腳，日日加緊。一根裹腳布，長一丈餘，曾外祖母用它，勒斷了奶奶的腳骨，把八個腳趾，折斷在腳底，真慘！（這是第二個閃回中的閃回。接著寫道：）我的母親也是小腳，我每次看到她的腳，就心中難過，就恨不得高呼，打倒封建主義！人腳自由萬歲！（這是第三個閃回中的閃前。緊接道：）奶奶受盡苦難，終於裹就一雙三寸金蓮（第三個閃回結束）。十六歲那年，奶奶已經出落得豐滿秀麗，走起路來雙臂揮舞，身腰扭動，好似風中招颺的楊柳。單廷秀那天挎著糞筐子到我曾外祖父村裡轉

圈，從眾多的花朵中，一眼看中了我奶奶。三個月後，一乘花
轎就把我奶奶抬走了（第二個閃回結束）。奶奶坐在憋悶的花
轎裡，頭暈眼眩……（繼續開頭的第一個閃回）

這個片段的時空交錯、閃回、閃前與「我知道」片段比，顯然是另一
個形態了。一是主要是閃回。二是更為複雜。三是除那個閃前外，基
本上與主幹故事的主人公戴鳳蓮、余占鰲都是有關的，說明了命運的
某種必然與偶然，「風傳單扁郎有痲瘋病」也正是後來戴鳳蓮婚姻、
愛情悲喜劇的伏筆。全篇與戴鳳蓮、羅漢大爺、任副官、冷麻子等主
要人物、重要人物相關的故事，一般均如此，閃回為主，交錯的複雜
性則不像上述二則。

　　但也有好些以閃前交代人物命運的，如伏擊戰已接近尾聲時，
「父親」告訴「爺爺」，「奶奶」還活著，於是，一起去看望「奶
奶」。「奶奶」已犧牲，但未合眼，小說寫道：

爺爺跪在奶奶身旁，用那隻沒受傷的手，把奶奶的眼皮合上了。
一九七六年，我爺爺死的時候，父親用他缺了兩個指頭的左
手，把爺爺圓睜的雙眼合上。（這是閃前。接著出現閃前中的
閃回：）爺爺一九五八年從日本北海道的荒山野嶺中回來時，
已經不太會說話，每個字都像沉重的石塊一樣從他口裡往外
吐。爺爺從日本回來時，村裡舉行了盛大的典禮，連縣長都來
參加了。那時候我兩歲，我記得在村頭的百果樹下，一字兒排
開八張八仙桌，每張桌子上擺著一壇酒，十幾個大白碗。縣長
搬起罈子，倒出一碗酒，雙手捧給爺爺。縣長說：「老英雄，
敬您一碗酒，您給全縣人民帶來了光榮！」爺爺笨拙地站起
來，灰白的眼珠轉動著，說：「喔——喔——槍——槍」……
（接著，繼續敘述後來歲月裡「爺爺」經常帶著小時候的

「我」到當年伏擊戰的戰場，到「奶奶」遇難的地方轉悠。接
著，再續回伏擊戰最後的結局。）

余占鰲的英雄事蹟獲得了回報，載入了史冊，使關心他的讀者心滿意
足，這自然只能以閃前的方式交代。同時，又帶出一個懸念，他為什
麼去日本？經歷了怎樣的苦難？這就促使讀者去《紅高粱家族》的其
它中篇中尋找答案。

　　本大點中，一開頭引述的「高密東北鄉最美麗最醜陋」句段，是
既類似上例及第一例「我知道」片段，引起懸念，並在後續章節或同
系列其它中篇中找到「答案」，但方式不一樣的閃前。該片段有關的
文字補引如下：

　　　　我曾經對高密東北鄉極端熱愛，曾經對高密東北鄉極端仇恨，
　　　　長大後努力學習馬克思主義，我終於悟到：高密東北鄉無疑是
　　　　地球上最美麗最醜陋……最能喝酒最能愛的地方。

開篇就這樣破空而來，如此矛盾地評價故鄉，自然會抓住讀者的閱讀
興趣，看看作者筆下的故鄉究竟如何這樣偉大又這樣不堪。但書中給
你的疑問和答案都不是具體的，然而，一樣給你好奇和釋然。

　　在《紅高粱家族》的其它中篇也有類似的閃前片段：

　　・高密東北鄉是土匪猖獗之地，土匪的組成成分相當複雜，我
　　　有為高密東北鄉的土匪寫一部大書的宏圖大志，並進行過相
　　　當程度的努力——這也是先把大話說出來，能唬幾個人就
　　　唬幾個人。（其它）
　　・據說我這個二奶奶（作品中名為戀兒，原為戴鳳蓮雇佣的丫
　　　頭，後被余占鰲收為二房）也不是盞省油的燈，奶奶懼他五

　　分——這都是以後一定要完全徹底說清楚的事情——二奶
　　奶為我生過一個小姑姑，一九三八年，日本兵用刺刀把我小
　　姑姑挑了，一群日本兵把我二奶奶給輪姦了——這也是以
　　後要完全徹底說清楚的事情。（其它）

・父親對大規模的戰爭有著強烈的興趣也有著淡淡的恐懼，他
　　雖然從小就跟著爺爺玩槍殺人，基本上不畏生死，但對於這
　　種集團大戰還不太適應。父親成為一名出類拔萃的戰士，在
　　淮海戰場上、在渡江戰役中、在朝鮮戰場上建立功勳，那是
　　後事。他的成功得力於他的素質。名震四海的粟司令誇獎他
　　是「天生的戰士」也是後事。現在，他從稻草堆上爬起來，
　　（其它）

這三個片段的閃前懸念不複雜，但其指向或籠統或具體或涉及多方面
內容。

　　總之，〈紅高粱〉及《紅高粱家族》中的時空交錯、閃回、閃前
的形態琳琅滿目，為全書的跨界融通、交感交響構建了一個立體的五
色斑斕的網路。

6 多種人稱

　　〈紅高粱〉發表之初，另一最引人注目的就是大量使用了「奶
奶」、「我奶奶」、「爺爺」、「我爺爺」、「父親」、「我父親」這些特別新
穎的人稱表述。隨便摘引一段一句，都如此。《紅高粱家族》其它中
篇亦如此。前文已引述許多例句，不贅述。其妙處、作用如下：

　　第一，就是莫言在《莫言與王堯對話錄》中說的：「一旦用『我
奶奶』、『我爺爺』，就使我變得博古通今，非常自由地出入歷史，非
常自由地、方便地出入我所描寫的人物的心靈，我也可以知道他們怎

麼想的，我也可以看到、聽到他們親身經歷過的一些事情。」[25]這個道理，敘事學有講，許多人也懂得。「我奶奶」或「奶奶」實際是第三人稱。第三人稱是全知視角，無所不在，無所不知，可以自由進出一切領域，缺點是真實感、現場感較弱。而「我奶奶」、「奶奶」則隱含了、帶上了第一人稱，似乎是爺爺、奶奶親自告訴「我」的，甚至錯覺為「我」也在場，真實感、現場感就增強了。並且，還有一種單獨使用「他（她、人物指稱）」和「我」時所缺乏的親切感。還必須指出的是，「奶奶」比「我奶奶」更親切些，「我」的在場感更強，所以，〈紅高粱〉中，「爺爺」、「奶奶」、「父親」使用得更多。

　　第二，還是莫言在《莫言與王堯對話錄》中說的：「〈紅高粱〉通過『我爺爺』建立了『我』和祖先的一種聯繫，打通了過去和現在的一個通道。」[26]莫言此論，就不一定許多人都意識到了。這裡包含了兩個重要的意思。其一，〈紅高粱〉、《紅高粱家族》就與一般小說區別了開來，似乎帶上了家族史、家庭史、自傳體小說及地方史的色彩，其真實感、歷史感又增添了幾分。其二，某種意義是更重要的，即「我爺爺」「我奶奶」是「打通過去和現在的一個通道」，這就與前面說的時空交錯、將過去和現在交織起來聯繫上了，或者說強化了，或者說是將過去和現在交織起來一起敘述的一種特殊形式，亦即典型跨界融通的一種特殊表現。

　　第三，仍然是莫言在《莫言與王堯對話錄》中說的：「所謂人稱變化，視角變換，實際上就是小說的結構。」[27]這就涉及到所有出現的人稱。〈紅高粱〉中除了如前所舉的「奶奶」、「我奶奶」、「爺爺」、「我爺爺」、「父親」、「我父親」，還有余司令、余占鰲、戴鳳蓮等人物指稱，我、他、她等第一、三人稱，除了第二人稱（不含人物語言

---

25 莫言、王堯：《莫言王堯對話錄》（蘇州市：蘇州大學出版社，2003年），頁139。

26 莫言、王堯：《莫言王堯對話錄》（蘇州市：蘇州大學出版社，2003年），頁139。

27 莫言、王堯：《莫言王堯對話錄》（蘇州市：蘇州大學出版社，2003年），頁139。

中的稱呼）外，出現了其它許多小說所未曾有的多人稱現象。每一人稱，每一種稱呼就是立體交感網路中的一條線，人稱、稱呼越多，網線就越多，立體感就越強。

7 多種語言

〈紅高粱〉及《紅高粱家族》主要有四種語言：

一是故事情節、事件、景象的敘述、描述、描寫語言，又主要是敘述語言。如前面時空交錯節中引述到「奶奶十六歲出嫁」「爺爺一九五八年回鄉」兩個片段。

二是對話中的人物語言。如前文「幻覺」節提到的余占鰲拔出手槍，威脅戴鳳蓮道：「你是不是活夠了？」戴鳳蓮撕開胸脯回應：「開槍吧！」又如「人稱」節最後引述的人、驢對話中「父親」余豆官說的話。這些語言都極具人物個性。

以上二種語言是各小說均有的，也是構成一般小說的主體語言結構，自然都篇幅較多。但不是〈紅高粱〉及《紅高粱家族》的語言特色。其特色突出的語言主要是下述二種：

一是非常規表述。〈紅高粱〉本質上是嚴肅的高揚正義的現實主義小說，但其內容是講一支由土匪出身的梟雄統領的自發抗日隊伍的故事，是正統與非正統、英雄與土匪、主流與非主流的結合，因此其表述語也是以常規語為主同時摻雜許多非常規表述。這些非常規表述，雖不占主體地位，但很搶眼，哪怕三言兩語也極引人注目。其體現又有二種。

其一是余司令本身的對話語，充滿江湖頭子的霸氣，說話乾脆，動不動「老子」、「滾你娘的」，粗野之語不時冒出。如王文義耳朵掛彩後，以為頭沒有了，大喊大叫，余占鰲罵一句：「你娘個蛋！沒有頭還會說話！」又如冷麻子在伏擊戰即將結束時，才帶部隊過來追打逃跑的鬼子，而余占鰲的隊伍已基本拼光。戰事完全結束後，二人對

話如下:「余司令,打得好!」、「狗娘養的!」、「兄弟晚到了一步。」、「狗娘養的!」、「不是我們趕來,你們就完了。」、「狗娘養的!」連罵三句「狗娘養的」,冷麻子一句都不敢回。余司令是小說中說話最多的,因而其粗野語顯得突出。類似的還有轎夫們諸如「顛不出她的話就顛出她的尿」之類的粗俗口語。

其二是有多處或故作大言,或故作極端,或故作荒誕,或故作一本正經,或故意開玩笑,或故顯油腔滑調,或故不按常理說話,或故意前人說今語。如前文引述到的「長大後努力學習馬克思主義」、「打倒封建主義」、「曾經對高密東北鄉極端熱愛、極端仇恨」、「最美麗最醜陋、最英雄好漢最王八蛋、最能喝酒最能愛」等。類似的,還有:

· 所有的高粱合成一個壯大的集體,形成一個大度的思想。——我父親那時還小,想不到這些花言巧語,這是我想的。
· 一九三九年古曆八月初九,我父親這個土匪種十四歲多一點。
· 劉羅漢大爺是我們家歷史上的一個重要的人物。關於他與我奶奶之間是否有染,現已無法查清,誠然,從心裡說,我不願承認這是事實。
· 我奶奶也應該是抗日的先鋒,民族的英雄。
· 她老人家不僅僅是抗日英雄,也是個性解放的先驅,婦女自立的典範。
· 余占鰲就是因為握了一下我奶奶的腳喚醒了他心中偉大的創造新生活的靈感。
· 奶奶的花轎行走到蛤蟆坑被劫的事,在我的家族的傳說中占有一個顯要的位置。

前文如「奶奶鮮嫩茂盛,水分充足」、「三個階梯式的兒子」「被高粱

米飯催得肥頭大耳，生動茂盛」之類的異常搭配實際也是這種不按常理的表述。

　　《紅高粱家族》的其它中篇，此類語言甚至更多。如前文「擬人」節中人、驢對話段裡「我父親」余豆官如他爹一樣說話帶「媽的」的匪氣語言；如「時空交錯」節中的「這也是先把大話說出來，能唬幾個人就唬幾個人」、「這都是以後一定要完全徹底說清楚的事情」、「基本上不畏生死」等。如下述這則被張賢亮編入電影〈紅高粱〉中，來自〈高粱酒〉的著名開場白：

　　　　高密東北鄉紅高粱怎樣變成了香氣馥郁、飲後有蜂蜜一樣的甘飴回味、醉後不損傷大腦細胞的高粱酒？母親曾經告訴過我。母親反覆叮嚀我：家傳秘訣，決不能輕易洩露，傳出去第一是有損我家的聲譽，第二萬一有朝一日後代子孫重開燒酒公司，失去獨家經營的優勢。我們那地方的手藝人家，但凡有點絕活，向來是寧傳媳婦也不傳閨女，這規矩嚴肅得像某些國家法律一樣。……正像許多重大發現是因了偶然性、是因了惡作劇一樣，我家的高粱酒之所以獨具特色，是因為我爺爺往酒簍裡撒了一泡尿。為什麼一泡尿竟能使一簍普通高粱酒變成一簍風格鮮明的高級高粱酒？這是科學，我不敢胡說，留待釀造科學家去研究吧。——後來，我奶奶和羅漢大爺他們進一步試驗，反覆摸索，總結經驗，創造了用老尿罐上附著的尿鹼來代替尿液的更加簡單、精密、準確的勾兌工藝。這是絕對機密，當時只有我奶奶、我爺爺和羅漢大爺知道。據說勾兌時都是半夜三更，人腳安靜，……故意張揚示從，做出無限神秘狀，使偷窺者毛髮森森，以為我家通神入魔，是天助的買賣。於是我們家的高粱酒壓倒群芳，幾乎壟斷了市場。

再如〈狗道〉中如下二例雅詞俗用、大詞小用：

· 不緊不忙、下下停停的秋雨把屍首泡腫了，窪子裡漸漸散出
　質量優異的臭氣。

· 狗體在空中舒展開，借著灰銀色的天光，亮出狗中領袖的漂
　亮弧線。

　　所有這些非常規表述，雖突出，但不突兀，雖搶眼但不搶位，不
喧賓奪主，因為它是夾在主體的常規表述中自然而然帶出來的。我們
讀到「打倒封建主義」、「基本不畏生死」時，只是莞爾一笑，並不會
認為其小說是幽默作品、荒誕作品（可能〈狗道〉篇是例外）。這就
是常規表述與非常規表述的跨界融通之妙。

　　二是詩意語言。這在悲劇氣氛濃厚的兩節情境中，即「奶奶」出
嫁去單家和「奶奶」犧牲前彌留之際中特別突出，尤其是幻覺部分。
它得力於抒情性很強的詩行語言、類詩語言、散文詩式語言。如前文
「幻覺」節引文中的——

· 奶奶粉面凋零，珠淚點點。

· 她聽到了死的聲音，嗅到了死的氣息，看到了死神的高粱般
　深紅的嘴唇和玉米般金黃的笑臉。

· 奶奶欣慰地微笑著，看著湛藍的、深不可測的天空，看著寬
　容溫暖的、慈母般的高粱。

· 那個偉岸堅硬的男子，頓喉高歌，聲越高粱。

· 奶奶躺著，沐浴著高粱地裡清麗的溫暖，她感到自己輕捷如
　燕，貼著高粱穗子瀟灑地滑行。……奶奶三十年的歷史，正
　由她自己寫著最後一筆，過去的一切，像一顆顆香氣馥郁的
　果子，箭矢般墜落在地，而未來的一切，奶奶只能模模糊糊

地看到一些稍縱即逝的光圈。

- 她看到了從天國射下來的一束五彩的強光，她聽到了來自天國的、用嗩吶、大喇叭、小喇叭合奏出的莊嚴的音樂。

- 天賜我情人，天賜我兒子，天賜我財富，天賜我三十年紅高粱般充實的生活。

- 你寬恕了我吧，你放了我吧！天，你認為我有罪嗎？

- 我愛力量，我愛美，我的身體是我的，我為自己做主，我不怕罪，不怕罰，我不怕進你的十八層地獄。我該做的都做了，該幹的都幹了，我什麼都不怕。但我不想死，我要活，我要多看幾眼這個世界，我的天哪……。

- 高粱們奇譎瑰麗，奇形怪狀。它們呻吟著，扭曲著，呼號著，纏繞著，時而像魔鬼，時而像親人……它們紅紅綠綠，白白黑黑，藍藍綠綠，它們哈哈大笑，它們號啕大哭，哭出的眼淚像雨點一樣打在奶奶心中那一片蒼涼的沙灘上……。

- 黑土在身下，高粱在身下。奶奶眷戀地看著破破爛爛的村莊，彎彎曲曲的河流，交叉縱橫的道路；看著被灼熱的槍彈劃破的混沌的空間和在死與生的十字路口猶豫不決的芸芸眾生。

- 最後一絲與人世間的聯繫即將掙斷，所有的憂慮、痛苦、緊張、沮喪都落在了高粱地裡，都冰雹般打在高粱梢頭……奶奶完成了自己的解放，她跟著鴿子飛著……盛著滿溢的快樂、寧靜、溫暖、舒適、和諧。奶奶心滿意足，她虔誠地說：「天哪！我的天……」

再如「奶奶」悲淒的出嫁路上的如下文句，也是詩意語言占主導的：

- 花轎又起行，喇叭吹出一個猿啼般的長音，便無聲無息。起

風了，東北風，天上雲朵麕集，遮住了陽光，轎子裡更加昏暗。奶奶聽到風吹高粱，嘩嘩嘩啦啦啦，一浪趕著一浪，響到遠方。奶奶聽到東北方向有隆隆雷聲響起。轎夫們加快了步伐。轎子離單家還有多遠，奶奶不知道，她如同一隻被綁的羔羊，愈近死期，心裡愈平靜。

· 蛤蟆坑是大窪子裡的大窪子，土壤尤其肥沃，水份尤其充足，高粱尤其茂密。奶奶的花轎行到這裡，東北天空抖著一個血紅的閃電，一道殘缺的杏黃色陽光，從濃雲中，嘶叫著射向道路。轎夫們氣喘吁吁，熱汗涔涔。走進蛤蟆坑，空氣沉重，路邊的高粱烏黑發亮，深不見底，路上的野草雜花幾乎長死了路。……高粱深處，蛤蟆的叫聲憂傷，蟈蟈的唧唧淒涼，狐狸的哀鳴悠悵。

即使是非悲劇性情節的部分，也有詩意語言融於其中的表述。如小說一開頭第二段：

天地混沌，景物影影綽綽，隊伍的雜沓腳步聲已響出很遠。父親眼前掛著藍白色的霧幔，擋住他的視線，只聞隊伍腳步聲，不見隊伍形和影。父親緊緊扯住余司令的衣角，雙腿快速挪動。奶奶像岸愈離愈遠，霧像海水愈近愈洶湧，父親抓住余司令，就像抓住一條船舷。

當然，這段文字裡，散文式語言似乎更多點，但二者融洽無隙，下面類似之例，散文句又似略多些，但都難分伯仲：

轎夫們沉默無言，步履沉重。轎裡犧牲的哽咽和轎後嗩吶的伴奏，使他們心中萍翻槳亂，雨打魂幡。走在高粱小徑上的，已

不像迎親的隊伍，倒像送葬的儀仗。在奶奶腳前的那個轎夫——我後來的爺爺余占鰲，他的心裡，有一種不尋常的預感，像熊熊燃燒的火焰一樣，把他未來的道路照亮了。奶奶的哭聲，喚起他心底早就蘊藏著的憐愛之情。

　　總的來說，〈紅高粱〉中，詩意語言占主導或詩意語言與散文式語言難分伯仲的句段為數不少，但如同非常規表述一樣，雖顯眼但不喧賓奪主。更主要的，它與主體的散文敘述語言融洽無隙，對接無縫。前面的例子還是「小兒科」，跨度更大的無縫對接是羅漢大爺殉難部分。這部分文字不少，包括羅漢大爺被活剮剝皮的過程在內，都敘述、描寫得很詳細，是全文中最慘烈、最激起仇恨、反抗的核心情節。這樣慘烈的程度、剛性的敘述，怎麼降下來，與後面的敘述，乃至抒情語句對接？小說寫道：

　　　人群裡的女人們全都跪倒在地上，哭聲震野。當天夜裡，天降大雨，把騾馬場上的血跡沖洗得乾乾淨淨，羅漢大爺的屍體和皮膚無影無蹤。村裡流傳著羅漢大爺屍體失蹤的消息，一傳十，十傳百，一代傳一代，竟成了一個美麗的神話故事。

真是舉重若輕，化慘烈為壯烈，借神助祛恐懼，化悲痛為力量，小說緊接著寫道：

　　　他要是膽敢耍弄老子，我擰下他的腦袋做尿壺！

這也是程度強烈的剛性敘述，是余占鰲因時近晌午，冷麻子人馬一直未出現而發出的憤怒罵聲。與羅漢大爺殉難的內在關聯也不言而喻。接著，余占鰲吩咐兒子余豆官（父親）去村裡告訴她娘（奶奶）組織

村人做飯、送飯。於是由「奶奶」引發閃回，開始敘述前面介紹過的「奶奶」十六歲時如何被單家看上，出嫁路上如何悽惶，如何湧起悲情幻覺，如何感動眾轎夫和余占鰲，如何又有了抒情性很強的「轎夫們」段、「花轎」段、「蛤蟆坑」段。這個從剛性敘述到柔性抒情的下降轉彎是緩坡式的。所有的剛性敘述、散文語言與詩意語言、抒情語段之間的過渡、銜接都是這樣自然而然，天衣無縫的，如同前面的常規表述與非常規表述的融洽一樣，都體現了跨界融通之妙。

我們是否可以這樣認為，莫言將變異很大、跨度很大的幻覺、超常感覺都歸為「通感」時，是一種有意為之的行為？在莫言看來，一切感覺、語言之間都可以找到貫通的管道。慘烈、恐懼、哭聲震野都是大力度事件，感天動地、普降大雨、無影無蹤也是大力度事件。「大」使之自然對接。再由這神助轉到神話，再由這神話轉到美麗。再由美麗的神話撫平人們的巨痛。同時，那慘烈之「慘」又通向了另一個憤怒。不知莫言是不是這樣「暗渡陳倉」？

我們還可看到差異更大的二種語言之間的貫通。這就是上述非常規表述與詩意語言之間的關係。莫言作品中的非常規表述大體屬於幽默類語言，這與詩意語言在風格上相去甚遠。二者的融通方式大體有二種。一種是通過常規表述過渡到詩意語言。如前所述，莫言小說中的非常規表述是由常規表述自然而然帶出來的，它鑲嵌在常規表述中。而其作品中的詩意語言本來就不是詩歌，而是融入散文句式中的詩行語言、類詩語言、散文詩式語句，如前面所引的許多例句均如是。所以，其中的散句自然易於與主體的敘述、描寫散句對接。這是〈紅高粱〉等《紅高粱家族》各中篇最常見的這兩類語言的融通、對接。但是，還有另一種融通，就是直接將幽默類語言與詩意語言交錯融洽在一起。其典型例子就是一開頭「內容融通」節提到的，也是後面從不同角度多次重現的「極端熱愛、極端仇恨、最美麗最醜陋、最英雄好漢最王八蛋、最能喝酒最能愛」等故作極端、故呈荒誕及「努

力學習馬克思主義」等故意開玩笑的話語與「高粱高密輝煌，高粱淒婉可人，高粱愛情激盪」等詩意語言的完美融洽。它出現於〈紅高粱〉開篇的第四段。它橫空出世，驟然震撼了無數讀者，並預示了本篇小說乃至《紅高粱家族》各篇可能呈現的非凡語言樣式。看看〈高粱酒〉中這個片段：

> 父親一把把抹開高粱棵子，露出了平躺著、仰面朝著幽遠的、星斗燦爛的高密東北鄉獨特天空的奶奶。奶奶臨逝前用靈魂深處的聲音高聲呼天，天也動容長歎。奶奶死後面如美玉，微啟的唇縫裡、皎潔的牙齒上、托著雪白的鴿子用翠綠的嘴巴喙下來的珍珠般的高粱米粒。奶奶被子彈洞穿過的乳房挺拔傲岸，蔑視著人間的道德和堂皇的說教，表現著人的力量和人的自由、生的偉大愛的光榮，奶奶永垂不朽！

這比〈紅高粱〉第四段更為短小的片段，將詩意語言、非常規表述、常規表述融洽得多麼完美！

當然，各種語言之間的結合、融通並非一定要有自然過渡，一定要交混在一起，它也可以像古代小說那樣，花開兩朵，各表一枝，中間突然中斷，空白中二者的關係、暗通的管道，由讀者自行填空。如〈高粱酒〉開頭有關高粱酒勾兌秘密的幽默片段，就並不是由常規表述自然而然帶出來的，它破空而來，其後也沒有過渡，而是突然斷開，開始了另一內容的常規表述。至於這二者之間的關聯，乃至要讀完全篇，才會了然。

8 意境

前文我們已多次提起意境，〈紅高粱〉的意境感是明顯比別人作品突出的，這是〈紅高粱〉獨步一時的重要特色。

　　意境是從古代詩歌來的，根據孫紹振及其它專家的研究，它至少有幾個條件：一是意和境分得很清楚，卻又融洽無際，後者一般是實的，前者往往可能是虛的，但我們可以清楚知道存在這兩方面的東西。二是意充分瀰漫於其間一切對象、景象、語句，形成了孫紹振稱為的「場」，它往往很難被人準確說清——這個意、這個場究竟是什麼？但我們實實在在可以感覺到它的存在，感覺其不僅全部文句有機統一且有其凝聚點，有其主要特徵。三是其中的物象總是染上了意的色彩，移情於物也好，一切景語皆情語也好，總是人悲山河也失色；故擬人是常見之象，所謂「河水只亮不流，高粱安詳莊重」為的就是那「人間的血淚，骨肉的深情，崇高的原由」。四是它是從詩歌來的，如果散文、小說片段也有意境感，往往少不了抒情詩行、類詩語言交織其中。五是，它一般要有充分的飽和度，三言兩語，或成分不足，往往難成其「境」，當然，冗餘成分越少越好，最好無冗餘。下面這則片段，其後半部分幾句已在「幻覺」節引述，意境感還不那麼突出，加上其原文中的前半部分，飽和度較充分且無冗餘，意境感驟然增強：

> 奶奶放聲大哭，高粱深深震動。轎夫們不再顛狂，推波助瀾、興風作浪的吹鼓手們也停嘴不吹。只剩下奶奶的嗚咽，又和進了一支悲泣的小嗩吶，嗩吶的哭聲比所有的女人哭泣都優美。奶奶在嗩吶聲中停住哭，像聆聽天籟一般，聽著這似乎從天國傳來的音樂。奶奶粉面凋零，珠淚點點，從悲婉的曲調裡，她聽到了死的聲音，嗅到了死的氣息，看到了死神的高粱般深紅的嘴唇和玉米般金黃的笑臉。

此段，應當是何為小說意境及上述五要點在小說中的極妙體現。以此例及上述五要點觀之，前面引述的不少句段，包括「語言」節的「轎

夫們」段、「花轎」段、「蛤蟆坑」段、「奶奶犧牲」段、「天地混沌」段，「幻覺」節各段，乃至「擬人」節中好些句段，以及〈紅高粱〉和《紅高粱家族》其它中篇中沒有摘引出來的許多片段，都不同程度具有意境感或意境味。

　　無疑，其一，不是文句越多就越好，文句多了，就可能影響無冗餘的有機統一感；其二，小說之意境與詩歌之意境是不同的。看看下面緊聯的兩段：

　　　　風利颼有力，高粱前推後擁，一波一波地動，路一側的高粱把頭伸到路當中，向著我奶奶彎腰致敬。轎夫們飛馬流星，轎子出奇的平穩，像浪尖上飛快滑動的小船。蛙類們興奮地鳴叫著，迎接著即將來臨的盛夏的暴雨。低垂的天幕，陰沉地注視著銀灰色的高粱臉龐，一道壓一道的血紅閃電在高粱頭上裂開，雷聲強大，震動耳膜。奶奶心中亢奮，無畏地注視著黑色的風掀起的綠色的浪潮，雲聲像推磨一樣旋轉著過來，風向變幻不定，高粱四面搖擺，田野淩亂不堪。最先一批凶狠的雨點打得高粱顫抖，打得野草毂觫，打得道上的細土凝聚成團後又立即迸裂，打得轎頂啪啪響。雨點打在奶奶的繡花鞋上，打在余占鰲的頭上，斜射到奶奶的臉上。

　　　　余占鰲他們像兔子一樣疾跑，還是未能躲過這場午前的雷陣雨。雨打倒了無數的高粱，雨在田野裡狂歡，蛤蟆躲在高粱根下，哈達哈達地抖著頷下雪白的皮膚，狐狸蹲在幽暗的洞裡，看著從高粱上飛濺而下的細小水珠，道路很快就泥濘不堪，雜草伏地，矢車菊清醒地擎著濕漉漉的頭。轎夫們肥大的黑褲子緊貼在肉上，人都變得苗條流暢。余占鰲的頭皮被沖刷得光潔明媚，像奶奶眼中的一顆圓月。雨水把奶奶的衣服也打濕了，她本來可以掛上轎簾遮擋雨水，她沒有掛，她不想掛，奶奶通過敞亮的轎門，看到了紛亂不安的宏大世界。

僅有上段或下段，意境都似有欠缺，合之則意境更鮮明，更令人心動。但從詩歌意境及上述五要點的角度，不夠凝練，似有冗餘。然而，這是小說。小說不能由一個個詩歌一樣的凝練意境連綴而成，它有其自身統一的敘事構架和表述風格。在某一片段中，從意境的角度可能是冗餘之筆，在上下文中，在小說全篇中恰恰可能是必要之筆，比如，許多故事情節、事件進程的敘述文字。何況〈紅高粱〉本身就有鮮明的鋪陳酣暢的風格。

重要的不是區別，而是〈紅高粱〉具有鮮明意境是其區別於別人的重要特徵。

莫言說，「孫老師對很多詩歌意境、詩意的分析，對我文學語言的改善、對我小說意境的營造，發揮了非常大的作用。」莫言又是受孫紹振「通感論」及其它感覺理論的具體影響，創造了自己的跨界融通的「通感」創作觀和創作實踐的。所以，第一，莫言是著意營造小說意境的；第二，他直接吸納詩歌意境、詩歌語言跨界融入其小說中，創造了許多既為小說本身情節、場景的一部分，又意境感濃郁的抒情蘊意片段；第三，因而形成了它與別的小說的很大區別，不僅意境片段多，且〈紅高粱〉等整部小說都具意境感，其中貫穿始終的紅高粱擬人形象是這大意境的最具特徵的意象，然而它又是地地道道的小說。

如此既顧及詩歌更顧及小說，既顧及片段更顧及全篇，跨界融通創造意境是很不容易的。

莫言的「通感」是大通感，以上八個方面是其「大通感」的主要體現、主要構件，每一要件又包含眾多要素、線索，由此建構了他如〈紅高粱〉那樣的跨界融通、五彩斑斕、交匯深廣的交感交響立體網路。

如此統籌八方，創造他「大通感」小說，非大手筆大格局，無一定理論養育，難臻此非凡之功。

三　莫言「同化」創作觀、相關創作實踐與孫紹振的「同化論」

前文已介紹，莫言在與王堯的對話中，將「同化」作為他的重要創作觀，就此詳細闡述了他的具體見解，提到的理論來源和理論家就是孫紹振的同化論，並且不是一句簡單的交代，而是轉述了孫紹振「同化論」的要點，說明了是在軍藝讀書時，即其〈透明的紅蘿蔔〉、〈紅高粱〉等成名作、代表作噴發的前夕，聽孫紹振介紹同化論的。看來，二者的關聯同「通感論」一樣，同樣比較重要。現在我們也試著梳理二者的具體關聯。

（一）莫言「同化觀」的要點及其與孫紹振「同化論」的關聯

下文是《莫言王堯對話錄》的「超越故鄉」一章中，莫言有關「同化觀」的發言內容的摘錄（摘錄按其發言順序，其中最後一則就是涉及孫紹振的「同化論」的）：

> ・上了軍藝、魯藝，接觸了西方的小說和理論，它起到了發現自我的作用。
>
> ・一個作家哪怕在農村生活三十年、四十年，他的個人經驗畢竟有限。這些東西長期的寫，總還有面臨枯竭的一天。……可以在這些經歷的基礎上擴展、編造。當作家的創作技術成熟以後，我想他就具備了擴展故鄉的條件了。這時候，他可以把一些天南海北的、四面八方的、古今中外的，你認為引起你創作衝動的故事材料，移植到你熟悉的故鄉背景裡來，但是，這要靠個人的經驗把這些外來的故事同化，用你的想像力變成好像你親身經歷過的一樣，不是在敘述故事，而是在經歷故事。

‧故鄉確實是無邊無垠的，……是完全突破地理界限的。

‧它是沒有圍牆甚至是沒有國界的。……如果說高密東北鄉是一個文學的王國，那麼我這個開國君王就應該不斷地擴展它的疆域。

‧我想，一個作家能同化別人的生活，能把天南海北有趣的生活納入自己的「故鄉」，就可以持續不斷地寫下去。

‧作家大多數都有自己的這麼一塊土地（發言中舉到魯迅的紹興、沈從文的湘西、王安憶的上海、作家自己的高密東北鄉）。

‧一個作家能不能走得更遠，能不能源源不斷地寫出富有新意的作品來，就看他這種「超越故鄉」的能力。超越故鄉的能力。實際上也就是同化生活的能力。你能不能把從別人書上看到的，從別人嘴裡聽到的，用自己的感情、用自己的想像力給它插上翅膀，就決定了你的創作資源能否得到源源不斷的補充。

‧我記得在軍藝讀書時，福建來的孫紹振先生對我們講：一個作家有沒有潛能，就在於他有沒有同化生活的能力。有很多作家，包括「紅色經典」時期的作家，往往一本書寫完以後自己就完蛋了，就不能再寫了，再寫也是重複。他把自己的生活經歷寫完以後，再往下寫就是炒剩飯。頂多把第一部書裡的邊邊角角再來寫一下。新的生活，別人的生活很難進入他們的頭腦，進入了也不能被同化……[28]

　　上述莫言有關「同化觀」的發言摘錄，要點如下：第一，多數作家都有自己文學上的故鄉，但如囿於封閉的「故鄉」，不僅創作資源

---

28 莫言、王堯：《莫言王堯對話錄》（蘇州市：蘇州大學出版社，2003年），頁197-204。

將枯竭，也因自我重複將失去讀者，因此，作家要善於將別人的生活，將引起自己創作衝動的材料移植到熟悉的故鄉背景裡，創作吸引讀者的新故事。這實際就是超越故鄉，不斷擴展故鄉文學王國的領域，貌似寫故鄉，實際在寫更廣闊的社會。所謂同化，就是將別人的生活化到自己的「故鄉」中。第二，同化的成功在於用自己的感情、自己的想像力、自己成熟的創作技術，總之以「自我主體」去發現新素材，處理新素材。無疑，富有新意的作品，不僅作品表層內容是不斷更新的，深層意蘊也是不斷發展的，「自我主體」也是不斷前進的。第三，明確說明，這樣的同化論是從孫紹振的軍藝課中聽來的（即一九八四年夏天，莫言成名作、代表作產生前）。前文我們介紹過，莫言明言，軍藝讀書使他的創作產生了一次巨大的轉折，不僅知道了應該寫些什麼，而且知道了應該怎麼寫。這巨大轉折應當就包含了他對「同化論」的深入認識。

（二）孫紹振《文學創作論》中有關「同化論」的主要觀點

1 生活敏感區的確定和擴展

孫紹振認為，每一個作家都可能有自己的生活敏感區……在這個領域中，他應該有特別深入的體驗，有特別強烈的感受，有特別幽微的洞察。……但是生活敏感區總是有限的，作家長期偏限於一個基點，可能導致心靈空間的狹小。應該不斷擴大視野……生活的遼闊領域時常呼喚作家突破固有的生活圈子的偏限。狹小的生活敏感區，不管是童年的回憶，還是鄉土的風俗，都可能慢慢地枯竭。[29]

2 同化論核心觀

孫紹振的「同化論」有兩個理論來源，一是丹納《藝術哲學》中

---

29 孫紹振：《文學創作論》（瀋陽市：春風文藝出版社，1987年），頁10-11。

的「主要特徵」理論，二是皮亞傑的「同化作用說」，由此構成了其「同化論」的核心觀，其中重點又是丹納的「主要特徵」理論。孫紹振在《文學創作論》中多次引用到丹納《藝術哲學》中的「主要特徵」理論。筆者就此曾問過孫先生，他認為，丹納這一理論是他構建文學創作論時引入的比較主要的理論。而皮亞傑的同化作用說是孫紹振「同化論」的自然科學、心理學基礎。

3　主要特徵同化非主要特徵

　　孫紹振在《文學創作論》的「形象論」一章中，先引入了丹納在《藝術哲學》中的這段話：「藝術的目的是表現事物的主要特徵，表現事物某個突出而顯著的屬性，某個重要觀點，某個重點狀態。」[30]接著，又引述了丹納在同一著作中說的：「在現實界，特徵不過居於主要地位，藝術卻要使特徵支配一切。」[31]孫紹振接著指出：「藝術之所以不同於生活的描紅，就在於主要特徵支配一切，一切與主要特徵不統一的都要被排除，排除得越徹底，藝術的境界愈能順利的構成。」孫紹振把這稱為「同化」，他說：「可以說，主要特徵對於自身和對於與之相聯繫的事物會起一種『同化』作用。」並舉例說，托爾斯泰在《復活》中寫少女時代的卡秋莎的形象也用這種「同化」來強調統一性。他引入了《復活》中的原文：

> 她還是跟從前一樣，只是越發嫵媚了。……仍舊繫著乾淨的白色圍裙。她從她姑姑那兒拿來一塊剛剛拆掉包皮紙的香皂和兩條毛巾，一條俄國式的大浴巾和一條毛茸茸的浴巾。不論是那

30　〔法〕丹納著，傅雷譯：《藝術哲學》（北京市：人民文學出版社，1981年），頁19、23。

31　〔法〕丹納著，傅雷譯：《藝術哲學》（北京市：人民文學出版社，1981年），頁23、25。

> 塊沒有動用過的，刻著字的香皂也罷，那兩條毛巾也罷，一律
> 都乾淨、新鮮、整齊、招人喜歡。

接著，孫紹振指出：「這裡寫的雖然是香皂、毛巾、浴巾給人的印
象，實際上主要是這個天真純潔美好的姑娘給人的印象，香皂、毛
巾、浴巾的特徵不過是因為與姑娘的特徵相同才得到這麼突出的強
調。」[32]

4 主要觀念和情趣選擇主要特徵

在「形象論」章中，孫紹振根據丹納的觀點，認為主要特徵是由
作家此時占優勢的主要觀念、主要情趣選擇、確定的。他引述了丹納
的話：「藝術家改變各個部門的關係，一定是向一個方向改變，而且
是有意改變的，目的在於使對象的某一個『主要特徵』，也就是藝術
家對那對象所抱的主要觀念，顯得特別清楚。」[33]孫紹振解釋說：「在
確定主要特徵和非主要特徵之間關係的時候，作家主要觀念，包括作
家獨有的情趣就成了『同化』的標準。主要特徵之所以能成為主要
的，就是因為它是和作家的主要觀念、情趣一致，因為是一致的，才
能把其它特徵向這個方向引導。」[34]

5 心理學的「同化」作用說及文學上的「同化」現象

在《文學創作論》的「智慧論」章中，孫紹振先介紹了馬克思的

---

32 孫紹振：《文學創作論》（瀋陽市：春風文藝出版社，1987年），頁55、58、61。本
　　小節中所引丹納言論均轉引自上述《文學創作論》所在頁。
33 〔法〕丹納著，傅雷譯：《藝術哲學》（北京市：人民文學出版社，1981年），頁22。
34 孫紹振：《文學創作論》（瀋陽市：春風文藝出版社，1987年），頁63-64。本小節中
　　所引丹納言論轉引自上述《文學創作論》所在頁。

名言:「對於沒有音樂感的耳朵說來,最美的音樂也毫無意義。」[35]他
指出,馬克思的這個著名觀點到了二十世紀,就有了心理學的系統的
經驗材料作為基礎了。這就是瑞士心理學家皮亞傑的研究。孫紹振介
紹並解釋了皮亞傑的理論。他說:「根據皮亞傑的研究,人的認識並
不是單向的,一有刺激立即引起反應的結構(即S→R公式),而是雙
向的,刺激和反應相互作用的。也就是人的大腦並不是完全被動的,
一定的刺激只有被主體『同化』(assimilateion)於認識『格局』
(Scheme,又譯:圖式)之中,大腦才能順利地對刺激作出反應,當
外界刺激不能與主體的『格局』相『同化』,就只能有不正確的反
應,或者竟至沒有反應。不懂交響樂的人覺得它沒意思,不懂京劇的
人不耐煩看下去,就是因為它不能『同化』」。

　　孫紹振進一步解釋說:「『同化』就是把客觀信息納入主體的『格
局』(圖式)之中,人遇到新事物總是用固有的『格局』(圖式)去
『同化』,如二者相適應,則達於平衡獲得成功,如果新事物與舊
『格局』(圖式)不相適應,不能達於平衡,認識暫時還不能成功。
作家在感受生活時也一樣,他對於來自生活的豐富信息,總是不由自
主地用固有的感情、趣味去『同化』,如果他的思想、趣味很豐富,
則他『同化』的成果就多,如果他思想、感情、趣味很貧乏,發生
『同化』的可能性就比較小。」

　　孫紹振又介紹和解釋了皮亞傑的「順應」:「當然,生活反覆刺
激,也會打破舊的平衡,引起大腦中『格局』(圖式)的『調節』
(accommodation或譯『順應』)產生新的適應性更大的『格局』。在
主客體的相互作用下,不斷打破平衡,經過『調節』產生新的『同
化』達到新的平衡,這就是人的認識發生,發展的過程,不管如何大
幅度的調節,人的認識都只能在『同化』作用的限度之內。」

---

35 〔德〕馬克思:〈1844年經濟學——哲學手稿〉,《馬克思恩格斯全集》第四十二卷
　　(北京市:人民出版社,1979年),頁125-126。

　　於是，孫先生得出了文學上的幾種「同化」現象：

　　正是由於這種動態的「同化」作用，作家才能把自己的個性和獨特的感情趣味深深地鑄進他們新創造的形象中。

　　這種主體與客體的「同化」、結合、交融，正是作家藝術感受的心理基礎。

　　當作家與客觀對象在某一點上「同化」的時候，藝術感受就產生了。這種主觀特點與客觀特點的匯合有一種猝然遇合，豁然貫通的性質，一旦遇合了，貫通了，事物的特點就帶著個性的特點了，就有了獨特的感受了，如果不貫通，就是沒有感受。

　　最後舉例說：「『下雨了』，光這麼一句就沒有感受，沒有與作家個性貫通。如果說『涼雨溫柔地打著我滾熱的面頰。』這『溫柔』並不完全是『涼雨』本身的特徵，這是從作家心裡『吐』出來的感情特徵，『同化』了涼雨的特徵。當然這也不完全是主觀的，畢竟還是與涼雨的性狀相通的，如果是傾盆大雨，則客觀事物的特徵與溫柔的感情不能相容，硬要『同化』，那就牽強了，粗糙了，不藝術了。」[36]

6 增強心靈對生活的吸收力

　　在「智能論」中，孫紹振還就作家豐富自己的情感，發展自己的新情趣，以增強心靈對生活的吸收力提出了如下觀點：

　　第一，從可能性來說，生活有多寬廣，藝術就應該有多寬廣，但是生活必須與感情發生火一樣的關係，才能昇華為藝術形象，在作家感情世界以外的生活就很難進入藝術的境界，因而從現實性來說，在藝術中得到表現的僅僅是作家的心靈為之激動的有過獨特感受的那一部分。

---

36 本小節引自孫紹振：《文學創作論》（瀋陽市：春風文藝出版社，1987年），頁168-170。本小節中所引馬克思言論轉引自上述《文學創作論》，頁168。文中皮亞傑理論為轉述，系孫著原文的表述。

第二，要成為一個優秀的作家，在生活面前，要具備獨特新穎的感受力，就要豐富自己的感情，增強心靈對生活的吸收力。

第三，推動文學發展的不僅僅是新的題材、新的人物、新的生活，而且還有伴之而來的新的感情新的藝術趣味。[37]

上述孫紹振「同化論」的主要觀點包括同化論核心觀（其中又包含主要特徵同化非主要特徵、主要觀念和情趣選擇主要特徵、心理學的「同化」作用說及文學上的「同化」現象），以及作為兩翼的生活敏感區的確定和擴展、增強心靈對生活的吸收力。孫紹振這一「同化論」與莫言「同化觀」、莫言對孫紹振「同化論」的回憶，三者所言之本質極為一致，只是或詳或略，或科學或通俗，或全面精到或有所側重。這本質包括下述三點：

第一，孫紹振說既要有生活敏感區的確定基點，又要有生活視野、區域的不斷擴展，莫言則說，既有文學的故鄉又要超越故鄉。

第二，同化是化他為己，化外為內，化次為主，化生活為文學。孫紹振是從整個藝術創作說的，以作家的主要觀念情趣選擇主要特徵，又以主要特徵同化非主要特徵，使作品中的一切都帶上主要情思、主要特徵的色彩，當然包括同化別人的生活在內的同化全部生活素材。莫言側重講同化別人生活，將別人生活納入自己的「故鄉」，外表是「故鄉背景」，實則是以「主體自我」去同化，其高密東北鄉已是文學上的「高密東北鄉」，已超越地理學的東北鄉，已成為作家情思的外化物。其回憶中說的孫紹振所言「進入了也不能被同化」，所指即不能以主體自我、主要情思去改造生活，使一切生活素材真正為我創作主體所用的作者。也就是，擴大生活視野，很多人可能都知其重要，但以主體情思同化他人生活並不一定許多人都知道，這可能

---

37 本小節引自孫紹振：《文學創作論》（瀋陽市：春風文藝出版社，1987年），頁183-184。

是孫紹振「同化論」、莫言「同化觀」與其它擴大視野者的一個根本區別。

第三，孫紹振說，作家要不斷豐富自己的情感，發展自己的新情趣，並引用皮亞傑的「順應」說，解釋了這種不斷擴大自己大腦「圖式」的必然性與重要性，莫言的「新意」亦包含了此層意思。

還值得思考的是，孫紹振這一同化「一切」的創作觀，與莫言的「大通感」創作觀似乎息息相通。像前例香皂、毛巾、浴巾如少女卡秋莎那樣新鮮乾淨，涼雨溫柔地打著我的面頰，〈紅高粱〉不也這樣？那貫穿始終的紅高粱，或莊嚴肅穆，或燦爛輝煌，或不勝嬌羞，或猙獰或悽惶或狂舞，不也就是主體情感同化紅高粱的結果？同時，不也是莫言「大通感」裡將植物與人跨界融通創設的意象？

由此觀之，不僅是因為莫言在闡述其「同化觀」時，唯一具體提到了孫紹振的「同化論」，更重要的是，二者之間確實密切相連，息息相通，是莫言受孫紹振創作論具體、直接影響，或至少是著重吸納了孫紹振「同化論」，創造性地構建起其「同化觀」並付諸於創作實踐的又一重要例證。

（三）莫言作品「同化觀」創作實踐舉隅

莫言大量以「高密東北鄉」為背景，實則納入了各地風光、他鄉故事，蘊含的意蘊、表現的作家情思各不相同的名篇傑作已足以作為其「同化觀」及孫紹振「同化論」的有力例證。莫言在《莫言與王堯對話錄》中的「超越故鄉」章中已有二萬多字的詳細闡述，前文篇幅很小的發言內容摘錄僅僅是其要點的略述。僅此，已足以說明問題。

現再舉隅略談一二。

莫言前期的作品，許多都有故鄉中的某種原型。如作者說〈透明的紅蘿蔔〉「把我少年時代在水利工地上當小工幫人家打鐵的一段事

情寫進去了」[38]，「在〈紅高粱〉時期的某些故事還是有原型的。」[39] 其實就〈紅高粱〉而言，還不是某些故事有原型，讀讀《莫言與王堯對話錄》就知道，故事中的許多傳奇人物、傳奇性格，以及土匪、游擊隊、單家燒酒坊、「奶奶」嫁給痲瘋病人等等，都可以在莫言對家族，對東北鄉的回憶中找到影子。當然，這僅僅是影子、原型，進入作品後已面目全非。但說明，小說的許多素材是取自故鄉的。然而，即使前期作品，原型、素材較多的，作家都還從故鄉以外，納入了許多別人的生活。例如〈紅高粱〉中至少有兩點移植改造是顯而易見的。一是莫言自己說的：

> 小說（指《苦菜花》）中關於戰爭描寫的技術性的問題，譬如日本人用的是什麼樣的槍炮和子彈，八路軍穿的什麼樣的服裝等，我從《苦菜花》中得益很多。如果我沒有讀過《苦菜花》，我就不知道自己寫出來的〈紅高粱〉是什麼樣子了。[40]

另一點，是〈紅高粱〉中這段情節：余占鰲將帶隊伍去打鬼子，「奶奶」叫「父親」隨其乾爹（當時尚未揭示真實身分）一起出發，小說寫道：

> 余司令看看我父親，笑著問：「乾兒子，有種嗎？」
> 父親輕蔑地看著余司令雙唇間露出的土黃色堅固牙齒，一句話也不說。
> 余司令拿過一只酒盅，放在我父親頭頂上，讓我父親退到門口站定。他抄起勃郎寧手槍，走向牆角。

---

38 莫言、王堯：《莫言王堯對話錄》（蘇州市：蘇州大學出版社，2003年），頁117。
39 莫言、王堯：《莫言王堯對話錄》（蘇州市：蘇州大學出版社，2003年），頁202。
40 莫言、王堯：《莫言王堯對話錄》（蘇州市：蘇州大學出版社，2003年），頁305。

　　父親看著余司令往牆角前跨了三步，每一步都那麼大、那麼緩慢。奶奶臉色蒼白。冷支隊長嘴角上豎著兩根嘲弄的笑紋。

　　余司令走到牆角後，立定，猛一個急轉身，父親看到他的胳膊平舉，眼睛黑得出紅光，勃郎寧槍口吐出一縷煙。父親頭上一聲巨響，酒盅炸成碎片。一塊小瓷片掉在父親的脖子上，父親一聳頭，那塊瓷片就滑到了褲腰裡。父親什麼也沒說。奶奶的臉色更加蒼白。冷支隊長一屁股坐在板凳上，半晌才說：「好槍法。」

　　余司令說：「好小子！」

這不就是出自《莊子》〈徐無鬼〉的「運斤成風」的著名典故嗎——

　　莊子送葬，過惠子墓，顧謂從者曰：「郢人堊慢其鼻端，若蠅翼，使匠石斲之。匠石運斤成風，聽而斲之，盡堊而鼻不傷，郢人立不失容。宋元君聞之，召匠石曰：『嘗試為寡人為之。』匠石曰：『臣則嘗能斲之。雖然臣之質死久矣。』自夫子之死也，吾無以為質矣！吾無與言之矣。」

將其移植、改造到這裡，則極妙表現了余占鰲和兒子余豆官的性格，表現了父子倆剽悍野性的傳承，乃至表現了冷麻子支隊長的尷尬、「奶奶」極度緊張的神情。

　　類似的移植改造非常多，例如〈天臺蒜薹事件〉，事件的原型發生在魯南蒼山縣，山東《大眾日報》有過專門報導，莫言把它移植到高密東北鄉。再如大江健三郎造訪他，想看莫言〈秋水〉裡描寫的奔騰的河水，結果只是條早已乾枯的河床；《豐乳肥臀》的日文譯者畫了地圖，按圖索驥到高密找沙丘，找沼澤，結果什麼也找不到，這些都是別地「移栽」來的。前文所引那句「能把天南海北有趣的生活納

入自己的『故鄉』，就可以持續不斷地寫下去」的莫言之言[41]，就是在
舉完上述例子後說的。

　　至於後來更多並無什麼故鄉原型，即莫言說的「到了《豐乳肥
臀》就突破了所謂的『真實』」[42]之類的作品，高密東北鄉只是一個
「故鄉背景」，超越故鄉、藉故鄉擴大視野，寫廣大社會生活場景的
意義就更明顯了。

　　更主要又是同化。一方面是在外在內容上，讓外來的故事、別人
的生活、廣闊的社會歷史畫面都帶上故鄉的色彩，化為故鄉的故事，
形式上重返故鄉，如〈紅高粱〉講的是抗日戰爭的故事，〈野種〉講
的是淮海戰役的故事，此類伏擊戰、送軍糧的故事放到別的地方一樣
可以講，但這裡的主人公卻都是高密東北鄉人，都帶著高密東北鄉人
的強悍。另一更重要的方面是在深層意蘊上，以作家的主體情思同化
所有的生活素材，比如，〈透明的紅蘿蔔〉、〈紅高粱〉、〈野種〉，故事
的具體內容完全不同，但講的都是對人性問題的深深思考。同時，作
家具體的主體情思情趣又豐富多樣，時有新意，且不斷有所提升發
展。如同是關注人性，〈透明的紅蘿蔔〉表現了對善良、正義的熱切
希望和對人性正當欲望的朦朧渴求；〈紅高粱〉寫出了原始而真實的
生命、鮮活而本然的人性，表現了剽悍野性的複雜人性中的野性欲
求、野蠻本性以及更值得歌頌的正義、擔當、血性、果敢；〈野種〉
則表現了不拘禮法的野性中蘊藏著可以並應當積極加以引導使之成為
正能量的優秀品質。

　　正因為如此，不僅外在故事內容不同，內蘊深層思考也不同，冠
以高密東北鄉名義的莫言小說，才篇篇無重複感，篇篇使人欲罷不
能，即使《紅高粱家族》各篇間關聯較緊的系列中篇亦如是。如與

41　莫言、王堯：《莫言王堯對話錄》（蘇州市：蘇州大學出版社，2003年），頁136、
　　217、202。

42　莫言、王堯：《莫言王堯對話錄》（蘇州市：蘇州大學出版社，2003年），頁202。

〈紅高粱〉最挨近的〈高粱酒〉，實際是〈紅高粱〉中除了伏擊戰外，許多沒有展開的重要細節的展開，如余占鰲刺殺單家父子，或者是借題發揮的新擴展，如前文引述到的高粱酒的釀造秘密。所以其主題——原來〈紅高粱〉中還有一個主題是抗日，到了〈高粱酒〉中淡化了，而主要是對原始人性的更為集中充分的展示和思考，因而全篇的悲喜劇意義更為突出了。至於內容和意蘊距離更遠的〈野種〉則更是如此。

〈野種〉故事說，由高密東北鄉人組成的運送軍糧的民夫隊伍中，只有二名正規軍的戰士，一名任指導員，一名任連長（民夫隊長），但指導員身患重病，時不時咳血，後來基本上只能躺在推車上。隊伍原先管理簡單，連長做事更為簡單，凡開小差偷跑者，抓回一律槍斃，隊伍因而死氣沉沉，前進速度很慢。「父親」余豆官繼承了余占鰲的匪氣、大膽、武藝高強、血性、擔當，只是更為油腔滑調。他就敢開小差，結果被指導員開槍擊中腿部被抓回。余豆官稱說他是夜遊症不是逃跑。按規定，一旦問清實情，就得執行槍斃。在這磨蹭拖延的過程中，余豆官巧施小計，加上身手極快，竟把指導員、連長的盒子槍都奪在手了。為與前面的辯解相稱，江湖義氣十足的余豆官不能再跑，但槍也不能還給他們，否則必死無疑。此時，余豆官說由他帶領民夫隊完成送軍糧任務。指導員和連長只好默認。村裡人都知道傳奇人物余豆官的武藝和膽略，沒有人敢反抗。余豆官也廢除了使民夫恐懼的槍斃，改為違紀者割耳朵處罰。加上他的幽默風趣，小說說，在他的英明而混帳的領導下，隊伍生氣煥發，行軍速度極快。後來，隊伍所帶口糧將盡，有人主張吃軍糧，余豆官不同意，認為這將前功盡棄，主張趕快過河再找吃的，指導員此時站出來明確支持余豆官，並由默認改為明確表態請他帶領隊伍完成任務。余豆官覺得指導員不錯，是非分明，就把一把盒子槍還給他，表明你我二人一起領隊伍度過難關。但橋樑已被沖垮，指導員提出下河探探，如水不

深就涉水過去，不能放棄最後一線希望。但詢問之下，望著凝滯的冰河，民夫們個個面生畏難之色。此時，指導員剝掉棉襖，瘦骨錚錚裸體著，說：「余代連長，你照顧連隊，我下去探河。」小說寫道：

> 父親心裡一陣滾燙，大聲吼叫：「指導員，胡鬧什麼，你下河去見閻王爺？要探河道也輪不到你，快穿上衣裳吧，要探我去探，誰讓我搶了個連長呢？余代連長？夥計你是共產黨無疑，你封我代連長，就等於共產黨封我代連長是不是？」

於是激動之下的余豆官跳進冰河裡，罵著令人發笑的流氓口號，終於探明可以徒步涉水，但上岸時，已凍得不能動彈。看到這種慘狀，民夫們又猶疑了，一個民夫說：「豆官，散夥吧，回老家過年。」指導員突然掏出槍來，對準那人就是一槍，當然沒有擊中，眾民夫卻駭得目瞪口呆，大氣不敢出。此時——

> 父親訕訕地說：「指導員好大的脾氣。」
> 指導員輕蔑地掃了父親一眼，冷冷地說：「我一直認為你是條好漢子！」
> 父親被他說得臉皮發燒。
> 指導員揮舞著盒子炮發表演說。他的臉上洇出兩團酡紅，像玫瑰花苞，暫時不咳嗽了，嗓音尖利高昂，每句話後拖著一條長長的呼哨，如同流星的尾巴。金色的陽光照著他的臉，使他一時輝煌如畫，他的眼裡閃爍著兩點星火，灼灼逼人，他說：「你們還是些生蛋子的男人嗎？解放軍在前線冒著槍林彈雨不怕流血犧牲餓著肚子為你們的土地牛馬打仗，你們竟想扔下糧食逃跑，良心哪裡去了？卸下糧食，一袋袋扛過河，誰再敢說洩氣話，我就槍斃誰！」

過於激動，使指導員噴出一股鮮血，眼看就要栽倒。余豆官搶上去扶住了他說：「指導員別生氣，運糧過河小意思，俺東北鄉人都是有種的，發句牢騷你別在意，氣死你可了不得。」又對民夫們說「水不深，好過，冷是冷點，比挨槍子兒舒服多了。不為別的，為指導員這番話，別叫這個小×養的嘲笑咱。」並立即命令大家快脫衣裳快過河。此時，指導員又叫大家停住，改為排成兩路縱隊，組成人鏈，一個傳一個，這樣才又快又安全。小說寫道：

> 父親說：「不行不行，這樣不公平！站在河中央的吃大虧了。」
>
> 指導員說：「共產黨員和希望入黨的同志們，跟我到河中央深水裡去。」
>
> 父親說：「去你奶奶的那條腿，共產黨員長著鋼筋鐵骨，輪班輪班！」
>
> 指導員大踏步往河水中走去，父親說：「我說二大爺，你在岸上歇著吧，凍死你怎麼辦？」
>
> 指導員堅定地說：「放心吧，我的老弟！」
>
> 父親緊跟著指導員往深水中走，這個黑瘦咳血的骨頭人表現出來的堅忍精神讓他佩服。父親感到從指導員脊梁上發出一股強烈的吸引力，好像溫暖。指導員背上有兩個酒盅大的疤痕，絕對的槍疤，標誌著他的光榮歷史⋯⋯他伸手捏住了指導員的手，指導員用迷迷的目光看了父親一眼。父親感到指導員的手僵冷如鐵，不由地心生幾分憐憫。他暗下決心，從今後應該向共產黨學習。
>
> ⋯⋯
>
> 一袋袋小米在人鏈上運行著，動作迅速而有節奏。父親沈浸在神聖樂章裡⋯⋯

　　眾所周知，父親身材高大，幼年時他吃了大量的狗肉，而那些狗又是用人肉催肥了的野狗，我堅信這種狗肉對父親的精神和肉體都產生了巨大的影響。他的耐力、他的敏捷超於常人。在河中人鏈上，他是最光輝最燦爛的一個環節。指導員早已面色灰白、氣喘不疊了。父親立在他的上水，減緩了河水對他的衝激，他依然站立不穩。指導員一頭撞在父親胸脯上，把父親從夢幻中驚醒。鏈條嘎吱吱停住。父親扶住指導員，吩咐身邊兩個民夫把他送上岸……鏈條閃開一條大空缺，父親舒開長臂，彌補了空缺。他大臂輪轉，動作優美瀟灑，一袋袋米落到他手中，又從他手中飛出，一點也不耽擱。父親大顯身手，民夫們讚歎不止。最後一袋米過了河，民夫們竟直直地立在水中，沒有人想離開。直到北岸有人吼叫：「米運完了，快上來呀！」

　　這篇幾近神奇的故事，與〈紅高粱〉比，具體故事內容完全不同，風格和意蘊既像又不像，風格上是多了點油腔滑調，於不正經中寫正經；意蘊更不相同，那野性之人與正規組織中的成員如何在「性本善」的某一點上可以重合，如何恰切引導使之為我所用，這是〈紅高粱〉所未營造的。有哪一位讀者讀之會有重複感呢？

　　據說當年還是有專家認為《紅高粱家族》多有重複，認為敘事風格、語言風格沒有變化，認為如一開始就構建為長篇，這問題就不存在了[43]。殊不知這是完全不同的兩類結構。系列中篇之間必不可少的人物、銜接等等的重複是難免的，讀者不會為此銖錙必較；敘事及語言風格雖有小變但無大變，讀者只會覺得這才是一個作家正常的統一而多彩的風格。就像《史記》，涉及「鴻門宴」故事的項羽、劉邦、張良、項伯、樊噲、陳平諸人的傳記，必有交叉重複之內容，更有各

---

43 莫言、王堯：《莫言王堯對話錄》（蘇州市：蘇州大學出版社，2003年），頁152。

為重點的不同詳述，敘事語言風格更是基本一致，沒有人會說，把《史記》改成一部長篇好了。

莫言以他的創作實踐雄辯證明了他的重返故鄉更是超越故鄉，以其不斷發展的主體自我、主體情趣情思同化自己及別人的生活，同化一切素材的「同化」創作觀是成功的，是極為重要的，有力說明了他多少年後還提及孫紹振的「同化論」是鄭重其事的有意之為。

莫言是天才型的大作家，更是天才加勤奮的典型，從《莫言與王堯對話錄》可知，他閱讀過大量的古今中外名著和許多文學理論、前沿理論。莫言又是認真的，多少年後，在眾多理論中，他還能那麼具體清楚闡述孫紹振先生的「通感論」、「同化論」，反覆多次主動提及孫先生創作理論對他產生了何種具體影響，這決非偶然之舉。同樣認真的一件事是，王堯問他，有人認為，《紅高粱家族》系列小說受了馬爾克斯（魔幻現實主義）的影響？莫言回答：「這是想當然的猜測。」他說他寫《紅高粱家族》第三部〈狗道〉時「才讀到《百年孤獨》。假如在動筆之前看到了馬爾克斯的作品，《紅高粱家族》可能會是另外的樣子。」[44]

孫紹振先生的理論魅力、天分、創造性是大家公認的，而其理論的魅力，同樣建立在他以實踐性和科學性為第一位的認真態度上。第一節中，我們曾摘引過他在《文學創作論》〈後記〉中的這段話：他回顧自己當年以這部具有拓荒性的《文學創作論》給包括解放軍藝術學院文學系作家學員們、福建師大中文系學生們上課時，「總是懷著某種不安的心情」，如果意識到自己也是在講空話時，「總禁不住感到心慌、臉紅，甚至有某種冒汗的感覺。」[45]

---

44 莫言、王堯：《莫言王堯對話錄》（蘇州市：蘇州大學出版社，2003年），頁121-122。
45 孫紹振：《文學創作論》（瀋陽市：春風文藝出版社，1987年），頁806。

　　這樣的兩個認真，兩個創造，就產生了我認為可以載入文學史的「文學理論教育的奇蹟」。

　　應當指出，拙作是從研究的角度，分別細述了孫紹振理論和莫言創作的有關內容可能發生對接的部分，莫言的理論背景、作品背景當然不止孫紹振一人，即使所有的理論確實能解釋莫言創作現象，莫言也不可能那樣亦步亦趨去實踐理論，不可能像自然科學的成果轉化那樣去製作小說，何況我們的分析甚至只是一種猜測。但任何大作家都必有大背景，都不可能從天而降。莫言應是以他天才的、創造性的、化境式的感悟汲取了孫先生理論的養分。但能如此，理論就是幸福的了。

第三章
語文教育的突圍

前文說過，作為孫紹振文本解讀學基礎的創作論尚能創造文學理論教育的奇蹟，其衍生的孫紹振解讀學在一線實踐領域所引起的近乎風暴般的熱烈反響，就毫不奇怪了。

一　孫紹振文本解讀近乎風暴般的熱烈反響

從狹隘的、直接的意義上，孫紹振文本解讀學是孫先生介入語文課改的產物。

語文課改啟動的本世紀初，孫紹振先生決定主編中學語文課本，隨即獲教育部立項。孫先生是大格局的智者，絕非事必親躬之人。但孫先生當主編，絕不是掛名主編。他所主編的初中語文課本，最初版的二八九篇課文，每一篇選文、每一個單元組合，他都要親自過目拍板。其中的傳統經典選文，當然是編寫團隊全體成員，也是各版教材的共識，而大量的新選文（沒有新選文，就無以區別不同版本的新教材）中的多數篇目，來自於孫先生博聞強記的大腦，有不少篇目，編寫團隊成員是第一次閱讀接觸的。與他原有專業最無關的是每篇課文後的練習題，但他放下身段，幾乎每一篇課文都去編練習，至少編寫了數百道題，供團隊集體討論，最後定稿時，還一一審讀，潤色文字。與他原有專業最相關的是每篇課文的解讀，相當於文藝學裡的鑒賞、評論，團隊成員望而卻步，寫一篇都頗費力氣，甚至要絞盡腦汁，況且寫出來還可能很一般，而我們當初的編寫理念，最重要的就是希望

編寫出有水平、有特色的新穎解讀，一改過去教參資料比較平庸、落後的狀況。此事，團隊成員都希望孫先生親自動手，故取一他版教材所無之名：「主編導讀」。孫先生二話不說，主動操刀，孫先生當時至少是技癢。結果，近二九○篇作品的解讀，孫先生全扛下來了，這至少在數量上，迄今為止是語文課本編寫史上僅有的。他的解讀，不是三言兩語，而是一篇篇完整的論文，少則一般也有五、六千字，長則七、八千，乃至上萬字。通常，一般人能發表五、六篇解讀，當小有得意；發表三、五十篇，足有資本吹牛。孫紹振不僅完成了全套課本的解讀，而且，從此一發不可收拾。當時語文界最缺最需要的就是有水平的課文解讀，孫紹振文章的精彩，本就眾所周知，自此，許多報刊、出版社向他約稿，其它語文教材也請他寫解讀。孫紹振發表的不重複的單篇作品解讀到底有多少？就他近十七年間出版的二十多部解讀專集和包含解讀內容的理論專著，以及尚未收入專集的發表於刊物上的論文在內，不完全統計，不下六百篇，其中大部分都是中學課文；又其中，以完整文章形態出現的不下五百篇；如果加上某個章節、某篇論文涉及多個作品的，所解讀作品八、九百篇（部），包括長篇名著、詩詞散文、論說時文，凡語文界所及文類，他都涉足了，大陸十幾種中學課本的約三分之一的課文、臺灣各版高中課本的近一半的課文，他都解讀了。孫先生還有相當多量未成文的「口頭解讀」。近十幾年間，他經常被各地請去做學術報告，各中學請去評課，常年奔走於大江南北、海峽兩岸。每到一處，那精彩的即席點評，那聽眾難得一遇的精神盛宴，每每使聽眾絕倒、笑翻，然而，卻很少能像幾年前發表於〈中華讀書報〉上轟動一時的〈中華詩國〉那樣被及時整理成文。到底流失了多少？就筆者在場的，至少數十次。而非常遺憾，其中涉及的許多是他過去未解讀的課文。孫先生還有不斷推出的解讀新作，《語文建設》給他闢了個專欄，每期一篇；福建師大兩岸文化發展研究中心、福建師大文學院聘他與臺灣學者一起合編臺灣版

的高中語文教材，照舊命名「主編解讀」勞他動筆，除近三年已完成的三十多篇解讀文章外，新的兩岸合編任務又將開始，又有許多新課文需要分析。孫先生有時開玩笑說，你們要榨乾我的全部剩餘價值。

　　誰叫他的文章那麼受人熱捧，粉絲那麼多？他的解讀專集，乃至他的理論學術專著，常是書市的暢銷書，出版社一版再版，真正洛陽紙貴。其中的《名作細讀》重印十七次，《孫紹振如是解讀作品》前五年網上統計的點擊率就已高達一千二百萬次。老一輩的著名特級教師于漪、錢夢龍向他討書。福建省著名特級教師陳日亮、王立根是孫紹振主編的北師大版中學教材編寫團隊的成員，當年，每看完一篇孫先生的解讀，就一番讚歎。像對〈孔乙己〉解讀，近萬字，孫紹振揭示說，給人帶來歡樂的孔乙己，自己是沒有歡樂，是笑不起來的，孔乙己全部的努力就是試圖維護他最後一點殘存的讀書人的自尊，但卻偏偏這一點可憐的自尊也遭到人們反覆殘酷的摧殘、打擊，而發出殘酷笑聲的人們卻又並無多少惡意，只是為了打發無聊、寂寞的日子，而魯迅是以沒有描寫、沒有渲染的精簡到無以復加的敘述筆調，完成這部震撼人心的悲劇的，是一曲沒有悲劇感的悲劇，沒有喜劇感的喜劇，正所謂魯迅自言的「不慌不忙的」、「大家風格」。陳日亮、王立根從八十年代初看過許多有關〈孔乙己〉的分析、解讀，他們說，是讀過的解讀中說得最好的。江蘇省著名特級教師黃厚江說，孫紹振先生、錢理群先生的許多新穎解讀是值得引入我們中學課堂的。年青人更是追星族，或直接照搬，或活學活用，由此而勝出者不勝枚舉。一位研究生，在教師招聘的面試上，將孫老師二〇一〇年發表在《文學遺產》上的解讀〈赤壁懷古〉的長篇論文中的核心解讀，「搬到」十五分鐘的片段教學中，評委聽後，驚歎莫名，打出了遠遠高於第二名成績的奪冠分數。一位二〇〇七年本科畢業的年青人，在多次公開課中都運用孫老師教給的「還原法」、「換詞比較法」、「矛盾法」解讀課文，如解讀〈再別康橋〉，他問，為什麼是「雨巷」而不是「雨

街」？為什麼不是「巷子」而必須是「雨巷」？為什麼只能是濛濛細
雨而不是瓢潑大雨？他還直接引入了孫先生解讀中說的「長的巷子才
適宜漫步思考」。這位年青教師的成功教學，使他獲得了福建省榮譽極
高的「『五一』勞動獎章」。孫紹振的解讀傳到海峽對岸，臺灣語文教
師讀後大開眼界、愛不釋手，一位博士青年教師得到了孫老師的《月
迷津渡──古典詩詞個案微觀分析》，轉手間就被大家搶去複印了幾
十本。孫紹振解讀在語文界形成的影響，已經有點近乎神話。山東省
一次召開全省教師的課改工作會議，把他請去作大會學術報告，主持
人介紹說：「傳說中的孫老師，我們請來了！」全場熱烈鼓掌，他的
一位鐵桿粉絲，不遠千里給筆者掛電話描述現場的興奮情景。

二　孫紹振文本解讀熱烈反響的深刻淵源

　　孫紹振解讀在語文界引起的這種近乎風暴般的反響，有其深刻的
淵源。語文教育長久以來不被人看好，課改前那場肇端於《北京文
學》，持續近三年，連當時主管教育的國務院領導都參與其中的「大
批判、大討論」，人們至今記憶猶新。當時，最尖銳的話語是「天怨
人怒」。其實，早在改革開放初，呂叔湘、葉聖陶就對語文教育費時
最多卻效率最低的現象提出過發人深省的詢問。更早在上世紀三十年
代就有過國文教育為何效率低下的討論。究其根本原因就是文本解讀
缺位。拿著名特級教師歐陽黛娜的形象描述是：新課本一到，百分之
九十以上的學生鴉雀無聲看的是語文課本，因為課文中的美深深攫住
了學生的心，但是隨著教學的推移，學生們覺得語文「沒勁」了，因
為教師把原本課文中固有的美講解得面目全非，因此她說語文教學藝
術的第一個任務就是把原文中的美原原本本交還給學生[1]。歐陽黛娜

1　歐陽黛娜等：《歐陽黛娜中學語文教學藝術初探》（濟南市：山東教育出版社，1997
　　年），頁11。

說的「交還」，就是孫紹振一直倡導的並身體力行的揭示藝術奧秘、創作奧秘的文本解讀。歐陽黛娜批評的那個「講解」，並不是這樣的文本解讀，而是當年語文界普遍存在的四種教學狀態：

第一是葉聖陶早年多次批評過的，把文言翻成白話，把白話翻成另一套說法的白話的最要不得的（拿孫紹振的說法，就是在一望而知之處表面滑行的）教學[2]。

第二是按八、九十年代的知識點教材進行教學。這些知識點往往不是從文本本身的藝術奧秘出發，而是按外加的知識體系的編排，就其人為設置的知識點開展教學，因而往往與作品最精彩的藝術奧秘衝撞。比如一九九三年版的初中統編課本，如是安排魯迅作品的學習：

> 第一冊：〈從百草園到三味書屋〉，語言的感情色彩
> 第二冊：〈社戲〉，敘事有詳有略
> 第四冊：〈故鄉〉，運用對比突出主題
> 第五冊：〈孔乙己〉，精巧含蓄的結構

熟悉魯迅作品的讀者，一看就覺得不對味。因為，魯迅的作品，包括這四篇在內，最突出的藝術特色，就是魯迅自己也十分讚賞的「白描」，不慌不忙，從容不迫，「有大家風格」（魯迅語）。然而，按知識體系的編排，只能如此犧牲白描。這個問題，課改後已解決，課標本取消了干擾文本解讀的外加知識體系；現行統編本新教材，雖有知識體系（知識當然是必需的，知識成體系，學習更有效率），但僅作為副線，不干擾課文的第一解讀。[3]

2　中央教育科學研究所：《葉聖陶語文教育論集》上冊（北京市：教育科學出版社，1980年），頁183。

3　詳見賴瑞雲：《文本解讀與語文教學新論》第二章第五節（北京市：北京師範大學出版社，2013年）。

　　第三是種種低效、無效、負效的所謂「分析」，或為支離破碎的機械拆解，或為當年蘇聯「紅領巾教學」遺傳下來的背景、作家、分段、主題、寫法的套路教學，或搬來平庸教參，不得要領講解一通。當然，教參中也有收入精彩或比較精彩的評論文章，如葉聖陶的〈背影〉解讀，但為數不多；學界也有好解讀，如戴不凡的《西廂記》研究和孫紹振的〈致橡樹〉分析，但教參並未收錄有關觀點。

　　第四是教學方法至上，錯以為著名特級教師的成功之道就在於教學設計、教學技巧，殊不知錢夢龍多次提醒，首先是抓住作品特點，其次才是教學設計，于漪反覆強調，最主要是講出作品的語言奧妙、思想奧秘，甚至要窮盡其中的奧妙[4]。

　　上述四種狀態，某種意義上，第四種影響最烈。由於語文教學長期以來令人不滿，人們向教育學求救，或者說是教育學「乘虛而入」。教學方法無疑對教學效果有重要影響，在同一內容的條件下，甚至有決定性的、致命的影響，孫紹振講課特有的犀利、雄辯、幽默、酣暢所強化的轟動效果就是最好的證明。但無論如何，內容是第一位的，極端一點講，如果學科教育的內容是正確的，不怎麼講究方法，哪怕照本宣科，也可湊合上完一堂課，如果內容是錯誤的，方法越佳，南轅北轍，離目標越遠。這是「皮之不存毛將焉附」的皮、毛關係，「如虎添翼」的虎、翼關係問題。關於這二者之間關係的理論論爭、語文界當時「方法至上」的實際狀況以及「教學內容第一性」的詳盡論述，語文教學論的第一位博士王榮生教授有專著專門論及，我想強調的是下述兩方面：

　　其一，為什麼這個從理論和實踐上看來都比較明確的問題，在語文教育領域曾長時間造成盲點？根源是，真正的語文教學內容應該是

4　見賴瑞雲：《文本解讀與語文教學新論》（北京市：北京師範大學出版社，2013年），頁11-12。

揭示奧秘尤其是創作奧秘的文本解讀，然而多數人並未認識到這一點，結果就產生了如上所述的第一、第二種語文教學，在碰壁之後就轉而求助方法。少數意識到這一點的，又因為揭秘解讀絕非輕而易舉，就棄而轉向方法。結果，不檢討內容而檢討方法成為當時語文界的主流。進一步的結果就是，明明是文本解讀問題沒有解決，卻怪罪於著名特級教師的教學技巧是個性化的藝術，很難轉化為一般教師的教學，為教學的普遍低效找到了冠冕堂皇的理由。再加上應試教育雪上加霜，於是，語文教學低效率的世紀難題就一直處於無解狀態，乃至引來世紀末「天怨人怒」的責難。

其二，新世紀啟動語文課改後，上述問題在課改前期仍繼續存在，實際上仍然是從教育學、教學論的角度去解決問題。最明顯的就是對錢夢龍「教師為主導、學生為主體」的批判、否定。批判者認為，一提教師主導，學生就不能真正成為學習的主人，於是引來西方的「平等對話」，一時間熱鬧的對話教學遍及各地。無疑，對話對於「滿堂灌」的否定，對於調動學生積極性的作用，自不待言。然而弔詭的是，八、九十年代湧現的一批著名特級教師恰恰是最少滿堂灌，最善於調動學生積極性的。閱讀過錢夢龍數十個經典教學案例的人都知道，錢夢龍的課，與學生的對話最多，也最善於表揚、鼓勵學生，學生的發言時間往往超過了錢先生，錢先生的發言總是少而精，但錢先生的「教師適時引導、指導的作用」從未缺位。「教師為主導、學生為主體」本來是很辨證的（二○一○年制定的《國家中長期教育發展、改革規劃》就明確寫上這句話了，這是後話），但當時不少批判者並不真正了解八、九十年代語文教學的狀況，並未研讀過錢夢龍的教例。而當一個不辨證的極端口號未在實踐中撞牆時，往往會變本加厲呈現怪像：明知學生發言有錯，也不敢糾偏指正；規定學生的發言必須保證多少分鐘，限制教師的發言不得超過多少分鐘；學生中心主義、教師尾巴主義，一時大行其道；表面熱熱鬧鬧，實質浪費青春的

對話，一時充斥課堂；最匪夷所思的是，出現了諸如「愚公搬家不就
得了」、「焦母官司打贏了劉蘭芝」、「《皇帝的新裝》中的騙子是『義
騙』」等等脫離文本、褻瀆文本的荒腔走板的對話教學。上述問題的
持續時間不算太長，也不太短，但它的後果是嚴重的。溫儒敏二○○
七年、二○○八年有過二次課改調查，結果之一是「語文仍然可能是
最令學生反感的學科」，調查對象包括北大中文系的二屆新生兩百
人，溫先生說，按理這些語文尖子生是最熱愛語文的，又是經歷課改
後進大學的，這樣的結果實在發人深省[5]。筆者認為，最值得反省的
就是上述極端的「平等對話」，就是仍然「方法至上」。其實，中學一
線的許多教師一開始對此就有疑慮，但他們不敢隨便發聲，不知道問
題的真正癥結在哪裡？出路在哪裡？這個時候，孫紹振先生站了出
來，在本世紀初於無錫召開的一次教學會議上，當著錢先生的面，提
出了「保衛錢夢龍」的口號。隨後又以其對西方教育理論、實踐的深
切了解，以鞭辟入裡的學理分析和生動的案例，在多次重要會議上和
多篇重要論文中深入地對「批判『教師為主導、學生為主體』」進行
了反批判，對錢夢龍的正確教學觀做出了有力的辯護[6]。這個時候，
也正是孫紹振大量文本解讀論文的「噴發期」，接二連三解讀專集盛
銷市面的黃金歲月。人們在大開眼界的同時，亦醍醐灌頂，語文原來
應該這麼教！正如全國教育學會中學語文專業委員會理事長（民間俗
稱「中語會會長」）顧之川在福建省語文學會二○一四年年會說的，
文本解讀已成為語文學科最重要的基本理念。魯迅先生曾用「暗胡
同」，葉聖陶先生曾用「暗中摸索」比喻過語文學習，箇中之味，廣

5　見《光明日報》2009年7月8日、《語文學習》2008年第1期。

6　「保衛錢夢龍」口號見孫紹振未刊稿〈錢夢龍的原創性：把學生自發主體提升到自
　　覺層次〉（此文為全國中語會二○一五年十二月十九日召開的「錢夢龍教學藝術研
　　討會」會議論文稿），重要會議和重要論文見孫紹振：《批判與探尋：文本中心的突
　　圍和建構》中的〈語文教學中的主體性和主體間性〉、〈理順傳統、遵從實踐，修正
　　西方教育理念〉等文（濟南市：山東教育出版社，2012年）。

大獻身語文教育事業的探索者尤能體會。如今，這漫長的黑暗中的摸索可能結束，怎不令人歡欣鼓舞？

　　當然，推動這一變革的絕不僅僅是孫紹振一人。錢理群先生更早涉足這一領域，上世紀九十年代初，他在《語文學習》上連發十幾篇「名作重讀」，對中學教參（教師教學用書，俗稱教參）中的問題重炮猛轟，一時大快人心，爭相傳閱。嗣後，從解讀的角度質疑語文教學的學界論文時有閃現，預示著未來變革的風暴。課改後，錢理群先生重放異彩，與孫先生南北呼應，發表了一篇又一篇的解讀佳作。還有王富仁先生，還有北大、北師大、南大、華東師大等許多大學的深入參與課改、直接編寫中學課本的大批學者。還有始終堅持自己正確教學實踐與理念的于漪、錢夢龍們及其粉絲軍團。還有語文界不計其數的立志改革者和探索者，包括上世紀末，為民族素質計，猛烈炮轟語文的各界各階層的憂國憂民者。還要上溯至上世紀前期夏丏尊、葉聖陶等前輩大師試圖一掃語文教學玄妙籠統狀態的種種努力，包括葉聖陶的《文章例話》、朱自清的《文言讀本》……。所有這些的合力作用，漸行漸進，走到了這一歷史的轉捩點。但孫紹振，無疑是近十八年來，對文本解讀的顯位登堂，作出貢獻的第一人，因為他不僅在解讀的數量上遙遙領先、質量上令人拍案，而且他原創性地建構了體系龐大的「文本解讀學」。

　　這就是孫紹振的解讀論著受人熱捧，在語文界引起熱烈反響的深刻淵源，也是孫紹振創建的文本解讀學及其解讀實踐對語文實踐領域和現代語文學建設的傑出貢獻。

　　孫紹振備受語文界熱捧的另一重要原因，是他作為最上位的文藝學的著名理論家，對最基層的語文教學的深深介入（包括上文提到的眾多大學大腕學者介入課改），使中學教師和語文教學論教師頓生「我輩豈是蓬蒿人」的美好感覺。過去，就語文學科而言，大學與中學雙向脫節。孫紹振認為，主要的責任是大學，大學裡主要的責任又

是最上位的文學理論。過去，「語文課程與教學論（舊稱中學語文教材教法）」不僅在綜合性大學裡被不屑一顧，就是在師範大學裡也被邊緣化，更不用說中學的語文學科，有多少理論家過問了。然而又弔詭的是，所有的理論家，所有的作家、學者，除了少數例外，都經過了長達十二年的語文教育階段，如果最接地的語文學科的土壤是肥沃的而不是貧瘠的，是否更有利於整體上提升上位學界的素質而值得人們去關注呢？答案本來是很清楚的，當年葉聖陶、朱自清、陳望道等數十位大師級的學者、作家親自操刀主編、編寫中小學教材，就是最好的說明。按孫紹振的研究，主要原因是西方文論（包括蘇聯的文學理論）引入後帶來了近半個世紀出現的這一重大缺位，包括下述的文本解讀在大學的缺位。過去，一篇篇中學課文的具體解讀，不僅文藝學不太管，古典、現代等各專業學科也不太管，因為在眾人的眼裡這是「小兒科」。孫紹振多次以他慣有的幽默風格、生動白描、春秋筆法說過一個故事：他最初動筆撰寫中學課文解讀時，不無心虛地詢問一位造詣很深的古典文學學者：「這是不是小兒科？」不料這位學者脫口而出：「哪裡？這是大學問，不是隨便能寫好的。」孫紹振說他大受鼓舞，從此樂此不彼，欲罷不能，以至他的詩歌界的朋友們說他都不關心他們了（其實這期間他照樣寫了不少詩歌評論，出版了詩歌選集和研究專著）。現在，不僅這位理論大家視之為要事、難事，親自耕耘播種，人稱「草根博導」，而且在他的帶動下，許多人，如他所在的福建師大文學院各專業的不少學者都分身投入了這項「小兒科」式的「大學問」工作。最高興的自然是準語文教師的大學生們，孫先生至今還作為「保留節目」的，每週一次在福建師大的文本解讀課，是學生們最興奮、期盼的課程之一，就像王光明先生在「孫紹振詩學思想研討會」上形容的，是學生們的節日。

三　孫紹振文本解讀學、解讀實踐，以及語文教育突圍的歷史溯源

　　現代語文教育誕生於上世紀初，但教學的普遍低效成為長久困惑的世紀難題。它與古代中國的語文教育缺憾有密切關聯。問題自然沒有那麼簡單，古代語文教育傳承千年，自有其優點，現代語文教育也自有其自身問題。本書並不專論古代教育，在涉及有關情況時，我們再順帶說明。本節主要從文本解讀的角度，簡要梳理其歷史的軌跡。

（一）魯迅、葉聖陶、朱自清的文本解讀教學實踐

　　現代語文教育初起的上世紀上半葉（主要是二十至四十年代），有一大批著名學者直接參與了語文教育的理論研究與實踐。其動因之一就是試圖改變語文教育的低效狀態。僅僅編寫語文教材方面，就有夏丏尊等十幾位大學者。種種探索中，對今天的突圍最有意義的就是魯迅、葉聖陶、朱自清的文本解讀教學實踐。

1　魯迅對「暗胡同」式語文教育缺點的批評；魯迅的《中國小說史略》、《中國小說的歷史的變遷》教學講稿中的解讀教學範式

　　魯迅在〈人生識字糊塗始〉、〈做古文和做好人的秘訣〉中批評了舊式學堂「教師並不講解，只要你死讀，自己去記住，分析，比較去。弄得好，是終於能夠有些懂」，「然而到底弄不通的也多得很」，「大概是似懂非懂的居多」，「一任你自己去摸索，走得通與否，大家聽天由命」的「暗胡同」教學[7]。

　　魯迅自己的文學教學則是使聽者茅塞頓開的解讀典範。比如《中國小說史略》是魯迅在北京大學的教學講稿，這部宏大的講稿，主要

7　《魯迅全集》（北京市：人民文學出版社，2005年），第6卷，頁305、306；第4卷，頁276。

部分就是具體作品的解讀。魯迅的解讀不是下大而無當的判斷，而是文本創作奧妙豁然洞見的具體精準的點評，並且是深入作品微觀細節的又必定引述原作相應文字以為分析對象的非常具體的評點。如解讀《儒林外史》裡范進母喪丁憂期間的假道學醜態。魯迅引述了范進吃蝦圓那段令人噴飯的著名細節，即范進中舉後和張靜齋一起到湯知縣家拜謝，知縣知悉范進因「先母見背，遵制丁憂」而未去參加會試，落座入席後，又見其先是不用銀鑲筷子，換成象牙筷子後還是不敢舉箸，直到換成竹筷子後范才安心，「知縣疑惑：『他居喪如此盡禮，倘或不用葷酒，卻是不曾備辦』，落座後看見他在燕窩碗裡揀了一個大蝦圓子送在嘴裡，方才放心。」魯迅指出作者的這一描寫手段為「無一貶詞，而情偽畢露，誠微辭之妙選，亦狙擊之辣手。」[8]這就是後人津津樂道的白描式諷刺筆法，揭示的正是創作之奧秘。又偌大一部《紅樓夢》，魯迅概述了它的主要內容，簡筆列數了其「外面的架子雖未甚倒，內囊卻也盡上來了」的「頹運方至」的漸多變故，引述了原文中幾段「僅露『悲音』」的關鍵情節，評點道：「悲涼之霧，遍被華林，然呼吸而領會之者，獨寶玉而已。」[9]李澤厚認為：「關於《紅樓夢》，人們已經說過了千言萬語，大概也還有萬語千言要說，……卻仍然是魯迅幾句話比較精闢。」[10]魯迅就《儒林外史》和《紅樓夢》的評點解讀都不止上舉的各一例，都各有三、四則，而但凡所評，筆筆如此評法，如許佳妙。

　　整部《中國小說史略》講稿都是這樣。一是所下評語，入木三分，常常被後人直接引用，其中最精彩的一批，就像海德格爾說的是「照亮世界的第一次命名」。二是所引述原作中的相關內容，關鍵而貼切，如上述《儒林外史》之引，我們看到那裡，就會不由自主笑出聲了。以上是魯迅解讀表述上的二個特點。

8　《魯迅全集》第九卷（北京市：人民文學出版社，2005年），頁231-232。

9　《魯迅全集》第九卷（北京市：人民文學出版社，2005年），頁235-239。

10 李澤厚：《美學三書》（合肥市：安微文藝出版社，1999年），頁201。

　　《中國小說的歷史的變遷》是在西安講學的記錄稿，內容相對簡略，但因多是對某部作品的總評性解讀，表述略長些，往往夾帶著些點到為止的分析。如：「至於說到《紅樓夢》的價值，可是在中國底小說中實在是不可多得的。其要點在敢於如實描寫，並無偽飾，和從前的小說敘好人完全是好，壞人完全是壞的，大不相同，所以其中所敘的人物，都是真的人物。總之自有《紅樓夢》出來以後，傳統的思想和寫法都打破了。──它那文章的旖旎和纏綿，倒是還在其次的事。」[11]這一點和上述白描式諷刺，主要揭示創作奧秘，是魯迅解讀文本的第三個特點。

　　上述三個特點，就使聽者（學習者）當下就體會到偉大作品的藝術奧秘、創作奧秘。這就是魯迅解讀教學的範式，雖然不是針對中學生的，但卻是立足教學的，因之將此借鑑、遷移到中學教學，必定能使中學的文本解讀教學更為深入淺出，更為明快易懂。

2 葉聖陶對「暗中摸索」語文教學的批評；葉聖陶的《文章例話》解讀教學範式

　　葉聖陶也是非常反對那種一任學生自己摸索去的，他稱之為「暗中摸索」的教學。在那篇專批「暗中摸索」的〈認識國文教學〉一文中指出：「讓學生自己在暗中摸索，結果是多數人摸索不通或是沒有去摸索」，「即使人人能夠在暗中摸索，漸漸達到能看能作，也不能說這個問題不嚴重；因為暗中摸索所費的功力比較多」，「如果暗中摸索就可以，也就無需乎什麼教育了。」[12]很明顯，葉聖陶的意思就是教師要講解，要解讀。

　　他於是身體力行，當年那本影響巨大的《文章例話》就是他為全體語文教師做出的榜樣。

---

11 《魯迅全集》第九卷（北京市：人民文學出版社，2005年），頁348。
12 《葉聖陶語文教育論集》（北京市：教育科學出版社，1980年），頁89、87。

　　全書分析、解讀了〈背影〉等二十七篇作品的藝術奧秘、創作奧秘（葉聖陶稱之為好文章的「好處」、「作法」），其解讀之精彩、分析之細緻，講解之明白易懂，多少年後在同篇鑒賞中都難有出其右者。我們以〈背影〉解讀為例，主要看看他立足教學，他的解讀希望學生注意學習文本的什麼？他的解讀是怎麼表述，怎麼使人聽懂的。下面是葉聖陶對「父親攀爬月臺一幕」的解讀表述：

> ……敘述一個人的動作當然先得看清楚他的動作。看清楚了，還得用最適當的話寫出來，才能使讀者宛如看見這些動作一樣。這篇文章敘述父親去買橘子，從走過鐵路去到回到車上來，動作不少。作者所用的話都很適當，排列又有條理，使我們宛如看見這些動作，還覺得那位父親真做了一番艱難而愉快的工作。還有，所有敘述動作的地方都是實寫，惟有加在「撲撲衣上的泥土」下面的「心裡很輕鬆似的」一語是作者眼睛裡看出來的，是虛寫。這一語很有關係，把「撲撲衣上的泥土」的動作襯托得非常生動，而且把父親情願去做一番艱難工作的心情完全點明白了。[13]

這是全篇解讀中最重要的一處，把攀爬月臺一幕為什麼最感人點清楚了。

　　葉聖陶的解讀及其解讀「表述」的「要訣」在哪裡呢？其一，他的敘述話語很有條理很明晰。其二，「艱難而愉快」這一斷語，有如魯迅的命名式評語，引起了所有讀者的共鳴，讚許。其三，他是從創作角度去分析，去揭示的，好像在敘述作家的寫作過程，這是最重要的一條。你看——先是要看清楚了動作，接著得用「最適當的詞」

---

13 葉聖陶：《文章例話》（北京市：生活・讀書・新知三聯書店，1983年），頁6。

（注意，不是一般的合適，是「最」，像福樓拜說的「唯一的詞」，即非「攀」、「縮」、「微傾」不可，換任何一個詞都不行），還得排列有條理（即「攀」、「縮」、「微傾」三詞，順序不能錯亂）；最妙是連用幾個「宛如看見」、「覺得真做了」，這就是告訴你語言的奧妙，文字的魔力，朱自清這些用語使讀者的腦海生動重現了這一幕；還有要懂得「虛寫」，寫出主人公的感覺、感受。——如此從寫作角度剖析文章，不僅使人對語言表現形式的「秘密」恍然大悟，而且對表層文字並未言明的意蘊（心甘情願、心情愉快做這番艱難的工作）豁然洞見，所謂「把父親……的心情完全點明白了」，實際就是葉聖陶的解讀使讀者完全領會了父親此時輕鬆愉快的心情。

這就是葉聖陶解讀教學的三條「要訣」。它使讀者（或者是聽者）心服口服。《文章例話》幾乎全書均如此，可說是形成了葉聖陶文本解讀教學的範式。所以葉聖陶在該書序言中很有把握地說，讀者看了他所寫的這些「例話」，猶如是在聽國語教師講解一篇文章。

說它是範式，是很有意識立足教學的文本解讀，除了上述的三條「要訣」，還有第四條，即在講解每一篇文章時，不時都會或隱或顯教給學生一些「能看」、「能寫」的道道，插進一些分析文章及寫作的具體方法，這就是他在序言中開宗明義說的：

> 讀者看了這些話（即上述他的講解），猶如聽了國語教師講解一篇文章之後，再來一個概要的總述。以後，自己讀其它文章，眼光就會比較明亮，比較敏銳，不待別人指說就能夠把好處和作法等等看出來。……這既有益於眼光，也有益於手腕。……總之，我寫這本書的意思和國語教師所懷的志願一樣，希望對讀者的閱讀和寫作有一點幫助。[14]

---

14 《葉聖陶語文教育論集》（北京市：教育科學出版社，1980年），頁226。

葉聖陶是這樣明確說的，也在每一篇文章的解讀裡明確地這樣做。仍是〈背影〉，上述「要訣」的第二、第三條，就是隱性的但卻是很清晰的告訴你從寫作的角度切入解讀文本、分析文章的方法，同時也是在教人怎麼寫。〈背影〉解讀中顯性的方法指點就更多了，如說：「讀一篇文章，如果不明白它的主旨，而只知道一點零零碎碎的事情，那就等於白讀」[15]——這是教你怎麼讀；「凡是和父親的背影沒有關係的事情都不用寫；凡是要寫出來的事情都和父親的背影有關係」[16]——這是教你怎麼寫。又如《看戲（〈社戲〉節選）》的解讀說：「有修養的作者能夠像寫出自己當時的感覺那樣寫出來，使讀者隨時有如臨其境的樂趣。本篇用這個方法寫的不止前面提出的兩句。讀者不妨逐一檢查出來，並體會它們的好處。」[17]——這同樣是教你應從揭示文本的創作奧秘的角度解讀文本，也教你寫作的葉氏解讀範式。

還有其五，葉聖陶這一有意識建構的指導文本解讀的教學範式，沒有止於《文章例話》，沒有止於僅上升到「方法」，幾年後，他又在多篇文章如〈《略讀指導舉隅》前言〉、〈論國文精讀指導不只是逐句講解〉中把這一問題上升到觀念層面，強調學習者（無論師生）應在觀念上明確認識到文本分析（他稱為「分析的研究」）、文本細讀、文本鑽研（他稱為「細琢細磨的研讀」）的極端重要性。

葉聖陶介入中小學語文教育，遠比魯迅主動、直接、具體、深入，其與上述論題有關的實踐和理論，還有很多，僅就上述介紹說明，那些似乎本是大學裡的「文本解讀、作品分析」是能進入中學教學的，關鍵就是要像葉聖陶那樣，轉化為淺顯易懂的處理和表述。

---

15 葉聖陶：《文章例話》（北京市：生活‧讀書‧新知三聯書店，1983年），頁5。

16 葉聖陶：《文章例話》（北京市：生活‧讀書‧新知三聯書店，1983年），頁4。

17 葉聖陶：《文章例話》（北京市：生活‧讀書‧新知三聯書店，1983年），頁125。

3 朱自清對無讀法、無作法的語文教育的批評，對欣賞課文只下抽象、籠統判斷的反對，朱自清的《開明文言讀本》解讀教學範式

　　朱自清對語文教育的介入，恐怕不亞於葉聖陶。他同樣對任由學生自我摸索的語文教育極不贊成，他的批評重點之一在「無讀法、無作法」。夏丏尊、葉聖陶的《文心》出版時，他盛讚、推崇《文心》是關於讀寫方法的好書。朱自清為其作序，在《文心》〈序〉裡他說，過去「大家只是茫然地讀，茫然地寫，有了指點方法的書，彷彿夜行有了電棒。」還批評過去論讀法的書太少，「按照老看法，這類書至多只能指示童蒙，不登大雅。所以真配寫的人都不肯寫，流行的很少像樣的」；又說，新文學運動起來，這些書多了，但真好的還是少，往往泛而不切，大而化之，太無邊際[18]。批評的重點之二，是朱自清非常反對欣賞課文、解讀文本時只給作品下「美」、「雅」、「精緻」、「豪放」之類的抽象、籠統的評語。他強調在語文教學中要一字一句不放鬆，要咬文嚼字，要透徹了解，要從詞彙、修辭、句法、章法，從作者著意的和用力的地方，「找出那創新的或變古、獨特的東西，去體會，去領略」。即使是了解思想內容，他認為「不止於要了解大意，還要領會那話中的話、字裡行間的話，也就是言外之意」，這就「得仔細吟味，這就更需要咬文嚼字的工夫。」朱自清的結論是：欣賞是建立在透徹的了解基礎上的，透徹的了解之中就有著欣賞。朱自清認為，只有這樣，對於讀者，尤其對於中學生「才是切實的受用」，也就是才能真正懂得藝術的語言、美好的文字究竟是怎麼一回事，文章的精華、作品的精髓究竟是什麼。[19]

---

18 夏丏尊、葉聖陶：《文心》〈朱自清序〉（杭州市：浙江文藝出版社，1983年），頁1。

19 以上引述見朱自清〈再論中學生的國文程度〉、〈論百讀不厭〉、〈寫作雜談〉、《語文零拾》〈序〉等文。

　　朱自清反對無讀法，反對只下抽象的評語，提出了自己的咬文嚼字讀法，此三者三位一體，即極力主張其咬文嚼字、透徹了解，並重點在了解創作奧秘的細讀式文本解讀教學觀。為了實踐、貫徹他的這一主張，朱自清不僅在自己的理論著述中有文本解讀的範例，而且親自編寫了多種中學課本，並親自編寫包括練習在內的各種解讀設計。其每課練習之多之細，解讀評點之微觀具體，包括其中隱含的許多語言奧妙、藝術奧秘、創作奧秘的揭示，是同時期乃至大陸爾後的諸種語文教材中極少見到的。其代表性實踐就是《開明文言讀本》教材的編寫。我們以其中的〈桃花源記〉解讀教學設計為例。〈桃花源記〉常被冠以「簡潔凝練、通俗流暢」八個字的評語，這自然是對的，但在朱自清看來這就只是抽象、籠統的評判，是不解渴的。我們常見的教材也有就這八個字的風格作出些分析，但遠沒有朱自清解讀的精細。看看他文後所列的第五條評點：

> 這一篇的文體跟筆記文相似。用語助詞很少，沒有一個「矣」字，只有二個「也」字跟一個「焉」字，那個「焉」字嚴格說還不能算是語助詞。最常見的連接詞「而」和「則」，這裡也一個都沒有。（試與〈為學〉比較，那一篇的字數只有這一篇的一半，可是語助詞跟連接詞多得多。）口語成分也很有一些，例如「便」字前前後後有四個，「問」字有兩個，還有一個「是」字（問今是何世），一個代「他」字的「其」字（隨其往——依一般文言的用例，「隨之往」更加合適些）。但就大體而論，這裡邊的詞語和文法還是文言文的……。[20]

　　我們看到這裡，已經接近奧秘的揭示了，原來〈桃花源記〉不像正統

---

20 朱自清、呂叔湘、葉聖陶：《開明文言讀本》第一冊（上海市：開明書店，1947年），頁91。

文言文那樣滿篇「之乎者也」，卻又多了正統文言很少出現的口語
詞。有哪一部教材，哪一個解讀，注意到了這麼細微的區別，使我們
對〈桃花源記〉的創作奧妙恍然大悟？這還不是朱自清揭秘的全部內
容。朱自清的《開明文言讀本》很特別，有一個長達五十三頁的「導
言」。「導言」中有一部分內容介紹了漢語言的書面表達的發展史，一
方面由晚周兩漢形成的「正統文言」一直占據統治地位，直到被白話
文取代；另一方面，兩漢開始出現了或多或少接納口語的「通俗文
言」（如筆記小說、官文書等），這條向口語靠攏的表達方式也不斷演
變發展，唐以後出現了更接近口語的文體（如一些詩詞、佛、道家的
語錄等等），宋出現的評話簡直就是語體文了，……一直到白話文運
動，語體文終於由附庸變為大國，取代了正統文言的地位。「導言」
中還有一部分內容著重介紹了近兩百個文言虛詞和實詞與現代漢語的
語義差異，比如「也」字不是現代的「也」（我也十五歲），而相當於
現代的「啊」（孺子可教也）；並且這些內容都一一對應落實到相關的
課文中。朱自清是以如此厚重的專業知識背景解讀〈桃花源記〉的
語言奧妙的，讀者於是明白了，〈桃花源記〉少了那麼多「之乎者
也」，為什麼會向日常表達靠攏，原來這是漢語言發展歷程中向語體
靠攏的重要作品，原來「也」、「矣」等是感歎、抒情詞彙，而人們的
日常說話是很少隨便密集地發出這些感歎、抒情詞語的（至少在陶淵
明的時代就已經出現了這種情況）。事情還沒有完，除了細讀出「之
乎者也」比正統文言少，（當時的）日常口語比其它文言文多外，朱
自清還注意到了〈桃花源記〉「多用短句，三個字四個字的最多」，並
為此設計了相關的練習、討論，而這也正是日常口語的鮮明特點。[21]
在所有這些專業性的解讀、細讀下，「簡潔凝練、通俗流暢」才不是

---

21 以上見朱自清、呂叔湘、葉聖陶《開明文言讀本》第一冊（上海市：開明書店，
　1947年），頁2、3、25、91。

僅憑感覺作出的判斷，而是令人信服的科學分析；才會因了這語言的發展史更加體會到陶淵明大家手筆、〈桃花源記〉別致文筆的迷人魅力。

《開明文言讀本》通篇都是這樣專業性的以揭示創作奧秘為主的咬文嚼字、細讀分析。正因為很專業，就把問題看得很透徹，某篇的表達特點、語言魅力就說得很清楚，設計出的討論、練習就更為簡明、淺出。

細讀如無專業知識作背景，就難免繁複、囉嗦，咬文嚼字、透徹理解也實際無從談起。有專業知識背景的細讀才是真正有意義的。朱自清以他的《開明文言讀本》中學教材的實踐表明，如此專業性的咬文嚼字、細讀分析──這似乎本只屬於大學裡的東西，一樣可以通過深入淺出的轉化，進入中學課堂。

（二）上世紀上半葉並未解決普遍的低效問題

如果能將魯迅、葉聖陶、朱自清三人的文本解讀教學普及化，上世紀上半葉的語文教育就可能出現革命性的變化了，然而並沒有，直到新世紀的頭十五年，由於孫紹振等大學學者的介入，這個變化才發生。原因是多方面的。

一是魯迅、葉聖陶、朱自清三人並未形成合力。魯迅並不專攻語文教育，逝世也較早。葉聖陶應當是當時語文界最有影響的泰斗之一，但他的觀點是多方向的。葉聖陶或獨著或領銜或與人合編的語文教材中，就包含著多種教學思想，從後文第三點就約略可見。其當時的著述也是並列了多種改革的舉措。比較突出文本解讀的朱自清因此孤掌難鳴。

二是文本解讀及其教學並未形成群眾性的追求，好的解讀更少。情形就是前文中朱自清指出的，「過去論讀法的書太少」，後來多了，「但真好的還是少」，「流行的很少像樣的」。原因第一還是朱自清指

出的「按照老看法，這類書至多只能指示童蒙，不登大雅」，也就是前文孫紹振說過的被人所譏的「小兒科」，後文將提到的「文學作品誰都看得懂」，所以「真配寫的人都不肯寫」；第二是當時的風氣並不如今天這樣容易形成群眾性的熱潮。朱先生說這些話時是一九四八年，基本上就是對上世紀上半葉的情況的總結。

三是上世紀上半葉語文教育的另二項改革甚至更為突出。其一，追求語文教育的科學化。夏丏尊是當時語文界最有影響的另一位泰斗，是力主科學化的學者。認為語文教育的落後就是不像數理化那樣有嚴密的知識體系，因而決心「一掃其玄妙籠統」，構建語文知識體系的教材和教學，主編了包括一〇八個知識點的《國文百八課》，前述八、九十年代的統編本知識體系教材就是受其影響的產物。葉聖陶作為夏丏尊最主要的盟軍而亦積極參與其中。發展到極端時，有人主張像做數學題一樣按知識點上課。[22]其二，認為主要是缺乏學生的主動積極參與，因而包括葉聖陶在內，大力倡導討論課，此事詳見後文。

（三）上世紀上半葉葉聖陶「討論課＋文本解讀」的重要意義

儘管葉聖陶、魯迅、朱自清等當年沒有普及文本解讀教學，儘管葉聖陶的改革觀點是多向度的，但由於他的《文章例話》的重要價值，他提出的「討論課＋文本解讀」模式的重大實踐意義，他後來在語文界的特殊地位和影響等，其「討論課＋文本解讀」模式成了語文教育突圍史上重要一頁。

---

22 詳見賴瑞雲：《混沌閱讀》第一章（福州市：福建教育出版社，2003年、2010年）。

1 《文章例話》

《文章例話》的主要情況見前文。總的就是以揭示文本創作奧秘為主要任務。

孫紹振先生多次說過，葉聖陶的《文章例話》是最早開始文本解讀的，當時做得最好的也是葉聖陶。[23]

孫紹振解讀學的基礎是創作論，是站在創作尤其是創作過程的角度解讀文本的，這在第一章裡已有詳細闡述。這是孫紹振解讀學與其它許多文本解讀理論、解讀實踐的根本區別，也是孫紹振解讀學和解讀實踐獲得巨大成功的根本原因。《文章例話》出版於一九三六年，在孫紹振看來，一出手就切中要害，以揭示文本創作奧秘為主要任務，這應是孫紹振特別推崇《文章例話》和葉聖陶解讀觀念、解讀實踐的根本原因。孫紹振不止一次在有關學術報告和著述中說，《文章例話》當年的一個版本還有一個副標題「──葉聖陶的二十七堂作文課」，這表明，葉聖陶自己及當時人就認為葉聖陶的解讀思想就是旨在揭示創作奧秘。

我們在後文中將不斷闡明，葉聖陶後來闡述的文本解讀思想亦如是；文本解讀實踐的不斷發展，語文教育終於突圍的根本原因，亦在這個要害上。

2 討論課與滿堂灌

當代的語文教學，討論課已成為主打課型。我們必須面對這個現實。與其讓討論課流於形式，信口開河，或者承載的教學內容不得要領，那還不如讓文本解讀與其緊密結合。所以，在闡述「史」實之前，須先約略了解討論課與滿堂灌各自的優缺點。

---

23 筆者就此問題多次請教孫先生，孫先生都明確指出了這一點。

　　滿堂灌也自有其優長。最典型的滿堂灌，就是風靡大陸多年，至今魅力不減的百家講壇，稍有文化的平頭百姓都聽得津津有味，乃至激起了閱讀《三國》、孔孟，閱讀歷史典籍的興趣。如果教師的一言堂講授能使學生興味盎然，激起他們嚮往文學，熱愛經典，不畏文言的效果，這樣的滿堂灌有何不可？這實際也是對話。按對話理論創始人巴赫金的說法，人們一說話就有對話。因為聽者頭腦裡必有反應，你說得好，不好，不斷對接，這叫「潛對話」。講授法，本是最基本的教法，不僅在於人不能一切從零開始，知識總是先接受後探討，在於講授的知識系統性，且好的講授，就像漂亮的文章、精彩的演講，更能使學生沉迷、激動，更能顧及全體聽眾；缺點是並非自己探索的，遺忘率較高，甚至過耳即忘。而以問答法、談話法、討論法為主的討論課的優點是學生親身參與，頭腦裡「劃痕」較深，知識是自己建構的，遺忘率較低，且利於培養思辨、質疑等能力，在到處都強調創新的當今世界，討論課的這一優點尤有意義；缺點就是講授法的優點，它有差距。當然，以上是就好的講授和好的討論而言的。而差講授，則使人昏昏欲睡；差討論，則誤人青春。各教法均有優長欠缺，正確的做法應是兩種模式互補運用，或交替出現，或你中有我，我中有你。

　　另一方面，真正好的講授、精彩的滿堂灌是頗不容易的，即便不令人昏昏欲睡也使人不時走神者，比比皆是。此時，討論課就顯示了它的獨特優勢，換句話說，把「責任」分擔，或曰調動全體師生的積極性，把課堂變為師生共同表演的舞臺，就成為討論課盛行的潛在動力。討論課會成為當今主打課型，恐怕這是更重要的原因。

　　面對這樣的現實情況，讓文本解讀與討論課緊密結合，某種意義上，就是「借船出海」，讓文本解讀尤其是揭示創作奧秘的文本解讀能真正落實到中學乃至小學課堂。

3　葉聖陶的理想，「討論課＋文本解讀」的緣起

　　討論課自古有之，《論語》中的不少篇章就是孔子與弟子的對話，古代書院甚至有辯論。但傳統文言文教學中相當於今天中學階段的主要教學形態，不是討論課，而是葉聖陶所說的「教師逐句講解」。葉聖陶上世紀四十年代發表的重要文章〈論國文精讀指導不只是逐句講解〉是專論此事的，並且就是討論課與文本解讀（即他所說的精讀）同時提出。葉先生指出：「教師逐句講解，是從前書塾裡的老法子」。葉聖陶不厭其煩地闡述了老法子的兩大弊端。第一是學生無需動腦。打開課本後，只需聽老師「讀一句，講一句，逐句讀講下去，直到完篇，別無其它工作」，無需「動天君（動腦）」，「從形式上看，他們太舒服了」，但是，探討思索、切磋琢磨、獨創成功的快感，「幾種有價值的心理過程都沒有經歷到」，學生自身的閱讀能力更沒有得到實戰訓練，「從實際上看，他們太吃虧了」。第二是僅到口譯為止，不作精讀指導。葉聖陶指出「逐句講解」只包括三件事：解釋字詞，說明典故，在上面兩項的基礎上把書面文句譯作口頭語言，實際就是一件事：口譯。如此一講到底的口譯，葉聖陶認為其害有二：其一，深淺無別，平均看待，學生看得懂的文句，教師「照例口譯」，學生想進一步了解其引申義，想尋根究底的文句，教師又僅到口譯為止，成年累月聽如此口譯，學生厭倦之情必生。其二，現代國文教學明確提出的「培植欣賞文學的能力」等目標「就很難達到」。葉聖陶指出，當時，不僅文言文，連語體文的教學也像文言一樣，逐句「口譯」（或者「認為語體沒有什麼可教，便撇開語體，專講文言」）。葉聖陶當時就說白話文還需「口譯」，這「實在可笑」，「那無非逐句複讀一遍而已」，或如他在另一篇文章〈談語文教本〉裡諷刺的「把白話翻為另一個說法的白話」。為了改變這些流弊甚久的荒唐現象（按：至今仍變相存在），葉聖陶在文中鄭重提出並舉例詳述了

討論和精讀兩大教學策略。[24]

一、先說精讀。

首先與此相關的就是葉聖陶先生在文中反覆提到的國文教學目標：「培植欣賞文學的能力」。他指出能力「不能憑空培植」，要以課文「作為憑藉」，因此課文要精讀，學生從精讀中獲得了種種經驗，將來就能自己欣賞短什長篇（這就是葉聖陶著名的「教是為了不需要教」）。其次，如何欣賞、精讀，葉聖陶提出的種種見解，幾乎就是當今文本解讀領域常見之說法。如「細琢細磨的研讀」、「分析、綜合、體會、審度」，「辨得出它的言外之意」，「用分析的方法，解剖作品的各部，再求其綜合」。尤其是多次強調的——

> 第一步在對於整篇文章有透徹的了解；第二步在體會作者意念發展的途徑及其辛苦經營的功力。
>
> 體會而有所得，那躊躇滿志，與作者完成一篇作品的時候不相上下；這就是欣賞，這就是有了欣賞的能力。

這和他十年前在《文章例話》裡提出的主要是揭示創作奧秘的思想是完全一致的，更簡直就是我們在第一章詳細介紹的孫紹振構建的，解讀就是「把作品還原到創作過程中去」，發現其「生成奧秘」的上世紀版。

再次，文章的題目叫「精讀指導」，文中多次強調，如此精讀、欣賞需「內行家的指點與誘導」，需「教師指點門徑」，而「決不是冥心盲索，信口亂說的事」——也簡直是本章前文提到的錢夢龍、孫紹振們著力堅持，今日終成主流意見的「教師主導」，以及第七章裡我

---

24 本點（含下文）有關葉聖陶的引述內容及引文，除已說明出自〈談語文教本〉外，均引自葉聖陶〈論國文精讀指導不只是逐句講解〉，兩文文句均引自（北京）教育科學出版社一九八〇年版《葉聖陶語文教育論集》。

們將介紹的今天終成絕大多數人共識的「多元有界」的世紀預言。

　　葉聖陶半個多世紀前就提出了上述文本解讀的精闢見解，為什麼半個多世紀來竟湮沒無聞？為什麼葉聖陶自己以及葉聖陶研究界都沒有就此著力闡發？致使語文教育在上世紀末前曾長期處於低效率的死胡同，需要孫紹振、錢夢龍、于漪們大聲疾呼，撥亂反正，才實現了今日之突圍？這和我們後文即將討論的上世紀下半葉的文本解讀的曲折發展有密切關聯。同時也表明，敢於直面現實本質，一切從實踐事實出發的人們，他們的見解往往不謀而合，英雄所見略同，尤其是他們中的領軍人物。

　　二、現在說討論課。

　　第一，強調討論不可替代的獨特作用。首先葉聖陶並未一概否定滿堂灌。文章一開篇，葉聖陶就特別指出，在當時，也有少數「不凡的教師，不但逐句講解，還從虛字方面仔細咬嚼」，「作意方面（注意，是「作意」，也就是創作角度）盡心闡發」，「神情理趣」方面，「讓學生」，「得到深切的了解」，「這種教師往往使學生終身不忘」。這表明，葉聖陶對這種一樣體現了精讀、欣賞要旨的精彩滿堂灌是持肯定態度的。但是，葉聖陶強調指出，「縱使教師的講解盡是欣賞的妙旨」，而學生始終不訓練自己的欣賞能力，這能力就終究是教師的。所以，葉聖陶認為討論課的獨特作用不可代替，故將其與精讀（文本解讀）相伴推出。

　　第二，為此，葉聖陶在文中為討論課提出了種種建議，要學生「自己動天君」；要組織「學生與學生的討論，學生與教師的討論」；要「排列討論的程式」，「歸納討論結果」；要糾錯補缺，要指出和闡發學生沒有注意到的欣賞要旨；尤其要學生在討論前要認真預習，為此，葉聖陶花了很多筆墨闡述預習對學生獲得探討、思索、獨創的快感，養成正確的閱讀習慣，培植欣賞能力方面的眾多好處；還強調教師要當上述一切活動的主席。所有這些討論策略，就今天也充滿生命力。

　　葉聖陶並不是僅此篇文章闡述了上述問題，就收進《葉聖陶語文教育論集》上冊第一部分中的，就有同時期發表的〈略談學習國文〉等十幾篇論文各有側重論及此事。也不止就葉聖陶一人，至少還有朱自清、呂叔湘等被時人稱為新派人物的大師泰斗在當時發表了類似新見，當然，最著力最突出者是葉聖陶。討論課和文本解讀，實際就緣起上世紀上半葉的葉聖陶們。其中，「討論課＋文本解讀」就是葉聖陶的語文教學理想。

（四）上世紀下半葉至今，兩岸討論課與文本解讀的發展歷程

　　上世紀下半葉至今的近七十年，兩岸的討論課與文本解讀的發展歷程都不是一帆風順的。

1 大陸的「討論課與文本解讀」的發展歷程

　　大陸在上世紀八十年代之前的三十年，就討論課方面，曾有過幾度小高潮。如一九五三年在當時蘇聯專家肯定的著名的「《紅領巾》觀摩教學」影響下，北師大主持過二次教改實驗，隨後類似實驗廣泛開展，接著甚至一度出現「堂堂談話法」的現象。又如六十年代初期，出現過反對滿堂灌教學，而提倡「精講多練」的教改。還有不少個人自發開展的討論課教改，如上海的錢夢龍，福建的程力夫，等等。至於反對滿堂灌的改革呼聲則一直不絕於耳，一直占據道義的制高點。但是，由於種種複雜的原因，討論課又始終未成大氣候，主編大陸第一部《中學語文教學法》的于滿川先生在八十年代初根據有關調查指出：「滿堂灌的教法，還占有絕對的優勢。」葉聖陶本人則說的更為感慨：「從一九二三年到如今（按：即一九七八年），五十五年了，……教法也有所變更，從逐句講解發展到講主題思想，講時代背景，講段落大意，講詞法句法篇法（按：實際還有講寫作特點），等

等，大概三十來年了。可是也可以說有一點沒有變，就是離不開教師的『講』。」葉先生當時強烈呼籲，「再不能繼承或者變相繼承」這種「教師只管講」、「學生只管聽」的「從前塾師教學的老傳統了」。[25]

　　葉聖陶上述「幾講」教學是對流行了三十年的《紅領巾》教學模式的形象概括。這首先是教學內容變了，大大超越了僅為「口譯」的逐句講解，這無疑是一大進步，葉聖陶期望的精讀、欣賞，即文本解讀教學出現了，但絕大多數人實施這一模式的真正內涵又並不是葉聖陶當年提出的探究創作奧秘的精讀、欣賞，而是蘇聯專家首肯的那種大卸八塊的肢解式作品分析，何況當年也沒有多少人具有「解讀乃揭示文本藝術奧秘、創作奧秘」的意識，亦即當年出現的只是一種低水平的文本解讀。

　　大陸真正較大的教學變革開始於上世紀七十年代末的改革開放之後。引爆點之一是錢夢龍在上海市內外幾次展示的文言文〈愚公移山〉教學。這是典型的討論課，又真正是揭秘式文本解讀教學。奧秘就在於不同態度。按孫紹振《文學文本解讀學》的說法，故事中的事情要「越出常軌」，相關人物對此要有不同反應，拉開的差距越大，故事就越有魅力，表現的內涵、性格往往越為深刻豐富，這實際就是創作奧秘[26]。移山，大大「越出常軌」，但如故事僅此而已，愚公一聲令下，應者雲集，這寓言不過是一篇簡單的說教。但故事出現了憂慮派（愚公妻）、反對派（智叟）、堅定派（愚公）、擁護者（子孫等）、感動者（天帝等），各色人等反應不一，乃至截然相反。按黑格爾《美學》的說法，就是「有衝突的情境」。這就使這簡短故事不僅波瀾多姿，而且才能借愚公駁斥智叟，推出人定勝天主旨。錢夢龍就引

---

25 以上詳見、劉國正主編：《我和語文教學》中葉蒼岑、張孝純、羅大同、于滿川、
　　錢夢龍、程力夫、葉聖陶等人著文（北京市：人民教育出版社，1984年）。

26 見孫紹振、孫彥君：第九章〈把人物打出常規的功能之一、之二〉，《文學文本解讀
　　學》（北京市：北京大學出版社，2015年）。

導學生討論人物的不同態度，其中最精彩的，就是引導學生討論出了愚公妻和智叟看似差不多的話裡所表現的五個不同。比如，愚公妻是說：「且焉置土石？」河曲智叟是說：「其如土石何？」前者是關心、擔心，獻疑，後者是嘲笑，「其」字加重了這一輕蔑口吻[27]。這既無需逐句逐字口譯，又巧妙落實了重要字句的教學。討論、揭秘、詞語，一石三鳥，葉聖陶當年的設想變為了現實。其引起的轟動效應不言而喻，當然效法者各取所需，或歡呼其討論之妙，或喝彩其設計之巧，或為「文」、「言」結合叫好，或為抓住精要（即揭秘解讀的當年說法）點贊，而影響最大的是討論。自然，偌大的大陸並不止錢夢龍一個點火者，只要看看劉國正一九八四年主編的《語文教學在前進》，就能一睹改革初年的盛景。

其後，以二〇〇一年啟動的新課改為界，大陸八、九十年代的二十年主要是討論課獲得發展，新世紀的十五年主要是文本解讀獲得發展，總情況則紛繁複雜，總趨勢是越來越好。

八、九十年代二十年的主要情況有：（一）錢式「討論課（或其變式：討論為主）＋揭秘式解讀（時稱抓住課文精要施教）」成為最具榜樣力量、影響最大、也是難度最高的教學模式，主要是一批教學名師在實踐。（二）「講授＋揭秘式解讀」，也是難以望其項背的名師傑作（如時雁行），人數更少。（三）「討論課＋文本解讀」，其解讀教學介於錢式課型與「《紅領巾》『幾講』教學」之間，實踐者有意效法第一模式，但又並未完全領會第一模式的解讀奧妙。（四）討論課為主，其內容，或＋「《紅領巾》『幾講』教學」，或＋教材設置的知識點學習，或＋文言文的釋字譯文，或＋應試題海訓練。（五）仍以滿堂灌為主，其內容同第三模式。這後二種模式幾乎勢均力敵，並且「聯手」占據「大部山河」，原因是設計好的討論題很難，揭秘解讀

---

27 見錢夢龍：《錢夢龍經典課例品讀》（上海市：華東師範大學出版社，2015年）。

更難，揭示創作奧秘的解讀似乎更是難上加難，大部分人不敢問津前三種模式。但畢竟討論課已登堂入室，成為流行課型之一。

綜上觀之，就文本解讀教學而言，上世紀下半葉，已經出現並逐步發展，並終於有了一批名師如葉聖陶所理想的高水平的「討論課＋文本解讀」，而且亦有不少追隨效法者，但並未普及，語文教學低效率的世紀難題仍然沒有根本解決。造成這一狀況的原因，除了前述的知識體系教材、教法至上的錯誤影響外，須補充的主要原因有二：一是肢解式的《紅領巾》「幾講」教學仍對許多教師有影響，二是大學高水平的文本解讀沒有介入語文教育。而這後一點更為重要。布魯納在著名的《教育過程》中說過，提供給基礎教育的一般教師的教材必須由這個學科的最具遠見卓識、最有水平能力的專家編製[28]。就像中學數學課本應當由數學學科的權威專家編制那樣，大學中文學科的高水平專家應當為語文教育提供高水平的文本解讀資源。長期以來，一直有一個誤區，以為文學作品誰都能看得懂，數學課本確要由數學家編定，數學教學確是數學家在背後指導著，語文教育何勞你這些名家？這就是前文已多次著重指出的，朱自清一語道破的：「按照老看法，這類書（讀法之書）至多只能指示童蒙，不登大雅。所以真配寫的人都不肯寫，流行的很少像樣的」，因此，包括前述的魯迅解讀、葉聖陶解讀、朱自清解讀，後人都沒有把它當一回事。正是這樣的重大缺位，造成了大部分人無緣問津揭秘解讀，形成了八、九十年代非常奇怪的悖論現象——一方面著力高揚于漪、錢夢龍等著名特級教師，一方面又說他們的教學經驗是無法轉化的，出現了解讀水平普遍低位、世紀難題無法破解的歷史困局。

直到新課改啟動後的新世紀，這一狀況才逐步好轉，開始了語文教育的歷史性突圍。

---

28 參見李明德、金鏘主編：《教育名著評介‧外國卷》（福州市：福建教育出版社，1992年），頁485。

　　新世紀開頭的十七年（2001-2017）的主要情況是：第一，由於課改，大批大學專家介入了中學的文本解讀，孫紹振等的高水平解讀大量湧入語文界，出現了如前所述的風暴般的熱烈反響，開始了熱火朝天的解讀變革，文本解讀已成為語文界的基本共識和基本理念，同時，人們也重新認識了錢夢龍等名師「揭秘式解讀」的要義，揭秘式解讀已成為許多人的追求目標，「討論課＋揭秘式解讀」有了新生代，「討論課＋文本解讀」的解讀質量明顯提高，實踐者越來越多。第二，在大力倡導平等對話，既批判令人昏昏欲睡的一言堂，又糾偏信口開河的多元解讀背景下，討論課更為盛行，逐步成為主打課型。第三，在鐵粉無數的大學專家講授式解讀、長盛不衰的百家講壇以及「教學內容比教學方法更重要」觀念的影響下，「講授＋揭秘式解讀」的實踐者明顯增多，出現了在著書立說基礎上講授為主的中學名師（如復旦附中的著名特級教師黃玉峰，著有《說李白》、《說杜甫》、《說蘇軾》等專著，其課型之一就有百家講壇式的講授），大有與「討論＋揭秘解讀」並峙之勢。

　　這些，就是語文教育正在突圍的主要標誌。

　　無疑，突圍遠未結束，戰鬥正酣。不僅揭示創作奧秘的解讀尚需花巨大力氣大力普及，前文介紹朱自清時著重提到的專業化解讀，更需化大力氣促進提高，在這後一點上，大陸語文界需向臺灣語文界學習。

2 臺灣的「討論課與文本解讀」的發展狀況

　　臺灣這六十多年，討論課與文本解讀的發展雖不一帆風順，但不像大陸那麼複雜。總的來說，討論課比較晚起。有幾個資料：（一）貴州省教育科學研究所的專家楊永明於二〇一〇年十一月在臺灣康橋雙語實驗高中和臺北中崙高中隨堂聽了〈訓儉示康〉、〈春夜宴從弟桃花園序〉、〈再別康橋〉三篇課文的教學，總的是以傳統的教師講授為

主，多數情況都是少有提問，更無互動[29]。（二）臺灣的課程改革是與大陸差不多時候的二〇〇〇年前後啟動的，與開放民間編寫教材同時，教法也開始變革，此時期的情況，按臺灣專家王慧茹的說法：「以學生為主體』的課程設計」，「是打破過去『上行下效』的傳統式教學，……邀請學生參與、對話、溝通。」[30]（三）筆者二〇一四年六月赴臺考察時，與數十位教師、專家有過座談，同樣了解到，是近十幾年的課改後，開始流行師生互動的創意教學，並認為，臺灣的師生互動就是從大陸學來的[31]。筆者當時收集的十數份二〇一〇年左右的臺灣名師教學錄影，討論課略多於全講授，我已各舉一個教例（〈赤壁賦〉、〈髻〉教學）載於上舉拙作中。相應時期的教參已有不少活動設計。以上當然是很不完全的查考，但成為一種流行課型，應是最近十幾年的事。雖然晚起，但一問世就展現了鮮明特色，此詳見後文。

　　臺灣的文本解讀教學則一直比較穩定。原因在：第一，一直有共同的特色模式。即孫紹振說的，是作家中心、是孟子「知人論世」為主要手段的解讀模式。知人論世是揭秘解讀極重要甚至是決定性的一環，如新北市立丹鳳高中教務主任宋怡慧在武夷山市一中上的〈再別康橋〉，不斷引入徐志摩的康橋經歷、新月派經歷，與林徽因、陸小曼的情感，與新詩、西方浪漫派的關係，同時期創作的〈我所知道的康橋〉等，深入解讀了詩中的意象和意涵。同時，運用知人論世解讀並不排斥其它手段。這就是知人論世一直有生命力的原因。第二是供教師使用的教材帶來的結果。此教材有二種，其一為「教師手冊」（大陸稱為「教師教學用書」，俗稱教參），其繁富、巨量和專業性是大陸教參無法想像的，它基本上把文學史上有關該課文作者的生平事

29　楊永明：〈臺灣國文教學一瞥〉，《貴州師範學院學報》2011年第10期。

30　王慧茹：《國文教材教法及閱讀指導》（臺北市：萬卷樓圖書公司，2014年）。

31　賴瑞雲：〈臺灣語文教學「深耕細作」芻議〉，《語文建設》2014年第9期。

蹟、文學成就、作品特色、創作主張、奇聞軼事，以及該課文的創作
背景資料、評論鑒賞深究，涉及的文體、手法、修辭、文化知識，各
種教學設計，悉數網羅其中，一篇課文的參考資料最多的竟達五、六
萬字。這不是堆砌資料，而是服務於文本解讀，用孫紹振的話，叫專
業性解讀，是遠比感想式解讀重要得多，也是遠離信口開河的基本解
讀方法。孫先生說過，缺乏專業準備，解讀就是兩眼一抹黑[32]。這對
文言文和經典作品的解讀尤為重要。另一配套書為「教師用書」，將
上述手冊中的大部分內容轉換成了中學的教學形式，按教學流程編
寫，教師一拿起「用書」幾乎就可以施教，臺灣教師甚至開玩笑說，
頭晚喝醉了酒，第二天照樣上課。由於好用，管用，就愛用，用久了
就成為模式。可稱之為「知人論世・專業性解讀」。第三，課文少，
一學期如此細讀的不超十四課；課時多，一般每課可上五節，甚至六
節，楊永明論文提到的三篇課文都是教五節，由於教時足，確保了繁
富的材料都能用上。第三，教考不分離，高考卷百分之五十左右出自
課本，你敢不上？

　　這一穩定的「知人論世・專業性解讀」與並重的討論、講授兩式
教學結合，就產生了臺灣常見的二種課型。其一，「講授＋知人論
世・專業性解讀」。包括兩階段：（一）作家事蹟、成就及創作背景介
紹。1. 時間多。大陸類似的內容一般在五分鐘左右，甚至略去。臺灣
往往花二十至三十分鐘左右，大半節課，甚至不止。前文提到的筆者
〈深耕細作〉一文中舉例的〈五柳先生傳〉、《世說新語》作者介紹均
如是。楊永明論文中的〈訓儉示康〉花了近十五分鐘。〈再別康橋〉
則第一節課基本上是介紹徐志摩，第二節課還介紹了劍橋大學背景資
料。2. 作家介紹與文本解讀並不是兩張皮，體現了專業性解讀的優
勢。如楊永明文指出，教者詳述了司馬光生平、逸聞、成就，「內容

32　見錢理群：《解讀語文》〈序〉（福州市：福建人民出版社，2009年）。

之豐富，信息量之大，文化含量之厚重足見一斑」，但都與文中表現的「司馬光以儉素為美的人格特質完全契合」，且娓娓道來，並無遊詞，所論皆關鍵，體現了做學問的真功夫，聽者亦毫不枯燥。前述筆者的〈深耕細作〉一文也具述了與此相仿的〈五柳先生傳〉、《世說新語》的作者介紹。（二）課文鑒賞深究。由於課時充裕，又幾乎全是講授，如果原有《教師手冊》提供的資料深入揭示了文本奧秘，教學將盡顯風采。如筆者〈深耕細作〉文中以一千五百字的長篇幅詳述了教者以全講授生動描述了〈赤壁賦〉全文天衣無縫、圓融巧轉的起承轉合筆法（即蘇子問洞簫客何以把簫吹得「如泣如訴」？客答：我們在月明星稀之夜，來到「赤壁」之地，因而想起曹操「月明星稀」短歌行。「一世之雄」的曹操「而今安在哉」？何況「吾與子」無足輕重小人物。曹操越發英雄——舳艫千里，旌旗蔽空，吾輩駕一葉之扁舟、與魚蝦麋鹿為伍的小人物更是卑微得如滄海一粟，人生更是短暫得如朝生暮死的蜉蝣。因而「哀吾生之須臾，羨長江之無窮」，故把悲傷的心情寄託於悲涼的秋風。於是，蘇子做出了「變與不變」人生哲理的曠達回答）。其二，「討論課＋知人論世・專業性解讀」。分二部分：（一）各種各樣的互動、熱身、輔助、延伸活動；（二）課文鑒賞深究。它們不是先後兩階段，而是可交錯、交融的二部分。由於第一項占據了時間，解讀、鑒賞花時必然不如全講授課。即使有五節課，一不小心，也可能文本解讀倉促。後文將細述第二種課型。

　　臺灣語文教育同樣有待繼續發展，也可以說是需要突圍，首先要有突圍意識，主要是兩點：一是知人論世解讀無論怎麼重要，怎麼專業，還只是一種解讀方式，並且屬於作者中心論的解讀觀，而文本中心解讀觀才是根本的，因為後者可以包含前者，前者卻不能，而大陸總體而言，是文本中心為主的，在這一點上，臺灣語文界需向大陸語文界學習。二是大陸專家基數大，高水平解讀的資源比臺灣豐富，是值得臺灣同仁借重的。

四　孫紹振文本解讀學詮釋的或指導下的突圍典例

首先說明幾點：第一，由於前述的種種原因，海峽兩岸中小學當代的主打課型都是討論課，我們看文本解讀教學的突圍，需從這一現實出發，主要看「討論課＋文本解讀」的水平發展到了什麼程度，這恰好又與葉聖陶當年的理想實現了接軌。兩岸討論課有利於文本解讀的發展狀態，也一併在此介紹。第二，推動語文教育突圍的，有各方面的代表人物，絕不僅僅是孫紹振一人，但本書是研究孫紹振的，主要談孫紹振解讀學的影響。第三，近十幾年，孫紹振十幾部解讀專集都是一版再版的暢銷書，赴各地講學又不計其數，私淑弟子、鐵桿粉絲更難以勝數，與他有學術交往的語文界名師也以兩位數計，因此，我們的研究，只能舉隅介紹，試圖達「窺一斑而知全豹」之效。第四，之所以分為詮釋與指導，前者指與他有深厚學術交往的語文界名師的經典課例，說是詮釋，換個角度，也是對孫紹振解讀學的實踐檢驗；後者主要指直接受惠於孫先生的優秀課例，包括近幾年，孫先生率領團隊與臺灣同仁合編高中語文教材所開展的教學交流中的課例。

（一）孫紹振解讀學對錢夢龍等名師名課的詮釋

于漪、錢夢龍等老一輩著名特級教師是當今語文界的最典範代表。孫先生與這批全國名師中的許多人都有長期的學術交往，聲氣相求，息息相通，他們中的許多經典課例都可以用孫先生的解讀學，尤其是第一章所述的解「寫」論作出精彩的解釋，孫先生在多篇論文及學術演講中都有舉過精彩的例子。能獲得著名理論的回應與昇華，這是任何實踐領域的權威都不會拒絕，反而是引為佳話的美事，類似於第二章介紹的莫言故事。當然，這首先是他們以其極具代表性的實踐給予了孫紹振的「最高」實踐檢驗、「最高」實踐肯定，同樣類似於第二章所介紹的莫言們的「最高票」，它有力回答了「大學專家的解

讀能否以及怎樣搬到中學課堂」的世紀疑問。這些著名實踐與著名理論的雙向肯定，正是于漪、錢夢龍們的經驗可以普遍推廣，語文教育必能突圍的定海神針。

　　僅以錢夢龍為例。我們前面已舉過其〈愚公移山〉課例，現再舉錢先生上的〈中國石拱橋〉。錢先生先出現趙州橋的掛圖（此即原生素材），請學生用一句話表述大拱與四個小拱的關係。學生們的「大拱的兩邊（兩端、兩旁、兩側……）各有兩個小拱」等句子，都無法將小拱「畫」到原圖位置。錢先生請學生翻開課文，原來是「大拱的兩肩各有兩個小拱」的「肩」字，於是指出，「準確」是說明語言最主要特點，請學生把文中所有準確用語都找出來。這就是第一章所粗略介紹過的孫紹振的還原法、換詞法（替換法中的一種）、藝術形式規範知識（此處為說明文形式規範知識）分析法及揭示寫作奧秘之教學的巧妙運用。二〇一五年十二月「中語會」等十幾家單位聯辦「錢夢龍教學研討會」千人大會上，孫紹振應邀做主題報告，重點介紹的錢先生〈死海不死〉教學亦如是。錢先生將辭海中關於死海的說明文字與文藝隨筆的〈死海不死〉比較（這實際就是換詞法），讓學生發現〈死海不死〉「文字富有趣味」的表達特點。錢先生許多名課都是如此實際上運用了或者說包含了還原法、替換法、藝術形式規範知識分析法及揭示寫作奧秘的範例。孫先生與這些代表性人物在文本解讀教學上的高度一致性，有力證明了前面所說的詮釋、檢驗、定海神針諸說。

（二）孫紹振解讀學指導下的閩派語文教學中的名例

　　閩派語文以文本解讀及大學、中學界的長期合作為特色，孫氏解「寫」法因此而普及。二〇一七年三月二十四日福建教育學院培訓班上，省級名師應永恆上〈賣油翁〉，青年新秀鄭燕上〈泥人張〉，不約而同都主要運用了替換法及相關藝術形式知識。教學效果極佳，尤其

是來聽課的數十位廣西教師讚不絕口。窺一斑而見全豹，這反映了日常實踐的自覺追求、自覺傳承。此處只簡要介紹應老師的課（孫紹振是指導應永恆晉升「省級名師」的首席導師）。他運用孫紹振的替換法，將課文換成如下表述與原文比較：

> 賣油翁釋擔而立，睨陳堯咨射於家圃，久而不去。見其發矢十中八九，但微頷之。以為無他，但手熟爾。以其酌油知之。見其取一葫蘆置於地，以錢覆其口，徐以杓酌油瀝之，自錢孔入，而錢不濕。因曰：「我亦無他，惟手熟爾。」

而歐陽修原文，第一是有衝突，有性格。當賣油翁「但微頷之」時，陳堯咨疑惑這老翁也懂得射藝，接連發問二句，急於知悉端底。聽到老翁的答覆無非是眾人皆知的熟能生巧之理時，不由忿然曰：「爾安敢輕吾射！」稱呼也由「汝」變為「爾」。直到老翁當場展示了手藝，並淡淡重複「我亦無他，惟手熟爾」後，陳即轉怒為笑。陳之直率、翁之淡定躍然紙上。按孫氏理論，就是通過衝突，拉開心理距離，才能暴露性格。第二，謎底置後。衝突中有懸念，直到陳「笑而遣之」，讀者才釋然而笑。按孫氏理論，就是要「折磨」讀者。而改文，這些都沒有了。應永恆引導學生討論完上述比較後，又將幾篇是否有衝突的學生作文引入討論，使此寫作奧秘留給學生很深印象。

　　福州市第三中學高級教師陳原的三個教例。陳原是孫先生手把手指導的福建師大文學院的學生，其碩士學位論文導師就是孫紹振先生，由於教學優異，參加工作第七年就獲得福建省五一勞動獎章。其第一個教例即前文提到的〈再別康橋〉課。第二、三教例是下文將提到的〈將進酒〉及〈陌上桑〉教學。

（三）運用孫紹振解讀方法實施〈將進酒〉教學二課例

　　一例是上海市青浦區教師進修學院副院長、特級教師關景雙。他自稱是孫紹振先生的鐵粉。二○一七年十一月十七日，他應邀到福建師大文學院舉辦的「閩派語文再出發」論壇做學術報告。他根據他的實踐，認為所謂的語文能力就是解讀能力。他展示了他的〈李白·將進酒〉的討論課的教學設計。他用孫紹振的「三層秘密說」及藝術形式知識分析法解讀〈將進酒〉。認為〈將進酒〉的奔放豪邁、跌宕起伏的風格，從最隱秘的藝術形式看，就是樂府詩歌的文體張力，詩人充分運用了七言為主，雜以三言、五言、十言（君不見黃河之水天上來）的表現形式的結果。這確實是很好的創作奧秘的解讀教學。我們知道，〈將進酒〉屬於七言歌行。七言歌行出自古樂府，由曹丕〈燕歌行〉首創，興盛於唐代。其形式特點是七言為主，雜以三、五言，便於更為酣暢地抒情。著名的〈燕歌行〉、白居易的〈琵琶行〉、〈長恨歌〉、岑參的〈白雪歌送武判官歸京〉都還是七言，而〈將進酒〉不僅明顯運用了三言、五言，而且出現了十言，這就因為句式變化對比明顯，自由率性，奔放豪邁、跌宕起伏更為突出了。

　　陳原於二○一五年十一月間在福州市十一中，應邀與臺灣專家交流時展示了〈將進酒〉教學。教學中，給專家們印象最深的就是運用孫紹振換詞法、還原法展開的討論。如引導學生討論能不能將「君不見黃河之水天上來」換成「君不見黃河之水青海來」（既是還原法、又是換詞法），「千金散盡還複來」換成「百兩散盡還復來」（換詞法），「烹羊宰牛且為樂，會須一飲三百杯」換成「殺雞宰鴨且為樂，會須一飲三大杯」（換詞法）。顯然，這樣一換，那種奔放的豪情就沒有了。

（四）孫紹振與臺灣同行合編教材及所開展的兩岸教學交流活動中的教例

1 合編教材及交流活動

前文說過，臺灣教材是作家中心，知人論世、資料豐富、專業性解讀是其特色。孫紹振認為，光有知人論世不夠，文本畢竟為第一位，所有方法都服務於解讀文本。雖然臺灣同行在實際教學中並不會僅限於知人論世一種手段，但是，有無文本中心的牢固意識是不一樣的。也不能說，大陸的文本中心觀就牢固了，讀者中心論就曾嚴重干擾過。但大陸教材是以文本為中心組織資料，名師的教學傳統也是文本中心，但資料的豐富、專業性解讀又不如臺灣。讓兩岸優勢互補，取長去短是孫紹振和臺灣一些同行形成的共識。再說，前文說過，孫紹振的解讀專著在臺灣也是搶手貨，於是，在兩岸有關單位的支持下，由孫紹振和臺灣中華文化教育學會的孫劍秋會長領銜，率領兩岸團隊，近三年合編了幾冊高中語文教材。合編本由孫紹振親自撰寫每一篇課文的解讀，並仿臺灣教材，搜集文學史上的豐富資料，再將所有資料圍繞文本中心，圍繞孫紹振的解讀文章重新組合編寫。

在編寫過程中和在臺灣出版使用後，合編團隊組織兩岸有關教師、專家先後於二〇一五年十一月間、二〇一六年六月十日和十二月九日、二〇一七年十月二日和十一月二十日，分別在福州市十一中、武夷山市一中、臺北天主教達人女子高級中學、高雄師範大學附設高級中學、臺北萬芳高中、廈門雙十中學漳州分校開展了多場以「討論課和文本解讀教學」為主的教學交流、研討活動，兩岸共有八位教師上了十堂觀摩交流課。

孫紹振先生對每一堂課均作了詳盡的點評，不僅點評了其中的文本解讀教學，而且點評了討論課。運用了合編教材和孫紹振解讀材料的，無疑體現了孫紹振的文本解讀學。沒有運用到孫紹振的解讀材

料，或者課文本身，孫紹振沒有解讀過的，孫紹振則用他的解讀材料及文本解讀學的理論做出了評析。無論合編教材本身還是有關的交流課及其點評，都是孫紹振文本解讀學的一次實踐，都是語文教育突圍路上的鮮活例子。

下文，擇要對上述活動進行一些介紹。

2 兩岸參與交流的教師討論課的若干特點

總的來說，這是「討論課＋文本解讀」教學中的討論課，都能圍繞文本解讀教學展開討論，而不是為討論而討論。

臺灣教師討論課的總特點是善於縮短師生間的心理距離，調動學生參與互動的花樣多，降低學習難度的措施多，課堂的生動性、學生的積極性較明顯勝過大陸的一般討論課。具體如下：

一、與解讀課文相關的有趣活動多。如：（一）楊曉菁（女，臺灣戲曲學院華語文中心主任，原政治大學附屬中學教師，曾獲臺灣super教師獎）在臺北天主教達人女子高級中學所上的〈赤壁賦〉第五節課，主要內容是〈赤壁賦〉與〈後赤壁賦〉的比較閱讀，為幫助學生理解這一比較，引入了馬致遠〈天淨沙〉與白樸〈天淨沙〉的比較；還播放了兩則電影短片，通過導演根據自己的創作意圖安排素材，建立場景，讓學生更好讀懂同是赤壁，同一個「導演」，卻因企圖表現的思想情感不同，建構了前後〈赤壁賦〉的不同「鏡頭」。（二）易理玉（女，臺北市立第一女子中學教師，曾獲臺灣師鐸獎和super教師獎）在武夷山市一中上〈項脊軒志〉，相關的有趣的活動更多，如猜書齋（歸有光的書齋是項脊軒，歐陽修的是六一堂，飲冰室的主人是梁啟超）、為〈項脊軒志〉、〈陋室銘〉按讚（要學生說出為什麼喜歡〈項脊軒志〉）、「搶救老屋（項脊軒）一字師」搶答（室僅方丈：小；百年老屋：老；雨澤下注：破；每移案，顧視無可置者：窄；不能得日：暗）、播放和討論小電影《前塵往事》（加深體會〈項

脊軒志〉物是人非的滄桑感）。（三）吳慧君（女，高雄市立前鎮高級
中學教師，曾任臺灣教學卓越獎複選觀察員）在高雄師範大學附設高
級中學上〈我的書齋〉（鍾理和），整節課主要就是一個大活動：學生
分組深入進行〈我的書齋〉與〈項脊軒志〉空間配置、物質條件、精
神象徵、勵志精神、人格特質、生命故事等十多個方面的全方位比
較，使學生了解他們（鍾理和、歸有光）都是貧窮的，又都有高貴之
處，思考自己能否也成為作者這樣的人。

　　二、激勵措施多。如易理玉整節課開展的計分搶答競賽。老師即
時宣佈分數，最後公佈獲勝小組，場面十分「火爆」。易理玉應邀到
北京某中學上《禮記》時，方式是有獎問答。在武夷山市一中開課的
宋怡慧（女，任職學校、職務見前），課後還補送「獎品」給學生。
老師們還有各種即席推出的搶答、挑戰活動。至於掌聲鼓勵則是每位
臺灣老師最常用的手段。

　　三、熱情風趣的話語多，很是「煽情」，許多還極有助解讀課
文。如「太厲害了」；「給自己掌聲，不要不好意思」；「愛上歸有光了
（對學生閱讀體悟的讚詞）」；「請這位目光炯炯的『劉禹錫』回答
（對一位流利背出了〈陋室銘〉的男生的美稱）」；「你將來一定是個
好媽媽（對一位回答「歸有光的母親為什麼用『扣』而不用『推』」
的女生的讚譽）。如果學生一時回答不出，教師會說「你平時跟誰有
『仇』，你把問題甩給他」，學生們大笑；如果一時回答不了的學生是
班長，教師會說「你是班長，你有權命令任何一個同學起來回答」，
學生們又笑了。

　　四、易答問題多，不易冷場，又降低難度，最後匯聚到某個總問
題或總結論。（一）楊曉菁用一連串的小問題——所寫景物不同，實
景還是虛景不同，出現人物不同，蘇子與客的對話不同，寄寓的情感
思想不同等，使學生充分理解了同一「導演」面對同一赤壁，卻因企
圖不同，寫出了不同的〈赤壁賦〉。（二）易理玉最重要的一組問題是

諸如「為什麼母親用『扣』而不用『推』」（對下人的尊重，不驚嚇嬰兒），「『變籬變牆』的背後是什麼」（親情越來越隔膜），最後的大結論是「重要的東西是眼睛看不見的」，但「凡是經過的，都會留下痕跡」。（三）吳慧君的系列比較，實質也是化大為小的討論。

大陸教師討論課的總特點是緊扣文本解讀教學。

一、大陸教師可能因課時緊，一般而言，討論課裡的招數、套路不如臺灣教師多，主要靠個人素質掌控課堂，調動積極性。參與交流的陳原（男，任職學校、職務見前）話語風趣幽默、施教行雲流水，葉鹿（男，武夷山市一中語文教研組組長）教風沉穩清晰、有條不紊，陳華良（男，廈門雙十中學漳州分校語文教研組組長）扎實穩重、書卷氣強，都因此達到了吸引學生專注投入學習的效果。

二、三人主要特點都是直奔主要問題，展開施教。陳原在達人女高上〈陌上桑〉，突出該作品的「效果手法」。葉鹿在自己學校與易理玉「同課異構」教〈項脊軒志〉，緊扣該文的細節描寫。陳華良在自己學校上《論語》〈侍坐章〉，側重該篇的人物出場和體現的性格。

按孫紹振的口語交際理論和幽默理論，縮短心理距離是現場即席交流最重要的手段之一，幽默風趣話語是最有效的方法之一。具體的花樣、措施、風格，因地因人而異，無需千篇一律，也不必照搬，因而，臺灣老師形式豐富的討論課背後善於縮短心理距離的理念是值得大陸同行借鑑學習的。臺灣討論課晚起於大陸，借鑑於大陸，在互動效果上勝過了大陸，這更值得大陸老師思考。而大陸老師的討論課把時間和活動集中在文本解讀上，同樣值得臺灣同行思考。當然，臺灣課時多，在五節課的安排裡，有足夠的教時對付文本解讀，可能不成問題，但如果熱身、外圍、延伸活動過多，一不小心就可能使解讀捉襟見肘。再說，文本解讀畢竟是主體的教學任務，課時越多，可以把解讀做得越深入到位，何況如前所述，臺灣的教參資料十分豐富，正可以在解讀上大顯身手。

　　孫紹振根據現場即席交流理論和確保解讀主要任務的要求，分別評點了他們的討論課。

3 從孫紹振文本解讀學的角度，評析交流觀摩課

　　宋怡慧老師在武夷山市一中上合編本中的〈再別康橋〉。孫紹振就該詩「獨享的秘密、獨享的甜蜜」這一藝術奧秘已提供了詳盡的解讀。宋老師緊緊圍繞孫先生的解讀，所提出的十幾個系列討論題，全部指向那「不能與別人分享的『獨享的秘密』、『獨享的快樂』」。宋老師同時充分利用合編本中的豐富資源，引入大量歷史資料，實踐孫先生解「寫」法。如引入徐志摩的康橋經歷，與林徽因、陸小曼的情感經歷時，說詩人很想回到過去的美好，而林徽因和康橋是美好的，陸小曼是使他難過的，也就是詩人原生態的複雜經歷進入詩中已做篩選，這就是運用孫先生的還原法，使學生了解該詩的創作奧秘。教師又提醒，蟲叫，詩人沒聽到，沉浸在美好回憶中，所以「沉默是今晚的康橋」，這就是還原為自然對象，發現其變成藝術對象時變異了。在如此這般與學生的研討中，學生對這獨享的甜蜜已心領神會，當解讀到徐志摩在母校的夜晚，獨享那不能與人分享的秘密時，教師對參與研討的一男生說：「你有沒有？願意不願意與大家分享？」又說這「秘密」「一中（指武夷山一中）的同學都不知道。」全堂會心地笑了，在笑聲中，學生們輕鬆地領悟了〈再別康橋〉的奧義。

　　陳原上的〈陌上桑〉和陳華良上的〈侍坐章〉也都是合編本中的課文，孫先生同樣有詳盡的解讀和豐富的資料提供給兩位任課者參考，兩人都創造性地「照搬」到教學中。陳原上過很多次的公開課，算是久經沙場的年青老兵，但拿到這份合編本的教參資料時，還是甚為吃驚，他說，這樣的資料從來沒有見過，對教師備課太有用了。在他看來，資料不怕多，而要好，而在於備課者自己的挑揀和設計。他圍繞孫先生的解讀設計了一系列的討論題。所有討論題都指向孫先生

解讀的作品如何表現羅敷的外在、內在美上，尤其是指向孫先生反覆
強調由余光中命名的「效果手法」。他重點挑選了資料中余光中就效
果手法說的「直接描寫美人，有時不如間接描寫觀者驚羨之色」、托
爾斯泰「描寫一個人本身是不可能的，但可以描寫他給我的印象」，
以及他自己找來的「從此君王不早朝」等同類資料，一併提供給學生
結合文本，集中討論〈陌上桑〉中觀者的有趣失態反應，討論詩人這
一表現羅敷驚人之美的巧妙手法。由於討論題的集中和有趣，助讀資
料的精準和權威，加上他幽默的教學語言，課堂笑聲不斷，高潮迭
起。陳原上完交流課後，前來聽課的高雄市教育局的領隊當即邀請他
下午到高雄向老師們介紹他的教學經驗。

　　〈項脊軒志〉也是合編本中的課文，孫紹振亦已有完整解讀，有
關資料也已基本編寫好，只是當時尚未最後成形，未及時提供給兩位
任課者。但他們都熟悉孫先生的解讀思想，葉鹿在福建師大讀研究
生，聽過孫老師許多課；易理玉在臺灣聽過孫先生的多次講座。他們
憑藉自己領悟，解讀了文本奧秘。比如前文提到的易理玉設計的系列
討論題及熱情風趣的教學語言均指向關鍵詞語所隱含的意義，又如葉
鹿的八個討論題都是圍繞作品最重要的細節描寫背後的悲、喜之情展
開的，這些都獲得了孫先生的首肯。但如使用了合編教材的解讀資
料，將更上層樓。比如，孫紹振評課時說，易理玉的教學把一個歸有
光帶出來了，非常成功、很專業。但按孫先生的解讀和參與合編的湯
化先生考證，題目是有意識不用「記」而用「志」的，正暗含立志重
振家族榮光，這就是立足文本的解讀。又如，易理玉總結說，重要的
東西是眼睛看不見的，但又留下了痕跡；葉鹿說，細節暗示了整體，
孫紹振評價很高，認為都切進了最重要的奧秘。但孫紹振說，這是著
名的「寓褒貶」於客觀敘述中的史家筆法，只寫那些看得見的，故意
不寫那些隱含的東西，要發議論，作者另外說，於是就有了太史公
曰、異史氏曰，歸有光就是學史記這個傳統筆法，故文章分為二部

分，前面就寫細節，後面就有項脊生曰。如二位老師能這樣講文體筆法，就進入了葉聖陶、孫紹振說的創作奧秘。很可惜，都就差這麼一點。這些，孫先生在評點時都指出來了。

楊曉菁在漳州的廈門雙十中學分校是重上〈赤壁賦〉，聽過上次課的合編團隊成員都感到這次更好更精彩。她依舊是與〈後赤壁賦〉比較閱讀，依舊是如前介紹的上次那樣的設計了各種活動。但是，她加了三個討論活動：一是說有二種閱讀方法，一個是通過蘇軾的經歷來了解文章的風格、意蘊，一個是就文章本身讀出它的內涵、風格，哪一個更好，結論是後者，並指出，前者是作者中心的讀法，後者是文本中心的讀法。二是，文中所有的景物是否都是人的投影？結論也是的。三是，就前文提到的延伸活動：馬致遠〈天淨沙〉與白樸〈天淨沙〉的比較，再進行換詞比較，一換詞，原詞不悲傷了。這些更為精彩的討論設計，顯然是她重讀了孫先生的解讀後，更上層樓的文本解讀教學。

任何人都是在對過去的不斷肯定又不斷否定，不斷刪除又不斷新建中前進的，甚至往往更多是新建，在新建的曙光指引下，愉快自覺地離開舊地。語文教育的突圍和孫紹振文本解讀學的建構也一樣，我們正是在孫紹振大量的「新建」解讀吸引下，自覺自願告別舊的時代。

具體的例子是舉不完的，而「文學理論教育的奇蹟」和「語文教育的突圍」則是最大的例證。這兩大例證，足以表明孫紹振文本解讀學的最為震撼的現實貢獻、最富特色的實踐意義和最為獨特的學術價值。

這兩大例證以及它以五百篇課文解讀這一罕見的海量案例為基礎所創建的文本解讀學，表明它是實踐急需的理論學說，是與西方文論那些從概念到概念的空轉理論迥然有別的本土化、實踐化、行動型、操作型的學說，是馬克思「人應該在實踐中證明自己思維的真理

性」[33]以及恩格斯「社會一旦有技術上的需要，則這種需要就會比十所大學更能把科學推向前進」[34]的生動寫照。它像朱光潛特別肯定的歌德理論那樣：「和一般的美學家從哲學系統和概念出發不同，歌德的美學言論全是創作實踐與對各門藝術的深刻體會的總結。」[35]它是文學理論領域首次出現的體系嶄新的專論文本解讀的理論專著。它的面世，將可能衝擊、激蕩、催生文學理論產生重要變革。

　　從如此具有重要理論貢獻的學說中要學習的內容太多了。《文學文本解讀學》是該學說的基本完成形態，它的內容遠應追溯到孫先生早期的《文學創作論》，廣應涵蓋他三十多年研究中的大部分相關著述，總字數近千萬。與語文教育比較有關者如：

　　創立與原有文學創作方法體系相呼應的文本解讀的系列方法；

　　創建未被以往學術界揭示的藝術形式規範的嶄新範疇；

　　建構明顯區別於西方文論的本土特色的文學理論；

　　構建關係民族未來一代素養能力的基礎教育教材，等等。

拙作除前三章已經涉及者外，後面幾章將繼續試述。但是，僅能掛一漏萬，略談一二，——因為，孫紹振文學文本解讀學絕不僅僅是為語文教育建構理論的，它於文藝理論方面的深廣意義以及涉及的相關理論的專業性，筆者無法一概勝任，即使語文教育方面，筆者亦可能以偏概全；並且，所談很可能膚淺，如下文將介紹的「形象三維組合解讀（分析）法」涉及原有《文學創作論》的部分，往少裡講也至少好幾萬字，但我們只能以幾百字說明其與解讀有關的內容。即便如此，由於孫紹振文本解讀學的重要現實意義，筆者還是不自量力，拋磚引玉，供方家飽學批判。

33　《馬克思恩格斯選集》（北京市：人民出版社，1995年，第2版），第1卷，頁55。

34　見新東方網·經典語錄大全。

35　朱光潛：《西方美學史》（北京市：人民文學出版社，1979年，第2版），頁401。

第四章

創立文本解讀的方法體系

　　孫紹振說：「要進行具體分析，如果沒有一定的方法論的自覺，則有如狗咬烏龜，無從下口。……因為文學的形象，天衣無縫，水乳交融。」[1]

　　這就好比一個密封的器皿，一個是憑力氣打開，一個是靠工具打開，一般而言，是要靠工具的。文學作品，過去在似乎不講方法的時代，大家就是反覆看，終於看出一點名堂。但如此幸運者只是少數人，比如錢夢龍談到自己備課體會，就是反覆看多遍，終於看出作品的特點是什麼[2]，指的就是這種情況。其實背後是有方法的，這就是古人說的「讀書百遍，其義自見」。就是一種專心致志，排除干擾，反覆閱讀之後的頓悟、妙悟、閱讀所得，這就是方法。同時，還要有其它手段輔助，如看同類作品，比較能發現其中共同的奧秘，推而廣之，就是要多讀書，「讀書破萬卷，下筆如有神」，「破」者「解」也，連寫作都有所心領神會，何況閱讀？古人基本上靠這種方法閱讀領悟，後人稱之為印象主義批評或審美直覺批評[3]。這種讀書、解讀方法，速度是慢的，方法也單一，更重要的是它要靠耐心、意志和時間，所以絕大多數人，讀幾遍後，仍然不得要領，茫然一片，就放棄了。孫先生說的「無從下口」者，就是這種情況。此外，錢夢龍等

1　孫紹振：《孫紹振如是解讀作品》〈序〉（福州市：福建教育出版社，2007年）。

2　見賴瑞雲：《混沌閱讀》（福州市：福建教育出版社，2010年），頁228。

3　參見王先霈：《文學批評原理》（武漢市：華中師範大學出版社，2002年），頁88；童慶炳：《文學理論教程》（北京市：高等教育出版社，1998年），頁459-460。

人，或許還憑自己閱讀經驗，總結出自己很個體化的看書門道，這其實也是方法。

　　方法就是掌握某種規律。任何時候，方法都是提高效率的正道。而我們今天要說的，是能更快速發現作品藝術奧秘、效率更高、能更普遍地推廣，並呈顯性狀態而非古代那種「玄妙」狀態的科學方法。孫紹振的解讀方法體系，就屬於這種科學方法。

一　必要的說明

　　首先要說明的是，在孫紹振學說中，由於其理論是行動型的，實踐性、操作性強，基本上許多概念、表述都具有方法論的意義。如後文將談到的「以創作論為武器，解讀文本」就是這種情況。又如第一章闡述的「揭示藝術奧秘」和「秘密三層說」，是總綱，是基本理念，是指導思想，同時也是方法，依此也可解讀文本。只是「揭示藝術奧秘」、「創作論武器」更為高度的概括性，僅憑此探索，難度較大。反之，由於其學說中許多概念所具有的普遍意義，反映了某種客觀規律，即使稱「法」的，如「還原法」，也同時是解讀的一種基本理念、一種指導思想，也因此，其著述中顯性稱「法」的概念少。「錯位」理論更是如此，它首先是孫紹振學說中的基本理論、核心理論概念，在方法體系中稱其為「錯位法」，就是從操作性的角度命名的。

　　其次，由於這樣的伸縮性、彈性，孫紹振解讀學中可以作為方法用於解讀的概念，即使限定在操作性較強的角度考慮，也是數量可觀。比如，在《文學文本解讀學》中，最明顯冠以方法、方法論含義的是最後六章（第十一至十六章），分別稱為「具體分析之一：隱性矛盾」、「具體分析之二：價值還原」、「具體分析之三：歷史語境還原」、「具體分析之四：隱性矛盾的分析」、「具體分析之五：流派與風格」、「具體分析之六：想像在創作過程中與作者對話」。但是，每一

章（類）裡差不多都是一個小系列，裡面都包含一些更具體的方法，如第十一章裡的「原生態還原」、「邏輯還原」乃至「無理而妙」，第十三章裡的「關鍵詞還原」，第十六章裡的「心口錯位」……都是操作性很強的解讀方法。這六章之外的其它章節也還有頗多可視為方法的，特別是有關小說、詩歌、散文的章節中涉及具體形式特徵、形式規範的各種命名。如關於小說的第九章，標題中「打出常規和情感錯位」兩個概念就是兩個解讀方法。該章中關於因果律的系列概念，幾乎每一個都可作分析的方法，如「荒謬性因果」。還有，該章中深入闡述時出現的一些更具體的術語，都可能是一種解讀手段，如其中第二節和第四節中對〈項鍊〉的瑪蒂爾德做了深入分析，用到了佐拉「試劑法分析感情」這一術語，意即通過項鍊的得失變化，把人物內心潛藏的另一面（英雄氣概、自尊性格）揭示了出來，而「試劑法」照樣可以用來解讀〈范進中舉〉中胡屠夫情感的變化。甚至，在一些比較理論性的章節中，都有一些精彩的術語命名，具有解讀方法的意義，如第四章在批判西方文論中過分極端的「意圖謬誤」（《文學文本解讀學》中指出，新批評最初提出此說時，並未走向極端）時，孫紹振提出了「意圖無誤」、「意圖昇華」說，意即作家的意圖在作品中得以實現（無誤），乃至在創作的過程中得以提升，他以此解讀了〈岳陽樓記〉、〈醉翁亭記〉的奧秘。這二個孫氏術語，同樣可以用來解讀其它作品，如〈遊褒禪山記〉等古文經典。

　　拙作試圖簡要梳理這一知識譜系。比如，還原法中的原生態還原，放到錯位法中就是美與真的錯位。又如，試劑分析法，在孫紹振的話語裡就是「越出常軌（打出常規）」。再如，意圖謬誤、意圖無誤，可歸到孟子說的知人論世，而「知人論世」在孫紹振的方法體系中屬於「專業化解讀」範疇。還有，小說、詩歌、散文等各文體的具體藝術形式規範的各種命名、術語，如打出常規、情感錯位、荒謬性因果等，都可以歸到「藝術形式知識分析法」這個總旗號下。當然，

我們後文的分類可能會有一些交叉，對於一個如此龐大的理論體系，恐怕是難免的。因此，拙作試圖從方便語文界操作運用的角度，歸納出了一個十二法的孫紹振文本解讀方法譜系。

最後，還必須特別說明，孫先生是上位的文藝理論家，研究文學創作理論，指導文學創作是他原本的主要學術工作。他有不少可以載入當代文學史的，影響卓著的學術成果都是這方面的，如「新的美學原則在崛起」就是詩歌理論領域的。孫先生介入語文教育，最初乃無意為之，乃至是他的學術副業（隨便說及，孫先生不少成果都是「無心插柳柳成蔭」的產物）。許多學術概念、術語，本是從上位的文藝理論，從美學角度，並且許多是嚴峻的學術論辯中，特別是他堅持不懈批判當代西方文論的嚴肅學術工作的背景下提出的。包括拙作作為主要理論源頭之一的孫先生的近著《文學文本解讀學》，其最主要的學術背景，是對嚴重脫離實踐，且對當前學術界又影響甚巨的當代西方文論的批判，是試圖構建本土文藝學的努力探索，許多學術話語、體系構建，包括上述六個系列的「具體分析方法」，都是如此學術背景下的產物。加之具體的學術概念、體系命名，一個人在長期的探索研究中，又會不斷修改完善，還會從不同的學術目的形成不同的組合，這是任何理論家都概莫能外的。當然，上位的概念涵蓋了下位的概念，正因為此，拙作也可以僅從下位的語文教育的角度，試圖從孫先生的學術研究寶庫中，汲取一二。如果拙作的試釋暗合了孫先生龐大學術體系的某一側面，或者拋磚引玉，其他同仁，從另一個角度，作出了另一種梳理，則心願足矣。

二　以創作論為核心武器的文本解讀方法體系譜系

這句話中「創作論為核心武器」也可表述為：以揭示創作奧秘為核心。

　　第一章裡，我們詳細闡述了孫紹振解讀學的基礎是文學創作論。無論從孫紹振的大量解讀實踐，還是他相應的理論著述，以及他後來的總結，孫紹振是從創作論的角度解讀文本，是從創作論進入的，其核心是揭示文本的創作奧秘。這是孫紹振能較快進入解讀，能發現很多人未能發現的文本奧秘的解讀奧秘。

　　無論是孫紹振的創作論，還是解讀學，「揭秘（主要是創作奧秘）」都是它的一個總綱，一個基本理念，但呈現的形式卻「相反」，這是一個硬幣的兩面。作家是要把這些秘密隱藏起來，「見解（即意蘊）越隱蔽，對藝術作品來說就越好（恩格斯語）[4]」，更無作家把其表現手法標示在作品中，或者這些手法，連作家本人都不知曉，對他們也是秘密。解讀者則相反，應把這些秘密揭示出來。

　　這個硬幣的核心是揭示創作奧秘。

　　孫紹振從《文學創作論》到《文學文本解讀學》，從創作的角度提出的創作奧秘中，可以轉化為解讀操作的主要理論範疇有：形象三維組合說、三層揭秘說、藝術形式規範說、錯位論、感覺論、表達論。注意：這並不涵蓋有關創作的全部理論，比如想像力，於創作自然十分重要，於解讀就顯得籠統，雖然解讀作品也需要想像力，但從方法的角度，操作性不強。又如作家的智慧素質，天分、勤奮等等，於創作同樣十分重要，於解讀也一樣有意義，可作為解讀的背景因素、指導思想，譬如與創作比，更可能以勤奮彌補天分之不足，但同樣無法作為具體的解讀方法，因為它沒有與被解讀出的具體內容掛鉤。這六項，創作時，可以以此命名的理論指導創作；解讀時，可以將此概念轉化為指導解讀的方法術語。但是，在表述上宜作如下變動：三維組合解讀（分析）法、三層揭秘解讀（分析）法、藝術形式規範知識解讀（分析）法、錯位解讀（分析）法、感覺解讀（分析）

4　《馬克思恩格斯選集》第4卷（北京市：人民出版社，1995年，第2版），頁683。

法、關鍵詞語解讀（分析）法。括弧內外的用語，表明取一種即可，或解讀或分析。在實際使用時，可以簡稱為：三維法、三層法、藝術形式法、錯位法、感覺法、關鍵詞語法。這些稱呼，有的是孫紹振著述中早已使用習慣的，如錯位法、關鍵詞語法，其餘多為我們為研究和表述的方便，給予的命名。

　　從解讀的角度提出的直擊創作奧秘的主要解讀方法有：以作者身分和作品對話（可簡稱為作者身分法）、還原法、替換法、矛盾法、專業化解讀法、比較法。這六項，不是從指導創作的角度提出的。比如還原法，其硬幣的另一面是錯位法，美與真錯位、美與善錯位，才是指導創作的，還原，則是把創作時錯位的情況還原出來，故是用於指導解讀。替換法與關鍵詞語法的對應關係也一樣。以作者身分和作品對話，則是與創作層面的所有六法對應的。而「矛盾法、專業化解讀法、比較法」三項，沒有作家是以此來創作的，更是專為解讀而設立。這些方法的命名，均是孫紹振著述中原有的。

　　上述解讀法的名稱，在使用時，一般以孫紹振著述原有表述為主，拙作首次命名的，在初次闡述時先出現詳稱，至於具體行文中用詳還是用簡，則隨上下語境需要而定，比如，下文簡表，為整齊起見，用簡稱。

　　以下是這個「解讀硬幣」兩面、孫紹振解讀方法體系的譜系簡表：

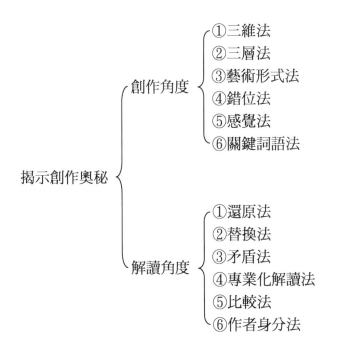

①三維法
②三層法
③藝術形式法
④錯位法
⑤感覺法
⑥關鍵詞語法

創作角度

揭示創作奧秘

解讀角度

①還原法
②替換法
③矛盾法
④專業化解讀法
⑤比較法
⑥作者身分法

上述兩大角度、層面的十二法，涵蓋了孫紹振文本解讀學建構三十多年的進程中出現的絕大部分具體的解讀方法，其中多數，一法中又是一個小系列，下文展開闡述時再做說明。

上述十二法，從理論講，既是規律，就應貫於一切作品，但因為實際解讀時的難易，任何一法都不能包打天下。如何更好使用這些方法，我們在介紹完十二法後再予說明。

除了這十二法，孫紹振文本解讀方法體系中還有一個非常重要的「切入法」，即解讀者閱讀文本時，第一感覺是文本中有異常現象還是無異常現象？孫紹振分別稱之為「『變異』、『陌生』」與「『非陌生』、『日常語義』」，其一九八七年出版的《論變異》中早已對此做過詳盡闡述。這是有助於較快、較準妥解讀出文本奧秘的方法，但它是切入之法，往往還要依靠十二法中的其它有關方法才能解讀文本，或者解讀得更為到位。本來，作為切入法、切入口，應當先介紹，但考

慮到兩點：第一，它往往還要運用其它方法，因此放在十二法之後，其它方法的名稱、內涵已知曉之後再介紹，更為合適。第二，並非每一篇作品的解讀，每一次的解讀都有如此切入點的問題，許多時候，解讀者很可能直接就運用了某一方法解讀文本了。因此，本書將其放至十二法介紹完後再闡述。

三　創作角度、層面的解讀六法

創作角度、層面的解讀六法，除三層法外，其它均未做過較詳細的介紹。

（一）形象三維組合解讀（分析）法

形象三維組合是指藝術形象是情感特徵、生活特徵、藝術形式特徵三維組合（猝然遇合）的產物。由於創作主體的主觀特徵也包含智性，孫紹振後來把感情特徵改為主體特徵，這就將智性也包含進去了，相應的，將生活特徵改為客體特徵[5]。這也正是歌德說的「使形式、材料和意蘊互相適合，互相結合，互相滲透」，「形式是生氣灌注、顯示特徵的，是與內容融為一體的」[6]。分析作品，解讀文本可以由此入手。

這無疑是非常簡略的表述，《文學創作論》涉及三維組合說的文字至少有好幾萬字，分別從主、客觀是如何結合，又如何與形式結合才最後構建成形象，特別是形式規範的特殊性、重要性，《文學創作

5　參見孫紹振：〈文論危機與文學文本的有效解讀〉，《中國社會科學》2012年第5期，頁180。主體特徵包含智性在《文學創作論》中已提出，當時他稱為理性，見拙作第二章中的感覺論部分。同時，許多作品更突出表現的可能是情感，如接著所舉二例。所以，情感特徵的提法，仍然可保留。

6　歌德引文出處見第一章。

論》中闡述甚詳。我們不是指導創作，而是談解讀，可以從解讀的需要，抓住如下幾點，揭示作品的創作奧秘：第一，抓住這個結果，一切文學形象都是三維組合的結果，找出它的三維，而不是一般哲學認識論、機械唯物論說的主、客觀二維結合。而且這三維不是一般性的，是特徵鮮明的，三者的特徵是完全融洽的。第二，進入作品的生活特徵已經不完全是生活的原生態，而受「人的情感影響最大」，人對客觀生活、客觀事物的感覺、知覺，會受情感的衝擊，「發生量和質的變異」[7]。所以，要抓住它如何變異了才與相應的主體特徵、情感特徵結合。第三，所以，作家所運用的特徵鮮明的某一形式，是在「變異了的感覺和知覺上去起作用」[8]的。換句話說，「形式就是再現生活表現自我的語言形態」[9]，如孫紹振舉例的「作家具有了在動亂社會中的複雜經歷，只有敘事文學形式才能對之作現實性的再現」，如果用簡短的抒情詩去表現，必然使內容受損[10]。

　　比如李白的〈早發白帝城（又名：白帝下江陵）〉[11]。

　　情感特徵（主體特徵），是政治上獲得大赦的詩人特別輕鬆愉悅的心情。史載，安史之亂爆發後第二年，永王李璘以平亂為號召起兵，李白應召參加其幕府。唐肅宗認為李璘起兵是同他爭奪帝位，下詔討伐，李璘兵敗被殺，李白受牽連被流放至夜郎，在巫山途中遇赦。

　　生活特徵（客體特徵），即湍急三峽，順流而下，船行輕快，這是一面。另一方面，當時的三峽行船並不能一天走一千多里，從白帝（今重慶奉節縣境內）直到江陵（今湖北荊州市）。歷來解釋此句「現實性」的唯一依據就是〈荊州記〉（後錄入《太平御覽》）有關三

7　孫紹振：《文學創作論》（瀋陽市：春風文藝出版社，1987年），頁327。
8　孫紹振：《文學創作論》（瀋陽市：春風文藝出版社，1987年），頁328。
9　孫紹振：《文學創作論》（瀋陽市：春風文藝出版社，1987年），頁329。
10　孫紹振：《文學創作論》（瀋陽市：春風文藝出版社，1987年），頁329。
11　以下關於〈下江陵〉解讀及絕句特徵，主要取自孫紹振〈論李白〈下江陵〉〉，載《文學遺產》2007年第1期。

峽的一段文字（即後來酈道元錄入《水經注》〈三峽〉裡的一段）說了可以「朝發白帝，暮到江陵」。但《水經注》是轉錄，〈荊州記〉也只是說「有時雲」，而且此情況有嚴格的前提，是夏天發大水，水流極快，且「王命急宣」，只好不顧本已封航（沿溯阻絕），冒險東下。李白寫詩時不是這季節[12]，沒有這條件，更沒有冒此險的必要。可見「千里江陵一日還」不是記實，客觀原狀進入作品時發生了變異，然而正是這「無比輕快」的誇張變異更渲染、突出了詩人心情的無比愉悅輕鬆。這就是前文所說的受情感衝擊，客體發生了變異（亦即後文將談到的美與真的錯位），這才是詩人心中鮮明的客體「特徵」。當然，它又不是毫無根據，三峽畢竟是最著名的湍急水系。

藝術形式特徵，是指李白的〈下江陵〉絕句是絕句中「最自由」流暢的一種，「朝辭白帝彩雲間，千里江陵一日還，兩岸猿聲啼不住，輕舟已過萬重山」，四句全為流水句式，沒有一句是對仗的，束縛最少，行雲流水，一瀉而下。於是，相對「最自由」的形式特徵、表達方式與李白當時最輕鬆愉悅的情感特徵，以及誇張、變異了的輕快迅捷的船行特徵猝然遇合，互相適合，融為一體，極生動地展現了李白當時自由無礙的奔放心境。

絕句比律詩自由，據孫紹振在前人有關資料基礎上的研究，其不同於律詩的關鍵是：一、前兩句也不一定對仗。二、第三和第四句絕大多數為流水句式。所謂流水句式即兩句之間不講究對仗，採用有如自由敘述的句式（上句意思未表達完，需下句才能自足），前後句之間又句意相聯，於是流水般串意而下，順流而成。三、其中又有三種形式（不含少數全對仗的）：（一）頭二句對仗，後二句流水句式：回樂峰前沙似雪，受降城外月如霜。不知何處吹蘆管，一夜征人盡望鄉

---

12 李白另一首表達了同樣心情的〈江夏贈韋南陵冰〉，據有關學者考證，是被赦當年的三月在江夏與友人韋冰相會。見《李白詩選注》編選組：《李白詩選注》（上海市：上海古籍出版社，1978年），頁193。

（李益）。（二）頭二句不對仗，後二句流水句式：如杜牧的〈江南春〉，頭二句「千里鶯啼綠映紅，水村山郭酒旗風」，不對仗也非流水句式，即似乎各講各的，似乎兩幅「獨立」的畫面，句意不相連（但實際內涵相連）；後二句「南朝四百八十寺，多少樓臺煙雨中」句意相連，為流水句式。——以上兩種情形較多。（三）全不對仗，全為流水句式，表達上最自由，但如詩意和意象一般，將無形式的韻味彌補，所以不易寫好，較少見。

李白有了情感特徵和生活特徵這些非常自由奔放的詩意和意象，於是選擇了這種「最自由」的形式。或者說，詩人選擇的這種「最自由」的形式，是在「變異了的感覺和知覺上去起作用」的，是「再現生活表現自我的語言形態」。

非文學作品也可以運用這一「三維法」解讀、分析。以報導香港回歸的新聞〈別了，不列顛尼亞〉為例。

主體（主要是情感）特徵是：厚重的歷史感、莊嚴的自豪感。

生活特徵：總的是「滄桑巨變」。由於是新聞，生活事實會展現得特別豐富。羅列出來有如下六點：一、九次升旗降旗——江山易幟的象徵。二、八次宣告（反覆宣告）最後時刻（含最後一次、宣告終結等等）——歷史即將掀開嶄新的一頁。三、八次寫到幾時幾分的準確時間（包括最後一分鐘、第一分鐘、一五六年五個月○四天等）——莊嚴時刻。四、二次給英方強調「雨」的背景，說彭定康離開港督府時「細雨濛濛」，查理斯王子念告別信時「此時雨越下越大」——給人一種淒惶感。五、五次插入歷史背景——越是寫出英方往日的「美好」，越顯出風光不再，歷史翻過了這一頁。六、四次出現「不列顛尼亞」號離別的暗示意義和象徵意義（英國又稱「大不列顛」，查理斯王子恰好乘坐名為「不列顛尼亞」號的遊船離港）。

藝術形式特徵：新聞要以事實說話，上述的情感特徵，厚重的歷史感、自豪感文中一句話都沒有出現，全憑六方面的「滄桑巨變」的

事實讓讀者鮮明感受到了。

新聞又並非那種照相式實錄，尤其不是那種表面現象的機械照錄，而是要真正寫出事物的本質特點、歷史的本質規律，包括人的主觀情感也屬於客觀存在的一部分，即記者的這種歷史感、自豪感也是歷史規律的反映。為此：

第一，善寫者把前面六點「生活特徵」全部「找齊」，無關的蕪雜信息全部剔除。所以，它比當時同題材的別的新聞來得「乾淨」（這也是它獲得第一名獎勵的原因之一），在集中強化的「滄桑巨變」的事實中自然透析出「情感特徵」，也就是歌德說的「互相滲透」。而且，按新聞的倒金字塔結構，標題——導語——主體，前頭越概括的部分，「滲透」越明顯，其導語為：「在香港飄揚了一百五十多年的英國米字旗最後一次在這裡降落後，接載查理斯王子和離任港督彭定康回國的英國皇家遊輪『不列顛尼亞』號駛離維多利亞港灣——這是英國撤離香港的最後時刻。」選擇了最有代表性和象徵性的「滄桑巨變」的史實，滲透了最鮮明的歷史感。其標題：「別了，『不列顛尼亞』」，代表性和象徵性的高度凝結，簡直使情感特徵呼之欲出，然而這又確是客觀事件過程的最後一筆。

第二，新聞也可以對客觀事實「加工」。前述的善寫處理已是加工，已是對客體做了篩選，並無事無巨細全部寫進新聞中。雙關語、歷史背景的引入也是一種加工處理，為什麼偏偏用「別了，不列顛尼亞」做標題呢？乘船的查理斯王子自然不會自找倒楣，這個象徵自然是情感衝擊下，讓客體變異了。最典型的就是雨的背景只寫給英方，不寫給中方。當時的實際情況是：六月三十日下午開始，雨越下越大，一直下到第二天，當晚零時的交接儀式結束，人們走出會場，見到的仍是傾盆大雨。同樣是雨，只給一方作背景。站在人的主觀情感（如前所述，主觀情感也是客觀世界的一部分）的角度，這同樣是歷史真實，是主體情感的真實反映。查閱當時的報導，就有文章是這樣

寫的：越下越大的傾盆大雨——在英方人的感覺是「上蒼哭泣」，在中方人的感覺是：一洗百年恥辱，感天動地的歷史巨變。當然，雨的處理，同樣不是毫無根據，因為交接儀式是在場內，可以不講雨。

　　上述三維組合中主、客體之間的關係，二例中的主體情感對客體特徵的「改造」、「選擇」，也可用前文第二章中的「主要特徵同化次要特徵」、「主要觀念和情趣選擇主要特徵」來解釋，就像《復活》中的香皂、毛巾、浴巾如少女卡秋莎一樣新鮮乾淨那樣，船行的速度和李白心情一樣輕快，老天爺降雨隨記者的心情一樣，該下即下，該停即停。

　　朱光潛《談美書簡》裡介紹的移情作用說，把人的生命和情趣外射或移注到對象裡去，使本來無生命和情趣的外物彷彿具有人的生命活動，如「數峰清苦，商略黃昏雨」[13]，但用三維法更到位，即關鍵是「清苦」一詞用得好（形式特徵），使黃昏的景色單調的山峰以及山雨欲來的景象（生活特徵）與詩人苦澀心情（情感特徵）「互相結合」、「猝然遇合」了。

　　三維法無疑可以用於分析所有的作品，但實際運用時，其最關鍵的藝術形式規範知識，如果解讀時不熟悉，比如絕句的知識就不是人人都很了解的，解讀的效果就將明顯打折扣。又如果對船行千里並不可能的客觀事實不了解（沒有查找歷史文獻，就無法還原這一真相），解讀的效果又將再打折扣。這時，就需要其它解讀方法相助，或者改用其它方法解讀。下文各法，都可能會面臨一樣的實踐「侷限」，將根據具體情況，有的舉例說明，有的不另做強調，但全部方法介紹完後，將一併說明。

---

13 朱光潛《談美書簡》（上海市：上海文藝出版社，1980年），頁81。

（二）三層揭秘法

　　第一章已就三層揭秘法做了詳細介紹，並舉了孫紹振有關《清明上河圖》及〈詠絮之才〉的二個解讀案例。

　　用三層法分析〈早發白帝城〉、〈別了，不列顛尼亞〉，很明顯，後例效果好，前例難度大。

　　〈別了，不列顛尼亞〉第一層的表層內容，人人可知，記述香港回歸的歷史時刻。第二層的意脈「厚重的歷史感、莊嚴的自豪感」，需要把六個方面的「滄桑巨變」的歷史事實，包括把所有表現這一巨變的「次數」（實際就是渲染效果，即鋪張手法）都梳理清楚，才能深刻感受到這一點。這需要一點「意脈」分析的自覺，而不是隨意地找文中的一點事實，簡單的說，表現了愛國情感。但既用孫紹振的三層法，就應該懂得「意脈」之「脈」的重要性，所以也不太難。第三層的更加隱秘的藝術形式、風格，有一定難度，但在可以解決的範圍內。第一，新聞要以事實說話，以及新聞的標題、導語、主體的倒金字塔結構等形式規範知識，一般的中學教師都應具備，並不難。第二，對客觀事實做了「加工」，這是難點和重點，也是本文區別於其它同類新聞的個人風格的體現。四次出現「不列顛尼亞」號是文中本來就有的，其離別的暗示意義和象徵意義，至少標題「別了，不列顛尼亞」是很觸目的，很巧妙的，可以說，明眼人一看，就被它吸引了，想一想，就能發現其中的奧妙。到此為止，解讀的基本任務已經完成。所以，也是難點不難。至於經過加工的「雨」的背景作用，是錦上添花、更上層樓，真正有一定難度，但這解讀可做可不做。如就文本本身去發現，需要引入後文將介紹的矛盾法，就是要有這個敏感，「懷疑」為什麼明明越下越大的雨，我方升旗時「不見了」？因而去查找當時資料，發現其中奧妙。或者先從文本外部做起，這就要運用到後文將介紹的專業化解讀法和還原法——有查找相關文獻的強

烈意識，發現作者對雨做了選擇性的合情合理的處理。

　　〈早發白帝城〉就沒有那麼便宜了。第一層，看到的只是三峽風光的描寫。第二層，如果不知道李白遇赦的創作背景，憑文本本身是無法解讀出這個意脈的，是完全想不到這一點的。第三層，如果不具備絕句的知識，即沒有這方面的專業準備的解讀者，或者沒有養成查找相關知識理論的習慣的解讀者，完全可能「兩眼一抹黑」的。

（三）藝術形式規範知識解讀（分析）法

　　前文多次闡述過，藝術形式是最大的奧秘。藝術形式法也就和前二法一樣，既屬於總綱性、根本指導思想方面的，又可用於具體解讀作品。但本法不同在於，它所包含的具體內容是所有各法中最為豐富的。藝術形式規範知識是整個文學語言學科的基礎，各文體，小說、詩歌、散文及非文學作品的藝術形式規範的知識體系非常龐大，但凡能揭秘的具體知識，都可以視為一種具體的解讀方法，前文「必要說明」中提到的「打出常規」、「情感錯位」、「荒謬性因果」等等概念術語，都屬於藝術形式規範知識家族中的具體一員。從這個意義上，孫紹振龐大豐富的解讀方法體系又可分為兩大類：一是藝術形式規範知識，二是還原法等專門的文本解讀方法。或者說，藝術形式法是解讀的基本方法，其餘的都是具體專門的解讀方法。

　　這些具體知識必須是能揭秘的，尤其是能揭示創作奧秘，並且相對而言，揭秘效果較突出者，才能成為一種方法。難道有揭秘效果差的甚至無效的藝術形式知識？有，且不止一二。知識是人們根據實際的文學現象總結出來的，總結不到位，此知識就成為低效乃至無效、負效知識。如小說的情節理論，過去搬來蘇聯上世紀五十年代的文學理論，流行的是「開端、發展、高潮、結局」或「情節是性格的發展史」。它能否揭秘，能否解「寫」？很有限。如，按此可知道許多小說（不是全部小說）是逐步展開的，人物性格是逐步亮相的，高潮中

性格亮相最明顯。僅此而已，遠不如孫紹振根據亞里士多德和福斯特的理論而發展出的情節「因果律」、「因果法」。孫紹振從《文學創作論》到《文學文本解讀學》的數十部著作和五、六百篇論文所努力構建的正是這樣的能揭示創作奧秘的形式理論。孫紹振是如何創建藝術形式規範的嶄新知識範疇的，我們將在「創建藝術形式規範新範疇」章中再做介紹。其富有特色的豐富的藝術形式規範知識，文學作品方面詳見孫紹振《文學文本解讀學》（主要見第六章至第十章）《文學性講演錄》、《文學解讀基礎》及《文學創作論》等；非文學作品，議論文見《孫紹振論高考語文與作文之道》、《基礎寫作概論》（林可夫主編）等，演講見《漫話幽默談吐》、《幽默學全書》及《演講體散文》等。

　　面對如此龐大的體系，既然無法遍舉，我們就只舉一例，即前文所述的孫紹振提出的小說的因果律、因果法。

　　小說類文本於此特別突出。小說一般最後都有一個結果。解讀分析時，可直接抓住結果，分析作品中產生這一結果的「因」。這個因果關係的所有的「因」總是被作家安排得天衣無縫、絲絲入扣、針腳綿密，表現出了高度的因果統一，展現了作家高超的藝術手法。我們分析時就是要百般敲打，嚴加拷問，越是經典文本，越是成熟的虛構，越經得起橫挑鼻子豎挑眼。它又分為內容因果和寫法因果。下文中的例子僅就遵循這一因果律作出解讀，並不涉及該作品可能存在的藝術形式突破。

　　莫泊桑的〈項鍊〉，孫先生有過全面精彩的解讀，其核心，就是揭示出主人公瑪蒂爾德的核心性格是「自尊」，由這一自尊產生了她過分虛榮和堅強勇敢誠信地面對災難的「英雄氣概」。這兩方面的矛盾性格有機統一在她自尊這一核心人格上[14]。這是過去有關〈項鍊〉

---

14 見孫紹振主編、北師大版初中課標語文教材九上冊《教師教學用書》中〈項鍊〉「主編導讀」，或孫紹振：《經典小說解讀》〈項鍊：一個女人心靈的兩個側面〉（上海市：上海教育出版社，2016年）。

的解讀從未如此深刻揭示的。這是導致〈項鍊〉一系列悲喜劇結果的根本原因，是內容因果。

其一，我們先從得知這是假項鍊的結果說起（這不是生活中的最後結局，真項鍊將拿回來後，故事將怎樣演進，小說沒有講，戛然而止）。我們首先覺得命運所開的「玩笑」太殘酷了，一條假項鍊居然付出了一個年青貌美女性的十年青春的代價，幾分鐘內一個不經意的偶然過失，改變了人一生的命運。原因自然是女主人公好出風頭、追慕虛榮的結果。瑪蒂爾德一直對自己的有出眾美貌而未能過上更好的生活忿忿不平。正是如此日思夜想，忽然一天，得到部長舞會請柬，太興奮了，丈夫說，一條裙子打扮就得了，她非得要去借條項鍊。舞會上，她最漂亮、跳得最好，最引人注目，成為當晚舞會皇后，虛榮心得到極度滿足，在得意忘形的飄飄然中，可能項鍊就在此時丟失。更可能的是，舞會結束後，臨出門，丈夫把披風披在她身上，她一看到這件與自己剛剛舞會皇后形象極不相稱的寒磣的披風，立馬用力掙脫丈夫，奪門而逃，衝向門外，很可能就是這個幅度過大的動作，把項鍊弄丟了。怎麼弄丟，小說沒有說，無論怎麼弄丟，都跟她的好出風頭的虛榮心密切相關。這些具體之因，既是虛榮心的體現，是內容因果的具體體現，又是寫法之因，鋪墊了那麼多細節，都可能是導致丟失項鍊的悲劇結果。這個殘酷的玩笑（居然是假項鍊！）又為什麼會讓她知道？這個結果之因就是她自尊性格和自尊性格的另一面帶來的。悲劇發生後，她的自尊心，使她不願在同學面前失信，不願貴族同學看輕自己，她借債歸還項鍊。接著又勇敢挑起生活的重擔，十年艱辛，含辛茹苦，不事打扮，還請債務。十年後，一個勤勞儉樸的新瑪蒂爾德出現了。她回顧往事，在心酸之餘又是自豪，她對得起同學，對得起自己。這時，一個戲劇性的一幕出現了。依舊年輕漂亮的同學佛萊思節貴夫人出現在她面前，要不要上去打招呼？自己已是粗壯的勞動婦女，這真是強烈的對比，命運對人的捉弄。她稍事猶疑就

立即決定，為什麼不呢？她內心很自豪，她對得起自己，對得起同學，該陪的陪，該還的還，該自己吃苦自己吃苦，從未哭哭啼啼、低三下四向同學求情，向命運低頭。她的自尊使她從容走上前去，把十年來發生的一切告訴了同學。才得知那是一條假項鍊！如果不是強大的自尊，不會有後十年的瑪蒂爾德，也不會走到同學面前告知這一切，也就不會知道那是條假項鍊。這就是假項鍊結果的內容（性格）之因，也是寫法之因：安排一個同學邂逅。命運某方面又是公平的，真項鍊將換回，這是意外的補償、未曾料到的驚喜，但十年青春的代價太大了，這樣的「驚喜補償」，沒有誰願意嘗試，故事又太「餘味無窮」了，讓讀者對後續的故事可以作出種種想像，這些可能的新結果都是前面的內容（性格）之因、寫法之因可能導致的。

　　其二，倒回去再分析產生這一結果的其它原因，必然、偶然、伏筆、鋪墊……，並不只上述那些。如假項鍊是完全經得起推敲的：在當時金錢至上的虛榮的法國上流社會，佛萊思節夫人也不例外，她要擺闊，把假項鍊裝在真盒子裡借給同學。正因為是假的，所以她並不在意，歸還時，未打開看，以後的十年也從未去仔細檢查，致使十年來一直未發現同學歸還的是真項鍊。當然，這種「未去檢查」也可以看成是一種偶然行為，偶然同樣是完全可能發生的，包括瑪蒂爾德在報上登了尋物啟事，佛萊思節夫人竟然沒有看到──這樣的偶然同樣是完全可能出現的。而「偶然」造成的悲劇，更令人感慨，這同樣是小說要表現的主題之一。而那個真盒子，珠寶店告訴瑪蒂爾德時說，盒子是這邊賣出的，但沒有賣項鍊。這個「有盒無鍊」伏筆，就與後面的結果接上了。故事編得天衣無縫、絲絲入扣、合情合理、無懈可擊，這是小說成功的奧秘，也是因果法分析遠勝於簡單、粗疏的「開端、發展、高潮、結局」分析法的好處。

　　莫泊桑的另一篇〈我的叔叔于勒〉，孫紹振主要以寫法因果，做出了精彩解讀。孫先生分析道：于勒的兄嫂無情，不認乞丐于勒。于

勒仍有良心，潦倒後，不忍心再麻煩兄嫂。侄兒約瑟夫有情，同情于勒叔叔。但必須讓三方「相會」，這深刻人性和社會現象之「因」才能展現。于勒思念家鄉，又不敢回鄉，只好呆在來往於哲爾賽島與法國的船上聊解鄉愁。那只有讓兄嫂一家出國。但窮人出國，至少得二個條件：一是理由充足，剛好要慶祝二女兒訂婚（男方最後因看了發財後的于勒寫給兄嫂的信，才確定這門婚事，這真是環環相扣），理由自然過硬。二是經濟實惠，剛好英屬之地哲爾賽島近在咫尺，算是出國，如此，三方「相會」了。這一嚴絲合縫的巧妙安排、因果關聯，孫紹振說，古代中國小說稱為「針腳綿密」[15]。過去沒有一篇解讀，如此精彩地揭示了這一創作奧秘，因為它們運用的是舊情節理論。孫紹振所有重建的形式理論，包括在以往先進理論基礎上的發展，包括根據自己和他人的創作、解讀實踐而提煉出來的新形式論，都致力於此，僅小說部分，就還有越出常軌說、情感逆行說、拉開心理距離說，等等。

　　因果律是小說構成的最重要規律之一。用因果法可以解讀許許多多的小說。〈林教頭風雪山神廟〉裡越下越大的大雪導致林沖與三位放火歹徒在山神廟前「相會」，因而有林沖隔門偷聽，方知這一陰謀，最後怒殺歹徒之果。〈林黛玉進賈府〉的「果」是「步步留心，時時在意」、「惟恐被人恥笑了他去」的性格，其原因是外祖母家「與別家不一樣」的等級森嚴、規矩極大的獨特社會環境。把這些展現獨特環境的細節找出來，林黛玉這一自尊而又多慮的性格之因就明瞭了。

　　許多具有突出的小說手法、明顯的因果關係的作品也可以用此法解讀。如〈鴻門宴〉中劉邦的能屈能伸、權變虛心，項羽的虛榮短視、用人唯親，兩人的不同性格導致了劉邦死裡逃生之果。〈荊軻刺

---

15 孫紹振：《經典小說解讀》中該篇解讀（上海市：上海教育出版社，2016年）；或錢理群、孫紹振、王富仁：《解讀語文》中該篇孫紹振解讀（福州市：福建人民出版社，2009年）。

秦王〉裡，荊軻緣何失敗？荊軻原計劃中能真正助其一臂之力的助手
（文中沒出現的「客」），因太子丹的不沉穩不大氣和荊軻的聲譽至
上、受不住別人懷疑的各自品性，導致末等「客」至，而臨時改派秦
舞陽當助手。秦舞陽卻臨場「色變振恐」，被秦方擋在殿外。荊軻隻
身上殿，單打獨鬥，結果刺秦流產。〈孔雀東南飛〉，不僅是專橫的家
家制，更是劉蘭芝替人作想又行事果決，焦仲卿癡情卻無能的各自性
格導致了雙雙殉情的悲劇之果。

　　甚至，可以擴充到一切有人物、有某種結果的散文。如〈陳情
表〉、〈燭之武退秦師〉，一封信、一席話，都轉危為安，因果法可以
使解讀很快切入。〈背影〉為什麼「攀爬月臺」？為什麼「眼淚很快
留下來」？留下了又為什麼趕快擦乾淨？……問出這些大大小小結果
的背後原因，大約就解讀出了它的深層意脈。

　　甚至可以擴充到一些詩詞：「春色滿園關不住」是「果」，「一枝
紅杏出牆來」是「因」；「莫愁前路無知己」是「果」，「天下誰人不識
君」是「因」；「停車坐愛楓林晚」是「果」，「霜葉紅於二月花」是
「因」——這些是從內容因果的角度考慮的。如果從寫法因果，這些
絕句的第三句的轉折是關鍵，於是才推出了第四句，所以第三句才是
「因」，是藝術成功的「造因」，創作的奧秘，這就是錢鍾書更看重
「春色滿園關不住」的原因。所以又說，絕句、七律是微型文章，起
承轉合，盡在其中。老舍就曾對人說過，把《唐詩三百首》背得滾瓜
爛熟，就懂得做文章了。

　　如果把這「造因」——寫法因果，推廣去探索一切詩文的成因，
譬如問問〈背影〉為什麼不寫父親的臉貌而二次寫他的體胖？又為什
麼直到攀爬月臺時才強調他穿了棉袍？〈記承天寺夜遊〉為什麼將原
因「蓋竹柏影也」置於其結果「庭下如積水空明」之後？既然「羽扇
綸巾」是諸葛亮的招牌打扮，為什麼不乾脆把周瑜改成諸葛亮寫進
〈赤壁懷古〉？這些探問，不也是破解創作秘密的一條路？

　　即便如此似乎可以貫通無數詩文的因果律、因果法，同樣不是所向無敵的。僅就小說本身，有的意識流等現代小說，或因果模糊，或多因多果，運用此法，難度更大；有的作品，可能因果法解讀出的，並非該文最重要的東西，著名的例子就是孫先生解讀魯迅所寫的阿Q、孔乙己、祥林嫂等八種死亡，並不是去探討其死因，而是分析魯迅筆下不同死亡的特點，這才是孫紹振認為的最重要的藝術價值[16]。如此等等，不一而足。

　　現在談談藝術形式規範的突破。

　　藝術形式規範，不僅有遵循，也有突破。遵循是首要的，某種意義上是前提，作家首先得遵循前輩無數作家摸索積澱下來的規範形式，任何人的創作都不是從零開始的。但同時，成功的傑出的作品往往又有某種突破，甚至是大的突破，積許多大的突破，就可能引發某一藝術形式的重要變革，形成新的藝術形式規範，就像余秋雨散文的大突破以及緊接著一些散文家的相應突破，引發當代散文形式的重要變革那樣。這遵循與突破間的互動關係是非常複雜的，乃至細微的，即使遵循中，也可能有一般的規範所未涵蓋的藝術細節，因而成了某一具體作品的風格特點。即使同一作家，創作同一類型的作品，都可能此篇與彼篇有所不同，其間的細微藝術差別，孫紹振常稱之為「間不容髮」[17]。

　　分析具體作品的形式突破，亦可解讀出作品的創作奧秘。

　　〈岳陽樓記〉的語言特色是駢散自由交錯的文筆之美。孫紹振認為，這一文字表達的重要特色，是范仲淹不受當時流行文風束縛的表現[18]。胡雲翼先生也說其「文體亦駢亦散，用駢語描繪，以散文論

---

16 見孫紹振：《經典小說解讀》（上海市：上海教育出版社，2016年），頁30-34。

17 參見孫紹振：《文學創作論》第六章（瀋陽市：春風文藝出版社，1987年）；孫紹振、孫彥君：《文學文本解讀學》第十五章（北京市：北京大學出版社，2015年）。

18 見孫紹振、孫劍秋主編：《高中國文・教師手冊》第一冊〈岳陽樓記〉主編解讀（臺北市：育本數位出版公司，2017年）。

敘，自成一格。」胡先生說的「自成一格」不僅是指優點，並同時包含了范文相對當時文風的創新意義。[19]

我們看看下面的資料，就會明白，今天看來篇篇古代散文差不多都如此駢散結合的文風，在當時為什麼是創新？同時明白，〈岳陽樓記〉成功之道在哪裡？

陳師道《後山詩話》曾說：「范文正為〈岳陽樓記〉，用對語說時景，世以為奇。尹師魯讀之曰：『傳奇體爾。』傳奇，唐裴鉶所著之小說也。」這段話的意思和背景是：唐傳奇是唐人小說，用一種帶有濃厚駢儷色彩的散文體寫成，而當時正值古文革新運動，反對浮豔，倡導純正古文、樸實文風，力主這種文風的人們，如尹師魯（尹洙）、歐陽修等認為，對於時景（當下的實景），宜用紀實簡約筆法，而〈岳陽樓記〉卻用唐人小說那樣的虛構的想像和大量的對語（駢語、對偶句）描繪洞庭湖景色（即中間悲、喜兩段的描寫），包括尹洙在內的當時的人們感到驚訝，尹洙並表示了他的反對意見[20]。但〈岳陽樓記〉卻經受住了千年歷史的檢驗，今天的人們都作出了肯定的評價。如：

錢鍾書在《管錐編》中有詳盡的溯源辨識，周振甫在《文章例話》中對錢之評論有解釋有例證。錢、周之論主要意見是：用對偶句寫景是完全可以的，唐以前如後漢張衡的〈歸田賦〉、西晉陶淵明的文章中都已有先例，並非唐傳奇才有這種表述方式，而且實際上唐傳奇也不是全如此，只是在寫人寫景時，會穿插使用駢語對句，一看到用對語寫景就說是唐人小說，這是「強作解事」，是「不應有的譏

---

19 見朱東潤主編：《中國歷代文學作品選》中編第二冊《岳陽樓記・解題》（上海市：上海古籍出版社，2002年）。

20 陳師道之論見錢鍾書《管錐編》（四）（北京市：生活・讀書・新知三聯書店，2008年，第2版），頁2192，並見中華書局四庫全書影印本。有關陳師道、尹洙的這段公案，還可參見張高評〈岳陽樓記賞析〉、李偉國〈〈岳陽樓記〉事考〉等文。

議」。[21]

　　吳小如說，「傳奇」指唐人小說，那是一種帶有濃厚駢儷色彩的散文體，「在立志作古文的尹洙看來是不夠純粹的，所以很不以此文為然。清代桐城派古文家姚鼐也正由於這個原因，在他編選《古文辭類纂》時才有意不選〈岳陽樓記〉。後來受桐城派影響的選家，雖把這篇文章收進選本裡，卻仍舊批評它『稍近俗豔』」。「其實這是門戶之見，從今天的角度看，反而應該說這是文章優點才對」。[22]

　　張高評〈岳陽樓記賞析〉在引介了陳師道、尹洙有關言論，姚鼐不選〈岳陽樓記〉，以及高步瀛《唐宋文舉要》評本文為「稍近俗豔」後認為，這些都不是公允之論，試觀唐代韓愈、柳宗元古文，以及宋代歐陽修所作，散文多不乏駢偶文句，辭藻華美，句式雅潔是其優點；文體複合，是作品新生的途徑之一，一味排斥，殊不可取；本文結構，運用許多辭賦手法，亦當作如是觀。

　　此外，張中行等不少論者還提到二點：一、這種駢散交錯的文筆中使用了大量淺顯形象、朗朗上口的四字詞，許多成了今天的成語或準成語，如政通人和、百廢具（俱）興、波瀾不驚、一碧萬頃、浩浩湯湯、橫無際涯、朝暉夕陰、氣象萬千，等等。二、這種自由流暢的文筆是與其巧妙的轉折結構相結合的，其文筆之美使全文一路無礙，十分流暢自然，該駢則駢、該散則散，順著暗藏的結構佈局（轉折之巧），走到了最後一步，於是卒章顯志，千古命名赫然出場。所謂轉折結構，就是本來是應朋友滕子京之請，為其寫寫重修一新的岳陽

21 錢鍾書之論見錢著《管錐編》（四）中「全梁文卷三三·麗色賦」（北京市：生活·讀書·新知三聯書店，2008年，第2版），頁2190-2192；周振甫之論見周著《文章例話》中「修辭#對語」節（北京市：中國青年出版社，2006年），頁267-269。
22 吳小如：〈介紹范仲淹的〈岳陽樓記〉〉，載《中國歷代文學名篇欣賞》，轉引自孫紹振主編、北師大版《義務教育課程標準實驗教科書·語文·九上冊教師教學用書》中〈岳陽樓記〉參考資料·輯評部分。

樓。但范仲淹樓沒有說幾句，就說「余觀乎巴陵勝狀在洞庭一湖」。
而寫湖又只寫了幾句，就說：「此則岳陽樓之大觀也，前人之述備
矣」，轉而言情，接著就寫了不同遭遇的人，或為己悲或為己喜的悲
喜兩段情。然後一個大轉折，轉而言志，提出古仁人「不以物喜，不
以己悲」，是「進亦憂，退亦憂」，再轉折，「然則何時而樂耶？」最
後推出：「其必曰：先天下之憂而憂，後天下之樂而樂」！那麼多的
轉折，文字的流暢，駢散的自由交錯，就成了最好的潤滑劑。所以，
這個創造，是言志的實踐需要，是敢於突破流行的形式規範的產物。

　　〈前赤壁賦〉，除了遵循宋代文賦這一藝術形式規範外，至少還
有五個形式特徵起作用，既突破當時一般文賦的表達範式，又形成了
自己區別於他人的獨特風格。朱東潤《中國歷代文學作品選》中編第
二冊〈前赤壁賦〉解題中說：通過主客問答，議論風生，表現出主人
公胸襟曠達，不以得失為懷。給他這種精神支柱的是「物與我皆無
盡」、「造物者無盡藏」的觀點。這五個形式特徵如下：

　　一是眾所周知的「主客問答」結構，這是漢賦以來就有的賦體的
傳統手法，但後人已經很少使用，蘇軾引進這一主客對話，正便於自
己借此議理。

　　二是情、景、事、理四者交融，且議論風生，以理取勝，如果不
是那最後說出的「變與不變」的「物與我皆無盡」，那「惟江上之清
風，與山間之明月，耳得之而為聲，目遇之而成色；取之無禁，用之
不竭」的「造物者無盡藏」的曠達深刻的哲理，〈赤壁賦〉就列不進
最有光芒的千古經典。這就是康德、李澤厚、孫紹振等講過的，也是
馬克思主義文學理論指出的，審美的最高境界是智慧、思想帶來的愉
悅，而不是許多一般化的解讀、評論說的是「側重抒情」的「充滿詩
情畫意的文獻」。

　　三是其議論的雄辯達到了那個時代的高峰。這首先就是關於不變
的道理。蘇軾說：「自其不變者而觀之，物與我皆無盡。」我們現代

人去理解是難點。但是，古人一聽，當是豁然開朗，而且很有說服
力。宋代的周密在《浩然齋雅談》卷一[23]中就這樣作出他的理解：

> ……又用《楞嚴經》意，佛（佛陀，釋迦牟尼）告波斯匿王
> 言：「汝今自傷髮白面皺，其面必定皺於童年。則汝今時，觀
> 此恆河，與昔童時觀河之見，有童耄（耄耋，八九十歲）
> 不？」王言：「不也，世尊。」佛言：「汝面雖皺，而此見精，
> 性未曾皺。皺者為變，不皺非變，變者受滅。彼不變者，元無
> 生滅。……」（見《楞嚴經》卷二《禪宗七經》，宗教文化出版
> 社，1997年版）。

周密認為蘇軾在這裡引用了佛的旨意、智慧，結合起來的意思就是：
我們觀看河水的「觀河之見」的性能、功能，即精神方面的東西是沒
有變化的，從少到老都一樣（無童耄不）。身體是會變化的，正如月
有圓缺，水有逝者，它們也有變的一面那樣。而日月、河水的本體始
終沒有變化，月還是那個月，河還是那條河。我們人的性能、精神，
譬如「觀河之見」也還是原來的那個「觀河之見」，這個性能、精神
本體也沒有變。任何存在物，包括我們人、自然萬物，都有二部分，
一部分是時時刻刻在變的，另一部分是永遠不變的本體，而變的東西
當然有生有滅，不變的東西，無所謂生無所謂滅（元無生滅），是永恆
永在的。這實際上就是佛家的靈魂不滅說。蘇軾是否用的就是此意？
很可能的。當時人，包括蘇軾，對儒道佛都很熟悉，一聽就懂，覺得
蘇軾講得很有道理，豁然開朗，認為不必為身體的衰老而悲觀。蘇軾
也很可能是借用此意，而轉化為自己的精神本體——精神永恆，蘇軾
很可能就是由此想通，以可以傳之名山的文學事業，作為走出逆境，

23　《文淵閣四庫全書》（上海市：上海古籍出版社，2003年）。

實現自己的人生突圍、人生永存的目的。蘇軾言「問汝平生功業，黃州惠州儋州」，他的確是從此走出了困境，創造了自己最輝煌的文學時期，實現了精神的永存、「蘇東坡」的不朽，我們後人早已見不到蘇軾的軀體了，但永遠還能見到蘇軾的文學。我們寧可相信蘇軾對佛的「元無生滅」的領悟，借用的就是這後者（精神永恆）。蘇軾是否直接暗用了《楞嚴經》？也很有可能，「惟江上之清風，與山間之明月，耳得之而為聲，目遇之而成色」不就是「觀河之見」嗎？蘇軾又用了佛家的隨緣自得和道家的重視當世、重視今生、重視當下的重生說，這是比較明確，比較能為今天的人所理解的，這就是「惟江上之清風……用之不竭」的好好享用這些人人可以欣賞不盡的無盡藏的自然萬物。孫紹振在解讀中就著重指出了這一點。所以，蘇軾引入當時人很熟悉的、很權威、一聽就懂的道佛思想，並且與眼前的水月變化、山河欣賞結合在一起，很形象很獨特很曠達地解釋了千古困擾人們的生死觀問題，所以是很雄辯、很有高度的。比起他之前的無數議論同類問題的不無悲調鬱悶的詩文，如《古詩十九首》、〈蘭亭集序〉，哪怕〈短歌行〉，境界都高出很多。因而是那個時代的高峰之論。

　　四是雖總體為文賦，但雜以兩兩相對的俳句，且類似於〈離騷〉「長太息以掩涕兮，哀民生之多艱」的四節拍或三節怕半的詠歎句式，如「哀吾生之須臾，羨長江之無窮」、「挾飛仙以遨遊，抱明月而長終」，共有二十多句，密集時是一連四句，乃至一連十句連續推出，因節拍放慢，增強了思索、思考、議論的成分和感覺，而且篇中的議論風生正是借此推出的（即客曰：「……駕一葉之扁舟，……托遺響於悲風」連續十句詠歎句式所表達的人生短促的悲涼感歎、沉鬱思索，及蘇子應答時，「……惟江上之清風，與山間之明月，耳得之而為聲，目遇之而成色……」連續四句所展示的開闊思考、樂觀情調）。而〈後赤壁賦〉就只有二句是〈離騷〉式詠歎句。

　　五是特別婉轉、不見痕跡的轉折（起承轉合）之妙，就是不斷地

承接，不斷地轉折，不斷地對比、鋪襯，前面的內容不斷地推出、突顯出後面要講的，最後推出、對比、突顯出那個曠達樂觀的人生態度。籠而統之地說「樂──悲──喜」這人人可見、一望而知的「起承轉合」是遠遠不夠的，而要細析出如孫紹振所說的文章「潛在『意脈』的變化、流動過程」。這就是──

因既望之夜，乘興夜遊赤壁，客卻吹起了「如泣如訴」洞簫聲。蘇子問客何以如此，客做出了一番問答：月明星稀之夜，我們來到這個叫「赤壁」的地方，自然可以聯想起赤壁之戰，想起曹操「月明星稀，烏鵲南飛」的〈短歌行〉，想起了一世英雄的曹操。如此英雄的曹操「而今安在哉」？更何況我們（吾與子）這些無足輕重的小人物。（以下是臺北「名師教院」一位老師的教學實錄）：

「下面蘇東坡的朋友往前推了一步，『況吾與子』，凡是『況』在發問都是『何況是』，這『何況是』以下就是為了突出與曹操的不同。人家曹操是英雄，我們是兩隻小狗熊。真是兩隻小狗熊囉，漁樵於江渚之上，侶魚蝦而友麋鹿，說明我們好平凡。人家做大事，我們只能做做小事，只能在江渚，渚，念ㄓㄨˇ，在沙洲上打打魚砍砍柴，與魚蝦交朋友。侶、友，名詞轉動詞，還可以交互使用，與魚蝦、麋鹿交朋友、作伴侶，人家曹操是與英雄交朋友。還有人家舳艫千里，光軍艦就那麼多，我們總財產小船一條，駕一葉之扁舟，扁舟，小船，強調小，小如一葉。接著我們的活動多嗎？非也。我們最多只能『舉匏樽以相屬』，喝喝酒，屬，和前面的『繆』字一樣，音隨義轉（前頭有指出，古代『音隨義轉』），讀ㄓㄨˇ，代替祝酒的祝。所以我們卑微，我們平凡。」「我們這些無足輕重的小人物就更為悲歎自己卑微得如滄海一粟，人生短暫得如朝生暮死的蜉蝣。」（《古文觀止》就以「無有曹公舳艫千里，旌旗

蔽空也」點出了這一對比)。我「羡長江之無窮」，欲「抱明月而長終」，但「知不可乎驟得」，萬古長存實現不了，乃把自己悲傷的心情寄託於悲涼的秋風（托遺響於悲風）。於是蘇子對此做出了他曠達人生態度的回答。

其邏輯關係就是：第一，為什麼要寫曹操、周瑜的英雄氣象，乃是要推出「而今安在哉」。第二，進一步乃是為了襯托、突顯「吾與子」更無足輕重；因而把曹操寫得越發英雄（舳艫千里，旌旗蔽空，橫槊賦詩，一世之雄），對比出的「吾與子」就越發渺小，就更為悲歎吾輩小人物卑微得如滄海一粟，人生短暫得如朝生暮死的蜉蝣。第三，而這一切又是為了推出「羡長江之無窮」，欲「抱明月而長終」，實際這仍是過渡，最後的目的是轉到「知不可乎驟得」，萬古長存實現不了，乃把自己悲傷的心情寄託於悲涼的秋風，由此呼應了前面的蘇子之問——為何把洞簫吹得「如泣如訴」？第四，而想起周瑜、曹操，想起「月明星稀，烏鵲南飛」的短歌行的合理性，就是前面說的，我們在月明星稀之夜，來到這個叫「赤壁」的地方……。

　　一切借題發揮、聯想承接、圓融暗轉都顯得天衣無縫。

　　藝術形式法，說到底，都是內容與形式的關係問題，如何最富表現力地表現內容，作者就將取最富表現力的形式，遵循規範和突破規範都由此而來。運用藝術形式法解讀作品，要盡可能把握好這個關係。同時，藝術形式規範的知識，尤其是像孫紹振創建的那些嶄新範疇那樣的能揭秘的知識，要盡可能熟悉，積澱在「前見」、「內存圖式」中。此法的難度，某種意義上，就在專業知識的積累是否豐富、是否有用。

（四）錯位解讀（分析）法

　　錯位理論或者錯位美理論是孫紹振八十年代中期，早於《文學創

作論》提出的理論觀念，在八十年代中後期就有多篇重要論文對這一
理論進行了詳盡的闡述。孫紹振在《文學文本解讀學》中介紹這一理
論時，是用他一九八七年的《美的結構》一書的表述。該書把真善美
三者的關係歸結為「錯位」，「亦即既非完全統一，或者只有量的差
異，亦非完全脫離，而是交錯的三個圓圈，部分重合，部分分離。在
不完全脫離的前提下，錯位的幅度越大，審美價值越高，反之錯位幅
度越小，則審美價值越小，而完全重合則趨近於零。」[24]換句更簡單
一點的表述就是：真、善、美三者並不是完全統一，也不是斷裂，而
是有限統一的錯位關係，在不斷裂的情況下，錯位幅度越大，審美價
值越高。再簡單一點就是：真、善、美三者並不是完全統一的，而是
既互相聯繫又有矛盾的有限統一。最簡單就是：真善美錯位或真善美
有限統一。

　　孫先生在《審美價值結構與情感邏輯》一書的自序中回顧說，
「從此，『錯位』就成了我日後整個學術思想的核心範疇。」它在孫
紹振學說的體系中，既運用於解釋、分析一般的文學現象，更運用於
創作論和解讀學。孫氏學說中這一最重要的理論範疇，涉及康德的理
論、朱光潛的文論，涉及心理學、結構主義等西方理論，還涉及哲學
和古代文論，也與馬克思主義文論有關。它是在孫紹振自身對經典文
本、文學現象深入體悟、分析的基礎上，經過長時期的探索、思考產
生的。這一理論範疇提出後，在學術界產生了很大的影響。在孫紹振
的文本解讀實踐中，到處都能看到他在運用這一理論分析藝術的奧
秘，因此它也是一種可以操作的解讀方法。正因為它的可操作性，它
在語文界也很有影響。人們最熟悉的的就是他關於〈背影〉的解讀以
及就「父親爬月臺違反交通規則」所引起的二次論爭。一次是某省中

---

24 見孫紹振：《美的結構》〈序〉（北京市：人民文學出版社，1987年）。又見《審美價
　值結構與情感邏輯》（武漢市：華中師範大學出版社，2000年）；下文所引孫紹振自
　序中的話見該書自序，頁3。

學生因這交通規則問題要求把〈背影〉從課本中撤下來，另一次是某大學一位副教授仍然發網文表達這一看法。人們普遍知道這一看法是錯誤可笑的，當時，還引起了百分之九十以上的家長的義憤，表示要捍衛〈背影〉的地位。但是，道理在哪裡？許多人都說不清楚。孫紹振運用錯位美的分析法為此寫了多篇文章。他指出，遵守交通規則、考慮安全是實用價值（善），父愛是情感價值、審美價值（美），美與善在這裡出現了錯位、矛盾，就實用價值來說，老父親去為年輕的兒子買橘子，還不如兒子自己去買，父親去買，比兒子費勁多了，但是，正是父親執著地要自己去買，不考慮兒子去更合算，不顧交通規則，不考慮自己的安全，越是這樣無功利的行為，就越是顯示出深厚的父愛。還有一次，有文章說，父親當時的穿戴很樸素，孫紹振指出，父親的長袍馬褂是當時的禮服，有如今天的西裝，穿著禮服攀爬月臺也是未從實用價值出發，心中只有兒子。孫先生用錯位法解讀〈背影〉還不止這些，不能一一盡述。[25]

　　孫紹振錯位理論的康德等東西方理論的來源及其對它們的創新，我們將在「建構本土文藝學」章中再做具體探討。此外，孫紹振的錯位理論並不限於真善美的錯位，他的小說理論、幽默學等理論體系中都有不少衍生的錯位概念，但真善美錯位是其錯位理論的核心。此處，就真善美錯位先作一簡要的說明。

　　錯位理論、錯位法的難度主要在美與善的錯位。美、善錯位的最簡單的表達是：往往越不實用、越無功利的越動人，審美價值、情感

---

25 孫紹振有關〈背影〉的解讀論文如孫紹振著：《直諫中學語文教學》（廣州市：南方日報出版社，2003年）中的〈個案分析2：背影〉；《解讀語文》（與錢理群等合著，福州市：福建人民出版社，2010年）中的〈〈背影〉背後的美學與方法問題〉；《審美、審醜與審智》（廣州市：廣東人民出版社，2014年）中的〈愛的隔膜與難言之隱〉；《孫紹振解讀經典散文》（北京市：中華書局，2015年）中的〈〈背影〉解讀的理論基礎審美價值和歷史語境〉等。

價值、思想價值越大。如上舉的〈背影〉之例。又如〈杜十娘怒沉百寶箱〉，當發現李甲被孫富所騙負心後，杜十娘把李甲並不知道的百寶箱拿出來。你不是擔心身無一文了，害怕回去見父親嗎？好，我現在給你看。杜十娘一件一件展示，件件都價值千金，一件比一件珍貴，直至價值連城的珠寶，拿出一件就丟一件到江裡，直至全部投進江水中，每丟一件，岸上圍觀的百姓就驚呼一聲，邊驚歎邊紛紛譴責李甲之負心、孫富之可惡。投到最後，突然，恩情已絕的杜十娘縱身一躍，投進江中，告別了這個不值得她留戀的世界。這是最不實用、最無功利的激烈行徑，然而卻是最為壯烈的情感控訴，最是動人的情感宣言。〈麥琪的禮物〉裡，窮困的年輕夫婦，決定聖誕節送自己心愛人一件珍貴的禮物。丈夫把自己唯一財產懷錶賣掉，換來漂亮的髮夾。妻子把自己最自豪的金長髮賣掉，換來貴重的錶鍊。當兩人展示各自送給對方的禮物時，都已毫無實用價值了，然而這是最不實用卻最有情最動人的經典愛情。[26]

　　但是，許多人可能會有疑惑，這不都是高揚了道德價值嗎？道德不是善嗎？不都有極大的教育意義，教育不是社會的大功利嗎？這不就是美、善統一，美與功利一致嗎？怎麼變成錯位了呢？這的確是一致。錯位理論就包含了這些。但是，錯位理論又遠不止這些，善也不僅指道德。

　　更重要的是，它是從文學創作的曲折歷史道路上發展來的理論。過去一度講真、善、美的完全統一，但這樣一來，孫紹振指出：「那樣天地就太狹小了，美的價值完全侷限在科學（真）和道德規範（善）之中……那只能產生高大全的絕對精神」，「產生公式化概念化的圖解，高大全式的英雄和漫畫式的小丑」。持此文學觀，還無法解

---

26 〈杜十娘怒沉百寶箱〉、〈麥琪的禮物〉的解讀，可參見孫紹振：《經典小說的解讀》（上海市：上海教育出版社，2016年）中相關篇目的解讀。

釋古今中外名篇傑作中的大量悲劇作品，大量有缺點人物、中間人物、小人物；也與現實生活的豐富多彩相悖，與馬克思主義辯證法的矛盾統一規律，以及實事求是的實踐原則相悖。文學上真、善、美的完全交集重合，孫紹振指出，只占很少很少一部分。而真善美錯位或者說有限統一，才是普遍現象。[27]其中，美與善的錯位是難點，下文，我們重點先介紹美善錯位，然後介紹美與真的錯位。

美與善錯位幅度越大，越與文學之美和道德之善相通。

錯位理論是這樣理解美與善的關係的：

一、美的心理基礎是愉悅、快感、動人，但這不是生理感官的快感。生理感官快感涉及人的欲念，與個人利害、功利有關，如喝酒，有人愛喝，有人不愛，有人多喝，有人少喝，會喝的人，每一個人量都不一樣，因此，某一個人喝酒的快感狀態無普遍的傳達意義；而美感、審美與此無關，與個人欲念無關，是超功利的、無功利的快感，因此具有普遍的可傳達性，對任何人都是一樣的。這個觀點就是康德[28]提出來的，是整個審美、美感的更重要的共同基礎，也是孫紹振錯位理論的基礎。

二、最能體現上述美感本質的，康德認為就是自然美、形式美，如色彩、線條（它們的和諧、鮮明），內含這些色彩、線條之美的花卉、山川、天地、海洋等等，無主題的音樂、舞蹈、圖案，文字的表現力，等等，康德稱為純粹美，其所說的美感是無功利、無目的的快

---

27 本段中孫紹振引文、言論見孫紹振：《審美價值結構與情感邏輯》（武漢市：華中師範大學出版社，2000年），頁126、128。

28 本小節有關康德的觀點，均轉引自伍蠡甫、胡經之主編《西方文藝理論名著選編》上卷中康德：《判斷力的批判》（北京市：北京大學出版社，1985年）。文中均用概括語句轉述，有關原文參照「本土文藝學」章。孫紹振的有關觀點主要引自孫紹振：《審美價值結構與情感邏輯》〈論審美價值結構及其升值和貶值運動〉一文及孫紹振、孫彥君：《文學文本解讀學》「真善美不是絕對統一的，而是三維『錯位』的」節。

感即指此。朱光潛著名的〈一棵古松的三種態度〉中說，一棵古松，畫家看到的是藝術價值，木材商人看到的是經濟實用的價值，科學家看到的是植物本性的研究價值。對此，孫紹振指出，木材商人是實用的求善（經濟合算地利用），科學家是求真的認識（認識符合事物的本真、本質），只有畫家的才是審美的價值，是無功利的，與內容本身無關，而商人、科學家都涉及了內容本身。文學作品中，極形象地表現了一個壞人，當我們僅指作家的藝術表現力時，就是指此不涉及內容的形式之美。

　　三、形式美，在美感上主要是感知美（無功利、無欲望的審感）和智慧美（審智，尤其體現在文字的表現力）。

　　四、形式美就涉及一個與「利」的關係，它與具體的利（功利、實用價值）無關，無具體的目的，但它有益於這個人的素養，於整個人類是有益的，所以，就純粹的形式美而言，它也有益於個人素養，有益於整個人類，因而既是「無功利、無目的」的，但又是「合目的」的，康德稱之為「無目的合目的性」。用孫紹振的理論，就是美與利是有限的統一，有聯繫，未斷裂，不是完全無關，但更多的方面、主要的方面是無關，越是言及其純粹形式美時，就越動人。如一個演員的演技、一部作品的文字表現力、一個作家的文字水平，與內容、內涵的關係，反差越大往往越動人。演員演的是反角，作品寫的是壞人，作家人品有問題，反而其形式美更突出，相反，演員品德很好，演好人，作家人品高尚寫好人，其形式美反而會被內容美、內涵美奪去光彩，以為是作品中的那個「好人」起的作用。同樣，一部作品內容有問題，一個作家人品有問題，如它（他）文字好，我們不能因人廢言（這個時候，我們會說，與利無關），而其文字好，又反過來，會影響人們對其（作品、作家）的評價（不是一無是處；這個時候，就與利有關了）。同樣地，這形式美既與具體的功利、具體的利無關，無目的，但又是與對作品、對作家的總評價有關，是「合目

的」的，亦是「無目的的合目的性」的體現。這裡的「利」與「善」是什麼關係，我們後面再談。

五、純粹美、純粹形式美，康德說是很少的，絕大多數都與內容連在一起，尤其是藝術作品，特別是文學作品，孤立的文字表現力是沒有的，總是與內容連在一起，文字之美與內容之美，包括作品中的情感、思想、性格等等之美水乳交融在一起，難分難解（康德稱為依存美）。而這內容美（依存美）與善的關係，情況就複雜了。孫紹振的創造主要就在這裡。

從孫紹振大量相關理論著述，特別是他的大量解讀案例看，他把善分成兩類：

一類就是道德的善，這個概念內涵，大家很清楚，也是康德主要說的美與善有關，有統一的一面的「善」，就是前面的例子，〈背影〉父親的奉獻、〈麥琪的禮物〉夫婦的犧牲、杜十娘的捨身、許多作品中英雄的獻身，都是道德高尚的表現，就是前面說的，不是美與善本就統一嗎？何來錯位？內容美與道德善的關係，不僅源於康德，古代中國早有「美善相樂」說，許多文學理論著述都有闡述，所以不是孫紹振的創造，不是他關注的重點。

他重點關注的是第二類，他稱為實用意義上的「善」，即對有關各方均有用，經濟、合算、合最大功利，亦即很理性地考慮問題，很經濟地處理實務，雙贏、共贏，你好，我好，大家好，利益均霑，大同世界。整個世界、整個人類不都在朝著這方面努力嗎？各個單位、各個團體、各個家庭，不都要有這個基本出發點嗎？儘管都不盡如人意，但這是一個原則、一個方向，其間有人可能要有犧牲，要有奉獻，特別是當「頭」的，可能要先奉獻，但這是大目標、整體利益下必要的犧牲，並且，不是故意去犧牲，乃是不得不的，所謂「儘量避免不必要的犧牲」，此之謂也。這些是政治家、領導、家長要考慮的事，考慮的原則。而文學家、文學作品，恰恰相反，他（它）是「片

面」的，不是雙贏的，就是特意要讓人物吃虧、犧牲，就是要讓「父親」去爬月臺，讓年青夫婦白白把頭髮剪掉，把錶賣掉，讓杜十娘死掉，在這方面，往往越不實用、越無功利的越動人，審美價值、情感價值、思想價值越大。就是要「無理」才能「妙」。

如果不是這樣考慮，而是也像實際生活、社會那樣很理性地乃至十全十美地處理故事，比如：

很經濟，很合算，「很善」去考慮，父親要去買，兒子認為他去更合算，父親真誠地一再表示要去，兒子就是不同意，最後商量結果，兒子去，父子之情也都表達了，處理結果又很務實。

杜十娘也「很善」很周全去考慮，用其百寶箱裡的珠寶先把孫富的錢退了，然後把李甲「休」了，另擇良人，或者借此把李甲狠狠批評一番，教育好了，重歸於好。

年青夫婦也很合算，很「善」去考慮，可以雙方都去努力賺錢，各自偷偷買來錶鍊、髮夾，聖誕之夜突然互送對方，既驚喜又皆大歡喜。

所有上述假設，也是可能寫出一篇作品，也有教育意義，更是合常情合常理的做法，但震撼人的效果沒了。而我們今天的〈背影〉、〈杜十娘怒沉百寶箱〉、〈麥琪的禮物〉都表現為不合常情、常理，古人說的「無理而妙」，更是震撼人心。

並且與善沒有斷裂，與道德之善息息相通，這就是康德說過的，最高的審美與道德是一致的。

並且如前所述，都於教育有重要意義。而教育於國於民有大利，教育就可以歸到第二類的「實用意義的善」的範疇。同樣的道理，「第四點：形式美」裡出現的「於個人素養，於整個人類有益」更可以歸到「第二類：『實用意義的善』」的範疇。至於「第四點」中「於作家個人有利」者，它並不影響他人，同樣可以歸入第二類的善。

至此，所有的內容都分割完畢。

　　第二類善所羅列的內容是客觀存在的事實，孫紹振的創造，就在於以「實用的求善」、「實用理性」命名之[29]。這個命名，在概念上的依據，以及孫紹振所經歷的一番歷程，我們將在「建構本土文藝學」章再探討。它主要是孫紹振根據大量的文學現象作出的超越康德、超越許多前人的重要理論創造。這樣，名稱上還是過去那個真、善、美，但它不僅涵蓋了所有文學領域，更主要的是它真善美三者間有限統一，與過去的完全統一有了本質的區別。最重要的是，「越無功利的越動人」，它不僅更能有效指導文學創作，且尤其有效轉化為解讀操作方法，用此美善錯位解讀作品，更能引起對藝術奧秘的嘆服。

　　六、在運用這錯位法中的美善錯位時，有三種情況宜注意：

　　其一，美善錯位主要是針對內容美的，藝術形式美的分析當運用其它方法，如藝術形式法去分析更好。

　　其二，這審美的「動人」不是說都是如杜十娘，如〈背影〉父愛一樣的好情感、好思想、好品質，而是指「強烈」亦可（杜十娘等也是強烈）。如孔乙己始終穿著長衫，「是站著喝酒唯一穿長衫的人」，還有諸如此類表明和保持他讀書人身分的言行，這一切都於事無補（不實用），但孔乙己越如此不實用地堅持，他那份情感上的自尊、面子、自認讀書人的底線就越強烈、越動人，越可悲可憐。

　　其三，從理論上講，美善錯位，應當和可以涉及一切作品，但同是解讀內容美，很可能其它的方法更易見效。也有作品，再難也主要用美善錯位更好。如：〈杜十娘怒沉百寶箱〉和〈麥琪的禮物〉用此法好。而〈背影〉，用還原法等其它方法更好（〈背影〉解讀，最好綜合用多種方法，包括美善錯位在內，我們將在下文「解讀切入口」部分說明）。又如，前面「藝術形式法・因果法」舉到的〈荊軻刺秦

---

29 見孫紹振、孫彥君：《文學文本解讀學》（北京市：北京大學出版社，2015年），頁189、191。

王〉，其導致失敗原因之一是聲譽至上，把自己聲譽看得比性命，比
「刺秦」這一「國家大事」還重要，這是不實用，但正如此，其節俠
（不怕死不畏難，信義至上）的性格更為突出感人，用美善錯位正可
以分析。而如果把它和同類性質的〈武松打虎〉放在一起，後者更適
於用此法。武松喝了十八碗酒後上景陽岡，看到縣衙門的佈告，方知
果然是有老虎！酒都驚醒了，退回去嗎？當時在店家面前誇下海口，
想一想，武松腦海裡冒出一句經典的話：退回去「須吃他恥笑！」於
是繼續上山。孫紹振解讀時說：這是典型的「死要面子活受罪」，是
非常動人的好漢性格[30]，和荊軻毫無二致。和荊軻的區別是，武松已
說出了那句精彩體現美善錯位的名言──「須吃他恥笑！」所以，他
比荊軻更方便用此法。

　　現在說美真錯位：美與真錯位幅度越大，越與文學之美和情感之
強相通。

　　孫紹振在創立錯位理論時說過一段很生動的話：「明明活著的，
可以說是死了，對所敬愛的，明明是已經死了，公然說他仍然活著。
甚至對一個英雄，可以說他既活著，又死了，不如此就不能表達情感
的強度。……對所偏愛的，可以自由地美化，『故鄉的風是甜的』，完
全憑著直覺，超越了充足理由律。如果把理由講充足了，感情的強
度、色彩、生動、感情的美就消失了。」[31]孫紹振常舉之例如「月是
故鄉明」（美），實際上月是一樣明的（真）；「情人眼裡出西施」
（美），實際上沒有幾個人的情人夠得上西施（真）；「海內存知己，
天涯若比鄰」（美），實際上，天涯、比鄰相去十萬八千里（真），如
此等等（後二者也是美善錯位）。

---

30 見孫紹振：《經典小說解讀》「武松打虎」部分（上海市：上海教育出版社，2016
　　年）。

31 孫紹振：《審美價值結構與情感邏輯》（武漢市：華中師範大學出版社，2000年），
　　頁130。

　　文學是虛構的，這人人皆知，所以，美真錯位比美善錯位好理解。它也和馬克思的「人化自然」說及馬克思主義文論說的「藝術真實高於生活真實」有關。它與美善錯位一樣，二者不能斷裂，月還是明的，情人總有動人之處，知己也有溝通之道，「白髮三千丈，緣愁似個長」不能說成「黑髮三千丈」。孫紹振錯位理論在這個虛構問題上的創造性，與一般理論談及這一問題的區別所在是：在不斷裂的前提下，強調錯位幅度越大，審美價值越高，越能呈現情感的強度，越具有文學的魅力；就是強調要有魄力，敢於拉大差距；認為作家應當這樣，當然不同的藝術形式有不同的比例規範；解讀者更應該關注傑出作品中的這些重要變異現象，並且要找到「證據」，說明這個變異的藝術價值、創作奧秘。

　　有的要查找歷史文獻，很專業地解讀這個美真錯位。如前面的「三維法」部分，我們舉到孫紹振解讀李白〈早發白帝城〉。孫先生發表於《文學遺產》二〇〇七年第一期的〈論李白〈下江陵〉〉長篇論文中，為了考證「千里江陵一日還」的船速問題，查閱了酈道元的《水經注》、有關民謠、杜甫的詩、劉白羽的紀實性散文，還專門請教了《水經注》的研究專家陳慶元。其中有一則考證特別重要，白帝至江陵，必經黃牛灘，《水經注》言：「江水又東，徑黃牛山下……此岩既高，加以江湍紆回，雖途徑信宿，猶望見此物……故行者謠曰：『朝發黃牛，暮宿黃牛，三朝三暮，黃牛如故』言水路紆深，回望如一矣。」孫先生引了上則資料和有關專家研究，指出「又東」就是順流而下，「信宿」就是兩夜，民謠「三朝三暮」雖有些誇張，但其迂回曲折，非一日可以抵達，則是確證。還有關於黃牛灘等水流峽谷凶險的資料，充分說明了李白〈下江陵〉的美真錯位。我們還可以補充一則材料：李白流放途中，尚未遇赦時，行船逆流而上經黃牛灘，寫〈上三峽〉詩一首，詩云：「三朝上黃牛，三暮行太遲。三朝又三

暮，不覺鬢成絲。」[32]不僅民謠屬實，而且戴罪之身，心情不好，一夜之間，竟兩鬢斑白。這同樣是美真錯位。既有黃牛灘路程艱難，「三朝三暮，黃牛如故」的「真」之由頭，又將其變異為一夜之間愁白了頭。下文「關鍵詞語法」部分所舉的孫紹振對蘇軾〈赤壁懷古〉的解讀也一樣，引證歷史上周瑜、諸葛亮的資料，以說明詩中美真錯位之妙。

有的則憑經驗可以推斷、想像作家的美真錯位的變異現象。如魯迅〈社戲〉的最後二句話是全文的點睛之筆：「再沒有吃過那夜似的好豆，——也不再看到那夜似的好戲」。孫先生說：「從科學的認識價值來說，羅漢豆的基本味道是一樣的，可是魯迅在〈社戲〉裡卻寫只有撐著航船去看社戲回來的孩子從田裡偷來的羅漢豆最好吃」[33]，這就是通過美真錯位，表達了對鄉間人性美的懷念。

美善錯位、美真錯位與下文將介紹的還原法有交叉。錯位法是從創作的角度創設的，我們運用它於解讀時，可側重於審美價值的產生。還原法是專門從解讀的角度創設的，我們運用時可著眼於客觀對象的變異。

無論美善錯位還是美真錯位，發現和抓住這些錯位，都是揭示創作奧秘的成功之道。

最後應當說明的是，如果真是指根本意義上追求和符合客觀世界的本質規律，善僅指道德的善，那麼傑出作品的真善美三者當然是統一的[34]。同時也說明，孫紹振錯位理論裡的真，實際也分兩類，一是如上所述的真，一類是具體對象的真。

---

32 引自《李白詩選注》編選組：《李白詩選注》（上海市：上海古籍出版社，1978年），頁191。

33 孫紹振：《審美價值結構與情感邏輯》（武漢市：華中師範大學出版社，2000年），頁124。

34 參見馬克思主義理論研究和建設工程重點教材：《文學理論》（北京市：高等教育出版社、人民出版社，2009年），頁112-113。

（五）感覺解讀（分析）法

　　在第二章中，已對孫紹振的感覺理論做了簡單的介紹（包括「感覺論」及文中標明的包含了前面的「通感論」、「交感論」），雖然側重於詩歌方面的，但一方面是所介紹的內容，基本上也可用於小說、散文，另一方面也顧及了小說、散文的感覺。這裡，做些強調和補充。一、首先要補充：感覺是整個文學的基礎，受情感的影響最大。孫紹振認為，第一，作家主體和生活客體要統一，「統一於什麼呢？統一於情感。但是情感是一種『黑暗的感覺』，要表達它是很困難的。……而且由於情感依賴內在的機體覺，不能定位，甚至很難定性，即使表達出來也很難達到某種精確度。這就使作家們不得不轉而借助於感覺和知覺。因為感覺器官是人的主體與客觀世界交通的唯一要道，感覺和知覺不像情感所依附的機體覺那樣飄忽，感覺和知覺能很明確地定位、定性，甚至能作量的比較。」第二，「人的知覺和感覺的相對性受人的情感的影響最大。情感會衝擊感覺和知覺使之發生量的和質的變異。……『情人眼裡出西施』也是感情改變感覺和知覺的結果。情感使知覺和感覺像萬花筒那樣變化萬千。這就為藝術家表達自我，展開想像提供了方便。」[35]按照這樣的理論，解讀作品時，要特別注意感覺背後的情感乃至智性的、思想的因素。二、文學作品往往是多種感覺，包括同類的（例如都是視覺）、不同類的多種感覺形成的立體交感交響。其中，中心感覺特別重要，才不會是蕪雜的混亂的感覺堆砌。分析時就是注意它是否具有既豐富又集中統一的感覺，達到了什麼樣的交感效果。三、一般而言，五官感覺中視覺占絕大多數，其次是聽覺，別的感覺能引入作品，就顯得獨特、新穎。李澤厚講過，視覺是被人類改造得最好的，是人化的眼睛，而觸、嗅、

---

35 孫紹振：《文學創作論》（瀋陽市：春風文藝出版社，1987年），頁327。

味覺帶著較多的動物性，特別是觸覺[36]。因此，能進入作品，往往是一個亮點。四、要注意出現的五官通感。五、既是人化的問題，又是受情感影響，所以，就有不同人的不同感覺問題，一些新穎、獨特的感覺，如小孩子的感覺，等等。就要注意加以分析。六、要注意奇異感覺、錯覺、幻覺，它們的出現，往往是通向強烈感情，乃至智性的橋樑。七、要注意機體覺和心理情緒這些內部感覺的出現，包括痛感、鬱悶感、悲涼感、愉悅感、興奮感、緊張感、等等，背後總有情感的、思想的、行為的因素。八、不同的藝術形式所容納的感覺是不同的，散文、小說的感覺是比較多地帶著量的準確性的特殊感覺和知覺，甚至有很細微的感覺區別，而詩裡的感覺一般比較概括。如果成功的作品出現了感覺的移用，那一定是很有特色的部分，如〈紅高粱〉中時而輝煌時而清麗時而淒惶的紅高粱，就是詩的感覺進入了小說。

　　運用感覺法解讀作品，第二章中對莫言小說〈透明的紅蘿蔔〉、〈紅高粱〉等的分析已是一個集中體現的大例子。

　　現在以孫紹振對朱自清的〈春〉的解讀為例[37]，看看感覺法如何解讀作品。

　　第一，表面上看，這篇散文寫的是春天的一般景色，春草、春花、春風、春雨……，幾種有代表性的景物，這樣寫，為什麼沒有導致平鋪直敘，羅列現象呢？孫紹振認為，就是寫出了景物背後的微妙的感覺、精緻的感覺、詩意的感覺，寫出了初春份外美的感覺。他說，第一句「盼望著，盼望著，東風來了，春天的腳步近了」，「就和我們不太一樣」，「字裡行間流露出對春天有一種急迫期待的感情。」，「小草偷偷地從土地裡鑽出來」，「偷偷地」，不僅是一種突然

---

36 李澤厚：《美學三書》（合肥市：安徽文藝出版社，1999年），頁514。

37 見孫紹振主編北師大版初中語文七下冊《教師教學用書》中〈春〉的主編導讀，解讀內容以孫紹振的分析為主，並結合孫紹振的感覺論有關觀點，加以闡釋。

的發現，而且「透露出一種無言的喜悅，喜悅春天來了，同時喜悅自己的喜悅。」孫紹振指出，這些當然是作者自己的感覺，但是，全文更重要的是，主要通過孩子的感覺來表現這種對初春到來的喜悅。同時，調動了全部五官感覺。

第二，先說五官感覺。全用上是不容易的，而本篇較明顯的全用上了。（一）最突出的是孫紹振著重分析的第五段。先用了觸覺，春風「像母親的手撫摸著你」。接著轉為嗅覺：「風裡帶著些新翻的泥土的氣息，混著青草味兒」，「各種花的香，都在微微潤濕的空氣裡醞釀」。再接著轉向了聽覺：鳥兒歌唱，流水應和，牧笛嘹亮。還有視覺：鳥兒將巢安在繁花嫩葉當中，呼朋引伴地賣弄清脆的歌喉；牛背上吹著短笛的牧童。孫紹振說：「這一切綜合起來，構成了一種多種感覺的交響。」這個交響的中心感覺當然還是視聽覺，因為它們更為鮮明更為突出。觸覺和嗅覺是向視聽覺帶來的愉悅清新的感覺靠攏的。作者選擇的嗅覺都突出一個「新」字，新翻泥土的氣息、正在醞釀的花香，還有一個初春原野的氣息感，包括青草味兒、微微潤濕的空氣。觸覺「像母親的手撫摸著你」，也是兒童的感覺，新生的感觸。這些清新、初生、原野，與鮮明視聽覺的畫面的、聲響背後的更大的中心感覺——「初春感」是非常融和的。（二）另二處較少人使用的外部感覺是「草軟綿綿的」的觸覺，「花裡帶著甜味」的味覺。包括前面的「像母親的手撫摸著你」的觸覺，這三處選擇的生理感覺都和上下文中初春的愉悅、清新、愜意感相一致、相融和的，所以，不僅用得好，且在視覺為主的感覺系統中，顯得突出，尤其「像母親的手撫摸著你」，已成為比喻的名句。（三）孫紹振認為，全篇「最拿手的還是視覺意象」，特別是「小草也青得逼你的眼」的「逼」字，「肯定是苦心經營的結果」。

第三，最突出的是孩子的感覺，充滿全篇，與全文的初春感非常協調，成為最大亮色。孫紹振認為「讀者感受得最深刻的，大都是優

雅的、天真的、孩子氣的單純。」孩子與初春是最靠近的，孩子的純潔美好與初春的純潔美好是最相似的。而且全文中這些「有兒童趣味」的「地方比較精彩」，「是朱先生想像中孩子的激動，孩子氣的歡欣，或許是朱先生兒童時代的回憶」，「激起的童心的嚮往」，「用自己想像中純潔的兒童的眼睛、天真的感覺來感覺春天」。這就是朱自清不僅成功選擇了而且成功地使孩子感覺與初春感產生了交感交響，或者說，向前面說的中心感覺初春感靠攏，被中心感覺初春感所同化。把孩子感覺與初春感打通、交融，有點類似莫言的「大通感」。具體表現如：（一）「坐著，躺著，打兩個滾，踢幾腳球，賽幾趟跑，捉幾回迷藏。風輕悄悄的，草軟綿綿的。」孫紹振指出，「這裡的喜悅，是調皮的，活潑的，天真的，淘氣的，頑皮的」；「打兩個滾、捉幾回迷藏」、「都是孩子們的事」。（二）「桃樹，杏樹，梨樹，你不讓我，我不讓你，都開滿了花趕趟兒。……閉了眼，樹上彷彿已經滿是桃兒，杏兒，梨兒。花下成千成百的蜜蜂嗡嗡的鬧著，大小的蝴蝶飛來飛去。」孫先生說：「這些話語，都有一種孩子氣的感覺滲透其間。為什麼呢？這其中有一種熱鬧的感覺，開心的感覺。這種感覺，成人也是有的，但是，成人沒有那麼單純，成人的春天經驗多了，不像孩子那麼『少見多喜』」。（三）「野花遍地是：雜樣兒，有名字的，沒名字的，散在草叢裡像眼睛像星星，還眨呀眨。」孫先生分析道：「有名字的，沒名字的，是詞彙不夠嗎？不是，……這是為了表現兒童的知識和經驗的有限。像眼睛像星星，太俗套了嗎？顯然他是不想超越兒童感覺的限度，特別是『還眨呀眨的』，是兒童口氣的模仿。」（四）還有，「像母親的手撫摸著你」，「也和孩子的感覺和經驗有密切的聯繫」，「牛背上吹著短笛的牧童」，「和兒童的感覺是可能交融的。」（五）「春天像小姑娘，花枝招展的笑著走著」，孫紹振認為，「符合全文的整體形象」，亦即和初春感、孩子感覺都是相符的。

　　第四，文中仍有不少有文化趣味的成人的感覺，包括兒童感覺

裡，也有是成人一樣有類似感覺的。但是孫紹振認為：（一）好些兩種趣味水乳交融，分不清是成人的還是兒童的。（二）一些是不作痕跡地和兒童話語結合起來了，如「在微微潤濕的空氣裡醞釀」，是在描述到處是那種清新、新生感的初春景象裡的，而全篇中初春感和兒童感已是水乳交融；又如「寫到雨時，兒童的視覺趣味仍然很活躍：『像牛毛，像花針，像細絲』，在兒童式的短句中，成人的話語、古典的詩情畫意（指「密密地斜織著，人家屋頂上全籠著一層薄煙」）悄悄地滲透進來」，但是，「並不太古奧，完全在兒童的認知格局可以同化的邊緣上。」包括「小草也青得逼你的眼」也是老少咸宜的境界。（三）快末了，上燈時分，鄉村安靜平和之夜的靜默圖，孫紹振認為，這感覺和前面熱鬧的孩子感覺為主的圖景不一樣，是作者有意為之，起一種調節的變化的，避免單調的效果。

第五，感覺的背後都是人的情感、思想，都是人的無限豐富的心靈世界中的一種。孫紹振在另一篇解讀林斤瀾〈春風〉的文章中對此著了分析。在林斤瀾看來，朱先生筆下的江南春色，於他卻是「牛尾濛濛的陰雨，整天好比穿著濕布衫，牆角裡發黴，長蘑菇，有死耗子的氣味。」這裡也用上了觸覺、嗅覺，但感覺是不一樣的。作者的不喜歡當然是一種手法，他要借此寫他要讚美的北方的「好不解氣」「好不痛快人也」的春風。

第六，文中運用了大量的修辭手法，這些修辭都是與全文的初春到來的美好、喜悅感覺相統一的。如「小草偷偷地從土裡鑽出來，嫩嫩的，綠綠的。園子裡，田野裡，瞧去，一大片一大片滿是的。坐著，躺著，打兩個滾，踢幾腳球，賽幾趟跑，捉幾回迷藏。風輕悄悄的，草軟綿綿的。」第一句的擬人、疊詞、定語後置，突出了嫩綠清新的初春之景，不經意間來到了你的眼前。整個句段中的許多「的字句」、「幾字句」，有一種弱化、輕化、柔化的效果，使初春的軟和、愜意、舒適感更突出了。還有大量短句子，也給人輕快的感覺。這

些，與孩子的舒心喜悅感也是相統一的。

感覺法，常常是和別的解讀方法一起使用，既會促使解讀者留意細微之處，更敏銳發現一些藝術細節，也會使解讀時更注意文本整體的基調。

（六）關鍵詞語解讀（分析）法

文字對於作品的根本意義，是所有讀者最清楚最有共識的。就像孫紹振的《文學創作論》專論此問題的「作家表達力」章節一開頭講的：「不管作家的觀察力、感受力、想像力多麼強大，如果沒有與之相應的語言加以表達，一切都會落空。」[38]關於語言文字的這種「偉大」作用，以及人們重視傑出作品的文字魅力，類似杜甫的「語不驚人死不休」的近世今人名論中最引人注目者如：

福樓拜的「一詞說（一語說）」：「不論一個作家所要描寫的東西是什麼，只有一個名詞可供他使用，用一個動詞要使對象生動，一個形容詞要使對象的性質鮮明。因此就得用心去尋找，直至找到那一個名詞，那一個動詞和那一個形容詞。決不應滿足於近似的，決不應利用蒙混，甚至是高明的蒙混手法。」[39]

朱自清的「一字一句不放鬆」說：「我做到的一件事，就是不放鬆文字。……盡力教文字將他們儘量表達，不留遺憾。」相應，他就說「精讀更須讓學生一字一句不放鬆，在可能的範圍內，務必得其確解。」[40]

---

38 孫紹振：《文學創作論》（瀋陽市：春風文藝出版社，1987年），頁238。

39 福樓拜一詞說的譯法有多種，此譯文引自「有道詞典」網・漢英互譯「居斯達夫・福樓拜」材料及「當當網」2008年4月7日「福樓拜對莫泊桑創作的影響」一文，參照「天涯網・天涯問答」2009年1月5日「福樓拜和莫泊桑」一文。童慶炳：〈文體與文體的創造〉，頁80轉引《文藝理論譯叢》1958年第3期則認此段話為莫泊桑言，最後一句譯為「而決不要滿足於差不多」。

40 見《朱自清論語文教育》（鄭州市：河南教育出版社，1986年），頁47；轉引自賴瑞

　　余秋雨的「首次性和唯一性」說:「藝術家的這種表現具有首次性和唯一性。他不重複別人,也不應被別人重複」,它「幾乎要絞盡人類最智慧的代表者們的腦汁。」[41]

　　李澤厚「天壤之別」說:「審美感受經常是朦朧而多義,但它同時又異常細緻而精確。……在藝術作品中,經常可以看到,一字之差、半拍之慢(快)、一筆之誤,便有天壤之別。」[42]

　　這些名言告訴人們,傑出作品的文字是作家苦心經營的結果;也似乎告訴人們,它們的文字就如古人說的「字字珠璣」。但孫紹振卻認為:

　　　作品的精彩,並不如某些傳統文論所說的那樣「字字珠璣」。
　　　事實上,字字珠璣是不可能的,只在大量非珠璣的字句的有機
　　　構成中,有些關鍵的字眼成了詩眼,可以稱為珠璣。解讀文本
　　　的唯一性,有時就是在一望而知的作品中,發現少數關鍵詞中
　　　凝聚著詩的奧秘,因此,抓住關鍵詞對解讀就具有非常的挑戰
　　　性。[43]

　　這是不是兩相矛盾了呢?不矛盾。
　　第一,任何傑出作品都是作家力求最完美的結果,它成形後的完

雲指導、鄭瑜輝碩士學位論文《朱自清、金聖歎「文本細讀」比較研究》。朱自清
類似話不止一處,如〈再論中學生的國文程度〉中說:「『不求甚解』而能了解主要
的意思,還得靠早年的訓練,那一字一句不放鬆的、咬文嚼字的功夫。」(轉引自
《大師背影書系·朱自清論語文教育》,北京市:教育科學出版社,2007年版,頁
71)

41 余秋雨:《藝術創造工程》(上海市:上海文藝出版社,1987年),頁71。

42 見李澤厚《美學三書》(合肥市:安徽文藝出版社,1999年),頁530-531。

43 孫紹振、孫彥君:《文學文本解讀學》(北京市:北京大學出版社,2015年),頁396-397。引文個別字參照電子稿改。

美形態的每一有機構成成分都是必要的，但正如世間一切事物一樣，所有成分不是平均重要、平分秋色，它必有最核心的部分，最重要的、次重要的、次次重要……的部分。例如魯迅的〈從百草園到三味書屋〉中寫到閏土父親時有一句：「他只靜靜地笑道」，原稿「只」字為「卻」字，但「只」字才生動地表現出閏土的父親既富捕鳥經驗，又不炫耀，似乎在說「不過如此」的一副樸實、憨厚的神態。故「只」在此處是唯一的表達，是魯迅像福樓拜、朱自清說的，「用心去尋找」、「一字一句不放鬆」的結果，你把它美譽為「珠璣」亦可。但對於全文的主要藝術奧秘而言，這不是要緊的，相對更重要「珠璣」者，它就算不上「珠璣」，而是孫紹振說的「大量非珠璣的字句的有機構成」中不可少的「有機」成分之一。因此，從相對性的角度，即使是絕句短詩都並非從第一個字到最後一個字都當做珠璣細讀細品。

　　第二，作品的完成是一個動態過程。孫紹振在《文學創作論》「作家表達力」部分，非常詳盡闡述了這個過程。他指出，如不把既有思維成果語詞化，「哪怕是粗糙的語詞化，人的感知就無法進一步精確化」，「哪怕是巴爾扎克那樣的大作家，也得憑藉最初的並不細緻的語言，把想像的成果固定下來」。他舉了果戈里、巴爾扎克說的「絕對要把一切」、「想到的」、「儘管很壞很散亂的一切」、「不假思索地寫出來」，以及在這基礎上反反覆覆修改，最後成稿的諸多例子，得出「語詞化是一個不斷精確化的過程」的結論[44]。這個論斷，於成形問世之作亦可能適用。朱自清的〈春〉，他逝世後，一直被收入各種出版物，後人編輯時一直對其中的文字有做小修改，其中一種教材，共改動二十二處。其中絕大部分是沒有必要動的，但確有部分文字、標點符號，或因白話文興起初期，一些詞彙不夠規範，或確是使

44 孫紹振：《文學創作論》（瀋陽市：春風文藝出版社，1987年），頁238-241。

用欠妥，宜做改動。至於長篇巨著，這種情況就更多了。前人存世的
《紅樓夢》有十一種版本，隨便找二種版本粗對一下，都覺不少文字
甚有差異。即使大家比較公認的程乙本、庚辰本也有不少差異。但沒
有人因此否定它（包括其餘多數版本）是那個《紅樓夢》。比如前文
舉到的〈林黛玉進賈府〉中「惟恐被人恥笑了他去」那句，另一版本
則為「恐被人恥笑了去」，直覺之下，前一句總體更好，因有一個加
以強調的「惟」字，但似「他」字又多餘，此類糾結不在少數，但二
個版本都是人民文學出版社先後推出的。即使其中有一個是錯誤，這
也是現代系統論說的「容錯結構」，一棟大樓，可能有瑕疵，但沒有
人因此否定大樓。精確化是動態的，恐怕曹雪芹復活，還會對他的
《紅樓夢》不斷修改。

　　正是基於上述情況，孫紹振在《文學文本解讀學》第十三章裡，
就「關鍵詞語法」提出了如上所述的既不拘泥於「字字珠璣」，又深
知必有不可改易之核心詞語的少數關鍵詞的解讀法。同時，又把關鍵
詞語的範圍略放寬，即使在短小詩詞裡也不是非得找到一個或二個字
的詩眼不可，一切因文而異，往往是一小組甚至是一個小系列，包括
句子。如他主編的北師大版初中語文教材，每一篇課文解讀，都是他
親自撰寫，都列出了或若干個、或一小組、或一小系列的關鍵詞語。
如〈春〉，關鍵詞語是：

　　　偷偷地　你不讓我，我不讓你　像母親的手撫摸著你　醞釀
　　　密密地斜織著　逼　春天像小姑娘

對應前文所引述的孫先生解讀，不能說毫無改進之處，但總體確為
關鍵。

　　再看一例。他在表述完上述那段「關鍵詞」觀點後，舉出〈赤壁
懷古〉為例，列出五個關鍵詞：

風流　　豪傑　　小喬初嫁了　　羽扇綸巾　　夢

孫先生分析道：蘇軾是要把周瑜塑造成向自己特質靠攏的英雄，那麼，周瑜越成功越年青越是志得意滿，相襯「早生華髮」的四十七歲的自己，就越是壯志未酬心不甘。因此，詞中的周瑜不僅是指揮赤壁大捷的英雄豪傑，而且是像張良那樣羽扇綸巾、運籌帷幄、談笑風生，甚至漫不經心，決勝千里的儒帥，因此詞中的風流是風流倜儻的瀟灑狀。不僅如此，在蘇東坡看來，光有政治上軍事上的雄才大略還不夠，興致還不夠淋漓盡致，還得加上紅袖添香夜讀書，加上美女配英雄，要「小喬初嫁了」，才盡興才過癮，才是蘇軾心中向自己特質靠攏的豪傑風流的周郎，才是蘇東坡心中的夢想。為此，蘇軾把「小喬初嫁了」推遲了十年，周郎成為「事業、人生雙美滿」的青年統帥；把歷史上公認的諸葛亮「羽扇綸巾」儒者名士的招牌打扮，移植給了史稱「銜命出征，身當矢石，盡節用命，視死如歸」，「親跨馬擽陳，會流矢中右脅」，「漢之信、布」的大將形象的周瑜。即使不用還原法，不查找歷史文獻，僅憑「風流、豪傑、小喬初嫁了、羽扇綸巾、夢」五個關鍵詞語，主要的解讀就可基本完成。[45]

　　葉聖陶文本解讀代表作《文章例話》也是這樣。如他解讀〈背影〉。他說〈背影〉「通體乾淨，沒有多餘的話，沒有多餘的字眼，即使一個『的』字一個『了』也是必須用才用」。他特別重點分析了父親攀爬月臺一幕，說文章所用的「攀、縮、微傾」等表現當時動作的詞，是「最適當的話」且「排列又有條理」，使我們「覺得那位父親真做了一番艱難而愉快的工作。」[46]葉聖陶還分析了「顯出努力的樣子」、「很輕鬆似的」等若干關鍵詞語。總之，一方面認為每一個字都

---

45 孫紹振、孫彥君：《文學文本解讀學》（北京市：北京大學出版社，2015年），頁397-403。

46 葉聖陶：《文章例話》（北京市：生活・讀書・新知三聯書店，1983年），頁6-7。

是「唯一的」詞,另一方面,又只分析了很少幾個關鍵詞語。

現在試以關鍵詞語法解讀〈記念劉和珍君〉。

其關鍵詞語就是系列關鍵詞語,共三類:一是反覆交替出現「無話可說」和「有話要說」,二是表示強烈情感的副詞、關聯詞,三是警句。由這些關鍵詞語構築起了全篇。

文中的無話可說共七處,如「我實在無話可說」,「那裡還能有什麼言語」,「長歌當哭(即寫文章),是必須在痛定之後的(即我現在處於巨大的悲痛中,悲痛過度得說不出話吶)」,「慘像,已使我目不忍視;流言,尤使我耳不忍聞。我還有什麼話可說呢?」,「嗚呼,我說不出話」等等。文章反覆講他「無話可說(說不出話)」,主要作用是借此說出了他憤怒至無以言表(即文中的「出離憤怒」)的原因,表明自己憤怒得,氣得說不出話來。實際就是借此把憤怒的理由說出,把要說的話都說出了。民間的憤怒者們(民間的吵架)常常就是這樣表達自己心聲的,類似於古人說的「罄竹難書」。文章又不斷說「我有話要說」,民間的怒斥也常常是這樣「不說」、「要說」不斷交替的,目的都在表達憤怒,整篇文章就這樣巧妙構成的。魯迅怎麼會無話可說呢?三一八慘案中,他一共寫過六篇文章,〈記念劉和珍君〉按時間還只是中間的一篇。無話可說實乃表明自己無比憤怒的情狀,除該文第一節中明白指出「我已經出離憤怒了」外,之前所寫的〈死地〉一文中還有一句更明確的表達,即「三月十八日段政府慘殺徒手請願的市民和學生的事,本已言語道斷,只使我們覺得所住的並非人間」,——什麼叫「言語道斷」,《魯迅全集》注釋道:此為佛家語,「原意是不可言說,這裡表示憤怒到無話可說。」[47]——所以,

---

47 六篇文章為〈無花的薔薇之二〉、〈死地〉、〈可慘與可笑〉、〈記念劉和珍君〉、〈空談〉、〈如此「討赤」〉,均見收於《魯迅全集》第三卷,「言語道斷」注釋見頁284（北京市:人民文學出版社,2005年）。

憤怒至極，無話可說，既是作者真實的情感狀態，又是文章的巧妙表達結構。

正因為是一種結構手法，文中又適時變換，交替出現「有話要說」，共四處。無論「無話」、「有話」都為言悲憤，而所言的悲憤內容又不斷變換，不斷具體，深入。如文章的第三、第四節，以具體的事實，以活生生的人，以他絕不料到手無寸鐵的請願的學生會遭到如此慘劇，更想不到四十多位無辜青年犧牲後，又遭到許多流言蜚語，具象地說明了他憤怒得無言以對的原因後，緊接著的第五節又交替為「但是，我還有要說的話」，進一步以更具體的細節展現了這一慘劇的駭人聽聞。

總之，無話可說、有話要說都為言悲憤、悲痛、悲涼、悲哀，既是作者真實的情感狀態，又是構成文章的巧妙結構。

魯迅寫文章是以惜墨如金著名的，但相反，該文卻大量使用了似乎是多餘的副詞、關聯詞。但這些表達主觀情感的關聯詞、程度副詞，有力增強了情感的力度。如將它們刪去，基本意思並不受影響，但情感力度就弱了。最典型的是第四節，如其第一段：

> 我在十八日早晨，才知道上午有群眾向執政府請願的事；下午便得到噩耗，說衛隊居然開槍，死傷至數百人，而劉和珍君即在遇害者之列。但我對於這些傳說，竟至於頗為懷疑。我向來是不憚以最壞的惡意，來推測中國人的，然而我還不料，也不信竟會下劣凶殘到這地步。況且始終微笑著的和藹的劉和珍君，更何至於無端在府門前喋血呢？

我們試將其中的「居然」、「而」、「但」、「竟至於」、「然而」、「也」、「竟」、「況且」、「更」等等刪去，文意基本上不受影響，但當把這些詞加進去時，悲憤之情大大增強了。全文如此用語多達三十多處。

　　文中還出現了十數句對人世、社會深刻洞察的著名警句，常被後人運用到文章中。它們不是「身外之物」，而是作者憂憤至廣、思索至深之後的產物。既是文章自然生發的有機組成部分和點睛之筆，又覺是可跳躍而出、獨立為妙語名句的神來之筆，如第四節中的「不在沉默中爆發，就在沉默中滅亡」。其中第二、六、七節最多。

　　也有就抓住一二個關鍵詞（詩眼）即可解讀全篇的，如賈島的「推敲」、王安石「春風又綠江南岸」的「綠」、孟浩然「波撼岳陽城」的「撼」和「還來就菊花」的「就」，王維「人閒桂花落」的「閒」及同篇中「月出驚山鳥」的「出」，等等。

　　這就是該一二個詞就一二個詞，該一組一系列詞語就一組一系列的孫紹振關鍵詞語解讀法的好處。

　　關鍵詞語法還涉及文本解讀中分析關鍵語句的言外之意的問題。這一解讀點是讀者最為熟悉的。主要又有二類：一般的言外之意和特殊的言外之意——話裡有話。

　　第一類，一般的關鍵語句的言外之意：

　　如〈孔乙己〉中被葉聖陶稱為最重要的那句話：「孔乙己是這樣的使人快活，可是沒有他，別人也便這麼過。」在一個百無聊賴的社會裡，只有孔乙己的到來，酒店裡人才有點笑聲。可是沒有這笑聲，大家照樣過那無聊的日子，沒有人覺得有什麼不好。這真是一個麻木不仁的，不想改變現狀的死氣沉沉的社會。這句話還告訴人們，唯一給大家帶來歡樂的孔乙己，在眾人心中是無足輕重的，他在與不在，沒有人關心，唯一記掛他的就是掌櫃，記掛孔乙己還欠店裡十九文錢。孔乙己來了，一潭死水裡起了點漣漪，孔乙己離開了，死水又恢復了死一樣的平靜，無人記得那引起漣漪的孔某人，這真是冷漠悲涼的人生。

　　又如〈祝福〉裡的「大家仍然叫她祥林嫂」。祥林嫂的第二個丈夫明明叫賀老六，然而「大家仍然叫她祥林嫂」。這表明，在封建宗

法社會裡，婦女的地位最底下，不僅和男子一樣受政權、神權的壓迫，還要受夫權和族權的壓迫。嫁人後，隨丈夫的名字被人稱呼，自己原有的姓名是不重要的（夫權）。丈夫死了，婆婆可以把她隨便改嫁他人（這就是夫權加族權）。改嫁了，社會上或者說人們的潛意識裡，也只承認第一個丈夫的合法性，「大家仍然叫她祥林嫂」（這還是夫權加族權）。而且，人們覺得這理所當然，連祥林嫂自己也如此，不覺得有什麼不妥，可見幾千年封建禮教，已使社會普遍的麻木。這就是魯迅的「哀其不幸，怒其不爭」。

　　魯迅這兩篇小說裡的上述關鍵句，都是獨立一段寫進小說裡的。魯迅類似的有豐富含義的獨立段的句子，還有如前文「錯位法」部分舉到的〈社戲〉的「再沒有吃過那夜似的好豆，──也不再看到那夜似的好戲」等等。孫紹振對魯迅作品中許多關鍵語句都有深到的解讀，前面對魯迅小說中關鍵句的解讀主要就是根據孫先生的分析概括的[48]。

　　許多作品都有類似的關鍵語句，如〈荷塘月色〉裡的「獨處的妙處」。古詩詞中這樣的例子更多，如「一枝紅杏出牆來」、「沉舟側畔千帆過，病樹前頭萬木春」，等等。許多作品中這樣的關鍵句還成為富有哲理意義的名句。這些，都值得抓住它，品析出它們豐富的言外之意。

　　第二類，話裡有話模式的言外之意：

　　話裡有話模式，主要出現在小說的人物對話、人物的語言中。魯迅在《看書瑣記（一）》裡，對巴爾扎克的對話描寫十分讚賞，對《水滸》、《紅樓夢》的對話手段也多有肯定，說：「只摘出各人的有特色的談話來，我想，就可以使別人從談話裡推見每個說話的人物。」[49]魯迅這個觀點，就包含了我們這裡介紹的話裡有話。孫紹振

---

48 見孫紹振：《經典小說解讀》中相關篇目解讀（上海市：上海教育出版社，2016年）。
49 《魯迅全集》第五卷（北京市：人民文學出版社，2005年），頁559。

早在其《文學創作論》的「作家的表達力」節中，尤其是「心口誤差」部分，就有詳盡的闡述，嗣後的許多有關小說的著述中都有介紹。這實際上已經成為小說內部的一種藝術形式規範，重要的表現手段。當然，散文中也一樣可以運用。

古典小說中，《紅樓夢》裡是特別豐富的。僅入選高中課本的〈林黛玉進賈府〉就有不少例子。如：在賈母招待林黛玉的接風宴上，王熙鳳遲到了，一進門，未見其人，先聞其聲，朗聲道：「我來遲了！」一是表明她的重要，「我」來是值得一說的；二是表示她的道歉，表示她對林黛玉的重視，以博得賈母的歡心；三是在眾人皆屏聲斂氣的場合，獨她可以放聲高言，表明她地位的特殊；四是如果和王夫人、李紈等人一起出現，不好也無由如此高聲說「我來遲了」，以引起林黛玉的注意；五是表明她事務纏身，一時脫身不了，總之，話裡之「話」十分豐富，顯示她心機極深的性格。見了黛玉，又說了一句著名的話，說林黛玉「倒像是老祖宗的嫡孫女兒」，這就是經典的一石三鳥的奉承話，既讚美了林黛玉，又奉承了迎春三姐妹，更重要的是，討好了賈母，再次顯示她極有心機、八面玲瓏的性格。林黛玉關於讀過什麼書的答話也是「話裡有話」，頭次人問，她是實答，見賈母不喜歡女孩子讀四書五經，第二次寶玉問時，她的回答「只認得幾個字」，言外之意就多了。

現當代小說中，入選中學課本的魯迅作品、沈從文的《邊城》、孫犁的《荷花澱》等等，都有很多例子。精彩的對話與關鍵語句往往是重疊的，解讀其言外之意，對分析全篇很有作用。如〈祝福〉中魯四老爺說的「可惡……然而……」，其含義就很豐富，既活現了魯四老爺的個性，又反映了封建禮教深深滲透一般社會的狀況。《邊城》中翠翠說的許多話，於分析主人公的性格及悲劇的原因都是不可或缺的。《荷花澱》中水生妻子說的「你總是很積極」，這句話所隱含的「肯定性的讚賞和否定性的哀怨幾乎同樣多」的言外之意，實際上是

小說中所有「媳婦」心態的寫照；孫紹振在《文學創作論》中就作為善寫對話的例子專門舉過[50]。

---

50 孫紹振：《文學創作論》（瀋陽市：春風文藝出版社，1987年），頁244。

第五章
創立文本解讀的方法體系（續）

四　解讀角度、層面的解讀六法

既是從解讀的角度，又是直擊創作奧秘的解讀六法為還原法、替換法、矛盾法、專業化解讀法、比較法、作者身分法。這些概念，特別是還原法、替換法在前面章節中已多有出現，但並未展開介紹。現逐一說明。

（一）還原法

前文說過，還原法，其硬幣的另一面是錯位法，並且錯位法先於還原法產生。孫紹振一九九三年說明了這個過程：「近十年來我在康德的哲學和價值美學中獲得啟示。深知審美情感價值與科學價值及實用價值之間不同。在我的美學著作《美的結構》中，我得出了真善美並非統一而是互相錯位的結論。於為文為詩之時，我深感情感的美在邏輯上、價值上必須超越於真和善。而在評析藝術形象時則相反，我自覺地從超越中還原。我稱這種方法為『還原法』，從感知還原、邏輯還原，直到價值還原。」[1]

這就是說，還原就是還原作品的創作過程，創作過程就是這段話說的「超越」，前面錯位法中詳釋的美真錯位、美善錯位。孫紹振說，在感情衝擊下對事物的感受「『形質俱變』是相當普遍的規律」，我們前文說他最常舉的例子就是「月是故鄉明」、「情人眼裡出西

1　孫紹振：《挑剔文壇》（福州市：福建人民出版社，2001年），頁286。

施」、「海內存知己，天涯若比鄰」等等[2]。「月是故鄉明」是美真錯位。「情人眼裡出西施」、「海內存知己，天涯若比鄰」不僅是美真錯位，還是美善錯位。解讀時，把實際上月是一樣明，實際上沒有幾個人的情人夠得上西施，實際上天涯、比鄰相去十萬八千里還原出來，再分析它為何這樣變異的原因，這就是還原法。

孫紹振把還原法分為感知還原、邏輯還原、價值還原。但全部基礎都是原生態還原，上述「三個實際上」就是原生態還原。其中，感知還原又是大家最熟悉、應用最多，也是最基礎的原生態還原。所以，常常會將原生態還原與感知還原合為一談。下文先介紹原生態還原，然後再說明感知還原、邏輯還原和價值還原的區別。

原生態還原法的表述見於孫先生多部論著，各表述略有差異，現以《文學文本解讀學》第十一章中表述為主，參照孫紹振《挑剔文壇》自序等等書文中的表述，綜合如下：

> 把構成藝術形象的原生狀態還原出來，看看作家對原生態如何選擇排除，有什麼變異，發現二者之間的差異或者說矛盾，從而進入分析，揭示作家創造了怎樣的情感世界，怎樣的審美境界。[3]

藝術形象與原生態之間的關係總的可稱為「變異」，它具體可分為下述幾種情況，或者說，我們可以從下述幾方面去發現、揭示二者之間的差異、矛盾。

一、弱化與強化，排除與誇張，這往往同時發生。客觀對象的一

2　孫紹振、孫彥君：《文學文本解讀學》（北京市：北京大學出版社，2015年），頁361。

3　孫紹振、孫彥君：《文學文本解讀學》（北京市；北京大學出版社，2015年），頁361。

些特徵、現象進入作品時被弱化乃至被排除，而另一些特徵、現象則被強化乃至被誇張。這是原生態還原、感知還原面對的最多的變異情況。

如〈背影〉，父親的面部長相未寫，這是排除，因為跟攀爬月臺無關；父親的體胖、穿戴臃腫（厚棉袍）、走路蹣跚卻突出地多次寫，這是強化，目的就在表現父親攀爬月臺的艱難。上世紀上半葉葉聖陶編寫開明版中學教材時有個著名的設計，說，父親送兒子上火車，半天的勾留，一路上父親一定說了很多話，但寫進文中的只有四句話，為什麼？葉聖陶說，因為這四句跟父愛有關，凡無關的都不寫進來。葉聖陶說這叫「取捨」。[4] 按還原法，這就是排除與強化。第一章的「生成機制說」裡舉到的僅有「攀、縮、傾」動作，而無腳踩或腳蹬或有其它輔助物是無法爬上月臺之例，也是強化最吃力的「攀、縮」，排除不吃力的「腳踩、腳蹬」的變異「紀實」。

如〈岳陽樓記〉，除了「吞長江」一句留有洞庭湖的個性特徵外，洞庭湖、岳陽樓的自然景觀個性特徵基本上沒有寫，也就是被弱化了，排除了。「吞長江」一句實際也是共性（大凡大湖泊都是「吞」某江的；是否無自然景觀個性特徵可言？不是的，看看後文比較法就知道）。全文所寫的洞庭湖景觀都是一切大湖巨泊浩大氣象的共性現象（浩浩湯湯，橫無際涯），並且強化甚至誇張了，如「陰風怒號、濁浪排空、日星隱耀、商旅不行、檣傾楫摧、虎嘯猿啼」以及「波瀾不驚、一碧萬頃、皓月千里、漁歌互答」。更重要的是它突出和強化了此地的「遷客騷人，多會於此」、「覽物之情」各不相同的人文景觀個性特徵。其用意就是作者也借此人文景觀特徵，表達其宏大情志，因而取浩大之景與此相配，因而弱化乃至排除自然景觀的個性

4　見葉聖陶：《文章例話》（北京市：生活・讀書・新知三聯書店，1983年）。不寫臉貌的教學設計，可參見臺灣初中康熹版第二冊、翰林版第一冊課本及《教師手冊》。

特徵，就是范公之意不在景，在乎山水之外也，在乎寄託其間的思想情感之美。

　　如〈故都的秋〉，孫紹振在為兩岸合編的《高中國文》中該課所寫的「主編解讀」裡著重用了原生態還原，不厭其煩地比較了作者的取象，指出作者以獨特的主觀感情對記憶進行了篩選，對客觀景象進行取捨。如文章不寫文化古都遊人如織的名勝古跡、熙來攘往的商業繁華、五光十色的政治生活，只取陶然亭、西山等幽靜去處；也不取鮮豔奪目的西山紅葉，而只取寧靜、悠遠、平淡的「陶然亭的蘆花，釣魚臺的柳影，西山的蟲唱，玉泉的夜月，潭拓寺的鐘聲」；不寫漂亮的新屋，只寫「一椽破屋」；逃避鮮豔的顏色，竭力追求淡雅的藍、白色，覺得疏淡得不過癮，還要教長著幾根疏疏落落的衰草；不選生氣勃勃的花樹，只寫快要死亡了、像花而又不是花的「落蕊」；不寫大都市喧囂的一面，只寫悠閒的「都市閒人」。同樣，只寫寂靜的清晨、秋蟬的殘聲、悲涼的秋雨；偏說棗子一完，西北風就起了；不寫南國而只寫北國之秋，北國又只寫故都的秋，故都裡重點細寫的又是「一椽破屋」。都是主觀情感的有意選擇，都因為要清、靜、悲涼夠味，要表現悲涼之美和雅趣，要感懷不起眼的生命景象，因此對客觀景象進行了大幅度的排除，篩選，弱化，強化。[5]

　　以上，事物的原生態本身並沒有改變，而是作家有選擇地把它寫進了作品。三維法中舉到的新聞作品〈別了，「不列顛尼亞」〉的非照相式、非流水帳式「實錄」，即作者對客觀對象進行了篩選，組織，乃至加工，如對「雨的背景」的處理，同樣有強化、弱化、排除的撰寫處理，同樣是並未改變事物的原生態本身，而是作者做了必要的選擇。同樣可用原生態還原去分析。

5　見孫紹振、孫劍秋主編《高中國文・教師手冊》第一冊「故都的秋・主編解讀」
　　（臺北市：育本數位出版公司，2017年）。

而「千里江陵一日還」（三維法、錯位法中已做詳細解讀），以及「白髮三千丈，緣愁似個長」，同樣是強化、誇張，但事物的原生態被改變了，不過，這還只是形變。

二、變質，客觀事物的性質進入作品時改變了。

如美真錯位和關鍵詞語法提到的〈社戲〉中「再也沒有吃過那夜似的好豆和看過那夜似的好戲」，就是實際情況的「變質」。羅漢豆的實際味道是一樣的，那夜的戲實際是不好看的。

如關鍵詞語法分析的〈赤壁懷古〉，將武將的周瑜變為儒帥，變為更年輕的周郎，就是一種質變。

如「月是故鄉明」、「情人眼裡出西施」、「海內存知己，天涯若比鄰」都是質變。

三、綜合性的變異：如「結廬在人境，而無車馬喧」，不僅含排除，把車馬喧聲排除了，而且，鬧市「不」鬧，人境「無」人，可認為是性質、功能也變了。

四、特殊的變異：變序。按實錄應此時出現，作品卻按「需」出現於彼時。如〈背影〉中父親的衣著，按說兒子第一眼就看到父親的穿戴，按實錄，應一開始就「記錄」父親的穿戴，但直到攀爬月臺時才點明父親穿了棉袍，目的就是突出父親身子更臃腫，攀爬更艱難。

最常用的原生態還原有二種：

一、憑經驗推想：除〈赤壁懷古〉外，上述諸例均可依憑生活經驗或從閱讀中獲得的間接經驗，就作品本身，進行推想。

在這裡，涉及一個如何看待作者自稱為「寫實」的〈背影〉中出現的「心象」現象。我們在第一章的「生成機制說」裡已引述過孫紹振有關觀點的部分文字，現全錄如下：「就第一個層次的最小單位（指孫氏「三層秘密說」的一望而知的表層）來說，不要說是抒情作品，就是敘事作品，都不可能是絕對客觀的描繪。一切描繪表面上是

物象，是景象，但是，事實上是作者的心象在起作用。」[6]孫紹振並用皮亞傑的心理學指出，人的心靈對外界的刺激不是全開放的，對於自己所關注的，自己頭腦中原有「內存圖式」的（如具備相關的知識），它是開放的；它所不關注的，無「內存圖式」的，就可能對之封閉。心理學上還有一個著名的實驗，說是一群人坐在教室裡，突然闖進一個不速之客，然後叫大家當場寫出自己的印象。結果是五花八門，沒有一個是完全一樣的，甚至有不少人的描述完全相反。上述心理學的觀點、名例告訴我們，人對於外界事物的觀感是受主觀影響的，當然，有的更接近本質，有的遠離本質，有的反映了本質的這一部分，有的反映了本質的那一部分。用這樣的「心象」觀去分析，上述父親「穿戴」例，就可以這樣解釋：開頭，兒子對父親陪自己去車站厭煩，沒有太注意父親，父親買橘子上下月臺時特別辛苦，才被父愛感動，注意到父親還穿了臃腫的長棉袍，更增加了行動的困難。這就是主觀感覺的選擇性記憶，心象作用下產生的物象。同樣的道理，兒子（或者就是作者本人）特別關注了最吃力的「攀、縮」兩個動作。

　　二、憑經驗無法推想的，引入歷史文獻、專業文獻，還原歷史事件，發現其變異和創作奧秘。某種意義，此法更重要，許多還原要靠此，特別是古典文本，此法屬於專業化解讀範疇，也是孟子「知人論世」解讀法的重要體現。〈赤壁懷古〉的還原法解讀即此。第一章「生成機制說」中所舉〈孔明借箭〉，如何從史書《三國志》的表現智慧的原生素材演變為表現「瑜亮情結」的經典，運用的也是這樣的專業文獻還原法。這裡，補充兩點：

　　（一）關鍵詞語法解讀〈赤壁懷古〉時，已引入周瑜的大將（甚

6　孫紹振、孫彥君：《文學文本解讀學》（北京市：北京大學出版社，2015年），頁179。

至是衝鋒陷陣武將）形象而非儒帥形象的資料。現補充諸葛亮資料及相關分析如下：

　　羽扇綸巾的名士形象，蘇軾之前的史書，指的都是諸葛亮。如孫紹振提到魯迅在《古小說鉤沉》引用的晉代裴啟《裴子語林》云：「諸葛武侯與宣王（司馬懿）在渭濱，將戰，宣王戎服蒞事；使人觀武侯。乘素輿，著葛巾，持白羽扇，指揮三軍。眾軍皆隨其進止，宣王聞而歎曰：『可謂名士矣。』」又如沈祖棻提到的成書於西元九八四年李昉主編的《太平御覽》曾引用《蜀志》稱諸葛亮「葛巾毛扇，指揮三軍」。孫紹振還提到虞世南、歐陽詢、徐堅、白居易、吳淑等所著書籍均有此記述。今本《三國志》雖無此用語，但通觀書中〈諸葛亮傳〉全文，無論陳壽原文還是裴松之注解，羽扇綸巾、指揮若定的名士儒帥形象已歷歷在目。如著名的三顧茅廬、著名的空城計。如與司馬懿交戰，糧盡，從容退兵，「宣王案行其營壘處所，曰：『天下奇才也！』」如稱「其用兵也，止如山。進退如風；兵出之日，天下震動，而人心不憂。」如以召公、管仲、蕭何比喻諸葛亮。如說：「孔子曰：『雍也可使南面』，諸葛亮有焉。」以蘇軾的學識不可能不知道史書和前人有關周瑜、諸葛亮的記述，蘇軾這樣塑造周瑜自然有他的創作意圖。沈祖棻說，「魏晉以來，上層人物以風度瀟灑、舉止雍容為美，羽扇綸巾則代表著這樣一種『名士』的派頭。雖臨戰陣，也往往如此。」沈還舉出了史書中的許多例子，並認為，在蘇東坡看來，諸葛亮固然如此，也無妨讓周瑜如此打扮，「以形容其作為一個統帥親臨前線時的從容鎮靜、風流儒雅。」袁行霈亦持此說。孫紹振的觀點，就是關鍵詞語法中轉述的，向蘇軾自己的政治理想、人生美學、身分特質靠攏，只有如此張良式「風流」人物，才越反襯自己空有蓋世才華卻遭貶於此的深深悲慨。[7]為什麼不乾脆改成主人公是諸葛

7　以上〈赤壁懷古〉所引孫紹振解讀見孫著《月迷津渡》（上海市：上海教育出版

亮？一是周瑜是戰場總指揮，戰功遠勝於諸葛亮；二是人生得意的
「英雄美人」模式在諸葛亮身上跨度也太大（史稱諸葛亮的妻子是有
名的賢內助，但長得不好看），錯位法條件之一就是美與真不能斷裂。

　　（二）魯迅在〈不應該那麼寫〉中，鑒於「我們中國又偏偏缺少
這樣的教材」，缺少如此合適的手稿，於是又提出從「可以寫成一部
文藝作品的」「新聞上的記事，拙劣的小說」中去發現「不應該這樣
寫」的「補救法」。[8]這實際就是原生態還原；就是魯迅所言的一者
「不應該這樣寫」（《三國志》「孫權脫險」），一者「應該這麼寫」
（《三國演義》「孔明借箭」）。

　　上述除〈赤壁懷古〉、〈孔明借箭〉外，均為原生態還原中的感知
還原。原生態還原操作性強、應用廣泛，中學更易掌握（孫先生說，
因為「道理並不神秘」），很具普遍意義，某種意義上是理解孫紹振解
讀方法體系的一個切入口，一把鑰匙，包括小學亦可引入這一解讀方
法。如：

　　小學四年級的《美麗的小興安嶺》，其內容要點及原生態還原解
讀（括弧內）如下：

　　　春天：**小鹿在溪邊散步。**（春暖花開，各地都有；但此景別地
　　　　　　罕見）
　　　夏天：**太陽出來了，千萬縷像利劍一樣的金光，穿過林梢。**（小
　　　　　　興安嶺到處是森林，朝陽陽光穿過高大茂密的林木，就
　　　　　　產生此奇景。此景亦別地所無；而炎熱則各地一樣）
　　　秋天：**森林向人們獻出山葡萄、蘑菇、木耳、人參**（不講秋葉
　　　　　　飄零，而講此奇珍異物。此物別地亦少見）。

社，2012年），沈祖棻和袁行霈解讀均轉引自人教版高中語文必修四教師教學用
書。所引陳著、裴注《三國志》為中華書局一九五九年版。

8　《魯迅全集》第六卷（北京市：人民文學出版社，2005年），頁322。

　　冬天：紫貂、黑熊、松鼠忙著「儲糧」過冬（給人溫暖感；而
　　　　　不講冰天雪地，不講暴風雪）。

　　現簡要介紹邏輯還原、價值還原[9]。

　　一、邏輯還原：即情感邏輯還原，是指還原回正常的思維邏輯、理性邏輯。比如，用正常邏輯看〈長恨歌〉：「在天願作比翼鳥，在地願為連理枝，天長地久有時盡，此恨綿綿無絕期」，如此絕對永恆的愛情是不合常理的，但正如此，無理而妙，感人至深。又如，臧克家紀念魯迅的詩：「有的人活著，他已經死了；有的人死了，他還活著」，一樣是無理而妙。

　　二、價值還原：孫紹振舉一例：〈范進中舉〉來自一則素材。說一位秀才中舉後，喜極而狂，大笑不止。袁姓醫生說，你病沒法治了，趕快回去，路過鎮江時，找何醫生看看，並有一信致何醫生。到達鎮江後，此生大笑不止的病已好，但仍把信交予何。何醫生一看，原來信上說，此生心竅開張，嚇他一下，估計到鎮江閉合就好了。孫紹振指出，這是科學價值，〈范進中舉〉變為完全不一樣的藝術價值。三峽峽谷凶險，李白的〈下江陵〉只感覺船快而不覺凶險，前者是科學理性價值，後者是情感價值。

　　孫紹振指出，上述兩類都不是直接訴諸感覺，故光用感知還原是不夠的，故宜另列。由此，前文〈孔明借箭〉、〈赤壁懷古〉類似於〈范進中舉〉。但我們全部都可在做好原生態還原的基礎上再行探討。如〈長恨歌〉還原為歷史上的唐明皇、楊貴妃，就不是這樣絕對的愛情。

9　此內容見孫紹振：《挑剔文壇》（福州市：福建人民出版社，2001年），頁8-16。本小
　　節所談三個還原，孫紹振說，都屬於靜態的，還有動態的歷史還原。孫紹振冠以還
　　原的還有流派還原、風格還原、關鍵詞還原等等。詳見其《文學文本解讀學》（北
　　京市：北京大學出版社，2015年），緒論、第十一章、十二章、十三章等。

（二）替換法

孫紹振說，替換法是朱德熙先生在北大講授語法時提出的。它源於魯迅那篇著名的〈不應該那麼寫〉（有關主要文句見第一章「作者身分說」及前文還原法中引文），包括魯文說的未定稿與定稿，同一素材寫成優、劣不同作品的比較。《文學文本解讀學》第十六章專門談了這個問題。孫紹振將其分為二種：

第一種是個別關鍵詞句的優劣比較，可稱為「換詞法」。該章第二節裡舉了古代詩話、詞話中大量例子，如著名的「推敲」、「春風又綠江南岸」，如「疏影橫斜水深淺」、「暗香浮動月黃昏」是從「竹影橫斜水深淺」、「桂香浮動月黃昏」改動一字成經典的。

第二種是大段文字的變動，包括其中的結構、手法、詞句，比較其未定稿與定稿，見出定稿的改動之妙，可稱為「換表述」，如該章及其它相關章節舉到的《紅樓夢》、《水滸傳》、《復活》、《安娜·卡列尼娜》、《靜靜的頓河》以及其它單篇詩文中的修改名例；或同一素材寫成不同作品的優劣比較，如該章第二節提到的《三國演義》與《三國志評話》之比。

上述二種都涉及未定稿等相關文獻。沒有文獻，可以憑想像，想像出一個較差的表述，與原文相比，看出原文之妙。孫紹振自設的換詞法之例，如將「誰知盤中餐，粒粒皆辛苦」中的「誰」改為「應」或「須」等——

鋤禾日當午，汗滴禾下土。應知盤中餐，粒粒皆辛苦。

原詩（誰知盤中餐）承接上二句（鋤禾日當午，汗滴禾下土）而出現的轉折、疑問、詢問、感歎、思考等種種微妙、豐富的意味就沒有

了。[10]

　　孫紹振的換表述例，如將上述的臧克家名句（有的人活著，他已經死了；有的人死了，他還活著）改為：

　　　　有的人死了，因為他為人民的幸福而獻身，因而他永遠活在人民心中……。

孫紹振說，這不是詩了，「因為沒有感情了，情感完全被嚴密的理性窒息了。」[11]

　　現在語文界大量流行的是換詞法，拙作前面幾章中已出現好些例子。當然，並不是隨隨便便找一個詞去替換即可。但總的來說，換詞法最為流行，在小學使用最多。

　　如小學名師竇桂梅經常這樣做，如將「一枝紅杏出牆來」改為「十枝紅杏出牆來」，組織學生比較「一枝」比「十枝」好在哪裡。

　　有的時候，可發動學生來換，如另一位小學名師王崧舟上〈荷花〉一課，請學生將「白荷花在這些大圓盤之間冒出來」的「冒」字換成別的字比較比較。學生們共想出了露、鑽、長、頂、穿、伸，等等。比較之下，唯有「冒出來」才有爭先恐後、急切、迫不及待、非常高興、非常激動、歡天喜地、心花怒放、快快樂樂等等心情和樣子。

　　而想像出大段文字乃至結構的換表述，難度較大，但仍有人在實踐，如錢夢龍，上〈驛路梨花〉課。原文故事時間是二天，過去十年間發生的「學雷鋒」的故事用插敘的辦法體現，因而顯得誤會迭起。他設計出一個教學，讓學生按故事原生態的時間順序，從十年前說起，結果自然變得平淡無奇，以顯出原文「誤會迭起」之妙。

---

10 見孫紹振：《名作細讀》〈前言〉（修訂版）（上海市：上海教育出版社，2009年），頁19。

11 孫紹振：《挑剔文壇》（福州市：福建人民出版社，2001年），頁13。

　　最精彩的是黃厚江的〈阿房宮賦〉換表述教學。〈阿房宮賦〉最重要的手法是鋪陳。這是賦的傳統手法、基本手法，〈阿房宮賦〉作為賦的代表作之一，在這方面表現得十分出色，它並且把其它各種手法（比喻、想像等等）融解在鋪陳中。黃厚江課的最重要一點就是突出了這一鋪陳，其文本解讀教學的核心點是設計了一個縮寫。其縮寫如下：

> 阿房之宮，其形可謂雄矣，其制可謂大矣，宮中之女可謂眾矣，宮中之寶可謂多矣，其費可謂靡矣，其奢可謂極矣，其亡可謂速矣！嗟乎！後人哀之而不鑒，亦可悲矣！

整個教學流程就是逐步展示這一縮寫。實際上就是對其繁富的鋪陳表達不斷關注、強調。最後，在眾生都非常肯定教師的縮寫、改寫，認為全文無非就是講了這些意思，縮寫的文句又像原文時，教師話鋒一轉，說：

> 一千年之後，肯定沒有人記起我黃某人的改寫，而記住的是杜牧的〈阿房宮賦〉。[12]

這一結語，使眾生對〈阿房宮賦〉的精彩的鋪陳手法留下了深刻的印象。

　　替換法還有兩個重要的變形：

　　第一種是「補回法」。作品入選中學課本時，常有些相對而言比較次要的句段因種種原因會被刪去，或被編者改動，我們正可以把被

---

12 黃厚江教例詳見王榮生總主編，鄭桂華、王榮生主編：《1978-2005語文教育研究大系‧中學教學卷》（上海市：上海教育出版社，2007年）。

刪改的原文找回，由此發現創作的奧秘。如：

〈社戲〉，各教材通常刪去了前半部分（成年後在北京戲園子裡兩回看京戲的故事）。抓住它與後半部分不同的心情，就能更深刻體會作者所要批判的對人極不尊重的人際關係，所要讚美的美好人性。孫紹振主編的北師大版教材就恢復了全文。

〈我的叔叔于勒〉，課本刪去了頭尾「我」對故事來歷的交代，錢理群的解讀將其補回，深刻地分析出了「同情」的主題。

〈春〉收入教材時，將原文的「水長（生長之「長」）起來了」，教材把它改為「水漲起來了」，其實，原文是一連串的擬人句法，即「東風來了，春天的腳步近了。一切都像剛睡醒的樣子，欣欣然張開了眼。山朗潤起來了，水長起來了，太陽的臉紅起來了。小草偷偷地從土裡鑽出來……」這一開篇的擬人，像一個新生兒來到世間，把「長」改成不擬人的「漲」是值得商榷的。

外國作品進入課本被刪改的情況，就更多了。刪得最多的是〈裝在套子裡的人〉。這裡補回一點（僅僅是刪去部分的十分之一）比較比較看看。下面是原文中兩人初次見面的情景：

> 說起來令人難以置信，但又確實是真的。一個名叫米哈伊爾·薩維奇·科瓦連科的人，烏克蘭人，派到我們學校當史地教師。這個新史地教師不是一個人來的，還帶著妹妹華連卡。他高高個頭，……她呢，已經不年輕了，三十歲吧，也是大高個頭，身材勻稱，黑眉毛，紅臉蛋——一句話，她更像水果軟糖。她活潑開朗，談笑風生，老是唱小俄羅斯地方的歌，老是笑，經常聽到她發出響亮的笑聲：「哈哈！」我還記得我們初次正式認識科瓦連科兄妹是在校長命名日宴會上，在那些呆板的，裝模作樣的，死氣沉沉的，甚至把赴命名日宴會也看做應差的教師中間，我們突然看見一個新的希臘愛神從大海的浪花

裡走出來；她雙手叉腰，裊裊婷婷，開心地唱啊，跳啊！⋯⋯
她深情地唱起〈風兒〉，又唱起一支情歌，又唱一支。她把我
們，包括別里科夫在內，都迷住了，別里科夫挨著她坐下來，
甜甜地笑著，說道：「小俄羅斯地方的語言聽起來溫柔悅耳，
極像古希臘語。」這句話使她滿心歡喜。她激情地向他述說她
在加季阿契縣有個小田莊，她親愛的媽媽就住在那個小田莊
裡，那裡也有這樣的梨子，這樣的甜瓜，這樣的酒館。烏克蘭
人管南瓜叫酒館，管酒館叫酒家，他們做的那道又紅又紫的菜
湯，可好吃了，可好吃了，好吃得要命！

我們聽啊，聽啊，不謀而合，大家都想到了同一件事。

這就是撮合他們的婚姻。後來，撮合成功，他們在這幾乎是一見鍾情
的基礎上果真談起了戀愛，兩人一起去看戲，天天一起去散步，別里
科夫天天到她家裡去，一坐就是半天，他明確對別人說他喜歡華連
卡。華連卡心無城府、很陽光（或者很缺心眼）的性格，才不計較如
此古怪的別里科夫，願意與他結婚，二人幾乎可說是熱戀中，就差最
後一步，正式求婚。但也正是如此開放、自由、不拘小節、口無遮攔
的華連卡，使別里科夫又提心吊膽，憂心忡忡。所以後面的割捨才那
麼為難、矛盾、痛苦。原文才生動表現了主人公性格上「人性與反人
性」的矛盾，才更像是現實生活中的人，而不是不食人間煙火的、漫
畫中的人。可惜原文把這一切都刪去了。

　　第二種是刪除法，把作品中、課文中一些相對次要的內容或文字
刪去，比較出作品的藝術奧秘。前面關鍵詞語法部分介紹的刪去〈記
念劉和珍君〉第四節開頭段的不影響段意、句意的關聯詞、副詞，就
是這一方法的體現。

　　替換法還可以與關鍵詞語法緊密結合在一起，解讀作品。如：

〈人民解放軍百萬大軍橫渡長江〉，其關鍵詞語是一個大系列詞

語，包括一些重要句子。這些系列關鍵詞語合力給了讀者全文氣勢強盛的突出感受。具體如下：

一、一連串簡潔有力、富有氣勢、很有氣魄的用語：百萬、大軍、橫渡、衝破、突破、即已、業已、都已、廣大、一切、所有、殲滅、擊潰、控制、封鎖、切斷、占領、銳不可當、英勇善戰，（敵）紛紛潰退、毫無鬥志，等等。

二、工整鏗鏘的四字詞：百萬大軍、衝破敵陣、橫渡長江、同日同時……共十五、六處。

三、簡潔有力的文言色彩表述：西起、東至、均是、渡至、即已、都已、業已、現已、餘部、甚為，我軍、我西路軍、我東路各軍，安慶、蕪湖線，九江、安慶段，九江一線等。

四、很有氣魄的大數量詞：百萬、三十萬、三十五萬、一千餘華里等。

五、一一點出攻克之地，如「繁昌、青陽、荻港、魯港」，計三處，給人戰果輝煌、鐵騎奔進、攻無不克之感。

六、「至發電時止」，計二處，給人捷報頻傳、勝利在握，報導來不及反映戰場迅速推進之感，正所謂「城頭鐵鼓聲猶震，匣裡金刀血未乾」（王昌齡）。

以上綜合起來，就給人鏗鏘有力、磅礡雄健、指揮若定、所向無敵的強大氣勢。有教學設計把上述六類氣勢詞單獨挑出來，一氣讀一遍，其氣勢感沛然突顯。

我們再用替換法（換詞和換表述均有），體味本篇富有氣勢的表述。注意：所想像的較差表述，意思要盡可能與原文挨近，這樣才更能顯示原文的唯一性。如：

導語原句：人民解放軍百萬大軍，從一千餘華里的戰線上，衝破敵陣，橫渡長江。西起九江（不含），東至江陰，均是人民解放軍的渡江區域。

改句：人民解放軍一百萬官兵，在一千餘華里的戰線上，衝垮了敵人的陣地，渡過了長江。從西邊的九江到東邊的江陰，都是人民解放軍的渡江區域。

西路軍原句：二十一日下午五時起，我西路軍開始渡江，地點在九江、安慶段。至發電時止，該路三十五萬人民解放軍已渡過三分之二。

改句：二十一日下午五時開始，我們的西路軍開始了渡江，地點在九江、安慶一帶。目前，西路軍已經渡過三分之二。

東路軍結尾段原句：我已殲滅及擊潰一切抵抗之敵，占領揚中、鎮江、江陰諸縣的廣大地區，並控制江陰要塞，封鎖長江。我軍前鋒，業已切斷鎮江、無錫段鐵路線。

改句：我們已經消滅抵抗的敵人，占領了揚中等縣，並且控制了江陰要塞，長江已經不能隨便通航。我們的前頭部隊，已經控制了鎮江到無錫的鐵路交通。

上述各改句均只是平實的告白，氣勢均弱了。各原句俐落乾脆，句子更有力度氣勢，筆鋒似有情感，更有所向披靡場面感、莊重感，讀起來更帶勁，結尾句似餘音未盡，盪氣迴腸。

如把導語句均改為四字句：百萬大軍，千里戰線，衝破敵陣，橫渡長江，西起九江，東至江陰，均已過江。──雖更工整，氣勢亦強，但卻給人不夠莊重之感，必須如原句，散句與工整句式交錯，才像是鄭重其事的陳述。

（三）矛盾法

孫紹振堅持辯證法，認為任何作品內部都包含著矛盾。矛盾法就是發現和抓住作品內部的矛盾深入分析，以揭示其奧秘。上述抓住變異（還原）、優劣（替換）、錯位的解讀，均是此法之特殊體現。

矛盾法，首先是孫紹振解讀學的一個基本觀念，是解讀的一個指

導思想。矛盾這個詞，充滿孫紹振解讀學的各種論著中。如在《文學文本解讀學》緒論介紹各種具體分析的操作方法前，孫先生說：「一切事物觀念都是對立的統一體，都包含內在矛盾，形象自然也不例外。具體分析的對象，乃是矛盾和差異，然而文學形象是有機統一的，水乳交融的，天衣無縫的。矛盾是潛在的，因而，任何稱得上是經典文本的作品，都是隱含著內在矛盾，問題在於把它還原出來，才進入具體分析的操作層次。」[13]正文部分第十一章開始，準備闡述各種解讀方法前，也有類似的大段表述。在比較不同形式的不同規範時，他也說：「毫無疑問，具體分析形象的深層結構的難點是，揭示其內在矛盾，但是，內在矛盾是隱秘的。」[14]在具體解讀文本時，矛盾一詞常跳躍而出，如前文的〈早發白帝城〉案例。在批判西方文論時，矛盾一詞更未缺席，如他那篇發表於《中國社會科學》的著名論文，就是以形而上的超驗追求與形而下的文本解讀之間的矛盾切入論述的。

　　其次，矛盾法本身就是一種可操作的分析方法。按說，矛盾法可以貫穿一切文本解讀，但實際有難有易，甚至仍無從下手，或者用其它方法更好。但畢竟有相當一部分作品，相對較易找到其矛盾。孫紹振《文學文本解讀學》第十一章和第六章做了詳細介紹。他把作品的矛盾現象分為二類。一類是隱性矛盾，常常得借助其它方法解讀（見後）。另一類是比較顯性的通向奧秘的可見矛盾，「有些矛盾直接存在於作品的詞句之中。」[15]，但也不是一眼能看出，「因為在行文中不是直接對立的，而是在統一的意脈中行雲流水似地滑行的，所以很容易

---

13 孫紹振、孫彥君：《文學文本解讀學》（北京市：北京大學出版社，2015年），頁38。
14 孫紹振、孫彥君：《文學文本解讀學》（北京市：北京大學出版社，2015年），頁29。
15 孫紹振、孫彥君：《文學文本解讀學》（北京市：北京大學出版社，2015年），頁38、360。下文孫紹振解讀〈再別康橋〉例出處同。

被忽略。從這個意義上說，就是顯性的矛盾，也帶著隱性的性質。」[16]
辦法唯有努力把字面矛盾找出來。孫先生著重向中學推薦的，就是這
後一類尋找矛盾現象的解讀法（亦即狹義的矛盾法）。

　　一、文本中在字面上已出現矛盾雙方，「寫出了」矛盾，有矛盾
話語置於作品中。

　　魯迅作品是比較典型的，在這方面特別突出（但對創作而言是
比較難的）。下文所舉魯迅各篇作品，孫紹振均就這方面有過詳盡分
析[17]。此處主要根據孫先生的解讀，概述如下：

　　〈從百草園到三味書屋〉，開頭和文中都強調，「我」兒時的樂園
是只有幾根野草的人跡罕至的荒園，但那時卻是「我」真正的樂園。
「荒園」和「樂園」是矛盾的。這顯見的矛盾表述道出了文章的主
旨：作者所要強調的是，只要能「表達」兒童自由的天性，哪怕野
草、磚頭、小蟲小鳥都無所謂，作者所懷念和歌頌的正是無拘無束的
不受壓抑的童年生活。

　　〈孔乙己〉最後說的：「大約孔乙己的確死了。」「大約」和「的
確」是矛盾的。一方面表明在這樣一個麻木不仁、無同情心的社會
裡，孔乙己這樣一個不會營生又被打殘了的苦人，許久不見，必死無
疑。另一方面，說是「大約」，表明無人關心其死活，無人去考證其
存在與否，只能是大約，仍然表明這是一個麻木不仁的冷漠的社會。
這就是魯迅自己說的，〈孔乙己〉寫的是「一般社會對苦人的涼薄」。

　　〈阿長與《山海經》〉，比較難點。文章裡阿長說：「哥兒，有畫兒
的『三哼經』，我給你買來了。」阿長沒有文化，不識字，連名字都

---

16 孫紹振、孫彥君：《文學文本解讀學》（北京市：北京大學出版社，2015年），頁
　360。

17 孫紹振有關〈從百草園到三味書屋〉、〈阿長與《山海經》〉的解讀見孫紹振主編、
　北師大版初中語文教材七上《教師教學用書》中相關篇目「主編導讀」。〈孔乙
　己〉、〈社戲〉、〈祝福〉解讀見孫紹振：《經典小說解讀》中相關篇目解讀（上海
　市：上海教育出版社，2016年）。

沒有，把山海經讀成三哼經。但偏偏這個沒有文化的、迅哥兒覺得幫不上忙的阿長卻記住了迅哥兒所要書的最主要特點：有畫兒的。——這就是矛盾話語。但分析好這個矛盾，要聯繫上下文，聯繫全文。

其一，迅哥兒問遍了別人，但偏偏從來沒有主動和阿長說過，因為她沒有文化，地位最低下，迅哥兒覺得「說了也無益」。但阿長並不計較這一點，反而主動來打聽。迅哥兒告訴她了，但從未寄希望阿長能幫什麼忙。阿長卻真心記住了，並且辦到了，而迅哥兒主動請教的人，統統都沒把此事當一回事。

其二，阿長雖無文化，卻記住迅哥兒所要書的最主要特點：有畫兒的。——所以，文中此奇異插圖說了三次：反覆講：人面的獸，九頭的蛇……果然都在內，確是人面的獸……。

其三，迅哥兒的反應是：我似乎遇到了一個霹靂，全體都震悚起來，趕緊去接過來。

其四，又反覆講：這是我最初得到的最為心愛的寶書。

其五，又昇華為：別人不肯做，或不能做是事，她卻能夠做成功。她確有偉大的神力。

其六，由上述的一切，我們可以得出阿長的性格；得出「我」對阿長的情感；得出魯迅在該篇中要表達的有關人性，有關關注弱者，有關對小人物的態度，有關博大人道主義的深刻思考。

魯迅作品中類似的著名的矛盾話語，還有〈社戲〉結尾關於再也沒有吃過那夜似的好豆和看過那夜似的好戲二句話，〈祝福〉裡「大家仍然叫她祥林嫂」這句話，〈孔乙己〉中的「孔乙己是這樣的使人快活，可是沒有他，別人也便這麼過」這句話。這些經典例子，前文各解讀法中都有分析過。

類似魯迅作品寫出了矛盾話語的其它作家的作品，如：

〈再別康橋〉：孫紹振分析道，「在星輝斑斕裡放歌」，接下來，矛盾出現了：「但我不能放歌，悄悄是別離的笙簫；夏蟲也為我沉

默，沉默是今晚的康橋！」孫紹振認為，這是理解這首詩的最為關鍵的矛盾，既是美好的，就值得大聲歌唱，但是，又是不能唱；悄悄是無聲的，而笙簫則是有聲的（顯見矛盾），在英語中，這屬於矛盾修辭（paradox）。孫紹振指出，無聲是回憶的特點，是獨享的、秘密的特點，而獨享的、秘密的才是最美妙最幸福的音樂，勝過有聲的笙簫，和中國古典詩歌中此時無聲勝有聲是一類的效果，構成的意境就是：詩人默默地回味，自我陶醉，自我欣賞。孫紹振認為，正是這種不能公開的，不能和任何人共享的幸福的自我體悟、舊夢重溫才是這首詩的藝術奧秘。

〈荷塘月色〉：文章頭三段中說：「超出了平常的自己，什麼都可以不想，什麼都可以想，白天裡一定要說的話，一定要做的事，現在都可不理。這是獨處的妙處，我且受用這無邊的荷香月色好了。」也是可見的矛盾話語。

其一，什麼都可以不想。第三段說：他超出了平常的自己，是獨處的自由的自己，是什麼都可以不想的自己，是白天裡一定要做、要說而現在都可以不理的自己（平常與超出平常的可見矛盾），於是把這幾天的不寧靜（這是平常的自己）排除了（超出平常的自己），進入了寧靜的專心致志的賞景境界，寫出了非常美妙的月下荷塘、塘上月色的第四、五、六段。換句話說，這第四、五、六段的美景，背後是一個人生哲理：超出平常的自己，日常的煩惱統統不管，才能專心賞鑒這美景，這就是獨處的妙處。

其二，什麼都可以想。光寧靜還不能寫出如此美景，還必須如作者宣稱的進入「什麼都可以想」的自由想像的、放手審美的情態（超出了平常的自己）。於是我們看到了「又如剛出浴的美人」這樣的越軌的、大膽的（什麼都可以想），卻又正如此才更有感覺表現出荷花之耀眼潔白的生動比喻。還有想到「採蓮賦」的「妖童媛女，蕩舟心許」，都是「什麼都可以想」的表現。

矛盾雙方都見於字面的矛盾話語，是通向文本奧秘，深入分析的很好切入口。

二、字面上出現了矛盾一方，另一方體現在（也可以說隱含在、藏在）作品中，半現半隱「寫出了」可見矛盾，「寫出了」可見的異樣關聯。但只要留心細析，就能發現，並用矛盾法解讀、分析。這也可稱為矛盾內容。

比較容易的，如《蘆花蕩》。矛盾一方：當老頭子護送的女孩子過封鎖線突然受傷時，老頭子說：「我不能帶你們進去了」。矛盾的另一方：表現在前面的內容中，老頭從未撂過擔子，從來都是二話不說，就接過任務。抓住這個矛盾分析，可以看出，老頭子不是害怕，而是極強的自尊自信心受到了打擊，覺得沒臉見人。

次容易一點的，如〈荊軻刺秦王〉。荊軻怒道：「今日往而不返者，豎子也！今提一匕首入不測之強秦，僕所以留者，待吾客與俱。今太子遲之，請辭決矣！」不就是已經預告了很可能失敗及失敗的原因？這是矛盾之一方：不應該不等助手就提前出發，可荊軻一怒之下出發了。矛盾的另一方在小說前面：前面情節裡荊軻巧取樊將軍頭顱，一一準備好面見秦王及行刺的一切條件，這說明荊軻一向慮事周密。這就是：事事周密今何疏？衝冠一怒為哪般？

三、字面上、文面上，沒有矛盾話語，但全文中有顯見而複雜的矛盾內容。

〈岳陽樓記〉，內容上的文不對題之矛盾。朋友請記樓，請表揚他，他卻寫湖，結果又未真寫湖，結果是言志，就是朱東潤說的「轉而言志」，《古文觀止》說的「翻出後文憂樂一段正論」。抓住這個內容矛盾，就可以揭示其藝術手法，其創作奧秘就是不斷轉折的轉折之妙。

〈林黛玉進賈府〉，內容上「誰是中心」之矛盾。表面上看，林黛玉今天是貴客，似乎是中心，其實是表象中心，大家很捧場，是表

現給賈母看的。王熙鳳最活躍，話語最多，似乎是今日活動的中心，其實王熙鳳的句句話，處處行動主要是討賈母喜歡，所以王熙鳳是假象中心。真正的中心是賈母。而賈母后面還有一個可以隨心所欲的未來的接班人——賈寶玉，這是潛在的中心。抓住這個內容矛盾，就可揭示賈府嚴格的等級關係，發現林黛玉未來生活的環境，知悉林黛玉「時詩在意，步步留心」性格的由來。

四、可見矛盾為主，兼有隱秘矛盾、隱秘的異樣關聯。

賈島的「鳥宿池邊樹，僧敲月下門」，月黑之夜，怎知樹上有夜宿的飛鳥？這是可見的字面矛盾，矛盾話語。是「僧敲月下門」，夜歸的僧人輕輕的敲門聲，把樹上眠宿的夜鳥驚起了，才知「鳥宿池邊樹」，可見周邊的一切是多麼寂靜，這又隱埋著以有聲襯無聲的哲理。這就叫隱秘的異樣關聯，隱秘的動、靜矛盾。

王維的「人閒桂花落」，花落的聲音是聽不見的，尤其桂花這樣特別輕小的花，但詩人聽見了；或者看見了，但月色朦朧之下（夜靜春山空），怎能看見如此輕小桂花的掉落？這些都是可見的內容矛盾。孫紹振說，因為「人閒」，心靈無比嫻靜，纖塵不染，連最無聲無息的「聲音」都聽見了，這與王維走向佛教有關，這就同時揭示了隱秘的異樣關聯。

五、隱秘矛盾、隱秘的異樣關聯，須借助有關解讀方法，幫助解讀。

詩歌由於語句精煉、對仗、押韻、留白等等要求所形成的壓縮、省略、跳躍等等表達方式，會使好些詩中的矛盾呈隱秘狀態。

如孟浩然的「春眠不覺曉，處處聞啼鳥。夜來風雨聲，花落知多少？」簡單地講，前二句是喜春，後二句是憐花。由於中間的不少省略和跳躍，個中的特別動人的異樣矛盾、異樣關聯更為隱秘了。詩是說春宵夢酣，直到鳥叫聲才從夢中醒來；昨夜夢沉，不僅因為春夢好眠，還因為夜雨催眠，然而一夜的風雨不知吹落了多少花朵？憐惜心

情、不安心情頓生心頭；處處鳥啼，既提醒天晴了，又彷彿在詢問：昨夜風雨，花落多少？孫紹振說，春眠的美好是以花木遭摧殘為代價的，詩人剎那間產生了心靈顫動和人生感慨。事物就是這樣矛盾而統一的。另一說，是說春天夜短，又因風雨難眠，故既入睡就不覺曉，直到鳥叫才知覺，因而醒後想到昨夜風雨，為花木擔憂。但顯然沒有前解的反差（矛盾）明顯、微妙複雜的異樣關聯動人。一本作「欲知昨夜風，花落無多少」，可見詩人那種春宵夜雨好入眠，但願花兒未受罪（落不多）的原罪感、自我安慰的複雜心境。[18]

　　要分析出詩歌的隱秘矛盾、隱秘的異樣關聯，關鍵之一就是要了解詩歌語言表達的特點（這就關係前文談到的藝術形式分析法），關鍵之二是調動生活經驗（直接經驗或者間接經驗即閱讀經驗），發揮想像，填補空白。

（四）專業化解讀法

　　先看看孫先生關於〈隆中對〉的解讀（摘要）：〈隆中對〉作為史書，非絕對是有實必錄，而是有文學匠心的。如，文中諸葛亮說的話很有文采，但文中明明白白交代劉備「因屏人曰」，兩個人關在密室裡對談，沒有第三者在場，劉備和諸葛亮說的話，文獻依據在哪裡呢？作者陳壽所根據的，最可靠的就是諸葛亮在〈出師表〉所說的：「三顧臣於草廬之中。」但其中並沒有三次談話的具體內容。陳壽本是蜀漢的官員，耳濡目染，有比較豐富的見聞，可能聽到過當時的一些故事傳聞，也可能還解讀過蜀漢某些官方文獻，但是，這類官方文

18　〈春曉〉多種解讀分析參見吳熊和等《唐宋詩詞探勝》（杭州市：浙江人民出版社，1981年），頁33，中國社會科學院文學研究所：《唐詩選・上》（北京市：人民文學出版社，1981年），頁64，孫紹振：《演說經典之美》（福州市：福建教育出版社，2009年），頁213-215。孫紹振對本點中有關詩詞的解讀可參見其《月迷津渡》解讀專輯。

獻很少，陳壽曾經批評過諸葛亮主治蜀國卻不曾立史官，故《三國志》中《蜀書》最單薄。這就說明，二人對話，其實是陳壽替他們說的，但是，說得絲毫不亞於文學作品。陳壽讓諸葛亮這樣分析荊州：「荊州北據漢沔，利盡南海，東連吳會，西通巴蜀，此用武之地，而其主不能守。」陳壽讓諸葛亮以這種高瞻遠矚、視通萬里的氣勢和駢句的排比表述以局部統攝全國的策略，實在是情理交融。在駢體文尚未成為主流話語之時（駢體文在六朝才成為流行文體），居然大量運用駢句與散句結合，達到駢散自如的境地，把史家散文的文學性發揮到了時代的前沿。四個排比句，每句中間都有一個動詞（據、盡、連、通），本來意思是一樣的，說的就是便於聯繫，取其便利，但，用詞有變化，同中求異，成為序記性散文經典模式，為後世散文經典所追隨。如，〈滕王閣序〉：「星分軫翼，地接衡廬，襟三江而帶五湖，控蠻荊而引甌越。」王勃幾乎亦步亦趨地追隨陳壽的以一地之微，總領東南西北，雄視九洲的風格，以天地配比三江五湖，甚至連駢句和動詞對稱（襟、帶、控、引），也不避其似。在駢體文尚未充分成熟之時，這種用一類動詞，關聯起局部和全局的修辭手法，完全是陳壽的修辭原創。[19]上述孫紹振這個解讀，研究了那麼多文獻資料，並且把它們貫通起來，這就叫專業化解讀。

　　孫紹振在另一篇解讀〈隆中對〉的論文中說，缺乏專業準備的外行，面對這樣的經典文本，解讀只能是兩眼一抹黑[20]。孫紹振關於酈道元〈三峽〉的解讀更是這樣。他引入袁山松〈宜都記〉和盛弘之《荊州記》等文獻，進行詳盡的比較分析，最後說：「從袁山松（西元？-401年）的審美情趣經過盛弘之《荊州記》（成書約於西元432-

---

19 孫紹振、孫彥君：〈〈隆中對〉和〈三顧茅廬〉：史家實錄和文學想像〉，《文學文本解讀學》（北京市：北京大學出版社，2015年），頁113-117。

20 錢理群、孫紹振、王富仁：《解讀語文》〈序〉（福州市：福建人民出版社，2010年），頁14。

439年間）的積累，再到酈道元（約西元470-527年）的《水經注》〈江水〉，古代中國作家嘔心瀝血，前赴後繼，竟然不惜化了上百年工夫，才成就了這一段經典在情感上的有序和語言上的成熟。正是因為這樣，〈三峽〉，或者以〈三峽〉為代表的《水經注》中的山水散文，成為古代中國散文史奇峰突起，得到後世的極高的評價，將其成就放在柳宗元之上。明人張岱曰『古人記山水，太上酈道元，其次柳子厚，近時袁中郎』（《琅嬛文集》卷五）。」[21]孫先生的許多文本解讀都如此，所以才會發現經典文本的那麼多精彩之處，我們每每讀之，驚歎莫名。專業化解讀，不是僅僅看相關文獻，其它相關的藝術形式知識、相關的解讀方法都應有所掌握，如〈隆中對〉解讀，就涉及駢體文知識和還原法。

　　第三個例子，是孫紹振就〈木蘭辭〉解讀，與有關學者的討論。有解讀用文化分析法解讀該文本，孫紹振指出了該分析所依據的文獻有問題。有關分析依據的是漢代的「寓兵於農」制，即全農皆兵，每一個種田人隨時都可能變為戰士。而孫紹振根據錢穆的研究，北魏是「寓農於兵」制，即全兵皆農，每個軍人都要種田，但不是要每個農人都當兵，下三等的民戶沒有當兵的資格，只在上等、中等戶中，自己願當兵的，由政府挑選出來，給他兵當，並免除租庸調，但一切隨身武裝由軍人自辦。[22]這個背景，的確更合〈木蘭辭〉中，木蘭自己去買馬，服役結束後，「歸來見天子，天子坐明堂。策勳十二轉，賞賜百千強。可汗問所欲，木蘭不用尚書郎」的情況。所以儘管前者解讀也很有知識，但比較之下，後者才叫專業化解讀。

　　第四個例子，臺灣語文教材的《教師手冊》圍繞作家中心，圍繞

---

21 孫紹振、孫彥君：〈〈三峽〉完成的歷史工程〉，《文學文本解讀學》（北京市：北京大學出版社，2015年），頁488-496。

22 孫紹振、孫彥君：《文學文本解讀學》（北京市：北京大學出版社，2015年），頁176-177。

知人論世，有非常豐富的系統的資料，這相對於大陸多數教材參考資料比較單薄、隨意的狀況，前者是比較專業化的。但大陸教材是文本中心，而文本中心畢竟是更根本的，如果把這二者結合起來，那專業化程度就更高了。

第五個例子，錢鍾書的《管錐編》、《宋詩選注》，就一個用詞、一句名句，溯源尋根，旁徵博引。應是最專業化解讀的一個獨特形態。

此外，一般所說的專業化，是指達到有關領域的專業標準要求，很符合專業標準，是某一專業方面的深化。

從以上例子和一般要求看，我們所說的專業化解讀法：

一、從解決具體問題而言，必須是專業性的解釋，不僅不是感想式的，而且文不對題也不是專業化解讀。

二、從一般性要求而言，（一）知人論世解讀文本，即過去所言的作家作品背景；（二）具備相應的一定量的藝術形式規範知識和解讀方法知識；（三）以文本為中心解讀文本；（四）不是僅憑感想的解讀文本；（五）往往是相對性的概念和要求，是比較而言的，就是同一個領域、群體，或面對同一類問題，相對地要求更專門更多的相關專業知識，更高的專業程度。這一相對性，某種意義，特別重要，比如，大家都感想式發表解讀意見，其中一人引用專業知識分析問題，雖然引用知識不多，但我們可以說，他的解讀是專業化解讀。相反，如果其他人比他引用的專業知識更多更好時，他的專業性解讀程度就降低了。

三、從現實層面而言，（一）努力學習運用該法；（二）解讀文本，不要蜻蜓點水，不要閉門造車，寧可少解幾篇，但解一篇是一篇；（三）我們無法像孫先生及其它學者那樣專業化地熟讀那麼多文獻，專業化地解讀那麼多文本，但我們可以「拿來主義」，將孫紹振及其它學者的專業化解讀資料搬來為我所用，這樣的解讀遠比那些來路不明的教參有價值。

按上述的相對性原則，我們自然不必都像上述〈隆中對〉、〈三峽〉解讀那樣詳盡，也可以如前文出現過的孫紹振解讀〈孔明借箭〉、〈外套〉等那樣，較為簡要。總之，或詳或略，或全面或某一側面，視實情而定。現舉幾個運用例子。

一、〈岳陽樓記〉是借題發揮、因情取景、托物言志的虛構之作考證分析：

（一）有關的主要史實依據：1.據後世許多學者考證，范仲淹創作〈岳陽樓記〉時並未專程到岳陽樓。「當時未到實地」的歷史依據有：（1）滕子京的來信（名為〈求記書〉）介紹了重修岳陽樓的原因、經過，包括樓中刻寫了哪些名人的詩賦，所以范文第一段的內容實際就是滕信中這些內容的概述（其它段關於洞庭湖的描述幾乎都可以移植到別的大湖泊上）。信中沒有一句是邀請來岳陽樓實地考察的（下文將談到，寫記者實際也無需到實地考察），反而考慮到「遠托思於湖山數千里外」，故隨信附送《洞庭秋晚圖》，說「（此圖）涉毫之際，或有所助」。顯然，寫記者不必來實地，求記者滕子京已充分考慮到了。[23]（2）根據眾所周知的李白、杜甫、韓愈、柳宗元、白居易等等岳陽樓、洞庭湖詩賦演化而來，尤其韓愈的洞庭湖詩，《唐宋詩醇》認為寫景就脫胎於此。文中「前人之述備矣」亦可看成是一個證據。（3）根據家鄉太湖景觀及過去到過的鄱陽湖等其它大湖泊的情狀，做出的描述。如范仲淹有首寫太湖的詩，云：「有浪即山高，無浪還練靜；秋宵誰與期，月華三萬頃。晴嵐起片雲，晚水連秋月；漁父得意歸，歌聲等閒發。」〈岳陽樓記〉中不少詩句與此相仿。（4）寫記者不必親到實地，根據有關資料形之於筆墨，並發揮一通議論，這至少在宋代已不鮮見，甚至已成慣例。如當時滕子京同時向歐陽

---

23 滕子京（宗諒）：〈求記書〉，見《欽定四庫全書》《湖廣通志》九十六卷（上海市：上海人民出版社，電子版）。

修、尹洙索求的〈偃虹堤記〉、〈岳州學記〉，從二記中可看出，兩位作者也並未到實地。如歐陽修的〈偃虹堤記〉寫道：「有自岳陽至者，以滕侯之書，洞庭之圖來告曰，願有所記。予發書按圖，自岳陽門兩距金雞之右，其外隱然隆高以長者曰偃虹堤。問其作而名者，曰吾滕侯之所為也。問其……，曰……。問其……，曰……。（隨後，就大發了一通議論）」[24]可見，其「實景」部分不過是歐陽修與信使的問答錄。（5）南宋人樓鑰《范文正公年譜》認為是在鄧州任上寫的[25]。（6）陳師道《後山詩話》在緊接前引「世以為奇」之後所涉及尹洙話的完整表述是：「尹師魯讀之曰：傳奇體爾。傳奇，唐裴鉶所著之小說也。」此話除了尹洙不喜歡「駢儷」文筆之意外，還包含尹反對范文像小說一樣虛構的意思。尹洙和歐陽修一樣，應滕之約所寫的〈岳州學記〉也是紀實筆法，凡沒有見到聽到的決不憑想像虛構進入文章。與此有關，歐陽修也有類似的批評。據尤焴為《可齋雜稿》所作的序，說「〈岳陽樓記〉精切高古，而歐公猶不以文章許之。然要皆磊磊落落，確實典重，鑿鑿乎如五穀之療饑，與世之絺章繪句、不根事實者，不可同日而語也。」[26]尹洙、歐陽修都是范仲淹交往最密切的友人，二人皆批評其虛構，正說明創作〈岳陽樓記〉的當時，作者並未到實地。——以上「虛構之作」的確鑿事實，有力說明了作者借題發揮、因情取景、托物言志的妙心妙筆。2. 從文章本身看：（1）悲喜二段的「若夫」、「至若」表明這是假設，是想像他人分別遇上了這二種極端天氣。（2）除「銜遠山，吞長江」有洞庭湖的個性特徵外

---

24 歐陽修〈偃虹堤記〉見《欽定四庫全書》《續文章正宗》卷十四〈敘事·樓臺……堤〉等（上海市：上海人民出版社，電子版）。

25 《范文正公年譜》見《欽定四庫全書》《浙江通志》卷二百四十四（上海市：上海人民出版社，電子版）。

26 轉引自李偉國：〈范仲淹〈岳陽樓記〉事考〉，載《新華文摘》2007年19期，頁95。又本段所引陳師道言亦見李文及北師大版初中語文九上冊教參中錢鍾書、周振甫、吳小如等評點。

（這二句還是從韓愈的「瀦為七百里，吞納各殊狀」及崔珏「湖中西日倒銜山」脫胎而來），總的景觀是一切大湖巨澤的共性特徵（取其壯觀景象為所表達的大悲大喜大志向服務）。（3）即使有過「親臨實地」的經歷，更說明其意不在寫自然實景（作者無意寫岳陽樓自然景觀的個性特徵，見下文比較法中材料），而在借景抒情、托物言志、因情取景。

（二）有關〈岳陽樓記〉的當代評論至少有一五〇篇，有關范仲淹的專書少則也有四、五種。關於范仲淹是否到過岳陽樓或洞庭湖，這些論著比較一致的意見有二點：一是如上所述的寫作〈岳陽樓記〉的當時，作者未到實地考察；二是少年或直到青年時代隨其在洞庭湖西側的安鄉縣任職的繼父，在洞庭湖邊生活過，並且寫過描寫洞庭湖的詩。且不說這經歷還不能等同於創作〈岳陽樓記〉時登臨了岳陽樓去實地體察，只說即便有此經歷，更說明其創作本意不在寫自然實景。

二、錢鍾書的專業性解讀二例：

（一）〈滕王閣序〉的「落霞與孤鶩齊飛，秋水共長天一色」——宋人以為是以庾信〈馬射賦〉的「落花與芝蓋同飛，楊柳共春旗一色」為藍本的。實際上，前人早有類似句式，古代早有人指出。錢鍾書在《管錐編（四）》〈全後周文〉卷八有過總結，說王勃之前已有二十多句，如「旌旗共雲漢齊高，鋒鍔共霜天比淨」，「白雲與嶺松張蓋，明月共岩桂分叢」，庾信自己有「醴泉與甘露同飛，赤雁與斑麟俱下」；認為「此原六朝習調。但王勃二句『當時士無賢愚，以為警絕』（歐陽修）。」[27]

（二）錢鍾書《管錐編（三）》〈全晉文〉卷二十六有關〈蘭亭集序〉「後之視今，亦猶今之視昔」脫胎於前人之句的溯源分析摘要：

---

27 錢鍾書《錢鍾書集・管錐編（四）》（北京市：中華書局，2008年，第2版），頁2359。

〈蘭亭詩序〉：「後之視今，亦猶今之視昔，悲夫！」按與孫綽
〈蘭亭詩序〉：「今日之跡，明復陳矣」，命意相同，而語似借
京房論國事者以歎人生。《漢書》〈京房傳〉漢元帝問周幽王、
厲王事，房對：「齊桓公、秦二世亦嘗聞此君而非笑之，……
何不以幽、厲卜之而覺寤乎？……夫前世之君皆然矣。臣恐後
之視今，猶今之視前也」；《舊唐書》〈馬周傳〉上疏：「是以殷
紂笑夏桀之亡，而幽、厲亦笑殷紂之滅；隋煬帝大業之初又笑
齊、魏之失國，今之視煬帝，亦猶煬帝之視齊、魏也。故京房
云云」，又〈裴炎傳〉諫武則天曰：「且獨不見呂氏之敗乎？臣
恐後之視今，亦猶今之視昔」；杜牧〈阿房宮賦〉語益道峭：
「秦人不暇自哀，而後人哀之，後人哀之而不鑒之，亦使後人
而復哀後人也！」《通鑑》〈漢紀〉二一建昭二年載京房語，未
嘗筆削《漢書》之文，而《唐紀》一一貞觀十一年撮馬周疏
曰：「蓋幽、厲嘗笑桀、紂矣，煬帝亦笑周、齊矣，不可使後
之笑今，如今之笑煬帝也」；則似意中有杜牧名句在，如法點
竄，以「笑」字貫注而下，遂視馬周原文為精警。余嘗取《通
鑑》與所據正史、野記相較，得百數十事，頗足示修詞點鐵、
脫胎之法，至於昭信紀實是否出入，又當別論焉。[28]

　　三、〈沁園春·長沙〉下片，引入權威資料，解讀創作主體精神
的例子：

　　解讀下片者，常詳細引證詩人青少年時代湖南的革命經歷，這些
資料並不在多，而在於引用最能體現該詩主體精神的材料，遺憾的
是，現行教參和教學恰恰在這方面有所疏忽。陳一琴先生的《毛澤東

詩詞箋析》中所引的毛澤東當年在著名的《湘江評論》上所發二篇文章中的兩段話，就是很好的卻又未被人們注意到的權威資料。一段話為：

> 什麼不要怕？天不要怕，鬼不要怕，死人不要怕，官僚不要怕，軍閥不要怕，資本家不要怕。（《湘江評論》創刊號〈創刊宣言〉）

另一段話為：

> 我們知道了！我們覺醒了！天下者我們的天下，國家者我們的國家，社會者我們的社會，我們不說，誰說？我們不幹，誰幹？」（《湘江評論》第四期〈民眾的大聯合〉）

這兩段話和下片的「指點江山，激揚文字，糞土當年萬戶侯」及上片的「問蒼茫大地，誰主沉浮」不就如出一轍？不就是〈沁園春‧長沙〉的散文版？以此說明當年的毛澤東的氣概、胸襟，不是極妙的創作背景？同時，一者是散文的表達，一者是詩歌的表達，這不是很有意思的比較閱讀？

（五）比較法

如果說，專業化解讀法強調的是專業性，比較法強調的就是普及性。正因為如此，孫紹振二〇〇一年決定主編課標語文教材時，同時決定把比較法作為貫穿該教材的基本方法，包括文本解讀、教學學習、課文組編、練習設計等，全方位一以貫之。孫紹振首先組織團隊梳理前輩學者有關比較方面的觀點、論述。主要有：

魯迅〈不應該那麼寫〉中的有關觀點、做法。魯迅這篇文章中主

要有兩段話與比較有關。第一段是關於未定稿與定稿比較的，原文見第一章「作者身分說」。第二段是同樣素材所寫出的不同體裁、不同質量（優、劣小說）的比較，原文見前文還原法中魯迅引文。這些都屬於同中求異之比，重點在比出「優」者。又說明，在魯迅的觀念裡，這是一個基本的辨別事物的辦法，不怕不識貨，就怕貨比貨，一比，高下自判。魯迅還說過：「只要一比較，許多事便明白；看書和畫，亦復同然。」又說：「比較，是最好的事情。」[29]

俄國烏申斯基關於「比較是一切理解和思維的基礎」，以及毛澤東關於「有比較才能有鑒別」的論斷。包括上述魯迅在內的這些名人名論說明，比較是最樸素的認識事物的方法。

就語文教育自身，葉聖陶說過：「某一體文章很多，手法未必一樣，大同之中不能沒有小異；必須多多接觸，方能普遍領會某一體文章的各方面。」[30]

朱自清更具體說過：「講散文時可用詩句做比較，講詩時可用散文做比較。文中的語句可與口中的說話比較。讀魯迅先生的〈秋夜〉，便可與葉紹鈞先生的〈沒有秋蟲的地方〉比較。比較的方法對於了解與欣賞是極有幫助的。」[31]這已經是具體說到文本解讀教學了。

從更宏觀的角度，還有費孝通說的：「沒有分類，就是一團亂麻；沒有比較，就選不出『最佳』；沒有歸納，就不能認識規律；沒有提煉，就達不到昇華。學習上的每一次『盤點』，都會加強學習的針對性，減少盲目性，使學習更講效益。」[32]

孫紹振根據解讀實踐，對前輩學者有關比較的觀點做了發展，並

---

29 《魯迅全集》第八卷（北京市：人民文學出版社，2005年），頁310；第六卷（北京市：人民文學出版社，2005年），頁165。

30 中央教育科學研究所：《葉聖陶語文教育論集》上冊（北京市：教育科學出版社，1980年），頁15。

31 朱自清：《朱自清語文教育經驗》（北京市：教育科學出版社，2007年），頁92。

32 轉引自包智明：〈比較社會學的歷史與現狀〉，《社會學研究》1996年第5期。

使之具有操作性，主要為：一方面認為，比較是「適用性比較廣泛」的方法[33]，另一方面，就提出了有關比較法的系列要點：一、包括同類之比和異類之比，其中，異類之比難度大，要抽象到更高的層面，如〈背影〉與《荔枝蜜》就奉獻精神比；而同類比較「往往有現成的可比性，難度是比較小的。」二、「最基本的是異中求同和同中求異」，前者層次比較低，後者層次較高。三、綜合起來，孫紹振的觀點就是，同中求異之比是比較有意義的，是可以很好運用於文本解讀的普及性較廣的解讀法，魯迅的做法是同中求異。[34]

根據孫紹振的上述研究及魯迅等前輩學者的比較觀，就文本解讀的角度，比較法運用的要點如下：

一、作為認識、鑒別事物的最樸素的基礎方法，實際上，錯位法、還原法、替換法等，都是比較法的特殊體現。

二、同主題、同題材、同體裁或某方面有關聯的相關作品的比較，發現有關作品的個性、特殊性等等。

孫紹振經常舉到的就是同題材作品的比較。如同樣是寫秋天，多數的古典文學作品傾向於悲，而劉禹錫的「晴空一鶴排雲上」「我言秋日勝春朝」，毛澤東的「不是春光，勝似春光」就是讚秋之作，情感特徵就鮮明多了，審美價值也更高了。又如同樣寫父愛，寫母愛，寫童年，總是情感特徵、表現方式各不一樣。甚至像〈東郭先生與狼〉和〈漁夫的故事〉十分相似其實大異其趣的東西方民間經典，更有一比之價值。這樣運用比較法，有著廣泛的實踐面。

同題材之比，也可以比較專業、比較深入進行具體而微的比較解讀，這就與專業化解讀法結合在一起了。如：

---

33 見福建師範大學中國文學系編：《文學作品導讀及方法》〈序言〉（福州市：福建師範大學中國文學系，1999年）。

34 本段引文、引述觀點見孫紹振：《直諫中學語文教學》（廣州市：南方日報出版社，2003年），頁169-172。

〈岳陽樓記〉所寫洞庭湖、岳陽樓的自然景觀是：「銜遠山，吞長江，浩浩湯湯，橫無際涯，朝暉夕陰，氣象萬千」，這是一切大湖泊的共性特徵，後面的濁浪排空、一碧萬頃，亦如是。岳陽樓的自然景觀個性特徵是什麼？孟浩然的「氣蒸雲夢澤，波撼岳陽城」，一個「撼」字把岳陽城緊挨洞庭湖，湖水浩蕩時，岳陽城彷彿被撼動的獨特景象寫出來了。更有袁中道的〈遊岳陽樓記〉不僅寫出了洞庭湖而且寫出了岳陽樓的自然景觀特徵。袁文說，岳陽樓處於湖江（長江）交匯處，洪水期時，長江倒灌，洞庭湖及周邊一切坑坑窪窪汪洋一片，登樓觀之，洞庭湖「澄鮮宇宙，搖盪乾坤者八九百里」。「搖盪乾坤」是從杜甫句（吳楚東南坼，乾坤日夜浮）脫胎而來，但「澄鮮宇宙」則是其創造，雖然各大湖泊都可能有此景觀，但「澄鮮」兩字至少袁之前並無此類名句。更妙更獨特的是枯水期，此時，洞庭湖顯得單調，但妙在岳陽樓前有一湖中名山——君山，登樓觀之，萬水之中一小山（一片綠），得以「以文其陋」，所以岳陽樓的景觀是「得水而壯，得山而妍」，這是別處絕無的獨特風景。袁文的「澄鮮宇宙」等等的確寫出了洞庭湖尤其是岳陽樓自然景觀的個性特徵。而范文沒有（更準確說是無意去寫）洞庭湖、岳陽樓的自然景觀的個性特徵。

　　然而范文著意寫出了岳陽樓、洞庭湖的人文特徵。「遷客騷人，多會於此」，遭貶流放者、重返政壇者，失意的和得意的，交會於此。以岳陽為界，往南往西是未開化的蠻荒之地，往北往東是中原發達之地、文化政治中心，岳陽成為風雲人物的集散地，洞庭湖的壯闊氣象、變幻風雲，又易於激起人們的大悲大喜大志向。元稹〈遭風二十韻〉的「疑是陰兵至昏黑」，「自歎生涯看轉燭，更悲商旅哭沉財」；李白的「雁引愁心去，山銜好月來；雲間連下榻，天上接行杯」，「巴陵無限酒，醉殺洞庭秋」；杜甫的「親朋無一字，老病有孤舟；戎馬關山北，憑軒淚泗流」；——都寄託了他們不如意和得意時的人文思考。范仲淹充分看到了岳陽樓的這一人文特徵，描述了不同

類型的人在此觸景生情，抒發的不同思想情感，並借此寄託了自己的人文思考，即其「先憂後樂」的宏大情志與岳陽樓、洞庭湖適於、便於抒情言志的人文特徵及壯闊氣象特點實現了猝然遇合。

三、與其他表達樣式比較。

（一）未定稿與定稿比。古代中國無保留手稿的習慣，上世紀的大部分時間亦然。現在用電腦錄入，如有修改版的可以代替。但福建教育出版社有出《魯迅手稿全集》，值得作為運用此法的典例。如下述三例：

1.初稿：**如果**用手指按住它的脊樑，便會**剝**的一聲，從後**身**噴出一股煙霧。

　定稿：**倘若**用手指按住它的脊樑，便會**拍**的一聲，從後**竅**噴出一陣煙霧。

2.初稿：有人說，何首烏**的**根是有像人形的，我常常拔起來，牽連不斷地拔**它**起來……

　定稿：有人說，何首烏根是有像人形的，**吃了便可以成仙**，我**於是**常常拔它起來，牽連不斷地拔起來……

3.初稿：我問他緣由，他**卻**靜靜地笑道：你太性急，**沒有等到**它走到中間去。

　定稿：我**曾經**問他**得失的**緣由，他**只**靜靜地笑道：你太性急，**來不及**等它走到中間去。

定稿或更為形象，或更加準確，等等。前文多次提到的〈祝福〉中的「大家仍然叫她祥林嫂」，也是定稿時才加上去的。

古代還是有一些草稿與定稿比較的名例——

如替換法中提到的韓愈（賈島詩）、王安石、林和靖改動一字成經典的故事；

又如范仲淹的〈嚴先生祠堂記〉的「先生之風，山高水長」，是由原稿「先生之德，山高水長」改動一個「德」字成名句的；

再如歐陽修的〈醉翁亭記〉開頭二十多字，最後改成「環滁皆山也」五個字，等等。

從孫紹振解「寫」論立足創作過程，揭示創作奧秘的角度，作家自身的修改是最有價值，最值得研究，最值得作為解讀資源的。因此，研究者、解讀者，要留心此類資料。當代作品中，不少一版再版的作品，都是作家自己改動的，作為比較法的運用就有十分重要的意義。事實上，這也已經不是普及性的比較，而是與專業化解讀法結合在一起了。

（二）不同版本比。實際就是「未定稿與定稿」關係的變種。古代詩文存在的大量異文現象就屬此類。如「白雲生處有人家」，另一個版本為「白雲深處有人家」，「深」就不如「生」好，生有動感，且為誕生處，也就是最深處或最高處。朱東潤本、文研所《唐詩選》本以及其他著名學者如王雙啟、孫紹振的解讀等等，均作「生處」。前述〈春曉〉的「夜來風雨聲，花落知多少」，說有一本作「欲知昨夜風，花落無多少」，《唐詩選》評點說，後者顯得平直，曲折不夠，詩味不足。《紅樓夢》的版本比較是紅學中的有名研究，人民文學出版社依據程乙本或庚辰本為主，參考其他版本所出的《紅樓夢》就比較好，與其他版本比，不少文字，粗看差別不大，細究文學性更強。現當代著名長篇作品都有版本問題，人民文學出版社二〇〇四年還專門出版了一部《中國現代長篇小說名著版本校評》（金宏宇著）。不同版本比草稿好找多了，量也特別大，利用不同版本，比較出最佳「版本」的好處，比較出最具表現力文字的妙處，是精細分析的好辦法，是李澤厚說的「一字之差」的生動體現，是孫紹振說的同中求異的重要體現，更是其說的揭示作者創作奧秘的獨特資源。孫紹振主編的北師大版語文教材就有此類設計。

　　尤其是，某一名篇，其從最初發表，到後來收進各個時期各種集子（包括教材）中時，都可能有一些改動，多數還不是作者本人的改動，這些系列改動點，就成了天然的「破綻」，成了解讀的特殊切入口。

　　（三）不同譯文比。道理和上面一樣，且幾乎所有編入各種專輯或入選各種中學課本的外國名篇都有不同的譯文，高下差別更明顯，更好比，北師大版課本同樣有此類設計。如〈最後一課〉的主人公小男孩聽到這是最後一堂法語課時，頓時感到「晴天霹靂」，這是著名的法語翻譯家、法國文學的著名學者柳鳴九的譯文，而人教版過去一直流行的無譯者出處的譯文是「萬分難過」，顯然，後者不如柳譯形象、具體、生動、震撼力強；北師大版就設計了這道比較分析的練習。

　　（四）前文的替換法。就是基於表達樣式比較的，最大好處是具體入微，而未定稿、版本、譯文又畢竟有限，該法從而在語文界風行起來。

　　四、比較法與專業化解讀法相結合的錢鍾書溯源分析。

　　錢鍾書的《宋詩選注》、《管錐編》等，對許多詩文名句進行了旁徵博引、探微抉幽的溯源分析，實際就是比較法和專業化解讀法的結合。我們在前面專業化解讀法部分，已引入一些例子，但所引之例，比較分析方面著墨較少，現舉二例，一例全是錢先生自己的，一例依據錢先生的溯源分析資料，我們另做的比較解讀。

　　（一）錢鍾書《宋詩選注》中對葉紹翁〈遊園不值〉（應憐屐齒印蒼苔，小扣柴扉久不開，春色滿園關不住，一枝紅杏出牆來）的評注：

> 　　這是古今傳誦的詩，其實脫胎於陸游的《劍南詩稿》卷十八〈馬上作〉：「平橋小陌雨初收，淡日穿雲翠靄浮，楊柳不遮春色斷，一枝紅杏出牆頭。」不過第三句寫得比陸游的新警。《南宋群賢小集》第十冊有另一位「江湖派」詩人張良臣的

《雪窗小集》，裡面的〈偶題〉說：「誰家池館靜蕭蕭，斜倚朱門不敢敲；一段好春藏不盡，粉牆斜露杏花梢。」第三句有閒字填襯，也不及葉紹翁的來得具體。這種景色，唐人也曾描寫，例如溫庭筠〈杏花〉：「杳杳豔歌春日午，出牆何處隔朱門」；吳融〈途中見杏花〉：「一枝紅杏出牆頭，牆外行人正獨愁」；又〈杏花〉：「獨照影時隔水畔，最含情處出牆頭」；李建勳〈梅花寄所親〉：「雲鬟自粘飄處粉，玉鞭誰指出牆枝」；但或則和其他的情景攙雜排列，或則沒有安放在一篇中留下印象最深的地位，都不及宋人寫得這樣醒豁。[35]

如此窮源溯流，比較品鑒，精細評點，使人們真正洞見了「一枝紅杏出牆來」的創作奧秘。這是專業性的詞語溯源也是比較分析的細讀。整部《宋詩選注》多有這樣的不同於一般感悟式就詩論詩（錢鍾書也有精彩的感悟詩評，亦即嚴羽說的「妙悟」，但非本處介紹的重點，拙作亦非研究錢著的專論，故從略）的評點。如此專業化的旁徵博引、溯源探微、反覆比較，才可能產生許多被後學奉為經典的見解，被大學者們讚為「極有特色」（胡適語）的詩評[36]。

　　（二）錢鍾書《宋詩選注》中對王安石「春風又綠江南岸」可能脫胎於唐人詩句的評注，及我們就比較法對王安石詩（京口瓜洲一水間，鐘山只隔數重山。春風又綠江南岸，明月何時照我還）、李白詩（東風已綠瀛洲草，紫殿紅樓覺春好。池南柳色半青青，縈煙嫋娜拂綺城。垂絲百尺掛雕楹，上有好鳥相和鳴，間關早得春風情。春風捲入碧雲去，千門萬戶皆春聲。是時君王在鎬京，五雲垂暉耀紫清。仗

---

35 錢鍾書：《錢鍾書集》《宋詩選注》（北京市：生活・讀書・新知三聯書店，2002年），頁433。

36 胡適語，轉引自孔慶茂：《錢鍾書傳》（南京市：江蘇文藝出版社，1992年），頁175。

出金宮隨日轉，天回玉輦繞花行。始向蓬萊看舞鶴，還過茝石聽新鶯。新鶯飛繞上林苑，願入簫韶雜鳳笙）的分析。

　　人們都非常熟悉王安石的著名詩句「春風又綠江南岸」中的「綠」字與其手稿「到」字等等的比較。而錢鍾書在《宋詩選注》中則告訴我們，「『綠』字這種用法在唐詩中早見而亦屢見」，如李白早有：

　　　　東風已綠瀛州草。

錢鍾書疑王詩是沿用李白等唐人詩句，在舉完三個例證後說：「王安石的反覆修改是忘記了唐人的詩句而白費心力呢？還是明知道這些詩句而有心立異呢？他的選定『綠』字是跟唐人暗合呢？是最後想起了唐人詩句而欣然沿用呢？還是自覺不能出奇制勝，終於向唐人認輸呢？」[37]即使如錢鍾書說的是沿用，全詩比較，也是王詩比李詩好，情況猶如上舉的葉紹翁。錢鍾書沒有像比較葉紹翁與陸游詩那樣做具體分析，現我們試用比較法解讀。其一，「江南岸」比「瀛州草」氣魄大多了。瀛州為傳說中的海外仙境，此處代指皇宮，和接下去的一句「紫殿紅樓覺春好」的「紫殿紅樓」所指相同，不僅所指遠小於江南，且過於實指。江南不僅泛指南中國，而且可直覺為整個春回大地。其二，春風與江南搭配，遠比李詩更具新春降臨、萬象更新的畫面感。其三，李白原詩是一首歌功頌德的七古應制詩，較少情感性、哲理性的聯想，不過是讚美春至皇宮；而王安石原詩是一首有人生、情感、哲理的思考的絕句，「春風又綠江南岸，明月何時照我還」，引起的人生感慨遠勝李白「東風」二句。所以，儘管「春風又綠江南岸」幾乎是直接從「東風已綠瀛州草」沿用的，但引來李白全詩一比，高下自判，就如葉紹翁詩勝過所有「紅杏出牆」詩句。

---

37 錢鍾書：《錢鍾書集》《宋詩選注》（北京市：生活・讀書・新知三聯書店，2002年），頁77。

　　五、同一作家同一題材、對象,不同作品比較 —— 徐志摩康橋三詩文比較解讀。

　　孫紹振關於〈再別康橋〉解讀[38],一方面,和其他新詩研究的著名學者嚴家炎、孫玉石、藍棣之一樣,指出該詩不是那種古代別離詩的離愁別恨,都注意引入詩人康橋時期另二篇作品比較,另一方面,他提出的「獨享的甜蜜」、「獨享的秘密」說最能從三篇作品比較中獲得印證。現主要據孫紹振有關解讀,比較康橋三詩文。

　　先看〈我所知道的康橋〉,其與〈再別康橋〉詩意、詩味互相印證的文字太多了,如:

> ・康河,我敢說是全世界最秀麗的一條水。……有一個果子園,你可以躺在纍纍的桃李樹蔭下吃茶,花果會掉入你的茶杯,小雀子會到你的桌上來啄食,那真是別有一番天地。……在星光下聽水聲,聽近村晚鐘聲,聽河畔倦牛芻草聲,是我康橋經驗中最神秘的一種。大自然的優美、寧靜、調諧在這星光與波光的默契中不期然的淹入你的性靈。
>
> ・尤其是那四五月間最漸緩最豔麗的黃昏,那才真是寸寸黃金。在康河邊上過一個黃昏是一服靈魂的補劑。

—— 這神靈性美感的最神秘的康橋黃昏,不是變成了讓詩人無限癡迷的最重要的意象 ——「那河畔的金柳,是夕陽中的新娘」!

> 橋的兩端有斜倚的垂柳與槲蔭護住。水是澈底的清澄,深不足四尺,勻勻的長著長條的水草。

---

38 見孫紹振:《新的美學原則在崛起 —— 孫紹振新詩論集》中〈無聲的獨享〉一文,有關觀點、引文均見該文(北京市:語文出版社,2009年)。

——這不就是〈再別康橋〉裡的金柳、水草、清澈見底的康河？

　　你站在橋上去看人家撐，那多不費勁，多美！尤其在禮拜天有
　　幾個專家的女郎，穿一身縞素衣服，裙裾在風前悠悠的飄著，
　　戴一頂寬邊的薄紗帽，帽影在水草間顫動，你看她們出橋洞時
　　的姿態，捻起一根竟像沒有分量的長竿，只輕輕的，不經心的
　　往波心裡一點，身子微微的一蹲，這船身便波的轉出了橋影，
　　翠條魚似的向前滑了去。她們那敏捷，那閒暇，那輕盈，真是
　　值得歌詠的。

——你能說詩中「在我的心頭蕩漾」的「新娘」、「豔影」沒有這撐船
女郎輕盈的倩影？能說「我甘心做一條水草」與此完全無關？

　　・這岸邊的草坪又是我的愛寵，……有時讀書，有時看水；有
　　　時仰臥看天空的行雲，有時反撲著摟抱大地的溫軟。
　　・在初夏陽光漸暖時你去買一支小船，劃去橋邊蔭下躺著念你
　　　的書或是做你的夢，槐花香在水面上飄浮，魚群的唼喋聲在
　　　你的耳邊挑逗。或是在初秋的黃昏，近著新月的寒光，望上
　　　流僻靜處遠去。愛熱鬧的少年們攜著他們的女友，在船沿上
　　　支著雙雙的東洋彩紙燈，帶著話匣子，船心裡用軟墊鋪著，
　　　也開向無人跡處去享他們的野福——誰不愛聽那水底翻的
　　　音樂在靜定的河上描寫夢意與春光！
　　・帶一卷書，走十里路，選一塊清靜地，看天，聽鳥，讀書，
　　　倦了時，和身在草綿綿處尋夢去——你能想像更適情更適
　　　性的消遣嗎？

——這不就是詩中所說的「青草更青處」？「撐一支長篙」、「滿載一

船星輝」的「尋夢」之旅？「沉澱著彩虹似的夢」的「榆陰下的一
潭」？以及詩人真想「在星輝斑斕裡放歌」的原因？那「女友」能不
說就是林徽因？那仰看的「行雲」不就是「西天的雲彩」？

　　孫紹振著重解讀的「獨享的甜蜜」、「獨享的秘密」在〈我所知道
的康橋〉中則直接道白了，孫先生在解讀中亦大量加以引證——

　　·啊！我那時密甜的單獨，那時密甜的閒暇。

　　·啊，那些清晨，那些黃昏，我一個人發癡似的在康橋！絕對
　　　的單獨。

　　·我那時有的是閒暇，有的是自由，有的是絕對單獨的機會。
　　　說也奇怪，竟像是第一次，我辨認了星月的光明，草的青，
　　　花的香，流水的殷勤。我能忘記那初春的睥睨嗎？曾經有多
　　　少個清晨我獨自冒著冷去薄霜鋪地的林子裡閒步——為聽
　　　鳥語，為盼朝陽，為尋泥土裡漸次甦醒的花草，為體會最微
　　　細最神妙的春信。

　　於是，我們理解了，在重返康橋又將離別的最後一晚，他不要放
歌，不要一星點干擾，他來也悄悄，憶也悄悄，告別的儀式也悄悄，
他要再次單獨回憶那新娘般聖潔、寧靜、神秘的康橋黃昏，再次獨自
品味那最微細最神妙的康橋之美、初戀之美，再次獨享心中的甜蜜、
心中的秘密。

　　再看〈康橋再會吧〉，這是百行詩句的長詩，這裡只選若干詩句，
從中可看出它與後發的〈再別康橋〉及〈我所知道的康橋〉在深情、
眷戀、純美、獨享的甜蜜，乃至美景的取景上的相通、相關之處。

　　康橋！汝永為我精神依戀之鄉！
　　　此去身雖萬里，夢魂必常繞

汝左右，任地中海疾風東指，

　我亦必紆道西回，瞻望顏色；

　歸家後我母若問海外交好，

　我必首數康橋，……

　設如我星明有福，素願竟酬，

　則來春花香時節，當復西航，

　重來此地，再撿起詩針詩線，

　繡我理想生命的鮮花，實現

　年來夢境纏綿的銷魂足跡，

難忘七月的黃昏，遠樹凝寂，

　像墨潑的山形，襯出輕柔螟色，

　密稠稠，七分鵝黃，三分桔綠，

　那妙意只可去秋夢邊緣捕捉；

難忘村裡姑娘的腮紅頸白；

　難忘屏繡康河的垂柳婆娑，

　……

　——但我如何能盡數，總之此地

　人天妙合，雖微如寸芥殘垣，

　亦不乏純美精神：流貫其間……

　　但它太長了，沒有人能記住，甚至很多徐志摩的粉絲都不知道。在詩人的康橋三詩文中，只有〈再別康橋〉被幾乎全世界喜歡徐志摩的讀者都記住了，像唐詩宋詞那樣背下來了，正如孫先生指出的，〈再別康橋〉「把意象和情緒集中在一個心靈的焦點上」，「本來花一百五十多行都說不清的感情，用了三十幾行，就很精緻地表現出來了」，「這種凝聚式的表現模式，正是新詩從舊詩和散文的束縛中解放

出來的里程碑。這不但是徐志摩的，而且是整個新詩的。」這種揭示，已屬於下文要說的「以作者身分和作品對話」範疇了。

（六）以作者身分和作品對話

作者身分法，即以作者身分和作品對話，就是想像作者的創作過程，把隱藏的創作奧秘展示出來，不是和成品對話。和成品對話，往往就是讀者的理解，而且往往主要是表現了何種思想情感方面的理解，於創作奧秘往往無關。而立足在創作過程、創作奧秘，必然包含作者企圖表現的思想情感。作者身分法的以上要點及全部意思，第一章「作者身分（作者角度）說」已做了詳細介紹。

以作者身分和作品對話，就關係前面的十一種方法，都力求是從這一角度出發去解讀文本。我們前面各法中所舉的大量案例，均是如此。剛剛介紹的徐志摩三詩文比較解讀是這樣，就是根據資料，「還原」詩人的創作過程，差不多的主旨、詩心詩意，甚至差不多的意象，但不同文體、不同藝術形式規範，結果不同，尤其是詩人找到了孫先生所說的「把意象和情緒集中在一個心靈焦點的凝聚式表現模式」時（這也是詩人突破、創造的新規範），經典的徐志摩、經典的新詩誕生了，這就是創作奧秘的揭示。僅就挨近本法的最後二法中的，〈岳陽樓記〉意在表現人文特徵，意在言志及借題發揮的虛構之作，魯迅手稿，錢鍾書多個溯源分析，孫紹振的〈隆中對〉、〈三峽〉解讀，乃至更前面的〈赤壁懷古〉、〈孔明借箭〉解讀……莫不如是。

現在再就這個作者身分法的角度，舉幾例。

一、以作者身分解讀〈雨巷〉創作過程。

第三章裡舉到本科畢業不久的一位年青教師[39]，運用孫先生的還

---

39 青年教師為福州市第三中學陳原，〈雨巷〉課為其於二〇〇九年九月二十六日在「中語會」與福建省語文學會共同主辦的「首屆文本解讀研討會」上的公開課，聽課學生為泉州市一中高一學生。

原法、換詞法、比較法，以及直接取孫先生的「長的巷子才適宜漫步思考」的解讀，解讀〈雨巷〉，設計的「為什麼是雨巷而不是雨街？為什麼不是巷子而必須是雨巷？」研討題，實際就是作者身分法的解讀。現略作展開如下：

雨巷能否換成雨街？（沒有「巷」，就沒有了悠長的孤獨）

能否換成巷子？（沒有「雨」，就沒有了迷茫、淒清）

是小雨還是大雨？（大雨就落荒而逃，就容不得詩人彳亍即走走停停地彷徨，悠長悠長地幻想、思索，還有那夢幻般的飄忽）

丁香能否換成玫瑰、牡丹？（那就沒有了百結愁腸，那熱烈的玫瑰不是憂愁的詩人所愛）

油紙傘、頹圮的籬牆都不能換成別的什麼。──換了，那種夢幻的、傷感的氛圍都沒了。

如此等等意象替換的課堂研討，實際用的是還原加換詞加比較，就是通過聯想、想像，還原設想詩人創作時，詩歌所取景象的原生態，及相鄰景象的原生態，兩相比較，決定了今天人們讀到的〈雨巷〉。簡言之，就是發現詩人取象的用意、創作的過程。

這就是以作者身分解讀創作過程。

二、想像詩人〈再別康橋〉的創作過程：

那河畔的金柳，

是夕陽中的新娘；

是新娘，而不是女郎、美人、少女，這是女人最美的時刻，更是男人心中最幸福的時刻。在這有新娘豔影的康河柔波裡，詩人「甘心做一條水草」，永遠只是陪伴在新娘豔影之旁，這是柏拉圖說的「精神之戀」，人們說的「夢中情人」呀！但是，詩人心甘情願。

──詩人是在說追求林徽因的最美歲月？雖然風華絕代的才女已

名花有主，「新娘」只是永遠蕩漾在自己心中的豔影，但詩人只祝心上人一生幸福，自己甘心做一條水草，只要豔影永遠在心頭蕩漾！

——詩人是在說康橋？這是詩人心中的聖地，雖然不能永生永世待在那裡，卻可以永生永世留存於心中！

——是在說一切曾經經歷的永生難忘、永遠眷戀，雖不能永遠在一起，卻可以在精神上永遠擁有的美的故事？

是的，都是的！如今重遊故地，重返康橋，重新漫步於昔日漫步過的河畔金柳旁，睹物思情，充滿甜蜜，充滿幸福。

詩人開始了舊夢重溫，那榆陰下的拜倫潭，那青草更青處的幽會地，那星輝斑斕的夏夜校園，那任船飄蕩的康河之夜，多少往事，多少理想，多少師友，多少邂逅，多少歡聚，多少幽情，多少秘密，一齊湧上心頭，這是何等令人心動的精神之旅，尋夢之旅！詩人真想放聲歌唱了！——「但我不能放歌」，不要放歌，不要驚醒了過去的最美的回憶，還是和昔日的夢，和夢中的情人靜靜地多呆一會兒。在這告別之夜，讓自己完全沉醉在這獨享的甜蜜、獨享的秘密、獨享的幸福裡，不能和任何人分享，不要有任何人打擾，不受任何干擾地回到最美的過去，悄悄才是母校送我的最好的告別禮物，讓自己更多一分、更多一秒，更完全徹底地，在這最令詩人心儀的康橋歲月裡再多呆一會，再和夢中的「林徽因」多呆一會。連夏蟲也都知趣地不出聲，不驚擾，哦，抑或是自己過於靜心沉醉，連夏蟲的叫聲也聽不見了？哦，整個康橋都沉默了，「沉默是今晚的康橋！」，為她遠行歸來又即將遠行的學子騰出天地，讓自己更多一刻待在母校的歲月裡，更多一刻靜靜地回味那曾經經歷的美好過去，獨享那獨享的秘密。

這是我們設想的詩人的創作過程的「回放」，這裡還用了還原法、知人論世解讀、錯位法（美善錯位，沒有任何實際功利的審美情感）。

三、〈陳情表〉何者先言，何者後言的寫作過程的推想：

　　「陳情」實際上就是「說理」，一樣要像其他的說理、議論性質的文章那樣，理清其「推理的邏輯力量」。且〈陳情表〉又是給皇帝說理，更要拿捏好分寸，更要發揮好語言文字的表現魅力。

　　全文有三個關鍵、三對矛盾。解讀的切入點正是這內部的可見矛盾，正是對其寫作過程的推想。

　　第一對矛盾：利、理、情三者能否統一？

　　第一個關鍵是李密四十六歲，其祖母劉已九十六歲，這對皇帝是很有誘惑力的，但這句話不能先講，更不能只講此句，否則，顯得皇帝和李密都很功利了，是假孝。

　　第二個關鍵是「聖朝以孝治天下」，這同樣很有說服力，晉武帝聽了也應當會高興的，而且這有可能將自己的盡孝變為「忠」的一部分，如果忠、孝始終對立，朝廷是可以責成臣子「奪情」事忠的。但這「孝治天下」的大道理同樣不能先講和只講這句話，否則，好像是在教訓皇帝甚至威脅皇帝了。

　　第三個關鍵是李密的祖孫情。誰都有親情，都講孝，如是一般的情、孝，無疑遇到忠、孝矛盾時，如上所述，當「奪情」事忠。但李之祖孫情幾乎是獨一無二的，是很能打動人的，皇帝也是人，關鍵是要把它說得很清晰，很有依據，如說得過於簡單、籠統，那是達不到效果的。

　　這樣，如把第一個關鍵稱為「利」，第二個關鍵就是「理」，第三個關鍵就是「情」，於是就產生了第一對矛盾：這三者能否統一？〈陳情表〉顯然把它統一了，而且巧妙在其所言乃「情之所至」、「理之所至」，而好像不是「利之所至」，實際同樣是「利之所至」，皇帝和李密都各得其所，得到實利了，因此其表達的要妙在先言情，再說理，最後言利。

　　第二對矛盾是忠、孝兩難全，其結果是做到了忠孝兩全，辦法是這兩難不能說得一般化，如一般化、不尖銳，那就捨孝（奪情盡忠

吧），而要把它說得很尖銳，也就是那「孝」不是無關緊要的，連皇帝聽了都覺得左右為難，都很想找個兩全其美的辦法。

第三對矛盾是文情與實情是否完全一致。我們知道，西晉政權當時剛剛建立，司馬氏集團又是靠篡權屠殺獲得大位的，作為剛剛亡國的遺臣，對是否立即出仕新朝存有觀望和顧慮，實屬難免，後人研究的說法之一，就是李密未立即奉召，實包含此一「隱情」[40]；但如這一點被坐實，勢必招來殺身之禍。不管實情如何，李密都必須打消晉武帝的這一懷疑，〈陳情表〉的妙處就是勇敢面對了這一矛盾，且入情入理規避了這一懷疑。

所以，這三個關鍵、三對矛盾，文章都處理得很好，不僅敘述的先後順序（即結構）很得法、很得體，很注意逐步亮出，步步深入，使「忠孝兩難」越來越突出越難辦（難辦到變為皇帝的難題），為最後峰迴路轉作了最好的鋪墊。

所以，最後，正當忠孝兩難，皇帝也苦惱的當口，峰迴路轉，柳暗花明，萬全之策出現了──「臣密今年四十有四，祖母今年九十有六，是臣盡節於陛下日長，報劉之日短也。」這不是於情於理於利，於忠於孝都顧及了嗎？後面的客套話都不用看了。晉武帝乾脆好人做到底，「賜奴婢二人，使郡縣供祖母奉膳。」（《古文觀止》）二年後劉氏病逝，李密服喪滿，於是出仕。

而且語言很有感染力，很有魅力，創造了不少至今仍有很強生命力的成語、用語，這也是晉武帝能一口氣看完〈陳情表〉的重要原因。

上述三個例子，都是不僅包含了藝術手法，也包含了思想情感的創作過程的「回放」，創作奧秘的揭示。這樣看來，所有解讀，都可以如此以作者身分和作品對話，它必然還要用上其他解讀方法，也必然須在此基礎上，補充其他一些尚未解讀到的必要內容。

---

40 參見《中華活頁文選》第五冊〈陳情表〉（上海市：上海古籍出版社，1979年）說明。

五　十二法小結

以上所介紹十二法，第一，一方面，理論上，任何一法都是貫通所有作品的，但實際上，任何一法都無法包打天下，都有其難易；第二，一切從實際出發，哪一法方便首先使用，就先用該法；第三，也許，只運用一法即可解讀完文本，但往往要多種方法齊上；第四，理論是為實踐服務的，其他理論系統的解讀方法（或孫氏體系並未涉及，或與孫氏方法異曲同工，或就是自我實踐的經驗），不光可同時使用於解讀同一文本，且可在使用中，不斷用以豐富自己對孫紹振解讀方法體系的掌握和理解，因為，一個實踐者，掌握某一體系，是提高辦事效率的成功之道，同時，體系的建構永遠是動態開放的。

六　解讀切入口與孫紹振解讀學的變異論、非陌生化論

文本有兩類，一類初讀之下無異常，一類有異常。異常者，解讀者往往抓住異常切入，如一些詩詞的突異的詩眼、句眼，但真正解讀到位，宜有其他方法介入。無異常者，更需方法幫助。就異常、非異常現象，東西方文論、孫紹振理論都有系統論述。我們先介紹案例。

（一）兩個案例

〈背影〉，我們閱讀時，就是很正常的感人的父愛，正如作者自己說過的，是「寫實」，連手法、語言都覺得很樸實，都並無異常之感。硬要去找異常，就不叫異常。但我們的閱讀會有一個興奮點，或者說焦點，就是最為吸引讀者的，那就是大家公認的父親攀爬月臺那一幕。抓住這攀爬月臺，先用關鍵詞語法，抓住最重要的「攀、縮」，體會其間表現的艱難而愉快，力不勝任卻心甘情願的父愛。用換詞法，換為「抓、提」都無此吃力感，都會減弱父愛的效果。接著

用還原法（也是美真錯位法），為什麼不寫父親的臉貌而二次說他體胖？為什麼父親的穿戴，兒子應該早已看到，開頭不寫，直到攀爬月臺時才點明父親穿了棉袍？原來這樣寫突出了攀爬的吃力，表現了父愛，或者說，作者的主觀記憶本來就是記住最吃力的景象。父親送兒子上火車，半天的勾留，一定說了很多話，文中就說到他和茶房討價還價，但寫進文中的只有四句話，也是只選擇與父愛有關的話寫進文中。甚至思考，「攀」的動作，表明月臺比人高或差不多高，如果只有「攀、縮」而無腳踩、腳蹬等其他輔助動作，年輕人都恐怕難以引體上去，何況身子如此笨重的老年人。但只有「攀、縮」尤其是「攀」字最顯吃力最感人，同樣是兒子（作者）選擇性記憶或有意為之的結果。接著用矛盾法，開頭父親送兒子上車站，挑揀座位，與茶房講價錢，反覆囑咐，為兒子做這做那，兒子嫌父親囉嗦，多餘，辦事不漂亮，不耐煩，但父親堅持要去為自己買橘子，蹣跚地走去，吃力地攀爬，此時兒子感動得掉眼淚了，這前後就是矛盾；但父親返回，兒子趕快把眼淚擦乾淨，不讓父親看見，這就更矛盾了；最後還要補上一段，說什麼父親忘記了我的不好等等，似乎父子間有過什麼芥蒂，這矛盾就更複雜了。抓住這些矛盾，深入分析（甚至要查找有關資料），發現這不僅寫了父愛，也寫（甚至更是寫）兒輩慚愧的覺醒、懺悔的愛、覺醒的感恩。再接著用錯位法的美善錯位解讀，父親買橘子不如兒子去買省事、划算，父親去買不實用，攀爬月臺如此吃力更不合算，更無實用價值，越如此，審美價值、情感價值越高。開頭父親為兒子做這做那，兒子卻不領情，不耐煩，甚至有點嫌棄，而父親卻毫無感覺，照舊心甘情願為兒子做這做那，這於父親更無實用功利，但作品表現的情感價值、審美價值更高。如此等等，運用各解讀方法，即可解讀文本，尤其可以揭示作品的創作奧秘。

　　《蘆花蕩》，閱讀一遍就會覺得有異常。其解讀，則宜從異常切入。主人公老頭子護送抗日人士過封鎖線，進蘆花蕩，從不帶一枝

槍，從未失手過，一向自信心極強，他說：「你什麼也靠給（依靠）我，我什麼也靠給水上的能耐（本事），一切保險。」可這回護送兩位女孩子，其中一位掛花了。老頭子得知後，「手腳頓時失去了力量；他覺得兩眼有些昏花；老頭子無力地坐了下來。」一向這麼自信、這麼有本事的人竟然出現如此緊張、軟弱的反應，這是第一個異常。接著，老頭子對女孩子們說：「我不能送你們進去了（指進蘆花蕩）」，「我沒臉見人。」一向接受任務二話不說，沒有一次完不成任務的人，竟然半路摺擔子，如此不合情理，這是第二個異常。這兩個異常，不僅是解讀的切入點，而且，抓住它們，幾乎就可完成解讀任務。具體如下：

老頭子的異常表現，全部原因就是他極強的自信自尊。此個性源於其從未失手過，源於對敵人的蔑視，小說中稱為「老頭子過於自信和自尊」，不是一般的，而是「過於」！小說對老頭子的「意外失手」做了心理描寫：老頭覺得「自己大江大海過了多少，⋯⋯自己平日誇下口，這一次帶著掛花的人進去，怎麼張嘴說話？這老臉呀！」所以，老頭子的異常反應，不是他害怕、緊張，沒有責任心，而是他的極強自信自尊心受到打擊後的一種下意識反應。於是，有了後面極其精彩的一幕。老頭說他不用槍，就能消滅十個敵人，報今日一箭之仇。果然，第二天，他以清香蓮蓬為誘餌，將十來個下水洗澡的日本鬼子引到了荷塘深處，水底早已埋好的鋒利鐵鉤將追逐過來的鬼子們全部鉤住了，老頭舉起竹篙，把十幾個侵略者全部砸死在水裡。老頭讓女孩子隱蔽在蘆花葦葉下，目睹了這場神奇戰鬥，挽回了自己全部的尊嚴。一句話，老頭子在對敵鬥爭中所形成的極強自信自尊性格是《蘆花蕩》故事發生的根本原因。孫犁創造的這一獨特的英雄形象在其他作品中是很少見的，這就是《蘆花蕩》最重要的藝術奧秘。

不從異常切入，不用異常法解讀，能否揭示這一藝術奧秘？可以。

簡單一點，就是孫紹振提出的矛盾法，是比較顯性的矛盾。上述

二個異常就是二個顯性矛盾。這麼自信、有本事的人竟然變得如此緊張、軟弱，這是矛盾一。沒有一次完不成任務的人，竟然半路撂擔子，這是矛盾二。抓住這兩矛盾，照樣可以解讀出極強自信自尊性格。

　　複雜一點，也是更重要的，用小說藝術形式規範的因果法。《蘆花蕩》的結局就是那出乎意料的不費一槍一彈的神奇戰鬥。產生這一結果的全部原因就是老頭子極強自信自尊的獨特性格。如此性格，一方面使小說充滿魅力；另一方面，英雄的行為並非全得直接表現為政治性的，如老頭那樣不容失敗的自信自尊同樣具有重要的社會意義，何況從深層講，還源於老頭對日本鬼子的極端蔑視。以上是內容因果。從寫法因果，既有謎團（這麼大年紀了，又不用槍，要殺十個敵人，簡直不可思議）和謎底（果然出現了這一神奇的一幕），更是編得天衣無縫。前文反覆交代了老頭子水上本事超強，是蘆花蕩通、水上通，完成任務無數次，從未失手過，所以產生了他「過於自信和自尊」，這是伏筆。所以老頭子的水底埋鐵鉤，用蓮蓬引誘鬼子中計，在侵略者解除武裝，下水洗澡之時下手，這正是熟悉情況、本事超強的英雄既膽大又心細的必然表現。故事的合情合理還表現在女孩子（二菱）見證了這一幕。女孩子們覺得老頭是誇海口。這更激起了老頭決心要演出這一幕，並要求二菱到現場看熱鬧。正是二菱觀看了這一英勇神奇的戰鬥，老頭在女孩子面前恢復其極強自信自尊心的願望才圓滿實現。由此可見，因果法不僅比從異常切入解讀來得更徹底、更到位，最重要是用此寫法因果，才能使創作奧秘豁然洞見。

　　上述兩文的解讀，第一，一篇從異常切入，並且幾乎僅憑異常就能揭示其主要奧秘，但運用其它方法不僅亦可解讀，且更為徹底到位；一篇不顯異常者從閱讀興奮點、焦點切入，解讀其奧秘必須依靠有關方法。第二，小說、散文等文學作品，都有它們自身的藝術形式規範，即各文體的特定結構、特定手法等，以及由此形成的有關知識、術語；其每一知識、術語都可能是解讀的具體方法，但作用因知

識的解讀含量而異，有的能很好解讀其奧秘，甚至非此莫屬，如因果法之於《蘆花蕩》；有的卻不一定能揭示該作品的奧秘，如過去常說的散文的描寫、形散神不散等陳舊知識，於〈背影〉解讀，用處不大，甚至幾乎毫無用處。第三，上述異常切入、關鍵詞語法、替換法、矛盾法、錯位法等，兩文所側重選用的解讀方法很不相同。以上很不相同，僅為典型個案。下文，將介紹有關規律及理論。

（二）古代「驚奇論」、「隱秀論」、「渾漫與論」，西方文論相關理論

　　古代中國的驚奇論[41]與此最相關，著名言論如：杜甫的「語不驚人死不休」；唐代皇甫湜的「夫意新則異於常，異於常則怪矣；詞高則出眾，出眾則奇矣」（〈答李生第二書〉）；元代李漁的「文字莫不貴新，而詞為尤甚。不新不可以作。意新為上，語新次之，字句之新又次之」（〈窺詞管見〉）；桐城派領袖劉大櫆的：「文貴奇，所謂『珍愛者必非常物』」（〈論文偶記〉）。陸機、韓愈、蘇軾、呂本中、戴復、王國維、趙翼等等都有類似言論。古代驚奇論的內涵大於「異常」，但包含了外顯異常。異常是傑出作品中十分重要的現象，古代小說，包括經典，就大都以「奇」命名，如《唐宋傳奇》、《六朝志怪》、《世說新語》、《拍案驚奇》、《今古奇觀》、「漢宋奇書」（《三國》、《水滸》）、「三大奇書」（《水滸》、《西遊記》、《金瓶梅》），大都講究意思奇、情節奇、文字奇。這大概跟古代中國小說以說書評話形式流傳民間，需要吸引聽眾有很大關係。

　　驚奇論同時強調，驚奇絕非離奇之杜撰。其一，反常合道。此論

41　「驚奇論」節及下文西方文論段的有關言論及部分事例，未另注明出處的，均引自《文藝理論研究》2000年第2期張晶〈審美驚奇論〉一文，以及賈文昭、徐召勳《中國古典小說藝術欣賞》（合肥市：安徽人民出版社，1982年）的「驚奇」節，括弧內的引文出處為張文原注，理論梳理分析及部分事例為筆者所為。

為蘇軾評柳宗元名詩「欸乃一聲山水綠」時提出：「以奇趣為宗，反常合道為趣。」（《詩人玉屑》卷十）清代洪亮吉舉出許多例證後認為：「詩奇而入理，乃謂之奇。若奇而不入理，非奇也」。這一著名的「反常合道」論，包括最講奇的武俠、神魔小說亦如是，儘管它們中確有不少荒誕之奇，但最普遍的是合道之奇，如《西遊記》，不過是借神怪說人間，處處都是人性的反映。其二，由上就推出了「日常、平常（含正常）之奇」。如上述《西遊記》實乃正常社會百態的寫照。又如皇甫湜說完上引那段「異常」說後，接著就說：「虎豹之文，不得不炳於犬羊；鸞鳳之音，不得不鏘於烏鵲；金玉之光，不得不炫於瓦石，非有意先之也，乃自然也」（〈答李生第二書〉），亦即虎豹等「異」於他者，乃本來如此也。對此「日常、平常」之事何以為「奇」？古代學者說了三方面的道理。一是寫出了對象的深刻本質、鮮明特徵，明末賀貽孫說：「古今必傳之詩，雖極平常，必有一段精光閃爍，使人不敢以平常目之。」（〈詩筏〉）二是找到了王國維所言的「人人心中有，個個筆下無」的表達，金聖歎亦言：「吾嘗謂眼前尋常景，家人瑣俗事，說得明白，便是驚人之句。蓋人所易道，即人之所不能道也。」（〈詩筏〉）三是在上述二者基礎上產生了動人、撼人的快感，即《文心雕龍》〈隱秀篇〉所言「動心驚耳」。其三，由此，外顯異常就向正常妙文過渡。如杜甫的「江鳴夜雨懸」（〈船下夔州郭宿，雨濕不得上岸，別王十二判官〉）和「隨風潛入夜，潤物細無聲」（〈春夜喜雨〉），無論是描寫暴雨如注，還是喜人春雨，都是日常之物，都寫出了對象的鮮明特徵，都屬「個個筆下無」，都給人撼人快感（前者）、動人快感（後者），古代驚奇論者都把它們歸入驚奇之列。但顯然，前者為外顯異常，驚歎於何以能用「懸」形容暴雨？（蔡邕〈霖雨賦〉有「懸長雨之霖霖」，但畢竟極少人以此形容此罕見之暴雨，「江鳴夜雨懸」又更警策，故為異常），抓住它，即可進入解讀；後者似無一異常，其所寫春夜之細雨，無論內容和詞句，就覺

正應如此，人們只是驚歎於何以被詩人想到了，自己卻沒有想到（人人心中有，個個筆下無）。後者的解讀，正如〈背影〉那樣，要抓住興奮點、焦點，即題目中的「喜」字，理出「潤」、「無聲」、「潛」等關鍵詞語，用替換法等體味這些詞語蘊含的「喜悅」之情。非要把這妙詩歸入「奇」，〈春夜喜雨〉只能是正常之「奇」而非異常之「奇」。最能說明這平常之「奇」非異常之「奇」的，就是蘇軾著名的陶詩論：「淵明詩初看若散緩，熟讀有奇趣。如曰：『曖曖遠人村，依依墟里煙。狗吠深巷中，雞鳴桑樹顛。』又曰：『采菊東籬下，悠然見南山。』大率才高意遠，則所寓得奇妙，遂能如此，如大匠運斤，無斧鑿痕，不知者則疲精力，至死不悟。」（《詩人玉屑》卷十）──「至死不悟」，就不叫異常了，異常就是外顯的，甚至一望而知。陶詩「無斧鑿痕」，熟讀才能知其「妙」，知其「趣」，這些「妙」「趣」用「奇」稱之尚可，但不能用「異」指稱，亦即要說「奇」，陶詩只是內蘊之奇，而非外顯異常之奇。奇、異如此糾纏不清，有無不從驚奇論而更明朗區分異常之妙、平常之妙的文論？有，那就是《文心雕龍》〈隱秀篇〉與杜甫的「驚人語」、「渾漫與」論。

劉勰說：「隱也者，文外之重旨者也；秀也者，篇中之獨拔者也。隱以復意為工，秀以卓絕為巧。」當代《文心雕龍》專家指出，隱即含蓄，意在言外，以內容豐富另有深意為工；秀即鮮明警策，有突出的句子，以卓越獨到為巧。[42]隱、秀大體對應的就是平常之妙、異常之妙，這就是《文心雕龍》的分類。杜甫則說得更明白，其〈江上值水如海勢聊短述〉開頭四句云：「為人性僻耽佳句，語不驚人死不休。老去詩篇渾漫與，春來花鳥莫深愁。」清初杜詩評注權威仇兆鰲評曰，杜甫「少年刻意求工，老則詩境漸熟，但隨意付與，不須對

---

42 穆克宏、郭丹編著：《魏晉南北朝文論全編》（南京市：江蘇教育出版社，1996年），頁412、414。

花鳥而苦吟愁思矣 。」[43]後世研究者認為，杜甫作詩一向一絲不苟，老年作詩也並不輕率，不過功夫深了，他自己覺得有點近於隨意罷了；或者，這實際就是杜甫五十歲時對創作回顧總結後提出的兩種創作風格：頭二句即如前所述，求獨拔突出之句，後二句為似乎任筆所之，自然天成。此二種風格更是對應異常之妙、平常之妙。以劉勰、杜甫之論，陶詩，尤其是「采菊東籬下，悠然見南山」等詩句，堪稱為「隱」、「渾漫與」及平常之妙的典範。又如，古代中國小說是從神魔傳奇（《西遊記》等）向英雄傳奇（《三國》、《水滸》等），再到平凡傳奇（《紅樓夢》等）演進而來的，奇異色彩不斷減弱，不斷從「神」走向凡間，尤其從民間說書變為文人小說《紅樓夢》時，曹雪芹只是一吐為快，不著意以外顯奇異吸引讀者，脂硯齋稱其「雖平常而至奇」的「奇」實已非外顯奇異，而主要指內蘊魅力。

　　西方文論一樣有類似驚奇論的理論與實踐。柏拉圖、亞里士多德、黑格爾、柯勒律治等等都有過相關論述。如狄德羅在《論戲劇藝術》中說：「重要的一點是做到驚奇而不失為逼真。」英國小說家菲爾丁說：「只要他遵循作品須能令人置信這條規則，那末他寫得愈令讀者驚奇，就愈會引起讀者的注意，愈令讀者神往。」（〈湯姆・瓊斯〉）至於俄國形式主義理論家什克洛夫斯基的陌生化理論、德國布萊希特的「陌生化效果」理論、西馬本雅明的「震驚」理論，就不僅是驚奇，而且重點就在外在異常了。總之，西方的「驚奇論」同樣是大於但必然包含「異常」。不僅有上述的異常之妙，也有下文的平常之妙。如俄國形式主義的另一理論家埃亨鮑姆就不強調陌生化，而強調法國藝術的另一名言：「藝術就是把藝術隱藏起來。」[44]托爾斯泰則有更精彩的不見技巧方為技巧的論述，他說：「（藝術家）必須把自己

---

43 仇兆鰲：《杜詩詳注》卷之十（北京市：中華書局，1999年重印）。

44 朱立元、李鈞主編：《二十世紀西方文論選》上卷（北京市：高等教育出版社，2002年），頁200。

的技巧熟練地掌握到那種程度，以致工作過程中很少想到技巧，好似一個行走的人不去考慮行走的機械原理一樣。」[45]行走者不考慮行走原理，說得多妙，這不就是西方版的「大匠運斤、無斧鑿痕、渾漫與說、平常之妙」？

（三）孫紹振解讀學的變異論與非陌生化論

對異常與平常、陌生化與非陌生化作出系統、深刻論述的，是孫紹振的變異論與非陌生化論。基本觀點早見其一九八七年出版的《論變異》名著（主要見第四、第九章）。嗣後數十年，孫先生在其許多論著中做過獨到闡發，特別是最近十年，他是學術界少見的對西方文論的極端陌生化作出系統批判的著名學者。二〇一五年出版的《文學文本解讀學》的第七、第八、第十一章等[46]，不僅體系化地闡釋了過去的主要觀點，而且有許多重要發展和精彩新見。同樣，孫氏變異論與非陌生化論的內容遠大於我們要討論的異常之妙、平常之妙，但它包含了這「兩妙」。有關的主要論述為：

一、外顯變異。（一）感覺、感知、詞語變異，這在文學作品中最為普遍，孫紹振常舉之例就是前面十二法中反覆提到的「月是故鄉明」、「情人眼裡出西施」（類似的還有「酒逢知己千杯少」、「一日不見，如三秋兮」）等等。孫紹振指出，這是情感思想衝擊下發生的變異，由此揭示異常背後的獨特情、思，這是最基本的解讀變異之法（即錯位法）。還有原生態還原法，看看作家對原生態有什麼變異，從而創造了怎樣的情感世界、審美境界。這些，前面十二法已做詳細介紹。（二）僅僅詞語異常。如前述「江鳴夜雨懸」，不僅暴雨如注，

---

45 戴啟篁譯：《列夫‧托爾斯泰論創作》（桂林市：漓江出版社，1982年），〈前言〉、頁131。

46 本節「孫紹振解讀學的變異論與非陌生化論」中凡轉述的孫紹振論述，均引自本段提及的孫氏《論變異》、《文學文本解讀學》兩書中有關章節，不一一另加說明。

綿延不絕，甚至無休無止，通宵不絕於耳（童慶炳語）。這也是情感思想衝擊下的變異。杜甫的最後十年，除幾度受友人關照，境況稍好外，自稱是「漂泊西南天地間」的人生苦旅。西元七六五年四月，他的靠山劍南節度使嚴武病逝，杜甫失去依靠，不得不於五月離開成都遷往夔州（今重慶奉節），因病又滯留旅途。寫此詩時的西元七六六年初，正自雲安（今重慶雲陽）移居夔州。題目「船下夔州郭宿，雨濕不得上岸……」中的「郭」指（雲安）城外，「宿」指因無法上岸而在船上過夜。杜甫的心境可想而知，人生苦旅，前途渺渺，風雨交加，夜宿孤舟，即使感知沒有變異，但愁苦的心境也使詩人衝破了日常用語的習慣，用「懸」（也許他想起了蔡邕）描述與其心境相諧的無休止的暴雨。原詩前一句為「風起春燈亂」，這「亂」字更是異常，不僅詞語，連感知也變異了。按實寫，春燈只能是晃動，這「亂」字人格化了，是詩人心煩意亂的投影（童慶炳語），更說明了詩人此時的惡劣心境。此例再次表明，抓住異常是解讀的切入口，但運用了解讀方法，才能真正揭示奧秘，僅為解讀「懸」字，我們就運用了「情感思想衝擊法（錯位法）」、「知人論世」解讀法、聯繫上下文解讀法、還原法（就「懸」而言，是對暴雨感覺的強化；就「亂」而言，是對「春燈晃動」這一客觀原生態的變質，從而突顯了詩人愁苦煩亂的心境）。（三）變動更大、更複雜的行為變異、心理變異，乃至全方位的變異。《蘆花蕩》的老頭子就是行為變異。孫紹振揭示的〈范進中舉〉裡胡屠戶所出現的由自尊自大，到范進中舉後充滿自卑感，再進一步變成負罪感，又說女婿中舉了，他哪裡還用得著殺豬，變成可笑的自豪感，最後在范進面前奴顏婢膝，又回到自卑感，就是在勢利思想情感衝擊下的一系列心理、行為的極端異常。全方位變異最著名的例子之一，孫紹振認為是《安娜‧卡列尼娜》中成為經典的「安娜回家看兒子」。孫紹振用近萬字，分析了情變出走後，返回家「偷」看兒子的安娜的「動機與行為、感情與感知、語言與意識、視

覺與聽覺、近距離感覺與遠距離感覺、直覺與理解之間」全方位的「超常變異」。運用的解讀方法除「情感思想衝擊」說外，還有還原法、矛盾法，小說藝術形式規範中的「越出常軌」理論、性格邏輯理論，心理學的動機理論、意識理論、交流理論等。

　　二、內隱深意，外無異常。（一）感知、詞語均無變異，均非陌生化的詩歌。早在《論變異》中，孫先生就指出有一類中國古典詩歌像生活原生態本身一樣，無變異地以原始的素樸形態呈現，且成為詩中神品，最具代表性的就是陶潛、王維的詩。孫認為，臺灣現代派詩人、大陸「北島以後」的年青詩人中的許多作品都是這樣的例子。在《文學文本解讀學》裡，孫紹振對此作了重要發展：1. 不僅漢語詩歌，而且俄語英語詩歌中，都有語言和感知並沒有陌生化，而相反是熟悉化，所有語言，表面上都是日常平常的。在它們中尋找什麼陌生奇特的，變異的詞語和感知，無異於緣木求魚。2. 它們往往具有深層哲理、情思，有精微玄妙的體悟，此時呈現的原生態已非純粹自然本身，而是馬克思說的人化自然，人與自然高度默契。孫紹振用參禪的三重境界來解釋，先是「看山是山」，接著「看山不是山」，最後「看山還是山」，但這「山」已經不是純粹感知的自然之景；認為最能代表上述境界的就是王維的〈辛夷塢〉：

　　　木末芙蓉花，山中發紅萼，澗戶寂無人，紛紛開且落。

表面無任何異常，就像自然本身。無異常可作切入口。而抓住無人干擾、自開自落這一焦點，用三重境界說、知人論世方法（王維深受佛禪影響，還有〈鳥鳴澗〉的「人閒桂花落」等類似名句）、朱光潛的「移情說」解讀，就知這已非純粹芙蓉自開自落，而寄寓人的隨意自在，深蘊天人合一的微妙禪意。另一首孫先生更常作為案例的是陶潛的〈飲酒其五〉。開頭四句：

結廬在人境，而無車馬喧。問君何能爾，心遠地自偏。

用孫紹振的話來說，這與陌生化沾點邊：居住在鬧市人境，卻感受不
到車馬之喧？原來是心境遠離官場。由此切入，亦可解讀，但孫先生
解讀的重點，也是後世公認的重點在後六句：

采菊東籬下，悠然見南山。山氣日夕佳，飛鳥相與還。此中有
真意，欲辨已忘言。

尤其是最著名的「悠然見南山」。這些詩句，沒有一處是變異的，全
部是自然而然的。簡直天衣無縫，無從下口。孫先生從最有味的「悠
然見南山」下手，用替換法引入蘇軾之言「換成『望南山』神氣索然
矣」，進而分析說，「望」隱含著有意尋覓的動機，而「見南山」是無
意的，暗示著詩人悠然怡然、隨意自如的自由心態，而一有目的，就
不瀟灑自由了。又用知人論世法進一步解讀：這叫「無心」，和陶氏
〈歸去來辭〉中的「雲無心以出岫」的「無心」同一境界。「飛鳥相
與還」亦如此，日落而還，天天如此，不在乎是否有欣賞的目光。這
一「無心之自由」的「真意」正欲辨析，孫先生說：「詩人卻馬上把
話語全部忘記了，可見詩人無心之自由是多麼強大，即使自己都不能
戰勝。」這無心之自由，這人與自然的高度默契才是全詩的深層意
境，即使「人近（在人境）」，也是「心遠」的。這說明，最重要的，
不是有異常的前四句，而是無異常的後六句。僅前四句，解不出無
心，而解出了無心，前四句就豁然開朗。（二）以非陌生化和日常語
義為特點，具有深層哲理情思的敘述文本。早見於《論變異》，《文學
文本解讀學》又做重要發展。孫紹振指出，這是現代小說的一種普遍
追求，以海明威為代表，不依賴對讀者好奇心的刺激，知覺變異更被
當做無足輕重，表層侷限於特殊事件本身的敘述，儘量廢除主觀形

容，追求像「白癡一樣的敘述」，儘量簡約，追求「電報文體」、「冰山風格」，「八分之七是在水面以下」，深蘊某種哲思。如《老人與海》，表層是一個與大自然搏鬥中失敗了的硬漢的故事，深層是孤立無援但又不懈奮鬥的精神寫照。

按上述理論，許多文學典型就是一種社會普遍現象的反映，讀者心理只覺得寫到了我的心坎上，類似於王國維說的「字字為我心中所欲言」的共鳴，而並不覺異常[47]；還有，像孫紹振經常說的「寓褒貶」於客觀敘述中的史家筆法，像〈背影〉這樣朱自清自稱為「寫實」的作品，像許多規範新聞，均屬此類內隱深意、外無異常的「客觀」文本。就像〈背影〉那樣，需從焦點切入，並運用相關解讀方法，解讀它們。

七　解讀切入口與十二法關係小結

（一）簡單小結

一、外顯異常，抓住異常切入，不顯異常，抓住興奮點、焦點切入；並因文而異，運用有關解讀方法，才能真正揭示奧秘。

二、孫紹振提供的解讀方法已比較全面，即本章介紹的十二法（上述「情感思想衝擊下變異」屬錯位法，知人論世屬專業化解讀法）。如把切入口算一法，亦可稱為「一＋十二」法。

---

47 王國維原話為：「夫境界之呈於吾心而見於外物者，皆須臾之物，唯詩人能以此須臾之物鑄諸不朽之文字，使讀者自得之，遂覺詩人之言，字字為我心中所欲言，而又非我之所能自言，此大詩人之秘妙也。」（原文出自王國維〈清真先生遺事〉，轉引自長春市：吉林文史出版社，1999年出版、滕咸惠譯評《人間詞話》，頁132）。今人稱為「人人心中有，個個筆下無」。例如寶黛愛情悲劇，孫紹振指出，這是家長制婚姻的悲劇，有愛情的沒有婚姻（寶黛），有婚姻的沒有愛情（寶玉寶釵）。這在當時是普遍現象，習以為常，就是後人讀之，亦覺只有無限感慨。

（二）展開說明

一、中學課文中——

有的異常比較顯見，甚至一望而見，如：〈皇帝的新裝〉、〈木蘭辭〉、〈口技〉、〈最後一課〉、〈范進中舉〉、〈孔乙己〉、〈愚公移山〉、〈變色龍〉、〈蘆花蕩〉、〈項鍊〉、〈鴻門宴〉、〈燭之武退秦師〉、〈小狗包弟〉、〈記梁任公先生的一次演講〉、〈奧斯維辛沒有什麼新聞〉、〈蜀道難〉、〈裝在套子裡的人〉、〈陳情表〉……。

有的不顯異常或較難發現其異常，如：〈背影〉、〈春〉、〈師說〉、〈人民解放軍百萬大軍橫渡長江〉、〈別了不列顛尼亞〉、〈蘭亭集序〉、〈赤壁賦〉、〈勸學〉、〈雨霖鈴〉、〈張衡傳〉、〈林教頭風雪山神廟〉、〈滕王閣序〉、〈京口北固亭懷古〉、〈歸園田居〉、〈記念劉和珍君〉、〈林黛玉進賈府〉、〈望海潮〉……。

二、感受到異常，可從異常點切入分析，但一般要運用其它方法方可解讀到位；較難感受或感受不到異常的，可從閱讀時產生的正常興奮點（焦點、關注點、吸引點）切入，並運用其他方法解讀，如是通常那樣從興奮點與全文關係解讀的，此即聯繫了三層法中的意脈。

三、一切都是相對的，乃至是因人而異的：

（一）異常點自然是興奮點，但興奮點不一定是異常點。異常，一般是共性；興奮點，既有共性（如〈背影〉，大家的興奮點一般都在攀爬月臺部分），也有因人而異（如〈春〉，興奮點或在小孩子的眼光，或在代表性的春天景象，或在大量的修辭手法，或在五官開放）；有的異常點也是因人而異；有的作品既可從正常興奮點切入，也可從異常點切入。

（二）目的不是去分「異常不異常」、「興奮不興奮」，而是找到一個分析的切入口，不至無從下手。因此，如果能直接進入解讀（無論解讀者運用了什麼方法，或無所謂方法），那就無需多此一舉，考慮什麼興奮點不興奮點，異常點不異常點。或者既不產生什麼興奮

點，也不關注什麼異常點，就直接運用有關方法進入解讀。這些，都是極為正常的文本解讀狀態。

（三）如果硬去找異常，那就不叫異常；如果產生了異常，而不抓住，也是浪費。一切都要從哪個方便解讀，就從哪裡下手。

四、異常點或正常興奮點，也可能不是就全文而言的，僅僅是文中的某一二句，這也可以單獨就此解讀。如「奶奶鮮嫩茂盛，水分充足」（莫言〈紅高粱〉）、「最美最母親的國土」（余光中《當我死時》），一些網路新語（厲害了我的哥），這些，可用藝術形式知識中的修辭變異搭配等去解讀。

五、無論切入點還是十二法等解讀方法的運用，都需要在大量實踐基礎上，才會有感覺。

第六章
創建藝術形式規範新範疇

　　改革開放之初的上世紀七十年代末和八十年代初，孫紹振邊給大學生們上課，邊在構思、創建其《文學創作論》。我們在第一章中說過，孫先生致力於構建的，是能指導創作實踐的文學理論。這理論的關鍵是能揭示創作奧秘。於是，創作論就同時成為解讀理論。在第四章裡又指出，其中，藝術形式規範知識解讀法是基本解讀方法，因為各文體的藝術形式及其知識是文學語言學科區別於一切其它學科的根本標誌。第四章裡還說，孫紹振是如何創建能揭示創作奧秘的藝術形式規範新範疇的，我們將在本章中做介紹。

　　孫紹振為什麼從某種意義上，特別重視藝術形式規範？我們留待第七章「建構本土文學理論的卓越探索」章再予探討。

一　拓荒性的理論建構

　　當年，是思想解放、意氣風發、百廢待興的年代。第一，主流的文學理論領域，理論仍舊貧瘠，仍然只有五十年代從蘇聯引進的、無法或難以揭示創作奧秘的文學理論。第二，當年，西方文論大量湧入，一方面，帶來了文學理論的蓬勃生機，使當時的「文論進入了一個可能是五四以來最為繁榮的時期」，另一方面，由於當時引進的西方文論，「除少數例外」，「比之傳統的主流文論並不更重視藝術本身的奧秘」，它們是「文化價值第一，甚至唯一」，致使「文學形象作為

一種藝術文本，它的特點、規律依然是一片模糊。」[1]第三，於是就同時出現了像孫紹振這樣力求改變這一狀況的探索者。孫紹振當時如何思考，以何種思想方法指導自己的探索，我們將在第七章中再予介紹。這裡只說，就藝術形式規範方面，孫紹振無疑是最早最系統探索其新範疇的學者。

　　改革開放前，以及改革開放後的八十年代初中期，我們的文學理論教材主要採用蘇聯學術界的體系和觀點。據文藝學的著名學者代迅的研究，五十年代翻譯出版的蘇聯文學理論著作主要有五種，其中影響最大的是季莫菲耶夫的《文學原理》（查良錚譯）；五十年代自己出版的文學理論教科書有霍松林的《文藝學概論》及冉欲達、劉衍文、李樹謙等分別著述的共四種，它們雖「力圖增加一些中國文論與中國文學方面的例證」，但和上述幾種蘇聯文藝理論教科書在概念範疇等諸方面「都有極為明顯的理論淵源關係」，並且在當時「全面學習蘇聯」的氛圍中，「其享有的權威性和傳播的廣泛性均遠不及上述幾種前蘇聯文藝學教材」；另有巴人、蔣孔陽、吳調公分別著述的文學理論書籍，一方面「和前蘇聯文論也有淵源關係」，另方面在一些具體問題的論述上和「流行觀點相左，因而受到冷落或批判」，「未能產生較大影響」；我們自己編寫並產生了廣泛影響的文藝理論教科書主要是一九六三年、一九六四年出版，一九七八年根據教育部的要求修訂，作為高校文藝理論教材重版的、以群主編的《文學的基本原理》上、下兩冊，以及六十年代完成初稿、一九七九年出版的蔡儀主編的《文學概論》。代迅認為，以群、蔡儀兩書，在體例構架上都體現了獨立探索，但「仍然是五十年代教科書的延續，只是更趨於完善化和定型化，總體上仍未超出前蘇聯文藝理論教科書體系的範圍」；並且

1　詳見孫紹振：《文學解讀基礎》〈前言一〉（福州市：福建教育出版社，2017年），頁1-2。

認為，「儘管自八十年代以來，對這個體系的不滿和批評之聲日漸滋長，各式各樣的文藝理論教科書頻頻出現，但總的來看，仍屬這個體系內的局部修補。」[2]代迅的論文發表於一九九九年，這個看法，一方面有點悲觀，他大概沒有把實際教學中大量的「口頭探索」計算在內，也沒有看到像孫紹振《文學創作論》這樣的超前探索；另一方面，正從一個角度，說明了孫紹振創建的藝術形式規範的諸多新範疇是拓荒性的。

　　僅以我們將重點論及的小說情節理論為例。季莫菲耶夫的《文學原理》的說法，情節「是展示個性的工具」；「情節的基礎：生活衝突的反映」；完整的情節是：破題（衝突的背景）、開端、發展、頂點（決定性的衝突，運動的最高峰）、終結。這是查良錚的譯法（他譯作者為季摩菲耶夫）。[3]七十年代末至八十年代中期（甚或更遲），以以群、蔡儀的教科書為代表的主流文學理論界，情節理論就是季莫菲耶夫的，不過把它們說成（或者說譯成）：情節是性格的發展史、成長史、變化史；情節是對矛盾衝突的組織（或展開）；完整的情節是：序幕（或背景）、開端、發展、高潮、結局[4]。而孫紹振的《文學創作論》（課堂講授始於八十年代初，成稿於一九八四年，出版於一九八六年），則以源自亞里士多德和福斯特，並做出了自己的系統發展的情節因果和性格因果理論實現了對季氏舊情節理論的超越。九十年代初開始，高校許多文學理論教材也紛紛以福斯特著名的「王后死於傷心」的情節因果說為情節理論的主導面，並揉入季氏理論的部分內容，又引入了西方其它敘事學的理論。如一九九二年由高教出版社

2　詳見代迅：〈世紀回眸：前蘇聯文論與中國〉，《濰坊高等專科學校學報》1999年第1期。

3　詳見季摩菲耶夫著，查良錚譯：《文學原理》（上海市：平明出版社，1955年），頁199-205。

4　詳見蔡儀：《文學概論》（北京市：人民文學出版社，1979年），頁154-158及鄭國銓等：《文學理論》（北京市：中國人民大學出版社，1981年），頁112-116。

初版的高師院校的主要教材、童慶炳主編的《文學理論教程》，修訂版後記稱道：這是一本「大家普遍認為」、「擺脫了五十年代前蘇聯舊教材的範式」的「『換代』教材」。其情節部分，首先引入了福斯特的因果說，做了闡釋，而後得出結論：「情節是按照因果邏輯組織起來的一系列事件。」接著闡述了情節也「要求在事件的發展中表現出人物行為的矛盾衝突，由此而揭示人物命運的變化過程。」繼而又指出人物和情節的關係有兩種情況，一種是「人物本身見不出完整的、活生生的性格」，人物「不過是為了構造情節而設置的（稱為情節發展中的行動元）」，一種是「許多現實主義作品中，情節則是展現人物性格的手段」。這裡，情節表現矛盾衝突，揭示人物命運變化，展現人物的性格，均源自季氏的情節理論。由此，又介紹了亞里士多德、黑格爾、金聖歎、李漁等東西方文論的各執一端的「情節中心說」和「性格中心說」，著者對此則不置可否。接著，又延伸闡述了主要源自西方文論的行動元、角色、表層結構、深層結構、人物的行動邏輯等等相關理論。[5]人民文學出版社二〇〇〇年出版、作為高校文科教材使用的顧祖釗的《文學原理新釋》，內容與童著大同小異，另詳細介紹了普羅普、布雷蒙、格雷馬斯等人的敘事模式理論[6]。我們將看到，孫紹振的「情節因果——性格因果」說，不僅遠早於他們，全方位超越了季氏情節論，更重要的是，內容既沒有那麼複雜，又更為豐富，既吸納了包括季氏理論在內的西方文論的有益成分，又著重從創作、解讀實踐出發，以自身提煉、發展的成分為主，是環環相扣、有機統一的嶄新的「情節範疇」論。

　　孫紹振在小說、散文、詩歌方面的諸多形式規範新說，均有如是特點。

5　童慶炳主編：《文學理論教程》（北京市：高等教育出版社，1998年，第2版），頁305-313。

6　顧祖釗：《文學原理新釋》（北京市：人民文學出版社，2000年），頁291-298。

　　孫紹振創建形式新範疇的工作，貫穿他創作論到解讀學的數十年學術研究中，至今仍筆耕不輟，不斷完善有關術語。因為出發於創作論，出發於指導創作，加上孫先生接觸的實踐樣本太豐富（完整解讀的作品就達六〇〇篇，並仍在解讀），所以文學各文體內部具體而微的形式規範，孫先生大部分都做過探討，並多有創新，因而孫紹振解讀學中值得一說的微觀規範就太多了，我們只能擇其要者，略說一二，詳細可看其《文學創作論》（1986）、《文學性講演錄》（2006）、《文學文本解讀學》（2015）、《文學解讀基礎》（2017）等專著。

二　小說藝術形式規範的若干新範疇

　　主要介紹情節因果——性格因果、打出常軌（打出常規、越出常軌）、拉開距離——情感逆行。

（一）情節因果——性格因果

　　孫紹振首先分析了《世說新語》中的「宋定伯捉鬼」與「周處除害」二則故事。前者只說了一個不怕鬼的宋定伯，為什麼不怕鬼？故事中沒有回答，沒有原因。後者講了原因，即周處因不能忍受被鄉親當做「一害」，於是幡然改過，由市井無賴變為了除害英雄。孫紹振說，從通俗詞源學的角度，兩種以上的感情中間的關節才叫情節，前者只有一種，後者有兩個以上層次的情感才談得上情節；從福斯特的說法，後者由結果層次進入了原因層次，故事就進化為小說的情節了。接著，引述了福斯特《小說面面觀》這段話[7]：

7　本節「情節因果——性格因果」的注釋分三種：一、筆者轉述的孫紹振論述，主要引自孫紹振一九八七年版《文學創作論》第九章第三、四、五節，二〇一七年福建教育出版社出版的《文學解讀基礎》第三十六講、三十七講；二、直接引文及部分孫紹振觀點，注明了具體出處；三、孫紹振原注的，注明了孫紹振原注。

　　我們曾給故事下過這樣的定義：它是按照時間順序來敘述事件的。情節同樣要敘述事件，只不過特別強調因果關係罷了。如「國王死了，不久王后也死去」便是故事；而「國王死了，不久王后也因傷心而死」，則是情節。雖然情節中也有時間順序，但卻被因果關係所掩蓋。又例如：「王后死了，原因不詳，後來才發現她是因國王去世而悲傷過度致死的。」這也是情節，不過帶一點神秘色彩而已。……對於王后已死這件事，如果我們問：「以後呢？」便是故事，要是問：「什麼原因」，則是情節。[8]

　　重要的，不在他可能是最早將福斯特這一重要而著名的因果論引入文學理論教科書的，而是孫紹振下述的系列詮釋和拓展的有機統一、精闢清晰。它包括以下四個方面：

1 指出福斯特這一因果情節論來源於亞里士多德著名的因果論，與此相關的不止是亞氏因果論，還有其突轉說、可然律，由此構成小說形式規範的一個主要特徵——情節一體化，即情節內在統一達到了高度的完整性、有機性

　　孫紹振首先引述了亞里士多德《詩學》第九章中有關因果律的這段著名論斷：

　　　　如果一樁樁事情是意外的發生而彼此間又有因果關係，那就最能〔更能〕產生這樣的（按：引起恐懼與憐憫之情）效果。這樣的事件比自然發生，即偶然發生的事件更為驚人。[9]

8　孫原注，福斯特著，蘇炳文譯：《小說面面觀》（廣州市：花城出版社，1984年），頁75-76。

9　孫原注，亞里士多德、賀拉斯著，羅念生、楊周翰譯：《詩學·詩藝》（北京市：人民文學出版社，1962年），頁31。

　　孫紹振根據亞里士多德《詩學》原著中的豐富內容，對此作了如下解釋和闡發：一、情節在相同方向上的延續，則很難構成對人物心理的新方面感知，因而需要亞里士多德說的「突轉」，即情節「轉向相反的方向」，讀者對「相反方向」的「發現」，就對人物心理有了新的方面的認識，而這突轉帶來的發現，就是亞里士多德說的「意外」。二、「突轉」愈是出乎意料，「發現」引起的「不隨意注意」就越是集中、專注，也就是偶然的隨機性也就愈強，而絕對的偶然性和隨機性則易失去邏輯性，不可能使發現在情感層次上遞進、深化，亦即沒有一定規律，恐懼、憐憫等情感效果就減弱，並減弱「發現」向人物心理縱深的挺進。三、正因為這樣，愈是意外的發現，愈是需要必然或可然（可能性）[10]，即亞里士多德說的「彼此間又有因果關係」來調節，以便使隨機性與邏輯性達到必要的平衡；用亞里士多德的原話，就是一樁樁事件的連續是「意外發生的」，是驚人的，但如果把這些意外的事件用因果關係（必然或可然）聯繫起來，反而能「更驚人」，也就是效果更強烈；無疑，不能一味必然，那將使驚奇消失。

　　為了更好理解這是文學藝術的基本規律，孫紹振還引述了前人的諸多名論。如狄德羅把這種「聯繫」規定為「異常與正常」的平衡：

　　　　很好，加油吧！堆砌吧，在稀奇古怪的情景之上再堆砌上稀奇古怪的情景吧，我同意。不可否認，你的故事無疑會叫人拍案驚奇，但是請不要忘記，你必須用許多正常的事件來補足，來

---

10 必然、可然，又稱必然律、可然律。可然律即指可能發生的。亞士斯多德的《詩學》中二者經常是連用的。如：第十章中：「但『發現』與『突轉』必須由情節的結構中產生出來，成為前事的必然或可然的結果。」第十五章中：「某種『性格』的人物說某一句話，作某一件事，須合乎必然律或可然律。」引文見伍蠡甫、胡經之主編：《西方文藝理論名著選編》上卷（北京市：北京大學出版社，1985年），頁63、73。

　　扶持你的奇異之處。而我所重視的正是這些正常的事件。[11]

又說：

　　重要的一點是做到奇異而不失為逼真。[12]

這就是劉勰在《文心雕龍》中所說的「酌奇不失其真，華而不墮其實」，以及蘇東坡著名的「反常合道」論。

　　孫紹振總結性地指出：一、讀者的閱讀心理，既有對正常的必然性（或可能性）的期待，又有對異常的隨機性偶然性的發現和驚奇。二、一切情節都是在必然與偶然、期待與發現的反覆運行中，在多個交叉點上形成、發展的。過分的異常偶然，不能導致「發現」向人物心理縱深推進，過分的正常必然，又使發現和驚奇完全消失。三、孫紹振又引述亞里士多德在《詩學》第十六章中說的：「一切『發現』中最好的是從情節本身產生的，通過合乎可然律的事件中而引起觀眾驚奇的『發現』」[13]，認為，不管是多麼異常、偶然，只要在「可然律」，也就是在可能性上達到統一，就能在審美的價值和認識的價值上同步深化了。

　　最後，孫紹振對亞里士多德和福斯特「因果論」的貢獻的評價是：

　　把因果性、可能性、必然性引進情節，在小說形式的胚胎發育史上有劃階段的意義。它對小說審美規範的形成起了偉大的作用，這個作用集中表現在形式的一體化上。有了因果性的故

---

11 孫原注，狄德羅著，張冠堯等譯：《狄德羅美學論文選》（北京市：人民文學出版社，1984年），頁164。

12 孫原注，狄德羅：《論戲劇藝術》（北京市：人民文學出版社，1984年）。

13 孫原注，亞士斯多德、賀拉斯著，羅念生、楊周翰譯：《詩學・詩藝》（北京市：人民文學出版社，1962年），頁55。

事，作為一種形式，它的各個部分的聯繫不再是按時間、空間
序列的表面相隨的關係，而是情感結構上的有機聯繫。從此，
小說作為一種藝術形式具備了不同於任何生活形式的特殊性，
那就是它已成為一種普遍形式，它已具備了形式審美規範的一
個主要特徵——高度的內在的統一性。[14]

　　福斯特生動、簡明地表述了亞里士多德的情節因果論，但亞氏因
果論的內涵是豐富嚴密的、多層次的，甚至是複雜的，孫紹振不僅作
出了清晰的梳理和詮釋，而且把它作為形式規範的新範疇（或者說是
對舊情節範疇的改造和超越），作了闡發。

　　以下的內容，既是孫先生的繼續闡發，更是孫先生綜合文本創
作、解讀實踐及其它相關理論，作出的創新性拓展。

2 環環緊扣、精緻嚴密是情節規範的具體內涵，是情節藝術的自覺追求

　　孫紹振指出：由於因果鏈的作用，小說形象的完整性空前地提高
了。一切效果都集中到原因與結果的邏輯過程中來了。在因果鏈以外
的都為形式的統一性所不容。不與鏈鎖發生聯繫，在情節中都將成為
贅疣，而在因果鏈以內的任何重複的部分都因導致注意鬆懈而被省略。

　　小說的審美規範在一條線索上凝聚起來了，一切結果都是有原因
的。而沒有原因的結局是不美的，沒有結局的原因也是不美的。

　　孫紹振說，亞里士多德把情節分成兩個部分，從開頭到轉入順境
（或逆境）之前都叫「結」，其餘部分叫「解」，為什麼「結」要有那
麼大的篇幅？就是因為要把隱含原因的矛盾衝突、展開的過程拉長，
才有戲可唱。賈寶玉與林黛玉結不成婚，原因是什麼，要有很長的過

---

14 孫紹振：《文學創作論》（瀋陽市：春風文藝出版社，1987年），頁669。

程來展現。祥林嫂死了，為什麼必然走向死，有很長的過程。總之，原因與結果之間的關係變成一種很精緻的關係，只有原因與結果精緻地統一，結才能被解開。

孫紹振又指出，詩歌也需要統一的焦點，但除了敘事詩，詩不會寫得很長，不容易枝蔓，而小說的內容複雜得多，篇幅大得多，小說特別需要一體化，不能在統一性上有任何枝蔓。

接著，孫先生強調了情節規範的下述五點：

一、情節因果規範的精密性，滲透到每一個細節。這精密性不但表現在人物關係、心靈關係上，而且滲透到人物與環境的關係，乃至每一個細節中。不但沒有原因的結果不成情節，而且缺乏精緻的精彩的原因的結果也不能構成可信的情節。不但在因果鏈以外的成分是破壞統一性的，連對因果鏈不起作用的細節道具都可能影響效果的統一集中和主要特徵的突出。契訶夫說，如果你在小說第一節中把槍掛在牆上，那麼到第三節或第四節就得把子彈放出去，如果不準備放出去，這枝槍就沒有在牆上出現的充分理由。在小說情節中，任何一種道具，任何一個人物的習慣、口頭禪、心理特性，任何一種風俗的特徵，都要受因果律的嚴密邏輯制約。古代中國就把這種情節藝術稱為環環緊扣。

二、情節因果規範的嚴密性在歷史發展過程中達到因果二重性，上一環節的結果同時又是下一環節的原因，以實現效果層層遞增。情節的形式規範不但排斥偶然的孤懸成分，而且排斥因果非二重性的成分，因為非二重性的因果造成因果鏈的鬆弛。就像狄德羅說的：「假使主要情節首先結束，那麼餘下的一個將無所依附」[15]。如果故事沒有結束，只要讓上一個結果同時成為原因，任何細節就都可以出現，

---

15 孫原注，狄德羅著，張冠堯等譯：《狄德羅美學論文選》（北京市：人民文學出版社，1984年），頁143。

否則，就沒有存在的理由。這樣，才能使情節越來越緊張，越來越緊湊，越來越嚴密。

　　三、因果律的運用越來越趨自覺化，自發的不嚴密的手法被逐漸淘汰，而嚴密的手法被逐步創造出來，並很快地自覺普及化。在不自覺階段，通常用補敘來說明原因，後來逐漸被伏筆插曲取代。正如金聖歎在評點《水滸》中「武松打虎」時，反覆提醒讀者注意他手中拿的哨棒那樣，因為到打虎時，這條哨棒要斷掉，有了這樣的結果才導致用拳頭打死老虎的另一結果。而毛宗崗在評點《三國演義》時已明確提出要有「伏筆」：「《三國》一書有隔年下種，先時伏著之妙，善圃者投種於地，待時而發，善奕者下一閒著於數十著之前，而其應在數十著之後，文章敘事之法亦猶是而已。」[16]這與契訶夫所述先掛槍後放槍如出一轍。

　　四、原因和結果要兩極分化，形成反向運動。要構成情節，必然要有原因與結果在方向上的背離，如果沒有因果反向，沒有造成一種向相反方向運動的過程，就沒有情節；如果同情反感沒有造成兩極分化，也就不可能向意外的結果突轉，也就不能產生對更深層次的原因的發現。孫紹振舉了好幾個例子。如有一篇土耳其小說。寫一個老人天天早上起來上郵電局去探問有沒有他兒子的來信，路上人們小心地向他問候，但是他從來沒有拿到一封信。作者先把這個當作一個結果加以充分的渲染，然後逐步向讀者透露：他兒子早已戰死了。原因有了，小說也就結束了。一方面是老人在主觀上是那樣滿懷熱望，百折不撓，另一方面是熱望必然落空的嚴峻冷酷現實。奇異的結果是由奇異的感情造成的。作家把這兩個極點放在讀者面前，把人物非理性的情感放在兩極的空白點中，而讀者在受到這兩極的強刺激之後，就用

---

16 孫原注，陳曦仲等輯校：《三國演義會評本》（北京市：北京大學出版社，1986年），頁15-16。

自己被激活了的想像去補充了，膨脹了，甚至溢出了兩極之間的空白。再如科尼向托爾斯泰講了一個故事：妓女薩利亞入獄後一個貴族青年向她求婚。托爾斯泰聽到這個故事以後，過了些日子，寫信請科尼讓他寫成小說，因為這裡有因果兩極分化的廣闊天地。又如，元雜劇李行道的《灰欄記》的高潮是包公斷案。矛盾焦點集中在誰是合法繼承人（一個孩子）的母親。包公巧妙地在地上畫一個灰欄，令兩個女人分別向兩邊拽孩子，誰能把他拽出欄外誰便是母親。雙方各不相讓。其結果是親生母親不忍孩子受苦，放手了。包公據此斷定放手的是真母親。這個具有因果兩極分化、反向運動的細節飛渡關山在法國文學和德國文學中獲得了不同的生命。如布萊希特的《高加索灰欄記》中借用了這個細節：法官仍用灰欄判定真假母親。最後的宣判恰恰相反：判定一心為爭奪財產繼承權的「生母」敗訴，盡心盡力為孩子犧牲的「養母」勝訴。

五、情節的一體化是以結局為中心的一體化。但有時結局並不重要的，甚至不完整，重要的是導致結局的必然趨向。因而情節一體化實際上是以高潮為中心的一體化，在高潮以前，一切成為奔赴高潮的原因，在高潮以後都成為高潮的結果。

孫紹振說明，以上當然是指傳統小說的情節規範，到了後現代，出現了打破因果鏈的小說，但這些前衛探索的藝術價值尚有待證明。

孫紹振又說，對於讀者心理來說，最重要的似乎是結果，但是在創作過程中，作者對原因的巧妙佈局、苦心經營無疑是更為重要的。而對於志在揭示其創作奧秘的解讀者，對這些造成結果的原因的用心探索，同樣尤為重要。第四章「因果法」中所介紹的孫先生對〈項鍊〉的解讀，對〈我的叔叔于勒〉的解讀，就是典型的揭示它們自覺追求這一環環緊扣、精緻嚴密的形式規範。我們當時還引用了孫先生類似的其他術語，如針腳綿密、天衣無縫等等，並且命名它為「寫法因果」。

　　重要的是，從孫紹振上述環環緊扣、精緻嚴密的情節規範所及五點看，我們應當特別強調的是：（一）寫法因果決不是跟內容無關，藝術形式規範天生就包含了對內容的安排，而且首先是對內容的安排。如上述五點中所及的人物關係、心靈關係、人物情感（如土耳其小說中的母親、〈灰欄記〉中的母親）、社會價值判斷（如〈灰欄記〉中的包公、法官），如〈項鍊〉中瑪蒂爾德的自尊，〈我的叔叔于勒〉中的無情、有情、同情等等，都是內容的精緻嚴密的安排。（二）反過來，導致結果的「原因」就絕不僅僅指內容，必然包含一切細節、伏筆、插曲等等的形成最後結果的「造因」，如〈項鍊〉中的珠寶店賣出了這個真盒子卻沒有賣出配套的真項鍊，如瑪蒂爾德還項鍊時，佛來思節夫人並未打開盒子檢查項鍊真假等等，莫不如是嚴絲合縫的伏筆「造因」。（三）經典作品均出現了因果反向運動：〈項鍊〉中瑪蒂爾德渴望出人頭地的虛榮心，帶來的是丟失項鍊的災難結果；含辛茹苦還債務、賠項鍊，結局卻是假項鍊；而假項鍊又是沒料到的某種意義上對主人公後十年誠信、勇敢面對生活的「補償」。〈我的叔叔于勒〉中于勒的哥哥嫂嫂把全部發財希望寄託在于勒身上，結果不僅成泡影，而且又遇上了淪為乞丐的窮親戚；窮親戚心想再也不敢打擾哥嫂，到家門口了，只敢呆在輪船上，不料其兄嫂則一門心思躲避不及。（四）這又都是原因產生結果，結果又成為新原因，又帶來後一新結果的典型的因果二重性，典型的越來越緊張，越來越緊湊，越來越嚴密的情節佈局。（五）上述小說情節中的所有人物，不僅有性格鮮明的主人公，而且有並無活生生性格的、但於情節發展不可或缺的次要人物，如〈項鍊〉中的教育部長、珠寶店老闆，〈我的叔叔于勒〉中的女兒、女婿、船長。前述文學理論教材中花了那麼多筆墨介紹的不無複雜的「行動元」，不是統統可以歸到孫紹振說的，任何細節都受因果律嚴密邏輯制約的情節一體化，或者更簡明的環環緊扣藝術中？

　　源於亞里士多德的情節因果律，在孫紹振這裡大大細化了，拓展了，操作化了，形成了既包含了季莫菲耶夫舊情節範疇的合理元素（如情節中的矛盾衝突、情節與人物的關係等），又大為超越它的情節規範的新範疇。

　　對福斯特的「王后死於傷心說」則更是明顯的發展。當然，這裡應當指出，福斯特對「寫法因果」同樣是重視的，我們一開頭所引述的福斯特那段話，其中幾句，人民文學出版社二○○九年版的《小說面面觀》是這樣翻譯的：「……我們還可以說：『王后死了，誰都不知道是什麼緣故，後來才發現她是因國王之死死於心碎。』這非但是個情節，裡面還加了個謎團，這種形式就具有了高度發展的潛能。它暫時將時序懸置一旁，在不逾矩的情況下跟故事拉開了最大的距離。」這段話的後文中還有如下的強調：「一部結構高度嚴密的小說，其中描寫的事件往往必然是相互關聯、互為因果的」；「謎團對情節而言必不可少，而沒有腦子則無法欣賞其中的奧妙」；「它需要謎團，不過這些謎團在後文中一定要解決；……小說家……成竹在胸，泰然自若地高踞於他的作品之上，在這裡投下一束光，在那裡又蓋上一頂帽兒，為了達至最佳效果……」[17]當然，福斯特主要說的是謎團，無論就豐富性、系統性，還是就量和質，都難以和孫紹振的體系性的情節因果律、情節規範新範疇相比。

　　我們再看看孫紹振解讀〈林教頭風雪山神廟〉[18]，那是站在創作的角度，揭示那環環緊扣、針腳綿密的情節因果安排的典例。

　　孫紹振說，金聖歎可能是當時最有評論才華、很有藝術眼光的學者了，但在此章中，多少有點看走了眼，他反覆強調「火」的好處，確實，火也要緊，文中有關火的伏筆，證明不是林沖失火，而是起火

---

17 福斯特著，馮濤譯：《小說面面觀》（北京市：人民文學出版社，2009年），頁74-76、85。

18 詳見孫紹振：《經典小說解讀》（上海市：上海教育出版社，2016年），頁76-79。

另有原因。但火在情節中是果，因是什麼呢？情節中的因，最重要的就是雪。孫紹振又指出，讓陸虞侯當面向林沖自述自己燒死林沖的陰謀，那幾乎是不可能的，那麼，就要讓他們背靠背「見面」。見面的地點安排在古廟。為了讓林沖先看到古廟，於是就安排一場越下越大的大風雪，大到把草廳壓倒（前文又早有交代，那草廳本已毀壞得搖搖欲墜，林沖還心想天晴了要來修修），那就要安排林沖此時要出去，否則，林沖被倒塌的草廳壓死，情節就無以為繼。為了讓林沖出去，就要安排林沖去沽酒，為了讓林沖去沽酒，就要先交代，原本看守草料場的老軍人告訴他，附近有可沽酒的市井，又因為雪大，為禦寒，林沖就去沽酒，在沽酒的路上，就安排他看見了這座古廟。回來見草廳倒塌，於是就來到這座古廟借宿。文中前頭又早有伏筆（不是事後的補敘），方圓周邊除了草料場，只有這座古廟。因此，草廳倒塌後，林沖才不得不來到這古廟，陸虞侯三位放火歹徒，要看結果，也不得不來到這古廟。雙方「相會」於古廟，才有隔門偷聽，知悉全部陰謀的情節之果。沿著孫先生這個解讀路徑，我們還可以發現如下針腳綿密的細節：（一）關於放火，文中就一句交代「小人直爬入牆裡去，四下草堆上點了十來個火把」，這表明，可以很合理地做如下推測：其一，放火者是直接翻牆而入，未走正門，不知大門已上鎖，內中已無人，否則放火就無意義了；其二，放火者並未先到草廳去查看，不知草堆後面的正廳早被大雪壓到，林沖可能早已不在，放火亦無意義，而是一翻進牆就點火，草堆起大火後，更不可能跑去大火包圍中的內廳去看，而是當即退出。更妙的是：草料場的佈局結構（即最外一圈是圍牆，第二圈是草堆，正廳位於最內最中心位置）前文又早有交代，所以放火者翻牆而入後，只看到最外圈的草堆，而沒有看到草堆後面倒塌的草廳，這些都是早有伏筆的「前因」而不是事後的「補敘」。（二）魯迅在《中國小說史略》中，比較了幾個《水滸傳》本子，認為一百回本好於一百一十五回本，一百二十回本則類同於一

百回本，並比較了前二個版本，所舉之例就是林沖雪中沽酒這一段。魯迅說一百回本「惟於文辭，乃大有增刪，幾乎改觀，除去惡詩，增益駢語；描寫亦愈入細微，如述林沖雪中行沽一節，即多於百十五回本者至一倍餘」，接下去，就大篇幅的引述了一百回本和一百一十五回本「林沖雪中行沽一節」的各自原文。我們對照一下，就會發現，除了魯迅極為讚賞的多了好幾處「那雪正下得緊」外，還有，出門去沽酒時，一百回本有「把兩扇草場門反拽上，鎖了，帶了鑰匙，信步投東」，而一百一十五回本無此「鎖了」等文字，而為「便把花槍挑了酒葫蘆出來，信步投東」。我們按照魯迅的比較，把兩個版本的原文再找來對照，發現第二次出門去古廟時，亦如是，一百回本為「把被卷了，花槍挑著酒葫蘆，依舊把門拽上鎖了，望那廟來」，而一百一十五回本則是「將被卷了，挑著酒葫蘆并牛肉，來到廟裡」。門有鎖還是沒鎖，是大不一樣的，否則，按一百一十五回本，放火者假設從大門口走過，看見門只是關著，未見上鎖，自然以為林沖還在屋內；而一百回本門鎖了，證明放火者未經過大門口，而是直接翻牆而入的。此外，對金聖歎「腰斬」《水滸》的七十一回本，魯迅也肯定了「惟字句亦小有佳處」，我們對照一下此回，確有這樣改得更嚴密的，如說到三歹徒來到古廟，欲推門時，一百回本說，門推不開，「林沖靠住了」，金聖歎七十一回本改為：「石頭靠住了」，顯然，前者可能引起歧義，以為林沖緊挨在大門背後，如是，則歹徒推門時會有人體反彈的感覺，知道門後有人，後面的偷聽就不可能有了。[19]為了更清楚理解上述的分析，我們不妨將一百一十五回本有關文字節錄如下：

> （林沖）來到廟裡，把門掩上，並無鄰舍，又沒廟祝。林沖將酒肉放在香桌上，把葫蘆冷酒來吃。只聽得外面嗶嗶剝剝爆

---

19 本段有關魯迅的引文、觀點見《魯迅全集》（北京市：人民文學出版社，2005年），頁147-152。

響，林沖出門外看時，草場裡火起，便入去拿槍出門。聽得前面有人說話來，林沖伏在廟裡聽時，是三個腳步響，直投廟裡來推門，卻被林沖靠住了。三個立在廟檐下看火。一個說道：「這計好麼？」一個應曰：「端的虧管營、差撥用心。」一個說：「四下草堆放起火來，卻走哪裡去？便逃得性命，燒了草場，也該死罪。」（一百一十五回本）

第一，一百一十五回本那差撥只說「四下草堆放起火來」，沒有說翻牆，那三人就可能經過門口，若是，門又無交待是否上鎖，若鎖了，就沒戲了：若無鎖，又可能進入先察看，那看到草廳已倒塌，也沒戲了；關鍵就是要給人未走正門的最大可能推測，用一百回本現在這樣的寫法：「小人直爬入牆裡去，四下草堆上點了十來個火把」，就可做上述推測了。第二，一百一十五回本，前無搬來石頭靠門的交待，後面說：「林沖伏在廟裡聽時，是三個腳步響，直投廟裡來推門，卻被林沖靠住了」，又幾乎是坐實林沖用身子去靠門的。現在一百回本有交代搬來石頭頂住門，金聖嘆又再改成外面三人推門時，「石頭靠住了」，就嚴密了。（三）我們把孫先生關於針腳綿密、天衣無縫之重要及其解讀〈林教頭風雪山神廟〉部分告訴研究生，學生們亦按這個解讀路徑去思考，又有新發現，說「信步投東」是很重要的，表明酒店和古廟都在草料場以東，而小說中前文又有交代，草料場在滄州城「東門外十五里」，這樣，陸虞侯等作案者往東走，實施其陰謀，林沖此時正往東走去古廟投宿，否則，雙方相對而行，是極可能碰上的。胡適說，《水滸傳》是經過了四、五百年的演變修改，才成就了今天這樣的經典。我們正應該用「環環緊扣、精緻嚴密」這一傳統經典作品的情節規範、情節因果律，去解讀、細讀〈林教頭風雪山神廟〉，知道那筆筆細節，尤其是大雪，都是最後「隔門偷聽」這一情節之果的「造因」。

前文特別強調，寫法因果、藝術形式規範天生首先就是對內容的

安排，而小說內容中最重要的無緣是人物性格。而林沖性格由此發生突變，孫先生的解讀更是精彩。幾乎各解讀都沒有把這個節選，延伸到後文林沖投宿柴進莊園的那一段。孫紹振指出：第一，林沖偷聽到陰謀，這一筆，可以說是壓死駱駝的最後一根稻草，長期積聚的憤恨和屈辱，瞬間爆發，心理被徹底打出常軌，這個溫文爾雅、逆來順受的英雄，化作了盡情殺戮的屠夫。第二，一個高級軍官成了殺人犯，心理該有多麼大的震撼，但是，林沖竟毫無慌亂之感，殺完陸虞侯等人後，所作的事都很有程序，格外從容，把三人的人頭一一割下，提入廟內放到供桌上，而且鎮靜到還有閒心「將葫蘆裡的冷酒都吃盡了」。孫稱讚這是古代中國傳統小說敘述的大手筆。第三，特別是，離開山神廟走到一個莊子（柴進莊園），向莊人討酒喝，遭到拒絕時，突然變得暴躁起來，把一眾莊人都趕打跑了，這個殺人時都無比鎮靜、沒有暴躁，竟然此時向不相干的莊人無理暴躁起來，這說明，林沖憋在心裡的怨怒是多麼深重。孫紹振總結說，這個出場時手執扇子、溫文爾雅，一直來都忍心吞氣、逆來順受的高級軍官，甚至解差受指示要結果了他，他還是忍住，勸救他的魯智深放過解差的心存幻想者，這個時候，似乎變成了另外一個人，正因為是另外一個人，才顯得更是林沖，他內心被壓抑得越苦，爆發出來的力量越強，人物內心越有立體感。

這就涉及我們後文要重點介紹的，孫紹振「情節一體化」所及之「精彩內容」和「性格因果」的問題。

3　精緻情節的精彩原因，首要在精彩內容

情節因果的原因，首先無疑是內容。前文中引述到的孫紹振這句話：「缺乏精緻的精彩的原因的結果也不能構成可信的情節」[20]，這個

---

20 孫紹振：《文學創作論》（瀋陽市：春風文藝出版社，1987年），頁669。

精彩原因，首要者就是精彩內容。這就是我們在第四章的因果法裡，對應於「寫法因果」，提出的「內容因果」。這個內容之因，上述「第二點」已涉及，重點案例〈林教頭風雪山神廟〉解讀亦涉及，但未展開介紹。現著重介紹孫紹振所發展、所強調的內容之因。

一、必須是非常深刻的社會或心理的原因。孫紹振在引述完福斯特的「王后死於傷心」說後，認為如此簡單的原因，還不能算是小說，至少不能算是比較像樣的小說。孫紹振歷次就此緊接著說過的話語有：「王后為什麼悲哀致死呢，原來太子不是他生的，而是另一個王妃生的，而這個王妃素來遭受她迫害」；「國王死了，王后也死了，什麼原因，因為得了癌症。這樣的因果，很符合充足理由律，但是算不上小說」；「情節不能只是異常古怪，像武俠小說或言情小說，都很異常，人們相愛、相恨都說不出什麼非常深刻的社會或心理的原因，不客氣地說，是胡編亂造。」[21]

二、精彩小說的因果，應該是極其特殊、不可重複的情感因果。孫紹振說：「國王死了，王后也接著死了，原因是由於悲傷過度。這就有點小說的意味了。但還算不上成熟的小說。……要成為精彩的小說，其因果應該是極其特殊、不可重複的情感因果。」又說：「在多樣的可能因果中，應該用什麼標準來選擇最優的一組因果呢？多種紛繁的因果大致可以分為三類：一是實用價值因果，二是科學認識因果，三是情感審美因果。前二者都是以理性的普遍性為特點的，後者是非理性的，不可重複的。前二者在生活中占據著優勢，而藝術家的任務就是要把受到理性和實用因果壓抑、窒息的審美情感因果解放出來」；藝術所關注的是人的情感，「必須把其情感的因果放在最核心的

---

21 孫紹振：《文學創作論》（瀋陽市：春風文藝出版社，1987年），頁666；孫紹振：《文學性講演錄》（廣州市：廣西師範大學出版社，2006年），頁411；孫紹振：《文學解讀基礎》（福州市：福建教育出版社，2017年），頁380、382。

地位」,「就是審美因果超越實用和理性因果。」[22]關於文學要表現的是審美價值、情感價值,而不是實用價值、科學價值,這在第四章的錯位法、錯位理論部分已經講得很充分,不再贅述。

三、精彩小說的審美因果「在超越了理性因果以後,在另一個層次上又回歸於更深刻的理性因果。」[23]前文第四章關鍵詞語法裡,討論「大家仍然叫她祥林嫂」這句話時,我們說,婆婆可以把她隨便改嫁他人,改嫁了,仍然只承認第一個丈夫的合法性,「大家仍然叫她祥林嫂」,這都是夫權加族權對婦女的雙重壓迫,而且,所有人,包括祥林嫂自己都覺得這理所當然,都麻木了,這已經觸及很深刻的社會理性,具有很深刻的思想了。但這還不是最深刻的。最深刻的就是,孫紹振指出的,這壓在婦女頭上的「幾座權利大山」是互相矛盾的,極其荒謬野蠻的。孫紹振分析道:封建社會,女子從一而終,一旦嫁與一個男人,就永恆屬於他,丈夫死了,只能作為「未亡人」而等待死亡,這是夫權,這是社會普遍的「公理」,她改嫁給另一個男人了,「大家仍然叫她祥林嫂」,自動化的共同反應,根深蒂固以至於此。這已經夠悲慘了,但這還只是問題的一面。問題的另一面是,祥林嫂遵循夫權,死不改嫁,可是婆婆卻公然違反她的意志,把她賣掉,這明顯是有悖於夫權的事,但又還有一個族權原則:兒子是父母的財產,兒子的「未亡人」自然歸於父母,因而婆婆有權出賣媳婦,這樣的族權與夫權公然矛盾、荒謬的現象,卻又是整個社會普遍認可的(這就是魯四老爺的「可惡……然而……」的含義之一),更可悲的是,祥林嫂的改嫁又是不潔的,又不能為社會所認可,因此又不能「端福禮」,包括神聖的神權也一樣認可這個荒謬,一樣矛盾地處理這個矛盾的事實,把她鋸成兩半,所有的罪孽都加在一個最底層的弱

---

22 孫紹振:《文學解讀基礎》(福州市:福建教育出版社,2017年),頁380、384。

23 孫紹振:《文學解讀基礎》(福州市:福建教育出版社,2017年),頁394。

女子身上。祥林嫂生不能作為一個平等的奴僕，死不能成為一個完整的鬼，她受的精神刺激太強烈了，精神太痛苦了，她主要不是死於物質的貧困，而是精神的痛楚、崩潰，她原先還是很健壯的身體，在這樣的精神打擊下迅速崩潰了。這還不是最悲慘的。最悲慘、最深刻的因果是，孫先生指出，「造成物質貧困和精神痛楚的原因竟是自相矛盾的、狗屁不通的封建禮教」，特別是，「在一個受害的弱女子的如此可同情的悲劇面前，居然沒有一個人，包括和她同命運的柳媽以及一般群眾，對她表示一點同情，更沒有任何人對如此荒謬的封建禮教表現出一點憤怒，有的只是冷漠。很顯然，在這背後有悲劇的理性的原因：群眾對封建禮教的麻木。正因為如此，改造中國人的靈魂才顯得特別重要。這正是魯迅作為一個偉大的啟蒙主義者的思想特點。」[24] 所以，好小說的最深層都是有思想的，都是隱含理性思考，乃至深刻的理性思考的。杜十娘憤怒的情感背後是對沒有責任感的負心男子的社會現象的深刻批判，〈麥琪的禮物〉的年青夫婦最有情的背後是最觸動人們的對真摯愛情的思考。《紅樓夢》的寶黛愛情以及一系列悲歡離合的情感背後，更是魯迅所言的「悲涼之霧，遍被華林，然呼吸而領會之者，獨寶玉而已」[25]的深刻洞察。乃至像散文〈背影〉，感人的父子情背後是對知恩感恩話題的深入思考。

　　四、好的情節是性格因果。孫紹振說：「小說發展成熟的標誌是性格，好的情節不是一般的因果，而是性格的因果。」[26]性格一方面是內容的問題，當它以一個個具體的有性格的人物「裝進」情節時，它是內容，而且是最重要的內容。所以，我們在第四章的「因果法」介紹解讀案例時，都把性格造成的結果歸入「內容因果」中。另一方面，它經過千百年的藝術實踐、歷史發展，它又成為了一種藝術表現

---

24 孫紹振：《文學解讀基礎》（福州市：福建教育出版社，2017年），頁394-395。

25 《魯迅全集》第九卷（北京市：人民文學出版社，2005年），頁239。

26 孫紹振：《文學解讀基礎》（福州市：福建教育出版社，2017年），頁396。

形式。孫紹振由此發展、構建了一個「性格因果律」及傳統小說的「性格審美規範」。以下專列一大點敘述。

4 「性格因果律」和「性格審美規範」要點

其內容遠比情節因果律豐富，在《文學創作論》中，情節只占一節四小節，而性格占兩節二十三小節。參照孫紹振《文學解讀基礎》和《文學性講演錄》中的情況，這裡只簡要介紹四點：

一、從宿命因果走向情感因果，從形象的類型化走向情感的個性化。孫紹振指出，這是歷史發展過程的產物。古代的中外作品，最初追求的情節一體化都有著非常強的必然性，甚至使必然達到了一種不可逃避的程度。他舉了古希臘的悲劇就是所謂的命運悲劇，如《俄狄浦斯王》，無論主人公怎麼躲避，都逃不了殺父娶母的結局。又舉了古代中國的許多作品。如錢彩的《說岳全傳》，岳飛的前身是如來佛身邊的大鵬鳥，一次如來講座時，一隻修煉成精的蝙蝠放了一個臭屁，被巡座的大鵬鳥啄死了，其魂下界投胎，後來就是秦檜的妻子。如來因大鵬鳥隨便殺生，罰其下凡。於是就有了後來岳飛被秦檜夫婦陷害的故事。連北宋的「靖康之難」都與上界的某一孽緣有關。《水滸傳》的一百〇八將是三十六天罡星和七十二地煞星的轉世，《紅樓夢》的寶黛是神瑛侍者和絳珠仙子的轉世，都是類似現象。當然，讀者是被岳飛的精忠報國、梁山好漢的替天行道、《紅樓夢》的寶黛愛情打動的，這就是孫紹振說的，在文學藝術的發展歷程中，宿命因果逐步讓位於情感因果的結果。形象類型化向個性化的轉變也一樣，作家的情感邏輯讓位給人物的情感邏輯，情節因果最終取決於作品中人物的情感邏輯。

二、情感是性格抉擇的結果。亞里士多德《詩學》中說，性格就是人物的抉擇，說人物如果一點都不表示取向，則其無性格，所以性格就是抉擇。孫紹振補充說，如果選擇的是實用價值，這個人物也往

往無性格，如人物選擇對自己不利的，無實用價值的情感，明明不利，還要堅持，這就有戲了，有個性可欣賞了。孫紹振最常舉的就是魯迅最為讚賞的《三國演義》中關羽的性格，「義勇之概，時時如見」，特別是華容道放走曹操一段，明知是違背了立下的軍令狀，有殺頭之罪，但關羽還是出於義氣，把曹操放走了，這就是情感價值超越了實用價值，有性格了，或者說是性格決定了這個情節因果。這樣，情節問題，就轉變為了性格問題。當然，這是情節的主要方面而言的，作品中所有性格加起來，不能完全切割全部情節，而如前所述，作品中所有非性格的成分、細節都是因果鏈中的必不可少之環，因此，我們是就主要方面而言的。但有這一條就夠了，傳統經典小說的情節因果實際就是性格因果，什麼樣的性格就將產生什麼樣的結果。瑪蒂爾德的自尊性格，就產生了她的悲喜劇。武松的聲譽高於一切的性格就產生了他打死老虎的結果。《蘆花蕩》老頭子極強的自信自尊性格就產生了不用槍就消滅了十幾個日本鬼子的神奇結果。

三、性格的邏輯起點——人物的一點著迷，以及隨之而來的一系列變異了的感覺知覺。孫紹振進一步指出，要找到構成人物性格的邏輯性首先得找到人物性格的邏輯起點。一切情感的變異性和統一性都是從這個起點上產生的，正是在這個起點上有著決定人物性格發育、生長、衰亡的胚胎；決定著「在著迷點作用下變異了的一系列的感覺和知覺，以至想像、語言、思維、動機、回憶」；作家如果「找不到人物特異的感知系統，人物仍然是個幽靈，讀者無從感知人物內心的情感的奇觀。」[27]孫紹振舉例說，巴爾扎克筆下，寫了那麼多貪財好色之徒，但是沒有兩個人是相同的，因為人物的感情邏輯的著迷點是不同的，同樣是貪財，老葛朗臺的著迷點是「毫不掩飾的貪戀」，臨終彌留之際，看見神父的金十字架，就企圖撲上去，結果這樣大的動

---

27 孫紹振：《文學創作論》（瀋陽市：春風文藝出版社，1987年），頁701。

作，送了他的命，這就是他連死亡也棄之一邊的變異了財迷的感覺。而同樣是巴爾扎克筆下的貪婪之徒高布賽克，其著迷點是不願意露財的「財迷」，他掉了金幣，人家撿起還他，他寧可當場否認。孫紹振總結的「性格審美規範」是：任何小說中有生命的人物，總是在感情的某一個點上，進入著迷的幻想境界，如癡如醉。當然，並不是在一切問題上都著迷，只是在一點上癡迷，《紅樓夢》把賈寶玉稱之為「情癡」，就是說他在感情上癡迷，當然也不是在一切感情上癡迷，只在最核心最關鍵的一點上癡迷。賈寶玉就在對待女孩子上癡迷，在別的問題上並不癡迷，在女孩中也不是同樣癡迷，而是在某一點上特別癡迷。所謂「癡迷」就是不合理性、不現實，在現實的痛擊下不易更改，有非常強大的穩定性和一貫性，並且由此產生他們變異了感覺知覺。正是寶玉的「情癡」和林黛玉的「癡情」，這二個「一點著迷」，碰在一起，一切感知都跟別人不一樣，都變異得很不合情理，都老是無端自我折磨。還有，孫紹振說的杜十娘要求的是純粹的感情，一旦懷疑被證實，感情摻了假，她就毫不猶豫讓自己和珠寶一起毀滅，也正是在「純粹感情」上的一點著迷，產生了這種異於世俗的思維、行動的奇觀。還有，孫紹振關於祥林嫂死因的分析，首先的決定的當然是她所處的社會，是三個不講理：夫權不講理，族權不講理，神權也不講理，祥林嫂的悲劇就是這三重荒謬而又野蠻的封建禮教帶來的。而被損害最深的祥林嫂自己也中毒甚深，當柳媽告訴她要鋸成兩半時，她只有恐怖，她非常虔誠地相信了，不惜花二年的工錢去捐門檻，她以為已經贖罪了，可以敬神了，可是端起福禮，卻被魯四奶奶禮貌地制止了，她像被「炮烙」似的縮回了手。在主人家看來，祥林嫂寡婦再嫁的原罪是沒有辦法改變的，這對祥林嫂是致命的精神打擊，從此記憶力衰退，丟三忘四，身體日漸不行，最後被辭退，流落街頭，整日恍恍惚惚，詢問鬼神的有無。孫紹振指出，換個別人，不端福禮就不端了，可是祥林嫂中毒竟那麼深，相信自己有

罪，自我折磨、自我摧殘到這樣的程度。孫紹振認為，魯迅的深邃就在於，祥林嫂不僅死於別人腦袋裡的封建禮教觀念，而且死於自己頭腦中的封建禮教觀念。[28]這實際上也是主人公的一點著迷，「哀其不幸，怒其不爭」、中毒甚深的典型，導致如此極端的自我崩潰的感覺感知。包括我們第二章中提到的莫言〈透明的紅蘿蔔〉裡黑孩子奇異的紅蘿蔔的美麗幻覺，孫紹振指出，這是黑孩子從小遭受虐待、冷漠，現在遇到了近在身邊的小石匠和戀人對他的樸素的關切，使他潛意識中有了一種美好的情緒，那紅蘿蔔的美麗幻覺正是他深深潛藏的不可言喻的美好情緒的外化。這同樣是對「溫暖關切」的一點著迷所產生的奇異、變異感覺。

　　四、性格審美規範對情節審美規範的衝擊，性格因果高於情節因果，情節對性格的積極作用。這一大點帶有某種總結性，孫紹振就二者關係主要談了如下幾點：（一）性格審美規範逐步形成以後，性格的因果性就以極大的優勢君臨情節因果；情節因果從屬於性格因果，情節的原因成了表面的原因，性格的原因成了情節原因的原因，情節的果也成了表面的果，是性格的果造成了情節的果，所以高爾基說情節是「各種不同性格、典型成長的歷史」，情節的功能完全服從於刻畫性格的需要。（例如〈項鍊〉，全部情節就是為了刻畫瑪蒂爾德的自尊性格）（二）情節的推演不但不能與性格的展開發生矛盾，而且不能與性格的展開游離，不管是矛盾還是游離，都會破壞小說形象的統一性和性格邏輯的一貫性，導致形象整體的破碎和性格邏輯的斷裂。（例如《文學創作論》、《文學文本解讀學》中多次提到的托爾斯泰、肖洛霍夫對草稿的反覆修改，目的就在於此）（三）性格的審美規範越趨向成熟，情節的重要性越是降低。十九世紀現實主義文學在塑造

---

28 孫紹振有關《杜十娘怒沉百寶箱》及〈祝福〉的分析，參見孫紹振：《經典小說解讀》中的本文解讀（上海市：上海教育出版社，2016年）。

性格上獲得空前輝煌的成就以後，那些單純以情節取勝，或者性格的展示趕不上情節發展的速度的小說，在藝術上就逐漸衰落了，時到十九世紀，任何小說家如果不用性格武裝情節，就不能不在藝術上走向沒落，而到了二十世紀以後那些現代武俠傳奇甚至某些推理小說（包括金庸的小說），都不能不落到嚴肅文學的審美水平線以下去了。（四）這是因為構成情節的關鍵是「突轉」，也就是向相反方向、相反的兩極轉化，就是讓人物越出常軌，在動盪中檢測人物心靈黑箱的奧秘，尋求那情感深處的因果關係。情感決定了人物的外在動作，而不是外在動作決定了人物情感的特徵。對於性格來說，重要的並不是動作，而是推動這個動作的隱秘情感（例如聲譽至上，使武松繼續上山）。對於情節來說，只要這個動作的「果」能成為產生另一動作的「因」，使情節因果鏈得以延續就成（例如武松繼續上山成為遇上老虎，打死老虎的因，情節因果鏈沒有斷裂）。情節的因果性如果不與性格的因果性交融，就只有在生活和心靈的表面層次上滑行。（五）這自然不是說情節在展示性格時完全是消極的、被動的。其一，情節的反覆突轉為性格向縱深層次突進提供了條件，每一次突轉都為性格向新的層次深入提供了可能性。在情節與性格高度統一的作品中，情節的推演與性格的深化是同步的。正是因為這樣，好故事才如此難得，一旦出現就反覆被運用（例如前面提到的《灰欄記》）。 其二，情節對性格的作用主要表現在強化遞增和深化拓展兩個方面。比如《賣油郎獨占花魁》，賣油郎秦鐘的要求很低，只要求見花魁女一次，但代價很大，得付出他積累了多年的資金。這已經是強化的了。但是見了，偏偏又逢花魁大醉，這樣，效果就強化遞增了。然而秦鐘並不因此從世俗功利觀念出發去占有她，而是尊重她，這樣，情節的強化導致了性格邏輯的極化。又如《武松打虎》，一些事態從情節上講是微量遞增的，但從性格上看卻是巨量的拓廣和深化。他不顧店家勸阻仍要上山，看到陽穀縣的告示，證明山上確有虎，他想到過回

頭，但又怕被店家恥笑（須吃他恥笑，難以轉去），為了保全面子，不顧生命危險往前走。這是武松性格上一個新層次，派生的因（告示）並沒有起到動作上回頭的作用，對於動作不起多大作用的被淹沒的原因，對於性格卻有極大的價值。接下去，當他走下崗子遇到獵戶偽裝的老虎時，並沒有表現出任何超人的氣概，而是膽怯起來了，這下子完了！這就拓廣了武松的情感世界，顯示了一種在勇氣上超人，在情感上如常人的雙重特徵，這雙重因子的交織就構成武松的情感邏輯、性格特徵。

前文說過，孫紹振就性格範疇的內容，僅《文學創作論》中就遠不止這些，何況還有二十多年後在《文學性講演錄》和《文學解讀基礎》中的不斷發展，要較完整介紹，需另列「性格審美規範」一節，這裡，主要就其與情節的關係，重點介紹了一些內容。但就上述四點及本節全部內容看，我們可以得出：

第一，孫紹振既不是亞里士多德的「情節中心」，也不是黑格爾的「性格中心」，並且不是其它文學理論教科書不置可否的「無中心」，而是「情節因果——性格因果」二者結合、重心在性格，服務於性格的小說藝術形式規範的嶄新範疇。其內涵已明顯超越了其理論源頭的亞里士多德和福斯特的情節因果論。

第二，對於季莫菲耶夫的舊情節理論，既吸納了它的合理元素，包括引入了季氏也著重引用的高爾基關於情節與性格關係的觀點，更是堅決拋棄了「開端、發展、高潮、結局」、「情節是性格發展史」的貌似簡明，實質流於表象、囿於機械的理論。孫紹振指出，早在十九世紀下半葉，以契訶夫、莫泊桑、都德為代表的短篇小說家，就廢棄了這種古典式的全過程的程序；五四時期，胡適就在〈論短篇小說〉中作了理論的總結，說所謂短篇小說，猶如樹的「橫截面」，是「用最經濟的文學手段，描寫事實中的最精彩的一段，或一方面，而能使人充分滿意的文章。」孫紹振又說，魯迅有時走得更遠，他的〈狂人

日記〉幾乎取消了情節，而〈故鄉〉和〈孔乙己〉則幾乎談不上情節的高潮。[29]確如孫先生所言，〈狂人日記〉就像今天講的意識流；〈孔乙己〉主要就是三個有關孔乙己的幾乎平行的場面，第一個場面——「孔乙己是這樣的使人快活，可是沒有他，別人也便這麼過。」——甚至是最重要的。因此，主要是，創作和解讀的重點都不是去劃分什麼階段，而是都要找那結果之因，尤其是性格這一因中之因。情節可以無發展地突如其來，像孫紹振經常介紹的契訶夫的〈苦惱〉，一個孤獨的老人不停地對週邊的人和一匹小馬傾訴他心中的苦惱。可以一開篇就是高潮的臨界點，如同樣是孫紹振經常介紹的契訶夫的〈萬卡〉，一個想念爺爺的苦難的童工，寫完給爺爺的信，信封上寫道：「鄉下爺爺收」，故事就結束了。爺爺是收不到的，孩子是不知道的，這如叫「結局」就無力、無感了，這就是高潮，是於表現孩子的性格、展現社會悲劇的一角、激起讀者無限的悲憫，都是瞬間而來的高潮。再說中學裡最常入選的莫泊桑兩篇小說，其中〈我的叔叔于勒〉，可以說，見到于勒之時，是暴露兄嫂無情個性的高潮，而〈項鍊〉，得知假項鍊，在情節上是高潮，而就主人公的性格而言，高潮應是丟失項鍊後，一個勇於面對災難的新的瑪蒂爾德出現的那一刻。更不用說莫言的〈透明的紅蘿蔔〉，小說中有三個片段都很重要、很關鍵，一個是美麗的紅蘿蔔的幻覺一幕，一個是黑孩子撲上去扳倒既在決鬥中違規，又「壟斷」了菊子姑娘情感的小石匠的一幕，一個是師傅們、朋友們人去樓空，菊子眼睛受重傷，朋友們個個心靈受重創，整個工地一片壓抑，黑孩自己躲在黑暗一隅哭泣的一幕，你說那個是情節的高潮？實際上都是黑孩子獨特情感的高峰體驗。這種本質上是傳統現實主義，但運用了類似魔幻現實主義手法（但莫言明言：

---

29 以上見孫紹振、孫彥君：《文學文本解讀學》（北京市：北京大學出版社，2015年），頁288。

他創作這些時，對馬爾克斯毫無所知，影響他卻有孫紹振——詳見拙作第二章），幾乎平行展現的「性格因果」片段，〈紅高粱〉中更突出、更複雜。小說的主幹情節是伏擊戰，但是，「我奶奶」、「我爺爺」的獨特性格、獨特情感邏輯，更多寄寓在不斷穿插、閃回、閃前的無數個呈現主人公愛情悲喜劇的片段中。這樣的例子舉不勝舉。

第三，孫紹振的「情節因果——性格因果」新形式規範，不像一些文學理論體系，在拋棄蘇聯舊情節理論的同時，又引入一大堆當代西方文論術語，不說其食洋不化，也是雜陳生疏，而孫紹振是自己建構起一套有機統一的話語體系。

第四，孫紹振的「情節因果——性格因果」形式規範理論，主要是就傳統作品，尤其是經典小說而言的。孫紹振對後現代小說的形式規範，亦有探索成果，可見其《文學創作論》、《文學性講演錄》、《文學解讀基礎》、《文學文本解讀學》中的相關部分。

最值得推薦的案例，是孫紹振一系列經典人物的個案解讀，如曹操、諸葛亮、關羽、豬八戒、賈寶玉、林黛玉、王熙鳳、薛寶釵、繁漪、周樸園、祥林嫂、孔乙己、阿Q、安娜・卡列尼娜、瑪蒂爾德、別里科夫、娜塔莎……，以及一系列古今中外小說名篇的解讀，其「情節因果——性格因果」理論在個中有詳盡展現[30]。

（二）打出常軌（打出常規、越出常軌）

和上述「情節因果——性格因果」一樣，「打出常軌」作為塑造、刻畫人物的小說藝術的形式規範研究，貫穿孫紹振《文學創作論》時期到《文學文本解讀學》時期的數十年學術工作中，其理論內

---

30 可查找相關篇目解讀的孫紹振各種解讀專輯，或從孫紹振的《文學創作論》、《文學性講演錄》、《文學解讀基礎》、《文學文本解讀學》等專著中查閱。又，近期出版的《經典小說解讀》（上海教育出版社）和《演說《紅樓》、《三國》、《雷雨》之魅》（福建教育出版社）是孫紹振小說解讀較集中的兩個專輯本。

涵不斷發展，完善。最初以「越出常軌」命名，在一九八四年完稿的
《文學創作論》中，與此有關的理論涵蓋兩大節十四小節，其中，至
少有十三個學術點與此有關。二〇〇六年的《文學性講演錄》和二〇
一七年的《文學解讀基礎》（是為《文學性講演錄》的修訂版），以
「打出常軌」命名，重點闡述者未超過五點。二〇一五年的《文學文
本解讀學》，重點闡述者未超過三點。後二個時期在結構、內涵、表
述、案例上，都有更為精緻的發展，乃至明顯的發展，如都用「打
出」取代「越出」，這就更符合是從創作角度揭示、命名的，特別是
《文學文本解讀學》中又把後文將談的「拉開距離──情感逆行」亦
歸到打出常規[31]範疇內，從學術的集中嚴密、有機統一上，更科學
了。這個情況，後文再予說明。

　　亦和上一節（情節因果──性格因果）做法一樣，以一書為主，
參照他著，著重闡述一些內容，只是為主者是《文學文本解讀學》，
而不是上節那樣是《文學創作論》。主要從兩個方面介紹打出常軌
（打出常規、越出常軌）。

1 依據

　　一、科學依據：孫紹振認為[32]，從某種意義上說，小說家考察
人，研究人的感情結構，與自然科學家研究物質的結構並不是沒有共
通之處的。小說家不滿足於對人物感情作靜態的渲泄，自然科學家也
不滿足對客觀物質作靜止的考察。英國科學家何非說，科學研究的工

---

31 二〇一五年《文學文本解讀學》以打出常規命名，但其二〇一七年的《文學解讀基
　礎》又以打出常軌命名，一般以後定者命名，加之「常軌」更有人物運動之感。

32 本節「打出常軌」的注釋分三種：一、筆者轉述的孫紹振論述，主要引自孫紹振一
　九八七年版《文學創作論》第九章第二節，二〇一五年版《文學文本解讀學》第九
　章第四節，二〇一七年版《文學解讀基礎》第三十五講；二、直接引文及部分孫紹
　振觀點，注明了具體出處；三、孫紹振原注的，注明了孫原注。

作就是設法走到事物的極端，而觀察它有無特別現象的工作。弗朗西斯‧培根說，正如在社會中每個人的能力總是在最容易發生動盪的情況下，而不是在其它情況下發揮出來，所以同樣隱蔽在自然界中的事情，只有在技術的挑釁下，才會暴露出來。孫紹振認為，小說家在以下三點與科學家是一致的，（一）「以技術的挑釁」，打破感情結構的穩定常態；（二）使感情處於某種「極端」狀況；（三）捕捉那穩定常態以外的「特殊情況」，發現隱蔽在感情結構深處的秘密，不過小說家不能像科學家那樣給他的研究對象加溫，加壓，通電，而是用一種生活的變故，迫使人物進入極端的、不正常的生活，以打破其感情深層結構的穩態。

　　孫紹振又從心理學的角度指出：（一）人的感情是一個很複雜的世界，它有它的表層和深層，有著人物本身所意識到的層次和連人物本身也意識不到的層次。處於表層是比較容易被感知的，處於深層和無意識層的情感是不易顯現的，只有在強刺激作用下才可能由沉睡狀態變為活躍狀態，由微妙的內在波動化為強烈的外在表現。處於意識表層的情感，本來是很容易被認知的，但是由於環境、人際關係、個性的作用，人很少是把自己一切感情都像火一樣地公開的，除了小孩子，絕大多數人都對自己的感情加以抑制和虛飾，儘量不讓感情的火焰燃燒，至多只讓它冒煙，有時甚至連煙都不冒。要在社會中正常地生活，就得讓感情受理性的抑制。人從幼年就開始學習用理性控制感情，長期的被控制，被抑制，被窒息，使得一部分感情死亡了，一部分感情沉睡了，一部分處於被歪曲狀態。只有強刺激才能喚醒、激活。（二）弗洛依德甚至認為正是處於無意識領域中的成分決定了人的意識。孫紹振據此指出，那深深埋藏在意識結構深層，甚至無意識層中的情感，往往是更深刻的，對人更起決定作用的，敘事的特點就是它不僅直接抒發現成的感情，而且在矛盾衝突中去衝擊意識和情感的深層結構，使深層結構失去穩定的常態，迫使感情從深層結構中解

放出來，把人物放在變化的環境和動盪的命運中考察人物的感情結構的各個層次的複雜性。

　　二、作家創作經驗的依據：孫紹振引述的有：（一）左拉提出的「實驗小說」的理論，並以《貝姨》為例，說明巴爾扎克的方法是「通過情況和環境的加工修改」，好像用「試劑法分析感情」一樣，作出一份人物的「實驗報告」。[33]有人說川端康成的方法是把人物放在試管中的方法，孫紹振說，其實，發明權在左拉。（二）萊辛在《漢堡劇評》中說：「沒有偽裝，不成性格。」[34]孫紹振認為，話雖說得絕了一點，但是有相對的合理性。張潔在《沉重的翅膀》中也說：「人是多面體的，而有些側面，非在必要的時候是不會看到的。」（三）張賢亮在《綠化樹》中引述了俄羅斯作家阿‧托爾斯泰在《苦難的歷程》第二部《一九一八》題記中說的話：「在清水裡泡三次，在血水裡浴三次，在鹼水裡煮三次。」

　　孫紹振認為，文學是人以感情為核心的包括感覺表層和智性深層的動態變幻藝術，小說中人與人的關係，就是讓人的表層瓦解和深層暴露。

　　這些，就是打出常軌形式規範的理論依據、權威依據，尤其是左拉的「試劑分析感情」，孫紹振最常提及。當然，最主要的依據是大量作品本身。

2　各種形態的打出常軌

　　孫紹振在各個時期闡釋的打出常軌，大體有下列形態：

　　一、打出常軌後的第二情境、第二境遇，最常見的是逆境，一般

33　孫原注，伍蠡甫主編：《西方文論選》（下）（上海市：上海譯文出版社，1979年），頁251。

34　孫原注，萊辛著，張黎譯：《漢堡劇評》（上海市：上海譯文出版社，1981年），頁296。

是極端的，並且往往連續多次，甚至放在相反的兩極中「考驗」人物。孫紹振最常舉的例子就是左拉提到的巴爾扎克的《貝姨》：

　　于洛男爵極端好色，可是他的夫人對他卻非常忠貞。暴發戶勾引她，被拒絕了。于洛不爭氣，引誘下屬華萊里做情婦。這就非常極端了，妻子忠於丈夫，丈夫卻非常花心。華萊里表面上跟他好，暗裡又和自己的老公聯合起來捉姦，強迫于洛提拔她老公為科長，而且要賠錢。于洛為了賠錢，只好派一個親戚到非洲去做生意，結果虧了二十萬法郎。如果不補上虧空，作為一個貴族，于洛就要被逮捕，這是很丟臉面子的事。他的妻子乃走向一個極端——救他。為了要弄二十萬法郎，乃圖委身於被她拒絕過的暴發戶，沒想到暴發戶已有了新情人，拒絕了她。丈夫的荒淫無恥是一個極端，妻子以貴族身分委身平民暴發戶又是一個極端。第三個極端是，本來是個好色之徒的暴發戶，對于洛夫人垂涎三尺，現在卻拒絕了她。于洛在渡過了難關後從家裡溜走了，去和一個小女子同居，夫人把她找回來，原諒了他。于洛又窮又無所作為。第四個極端是，妻子發現于洛和廚房女工在睡覺，而且對女工說夫人身體不好，將來總有一天要女工當男爵夫人。這個夫人果然病體纏身，臨終前和丈夫說了一句話：「你不久以後，就有了一位新男爵夫人了。」

　　孫紹振說：「這樣的情節結構就是一層一層地推向極端，把人物推出了心理正常軌道，在常規之外，揭示表面難以發現的秘密。這種辦法不僅在《貝姨》裡運用，巴爾扎克的全部小說幾乎脫離不了這種以極端情境層層逼迫、層層深挖的方法。嚴格地說，這也不是巴爾扎克的特殊嗜好，許多小說家都不自覺地遵循著這個規範。不管左拉還是梅里美，不管狄更斯還是馬克‧吐溫，不管曹雪芹還是川端康成，都不約而同地在這樣一個無形無聲的磁力線誘導下展開天才的想像。」[35]

---

35 孫紹振、孫彥君：《文學文本解讀學》（北京市：北京大學出版社，2015年），頁300。

　　《紅樓夢》裡尤三姐之死、尤二姐之死、晴雯之死、賈瑞之死，等等，都有類似的極端境遇，都通過打出常軌，揭示了主人公或剛烈，或懦弱，或正大，或卑微的內心世界，以及相關人物的心靈秘密。

　　孫紹振指出，《水滸》的逼上梁山之「逼」就是反覆打出常軌，其中最有代表性的就是林沖。先是讓頂頭上司的兒子，調戲他老婆，再讓他中計誤闖白虎堂遭流放，接著讓他在野豬林差一點被公差暗害。但是，幾次被打到極端境遇，林沖的心態並未改變，直到高太尉派陸虞侯他們又來燒草料場，要他的命，林沖的心態才在這最極端的境遇下，顯出英雄本色，義無反顧，大開殺戒，從此變成另外一個人。最後，在決定梁山命運上，又和李逵一樣堅決反對接受招安。最複雜的是宋江，一共有造反信件洩密、殺閻婆惜、上江州法場、動搖回家、再上梁山五次被打出常軌。孫紹振分析了他內心顯露出的七個層次的矛盾。

　　祥林嫂也是，二次死丈夫，被強迫再嫁，兒子又被狼叼走，遭世人疏遠，被東家辭退，捐了門檻也不許端福禮，到陰間可能被鋸成兩半，沒有人能回答她的疑問，反覆的極端逆境的折磨，讓她最後精神崩潰，走向死亡，同時，也揭示了她中禮教毒害甚深的麻木的心。

　　二、孫紹振認為，關鍵是前提條件的充分和氛圍濃度的飽和，達到了這個條件，一次極端逆境，只調動一個因子，就足以讓主人公暴露心靈的秘密。

　　孫紹振常舉之例都德的《最後一課》就是這樣。小孩佛朗西原來非常厭惡法語，但後來把他推到一個極端，也就是一種不可逆的情境——這是最後一課，從此以後不能再學法語了——他就突然覺得法語非常可愛，希望上課的時間越長越好。雖然只是一個事變，但這樣一個極端逆境足夠了，平常潛在的對母語的熱愛就充分顯現出來了。[36]

---

[36]　孫原注：關於《最後一課》有一個重要的事實需要澄清：文中描述的被德國侵占的
　　　法國領土最初屬於德國而不是法國，當地居民本來就說德語而不是法語……普法戰

　　〈項鍊〉也是這樣，就一件事，丟失項鍊，付出了十年青春的代價。為什麼非要借項鍊不可？因為虛榮心作祟。為什麼會丟？可能舞會上過於出風頭，過於得意忘形，過於忘乎所以，過於關注自己形象，在離開舞場前後仍沉浸於忘情中，未注意身上項鏈有極大關係。但丟失後，考驗出了一個誠信勇敢、面對現實的新瑪蒂爾德。就是孫紹振說的，項鍊的「功能」就如左拉所說的用「試劑法分析感情」中的一個「試劑」，把人物內心潛在的另一面品質揭示出來了。

　　一次逆境的例子並不在少數，如一個意外情況的出現，孫紹振舉到的例子就有：屠格涅夫《貴族之家》裡戀愛的主人公，原傳已死的妻子突然死而復活，《簡愛》裡男女主人公的婚姻由於發現男方還有一個瘋了的妻子而中斷，從良後杜十娘正滿懷新生活的希望跟隨李甲回家，卻突然遭到孫富的破壞；又如一次環境的改變，孫紹振說，光把人送到荒島上去，世界文學史上就發生過不下五次。但同樣只調動了一個因子，出現了一個逆境，條件充分與否，氛圍濃度飽和與否，結局卻大不一樣。孫紹振介紹了一對典型的例子：

　　屠格涅夫的《木木》和莫泊桑的《珂珂特小姐》，寫的都是下層勞動者養了心愛的狗，引起主人的不滿，被迫將狗淹死的故事。莫泊桑在結尾處寫車夫弗朗索瓦在河中發現了狗的屍體，瘋了。而屠格涅夫只寫了農奴蓋拉新不辭而別，離開了莫斯科。兩者都是心愛的狗被淹死這一逆境，車夫瘋了，動作的激烈程度顯然強過不辭而別。然而就其動人程度，瘋了，遠遠不及大踏步地不告而別的強。《珂珂特小姐》在莫泊桑的小說中並非傑作，而屠格涅夫的《木木》卻成了世界

　　　爭結束，阿爾薩斯重新成為德國領土後，一百五十萬居民中只有五萬說法語的居民。但在《最後一課》中，寫的似乎全阿爾薩斯的人都把法語當母語，顯然和歷史大相逕庭。雖然如此，當年德國當局，強迫說法語的只能學德語，也是野蠻的。如今，阿爾薩斯地區的居民大都能講三種語言：阿爾薩斯語、法語和德語。德法之爭的那一頁已經成為歷史，今天的阿爾薩斯是一個語言多元化的地區，在學校裡，孩子們不僅學法語和德語，也學英語和西班牙語。

短篇小說中的經典性作品。原因就在車夫弗朗索瓦性格的質變缺乏充分的前承條件，後續效果的產生也缺乏氛圍的濃度。

為了達到後續效果的充分必然性，屠格涅夫設置了一系列的前承條件：（一）蓋拉新是個又聾又啞的大力士；（二）他無法用語言表達自己對女傭人的愛情，而喜怒無常的女主人卻把女傭人隨便嫁給了一個酒鬼；（三）受到了這樣的精神打擊以後，他才養了一條狗，這條狗成了他唯一的樂趣，唯一的感情寄託。可這條狗在無意中打擾了女主人，女主人兩次嚴令殺死這條狗。蓋拉新最後並沒有反抗女主人的命令，但在執行以後，不能用語言表述他的痛苦和反抗，卻用堅決的行動表達他不能忍受這樣的心靈摧殘。屠格涅夫設置了一系列的前承條件，使這一無聲的反叛成為充分必然的結果，蓋拉新不能說話的生理缺陷更是加深了他的孤獨感和壓抑情緒。《珂珂特小姐》中，除了弗朗索瓦對狗的愛以外，沒有更複雜更深刻的原因，莫泊桑並沒有明確地強化珂珂特小姐（狗名）在弗朗索瓦感情中不可替代的地位和特殊的感情，因而他後來瘋狂的氛圍是不夠飽和的，讀者的情緒也沒有激活到相應的強度，因而結局的可信性就比較差。雖然瘋了的後果更嚴重，但動人的程度卻不及啞巴的舉動。

孫紹振由此認為：「可見，藝術效果並不完全取決於結局的強烈程度，更重要的是取決結果的必然程度，而決定結局的必然性的不是結局的本身，而是前提條件的充分程度和造成結局的氛圍的飽和程度。」[37]

正是這樣的原因，上舉反覆多次打出常軌的，目的就是為了達到前承條件的充分，氛圍濃度的飽和。

三、與上述多數是逆境的情況相反，也有極端順境的，同樣可以使表層心理結構瓦解，暴露出人的內心隱秘來。

---

37 孫紹振：《文學創作論》（瀋陽市：春風文藝出版社，1987年），頁660。

孫紹振所舉最著名例子就是馬克・吐溫的〈百萬英鎊〉：平白無故給一個一文不名、衣衫襤褸的青年一張一百萬英鎊的鈔票，但找不開，不好用，有了這張不好用的大鈔，這個貧窮的美國青年就到處受歡迎了，愛情的天使也降臨了。孫紹振說，這就像炸彈一樣，把人生中最卑俗、最勢利眼和最純潔的愛情，都從靈魂深處爆炸到生活的表層。又說，當巴爾扎克讓他的人物為奪取財產而喪盡良心，受盡苦難時，馬克・吐溫卻常常把意外的好運、巨額的財產輕易地放在他的人物面前，結果並不是給人物立即帶來幸福，相反把人物弄得手足無措，哭笑不得，他筆下的人物，處於順境中受的精神折騰似乎比逆境中更多。

孫紹振認為，馬克・吐溫的風格足以說明，順境比之逆境對於人物心靈的檢驗有著完全同等的重要性，而在喜劇風格的作品中，也許順境比逆境更有情節操作價值。

孫紹振還認為，古代中國的經典小說中，很少有人物是來自於順境，並且能夠表現出深刻性格的。他說，可能唯一的例外就是關羽華容道放走曹操。這是勝券在握的買賣，關羽卻終於網開一面，讓曹操死裡逃生，這釋放的就是關羽心靈深處的「義」，就是我們前面提到的魯迅極讚賞的關羽「義勇之概，時時如見」。孫紹振書裡出現的例子中，有順境之味的應當還有〈范進中舉〉。范進中舉後，送銀子的有了，送房產的有了，送食送穿的也有了，連送丫鬟、傭人的都有了。當得知這一切都是屬於自己時，范母因高興過度死了，這就是順境生變，它無情地暴露了人物心裡的鄙俗。

四、逆境、順境交錯等複雜形態。

實際上，上文最後所舉幾例都有點複雜。關羽的順境，並不像〈百萬英鎊〉那樣是完全之順境，曹操的出現，對他又是一個難題，難題就是逆境，所以他幾度猶豫，最後長歎一聲才放走曹操。但正如此，更加生動揭示了關羽「義重如山」至把興漢大業置之腦後的獨特

性格、獨特情感邏輯。〈范進中舉〉更是順逆交錯、悲喜交織的複雜
境遇，先是范進屢試不第，悲催到任由胡屠戶辱罵的下下人境地；後
是一朝中舉，又喜極而瘋，是悲是喜，無由判斷；再是復原後，前呼
後擁，胡屠戶更是一派奴顏婢膝。這個故事的複雜更在於，不僅揭示
了主人公科舉制度下的極端變態心理，更重要的是借此揭露了周邊的
胡屠戶、張鄉紳的極端勢利。所以，孫紹振是把它作為從一個極端走
向另一個極端的對立兩極的典型例子。

　　〈項鍊〉其實也不是單純的逆境。小說開篇可說是一個順境，天
天幻想過上上流社會生活的瑪蒂爾德，突然接到教育部長的舞會請
柬，又果然成了當晚的舞會皇后，這當是瞬間的極端順境，福兮禍所
伏，才導致了後來的悲劇。不過，故事的重心在丟失項鍊。

　　孫紹振著重提到的莫泊桑另一篇差不多同樣手法，但真假相反的
〈珠寶〉，對立兩極的轉換更為複雜。開篇男主人公郎丹娶了位似乎
完美無缺的妻子，沉浸於幸福中，這是順境。六年後，妻子突然離
世，他痛不欲生，這是逆境。後來發現妻子留下的一大堆本以為是假
的珠寶，不僅全是真的，而且不言而喻是做別人情婦的所「得」，他
天旋地轉，昏厥過去，竟毫無所知地戴了六年綠帽子，這極端羞恥，
使他精神受到了極大的打擊，這無疑是極端逆境。後來，郎丹不顧羞
恥，把全部珠寶兌換為法郎，獲得了一筆巨額財產，並開始揮霍起
來。這結局，究竟是極端順境（巨額財產）？還是極端逆境（如此寡
廉鮮恥）？不管是什麼，這才更像是「在清水裡泡三次，在鹼水裡煮
三次」，「以技術的挑釁」，用左拉的「試劑法分析感情」，在寫一份人
物心靈的「實驗報告」。

　　還有一種情況是，人物一出場就是極端逆境，像孔乙己。相較於
他人，他生活在非常態，相較於自己，這極端貧困早已是他的常規生
活。所以，他的基本性格、內心情感的基本狀態，早已由「本小說」
之前的科舉失敗，跌入困頓的逆境中得以成型。另一方面，他來到咸

亨酒店，這是一個新環境，他被眾人當著笑料，毫不顧及其尊嚴，任意拿他取笑，這可以說是精神上的更為難堪的極端逆境。如此檢驗出的孔乙己的精神世界，就是孫紹振指出的，毫無招架之力地死死維護著自己殘存的讀書人的最後一點可憐的自尊。如此墜入精神困境的作用，孫紹振認為更重要的是，周邊人的毫無同情心，連這一點可憐的自尊都把它給徹底摧毀，更可悲的是，作出這些惡意行徑的人們又絲毫沒有感覺到自己的惡意，一整個冷漠的社會。

　　又如，契訶夫的〈萬卡〉、〈苦惱〉，也是人物一出場就是面臨逆境，就被打出常軌，只是並未寫其他人對此的反應，而主要是借此暴露主人公心靈世界。

　　五、所以，如〈孔乙己〉、〈范進中舉〉、〈祝福〉、〈百萬英鎊〉等等，又是一種獨特的第二情境，周邊人、看客對主人公的或悲或喜的境遇變化的反應，甚至是更為重要的瓦解人們的「面具」，暴露人們的隱秘深層情感的「試劑」，如孫紹振指出的，「藝術家的才氣主要表現在於讓這個動因引起種種的連鎖反應。」[38]

　　六、孫紹振指出，還有一種情況，把人打出常軌後，人還是那樣子，境遇反覆越出常軌，而感情卻一直保持常態不變。他舉例說，如阿Q愈是遭受凌辱、迫害、愈是麻木，哪怕死到臨頭了，還是麻木，還是想出風頭，還為那個圓圈畫得不夠圓而遺憾；如契訶夫筆下的寶貝兒，不管換了多少不同的丈夫或情人，也永遠以丈夫（情人）的愛好和語言為自己的愛好和語言，永遠沒有自己的語言和愛好，這些越出常軌與保持常態，對比越鮮明，人物的心靈就越顯得深刻。

　　七、將變未變的「引而不發」，境遇最終未改變，但人物的內部情感已發生變化。

　　孫紹振舉朱蘇進的《引而不發》中篇小說為例。小說寫的是幾十

---

38 孫紹振：《文學創作論》（瀋陽市：春風文藝出版社，1987年），頁656。

年沒有戰爭的軍隊，忽然有了消息要作好準備開赴前線，於是各種年
齡、經歷、性格的軍官、士兵內外關係都動盪起來，都越出了常軌，
一系列多層次的越出常軌集中在一個焦點上。但是後來又來了命令，
開赴前線的決定已經取消，於是一切又恢復了常態，多種多樣的心理
越出常軌的目的達到了，行動上是不是要相應地越出常軌就顯得很不
重要了。可以越出，也可以不越出。行動不越出，而心理卻越出了，
這就叫「引而不發」。

　　這種引而不發，也屬於孫紹振指出的假定性熔爐。例如孫紹振舉
著名的〈南柯太守傳〉，作者把人物放在假定的夢境中去檢驗，讓一
個仕途失意，功名之心未滅的人在夢境中再度飛黃騰達一番，看他有
什麼結果。結果是一頓小米飯還沒有煮熟，暫短的夢幻已使主人公大
徹大悟了宦海沉浮的虛無。孫紹振認為，這種虛幻情境的設置無疑是
很成功的，它在一個短暫的時間裡濃縮了一個人半生的體驗，這樣虛
擬的想像的集中和奇特，表現了藝術家的魄力。儘管整個小說創作，
整個這種打出常軌藝術形式都可以說是假定性熔爐，此類南柯一夢是
更具體的假定性熔爐。引而不發，亦有此類功能。

　　孫紹振說：「現代小說不同於古典小說之處就在這種外在行動與
內在心理的不平衡。古典小說，特別是傳奇小說，內在的心理與外在
的動作往往是同步運行的，近代、現代小說，則常常突出二者的矛
盾，感情與行為之間不平衡，或虛假的統一，有助於透視心靈的潛在
動作。」[39] 這實際上是打出常軌形式範疇中一個更具體的小說藝術形
式規範，於創作和解讀都有具體的方法論意義。

　　八、並不極端的逆境、順境。只要越出常軌，達到了顯露人物心
靈秘密的充分條件和飽和濃度，哪怕較小的變動，也一樣達到效果。

　　打出常軌，孫紹振說：「也不一定要像施耐庵、羅貫中、莎士比

---

39 孫紹振：《文學創作論》（瀋陽市：春風文藝出版社，1987年），頁645。

亞、雨果、大仲馬、卡夫卡那樣，使情勢進入超現實境界，大起大落，乃至讓天上神仙，地下鬼魂突然介入，或者讓半打以上的人死去，鮮血橫流，也可以像契訶夫、詹姆斯、伍爾芙那樣，讓人物在日常生活中越出常軌。問題不在於情節是否大起大落，而在於是否讓人物從無可選擇的第一境遇轉入有較大選擇性的第二境遇，到了非常態的第二境遇中，不管有沒有神仙、災難、變故，靈魂深處的潛在性能就都有洩露的可能了。」[40]

　　古代作品如《三國演義》中的〈三顧茅廬〉，劉備一而再，再而三，就是無法與孔明見面，這算越出常軌了，但與前面所舉的那些災難性的事件比，小巫見大巫了，跟大起大落都不沾邊。但其飽和度已足夠了，已考驗出了劉備的誠心和氣量，也檢驗出了張飛的急性子。

　　當代許多散文化的小說，變化甚至更為微量。如孫犁的〈山地回憶〉，故事是講一位八路軍戰士和一位山村女孩子一家的美好友誼和交往。起因是兩人在河邊的一次口角。口角，當然是越出常軌了，但口角的實質程度一點不嚴重，而且雙方很快都有自我調整，尤其是那挑起口角的女孩子的快人快語、不無狡黠的率真性格，很快把這場口角變為了友好對話。但正是這個越出常軌的小衝突，展示了這位女孩子的獨特個性；更是鮮明展現了戰爭年代軍民雙方感情深厚的獨特背景，正如孫紹振指出的，女孩子越是敢於吵架，越說明軍民雙方感情的深厚，也就是，不管我怎麼氣你，我拿穩了，你就是奈何我不得[41]；還微妙顯示了女孩子對男戰士特有的、雖非戀情的溫情。

　　順便說及，許多散文都實際有類似的越出常軌的現象，當然，第二情境的變化程度比小說小得多，但同樣是通過打出常軌，顯露人物的性格、情感、思想。如〈背影〉，就是要讓父親越出常軌，以如此

---

40 孫紹振：《文學創作論》（瀋陽市：春風文藝出版社，1987年），頁654。

41 〈山地回憶〉解讀，見孫紹振主編、北師大版初中課標語文教材九上《教師教學用書》該篇解讀。

年紀，如此身軀（體胖、臃腫），如此艱難（上下月臺），甚至如此不安全（就是當今人說的違反交通規則爬鐵道），去做一件如此不必要（買橘子）、不應該（要買也應兒子去）之事，父愛才真切感人，笨拙的父愛特點才鮮明。甚至如〈荷塘月色〉，朱自清也要有自己說的，「超出平常的自己，什麼都可以不想」，擱置日常的生活煩惱，「又什麼都可以想」，處於一種越出常軌的「獨處的妙處」，才能如此既心境寧靜，又任意想像，寫出那靜、雅、幽之美的荷塘月色，想像出「剛出浴的美人」的句子去形容潔白的荷花。

　　九、不管是極端境遇，還是波動不大的變化，偶然性，意外突轉，是這種藝術形式中常用手法之一。孫紹振總結性地說：「在小說中，作家常常依賴種種偶然事變，因而有那麼多巧合，那麼多冤家路窄，那麼多誤會。在唐宋傳奇中，一再出現離魂（死而復生）的奇蹟，從《天方夜譚》到古代中國的民間故事一再出現天賜的財寶，《十日談》有那麼多天真的少女遇到了淫邪的教士，《水滸傳》中有那麼多的善良百姓遇上了貪贓枉法的官吏，西方小說中有那麼多謀殺、決鬥、遺產的爭奪、暴發和破產，這一切都不過是為了把人物推出正常生活軌道以外，使他們的表層情感結構瓦解」[42]，使人物的內心奧秘被發現。

（三）拉開距離——情感逆行

　　一般而言，小說是講兩個和兩個以上人物關係的。「拉開距離」就是關於兩個和兩個以上人物關係的表現藝術、形式規範。八十年代初期的《文學創作論》中已明確提出並闡述了拉開距離論，並且與他已產生的錯位理論結合了起來。八十年代末和九十年代初，孫紹振在有關論著、講座中，進一步結合自己八十年代中期全面推出的錯位理

---

42 孫紹振：《文學創作論》（瀋陽市：春風文藝出版社，1987年），頁644。

論，並引入俄國形式主義的戀愛關係二元錯位模式，進一步發展、完善了自己的拉開距離論。後來，又把蘇聯的「情感逆行」說引入這一形式規範中。二〇〇六年出版的面向大學教學使用的《文學性講演錄》，已簡要介紹了上述「拉開距離──情感逆行」論的主要內容。二〇一五年出版的《文學文本解讀學》則從廣度、深度做了比較全面的總結和發展，並從立足本土、立足實踐，批判地吸收西方文論的角度做了有關說明。下述介紹，主要以《文學文本解讀學》中的內容為主，並結合其早期的研究，介紹兩個方面。

1　理論要點

　　一、人際距離和感情距離越成反比，形象也就越生動。這是孫紹振最早提出的拉開距離論的主要基礎。孫紹振根據大量作品事實，指出：「從創作實踐上看，小說家在經營他的形象時，往往遵循著這樣一個二律背反的原則，那就是一方面把人際關係拉近，一方面把心理差距拉開。人際關係距離的縮小，有利於心理差距拉開。所以，一般的說，在小說中感情發生衝突，往往是在兄弟、父子、同學、戰友、夫妻之間，或者曾經是志同道合，或者曾經是患難與共，或者有過共同的回憶，或者將有同樣美好的未來，然而恰恰在這樣的人之間，在同樣一件事情上暴露了他們之間的心理差距越來越大。」[43]並就此強調了兩點：（一）在共同情境中拉開心理差距。小說形象的基本特徵是在同一情勢、同一對象、同一關頭，特別是在統一抉擇中，凝聚起不同人物包含著多重錯位和複合層次的感情。在量上，層次越多越

---

43 孫紹振：《文學創作論》（瀋陽市：春風文藝出版社，1987年），頁616。本節「拉開距離」的注釋分三種：一、筆者轉述的孫紹振論述，主要引自孫紹振一九八七年版《文學創作論》第九章第一節，二〇一五年版《文學文本解讀學》第九章第六節，二〇一七年版《文學解讀基礎》第三十四講；二、直接引文及部分孫紹振觀點，注明了具體出處；三、孫紹振原注的，注明了孫原注。

好。從質上講，錯位幅度越大越好。為了使之顯出心理的內在的感情的差距，就要像如前所述的在人際關係上接近，越近就越有利於強化差距。簡言之，就是找尋一個共同的情境或對象，把這當作在有限範圍內的心理試劑，來檢測不同對象的心理差距。因此，共同情境或對象往往就成為小說形象細胞的核心，在有情節的小說中就是「情節核心」。（二）內在差距會反映為外在動作的差距，但內在差距是基礎，一般處於主導的決定性的地位。外在差距有時候甚至很小。

還必須說明的是，對立雙方，如前述的林沖與高太尉、陸虞侯的矛盾衝突，梁山好漢與貪官污吏的鬥爭衝突，不屬於這個範疇，在孫紹振的理論話語裡，這些「敵對方」屬於主人公的逆境，後面的環境理論還會說明。

二、心心相印是詩，心心相錯才是小說。這就是不同的文體有不同的形式規範。

前文說過，這裡探討的是兩個及兩個以上人物的關係，如是單個人物，如〈項鍊〉等等，就用前面的打出常規暴露其潛在心態去分析。

如果兩個或兩個以上人物，沒有出現外部施加他們的環境變化，他們之間也沒有矛盾衝突，那就是詩或者散文，許多以「我們」的口吻所寫的詩，正是這樣的作品；如果他們之間也出現了矛盾衝突，那實際是，一方對另一方構成了變化的境遇，這同樣可以用前面的打出常規去解讀。

那麼，不是單個人物，又被打出常軌，孫紹振認為，如果人物內心的變異是同樣的，如〈長恨歌〉中遭遇殺戮的楊玉環和無能為力的李隆基，感情變異是同值的，統一的，就成為浪漫的抒情詩。但是，在小說《楊太真外傳》和戲曲《長生殿》中，打出常規的人物之間的感情，發生了錯位。錯位就是在同一情感結構之中的人物，拉開了情與感的距離，但又沒有分裂。如李隆基和楊玉環，兩個人吵架了，分開了，但是又很想念，又和好了。因此，孫紹振就把拉開距離歸到了

打出常規的範疇內，指出這屬於打出常軌的功能中的一種——在第二情境下，人物之間拉開了距離，但沒有分裂，只是錯位。

這個分類，的確是更為嚴密、科學的。

一些似乎特殊的作品，也可以解釋。比如〈麥琪的禮物〉，男女主人公也可以說進入了第二情境，如果理解為雙方沒有衝突、沒有矛盾，這實際上表現的是一個人，夫婦同質，一個經濟極端困窘的年青夫婦遇上了聖誕節，要送禮物（第二情境），考驗出了他們共同的高尚品質。這實際用的是前面的打出常軌理論，把他們當做一個人。你要作為兩個人，也可以，那就是面臨第二情境，其行為的實用功利是互相衝突的，就好比共同用餐後雙方爭著要付款一樣，表面是拉開了距離的，但更反襯出雙方背後共同的、未斷裂的部分——奉獻本質。甚至也可以理解為：是兩個人，其情感變異像〈長恨歌〉裡的楊玉環、李隆基那樣，是同值的，統一的，那就把它理解為是浪漫的詩化小說，其實，〈麥琪的禮物〉確實很有點像浪漫的抒情詩。當然，按第一、二種處理是更好的。

還必須說明，本節和上節所討論的，孫紹振都強調通常僅限於傳統的現實主義、浪漫主義作品，至於探索性很強的現代派的小說，孫紹振在《文學文本解讀學》和早期的《文學創作論》中都有另列專門章節介紹，如「情節：現代派——荒謬性因果」、「魔幻現實主義」等等。

還有，孫紹振所提出的這個「拉開距離」（包括前面的打出常軌），應當說，涵蓋了絕大部分傳統小說。有沒有遺漏？不能排除。但可以用《文學文本解讀學》第三章裡介紹的「臨時定義」研究方法，解決遺漏問題。這就是，提出一個概念、命名，從歸納法的角度，應當窮盡所有的現象，但事實上又不可能窮盡一切，孫紹振引入了普列漢諾夫的「臨時定義」研究方法，即從已見到的現象中，先給一個「臨時定義」，亦即「準定義」，以後再根據事實現象，逐步對定

義進行修正完善。事實上，我們前頭介紹的孫紹振不同時期的「拉開距離」論，就是一個逐步發展完善的研究現象。

　　三、黑格爾的「性格」說和「不同情境顯示」說。孫紹振引入了黑格爾對長篇敘事作品中的人物個性是統一的「整體性」的著名命題，黑格爾說：「這種整體就是具有具體的心靈性的及其主體性的人，就是人的完整的個性，也就是性格。」[44]孫紹振根據黑格爾的理論解釋說，這種個性／性格，又不是單調的、抽象的，而是豐富的，「充滿生氣的總和」，而這種豐富性又並不是在常態下能表現出來的。孫紹振介紹說，黑格爾以希臘史詩為例說「阿喀琉斯是個最年輕的英雄，但是他一方面有年輕人的力量，另一方面也有人的一些其它品質。」這種其它的品質如何才能得以表現呢？黑格爾認為：

　　　　荷馬借助各種不同的情境把他的這種多方面的性格都提示出來了。[45]

孫紹振根據荷馬《伊利亞特》中阿喀琉斯故事的具體內容，解釋道：「同一的情境是常規情境，而『不同的情境』乃是超越常規的情境；把人物打出了常規，多方面的性格才能顯示出來。」[46]孫紹振認為，單個人物如此，多個人物則更是如此，更因他們原本的豐富性，在第二情境下，顯出不同的特性而拉開距離。

　　四、「情節、性格、環境」三要素理論新解。孫紹振對傳統的小說三要素理論進行了改造，認為「情節產生於人物心理距離的擴大，

---

44 孫原注，朱光潛譯：黑格爾《美學》第一卷（北京市：商務印書館，1981年），頁300。

45 孫原注，朱光潛譯：黑格爾《美學》第一卷（北京市：商務印書館，1981年），頁302。

46 孫紹振、孫彥君：《文學文本解讀學》（北京市：北京大學出版社，2015年），頁309。

性格也依賴於人物心理拉開距離的趨勢，而環境則是把人物心理打出常軌，構成拉開距離的條件。在一定限度內，人物心理（感知、情感、語言、動機、行為等等）拉開的距離越大，其藝術感染力越強；人物心理的距離越小，其感染力越弱；當人物之間的心理距離等於零時，小說不是變成詩，就是走向結束或者宣告失敗了。」[47]我們換句話來理解，即人物心理距離越大，雙方衝突越厲害，小說的情節就越為複雜，各自的性格特徵越鮮明越不相同，人物所處的環境（第二境遇）越為極端，逆境就是越為惡劣，順境就是越為優渥，對人的誘惑力越大。

　　五、拉開距離的本質是人物錯位，是心心相錯。孫紹振認為：小說藝術最忌心心相印，心心相印，不但毫無性格可言，就是連情節也無從發展。個性全在心心相錯之中。錯位，不是對立，而是部分心理重合，部分拉開距離。如果是愛情小說，錯位就是鬧彆扭、摩擦，難以言表……，但是，還是相愛，就是「恨」也是愛得深的結果，雖然這種愛也許是潛在的，甚至連主人公自己都不一定意識到的。如果是非愛情小說，就是在仍有某種共同目的、任務、利益……（任一種或多種）的前提下，雙方矛盾，甚至衝突嚴重，或意見相左，或意氣不投，或性格不合，或溝通不暢，或搶功擺好，或「瑜亮情結」……。

　　六、引入並改造俄國形式主義的戀愛關係二元錯位模式。早在上世紀九十年代初，孫紹振出版的《怎樣寫小說》中就引入俄國形式主義者斯克洛夫斯基在《故事和小說的構成》中提出的下列著名的「A、B論」：

> 故事需要的是不順利的愛情。例如當A愛上B，B覺得她並不愛A；而B愛上A時，A卻覺得不愛B了。……可見故事不僅需

---

47 孫紹振、孫彥君：《文學文本解讀學》（北京市：北京大學出版社，2015年），頁309。

要有作用，而且需要有反作用，有某種不一致。[48]

在《文學文本解讀學》中，孫紹振一方面對此作了充分肯定，指出這說的就是心心相錯，認為這正是小說的藝術生命所在，在古今中外的成熟小說中可以得到廣泛的印證，那些越是寫得好的愛情小說，男女主人公往往越是陷於互相折磨的惡性循環中；認為這可能是俄國形式主義理論中最有價值的一點，如果可以替之作出範疇概括的話，可以用「二元錯位」來表述。

　　另一方面，孫紹振又用東西方經典文本進行嚴格比照，指出了這一「二元錯位」模式的幾個方面的缺失，並且做出了重要的發展：（一）屬於上述「二元錯位」愛情模式的如俄國形式主義者用來舉例的普希金的《葉普蓋尼‧奧涅金》以及托爾斯泰的《安娜‧卡列尼娜》，而實際上，就愛情而言，往往不是二元，還有一個第三者，甚至是多元，是Ａ、Ｂ＋Ｃ……。這第三者或是小人，或是三角（或多角）戀愛（孫指出，斯氏的Ａ－Ｂ不同步，對Ａ用情不夠的情況，概括得不夠全面，還有一種情況是：Ａ愛上Ｂ，Ｂ也可能愛上了Ａ，但此時可能出現了Ｃ，Ａ有可能愛上了Ｃ，也可能動搖於Ｂ與Ｃ之間。在這樣的錯位結構中，人物的心理無疑更加複雜豐富。這就是所謂的三角戀愛），或是家庭、社會的干擾，或是好心辦壞事，或是愛情喜劇需要的「紅娘」……。（二）類似的感情錯位並不是戀愛小說獨有的，而是一切情節性小說的普遍規律。在敘事和戲劇結構中，處於親密情感結構之中的人物要有不同的個性，要拉開距離，盟友、同志、親人一定要在一定條件下分化，也有Ａ、Ｂ＋Ｃ……的關係，這Ｃ，或是處理Ａ、Ｂ關係的畸輕畸重者，或是孫紹振稱為的「中介反照人物」。

　　七、引入「情感逆行」說。孫紹振說：「作家要讓作品有震撼

---

48 孫原注，斯克洛夫斯基：〈故事和小說的構成〉，見喬治‧艾略特等著：《小說的藝術》（北京市：社會科學文獻出版社，1999年），頁86。

力，就要讓人物的命運和讀者的同情發生逆差。讀者越是同情，作家越是要折磨他。人物的命運越是和讀者的希望有反差，就越是有閱讀的吸引力。蘇聯文藝理論家稱之為『情感逆行』。」[49]孫紹振認為，這是作家利用讀者閱讀心理的一個「秘密」。因此，拉開距離與情感逆行往往相伴而生，如影隨形，成為一個重要的形式規範、藝術表現手段。

2 代表性案例

這裡主要摘錄孫紹振《文學文本解讀學》（為主）及《文學解讀基礎》中，闡釋經其改造、發展的「A、B＋C……」錯位模式時分析的文本。

一、「A、B」二元錯位。《安娜‧卡列尼娜》中，安娜‧卡列尼娜起初並不愛渥倫斯基，渥倫斯基拚命追求，等到安娜愛上他後，卻發現渥倫斯基並不完全把她放在心上，於是自殺了。

二、小人挑撥，「外惡性」小人。曹雪芹在《紅樓夢》開頭所批判的「假擬出男女二人名姓，又必旁出一小人其間撥亂。」[50]由於小人撥亂造成男女雙方的情感錯位，可以稱之為「外惡性」錯位。這種錯位模式，如莎士比亞的經典〈奧賽羅〉即是，由於小人亞戈的挑撥，奧賽羅的誤會，奧賽羅和黛斯特蒙娜心理錯位達到極限，導致奧賽羅掐死了自己心愛的妻子。

三、三角戀愛。巴金的《家》中，覺新和梅相愛甚深，然而不能結合。覺新和瑞珏結婚後，二人也甚相愛。但覺新由於梅的存在，與瑞珏有錯位。梅與覺新之間則由於瑞珏的存在也有錯位。梅與瑞珏在

---

49 孫原注：維戈茨基，周新譯：《藝術心理學》（上海市：上海文藝出版社，1985年），頁137-138。

50 孫原注：馮其庸：《脂硯齋重評石頭記匯校》第一回（北京市：北京圖書館出版社，2008年）。

愛情上雖有矛盾，但在相處之間卻互有好感，這也是一種錯位。覺新沉溺於瑞珏的溫存撫愛之中，又不能忘情於梅，他對梅的追尋和詢問，得到的只是梅的迴避，這更是一種錯位。覺新的形象被有些評論家稱為「世界性的典型」，其特點是當他內心的動機與對外部環境矛盾屈從的時候，他總是在行為上扼殺自己內心的動機，然而在許多場合又殺而不死，還在行為上表現出來，結果是他的動機經過多層次的變異，變得畸形而扭曲。這種扭曲了的動機就註定他總是與他喜愛的，應該保護的人之間拉開心理錯位的距離。

四、家庭干預。所舉為寶黛愛情。首先要說明，愛情小說中最常見的男女主角二元錯位，明明相愛極深，卻無端鬧彆扭、鬧摩擦、自我折磨、自尋煩惱、使小性子、難以言表，等等，孫紹振最常舉例者就是寶黛愛情，主要是指林黛玉。但孫紹振認為，它的經典還不在這裡，而是家長制婚姻帶來的悲劇。他分析說：在經典作品中，造成愛的錯位，並不完全由主人公的情感決定，同時還要由婚姻關係決定，最典型的是《紅樓夢》。林黛玉、賈寶玉和薛寶釵的關係，並不是A－B－C的三角關係。這個「C」是家庭。林黛玉把薛寶釵當作假想敵是一時的誤會，到了四十五回，林黛玉向薛寶釵有過剖白：「你素日待人，固然是極好的，然我最是個多心的人，只當你心裡藏奸，往日竟是我錯了。」[51]誤會已經消解。林與賈的悲劇並不是薛的積極介入造成的，薛得知有金玉良緣之說後，並沒有表現出嫉妒，而是「越發沒意思起來」，對寶玉是主動迴避的。[52]林賈相愛的悲劇是由於與家長制婚姻（父母之命，媒妁之言）不能兼容，愛情的錯位的深層原因，乃是婚姻的錯位。寶釵眼見賈寶玉為林黛玉發瘋，對自己並沒有感

---

51 孫原注，馮其庸：《脂硯齋重評石頭記彙校》第四十五回（北京市：北京圖書館出版社，2008年）。

52 孫原注：馮其庸：《脂硯齋重評石頭記彙校》第二十八回（北京市：北京圖書館出版社，2008年）。

情，還是服從家長的安排成為他的妻子。《紅樓夢》的悲劇是有愛情的沒有婚姻，沒有愛情的卻有婚姻，如此這般的雙重錯位構成了《紅樓夢》深邃的藝術感染力。

五、好心辦壞事。《白蛇傳》中，白娘子和許仙發生矛盾，斷橋相會，即將重歸於好之時，小青卻出於義憤，要殺了許仙。

六、愛情喜劇裡的「紅娘」。《西廂記》裡，紅娘先為鶯鶯傳詩簡，約了張生來，鶯鶯臨時害羞反悔，一本正經呵斥張生，並說「有賊」，要扭送到老夫人那裡去。紅娘看穿了他們「一個怒發，一個無言，一個變了卦，一個悄悄冥冥，一個絮絮答答」，一面表面上責備、調侃張生，一面又替張生說情，鶯鶯遂順水推舟，放走了張生。金聖歎極為讚賞《西廂記》〈賴簡〉，說：「紅娘既不失輕，又不失重，分明一位極滑脫問官。紅娘此時一邊出豁張生，正是一邊出豁雙文（鶯鶯）也。」孫紹振認為，金聖歎的評點，道破了這場心理和語言錯位的喜劇性，插入一個紅娘，是作者天才的設計。

七、事不湊巧、難以溝通、多元錯位、多方「干擾」的悲劇。根據孫先生的多元錯位說（A、B＋C……），試對沈從文的《邊城》做一分析。

翠翠和儺送，各自心中一直有對方，但至故事末了，始終互相不知道對方的確切態度。這跟翠翠特別的羞怯，不僅不敢主動追求，反而有意躲避，幾度造成爺爺、儺送各方面的誤解有關。跟翠翠的爺爺老船夫，一心想幫孫女，但既不太懂少男少女的心思，又不善言辭溝通，基本上是幫倒忙有關。跟這是場三角戀愛，儺送和哥哥同時愛上了翠翠，哥哥知道競爭不過弟弟，主動離家，不幸溺水身亡，儺送自覺情義上對不起哥哥，又覺得此事也因老船夫說話彎彎曲曲所致，一直心中塊壘難消有關。跟儺送和他父親船總順順，多少有點居高臨下，不太體諒底層人的難處，不耐煩與老船夫溝通有關。在這樣方方面面都錯位逆行的情況下，順順終於確定與門當戶對的王團總家聯

姻。儺送心中仍有翠翠，與父親大吵一番，賭氣外出辦差去了。按當地風俗，兒輩自己可以選擇對象，順順也是豪爽之人，但也不是很情願「間接把第一個兒子弄死的女孩子，又來作第二個兒子的媳婦」。總之，儺送的婚事實際仍在未定之中。但王團總方面的人卻有意把它當做定局隱約透露給了翠翠爺爺。爺爺急火攻心，病倒了，又立馬抱病去找順順問明。但他們之間的交流方式和心中糾結一如既往。小說寫道：順順此時的心理活動是「二老（儺送）當真歡喜翠翠，翠翠又愛二老，他也並不反對這種愛怨糾纏的婚姻。但不知怎麼的，……船總想起家庭間的近事，以為全與這老而好事的船夫有關。雖不見諸形色，心中卻有個疙瘩。」於是，順順不讓老船夫再開口了，就語氣略粗的說道：「伯伯，算了吧……你的意思我全明白，你是好意。可是我也求你明白我的意思，我以為我們只應當談點自己份上的事情，不適宜於想那些年青人的門路了。」船總順順心口不一，並沒有把他實際也會同意兒子與翠翠結親的意思說出來。但老船夫遭這一悶拳後，回去後病情立刻惡化，又逢當夜風雨大作，淩晨，爺爺過世。後來，順順的有關表態和安排，表明有意接納翠翠做兒媳婦，以彌補過去的一切。但各方又都認為，需最後看儺送態度。但是，儺送出走後，一直沒有回來，小說結尾說：「這個人也許永遠不回來了，也許明天回來！」這個故事，不僅是愛情悲劇，也是不無傷感的鄉情、親情。全部主觀原因，就是方方面面的錯位，各種各樣「第三者」的干擾。

　　八、「三打白骨精」為什麼成為經典？在整個《西遊記》九九八十一難中，那些師徒四人同心協力的情節，讀者印象不深，因為不管多大的危機，師徒四人心理都沒有任何錯位。「三打白骨精」為什麼成為經典呢？就是因為，由於女性的出現，本來相當統一的心理關係失去平衡，師徒們對同一對象的感知、情緒、思維發生分化。白骨精在孫悟空的眼中是一個邪惡的妖精，在唐僧眼中是一個善良的婦女，而在豬八戒眼中則是一個頗具魅力的女性，他的內心長期遭到抑制的

性意識萌動了。由於感知錯位，就產生了不同的情感、動機和行為。孫悟空一棒子把白骨精打死，如果唐僧豎起大拇指大加讚賞：好得很！那就沒有心理錯位可言，也就沒有性格可言，沒有戲了。正是由於感知的錯位，造成了情感、動機、語言、行為的分化，而且發生了連鎖反應，使錯位幅度層層遞增。豬八戒出於對女性的愛好，挑撥孫悟空和唐僧的關係，以致孫悟空被唐僧開除了。這時，豬八戒、孫悟空和唐僧的個性才有足夠的反差，性格才有了深度。

如果豬八戒完全同情孫悟空，或者與唐僧的感覺完全一致，那樣只可能有詩意，對於小說來說，豬八戒之所以有藝術生命，就是因為他的感知和情感既不同於孫悟空，也不同於唐僧。在對待白骨精的問題上，豬八戒有他自己的潛在動機。一是，他的性意識，二是他感到平時老受孫悟空欺壓，此時正好乘機刁難他一下。這種刁難並不純系惡意報復，其中還包含著豬八戒意識不到的愚蠢。他與孫悟空為難，並非出於對唐僧取經事業的忠誠。他那豬耳朵中藏著二分銀子，隨時隨地都準備在取經隊伍散夥時，當作路費回到高老莊去當女婿。這種潛在的深層動機，在常規狀態下，是朦朧的，由於性意識的刺激，豬八戒就和孫悟空、唐僧的想像、判斷，乃至思維和行為邏輯發生了錯位。而且這種與唐僧、孫悟空錯位的感知和情感還相當飽和，相當強烈。

在關係越是親密的人物之間洞察潛在的動機，反差就越是深邃。

九、瑜亮情結和中間反照人物。關於《三國演義》〈草船借箭〉及「三氣周瑜」，第一章「生成機制說」中已做基本介紹。總的就是：周瑜這個好人，這個英雄，是為著自己的智謀優越感而活的，於是不斷和諸葛亮拉開距離，鬥來鬥去，諸葛亮又處處棋高一著，最後，周瑜一旦確信自己不如盟友多智，就活不成了。臨死之時，留下了名言「既生瑜，何生亮」，揭示了人類妒忌心理的特點：近距離，有現成的可比性。草船借箭和借東風，這兩個超現實的假定，把軍事

三角的鬥爭變成了敵我友三方的多妒、多智、多疑的心理三角錯位，也就把鬥智變成鬥氣，把戰爭的實用理性昇華為審美價值。

　　魯肅，被孫紹振稱為「中間反照人物」，也就是另一個「A、B＋C」三角中的「C」。他的存在，對瑜、亮之間的拉開距離、錯位互動不可或缺。孫紹振是這樣解讀的：

> 瑜亮關係之精彩，除了大敵當前的制約以外，在小說的人物錯位的豐富上，作者在他們中間安排了一個魯肅。這個人物看來是多餘的，但是，由於增加了錯位，顯得非常重要。在歷史上，魯肅這個人很有戰略眼光，聯劉抗曹就是他首倡、力主的。他個子長得很高大，挺帥的，而且有高超武功，家裡很有錢，也很慷慨，曾經把家裡糧食一半捐給周瑜練兵。赤壁戰時，他才三十六歲（《三國志》〈魯肅傳〉）。而《三國演義》把他塑造成忠厚老實、心地寬厚的長者，形象與史書不符。小說中的魯肅是周瑜忠實的部下，但是，不主張周瑜殺害諸葛亮，他和周瑜的心理是錯位的，他是諸葛亮的朋友，在長遠戰略上，他也知道，打敗了曹操，諸葛亮會成為東吳的敵人，但是，在眼前，他竭力保護諸葛亮，心態和諸葛亮也是錯位的，原則上他必須忠於主帥周瑜。如果不是好心的魯肅的私下協助，孔明也無法實施借箭奇計；如果不是忠實的魯肅的如實稟報，周瑜的嫉妒心理也許會少受些刺激。從魯肅的雙重錯位心態中，觀照出周瑜和孔明的錯位，構成了複合的多重錯位，促成了孔明多智、周瑜多妒的互動。這裡，就顯示出小說藝術的一種規律，複合錯位不但比之單調的敵對，而且比單一的錯位要精彩。[53]

---

53 孫紹振、孫劍秋主編：《高中古詩文選讀》「孔明借箭借東風」主編解讀（臺北市：育本數位出版公司，2017年）。

三　散文藝術形式規範的「審智」新範疇

　　作為《文學創作論》中的重要組成部分，散文藝術形式審美規範，自然也是全面建構於創作論中的。在爾後的數十年中，散文藝術形式的多個方面，孫紹振都有學術建樹，但最重要的，或者說，散文藝術形式規範研究的凝結點，就是「審智」。關於審智方面的研究成果，不僅是孫先生散文研究方面最重要的成果，而且是孫先生文學作品藝術形式規範研究中最重要、最具原創性、最有影響的成果之一。孫先生發表於《當代作家評論》二〇〇九年第一期，後又為《新華文摘》二〇〇九年第九期轉載的〈世紀視野中的當代散文〉，被學界認為是總結改革開放三十年散文創作及散文研究成就中最有分量的學術論文。論文中，最主要的，就是關於審智範疇的研究。

　　因此，本節主要就介紹散文藝術形式規範中的審智範疇。

（一）審智研究的發展歷程

　　孫紹振會在學術界率先完整提出散文藝術的審智範疇，並對審智作出全方位的闡述，不是突如其來的，早在《文學創作論》時期就有關於與眾不同的審智元素的散文研究，一直發展到《文學文本解讀學》時期的百年散文研究，前後可分四個時期。

1　《文學創作論》時期

　　上世紀八十年代初，在散文的抒情性占絕對優勢的年代，孫紹振就一直對散文的「審智」功能保持著別於他人的清醒認識。當時，他用「理性」、「思辨性」、「趣」、「思」等指稱它。

　　一、對古代散文的理性成分十分肯定。在《文學創作論》的散文部分，孫紹振首先談到古代散文，並且，一方面指出它在古代中國的文學領域中享有比詩歌、小說顯赫的多的正宗地位，另一方面又指出

其主要的文學成就，就是成功融入了理性成分，他用「載道」、「思辨」、「思想」、「邏輯思辨」、「議論」等指稱之，後來二○○○年出修訂版時，有關之處能以「審智」取代的，均已取代，可見，其當初的本意實質就是後來的審智。如：「散文，在中國古典文學史上，有著比詩歌、小說顯赫得多的地位，這一點和西歐、北美和俄羅斯的文學史是不同的」；「散文在中國古典文學史上的地位是正統的，因為它是一種『載道』的工具」；「散文，作為一種傳達工具，它起初首先不是為了審美，而是為了思辨和記實。它在傳達某種哲學、思想、歷史、事實的過程中發揮著功能（修訂版此句改為：它在傳達某種哲學、歷史的過程中發揮著「審智」的功能），審美感情的傳達是從屬性的。甚至到了唐宋以後，乃至明清之際，主要散文作家的作品仍然有大量屬於邏輯思辨的性質，政治的、思想的、倫理的評述仍然是散文的主體」；「作為一種傳達工具，散文有它的實用價值，這就使它具有了思辨和記實的（修訂版將「思辨和記實的」改為「審智」）功能。因而它與議論和記實結下了不解之緣。」[54]

最典型的，莫過於他對名垂千古的經典名篇，做了如下描畫：

> 即使在文學性得到充分發揮的時候，它的記實性和它的思辨性也常常表現得非常突出。
>
> 它的思辨性，使它擁有大量邏輯思辨的手段。那些本來與形象的構成相矛盾的議論，那些抽象的概念化成分在散文中往往占很重要的地位。這在中國古典散文中早已如此。有許多經典性的名篇之所以流傳，不但由於它精緻地描述了情景，有鮮明的形象性，而且也由於作者就事實和形象作了非常深刻的理性發揮，提出了深邃的見解，全文（修訂版刪去「全文」兩字）煥

---

54 孫紹振：《文學創作論》（瀋陽市：春風文藝出版社，1987年），頁541-543。

發著理性的光輝。蘇東坡的〈石鐘山記〉和王安石的〈遊褒禪
山記〉都是就事論理的著名篇章。如果沒有那些事理的發揮，
那些精闢的議論，光憑文章所記之事，本來是不見得有什麼精
彩之處的。不以形象的輝煌攝動讀者感情，而以深邃的理性
（修訂版改「理性」為「智性」）掣動讀者的智慧，這樣的作
品（修訂版刪去「這樣的作品」）只有在散文中才可能成為歷
史的名篇。[55]

　　如果是古典文學的學者，對古代名篇中的理性給予如此清醒的本質肯
定[56]，這並不奇怪，重要的是，當時的現當代散文概念，就是後文要
提到的，孫紹振指出的，弱化甚至排斥智性（理性）的。正是有著這
個清醒的認識，後來孫先生的研究，才將古代名篇智性為主與當代散
文因智性突圍這兩大不可迴避的歷史事實統一了起來，實現了散文審
美規範、形式規範的「審智」突圍。

　　二、在綱領性、概括性的提法中加上理性成分。當時，「形散神
不散」是散文的最基本概括，是散文的綱領。對於這個「神」是什
麼，基本共識就是「情」。但孫紹振在當時以情為綱、甚至惟情是綱
的幾乎一邊倒的提法中，儘量滲入理性成分。

　　如在討論到這個標記散文形象內在統一性的「神」的內涵時，孫
紹振說：「從形象的本體來看，情感與趣味的獨特性決定了散文的感
染力，從文章的結構來說，情感與趣味的統一程度決定了散文的結構
的完整性。」他當時的結論是：

---

55 孫紹振：《文學創作論》（瀋陽市：春風文藝出版社，1987年），頁543-544。
56 如胡雲翼稱〈前赤壁賦〉「議論風生」、「理意透闢」，王水照稱〈遊褒禪山記〉「是
　　一篇通過記遊而說理的散文」，等等。見朱東潤主編：《中國歷代文學作品選》中編
　　第二冊（上海市：上海古籍出版社，1980年）、《中華活頁文選（合訂本五）》（上海
　　市：上海古籍出版社，1979年）、王水照：《宋代散文選注》（上海市：上海古籍出
　　版社，1978年）中相關篇目題解、說明。

　　情趣的統一性是散文內在的凝聚力。

　　散文中的情趣處於綱領性地位。[57]

　　再如，在抒情性散文部分，他提出了「理和趣的統一」，即理趣。他說：

　　在散文中抒情與在詩中的抒情的最大的不同可能就是散文不但有情而且有趣，不但有情趣而且有理趣。

孫紹振當時舉了孫犁〈貓鼠的故事〉的結尾：

　　城狐社鼠，自古並稱。其實，狐之為害，遠不及鼠。鼠形體小，而繁殖眾，又密邇人事，投之則忌器，藥之恐誤傷，遂使此蕞爾細物，子孫繁衍，為害無止境。幼年在農村，聞父老言，捕田鼠縫閉其肛門，縱入家鼠洞內，可盡除家鼠。但做此種手術，易被咬傷手指，終於未曾實驗。

　　孫紹振說，這個結尾亦莊亦諧，由於「理的滲入，使散文的趣味變得深刻起來」，又說：「只有弄清了這種理趣與詩情的區別才算真正懂得了散文審美規範的壺奧。」並且認為，古代散文在這方面有深厚的傳統，許多經典名篇都與哲理的昇華聯繫在一起，「能在散文中把哲理與趣味充分溶合起來，正是散文家藝術才華的表現。」

　　由於理與趣的結合，難度比較大，他說，更多的是情與趣的結合，並且說：「散文的上乘常是情趣交融的。」孫紹振舉的例子就是他當年最欣賞的散文之一：張潔的〈伊伯〉。文章說，作者那時到過

---

57 孫紹振：《文學創作論》（瀋陽市：春風文藝出版社，1987年），頁560-561。

福建，大師傅伊伯服務態度非常好，因為她是北方人，認準她不吃蒜頭便活不下去，儘管她三番五次說過她是例外，伊伯或許認為她是客氣，每次依然固執地按他的理論辦事。作者不忍心他的理論破產，每餐飯總是硬著頭皮吃一瓣蒜。當伊伯看到他的理論被證實後，總是像個孩子似的開心地笑了。顯然，這個情趣的「趣」裡，有著某種有趣的「理」。

從上述孫犁之例的「理趣」和張潔之例的「情趣」看，孫先生當時提出的處於綱領性地位的情趣之「趣」，目的就是以「理性」糾偏，就是不斷提醒他後來統稱為「智性」在散文中重要的，乃至是核心的地位。二〇〇〇年《文學創作論》的修訂版，孫紹振就全部從審智的角度，對相關部分進行了改寫（見後文）。[58]

又如敘事性散文部分，提出了「情思一體化」的概念。孫紹振指出，像〈背影〉這樣有焦點（外在情節一體化），其內在的情（父子情）與思（懂得感恩、知恩）也是一體化，這樣的散文比較少，多數是外在各部分是隨機性累積、疊加的，這時，它的一體化，靠的就是情思。比如，他舉到的魯迅《朝花夕拾》的絕大部分敘事篇章均如此。如〈從白草園到三味書屋〉，其「思」就是對兒童自由自在天性的肯定；〈阿長與《山海經》〉，其「思」就是要重視對弱者需求的關注，就是作者對小人物，哪怕他有一點優長，都給予讚譽的人生態度，就是作者博大的人道主義情懷。[59]

以上表明，孫紹振後來的審智範疇的深入研究，在早期就有相當的學術基礎。

---

58 以上理趣、情趣部分的引例、引文、轉述，見孫紹振：《文學創作論》（瀋陽市：春風文藝出版社，1987年），頁604-608。

59 見孫紹振：《文學創作論》（瀋陽市：春風文藝出版社，1987年），頁610-611。

2 幽默理論研究與實踐，及散文創作時期

　　嚴格講，這不是一個時間的概念，而是內容上的。上世紀八十年代末、九十年代初開始，孫紹振介入了幽默創作及其理論研究。孫先生介入這一研究，亦是如同介入語文教育一樣，起於偶然，拿樓肇明的話，就是其一貫風格，「乘興而為，隨機而行」。但其實有內在的必然性。這就是，八十年代初中期，小說、詩歌都盛況空前，人氣極旺，讀者很多，而散文，由於抒情性為主的影響，抒情美文的追求，格局小，隔膜多，無病呻吟者比比皆是。散文總體不好看，是當時無法迴避的事實。散文在自發地尋找出路，余秋雨轟動一時的文化大散文、學者散文是其中之一，幽默散文、幽默作品是另一條路。這另一條路就找上了孫先生這位公認的幽默大師。

　　在我看來，幽默的本質就是智性、智慧。孫紹振說是「講歪理的藝術」。懂得正理，才懂得歪理。而且，還要加一層轉換，由正變歪；再加一層轉換，主要用於口語交際場合，即興發揮，過時即無效。這二層的轉換，對智性、智慧，或叫機智的要求無疑更高。所以它本質上是智商的問題，常有人說，幽默是天生的，大約就天生在這裡。由於這是即興性的，幽默還有一層要求，心態的自由、自信，這孫先生有著重強調。大約孫先生出於謙虛，不太去強調智慧、智商，而強調心態，重要原因也是面對當時競爭激烈、普遍浮躁的現實。心態自由、自信，屬於情商、意志力，所以，有些當「頭」的人，地位使他比較放得開，可能激發他潛在的智性、智慧、智商，來一個幽默。但這只是可能，他如果不懂幽默的意義，他的自由、自信就變成另一種強勢。

　　總之，就智性、智慧、智商而言，幽默屬於審智的變形。

　　幽默雖然天生的成分較高，它也是可以學習、提高的，這就需要研究。所以，當時央視就請孫先生去做了轟動一時的「幽默漫談」、

「幽默二十講」，既有調節社會生活的目的，也有普及大眾的意思。隨後，又有人請孫先生出書，於是，一發不可收拾，孫先生前後有幽默著述《漫話幽默談吐》、《幽默心理和幽默邏輯》、《幽默學全書》、《孫紹振幽默文集（三卷本）》等多種幽默著作，又在《文學評論》、《文藝理論研究》、《新華文摘》等等刊物發表了多篇幽默理論的著名論文。

當時，總有人很奇怪的問，孫紹振這個新詩理論旗手，這位文藝理論的著名學者，怎麼跑去研究幽默了呢？答案就在這裡，他的幽默實踐與研究，本質上是審智，是文藝學的審美價值理論大範疇的一個獨特分支，是特殊時期催生的。孫紹振為文藝理論開拓了這個獨特的研究領域，填補了這方面的許多空白。

孫紹振幽默方面的許多著述，實際上是文學創作，反過來，他的大量散文，實際上是幽默散文。什麼《美女危險論》，什麼《「媽媽」政府》，看題目就逗了。孫先生著名的《演說經典之美》，是東南大學藝術學院的演講集，你從序言開始，一直翻看下去，差不多會從頭笑到尾。這方面的具體內容，眾所周知，就不多說了。

和介入語文教育一樣，幽默研究是實踐之需「逼迫」孫先生投入，是他文藝理論研究領域旗下的本行學術工作，特殊的講，是我們今天專門討論的審智範疇的孫先生一個重要的學術研究階段。因此，我們看到，孫紹振後來的散文理論方面，必定有「亞審醜——幽默散文」等等內容。[60]

3 學者智性散文研究時期

孫紹振的不少學術研究，就像當年語文高考題急需變革，促使孫先生首次涉足語文教育，寫出了炮轟語文高考的著名論文一樣，是實

---

[60] 本大點所涉及的轉述內容、引文參見孫紹振：《幽默心理和幽默邏輯》自序、樓肇明序、第一章、第二章（北京市：首都經濟貿易大學出版社，2009年）。

踐之需，是時代呼喊；又像改革開放之初的朦朧詩討論，孫紹振成為著名的「三崛起」之一那樣，不僅因時代呼喊，且因論戰之「邀請」。此次新世紀前後，孫紹振深入介入學者智性散文研究，情形一樣。這當然是最屬於孫紹振本職專業的研究工作，但觸發點是關於余秋雨散文的論戰。孫紹振自然不是僅研究余秋雨一個人的散文，而是當時出現的一批富含智性元素的學者散文。如前所述，我們當代散文由來已久的式微，太需要散文的變革了。這個時候，余秋雨出現了。余秋雨無疑是有明顯缺憾的，就我們文學領域而言（不涉及作者個人的其它問題），余文中的硬傷，以及余秋雨不接受批評的態度（後者恐怕更重要），是主要的兩大問題。但是，當余秋雨充滿智性的、引人遐思、可讀性極強、形式煥然一新的大散文接二連三出現的時候，海峽兩岸的中國讀者界轟動了。筆者當年的印象是，余秋雨每出一篇，大家就爭相傳閱一篇。那時沒有網絡，就是紙質本傳來借去，有的是《收穫》雜誌上的，有的是《新華文摘》上的，《新華文摘》大約每發一篇都替他轉載。那真是個渴求的年代。筆者當年上過課的學生，不一定看過別的散文，但余秋雨的散文，幾乎都看過，或者都知道。不太關心、不太知道學術界有關餘氏論爭、盜版問題的青少年學子，注意的就是文章好不好看，他們潛意識裡最好看的文章恐怕就是可以徑直仿效的。筆者有將近十年的時間，參加語文高考評閱卷工作，看到的最大量的作文就是「余式」表達，雜文不像雜文，議論不像議論，也夠不上文學散文，八百字內，有那麼一點思考，旁徵博引，用講究文采的語言串起來，其最亮點就是在這基礎上冒出一二句頗有點哲理意味的好句子。一個人的文章，絕大多數的讀者愛讀，甚至仿效，讀、寫的效果都出現了，還能怎樣？當然，學生們閱讀、仿效的很可能還有其它的散文，這就是我們接著要說的兩點。

　　其一，後文將介紹的孫紹振研究表明，余秋雨文章走紅後，一大批年青的和不太年青的追隨者的散文競相出現了，散文開始好看了，

僅就有無讀者這一最基本點而言，現今的當代散文業績已超過當代詩歌，這是可以肯定的。能改變一個時代的創作狀態，即使今天把余秋雨「打倒」了，歷史也無法抹去這一記錄。其二，更重要的是，理論工作者應當研究這一重要的文學實踐現象，總結、闡發出有關的規律，用以推動以後的文學實踐和文學研究。這是理論家們責無旁貸的工作。正是因為這樣，孫紹振介入了論戰，發表了多篇論文，最短的，可能是〈為余秋雨一辯〉（載於福建人民出版社二〇〇一年出版的孫紹振：《挑剔文壇》）；最重要的，應該是〈余秋雨現象：從審美到審智的斷橋——論余秋雨在中國當代散文史上的地位〉（《當代作家評論》2000年第5期）。批評的話和肯定的話，都說了，如「可惜的是余秋雨諱疾忌醫，這涉及到人格問題，實在令人遺憾」，「余秋雨熱已成不爭的事實」，「余秋雨為當代散文作出了歷史性貢獻，這是舉世公認的」，「錯誤雖然不可否認，但並不損害余秋雨散文的藝術成就」[61]，等等。

這一時期，孫紹振還研究了南帆等等許多人的智性散文、審智散文。

這是孫紹振提煉出審智範疇的最關鍵階段的學術研究工作。後文將就有關內容展開介紹。

這一時期，海峽文藝出版社二〇〇〇年出版了孫紹振《文學創作論》的修訂版，修訂版將散文部分原有的「抒情性散文」、「敘事性散文」兩節刪去，改成「審美——抒情散文（包含「激情和智性」、「冷峻和審醜」等等）」、「亞審醜——幽默散文」、「審智——學者散文」三節。

---

61 引文均出自正文本段中提到的孫紹振兩篇有關余秋雨的文章。

4 總結改革開放三十年散文成就、總結近百年現當代散文成就，及《文學文本解讀學》時期

　　這是二〇〇七至二〇一五年間開展的散文研究工作，這是形成審智範疇的最重要階段的學術研究工作。其中，最重要的論著是：〈世紀視野中的當代散文〉，發表於《當代作家評論》二〇〇七年第一期，又載於《新華文摘》二〇〇九年第九期；《審美、審醜、審智：百年散文理論探微與經典重讀》，廣東人民出版社二〇一四年出版；《文學文本解讀學》第十章：以直接概括衝擊貧乏的散文理論——建構現代散文理論基礎。

　　其中，對周作人「敘事與抒情」、「美文」為主的散文理論，進行了深入的批判，這可以說是孫紹振散文理論研究中最重要的一項工作，也是最終確立審智範疇的最重要的學術研究。

　　上述有關審智方面的內容，後文將具體介紹。

　　以上四個時期，孫先生開展的散文理論研究，內容當然遠不止審智一項，但審智無疑是最重要的。

（二）百年散文理論探微，審智的缺失，審智的回歸與突圍

　　本大點介紹的內容，主要直接從孫紹振三大有關論著中綜合摘要。三大論著（出版單位、發表刊物見前）包括：一、《審美、審醜、審智：百年散文理論探微與經典重讀》第三章（世紀視野中的大陸散文）、第四章（從詩化到審智的臺灣散文）、第五章（幽默）、第六章（「真情實感」論的漏洞）；二、《文學文本解讀學》第十章：以直接概括衝擊貧乏的散文理論——建構現代散文理論基礎；三、《世紀視野中的當代散文》。

　　孫紹振說，對於文學文本解讀學的建構，最為艱巨的可能是散文。又說，除了從歷史的發展中直接歸納，進行原創性的建構以外別無選擇。

我們從孫紹振下述的歸納、分析、建構中，可以看到，其重點和難點就是審智的缺失之因、審智的回歸與突圍之路。

1 審智的缺失，源於周作人

一、抒情性散文文體的歷史選擇。

（一）周作人確立散文文體時，從西方找來的立論依據，明顯傾向於主情：在現代散文作為一種文體被提出來之前，中國文學史上，也不存在一種叫做散文的文體。按姚鼐《古文辭類纂》，它是相對於詞賦類的，形式很豐富：論辯類、序跋類、奏議類、書說類、贈序類、詔令類、傳狀類、碑誌類、雜記類、箴銘類：顯然包含了文學性和非文學性，抒情和智性兩個方面。五四時期周作人要提倡一種文學性散文，他在〈美文〉中，把這一點說得很清楚，後來被我們稱為散文的文學形式，在他那個時候的「國語文學裡，還不曾見有這類的文章。」[62]為這個世界上的最年青的，甚至可以還沒有成型的文學體裁確立一個規矩（或者規範），氣魄是很大的，也是很冒險的，留下偏頗甚至混亂，也許不可避免。從字面上看，周作人立論的根據在西方。他說，外國有一種所謂「論文」大致可以分成兩類，第一類是「批評的」、「學術性的」。對於這一類，他沒有再加以細分，其實是把 essay 和 treatise 或者 dissertation 都包含在內了。而另一類則是「美文」，這是周作人發明的一個漢語詞語，肯定就是 belles lettres 的翻譯。他給這類文章，規定了「敘事與抒情」的特徵，相當於今天審美性的散文。周氏傾向於 belles littres（美文），但是，它又把它歸入「論文」一類，說「他的條件，同一切文學作品一樣，只是真實簡明便好」。[63]這說明，

---

62 孫原注：〈美文〉，《晨報副刊》1921年6月6日，又見俞元桂主編：《現代散文理論》
　（南寧市：廣西人民出版社，1983年），頁3。

63 孫原注：〈美文〉，《晨報副刊》1921年6月6日，又見俞元桂主編：《現代散文理論》
　（南寧市：廣西人民出版社，1983年），頁3。

他有點動搖，覺得應該把主智的 essay 囊括進來。可是他的題目又是「美文」。顯然，在理論上一直搖擺在主智的 essay 和主情的 belles littres 之間。只是在具體行文中，他又明顯傾向於主情的 belles littres。

（二）周作人「否定桐城派，推崇公安派」的貢獻和留下的無窮後患：周作人的主張號稱來自西方，但是，西方的文論並不足以支持他作出主情的決策。一九二八年，他在《燕知草》〈跋〉中明確宣言晚明的「公安派」是「現在中國新散文的源流」。[64]實際就是他心目中新散文的楷模。推動他作出如此堅定論斷的，可能有兩個原因：1. 他的藝術趣味，具體表現在他對公安派性靈小品的執著。「敘事與抒情」和「真實簡明」都不是西方 essay 和 belles littres 的特點，而是他所熱愛的公安派的風格。2. 促使他作出這樣的論斷還有一個更為深刻的歷史原因，即對桐城派的厭棄。五四當年，先驅們對晚清占統治地位的桐城派散文極其厭惡，罵他們是「桐城謬種」。桐城派是強調文以載道的，雖然並不排斥抒情敘事，但卻是以智性的議論為主的。他們以追隨先秦兩漢和唐宋八家為務。這對於強調「人的文學」為宗旨的周作人來說，理所當然地遭到厭棄。首先，文以載道，正統理學，是五四新文學運動的革命對象，與個性解放可謂迎頭相撞。其次，這個流派規定的文章體制和規範也與追求文體解放的潮流相悖。既然桐城派遭到厭惡，周作人就從被遺忘了幾百年的明末公安派找到了經典源頭，說散文應該像公安派「獨抒性靈」。[65]以「抒情敘事」為主就是這樣來的。以個人化的情感解放為鵠的，文章須有個我在，直至語絲派興起的時候，還是散文家的共識；於是「義理」的智性為主的文章格局，和舊體詩詞一樣被當作形式的鐐銙無情地加以摒棄。周作文此

---

64 孫原注，俞元桂：《現代中國散文理論》（南寧市：廣西人民出版社，1984年），頁433。

65 孫原注：一九二八年他在《燕知草》〈跋〉中明確宣言晚明的「公安派」是「現在中國新散文的源流」。

文雖然很短，只一千多字，但是，卻成為中國現代散文理論的經典。周作人這個帶著個性解放性質的理論，至少在最初的一、二十年，產生了衝決羅網的效果，最突出的是，大大解放了中國散文的創造力。但是，問題的另外一方面是，長期都忽略了智性，給中國現代散文留下了無窮的後患。

周作人把桐城派散文的糟粕和精華一起拋棄了。其所選擇的「獨抒性靈」的公安派，提倡文章「不拘格套」，其文以自然率真為尚，自然也有其歷史的重大貢獻。但，缺乏智性的制約，就是袁氏兄弟也難免濫情傾向。此派文章往往被論者稱「小品」，不但是指其規模，而且指其境界，而自秦漢以來的傳統散文則顯然是思想情感宏大的「大品」。中國現代散文淪為抒情「小品」，或者如魯迅所憂慮的「小擺式」，缺乏思想容量的宏大高貴精神品位，周作人難辭其咎。

（三）現代散文的封閉式發展：雖然周作人的散文寫作與他狹隘的散文理論背道而馳，但是，周作人歷史的權威性[66]卻把中國現代散文領上了封閉性的道路，除了對自己傳統散文的封閉，還有對世界文學形式和潮流的封閉。中國現代文學諸多形式基本向西方開放後，現代新詩誕生了。話劇整個是從西方移植過來的。現代短篇小說受到西方的影響，擺脫了章回體形式，追求胡適提倡的「生活的橫斷面」結構。詩歌、小說、戲劇和世界文學接軌造成了一種奇特的文化歷史景觀。幾乎每個大作家背後都有一個師承的大家，魯迅背後有安德列夫，契訶夫，茅盾背後有左拉，巴金後面有托爾斯泰等等。詩歌更明顯，郭沫若背後有惠特曼、海涅、泰戈爾，戴望舒背後有波特來爾，等等。就流派而言，也是一樣，新詩的浪漫派、象徵派、現代派、後

---

66 斯諾一九三三年二月二十一日以書面形式向魯迅提出了三十六個問題，魯迅一一作了回答。當回答「最好的散文作家是誰」時，魯迅列了五位：周作人、林語堂、周樹人（魯迅）、陳獨秀、梁啟超。（材料轉引自《遼海散文》2014年第3期）此可佐證周作人在現代散文中的影響。

現代派，小說的自然主義、現實主義、社會主義現實主義、魔幻現實主義、意識流，等等，此起彼伏，走馬燈似的追隨西方流派，其更新速度之快，追蹤之緊，可能是世界之最。但是散文家沒有追隨西方，雖然也有一些英國散文的幽默的影響，但總體來說，散文是關門的，封閉的。從五四到二十一世紀，九十多年來，散文沒有流派更迭的紛紜景觀，這大概因為是西方也沒有。中國現代散文家背後也沒有外國大家的旗號，中國散文史上的公安派這樣的「小家」給人以廖化當先鋒的感覺。但是，封閉也不是一無是處，第一個十年取得巨大成就，畢竟成為當時思想解放、人的解放、人的文學有力的一翼。但是，不可否認，理論上的幼稚和混亂，可以說是中國散文特有的基因殘缺（這種基因殘缺，在中國現代小說、詩歌中所不可想像的），這就導致了散文隱藏著陣發性的文體危機。

（四）這不是周作人一個人，而是一種歷史的選擇：周作人憑著有限的西方文學閱讀經驗，又從明人性靈小品中，抽了二者之間最大公約數，首先把散文作為一個獨立的文學文體，和理性的「論文」分開；其次，在文學中，又和詩歌和小說分立起來；再次，在智性與情感的矛盾中，選擇了抒情。後來王統照提出「純散文」（pure prose）的口號，也是沿著這條思路。接著胡夢華（搬用了自廚川白村論essay的說法）提倡「絮語散文」（familiar essay）強調的是「不同凡響的美的文學」、「抒情詩人的纏綿的情感」、「人格動靜的描畫」、「人格色彩的渲染」、「個人的主觀」、「非正式的」。這裡的關鍵詞是「美的文學」、「抒情詩人的纏綿的情感」。其次是「非正式的」，相對於正式的而言。在英語裡正式的「formal」，就比較理性了，非正式的informal，就是不拘形式的，思路比較自由、感情比較親切的。一九二八年，周作人為俞平伯的散文集《雜拌兒》作跋，就用「絮語散文」的觀念來闡釋「論文」，認為其特點是「不專說理敘事，而以抒情分子為主」。在他編選《中國新文學大系・散文一集》時還明確宣

佈：「議論文照例不選。」的確他所選的幾乎全是抒情性質的散文。

　　以上表明，有兩點不可忽略：第一，這不是周作人一個人的選擇，而是一種歷史的選擇。第二，這僅僅是理論上的選擇，與實踐有相通的一面，又有錯位的一面。先驅們的選擇是：建構一種地地道道的中國式的散文文體。

　　二、片面選擇所留下的三個漏洞。這樣的選擇和總結，只能是理論上的自圓其說，在實踐上，卻留下了三個不大不小的漏洞：第一，就是魯迅的雜感式散文，充滿了議論，好像在審美抒情美文裡無處存生。究竟算不算散文呢？如果按西方的essay準則，是天經地義的essay。但，作為抒情敘事的散文，卻難以自圓其說，以致長期眾說紛紜，莫衷一是。為了成全散文的抒情的敘事特性觀念，不得已而求其次，硬把魯迅式的雜感從散文中分離出來，命名為「雜文」，作為一種文體，迅速得到廣泛的認可。但是，留下一個悖論：魯迅式的雜文算不算文學，算不算散文呢？如果算，則另立這樣的文體，實屬多餘；如果不屬文學，為何又寫進現代文學史？第二，就是在五四散文中（如魯迅的《朝花夕拾》），也並不是只有抒情和敘事，還有幽默，而幽默是無法歸入抒情之中的。這一點要等到十多年後，郁達夫在《中國新文學大系·散文二集》的〈導言〉來彌補。這種片面的理論建構，造成的後遺症，直到八十年代林非的「真情實感論」，仍然陰魂未散。這一命名的第三個漏洞，那就是它掩蓋了歷史和傳承的跛腳。周作人只認定明人性靈小品為現代散文的源頭，排斥了唐宋八大家和先秦諸子，事實上就是排擠了智性在散文的合法地位。這個漏洞，在並不很久以後，就引起了反思。鍾敬文在〈試談小品文〉中，就提出了散文「有兩個主要的元素，便是情緒與智慧」，情緒是「湛醇的情緒」，而智慧則是「超越的智慧」。也許當時的鍾敬文的權威性不夠，似乎並沒有引起重視。一九三三年，郁達夫接著提出，「散文是偏重在智的方面的。」同樣也沒有得到重視。這麼寶貴的理性感

悟，居然石沉大海，充分說明中國散文意識的不清醒。等到七、八十年後又有人加以反思。余光中說：「認定散文的正宗是晚明小品，卻忘卻了中國散文的至境還有韓潮澎湃，蘇海茫茫，忘了更早，還有莊子的超逸、孟子的擔當、司馬遷的跌宕恣肆。」[67]在余光中先生看來，周作人所確定的現代散文規範，其實就是抒情「小品」，而大海似的中國古典散文則是智性的「大品」。這主要是從思想容量的宏大和精神品位的高貴講的，其實，就是西方的隨筆，不管是蒙田的、還是培根的都不僅僅是小品，而且有相當多的「大品」，羅梭的《瓦爾登湖》，不但是篇幅上，而且在情思和哲理的恢宏，是小家子氣的小品所望塵莫及的。所有這一切，導致了智性（審智）話語失去了合法性，其消極後果就是五四散文的小品化，除極個別作品（如魯迅的〈魏晉風度及文章與藥及酒的關係〉）外，思想容量博大，氣勢恢宏的散文絕無僅有，這當然造成散文舒舒服服的「內傷」，最明顯的就是，魯迅雜文在現當代文學史上長達五十多年，（在大陸）危峰孤懸，追隨者隊伍零落，至今只剩下邵燕祥、周國平等。散文的這種偏廢，除了社會政治原因以外，其文體的原因，要等八十多年，才從文體觀念上，開始作歷史的和邏輯的清算。

　　回過頭來看，中國大陸現代散文的這種背離智性，單純強調審美抒情的取向，顯然是一個片面的選擇，註定了中國大陸現當代散文在文體自覺上的極度不清醒，一方面，迷信抒情，一度甚至把散文當作詩，走向極端，產生濫情、矯情；另一方面又一度輕浮地放棄抒情，把散文弄成通訊報告。在這樣盲目的情況下，流派的不自覺就是必然的了。和詩歌、小說追隨世界文學流派的更迭形成對照，散文落伍於詩歌小說的審智潮流長達數十年，甚至在新時期還徘徊十年以上，才作出調整，追趕上了從審美到審智的歷史潮流。

---

67 《余光中散文選集》（一）（長春市：時代文藝出版社，1997年），頁5。

2 曲折的探索之路

　　一、楊朔模式的意義與枷鎖。三、四十年前，大陸認同的散文旗幟，就是楊朔、劉白羽和秦牧。他們的作品所凝聚的成就，帶著那個時代主流意識形態的強烈色彩，充滿已經為歷史所否決的政治觀念的圖解。今天的讀者看來，難免有不堪卒讀的篇章，這主要是歷史的侷限，不能完全歸咎於個人。值得分析的倒是，楊朔在散文藝術上提出了富有時代意義的觀念，那就是他在《東風第一枝》的〈跋〉所總結出來的：把散文都當作詩來寫。這個說法一出，迅速風行天下，成為五十年代末到六十年代中期散文的藝術綱領。在那頌歌和戰歌的剛性情調一統天下的局面中，楊朔散文多少追求某種個人的軟性情調，口語、俗語和文雅的書面語言結合，情致隨著語氣的曲折，作微妙的變化，對於當時的散文應該說是一個很大的進步。但是，他的語言並沒有得到充分的重視，倒是他反覆運用從具體事物、人物昇華為普遍的政治、道德象徵的構思，成為一時的模式。在今天看來，這實在是散文的枷鎖，比之周作人的敘事抒情論更加狹隘；可是，在當時可是一種令人興奮的藝術解放。

　　對楊朔模式開始反思，加以批判，始於八十年代中後期，只是限於楊朔而已，缺乏歷史的回顧和前瞻。對楊朔模式背後流布於散文領域中的濫情，熟視無睹。對於同時在詩歌和小說中，轟轟烈烈地進行著的對濫情的聲討毫無感應。

　　二、「真情實感論」的漏洞。就在這樣的背景下，散文領域裡出現了林非先生的「真情實感論」。這個「理論」，雄踞大陸散文文壇至今，直到二十一世紀初還當作顛撲不破的真理，被反覆引用，甚至還編入了種種教材。其中包括三個關鍵詞，一個是「真」，從巴金的「說真話」中來，一個是「情」，從楊朔的詩化抒情中來。林非先生自己加進去的，唯有一個「實」字，恰恰是這個「實」字，漏洞最

大。樓肇明先生早就尖銳指出真情實感並不是散文的特點，甚至不是文學的特點，潑婦罵街也有真情實感，但並不就是散文。……不論從心理學，還是從文藝學，抑或從語義學來說，真情實感論，是非常粗疏的，不要說是指導散文創作，就是對經典散文現象都很難作出起碼的闡釋。范仲淹寫〈岳陽樓記〉，根本就沒有到過當地，哪來的「實感」？……〈岳陽樓記〉中的洞庭湖並不是「實感」，而是「虛感」。大凡散文於寫作之時，都是回憶或者預想，其間必有排除和優選，按文體準則，在想像中進行重組、添加，就是作家的情致，也要在散文感知結構中發生變異。……真情與其說是實感，不如說是在與「虛感」的衝突中建構起來的。真情的原生狀態是若隱若現，若浮若沉，電光火石，瞬息即逝，似虛而實，似真而幻，外部的實感，由於深情的衝擊，變成想像的虛感，要抓住它，語詞上給以命名，「想像的虛感」才能變成「語言的實感」。

　　三、幽默散文在兩岸。周作人和郁達夫分別提出五四散文兩大藝術主流，就是抒情和幽默，一如散文的兩個翅膀。也許今天的讀者會發生疑問，為什麼幽默卻被遺忘了整整四十年？其實，這並非咄咄怪事。早在四十年代，幽默就和雜文一起被當作並不適合「表現新的新群眾的時代」。幽默散文大師林語堂、梁實秋，被扣上了反動資產文人的帽子，批得聲名狼藉。身在大陸的錢鍾書、王了一（王力）則長期封筆緘默。幸而，到了改革開放後，政治形勢大為改觀，在商業大潮中，社會公關迫切需求，對於幽默普遍有饑渴之感。錢鍾書的幽默散文因為《圍城》電視劇的成功，引起了讀者極大的驚異。王力先生雖然已經過世，他的《龍蟲並雕齋瑣語》的再版，嚴肅學者內心的諧趣，不能不使讀者驚歎。再加上兩岸關係的解凍，臺港幽默散文如潮水般入，余光中、柏楊、李敖、顏元叔、王鼎鈞、梁錫華、思果、吳望堯、林今開、夏元瑜等的幽默散文，可以用長驅直入來形容，臺灣作家幽默散文被廣泛重複印行（包括盜版）。廣西一家出版社甚至出

版了臺灣幽默散文的賞析的系列叢書。可以毫不誇張地說，九十年代初期，在中國大陸掀起了一股幽默的熱潮。安然在作家出版社的「幽默叢書」的「代總序」中這樣說：「克服濫情的辦法有兩種，一是冷峻的智性，但是這比較艱難……二是幽默。本來現代散文，就有著深厚的幽默傳統。」「從九十年代以來……（大陸）幽默散文已經達到了藝術上豐收的高潮，王小波的深邃而佯庸，賈平凹大智若愚的豁達，劉亮程似乎冷寂的平靜，鮑爾吉·原野的急智和悲憫，舒婷善良的挖苦，于堅的深刻的反諷，自我調侃中的憤激，孫紹振的悖謬術，歪理歪推中有深刻的文化思考，在荒謬中見深刻，可謂異彩紛呈，風姿各異。」

　　四、情智交融的幽默散文。一九三三年，幽默散文發生論爭，郁達夫寫了《文學上的智性價值》。提出散文幽默需「以先訴於智，而後動及情緒者，方為上乘」。……長期以來，幽默和智性之間的矛盾，沒有得到起碼的分析，關鍵原因在於，幽默邏輯的「不一致」（incomgruity）原則，超越了理性邏輯的同一律，幽默邏輯的思維在二重「錯位」邏輯軌道上運行，作智性的深化有比較大的難度。正是因為這樣，林語堂、梁實秋、舒婷的抒情性幽默限制了思想深度，而追求智性的深邃，南帆、周國平、邵燕祥就不能不犧牲幽默和抒情。因為抒情和幽默都需要熱情，至少是溫情，而智性是和冷峻聯繫在一起的。以思想的深刻見長的學者散文，在邏輯上是比較嚴正的，態度是比較「酷」的，很少是幽默的。錢鍾書把幽默的荒謬感和古今中外經典的闡釋結合得水乳交融，構成了例外。值得慶幸的是，例外並不是唯一的。在錢鍾書擱筆近四十年之後出現的王小波，卻與郁達夫五十年前的對於幽默散文「『情』、『智』合致」的期望不謀而合。在大陸當代抒情散文過分輕浮，幽默散文又缺乏思想深度的時候，他豎起了睿智與幽默結合、情理交融、諧趣與智趣統一的旗幟。

3 智性、審智的回歸與突圍

一、學者散文和余秋雨：從審美到審智的橋樑。

（一）陰差陽錯的「智性」轉機：周作人強調散文以抒情敘事為主，而郁達夫主張「散文是偏重在智的方面的。」本該兩種風格平分秋色，但實際上卻是智性長期遭到冷落。抒情的、詩化的潮流聲勢浩大，智性的追求則鳳毛麟角。從上個世紀五十年代到八十年代中期，雖然也產生過劉再復《讀滄海》那樣情理交融的鴻篇巨制，但是，侷限於抒情的小品式細流可以說是愈演愈烈。可到了九十年代，卻陰差陽錯出現了轉機。九十年代是中國大陸嚴肅文學遭受嚴峻考驗的時期，紙質傳媒紛紛為娛樂新聞占據，小說詩歌幾乎從所有報刊中撤退，唯一的例外是散文。雖有些報刊的版面無聲的消失，或者大量壓縮，但是在一些正統報刊上，甚至在像《南方都市報》這樣的市民報紙上，仍然占有一席之地。這種情況，不但在內地，就是在香港的《星島日報》和臺灣的《聯合報上》也並不稀罕。這就為一大批學者和頗具學者素養的作家、藝術家湧入提供了園地，他們不滿足於把幽默和抒情限定在日常生活中，追求把幽默和抒情與民族文化歷史的探索結合起來。學者散文、文化散文、大文化散文，審智散文，眾多的趨向智性的命名不約而同地超越了詩性的抒情。龐大的作者隊伍水平難免良莠不齊。在這裡，當然南帆、余秋雨是兩面旗幟。旗下人馬浩蕩，盛況空前。

（二）「人文山水」的智性話語：余秋雨散文在自然景觀面前不像抒情審美散文那樣一味被動描述，讚歎，而是，精選有限特徵，結合與之相聯繫的人文景觀的有限特徵，進行雙向的互動的闡釋。他就這樣創造了一種「人文山水」的智性話語。

（三）大開大合的智性概括：那些給余秋雨帶來巨大聲譽的最成功的散文，有一個共同的特點，那就是其構思不是像流行的散文小品那樣，以單純的追隨對象取勝，而是以大開大合的智性概括氣魄取

勝。他的智性概括力，使他能把看來是毫無聯繫的多元的（八竿子打不著的）故事、景物，聯繫成一個統一的主導「意象」。如果純用抒情，沒有什麼人會想得出來，把滿清一代的歷史集中在承德山莊的意象上：「它像一張背椅，在這上面休息過一個疲憊的王朝。」這個意象中固然有抒情的成分，但是更主要的是思想的魄力。抓住這個意象，余秋雨把紛繁的歷史文化信息，以他強大的智力劃分成兩個方面，而且交織起來。一是，清王朝的統治者的文化人格，從雍容大度、強悍開明，到懦弱狹隘；二是，在承德山莊和頤和園的意象對比中，把漢族知識分子從對於清王朝的拚死抵拒，到王國維的「殉清」凝聚成一體，從而揭示出潛在量非常深邃的規律：在歷史大變動時期，知識分子悲劇命運的根源是「文化認同的滯後」。幾乎每寫一篇較大規模的散文，都是對余秋雨的智性和才情的一大考驗。他最害怕的就是，豐富而不能統一，也就是他所說的「滯塞」，或者強行統一，就叫「搓捏」，通俗一點說，也就是牽強。有時，才高如余秋雨，也不能免俗，顯得有點牽強，例如用「女性文明」和「回頭一笑」，來籠括海南上千年的歷史文化。這也是他自己常常引以為戒的。

　　（四）歷史關頭的突圍，通向審智彼岸的橋墩：從某種意義上講，余秋雨是生逢其時，這就是說，他在中國大陸當代散文陷於抒情審美，落伍於詩歌、小說、戲劇的審智的歷史關頭，對抒情的封閉性進行了歷史的突圍。他的功績，就是從審美的此岸架設了一座通向審智的橋樑，但是這座橋是座斷橋，他不可能放棄審美和詩的激情，去追隨羅蘭・巴爾特《艾菲爾鐵塔》、博爾赫斯的《沙之書》營造不動情感的後現代的智性，他更不是南帆，不可能撇開情趣，更無法把無情的理性變為藝術的可感性。因而他只能把現代散文，把南帆、也斯、林耀德、林彧和羅蘭・巴爾特、博爾赫斯當作彼岸美好的風景來觀看，同時也為在氣質上和才華上能達到彼岸的勇士提供已經達到河心的橋墩。

　　（五）追隨者如過江之鯽，批判文章鋪天蓋地：受到余秋雨的藝術成就的吸引，一系列不乏才華的作家，如過江之鯽，成為他的追隨者。非常弔詭的是，追隨余秋雨思想和才力不逮者，頻頻獲獎，溢美有加，冠蓋相傾，有權則靈，而余秋雨卻在長達數年的時間遭受到慘烈的圍剿，長城內外，大江南北，大大小小的報刊上批判文章鋪天蓋地，其用語之惡毒，邏輯之野蠻，痞氣與冬烘氣競逐，傳媒與意氣合謀，最為嚴峻的時候，把余秋雨的散文和妓女的「口紅」和「避孕套」聯繫在一起，甚至「審判」余秋雨，罪名是「文化殺手」，「敗壞」了中國散文。一時間，一種「世人皆欲殺」的氛圍赫然籠罩在余秋雨頭上。傳媒批評的商業惡性炒作的凶險的潛規則，余秋雨所謂的「小人」作祟，再加上余氏的某些人格弱點，都是原因，但是，更重要的原因，則是某些有識者對散文藝術歷史發展的滯後的焦慮。

　　（六）前衛評論家的焦慮情緒，忽視了其可貴的本土性原創：文學發展到二十世紀中期，在西方，放逐抒情，成為前衛潮流；在中國大陸，在其它藝術形式中，超越情感的智性的旗號，層出不窮，流派更迭，花樣翻新，大有把西方二百年文學流派史濃縮在幾十年中之勢，特別是詩歌，早在五四時期就有了象徵派，二十年代就有了現代派，新時期又有朦朧詩、後新潮、非非民間立場和知識分子寫作，等等。而散文卻一味浪漫，到了九十年代，仍然沒有突圍的動靜，連個現代（派）的風聲都沒有。余秋雨作為旗手，雖有智性，然而抒情，而且是激情卻有氾濫之勢，出於滯後的焦慮，一些前衛評論家，尤其是在理論上和藝術有前瞻性修養的，不能克制情緒，一見余秋雨比較抒情的句子，就覺得浪漫得可惡。其實，對余秋雨持嚴厲批判態度的智者，如果能對余秋雨的某些人格弱點有所寬容，從散文與西方流派的關係來看，就可能發現他超越任何外來流派的橫向移植，提供了最可貴的本土性的原創。

　　二、南帆：「審智」散文的歷史性崛起。雖然余秋雨取得了對抒

情詩化封閉性的突破，然而，他的抒情成分仍然很強，距離郁達夫的「散文是偏重在智的方面的」還有很大的距離。對余秋雨來說，完全擺脫抒情詩化，幾乎等於失語。這說明，散文走向智性，是有難度的。南帆在九十年代所開拓的，正是在中國大陸當代散文史上橫空出世的「審智」的世界，在這個世界裡，營造了南帆式的話語和特殊的邏輯。除了由於他個人的才華，還因為他的歷史淵源幾乎與所有的現代散文家不同，他既不是來自明人小品的性靈，也不是英國的幽默，而是從法國人羅蘭‧巴爾特和福柯那裡繼承了「話語顛覆」和「思想突圍」，把理性話語加以脫胎換骨，轉化為審智話語。

南帆和余秋雨的關注點本來是兩個世界，但近來，南帆開始關注歷史。他不像余秋雨那樣從歷史人物中獲得詩情與智性神聖的交融，他冷峻地質疑神聖中有被歪曲了的，被遮蔽了的。他以徹底的話語解構和建構的精神來對待一切歷史的成說。在《戊戌年的鍘刀》中，他並不像一些追隨余秋雨的散文家那樣，把全部熱情用在林旭這個烈士的大義凜然上。也許在他看來，文章如果這樣寫，就沒有什麼散文的智性了。南帆更感興趣的是，歷史的主導價值如何掩蓋了複雜的真相：一旦從林旭身上發現了歷史定案存在著遮蔽，他就有了審智馳騁的空間。

這裡，南帆所開拓的審智世界，正是余秋雨可望而不可即的彼岸。如果南帆像余秋雨那樣，有眾多的追隨者，則中國大陸當代散文落伍於詩歌小說和戲劇的審智潮流歷史，有望終止。但是，追隨南帆（一如追隨劉亮程）難度太大，因為追隨余氏可以將就現成觀念與歷史資源，而追隨南帆的藝術前提卻是從感知到智性在話語顛覆中突圍。這不但需要才情，而且需要在世界文論的前沿游刃有餘的智力。

三、開一代大情大智交融的文風。從這裡可以看出，以南帆、余秋雨為代表的當代學者散文、大文化散文，以強大的審智，登上散文文體建構的制高點；彌補了現代散文偏向於審美與幽默的不足，中國

現代散文某種程度上的小品化的侷限一舉突破。當代散文的審智，並沒有選擇魯迅式的社會文明批判，充當政治「感應的神經，攻守的手足」，而是獨闢蹊徑，從民族文化人格和話語的批判入手，以雄視古今的恢宏氣度，驅遣歷史文獻，指點文化精英，從時間和空間的超大跨度作原創性的深層概括，作思想的突圍和話語的重構，胸羅萬象，筆走龍蛇，開一代大情大智交融的文風。在思想、情感的容量和話語的新異上，實實在在地開拓了一代文風，改變了與余光中念念不忘的「中國散文的至境」——「韓潮澎湃，蘇海茫茫」、「莊子的超逸」、「孟子的擔當、司馬遷的跌宕恣肆」——完全脫軌的歷史。

四、從詩化到審智的臺灣散文。

（一）臺灣散文抒情的多元詩化，成就高出大陸抒情文：從六十年代起，臺灣散文的文體意識開始復甦。余光中追求「以詩為文」，發表〈剪掉散文的辮子〉，大有「散」文革「命」的豪氣。臺灣以多元的個人化抒情為特徵。在大陸，詩化抒情卻以一元為特徵，抒情的大前提，叫做「抒人民之情」，是人民大眾的「大我」，而作家的自我，則不屬於人民大眾，是應該自我取締的「小我」，沒有自我表現的合法性。而臺港的詩化散文一任自我張揚，成為潮流。到了七十年代，張曉風、琦君、王鼎鈞、艾雯、林海音和余光中的文化懷鄉堪稱異彩紛呈，詩化散文蔚為大觀。從總體成就上來說，六、七十年代的臺灣的抒情散文不論其藝術個性自覺，還是散文的文體自覺和話語獨創均高出大陸散文。就詩性抒情來說，臺灣散文家追求立意、想像的出奇制勝，在這一點上，楊朔、劉白羽、秦牧至少在想像力和才情上難以望其項背。在臺灣散文中，詩情並不是簡單狹隘的群體意識形態的昇華，而是個體的精神和文體形式的猝然遇合，其風華各異，呈現某種雲蒸霞蔚，萬途競萌的盛況，在話語更新上，莫不以語不驚人死不休為務。

（二）臺灣散文中的種種審智：張曉風的全部散文作品，均可看

作是一種詩性思維。琦君曾經受業於大陸宋詞泰斗夏承燾，其散文中，時有詩詞韻味。王鼎鈞長於敘事，又長於在寓言中蘊含哲理性格言。樓肇明在〈穿越臺灣散文五十年〉一文中認為他比余光中「受中國傳統民族文化和中國古典文學傳統的薰陶更深，加之宗教哲學的濡染」，「超越了寓言的道德訓誡」，「在有關人性善惡、美醜，有關創造毀滅的形而上學的命題」上「達到極高的境界」。而余光中的散文，則除此之外，還多了一層，那就是他的學術底蘊，他不但是以詩為文，而且是以學為文，難能可貴的是，他的學養，他的智慧，沒有像大陸一些才力不濟的人士那樣，知識和抒情如油與水之不相融，流於「濫智」，而余氏則是化學為詩，渾然一體，情智交融，羚羊掛角，無跡可尋。他學貫古今中西，一旦有所感，就迅猛集中到某一細微的生命感覺中，使之成為散文的主導意象。

（三）自覺抵制濫情，自覺提出「思想的支持」：臺灣散文在復興之際，取得如此高度的成就，有一個原因是不可忽略的，那就是在散文文體上的自覺。早在六十年代初期，余光中先生就對「濫情」有過批判性的反思。在〈剪掉散文的辮子〉中，把「濫情」稱之為「花花公子的散文」。他在〈繆斯的左右手——詩與散文的比較〉中這樣說：「許多拚命學詩的抒情散文，一往情深，通篇感性，背後缺乏思想的支持，乃淪為濫情濫感。」臺灣散文長期沒有陷入濫情的俗套，與對濫情進行苛刻的批評時，又提出「思想的支持」有關。

五、審美、審「醜」、審智：殊途同歸；兩岸散文的互動與合流。

（一）臺灣散文對大陸的強烈衝擊：臺灣散文對大陸的衝擊，最早開始於八十年代，最強的是幽默散文。一方面是梁實秋、林語堂幽默散文的大量印行，另一方面則是李敖、柏楊，當然還有余光中等幽默散文空前的廣泛傳播，造成了強烈的衝擊。這種衝擊，主要在於習慣於感情美化的讀者發現原來不抒情，不美化自我，相反「醜化」自我，也別有一番精彩。

　　（二）兩岸散文在審智、審醜上的合流：大陸和臺灣散文，分離了四十年，在藝術上平行發展，卻在九十年代以後，構成了合流的態勢。其美學追求不但越過了五四時期周作人推崇的晚明的抒情審美散文，也越過了郁達夫所說的英國幽默的境界。他們選擇的不是情感的價值，而是拒絕情感的價值，以無情的、甚至惡毒的眼光解構美好對象。他們的追求的就是從審美走向不帶括弧的審醜。他們是有開拓性的：散文藝術不一定要用感情來打動讀者，冷峻地從感覺越過感情，直接深入智慧、進行審智、審醜，同樣也可以震撼人心。

　　（三）把傳統文化資源和西方的理念結合起來，天地更加廣闊：臺灣先鋒詩歌的最前衛，從余光中到洛夫，已經掀起回歸傳統的熱潮，而且取得了成就。現代派前衛詩人之所以回歸傳統，是因為痛切地意識到單純橫向移植，拒絕民族傳統，無疑是畫地為牢，把傳統文化資源和西方的理念結合起來，天地難道不是更加廣闊？在這方面，五四散文先驅的道路，很值得深思。周作人引進西方的「美文」時，找到了晚明性靈散文為依託；林語堂引進英國幽默時，也找到了鄭板橋、李笠翁、金聖歎、金農、袁枚，把他們當成「現代散文的祖宗。」就是魯迅雜文據王瑤先生研究，也有魏晉散文為前導。而余光中嫻熟地駕馭西方現代派詩歌的技巧，只有和古典詩歌和散文技巧相融合才發出了光彩。張曉風、琦君、王鼎鈞的散文，流露出深厚的古典文學的薰陶，使他們的才華得以充分發揮。

　　（四）在詩性與智性交融中讓西方思維模式在中華文化話語土壤中生根——余秋雨在臺灣引起強烈反響的原因：當然單純的橫向移植也許並不是完全沒有前途。葉維廉在〈閒談散文藝術〉中就認為「受西洋文學洗禮的一些散文家」，「語言的技巧上，確富於創造性。」應該說，他們的「語言技巧」，似乎還處在實驗的過程中，歷史的檢驗可能還需要更大的耐心。比如，林耀德的代表作〈銅夢〉，由十個小節組成，〈屍體〉，由當下和過往的歷史對話。但是，在龐大的結構

中，段落之間沒有任何聯繫。「從開頭到結局的時間之流，由縱向改換成橫向的、無涯無際的平面，作者不企圖復活某一段立體的歷史，也並不僅僅旨在解釋一種時代精神，碎塊與碎塊之間恰如一面碎裂成七八塊的的鏡面，重新拼接了起來……沒有一個統一的透視的焦點，每一破碎鏡面上的映射都是主題，各自為政，自行其是，而又游離在互相補充，彼此呼應之間。」[68]這樣構思的根據，就是西方解構主義文論的無中心理念。但是，無中心與讀者閱讀心理有矛盾，連續性、因果性，是讀者「無意注意」（不由自主的注意）自發集中的規律，廢除連續性和因果性，用什麼來維持讀者的自發的，而不是強制的「無意注意」？不能解決這個問題，成為意識流小說曇花一現的根本原因。現代派散文如果不能解決這個問題，就不能到達藝術的新大陸。這就難怪目前獲得廣泛認可的，是另一路散文家，他們的現代意識，並沒有以付出廢除「無意注意」的連續性和因果性的代價，他們力圖在詩性與智性交融中讓西方思維模式，在中華文化話語土壤中生根，用中國話語同化甚至顛覆西方觀念。大陸的大文化散文的浩大聲勢就是這樣釀成的，這正是臺港和海外華文現代派散文所缺乏的。余秋雨在臺灣引起那麼強烈的反響，甚至比在大陸還早，個中原因很值得深思。

　　孫紹振先生以上的原創性的歸納、建構表明：智性、審智，是孫先生關注的重點，是散文繼續發展的最重要藝術表現形式規範。

（三）孫紹振論余秋雨散文

　　以下有關孫紹振對余秋雨散文的論述，主要直接摘自孫紹振《審美、審醜、審智：百年散文理論探微與經典重讀》第七章、孫紹振

---

68 樓肇明：〈穿越臺灣散文五十年（下）〉，《海南師範學院學報（社會科學版）》2004年第6期。

〈余秋雨現象：從審美到審智的斷橋——論余秋雨在中國當代散文史上的地位〉（出版單位、發表刊物見前）。從中，可以更具體看到，孫先生是如何從余秋雨的散文中發現和提煉出智性和審智的。

1 應運而生，通向審智彼岸的橋墩

　　一、出現於散文面臨發展高峰的平頂：余秋雨出現在散文文壇上的前後，中國大陸當代的散文正面臨著一個發展高峰上的平頂。作家們早已從政治抒情的虛假頌歌中擺脫了出來，用巴金所說的「講真話」來寫散文，但是，講真話只是一種社會的、政治的共同立場，還沒有涉及藝術的追求。藝術是一種逼真的假定，脫離藝術特殊規範的「真話」可能變成大實話，不見得就是真理，也許是占主導地位的意識形態的流行話語，可能陷於流行的成見。余秋雨的目的是追求他個人的、更加自由的話語。真話不是放在盤子裡可以任意取得的，對於個體來說，是一種人格的提煉創造。他一再宣言：散文的寫作當作是文化人格的深度建構和昇華。應該補充的是，這不但是一個人格建構的過程，而且是一個個體話語的建構的過程。

　　二、理性的、冷峻的成分顯著增加：這個過程並不如迷信講真話的天真的理論家想像的那樣輕鬆，要擺脫現成的話語的束縛是一場搏鬥，不但要和現成的抒情、濫情、矯情的話語搏鬥，而且要和自我對這些話語的幼稚的迷戀搏鬥。在這種搏鬥的過程中，余氏並不是無往而不勝的，有時流行的話語，包括那些濫情、矯情的話語對他這樣一個多情種子，也有魔鬼一樣的誘惑力；在他寫得非常精彩的時候，突然來了一段令人遺憾的濫情。值得慶幸的是，他對於自己的的某種濫情和矯情，並不經常容情，隨著創作經驗的積累，理性的、冷峻的成分顯著增加，出現了像〈酒公墓〉、〈信客〉那樣的冷峻敘述，而這恰恰是用了許多韓石山先生非常反感的「小說筆法」。在〈歷史的暗角〉那樣集中寫他身受其害的「小人」主題時，他也大體上克制著自

己的情緒，比較寧靜，偶爾出現了一個有濫情、煽情之嫌的段落，在《山居筆記》中就毫不容情地刪節掉了。

三、開拓了散文藝術的新天地：余秋雨的出現之所以引起如此的強烈的反響，就是因為他為當代散文開拓了一個新的藝術天地，提供了一種廣闊的視野，從文化歷史的畫卷中展示文化人格的深度，開拓想像的新天地。要做到這一點，就必須掙脫流行的自然景觀的讚歎的現成話語，更新話語的內涵。對於傳統的抒情話語，余秋雨既是橫空出世，又有一點眷戀徘徊。所幸的是，他的智性追求和他的詩情在話語的重構上取得了某種平衡。

四、在歷史的難題面前應運而生：中國現代散文，從五四以來，主要靠三個要素，一是抒情（詩性），一是幽默，一是敘事（戲劇性的和沖淡的）。據周作人的研究，其淵源主要是明人小品和英國的幽默散文。長期以來我們的散文就是這三種要素和兩種淵源中發展，此外就是魯迅的社會思想批評雜文，基本上是審智的，並不完全是審美的。值得注意的是，在五十年代以後的中國大陸現代散文史上，詩性的抒情和智性的概括是分裂的。正是因為這樣，大陸現代藝術散文的思想容量非常有限；當代散文思想比之小說和詩歌相對貧弱是不爭的事實。

余氏的散文，在這歷史的難題面前應運而生。他在當代散文史上的功績，就是從審美的此岸架設了一座通向審智的橋樑，但是這座橋是座斷橋。他不可能放棄審美，去追隨羅蘭・巴爾特寫作不動情感的被認為是後現代的散文，他連香港作家也斯先生那樣的不動聲色也做不到，他更不是南帆，他不可能撇開情趣，更無法把無情的理性變為藝術的可感性。因而他只能把現代派的散文，把南帆、也斯和羅蘭・巴爾特當作彼岸美好的風景來觀看，同時也為在氣質上和才華上能達到彼岸的勇士們提供已經達到河心的橋墩。

2 山水人文，詩情和智性血肉豐滿的結合

詩情和智性的矛盾是永恆的，即使能夠結合也難免抽象。他有意尋找古代文人曾經立足的地方，超越時空的界限進行文化反思，為可能陷於抽象的智性和可能流於膚淺的激情找到了潛在空間很大的載體，賦於哲理內涵。使二者能夠血肉豐滿地結合起來的是山水和人文。正是通過山水和人文余秋雨實現了他的話語更新。

在他以前有誰能想像，不去渲染西湖風景，倒說西湖的水波中溶入了道家、儒家、佛家的意識，西湖把深奧的教義和感官的享樂結合在一起，如此深厚的智性和他充滿情感的話語結合起來，就給余秋雨的散文帶來了一種特殊閱讀效應：那就是既有審美的激情，又趨向於審智的冷峻。

余光中在〈散文的知性和感性〉一文中縱論古今散文名篇時，相當推崇余秋雨的《文化苦旅》，認為「比梁實秋、錢鍾書晚出三十多年的余秋雨，把知性融入感性，舉重若輕，衣袂飄然走過了他的《文化苦旅》。」並摘引了余秋雨〈三峽〉中關於「詩情與戰火」的一段文字。余光中在文中還就「知性」解釋說：「散文的知性該是智慧的自然洋溢，而非博學的刻意炫誇。」[69]

3 不無浪漫的歌頌，不無憤世疾俗的批判

如此深邃的思緒當然是帶著冷峻色調的，這種冷峻和他的激情結合在一起，就往往唱出了對於歷史文化人物，對於文化遺產的頌歌和悲歌。從蘇東坡的被文化群小的圍困，到阮籍、嵇康的孤獨，從名勝古跡凋蔽到地區民俗的頑強，都是他的激動和沉思的對象。但是，光是這些也許還不能充分表現余秋雨的創造才華，他的傑出之處，就是

---

69 本小段內容引自一九九四年七月二十四日《羊城晚報》（又見《新華文摘》1994年第10期；樂梅建：《余秋雨評傳》〔北京市：當代世界出版社，2001年〕）。

在頌歌中，還伴隨著文化人格的的批判。他反覆展示著在歷史文化的苦難中的人格的對峙；在苦難中的人格總是顯出了品格的高貴和卑賤。

他的目光更多地投向了政治上失意的落難者和那荒涼的土地，在〈流放者的土地〉中，他表現了苦難淨化人的靈魂的信念，苦難昇華為高貴是由於有了文化的寄託，這就顯示了他心目中的文化至上主義。他的確有點浪漫，他的浪漫表現為一種超越現實幸福的精神美的追求，特別是苦難的美，在苦難中表現出來的文化品格的高貴。這種高貴，不僅僅是世俗意義上的高貴，而且是在生命哲學意義上的，形而上學的自由。蘇東坡在那找不到慷慨陳詞的目標，抓不住從容赴死的理由的環境裡，孤獨而悲涼，在政治實踐上近乎絕望的逆境中，進行了自我解剖，文化人格重新獲得，達到昇華，他變得「成熟」。而這種「成熟」，正是余秋雨式的話語。

作為對照的是人格的惰落和腐敗，除了在一些篇章裡零碎寫到的以外，也許由於深感小人對名人「起哄式的傳揚」和「起哄式的貶損」，他專門為這些無人稱的「小人」寫了一章〈歷史的暗角〉。這是中華文化人格中特有的範疇，「我們民族的暗疾」，光是一個費無忌這樣的小人，就演繹出了小人的八大特點、四大類型。最為深刻的是：小人必須「把自身的人格結構踩得粉碎，獲得一身輕鬆」，然後才能「不管幹什麼都不存在心理障礙」。在人格上他們是小人，而在耍陰謀方面是大師。在這些篇章中，余秋雨的憤世嫉俗一面顯了出來，身受小人之害的余秋雨，在寫《蘇東坡突圍》時，對於善於利用名人的小人，寫得還比較克制，到了這裡，就顯得有點尖刻了。幸而由於他的發現來自冷峻的沉思，讀者幾乎沒有過分注意到情感的泛溢。

當然，文化人格的腐敗的關鍵還不在於這些小人，余秋雨還從體制上去挖掘根源。

四　詩歌藝術形式規範的若干範疇

　　孫紹振先生的文學理論研究，最早是以詩歌研究稱譽文壇的。早在上世紀八十年代，提出的許多形式規範，就令人耳目一新。本節介紹的孫先生的這些形式規範內涵、要求，現在仍然煥發出強勁的生命力。下述內容，主要源自孫先生《文學創作論》、《文學性講演錄》有關詩歌的部分（絕句部分，來源另有說明），並結合筆者自己的理解，加以綜述，恕不一一說明。

（一）意象構成

　　一切文學作品中主客觀結合形成的感性畫面都可從廣義上把它看成意象。如〈岳陽樓記〉景觀的宏大氣象就是為表達作者的宏大情志服務的，客體為主體服務，這是構成一切意象的基本規律。詩歌作為抒情性的意象，一方面既符合上述的基本規律，即詩中的客觀對象特徵服從於作者的情感特徵，另一方面又有自己的獨特規律，即它的客觀對象特徵一般是一種概括的特徵，情感特徵才是一種特殊的特徵（亦即特殊情思）。賀知章的〈詠柳〉不問是鄉村的柳還是城中的柳，不問是哪一片柳葉，柳葉的細葉狀特徵是概括的，也不問是哪一天、哪一地的春風，「二月春風似剪刀」即春風吹綠大地的特徵是概括的，這細葉狀特徵和「二月春風似剪刀」的特徵是服從於詩人對春天到來的喜悅心境、對早春之美的驚歎之情這個特殊情感特徵的。舒婷的〈致橡樹〉也不論是冬天的還是春天的橡樹、木棉，橡樹、木棉各自獨立生長的特徵是概括的，是為了服從詩人要表達的女性獨立自主的、不依傍男性的愛情觀這個獨特情感的。當然，如果是敘事詩，概括性會減弱，客觀對象的個別特徵會強化，如〈木蘭辭〉中的木蘭；敘事性越強，個別特徵越突出，〈孔雀東南飛〉的敘事性更強，劉蘭芝的個性特徵就比木蘭更鮮明更豐富；甚至絕句的最後二句成流

水句式，用於敘事時，也會出現特殊對象，如「東風不與周郎便，銅雀春深鎖二喬」。

（二）意象創新、更新、陌生化、殊異感

好的意象應是別人沒有用過的，不重複他人，這叫意象的創新、更新。「二月春風似剪刀」、〈致橡樹〉的意象都是創新的。首先是象的更新，其次的意的更新，〈致橡樹〉二者都具備了；「二月春風似剪刀」主要是象的更新。意象的創新、更新也是意象的陌生化，也稱反常化、奇特化，帶來殊異感。但陌生化、殊異感又不能離開語言的相近、相似、相反等等自動化聯想規律，否則，讀者難以接受，這也就是所謂「陌生感×熟悉感」的美感規律。「二月春風似剪刀」不能似菜刀，只能似剪刀，才與「裁剪」的相近語義發生自動聯想，或者說有人們熟悉的裁剪現象相協和，進而與新春的美麗細葉聯繫起來。經典的創新意象，會產生陌生感與熟悉感都達到最大值的效果，如李白的「春風知別苦，不遣柳條青」。折柳送別是自古以來詩中的經典意象，也是古人非常熟悉的送別情感的表達，詩人借助柳條尚未返青的自然現象，說春風也知道離別之苦，不讓柳條返青了，這個意象是前無古人的，全新的，完全出乎人們意料的，但它又與人們最熟悉的送別情感聯繫在一起，因而成了新經典。

（三）意象的高度凝聚或高度鋪張，並都要求所表現的情感、情緒的高度集中

詩歌的意象表現會走兩個極端，一是意象高度凝聚在一個細小的點上，二是意象高度地鋪張、擴展，它的凝聚和鋪張程度都超過散文。高度凝聚，《詩品》稱為「萬取一收」，即觀察對象是無限的，但寫進詩裡卻極其有限。「前村深雪裡，昨夜一枝開」（齊己）就比「昨夜數枝開」好，說「一枝紅杏出牆來」而不說「數枝紅杏出牆來」，

道理都在這裡。李瑛用「歷史打著綁腿進入北京」來表現人民解放軍進入北京城，道理也在這裡。不僅上述寫實性的意象是如此，前面所舉的譬喻性的意象，「二月春風似剪刀」、木棉和橡樹、「不遣柳條青」等也是意象的凝聚。另一種寫法是意象的鋪張，〈木蘭辭〉寫買馬，「東市買駿馬，西市買鞍韉，南市買轡頭，北市買長鞭」，寫行軍是「旦辭爺娘去，暮宿黃河邊……旦辭爺娘去，暮至黑山頭……」，意象繁複。又如毛澤東〈沁園春・長沙〉「北國風光，千里冰封，萬里雪飄，……山舞銀蛇，原馳蠟象，……」從天到地，從山到河，寫盡了，只在表現雪白一片的世界（白雪皚皚的世界也可用凝聚法表現，如「忽如一夜春風來，千樹萬樹梨花開」，只用樹木枝頭蓋滿了雪一個景觀就夠了）。意象高度凝聚自然是情感情緒的高度集中，意象高度鋪張，舉四為一，也一樣要求情感情緒的高度集中，如〈木蘭辭〉的買馬集中表現了主人公替父從軍的自豪感、興奮感、洋洋得意之感，〈沁園春・長沙〉集中體現了詩人豪邁、雄健的氣概。又有高度凝聚和高度鋪張同時發生的，如舒婷〈致橡樹〉，一方面高度凝聚在木棉、橡樹，甚至就是高度凝聚在代作女性的「木棉」上，另一方面又反覆鋪陳，「如果我愛你——／絕不像攀援的凌霄花，／借你的高枝炫耀自己；／如果我愛你——／絕不像……／也不止像……／也不止像／甚至日光，／甚至春雨……」，同時無論凝聚和鋪張都集中表現了詩人獨立自主、高貴純正的愛情觀。又如她的《祖國啊，我親愛的祖國》也是如此，乾癟的稻穗、失修的路基、薰黑的礦燈、破舊的老水車等等分別是高度凝聚的意象，而全詩一連串類似意象的出現又是鋪張。古詩中早有此現象，如馬致遠的〈天淨沙・秋思〉用一連串的類似意象的疊加來集中表現愁苦之情是鋪陳，而枯藤、老樹、昏鴉、古道、西風、瘦馬等等又分別是以細小之點表現對秋天的整個感覺的高度凝聚的意象；不過，這不同於〈致橡樹〉的鋪陳中的凝聚乃只凝聚於一個意象——木棉。

（四）意境

不僅意象疊加、意象組合，意象之間有機統一，而且一切意象之間互相照應，互相補充，互相滲透，構成一種情感、思想、意味、感覺和景象充分融和的無處不在、若有若無、不著痕跡、不可句摘、非常微妙的「場」。這「場」不在文字上，又在話語中。陶淵明的〈飲酒〉「結廬在人境，而無車馬喧。問君何能爾，心遠地自偏。采菊東籬下，悠然見南山。山氣日夕佳，飛鳥相與還。此中有真意，欲辨已忘言」　是中國意境的典範，一種悠然自在之「場」無處不在，卻又若有若無，「欲辨已忘言」。意境說，可能是孫先生最有創造性的舉重若輕的概念，可以以〈飲酒〉為基準，評點、分析其他詩歌意境的有否和高下。

（五）以智性為底蘊

康德、李澤厚的美感理論為：美感是判斷在先，愉悅在後的心理活動，而判斷是以認識、理解為主，包含感知、情感、想像在內的諸因素複雜和諧運動的結果，即審美和美感的最高境界是認識、理解、智慧帶來的愉悅感。文學中，小說尤其經典小說這方面的表現最為人熟悉，沒有思想深度的小說很難稱得上是好小說，這一點幾乎是不言而喻。散文、詩歌亦如是，孫紹振就此做過很多論述。散文的智性、審智見前。就詩而言，孫紹振引證的內容如下：自亞里士多德以來，人們都說詩是最接近哲學的，普列漢諾夫認為情感不能沒有思想，華茲華斯提出過詩的「合情合理」說和創作時的「沉思」說，西方詩歌強調情理交融，臺灣詩人有「靈視」說，即詩人的視感覺是帶著思考、思想、智慧的感覺。總之，好詩是有思想的，是以智性為底蘊的，深刻的感情必然是與審智聯繫在一起的。舒婷〈致橡樹〉所傳達的愛情觀就是新穎獨特的思想：「我必須是你近旁的一株木棉，／作

為樹的形象和你站在一起」；《祖國啊，我親愛的祖國》更是洋溢著對祖國坎坷命運和新時代到來的深刻思考。余光中的「鄉愁是一方矮矮的墳墓／我在外頭／母親在裡頭」，情感深處的兩岸不能統一的悲劇深思已經有點驚心動魄了。「故國不堪回首明月中」（李後主）、「南朝四百八十寺，多少樓臺煙雨中」（杜牧）不僅感傷的情調使讀者動容，滄桑變遷的歷史思考更令人深思。「天生我材必有用，千金散盡還復來」（李白）、「抬頭望明月，低頭思故鄉」（李白）、「烽火連三月，家書抵萬金」（杜甫），李、杜的許多詩歌都不僅是情感的經典，而且是對生活社會現象的精闢的智性概括。蘇軾的〈赤壁懷古〉則通篇亦情亦思，乃得意人生、失意人生的高度概括、千古絕唱。

以智性為底蘊，就是孫紹振指出的，表層是感覺，深一層是情感，更深一層是智性、理性、思想。確有不少詩歌只到達情感一層，或者智性一層很弱。而上舉各詩則是三層皆有，情理交融式，且情感的強度與智性、思想的強度差不多等量齊觀。也有不少情理交融詩，智性的一層已明顯強過情感，如「生子當如孫仲謀」（辛棄疾）、「東風不與周郎便，銅雀春深鎖二喬」（杜牧）、「春色滿園關不住，一枝紅杏出牆來」（葉紹翁）、「會當凌絕頂，一覽眾山小」（杜甫）。當代就出現了許多越過情感，由感覺直達智性、理性層的哲理詩，如卞之琳的〈斷章〉、顧城的〈遠和近〉等等，乃至出現了如北島、洛夫等人的意象奇特、思想深邃、語言晦澀的純智性詩歌。

以智性為底蘊，第一，無智性純情感的不會是最好的詩歌，但也不是無情感純智性的就最好，而是只要有智性作底蘊，無論情理交融式還是純智性式都好。第二，思想不是赤裸裸喊出來的，一切文學都要通過感覺、感性呈現，這是文學和科學著作的根本區別；包括一些直抒胸臆者，那裡也有形象。可補充的是，孫紹振引黃藥眠的說法，指出這是作者對自己以往經驗的再感知，凡成功者說明其經驗的普遍意義，能接通讀者經驗，讓讀者幻化出自己經驗過的形象，此即所謂

「人生經驗通感」。第三，讀者同樣要有智性才能感悟、解讀智性之詩；當代北島、洛夫等等一些純智性名作，更是迫使讀者調動更多的智性才能解讀其中的奧秘。

（六）其它

一、對比，這是詩歌常有的手法，實際上就是通過反差，使意象豐富，並互為襯托，使各意象突出，如柳宗元〈江雪〉「千山鳥飛絕，萬徑人蹤滅。孤舟蓑笠翁，獨釣寒江雪。」如無孤舟獨釣，只是單調的一片「白無」，而有了獨釣，「白無」和獨釣都突出了。與對比有關就是微妙反差、微妙轉化的手法，這是一種漸漸的過渡，不經意的轉化，感覺和品味會顯得更為精緻和持久，如〈再別康橋〉中間五節從夕陽到夜晚就是這樣微妙反差、轉化的。二、無理而妙，實際就是前面多次講過的錯位美。「早知潮有信，嫁與弄潮兒」，這是情感邏輯，與實用邏輯是相矛盾的，怎麼能因此嫁給弄潮兒呢（無理）？但曲折表現的情感邏輯不光是動人的，也是閨怨婦女的合理訴求。「有的人活著，／他已經死了；／有的人死了，／他還活著。」也是這樣的無理而妙。三、意象並列，也是古代中國詩歌的創造，意象之間沒有任何關聯詞彙，關係的空白由讀者填空，如前面所舉馬致遠〈秋思〉。四、傳統的詩歌還有節奏感、押韻等音樂性問題可供分析，還有結構的層次感、物是人非模式，這後二點講絕句時再談。五、當代詩歌，孫紹振指出，還有後現代詩人採用戲擬等等二十多種獨特的修辭手法，在語言的遊戲中深藏意圖和灼灼鋒芒。如伊沙運用戲擬所寫的《中國詩歌問題考察報告》「同志們／中國的問題是農民／中國的詩歌問題也是農民／……問題的嚴重性在於／他們種植的作物／天堂不收，欲人不食。」了解這些手法對於指導課外詩歌鑒賞有幫助。六、當代還有語言的變異手法，入選中學的一些作品已有體現。

（七）絕句藝術表現形式的重要特徵

　　關於絕句的藝術表現形式的研究，孫紹振從一九七七年的第一篇有關論文開始，斷斷續續研究了三十年，二○○七年在《文學遺產》第一期發表的長篇論文〈論李白〈下江陵〉〉中，就絕句表現形式特徵作了比較系統的論述，隨後又在東南大學藝術學院作了系統講授，二○○九年在其《演說經典之美》（福建教育出版社）中作了五萬多字的詳細闡述。孫紹振指出，元代楊載在《詩法家數》〈絕句〉中第一個談到絕句的奧妙：「絕句之法，要婉曲回環，刪蕪就簡，句絕意不絕，多以第三句為主，而第四句發之，⋯⋯承接之間，開與合相關，反與正相依，順與逆相應⋯⋯宛轉變化工夫，全在第三句，若於此轉變得好，則第四句如順流之舟矣。」其後，數百年間亦偶有類似楊載的論述，但都不過數句，沒有系統展開和深入發展。孫紹振作了系統的開拓發展，提出了不少新的要素、特徵，用現代文藝理論給予了解釋，舉出了大量的例證，並以英、俄詩歌進行了比較論證。此處，作一些擇要介紹，其中一些形式特徵前面章節也有說及。

　　　　兩個黃鸝鳴翠柳，一行白鷺上青天。
　　　　窗含西嶺千秋雪，門泊東吳萬里船。（杜甫）

　　　　千里鶯啼綠映紅，水村山郭酒旗風。
　　　　南朝四百八十寺，多少樓臺煙雨中。（杜牧）

　　　　回樂烽前沙似雪，受降城外月如霜。
　　　　不知何處吹蘆管，一夜征人盡望鄉。（李益）

　　　　碧玉妝成一樹高，萬條垂下綠絲絛。
　　　　不知細葉誰裁出，二月春風似剪刀。（賀知章）

千里黃雲白日曛，北風吹雁雪紛紛。
莫愁前路無知己，天下誰人不識君。（高適）

渭城朝雨悒輕塵，客舍青青柳色新。
勸君更盡一杯酒，西出陽關無故人。（王維）

秦時明月漢時關，萬里長征人未還。
但使龍城飛將在，不教胡馬度陰山。（王昌齡）

煙籠寒水月籠沙，夜泊秦淮近酒家。
商女不知亡國恨，隔江猶唱〈後庭花〉。（杜牧）

京口瓜洲一水間，鐘山只隔數重山。
春風又綠江南岸，明月何時照我還。（王安石）

白日依山盡，黃河入海流。
欲窮千里目，更上一層樓。（王之渙）

應憐屐齒印蒼臺，小扣柴扉久不開。
春色滿園關不住，一枝紅杏出牆來。（葉紹翁）

春眠不覺曉，處處聞啼鳥。
夜來風雨聲，花落知多少。（孟浩然）

1 基本特徵

絕句的第三句的轉折（更準確應是「宛轉」）和第三、第四句的

流水句式，以及由此形成最後一句的「高潮」，是絕句形式特徵的奧秘所在。多數的絕句，如上舉杜牧至孟浩然的十一首，形式上都與杜甫的「兩個黃鸝」不同。杜甫那首四句的結構形式、語氣都一樣，雖每一句的意象、意蘊之間有關聯，但各句的獨立性較強，每一句都是一個獨立的畫面，全詩對仗很工整、很整齊，但全詩給人比較拘謹且結尾向內收攏之感。而杜牧等十一首，第三句語氣出現了轉折變化，第三、四兩句語氣語義串聯相屬，形成流水句式，明顯與前二句不同，全詩給人有變化、較自由，有高潮，且結尾呈開放之感。其中，杜牧至王之渙九首，一、二句的各自的獨立性也相對較強，類似於杜甫的，但像杜甫那樣對仗工整的，只有李益一首；最後二首，孟浩然的頭二句也是流水句式，和李白的〈下江陵〉一樣（朝辭白帝彩雲間，千里江陵一日還。兩岸猿聲啼不住，輕舟已過萬重山），葉紹翁的頭二句是句意倒裝的流水句式。總體而言，像杜甫那樣似律詩的中間兩聯的嚴謹對仗的句式結構，且各句的獨立畫面感很強的絕句，很少，多數如杜牧等十一首，總的比較自由，但第三、四兩句形成一種語氣轉折且為流水句式且最後形成高峰的表現模式。

2 具體特徵（與杜甫兩個黃鸝對比）

　　一、往往最後一句形成「高潮」、「高峰」、「興奮點」，或稱為「結果」；關鍵又是第三句的轉折（逆轉或順轉），使第四句得以昇華、跳躍。

　　二、語氣、結構形式出現了「轉折」和「流水句式」的變化，使全詩不單調，不呆板；統一中有變化（絕句的最大統一就是只有四句，每句字數一樣，或七或五以及具有最基本的節奏、押韻），既是藝術的基本特點，又是詩人心靈活躍的表現，乃至是一些具體情感表現的需要，如先前分析過的〈下江陵〉，就是李白要表現其十分喜悅、奔放心情而採取了這種更為自由的絕句形式。總的變化特點多數

如杜牧等九首，少數又另有其式。如，李益是前二句和後二句的表現形式反差較大，對比較鮮明，有一種形式美，而杜牧等九首更多一點隨機自在之美；〈下江陵〉、〈春曉〉一方面是都為流水句式，形式上另有一種統一感，但另一方面全為流水又使全詩更為自由；葉紹翁雖全為流水句式，但頭二句是倒裝的，又自有其變化之妙；又有岑參的「火山五月行人少，看君馬去疾如鳥。都護行營太白西，角聲一動胡天曉」，前二句雖為流水句式，但語義的串聯相屬並不那麼明顯，相反後二句倒是相對獨立的畫面，其變化之妙是在前三句都是視覺形象，最後一句突然轉為聽覺（也是一種轉折形式），猶如銀幕上的畫外音；還有王昌齡的「琵琶起舞換新聲，總是關山舊別情。撩亂邊愁聽不盡，高高秋月照長城」，結構形式、變化特點全如岑參，不同在前三句為聽覺，最後一句突變為視覺，猶如音樂背景下推出的特寫鏡頭。總之，變化的形式又有種種不同。

　　三、層次加深了，有層次才有立體結構，全詩意蘊才更為豐厚。如果像杜甫的「兩個黃鸝」，每句的形式結構全部一樣，每句之間的關係都是並列的，就給人一種無變化的平面感。有變化就有起伏，有落差，有梯度，形成不同層次，立體結構就出現了。首先，第三、四句與第一、二句的語氣、結構形式明顯不同，這是絕句內部最明顯的分為二個層次的結構特點；其次，流水句式的前後二句的形式不一樣（不對仗），亦形成變化的層次感；再次，轉折（宛轉）打破了原來的並列關係，亦帶來微妙的層次感。同時，層次之間又不是斷裂的，第三句的「轉折（宛轉）」、流水句式的「流水」就是它們之間的關聯。我們讀讀這些詩句，明顯感到它們意味變化了，豐富了，厚實了。

　　四、流水句式把二句串聯起來，字數增加一倍，敘事、議理功能會得到較明顯增強，寄寓在敘事、議理中的抒情效果也會得到強化，起到了七個字、五個字的單句起不到的作用。訴說、思考重大歷史事件的「南朝四百八十寺，多少樓臺煙雨中」是這樣；表述人生悲歡離

合的「勸君更盡一杯酒，西出陽關無故人」也是這樣。李白的〈下江陵〉就像一篇記遊速寫，高興的心情盡情抒發；葉紹翁的〈遊園不值〉簡直是微型小說，哲理意味又充滿其中。

　　五、流水句式又造成開放結構，篇末有延伸、拓展、意猶未盡之感。比如，在懷古詩中，物是人非模式的絕句，像劉禹錫的「朱雀橋邊野草花，烏衣巷口夕陽斜。舊時王謝堂前燕，飛入尋常百姓家」，語短義長，綿長的滄桑感尤其明顯。

　　六、絕句的流水句式裡還常運用疑問等非肯定語氣，這些非肯定語氣，更能表現活躍的情緒，更便於轉入抒發主觀情感，更能激活讀者的聯想、想像、思考，更有詩的韻味。孫紹振在演講中，經常把下列的詩句進行改動，一改，上述的意味幾乎蕩然無存，讓聽眾充分領略了絕句的奧妙：

　　　　不知何處吹蘆管，一夜征人盡望鄉。
　　　　但聞處處吹蘆管，一夜征人盡望鄉。

　　　　不知細葉誰裁出，二月春風似剪刀。
　　　　心知細葉它裁出，二月春風似剪刀。

　　　　莫愁前路無知己，天下誰人不識君。
　　　　人言前路多知己，天下有人盡識君。

　　　　春風又綠江南岸，明月何時照我還。
　　　　春風又綠江南岸，明月及時照我還。

3　絕句小結

　　絕句的這些特點、優點，王國維甚至因此提出了絕句優於律詩

論，即他在《人間詞話》定稿五十九則說的：「近體詩體制，以五、七言絕句為最尊，律詩次之，排律最下，蓋此體於寄興言情，兩無所當，殆有韻之駢體文耳。」[70]認為律詩尤其是排律的嚴格的格律要求，比之絕句，更大限制了思想的自由表達，束縛了情感的盡情抒發。

絕句的上述研究、揭示表明，發展成熟的藝術樣式的形式特徵是明顯的，用以指導、說明解讀、分析作品的效果也是明顯的；還表明，更為具體的微觀的藝術樣式的表現特徵的研究工作大有可為，還有許多規律等待人們去發現。

本章僅是對孫紹振小說、散文、詩歌藝術形式規範、表現特徵方面所作研究的有側重的介紹。我以為，和孫紹振創立的系列解讀方法體系一樣，形式規範的研究和新範疇的創建，是孫紹振建構本土特色文藝學的卓越探索的最重要成果之一。

---

70 轉引自滕咸惠譯評：《人間詞話》（長春市：吉林文史出版社，1999年），頁93。

第七章
建構本土文學理論的卓越探索

　　前幾章的介紹已經表明，孫紹振先生從創建《文學創作論》開始，就一直在從事建構本土文學理論的探索。不久前，孫先生又在《光明日報》上發表了題為「在建設中國文學理論話語的歷史使命面前」的重要論文，隨即就被二〇一七年第十七期的《新華文摘》作為重點文章全文轉載。在該文中，孫紹振分別就「一味『以西律中』不可取」、「要分析，要批判」、「西方文論也有致命傷」、「重審傳統文論的有效性」、「創造新話語自有章法」等多個方面，進行了他一貫風格的雄辯闡述。文章所呈現的廣闊視野、重要命題、明晰判斷、豐富資源，足以見這是孫先生長期探索實踐的噴薄一發。

　　本章就若干方面，試做梳理。總體而言，孫紹振是以「實踐是檢驗真理的唯一標準」，以及他早年研讀馬克思《資本論》等經典著作，從中掌握的「矛盾的辯證統一」、「邏輯和歷史的統一」、「從高級形態回顧低級形態」、「從最普通、最常見的細胞形態入手（例如《資本論》從商品入手，解讀學從文本入手）」、「歸納法為主，結合演繹法」、「臨時定義」、「直接從第一手文本進行原創概括」等等研究方法，分別不同情況對待東西方文論，重審文學理論的重要命題，填補文論研究的空白領域，構建獨創性的文論話語，並大量運用於實踐，不斷檢驗、修正、完善理論話語。我們試就「一、分析性吸收外域文論，重構相關理論」、「二、批判西方文論極端觀點，自創相關理論」、「三、激活古代文論，插上起飛的翅膀」等三個方面做些介紹。

　　必須說明的是，改革開放後九十年代出現的一批文學理論教科書

（如童慶炳的《文學理論教程》），也有類似上述三方面的對舊文學理論的改造，總的情況，雖不像代迅所言的「仍屬這個體系（指五十年代引入的蘇聯舊文學理論體系）內的局部修補」[1]，但變革的幅度、食洋而化的效度、原創的程度，總體不如孫紹振，如上一章提到的情節理論，就可見一斑。但下文不就此展開比較、討論。

一　分析性吸收外域文論，重構相關理論

這主要指那些具有積極因素，或者雖有積極因素但仍存在缺憾，甚至缺憾更多但仍有積極意義的外域文論。對這類理論，孫紹振吸納其積極因素，改造發展為創作、解讀實踐所需的新理論。前面章節已經介紹過的如：一、亞里士多德和福斯特的情節因果律，及亞里士多德的突轉理論等。二、俄國形式主義者斯克洛夫斯基的二元錯位「Ａ、Ｂ」愛情模式、蘇聯維戈茨基的「情感逆行」說、法國左拉的「試劑分析法」，等等。三、蘇聯季莫菲耶夫的情節理論，雖欠缺較大，但仍有其合理部分，其中包含高爾基的有關性格、情節的理論等。四、康德的「美是無功利的快感」理論。五、黑格爾的性格理論；以及黑格爾與亞里士多德各持一端的性格中心、情節中心理論，等等。

下文主要介紹孫紹振對康德美善關係的超越；感覺、情感、智性三層說與康德的審美判斷；分別對待黑格爾、康德、席勒的形式理論，發展自身的形式理論。

（一）對康德美善關係的超越

在第四章介紹錯位法時，就美善錯位，指出「實用的善」是孫紹

1　見代迅：〈世紀回眸：前蘇聯文論與中國〉，《濰坊高等專科學校學報》1999年第1期。

振根據創作、解讀實踐，創造性提出的範疇。

康德在《判斷力批判》第一節到第五節（關於美的分析部分）裡，提出了美感是無功利的快感的著名論斷[2]。康德解釋說，喜歡不喜歡巴黎的小食店，愛不愛一座美麗的宮殿，一座小茅屋住得舒適不舒適，都與物質的、利害的欲求有關，這種滿足欲求產生的快感帶著個人的偏愛，因此無普遍的可傳達性（我在第四章裡，用喝酒作比，有人喝多，有人喝少，有人不喝，某一人酒量無普遍可傳達性）；而美感具有普遍的可傳達性，我認為美的，別人也會認為美，因此稍許的欲求、偏愛都不行，美是完全無利害關係的愉悅感。在這個意義上，康德的美就是純粹美、純形式的美，如花卉、圖案、語言文字的表現力等，它們引起的愉悅快感具有普遍的可傳達性，人同此心，心同此理（朱光潛語）。在第五節中，康德又對「快適、美、善」三種愉快（此為宗白華譯法，朱光潛譯為「愉快、美、善」三種快感）進行了比較：一種是生理官能方面引起的，宗白華譯為快適，李澤厚用喝杯啤酒的愉快具指它。另一種是「受理性規律驅使我們去欲求的對象」（這是宗白華的譯法，朱光潛譯為「由理性法則強加於我們，因

2　康德類似表述的原文有多處，比較重要的是該書第二節標題：「那規定鑒賞判斷（按：即我們說的審美判斷）的快感是沒有任何利害關係的」（引自康德著、宗白華譯：《判斷力批判》上卷〔北京市：商務印書館，1963年，2016年印刷〕，頁34）。又，本節注釋分三種：一、筆者轉述及引述的康德論述、研究者譯文及有關觀點，主要引自上述宗白華譯《判斷力批判》上卷有關部分，伍蠡甫、胡經之主編：《西方文藝理論名著選編》康德部分（北京市：北京大學出版社，1986年），朱光潛著：《西方美學史》康德章（北京市：北京大學出版社，2002年），宗白華著：《美學散步》中的「康德美學思想述評」（上海市：上海人民出版社，1981年），李澤厚著：《美學三書》中的「美學四講」（合肥市：安徽文藝出版社，1999年），孫紹振、孫彥君著：《文學文本解讀學》第六章第三節（北京市：北京大學出版社，2015年），孫紹振著：《審美價值結構與情感邏輯》自序及〈論審美價值結構及其升值和貶值運動〉一文（武漢市：華中師範大學出版社，2000年），恕不對具體出處一一注明；二、部分直接引文及部分有關觀點，注明了具體出處；三、孫紹振原注的，注明了孫原注。

而引起行動意志的對象」），受理性制約，按理性的要求，實踐了善的行為產生的愉快；李澤厚用做件好事的快樂，即道德的快感具指它。康德認為這二種愉快，都有利害關係、功利的考慮，前者是生理官能利誘我們去做，後者是「理性方面的利害感強迫我們」（此為宗白華譯文，朱光潛譯為「由一種理性的利益迫使我們」）去實踐，所以，都不是美感。第三種是恩愛（此為朱光潛譯法，也譯為喜愛，宗白華譯為惠愛，李澤厚譯為情感，都冠以了「自由」兩字）引起的愉快，既無官能之利誘（如情人實際上是「東施」，但情人眼裡出西施），亦無理性之壓力（如非父母之命、非世俗計較、非政治聯姻的自由戀愛），那是美感。我們前面章節多次舉到的〈麥琪的禮物〉裡年青夫婦的愛情、〈杜十娘怒沉百寶箱〉裡杜十娘追求的情感、〈背影〉裡父親的父愛，就是這第三種的無利害計較的屬於美感的恩愛情感。注意：按以上康德第五節所述，這些審美情感就與理性行為無關，與道德的善（道德也是一種理性行為）亦無關。

　　康德在《判斷力批判》第五十九節（關於自然美部分）裡，又提出了美是道德的象徵（此為宗白華、李澤厚譯法，朱光潛譯為「道德精神的象徵」）的著名論斷。宗白華譯此節標題為「論美作為道德性的象徵」，在此節結論部分，譯文為「現在我說，美是道德的象徵」，康德接著說：只有在這個意義上，「美使人愉快並提出人人同意的要求，在這種場合人的心情同時自覺到一定程度的醇化（宗也曾譯為「高貴化」）和昂揚，超越著單純對於感官印象的愉快接受」，又認為，這對每個人是自然的，也要求每個人作為義務。這觀念，不是康德心血來潮，偶爾提及，而幾乎貫穿《判斷力批判》始終。一是第十六節論及依存美（宗白華譯為附庸美）時。因為純粹美，如花卉美那樣的自然美、形式美，抽象出來的圖案美，是很少的，語言文字那樣單獨抽象出來的美是不存在的，這些形式美絕大多數和內容依附在一起，如說一個男人、女人的美，一部文學作品、一幅繪畫的美，都是

形式美與內容美結合在一起，這個結合，美感是增值的。宗白華有關的譯文是這樣的：「鑒賞因審美的愉快和理智的愉快相結合而有所增值」、「是鑒賞（即審美）和理性的統一」、「美和善的統一」。注意，這裡用的「善」與前面段提到的「善」，內涵是一致的，都是指道德的善；用的「理性」、「理智」亦與前面段說的「理性規律」、「理性方面的利害感」的「理性」含義是一樣的，指經過利益平衡、合理計算的有目的的理性行為，而不是自由、隨意的行為。為什麼有「善」和「理性」二個概念？（當然是康德原文中就有的。至於翻譯成什麼，是另一碼事，只要同一譯者，前後所指一致就行），這我們後文再分析。二是在第十七節談到依存美中的理想美，或叫美的理想時，談到人性的目的「只能在人的形體上見出，在人的形體上，道德是理想精神的表現，離開了這種道德精神，對象就不能既是普遍地又是正確地給人快感」，並且把美的形體叫著「統治著人內心的那些道德觀念的可以眼見的表現。」這是朱光潛的譯文。朱光潛繼續說，康德舉出慈祥、純潔、剛強、寧靜（宗白華譯為：溫良、純潔、堅強、靜穆）這些人體美，就是體現康德說的「人性目的」的「理想的美」。朱光潛解釋說，只有這樣的人體美，才是康德要求的「美的理想」，才能達到康德要求的「理想的美」；並認為，按照康德的觀念，真正的美，從道德觀念看，也是「完善」的。從這裡，我們可以看出，形式美（人體美）、內容美（人性的目的）、道德的善，三者統一了。三是在第二十三節至二十九節「崇高的分析」部分，李澤厚指出，康德強調道德是崇高的基礎，認為康德正是在這個意義上說「美是道德的象徵」，並引康德的話說，面對崇高對象，「把感情提升到了頂端，那種感情的本身才是崇高──我們說它崇高，是因為心靈這時被激動起來，拋開感覺，而去體會更高的符合目的性的觀念。」李澤厚舉例說，高級的藝術作品，如陀思妥耶夫斯基的小說、貝多芬的音樂、著名的建築，會產生崇高的美感，乃至康德說的狂濤巨浪、險峰峻嶺，

在有文化教養的觀賞者那裡，一樣能引起悅志悅神的美感，激起整個生命的全部投入。朱光潛也認為，道德精神的象徵，在康德「崇高的分析」部分，也一樣體現。

這樣就出現了明顯的矛盾。朱光潛、宗白華、李澤厚都認為，康德前面說美與道德的善無關，後面卻大談特談美與道德的善是一致的，都認為是明顯的矛盾（對康德在第五節中談到的這種愉快，朱光潛、宗白華、李澤厚都譯為「善」，從他們上下文看，這個「善」指的就是道德的善。只是宗白華似另有考慮，此亦留待下文再說）。不過朱光潛解釋為，也並不矛盾，認為前面康德為方便研究，把美抽象出來，獨立分析研究，在純粹狀態下，美與欲求功利無關，而事實上，這樣獨立性、超然性的純粹美、純粹形式的美是假想，它必須和其它功能結合才能發揮作用，也就是理想美必然不是純粹的，而只能是依存美，和內容美結合在一起的美，所以，康德表面上似前後矛盾，實際上還是說得通。當然，堅持認為康德前後矛盾的學者（這在學界是絕大多數），並不為此犯難，認為康德美學體系有矛盾是很正常的，甚至正是其客觀唯心主義世界觀的必然結果；並認為，康德畢竟後面認識到了美善統一，美與道德之善相諧和，這就夠了，也就是，康德著作中的更為強調的部分，與我們本來的結論就是美善統一、真善美三者統一是一致的。

然而，二個明擺著的關鍵問題卻沒有解決：第一，既然明擺著有這個與道德善既不一致又一致的顯而易見的矛盾。要不康德有錯，前面那個「不一致」是錯誤的，或者說，康德這個「善」的概念是混亂的，總之，我們研究者應當把它指出來。要不，康德沒錯，康德的「善」，不是指後來說的「道德的善」，譯者把它弄錯了，康德只是沒有解決好這二個「善」怎麼統一的問題，而後人就應當去解決。但康德的研究者，似乎從未考慮這些問題。第二，康德在此明確提出的恩愛、情感之愉快的美的行為，與上述善行不兼容的更重要原因是此善

行出於理性考慮（即文中強調的受理性利害感、理性利益強迫下的行為，理性規律、理性法則驅使下去欲求的對象），而美並不考慮這些理性，那麼，是否乾脆將這「善」從道德的善中劃出，另列一個理性之善、實用之善？我們再看看康德原文中還有對這三種愉快者的描述，這另以劃分的必要性就更突出了。康德認為，官能欲求愉快者乃「無理性的動物」，善「一般只對具有理性的人才有效」，而美「只適用於動物性的又具有理性的生靈（即人）」（宗、朱譯文類似）。美行者的所謂動物性，是在理性制約下，顯然不是指食色欲求，而是指非理性的情感行為乃至情緒化的行為，如杜十娘怒沉百寶箱又投江自沉，〈麥琪的禮物〉的年青夫婦不想想萬一對方也像自己一樣把最寶貴的東西（金髮、錶鏈）買了，就貿然行動，〈背影〉的父親不讓腿腳更靈便的兒子去買橘子……無數文學作品的主人公正是這樣「無理而妙」的極端情感化典型（即使實際生活中也不乏其例），然而主人公的行為又符合、彰顯了最高的道德之善。顯然，要不將善分為兩類，要不將另一個善歸為實用理性，這自相矛盾不就解決了？

應當是，康德沒有錯，康德分別看到了美的兩種特質，也看到了兩種「善」（兩種理性行為）；但康德又有明顯的不足，並未將它們統一起來。眾多康德研究者只取其與道德統一的一面，而對康德有關美的另一特質或視而不見，或如朱光潛、宗白華、李澤厚這樣的美學大家，只是解決了問題的一半（見後）。全部問題的實質就在這裡。

孫紹振用美善錯位解決了。這既是對康德美善關係論的超越，也是對其它相關研究的超越。孫紹振解決之路既可說是另闢蹊徑，又可說是學術研究之正道。

第一，立足文本解讀實踐，主要從文學現象中歸納，而不是從理論到理論的純演繹研究。孫先生在早期致力於文學創作論研究時，對大量作品的深入解讀分析，使其發現了文學作品中如上舉〈杜十娘怒沉百寶箱〉、〈麥琪的禮物〉、〈背影〉這樣美善錯位的普遍現象。孫先

生從作品中總結的現象是：「生活對於人生並不是只有真和善的理性
價值，而有著真善美三種價值的。這個價值觀念的分化對於文本解讀
有著十分重大的意義。」孫先生在二〇〇〇年出版的《審美價值結構
與情感邏輯》中回顧自己的學術道路，說是在北大的學生時代，受到
朱光潛先生〈一棵古松的三種態度〉中的審美價值、實用價值、認識
價值三者分化觀點的影響，因而對當時流行的「文學等於生活」的觀
點特別反感，這似乎給我們的感覺是：孫紹振是先有理論，後有實
踐。其實，我們在第一章中，已詳細介紹了他《文學創作論》〈後
記〉中闡述的心路歷程，他當年（學生時代）對文學作品如饑似渴閱
讀，深深為作品中的藝術奧秘所震撼所沉迷，渴望理論能為其揭示奧
秘，但當時的理論均使其大失所望。孫先生後來在《審美價值結構與
情感邏輯》中又補充說，朱光潛先生當時因政治原因不能講授文學理
論，而「大學生」孫紹振是私下自讀了許多朱先生的著作，其中〈一
棵古松的三種態度〉一文是朱先生對他的最大衝擊。這說明什麼呢？
正說明當年的孫先生是先有實踐，先有對大量作品藝術奧秘的比較深
刻敏銳的感悟，或者說自發的解讀實踐，才會在眾多的文學理論中，
包括當年極權威的蘇聯文學理論中，獨獨鍾情於朱光潛的理論。總
之，實踐為主，歸納為主，這是孫紹振的學術正道。至於康德的理
論，更是豐富的作品分析實踐之後的事了。[3]

　　第二，孫紹振是在其一九八七年由人民文學出版社出版的《美的
結構》一書中將他長期醞釀的真善美錯位理論撰寫成書的。同樣據他
《審美價值結構與情感邏輯》一書中的介紹，當時，他應邀以其已完
稿的《文學創作論》內容作了一次講座，聽講的人民文學出版社的一
位編輯對他說，你的學術思想是康德的，並代表出版社向他約稿，希

3　以上介紹參見孫紹振：《審美價值結構與情感邏輯》〈自序〉（武漢市：華中師範大
　　學出版社，2000年）。該段中的引文見孫紹振、孫彥君：《文學文本解讀學》（北京
　　市：北京大學出版社，2015年），頁188。

望他把這一學術思想寫成一本書。他聽後大吃一驚，於是才下決心認真啃讀艱深的康德。於是，《美的結構》中已重點引入了宗白華翻譯的、一九八七年由商務印書館出版的康德的《判斷力批判》中有關「美是無功利的快感」等等主要觀點。當時，孫先生對善的內涵，一開始就把它分為二種，用了二個概念，一是「實用價值」，二是「道德的善」，並且前者使用得更多，是重點[4]。這一開始，就與其它許多研究者有很大的不同，其它研究者不僅不分，且將善都歸為「道德」，不存在「實用」之善一說。其原因，仍然是上述的孫先生首先的、主要的，是源於實踐，源於歸納為主的結果，所以，孫紹振一出手就抓到了起飛的翅膀。

　　第三，引入朱光潛介紹康德理論的〈我們對於一棵古松的三種態度——實用的、科學的、美感的〉一文，誕生了孫紹振「實用的善」的範疇。由於有上面所介紹的這些基礎，孫紹振對朱光潛先生這篇文章的提煉，就與眾不同。

　　（一）孫紹振先引述了朱光潛文章：

　　　　……你所知覺到的只是一棵做某事用值幾多錢的木料。我也脫離不了我的植物學家的心習，我所知覺到的只是一棵葉為針狀、果為球狀、四季常青的顯花植物。我們的朋友——畫家——什麼事都不管，只管審美，他所知覺到的只是一棵蒼翠勁拔的古樹。我們三人的反應態度也不一致。你心裡盤算它是宜於架屋或是製器，思量怎樣去買它，砍它，運它。我把它歸

4　見孫紹振：〈論審美價值結構及其升值和貶值運動〉第一至第七部分《審美價值結構與情感邏輯》（武漢市：華中師範大學出版社，2000年），頁117-138。從文中大量的主要舉例為「無理而妙」、「白居易〈長恨歌〉唐明皇、楊貴妃的絕對愛情」、「武松因怕被店家恥笑而硬著頭皮上山」等等超越實用價值之例，說明其當年論述的重心就在後來稱為「實用的善」方面。

到某類某科裡去，注意它和其它松樹的異點，思量它何以活得
這樣老。我們的朋友卻不這樣東想西想，他只在聚精會神地觀
賞它的蒼翠的顏色，它的盤屈如龍蛇的線紋以及它的昂然高
舉、不受屈撓的氣概。[5]

接著，孫先生總結道：「這裡畫家的價值，不同於植物學家的求真
（科學的），也不同於木材商的求善（實用的），和二者的理性追求不
同，畫家追求的是情感的、假定的。」[6]對於最關鍵的木材商的態
度，他用「實用的求善」來指稱，並且不是僅僅此處有此詞，而是類
似的用語有一串。如「實用的善」、「實用理性」、「理性的和實用的價
值」、「實用價值」、「功利的善」等，其中，「實用理性」用了五次。
對舉的「道德的善」也用了二次。這清楚表明，孫紹振將善分為兩
類，一是道德的善，二是實用的善或實用理性。這一實用的善、實用
理性就與前文所說的康德《判斷力批判》第五節中提出的「此善行出
於理性考慮，受理性利害感、理性利益強迫，受理性規律、理性法則
驅使」完全對接上了。那麼，作品中的審美，既與道德的善一致（沒
有斷裂），又與實用的善不一致的美善錯位也就這樣完全對應自洽
了。我們第四章中介紹錯位法時提到的，按社會的理性、實用理性處
理，凡事都應努力爭取雙贏、共同發展，務實處置，實現利益最大
化，按此，杜十娘就應拿出珠寶，還清孫富的錢，狠狠教育李甲一
番，再歡歡喜喜把家還，〈背影〉父親就應既真誠表達父愛之情，又
最終同意兒子去買橘子──說的就是康德所指的非審美的「受理性規
律、理性法則驅使」的行為。自然，審美行為者，特別是文學作品的

5　孫原注，朱光潛：《朱光潛美學文集》第一卷（上海市：上海文藝出版社，1981年），
　　頁448。

6　孫紹振、孫彥君：《文學文本解讀學》（北京市：北京大學出版社，2015年4月），頁
　　189。

主人公，是不這樣做的，他們情感第一，他們不考慮怎麼合算，他們非理性，他們就是要「無理而妙」。

（二）孫紹振不僅一般性地指出了朱先生三種價值的劃分來自於康德並照例轉述了康德原觀點：「康德說，審美情感（有人譯作「情趣判斷」）是『非邏輯的』、『非實用的』」[7]，而且特別地引述了王國維更早就此的介紹。孫紹振引述王國維，我以為，一方面是說明，這是學術大家皆極重視的康德名論、學術傳承，因為文中孫先生還指出了康德的學說「經過克羅齊的闡釋，進一步發揚光大。朱先生這個樹的例子，就是從克氏那裡演化來的」；另一方面是回答為什麼王國維名氣更大、更早引入，影響卻遠不如朱光潛，原因是表述「沒有朱光潛那樣生動」[8]；再一方面是王國維將對應「善」者，稱為「意志」，而不像他人，不是稱為「道德」，就是稱為「實用」，似乎這值得思考。孫紹振所引王國維原話是：

> ……精神之能力中，又分為三部，知力、情感及意志是也。對此三者，而有真善美之理想，真者，知力之理想；美者，情感之理想　；善者，意志之理想也……[9]

也就是說，「意志」一詞，表明這不得不遵循、這必須克服阻力的「理性」意味更突出了。或者說，至少這突出「理性」的「意志」，更符合康德原書第五節裡「善」之本意。

（三）同樣，朱光潛的文章，不僅是更通俗生動，而且也做了自己理解的處理：其一是朱文的副標題是「──實用的、科學的、美感的」，而不是「──道德的、科學的、美感的」，表明其對康德在第五

7　孫原注，康德，宗白華譯：《判斷力批判》（北京市：商務印書館，1987年），頁39。
8　孫紹振、孫彥君：《文學文本解讀學》（北京市：北京大學出版社，2015年），頁189。
9　孫原注，王國維：〈論教育之宗旨〉，載《教育世界》1906年第1期，頁56。

節解讀的重心亦在實用理性；其二，我們再讀讀朱文中所描述的木材
商人的有關兩段話：

> 你所知覺到的只是一棵做某事用值幾多錢的木料。
> 你心裡盤算它是宜於架屋或是製器，思量怎樣去買它，砍它，
> 運它。

可以說，這既包含了功利的欲求，也包含了如何更合算的實用理性的
考慮、理性法則的驅動，這顯然跟道德的善無關，只是朱先生沒有用
「實用的善」指稱它，所以我前文說，美學大家們只是解決了問題的
一半，換成孫先生常用的話語，就是「斷橋」，通向彼岸的斷橋。朱
先生做了一半，孫先生重新接上、架設，完成了將康德的善分為道德
的善、實用的善二類善的學術建構。

　　其實，宗白華、李澤厚亦有類似的半截工程。宗白華在其《康德
美學思想述評》中，討論到《判斷力批判》第五節時，反覆出現了
「有益」和「善」兩個概念。他說：「有益即是某物對某一事一物
好。善卻與此相反，它是在本身好，這就是只是為了自身的原因、自
身的目的而實現，進行的。有益的是工具，善是目的，並且是最後的
目的。……有益的作為手段、工具，善作為終極目的，前者是間接
的，後者是直接的。康德說：『善是那由於理性的媒介通過單純的概
念令人滿意的。我們稱呼某一些東西為了什麼事好（有益的），它只
是作為手段令人愉快的，另一種是在自身好，這是自身令人愉快滿意
的。』善不僅是實踐方面的。且進一步是道德的愉快。」[10]顯然，他
似乎有意把康德第五節裡的「實用的有益」，與「道德的善」做出區
分（從宗白華所引康德文，這似乎也是康德本意），不過，宗白華既
含混其詞，沒有說清楚，又沒有把這二者再統歸為「善」。李澤厚也

10　宗白華：《美學散步》（上海市：上海人民出版社，1981年版、2004年印刷），頁256。

有類似區分，他總的說法是，真是合規律性，善是合目的性，除了指這合目的性主要為眾所周知的道德之善外，他還說過，它的合目的性是「符合社會需要、實踐目的」[11]，這同樣應屬實用理性，而不是道德的善。李澤厚是將有關的二類都統到「善」的名下了，但未作出「實用的善」的命名，並且也未展開專論此事，不知李先生是否真是此意，還是筆者之臆測。

　　現在，孫先生清楚地作了命名，作了分類，又統一於「善」的旗下。唯一還需論證的是，「善」是否具有這一詞義？《現代漢語規範詞典》的「善」的第六義項就是「辦好，做好，如善始善終，善後」。《漢語大字典》的第一義項更明確：「完好；美好，圓滿；吉祥，共同滿足」。這都不是從道德角度，而是從實用理性角度說的，如我們前面有關章節提到的很理性地考慮問題，很經濟地處理實務，謀求雙贏、共贏，你好、我好、大家好。任繼愈主編的《中國哲學史（四）》（北京市：人民出版社，頁108）也說：「合規律發展的『欲』就是『善』」這同樣包含了實用理性在內。詞彙意義，還可從積澱於人們生活中的語義去考察。如網上流行如下說法：「總體宏觀地說，在最廣時間範圍內符合最大多數人的目的（最大最終目的）即『善』；在最廣時間範圍內被證明對最大最終目的有利的目的被稱為是『善心』；在最廣時間範圍內被證明對最大最終目的有利的行為被稱為是『善行』。」這些，無不包含孫紹振指出的「實用的善」。總之，「善」可如此賦予實用理性的意義，是無需懷疑了。

　　孫先生解決了康德研究中的一大難題。

　　更重要的是，在這樣的學術地基上，在彼岸的學術工地上，孫紹振超越他的前輩，創建起了嶄新的「錯位美」理論的學術大廈。這確是功德無量的學術事業。

---

11 李澤厚：《美學三書》（合肥市：安徽文藝出版社，1999年），頁480、486。

　　最重要的，孫先生在《美的結構》中，對真善美三者的「錯位」
關係作出的如下命意：

　　　　既非完全統一，或者只有量的差異，亦非完全脫離，而是交錯
　　　　的三個圓圈，部分重合，部分分離。在不完全脫離的前提下，
　　　　錯位的幅度越大，審美價值越高，反之錯位幅度越小，則審美
　　　　價值越小，而完全重合則趨近於零。[12]

其重要性在於對讀寫實踐的重要指導意義。於創作而言，在不完全脫
離的前提下，敢於拉開美、善距離，拉開美、真距離。於解讀而言，
要善於發現那些錯位幅度特別大的真善美錯位現象，而不是像傳統的
分析觀，只關注真善美三者的統一，只有前者，才能揭示作品真正的
情感價值、審美價值。

　　就此，孫紹振還進一步指出：「一般說來，由於人類生存和繁衍
的壓力太大，因而，在人類的心理中，在人類的自發的價值取向中，
理性的和實用的價值往往占著壓倒的優勢。」接著，他引述了馬克思
的著名論斷：

　　　　任何一種對象……對我的意義都以我的感覺的限度為限。[13]

又說：「正是因為這樣，馬克思才反覆強調『人的本質』的『豐富
性、主體性，人的感性的豐富性，如有音樂感的耳朵，能夠欣賞形式
美的眼睛』[14]，而人要達到『成為人的享受的，即確證自己是人的本

---

12 孫原注，見孫紹振：《美的結構》（北京市：人民文學出版社，1987年）；又見孫紹
　　振：《審美價值結構與情感邏輯》（武漢市：華中師大出版社，2000年），頁126。
13 孫原注，馬克思：《1844年經濟學哲學手稿》（北京市：人民出版社，1985年），頁
　　83。
14 同上。

質力量」，能欣賞美的耳朵和眼睛，不能光憑主體自發性，還要經過自我的重新創造。」也就是要「激起讀者的文學感」，要培養讀者「審美價值超越功利的善和科學的真」的良好藝術感覺。孫先生認為，「從這個意義上說……放任中學生自發主體的『自主創新』的解讀，實在是近乎蒙昧。」[15]

　　孫先生真善美錯位的內容，自然遠不止這些。本節僅僅是從來自康德又超越康德的有關方面，側重做了上述介紹。

（二）感覺、情感、智性三層說與康德的審美判斷

　　這主要涉及智性、審智問題。如前面各有關章節介紹的，孫紹振一向重視作品中的智性、審智，不管小說、詩歌、散文均如是。

　　散文的審智突圍，是孫紹振最重要、最有影響的學術成果之一，這在前面已專節介紹過。

　　小說，不僅是智性、審智，而且要有思想，這在一般人的認識裡是不言而喻、無需討論的問題，但我們也特殊地介紹過孫紹振這方面的研究，這就是孫紹振特別重視的因果律。因果律中，更重要的是性格因果，是內容之因，「必須是非常深刻的社會或心理的原因」，「精彩小說的審美因果……在另一個層次上又回歸於更深刻的理性因果」，「好小說的最深層都是有思想的，都是隱含理性思考，乃至深刻的理性思考」，我們在討論到小說的藝術形式規範時，都著重介紹過孫紹振特別強調的上述這些觀念，並且舉過孫紹振分析的〈祝福〉等著名案例。

　　詩歌，這一最抒情的文體，孫紹振的理論也是以智性為底蘊，並且提出了「表層是感覺，深一層是情感，更深一層是智性、理性、思

15　上述幾處孫紹振言論引文見孫紹振、孫彥君：《文學文本解讀學》（北京市：北京大學出版社，2015年），頁190-191。

想」的三層說。這在詩歌形式規範中也已介紹過。本節要重點討論的就是這三層說。因為，它與康德的審美判斷有重要的關聯。

　　首先要說明的是，三層說不是限於詩歌的，一切文學作品，沒有思想，就沒有深度，而赤裸裸地表達情感、思想的，又都難奏效，按照孫紹振經常援用的心理學的說法，情感是黑暗的感覺，沒有經過外部五官感覺是難以呈現的。所以，小說、散文，既是更具思想深度的，其表層又同樣是由感覺組成的故事、畫面，只是組成情況更複雜而已。但詩歌是最抒情的文體，往往就可能直接抒情，噴發而出，結果在兩方面都失手，既不重視往智性、思想方面深思、凝練，又不注重感覺的呈現。所以拿詩歌說事，某種意義，更具代表性。比如，連詩歌都離不開智性（當然是好詩歌）了，更不用說小說、散文了。當然，孫紹振最早在《文學創作論》中提出三層說時，主要是針對那些以為詩歌只要抒情就夠了的人們提出的，而這樣的人，當時幾乎觸目皆是，現在也好不到哪裡去，因為，這很可能屬於文學啟蒙的問題。從上述這些考慮看，詩歌三層說，實際上應為文學三層說。

　　其次，我們討論的重點是智性。不然，就《文學創作論》中，詩歌三層說涉及的感覺、情感問題就一大堆了，我們不做這種全面性的介紹。何況，拙作第二章，因討論內容的需要，已實際介紹過詩歌的感覺理論。

　　第三，詩歌三層說，我們主要採用二〇〇六年出版的《文學性講演錄》及二〇一七年修訂版的《文學解讀基礎》。早在《文學創作論》中，孫紹振就是以專節（第七章第三節「詩的感受的三個層次」）全面闡述了三層說的內容，拙作第六章中的詩歌形式規範部分專門介紹的「以智性為底蘊」的內容，包括所提到的華茲華斯等等名人名論，幾乎都是《文學創作論》第七章第三節中原有的。後來出版的《文學性講演錄》（包括修訂版《文學解讀基礎》）的詩歌部分，主要內容基本相同，但一些關鍵提法有發展，比如第三層，《文學創作

論》提為「理性」,《文學性講演錄》及《文學解讀基礎》提為「智性」;一些關鍵元素如康德的審美判斷是新出現的,而這正是我們今天要重點介紹的。說明這些,一是表明,三層說是孫紹振的一貫思想,原創成果;二是說明,孫紹振的三層說既與康德、黑格爾關於「理性」的重要思想息息相通,尤其是與康德的審美判斷論不謀而合,我們就有理由相信,我們可以建構起不亞於西方文論的本土特色的文學理論。

下文,就據上述考慮,介紹、闡述二方面內容。

1 孫紹振有關詩歌（文學）三層說及重視智性的主要表述[16]

一、詩歌的情感是詩歌藝術的核心,核心以上是感覺,核心以下是深層次的智性。情感上面是人的最為表面的感覺、感知,深入一個層次就是情感,而在情感的深處就是智性,或者更深邃一些,是理性。分開來說,是三層,總起來說,是不可分割的三位一體。

二、自亞里士多德以來,人們都說詩是最接近哲學的,因詩的概括力很強,又有一個複雜的多層次結構,它的表層是感覺,中層是感情,深層活躍著智性。這種智性又不是簡單的在感覺背後,而是通過感情牽制著感覺,三者互相制約,互相導致變異。比如,杜牧的〈江南春〉,詩人對歷史變遷的深刻又並不消極、希望留住美好的思考,產生了詩人既讚美春天又傷時感世的複雜微妙的情懷。這一獨特的情感,使實際上不可能千里範圍都看見、聽見的美好春景瞬間匯聚到詩人眼前（千里鶯啼綠映紅）,眼前的寺廟又幻化為「南朝四百八十

16 本大點內容,主要引自孫紹振:《文學性講演錄》第二十三講、二十四講（桂林市:廣西師範大學出版社,2006年）;並參考孫紹振:《文學解讀基礎》第二十三講（福州市:福建教育出版社,2017年）,孫紹振、孫彥君:《文學文本解讀學》第十五章中的「新詩第一個十年的流派更迭」（北京市:北京大學出版社,2015年）。表述時,有做必要的綜合、調整,個別例子為筆者另舉。

寺,多少樓臺煙雨中」。而這些由實景到虛景、虛實交混的想像畫面,又加深了詩人,也加深了讀者對現實與歷史規律的深邃思考。

三、普利漢諾夫批評說,情感不能沒有思想。這批評有道理,但光有思想也不能成為藝術,應把思想作為情感的深層基礎,但不能讓思想赤裸裸地嚷出來,而是把它和情感、感覺聯繫在一起,叫智性,而不叫思想,目的就是以免混淆。

四、有深厚的感情,也有膚淺的感情,深厚的感情是與人的價值觀念、智性、思想聯繫在一起的。在新詩出現於現代文學史的第一個十年,郭沫若從華茲華斯那裡接受了「強烈感情的自然流露」的主張,寫出了拓荒性的、開一代詩風的石破天驚的〈鳳凰涅盤〉,這裡不僅有強烈情感,更有情感背後衝擊舊羅網、高揚個性解放的變革社會的深刻思考,以及他超越現實的獨特想像。後來郭沫若把這問題簡單化了,一味主張情感的宣洩,詩就變粗糙了。魯迅就不主張激動得不得了時寫詩的。其實,華茲華斯還有從寧靜中凝神、審思、沉思,以及「合情合理」,即情理交融的寫詩主張。這個問題,直到聞一多、徐志摩、戴望舒等等出現後,才逐步得到改變。

五、王安石的「春風又綠江南岸」,不僅是「又綠」比「又過」「又入」、「又滿」更能被直接感覺感知,而且表現了詩人美化家鄉感情,並且還有對故鄉的思念,與「明月何時照我還」一聯繫,還有深層的思考。這就是華茲華斯說的「沉思」,康德說的「情趣判斷」(這是朱光潛的譯法,宗白華譯為「鑒賞判斷」;鑒賞和判斷都表明,這裡有理性因素)。這一切說明:(一)情感是有深淺之別的,深刻的情感是有智性的思想作為基礎的;藝術的感情必須是深刻的感情,而深邃的感情就有智性的成分。余光中的〈鄉愁〉,就不光有感情,還有非常深刻的智性。「長大後/鄉愁是一張窄窄的船票/我在這頭/新娘在那頭」,這不僅有情感,而且有思想,兩岸未能統一的思考。「後來啊/鄉愁是一方矮矮的墳墓/我在外頭/母親在裡頭」,這個兩岸

未能統一的悲劇沉思，已經有點驚心動魄了。所以在審美的範疇中，必須加上審智。純粹的感覺和感情是膚淺的，深刻的感情不是純粹的感情，它可能滲透著思想。（二）但藝術又不能簡單等同於思想、思考，如果余光中〈鄉愁〉只是表現思念、思想，可能就不夠動人，它是把感情和智性、思考結合在一起，既表現了民族分裂的痛苦情感，又表現了期盼兩岸能夠統一的深層思考。（三）但純粹的思維又是抽象的，思想和情感都要靠感覺來表現，像蔡其矯說的形象思維是一種軀體思維。身體怎麼思維，就是郭風講的五官開放，用感覺來思維；就是臺灣詩人說的「靈視」，心靈的透視，也就是不那麼膚淺，視覺是帶著思考的，帶著感情和智慧的，又符合藝術規範，不是赤裸裸的呈現，而是通過感覺。像余光中的〈鄉愁〉，凝聚在郵票、船票、墳墓、海峽上。這就是別林斯基說的「對真理的直感」，既要找到這種深度，又要找到這種感覺、感情，既要讓它深入到智性的層次，又要通過意象表現出來。（四）孫紹振又指出，外部感覺不是唯一法門，如李白著名的「棄我去者，昨日之日不可留；亂我心者，今日之日多煩憂」，就是直接抒情，直抒胸臆。孫紹振引黃藥眠的說法，指出這是一種內部感覺，我自己感覺我的感覺，是作者對自己以往經驗的再感覺，通過這種內部感覺，進入中層的情感和深層的智性。

六、「詩的專職在抒情」成了落伍的觀念，一切好詩就是開頭說的三層，三位一體。二十世紀的現代派詩人都強調抽象智性的作用，都以一種深層的哲學文化理念為內核，詩變得更難懂，也變得更深刻了，迫使讀者調動更多的智性去理解。大眾歌曲仍然要抒情，但現代派的精英詩歌要超越抒情，但它不是不要感性，只是放逐感情，像臺灣現代派詩人上世紀五、六十年代提出的，讓感覺直抵智性深層。到了當代，冷峻的智性詩歌成為主流了，上世紀八十年代初出現的朦朧詩，有一部分智性比較深邃的，許多讀者讀不懂，就連比較好懂的舒婷的詩歌，當年也有人看不懂，但多少年過去後，現在許多人都看懂

了。另一方面，全世界的詩歌都出現了兩種形態的分化，一是通俗歌曲的聽眾無限得多，出現狂熱的追星族；二是嚴肅的精英文化的後新潮詩歌，讀者非常少，這些詩歌中的好詩，智性深度和語言藝術的突破，都取得了非常高的水準，但的確又存在非常晦澀的問題，如想像和聯想的途徑太過曲折，這樣的變革，是不是唯一的道路？都值得思考。

2 與康德「審美判斷」的關係[17]

　　一、上述第五點提到康德的「情趣判斷」時，孫紹振有注明：這是朱光潛的譯法，宗白華譯為「鑒賞判斷」；筆者進一步解釋：鑒賞和判斷都表明，這裡有理性因素。朱光潛為什麼叫情趣判斷（孫先生說，朱光潛堅持這樣翻譯）？大約，對康德的純粹形式美，對應者宜為「趣」，對康德《判斷力批判》第五節提出的恩愛情感，對應者應為「情」。如是這樣，審美就包含了它們，審美也包含了鑒賞，現在一般就說成審美判斷，李澤厚就是這樣的譯法。

　　二、為什麼叫判斷？就是上一節提到的，有普遍可傳達性。朱光潛解釋說，同一感覺的可共享性叫做主觀的普遍可傳達性，也就是估計我覺得美的，可以推及到其它人，人同此心，心同此理。李澤厚更是認為，康德這個獨特的命名，有深刻的道理。李澤厚解釋說，總的就是審美要求其有一種人人承認的普遍必然的有效性質，不能是因人

---

17 本大點注釋分二種：一、筆者轉述及引述的康德論述、研究者譯文及有關觀點，主要引自李澤厚著：《美學三書》中的「美學四講」（合肥市：安徽文藝出版社，1999年），朱光潛著：《西方美學史》康德章（北京市：北京大學出版社，2002年），康德著，宗白華譯：《判斷力批判》上卷第九節及第五節（北京市：商務印書館，1963年版，2016年印刷），伍蠡甫、胡經之主編：《西方文藝理論名著選編》康德《判斷力批判》第九節第五節（北京市：北京大學出版社，1986年），孫紹振著：《文學性講演錄》第二十三講（桂林市：廣西師範大學出版社，2006年）。二、部分直接引文及部分有關觀點，注明了具體出處。

而異的官能性快感（如口味），因此審美雖然也是個體的、主觀的、感性的，但可普遍傳達（參見上一節內容），如同邏輯判斷那樣，有普遍的必然性，對每個人都必須有效，如同理性認識一樣，因此把它叫做「審美判斷」（也可稱為「審美認識」）；但它不是概念，它是通過感性傳達的，但這感性中積澱了理性，所以具有普遍性。這感性中積澱著理性，指出這一點特別重要，我們前面舉例的〈鄉愁〉，那郵票、船票、墳墓、海峽，分處兩邊的人，是感性的，但積澱了鄉愁的深思，所以引起廣泛共鳴，這就是審美判斷、審美認識。所以，孫紹振在舉完王安石的詩的深層有思考之後，說：「這就是華茲華斯說的『沉思』，康德說的『情趣判斷』（鑒賞判斷）。這一切說明情感是有深淺之別的，而深刻的情感是有智性的思想作為基礎的。」也就是隱含著的智性思考越深刻，引起的共鳴就越廣泛。孫紹振就是在這個詩歌（文學）的深層有智性的角度上，引入康德的審美判斷的。孫紹振的詩歌三層說與康德審美判斷的關係，簡單的說，就是上述這些。這已足可看出，孫紹振從解讀實踐中得出其結論，與康德審美判斷不謀而合。

　　三、如果複雜說呢？則更能看出孫紹振三層說與康德審美判斷在深層本質上的息息相通。這就關係到康德《判斷力批判》第九節關於判斷在先、快感在後的論述，以及康德、黑格爾「美是理念的感性顯現」的論斷。由於康德原著的艱深、艱澀，我們採用李澤厚《美學三書》中的解釋（兼及他人解釋），介紹康德的有關說法。

　　（一）康德認為審美中最重要的心理功能是理解力（宗白華譯為「悟性」；朱光潛譯為「知解力」；李澤厚譯為「理解力」，簡稱理解，也譯為知性）和想像力（各家譯同，均簡稱為想像）。李澤厚認為，康德這個論斷，至今仍然深刻和準確。前面說過，審美有普遍的可傳達性，類似於邏輯判斷，類似於理性認識，但邏輯判斷、理性認識是靠知識的，而審美不依賴於任何知識概念，這是審美活動和科學

活動的根本區別。審美是一種感性直覺活動，它的類似於知識的認識
作用，就靠溶解在感性直覺中的理解力。李澤厚說，人類經過長期的
發展、積累，人類的感官中已經積澱了許多社會理性的東西，包括先
在的知識，構成了理解力這一心理功能。所以，人類的五官區別於動
物，是人化的器官，尤其是眼睛（視覺）和耳朵（聽覺），「改造」得
最好。李澤厚舉出了一些非常經典的現象，說明感官、感性活動中這
個理解力的作用和重要，說明審美中是先有判斷（也就是認識），然
後才有快感。比如，開頭人們看不懂電影的特寫鏡頭、倒敘鏡頭、慢
鏡頭，據說，非洲的一些土著人現在（是上世紀八十年代的「現
在」）還看不懂；又如，我們許多人不像許多西方人那樣會欣賞交響
樂；許多西方人也不會欣賞我們的京劇；還有，馬克思在著名的
《1844年經濟學哲學手稿》中說過的「有音樂感的耳朵」、「能感受形
式美的眼睛」、「對於沒有音樂感的耳朵說來，最美的音樂也毫無意
義」[18]；還舉了「池塘兩邊樹不同畫法」的著名例子，說大人按「透
視法」畫，有立體感，但在小孩看來，樹跑到池塘裡去了，畫錯了，
因而小孩將下方這條池塘邊線上的樹畫到邊線的再下方，小孩以為這

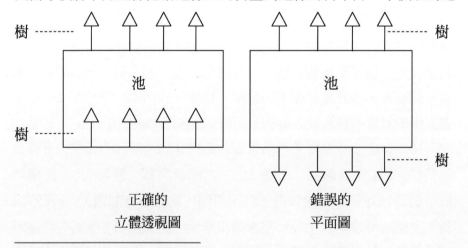

正確的
立體透視圖　　　　　　　錯誤的
　　　　　　　　　　　平面圖

18　《馬克思恩格斯全集》42卷，頁125，轉自紀懷民等：《馬克思主義文藝論著選講》
　　（北京市：人民大學出版社，1982年），頁2。

才是真實的，殊不知卻成了怪異的平面圖，反而失去了真實感。這些，都是感官、感性活動中的理解力有問題，他產生不了這種「判斷」和「認識」，無法帶來那種快感，所以說是判斷在先，快感在後，理解力是核心。實際上，每一個體感性中積澱的理解力都高下有別，評論家、導演的感性直覺就比我們一般讀者、觀眾更能直達本質，獲得作品中更多快感。《文心雕龍》〈知音〉說的：「夫唯深識鑒奧，必歡然內懌」[19]，指的也是這一現象。李澤厚又指出，這「判斷在先，快感在後」的先後，間隔是很短的，是當下即得的，這理解力是融化在審美活動中的，是水中之鹽，有味無痕。

（二）李澤厚認為，雖然理解、想像是審美判斷中最重要的功能，但康德僅提理解、想像兩種功能，太少，太理性化。實際上，審美是多因素的複雜心理交織運動的結果，這些心理因素包括感覺（感知）、情感、理解、想像以及情緒、心境、性格（甚至包括佛洛依德說的欲望的變相呈現）……等等。這些心理因素交織，產生了某種對生活、社會、人物的認識判斷。當然，最重要的是理解，這是諸因素中最具理性的最高級的認識成分。感覺（感知）則是低級的認識成分，它和情感一樣又都是非理性的認識成分。而想像確是第二重要的，諸因素中，可能除了情緒外，絕大多數都是常數，而想像是最大的變數，它使審美活動既視通萬里、思接千載，又變動不居、朦朧多義。於是，這些常數加變數，互相影響、牽制、促進，就形成了審美判斷中的某種既確定又不確定的認識，這就是古代文論所謂的「只可意會不可言傳」、「可解不可解」、「可喻不可喻」、「羚羊掛角，無跡可尋」。李澤厚總結道：「審美感受經常是朦朧而多義，但它同時又異常細緻而精確。這是不同於邏輯思維的另一種非語言所能傳述的心理感受的精確。在藝術作品中，經常可以看到，一字之差、半拍之慢

19　郭紹虞：《中國歷代文論選》（上海市：上海古籍出版社，1979年），頁300。

（快）、一筆之誤，便有天壤之別。正是審美感受這種複雜而精確的數學結構使它不同於日常經驗，把人從日常生活中似乎拉了出來，以獲得不同於現實習慣的新感受、新體驗和新經驗。」李澤厚將康德的審美判斷化為如下「公式」：審美＝判斷（認識）＋快感；判斷（認識）＝感知、情感、理解……等等（以上為常數）＋想像（變數）。如下圖：

（三）李澤厚認為，這樣的審美判斷、形象思維，就有了科學研究不能替代的認識功能。它比概念的認識總是更豐富些，廣闊些；藝術家們所感受、所捕捉、所描述的，欣賞者們所感動、所領悟、所讚賞的，經常是那些已經出現在生活和藝術中卻還不能或沒有為概念所掌握和理解的現象、事物、情感、思想……；藝術能作為時代生活的晴雨表，走在理論認識的前面，也正如此。

（四）作為審美判斷中最重要的心理功能——理解，李澤厚認為它最主要的是二層含義：第一，知悉相關藝術的形式規範，創作者和欣賞者都一樣，越熟悉，審美效果越好。大而言之，是熟知藝術的假定性；小而言之，是具體到某某手法有什麼作用，某某曲調是悲涼還

是熱烈，等等。第二，等同於認識（朱光潛說，康德有時就稱為認識功能），但這是滲透到感知、情感、想像等諸因素，並與它們融為一體的某種非確定與確定相結合的認識。

（五）康德說，判斷在先，快感在後，是解決審美判斷區別於官能的、個體的、功利的快感的關鍵（朱光潛譯為鑰匙）。朱、宗、李諸先生都認為這的確非常關鍵，最主要就是它蘊含了一個「理性認識」，我所以愉快是因我對對象的把握，不過是以感性的、主觀的、確定與不確定相結合的形態呈現，它具有不同於科學認識，但一樣對人類具有重大意義的獨特認識活動。而這一切，無論有多麼複雜、飄忽，理解，亦即智性，是最關鍵最重要的。在這樣的意義上，可以說，「判斷在先」是康德著名的「審美意象是一種理性觀念的最完滿的感性顯現」[20]的集中體現。

四、由上觀之，智性（理解）是最深層最具決定性的，但又是非常複雜、多因素互相影響的交織互動結果，其中，感覺（感知）、情感、理解（智性）是三個最基本的常態心理功能。這個時候，我們回顧孫先生差不多四十年前，上世紀八十年代初，主要依憑解讀實踐獨立得出的「表層是感覺，中層是感情，深層活躍著智性。這種智性又不是簡單的在感覺背後，而是通過感情牽制著感覺，三者互相制約，互相導致變異」的詩歌（文學）三層說，不是天才之見，也是與天才們（康德及其研究大家）的高度契合。

---

20 引自朱光潛著：《西方美學史》（康德章）（北京市：北京大學出版社，2002年），頁391；康德原話為：「借助想像力，追蹤理性，力求達到一種『最高度』，使這些事物獲得在自然中找到的那樣完滿的感性顯現。」亦為朱光潛所譯，見上書頁390。又，黑格爾在康德基礎上，提出了「美就是理念的感性顯現」的著名論斷，亦為朱光潛所譯，見上書頁467。但據孫紹振的研究，康德《判斷力批判》中，我們所譯的審美價值，實際康德原著中原來指情感價值，沒有包括他後來說的以及黑格爾說的「理念，這當然是康德最初的一個欠缺，故孫紹振以審智補救之，見其《文學文本解讀學》（北京市：北京大學出版社，2015年），注1，頁72。也因此，上頁表格，筆者亦試將其對應感知、情感者，稱為「審感」「審情」。

（三）分別對待黑格爾、康德、席勒的形式理論，發展 自身的形式理論

　　上一章藝術形式章的開頭說，為什麼從某種意義上，孫紹振特別重視藝術形式規範？我們留待「建構本土文學理論」章再予探討。其實，藝術形式章已經回答了一半。該章在有側重地介紹完孫紹振在小說、散文、詩歌藝術形式規範方面的幾個重點內容後，在結尾說：形式規範的研究和新範疇的創建，是孫紹振建構本土特色文藝學的卓越探索的最重要成果之一。現在，就順著這個結尾的話，側重孫紹振對黑格爾、康德、席勒形式理論的不同處置，發展自身形式理論的情況，做幾點強調和補充。[21]

　　一、黑格爾的「內容決定形式」，是長久以來人們最熟悉的內容、形式關係說的權威理論，但孫紹振予以了質疑。孫紹振多次指出，大多學人囿於此說，把形式的特殊功能排除在學術視野之外[22]。孫紹振反其道而行之，從上世紀八十年代創建文學創作論，著手研究文學各文體藝術形式開始，就從幾個方面給予了理論上和實踐上的解構。

　　（一）指出內容決定形式，實質是哲學家的思維，講的實際是主觀與客觀統一的問題，無數的研究者，包括許多名人，都一直在這主客觀二者關係上兜圈子。主客觀統一，只能統一於真，不可能統一於美，他舉例說，五四前期的作家，包括魯迅，早就有了生活，但並沒

---

21 本大點注釋分三種：一、有關概述、轉述綜合自孫紹振、孫彥君：《文學文本解讀學》（北京市：北京大學出版社，2015年），頁210-216，《中國社會科學》2012年第5期，孫紹振：〈文論危機與文本的有效解讀〉第三部分，孫紹振著：《審美價值結構與情感邏輯》中〈論審美價值結構及其升值和貶值運動〉一文第六至第十部分（武漢市：華中師範大學出版社，2000年）；二、部分引文注明了具體出處；三、孫紹振原注的，注明了孫原注。

22 見《中國社會科學》2012年第5期，頁180，孫紹振〈文論危機與文本的有效解讀〉一文的第三部分，孫紹振、孫彥君：《文學文本解讀學》（北京市：北京大學出版社，2015年），頁211。

有寫出現代小說，直到接觸了西方現代小說，掌握了現代小說，如短篇小說的橫斷面結構，才一發不可收拾地創造了如〈孔乙己〉那樣具有嶄新形式的大批現代小說。所以，即使主客觀結合了，甚至按孫紹振的理論，客觀對象特徵與主觀情感特徵遇合了，也還只是形象的胚胎，沒有形式就不能投胎成形，哪怕是真情實感，也可能是死胎。因此，要有藝術家的思維，而不是用哲學家的思維去思考文學，這是其一。其二，即使哲學的思維，二元對立的思維模式也是簡單化的、平面化的。他以當年三個世界的劃分，勝過了兩個對立陣營的劃分為例，說明立體的、多元的、交叉層次的結構比平面的、二元的、單一層次的結構要好。又以《老子》的「道生一，一生二，二生三，三生萬物，萬物歸一」的三分法，說明面對複雜的事物，推出第三維的重要。由此，形式這一第三維是構建三維立體結構的文學作品不可或缺的。其三，孫紹振後來進一步發展了形式理論，指出在文學形象中，主觀、客觀並不能直接相互發生關係，而是同時與規範形式發生關係，才能統一為文學形象的有機結構。主觀與客觀直接發生關係，只能是哲學。哲學之外的任何一個學科，任何一種社會現象，都應有一個第三維，才能化胎成形。比如政治，同樣面對主客觀關係，在研究完了二者關係後，是取武裝鬥爭的形式，還是走議會道路，確定了某種政治形式，政治才成為現實，實際上，在研究的時候，第三維就介入了。事實上，任何一項政策、一份文件的產生，都有一個具體形式與主客觀發生聯繫。不存在第三維的主客觀關係，是抽象的，只屬於哲學。只有充分揭示主觀、客觀受到形式的規範、制約、變異和衍生的規律，文學理論才能從哲學美學中獨立出來，而不至成為哲學的，或者是美學的附庸。

（二）孫紹振又指出，黑格爾的內容決定形式論，實際指的原生形式。也就是，作者總要取一定的表現形式，寫出他的作品，是詩還是文，是長還是短，由內容決定。每一或文或詩，或長或短，都是一

次性的。是粗糙還是精美，可否供別人仿效，都因人而異，因此，撰寫《文學創作論》時，孫紹振為「公共性」的形式，創立了規範形式這個概念。並指出了規範形式與原生形式五點明顯的不同：第一，原生形式是天然的，而規範形式是人為創造的。第二，原生形式隨生隨滅，僅服務於一次性的內容，而規範形式常常是千年積累才從草創走向成熟，因而是長期穩定的，不斷重複的。第三，因而規範形式與內容可以分離，具有獨立性，在某些形式中（如律詩絕句，如西方戲劇的三一律），還是嚴密規格化的。第四，原生形式無限多樣，而規範形式極其有限，連同亞形式一起，也只有詩歌、小說、散文、戲劇等等不超過十種（當然，每一形式的內部規範要求是豐富多樣的）。第五，規範形式經過漫長的歷史過程的積澱，成為某種歷史水準的載體，例如從古體詩到近體詩就耗費了長達四百年。沒有這種規範，人類的審美活動，只能一代一代從零開始，有了規範形式，歷代的審美活動才能從歷史的水平線上起飛。這樣的規範形式，不但不是如黑格爾所說是為內容決定的，反而可以征服內容，消滅內容，預期內容，強迫內容變異，衍生出新內容的，而個體性的原生形式一般並不具備上述優勢。

　　二、康德重視形式，康德的最基本的美就是形式的美。但是康德的形式是為哲學、美學研究抽象出的形式，不是具體的某一藝術品種的形式。康德的《判斷力批判》不是為文學形式撰寫的，書中幾乎沒有具體分析一部作品，無非是像「一首詩可以很可喜和優雅，但它沒有精神。一個故事很精確和整齊，但沒有精神」（四十九節）這樣籠統說說而已。孫紹振充分吸取了康德形式美所包含的美是無功利的快感的基本思想，為其真善美錯位理論投下了重要的理論基石。而文學的具體形式規範，只能從其它的形式理論中繼承發展，以及從實踐中原創構建。

　　三、席勒是最重視形式的了，上述的規範形式「可以征服內容，消滅內容，預期內容，強迫內容變異，衍生出新內容」就與席勒的形

式觀有很大關係。席勒「通過形式消滅素材」[23]這句名言，孫紹振不止一次引用過，並做出了自己的理解、發揮和創造性運用。

（一）孫先生早在上世紀八十年代就表述了上述觀點，如一九八七年版的《文學創作論》和《美的結構》中就有過這樣的論述：

> 一般地說，內容和形式是矛盾的統一體，相互矛盾，又相互依存。但是，文學的規範形式有的時候可以「扼殺內容」，同時又可以讓內容得到最自由的表現。形式可以強迫內容就範。同樣的內容到了散文裡可以這樣寫，到了詩歌裡再這樣寫就沒有詩意了，一定要強制性地改變它，才有詩意。人物的命運和結局，不完全是由作家的感受，也不完全是由生活決定的，它同時是由形式決定的，也就是說，形式是一種規範，有形式的約束、形式的誘導。

孫先生舉過很多例子。如他說，魏鋼焰的散文〈憶鐵人〉中寫到王鐵人一段話：「如果沒有革命的爐火，我還不是毛礦一塊；如果沒有毛澤東思想點鹵，我還不是漿水一碗」，這僅僅在散文裡才有審美價值，如果寫成詩：「毛澤東思想是鹽鹵，我是一碗豆腐漿」，那就不成詩了。又舉例說，在〈長恨歌〉中唐明皇和楊貴妃的戀愛是絕對的，二者自始至終心心相印。「在天願為比翼鳥，在地願為連理枝」，「天長地久有時盡，此恨綿綿無絕期」，超越時空而永恆。這顯然是由詩歌的強化、極化邏輯向形而上的境界生成的結果。如果是戲劇，它預

---

23 孫原注：席勒的原話是：「藝術大師的獨特藝術秘密就是在於，他要通過形式消滅素材」。見《美育書簡》（北京市：中國文聯出版公司，1984年），頁114。意義比較複雜，感性衝動，或者審美情感，造成人性的全面表現的限制。這就是說，情感可能扼殺或抑制其它方面的潛能，例如理性的潛能。要克服這種限制，就需要形式衝動。當形式被自由地駕馭的時候，生命就達到最高度的擴張，我的理解是，形式會讓感性和理性得到和諧、協同的發展。

期生成的導向就不同，那就是要有戲劇性，要讓相愛的人不能那麼心心相印，而要讓他們的情感發生「錯位」，或者叫做「心心相錯」，那才有戲看。在洪昇的戲劇《長生殿》裡，楊貴妃和唐明皇愛得昏天黑地，又幾回鬧矛盾，李隆基也不像〈長恨歌〉中那麼愛情專一。楊貴妃醋性大發，大吵大鬧，唐明皇忍無可忍，把她趕回家去，趕回去後又難過了，又把她請回來。楊貴妃一共吃兩次醋，被趕回去兩次，兩次情感「錯位」，這才有戲。這些內容，並不全是素材提供的，而是戲劇形式的預期生成的。

（二）另一方面，孫紹振從早期研究至今，又一直既充分注意到黑格爾觀點的積極因素，又對席勒觀點保持清醒認識。他認為，內容決定形式，並非絕對沒有道理。形式的穩定性、有限性和內容的不斷變幻、無限豐富是一對矛盾。內容是最活躍的因素，不斷衝擊著規範形式，雖然形式有規範作用，但是，已有的規範形式又有限，比之生活的廣度和心靈的深度，又是可憐的。在內容的衝擊下，也不能不開放，不能不隨著歷史的發展而不斷被突破，被更新。同時，孫先生說，就像聞一多說過的，形式又有無限度的彈性，變得出無窮花樣，裝得進無限內容。也就是說，形式可以變革，適應內容的衝擊。孫先生認為，從宏觀的意義上，內容仍然在最高最後的命運上，決定著形式規範的命運，形式不是在封閉中被淘汰，就是在開放中獲得新的生命。從這個意義上說，內容最後還是決定形式的。上世紀九十年代，散文形式的重大變革，就是最近的重大例子。

四、在形式理論的探討和形式規範範疇的構建上，孫紹振同樣表現了他的理論勇氣，表現了他立足實踐、立足作品、立足本土的創新性探索精神。

黑格爾的「內容決定形式」的權威影響不是一般的，長期以來，幾乎無人另作他想。面對黑格爾等哲學大師的主客觀二元論，孫紹振說：「睿智如朱光潛、李澤厚、高爾泰都未能超越二元對立的思維模

式」[24]。但是，孫紹振按他先從作品上感覺，放回到創作實踐裡思考的一貫風格，對這樣的決定論產生了懷疑。當年，八十年代初，形式理論的遺產，除了黑格爾等大師的，幾乎就是蘇聯的，自己的古代文論在現代理論話語裡，只能當配角。而正如我們在第一章以及後來的有關章節多次提到的，孫紹振對當時的蘇聯文學理論模式脫離創作實踐（同樣也就脫離解讀實踐）的嚴重弊端是十分警惕的。但是，孫紹振又並非挾經驗以自重，他對理論十分虔誠敬重，他的論著話語的理論色彩，向來是鮮明的，也十分前沿，甚至不無「洋」氣。套一句行話，就是實事求是對待前人的理論積累。不僅如上所述，他分別不同情況，認真對待黑格爾、康德、席勒有關的形式理論；如前面章節所述，從實踐出發借鑑亞里士多德等人的情節理論；而且，他早期的《文學創作論》，有關藝術形式的許多概念、術語，是從蘇聯的文學理論體系及五、六十年代國內學人的相關理論書籍、教科書中「移植」的，孫先生並不拒絕前人的有效學術積累。

作為從創作論切入，開始從事文學理論的探索，又明確宣言要創立能指導創作的理論，孫紹振建構的文學理論體系就必須比一般的文學理論著作給予藝術形式更大的篇幅，這首先的一點，他無疑做到了，其《文學創作論》差不多三分之二的篇幅是闡述形式的，總體不下四十萬字，至少在當年，甚至是至今，國內，包括大陸、臺灣兩岸學術界，無一文學理論書籍、教材有此巨量的關於文學形式的著述，而且，這還主要涉及他比較熟悉的詩歌、散文、小說部分。更重要的是，既然形式理論那麼重要，又不滿意於之前的理論體系，他就必須進行大量的學術重構，開展許多原創性研究，這一點，孫先生也無愧當年的初衷。我們第六章介紹的以及本章中提到的「詩歌三層說」等等，並非是他創建的形式規範新範疇的全部，但已足可見其立足實

---

24 孫紹振、孫彥君：《文學文本解讀學》（北京市：北京大學出版社，2015年），頁211。

踐、立足作品、立足本土的創新性探索精神，足可見其投入的巨大而
艱辛的學術工作量。

特別值得一提的是，孫先生是從創作論介入的，而「無意」間與
解讀學接軌了，並且二者高度融合，一體兩面，他本為解讀而創設的
解讀方法體系，實質上也是文學藝術形式規範知識的一個特殊部分，
而這些，無論是質和量，都堪稱空前。此部分內容，我們在第四、第
五章中已做梳理和介紹。因此，筆者在第六章結尾會說，孫紹振有關
形式規範的研究和新範疇的創建，與其創立的系列解讀方法體系，都
是孫紹振建構本土特色文藝學的卓越探索的最重要成果之一。據孫先
生二〇一五年檢視學術界同類研究所做的介紹，亦可旁證此點[25]。

孫紹振並不僅僅停留在具體的形式規範範疇知識的構建上，他還
進行了形式理論學術層面的深入探索。最早於一九八六年出版的《文
學創作論》第六章第二節，首次提出了形式規範的範疇及其作用的系
統學術構建。一九八八年發表於《文藝理論研究》第三期的〈審美價
值的錯位結構〉論文又對此作了進一步的發揮。二〇一二年發表於
《中國社會科學》第五期的〈文論危機與文本的有效解讀〉論文，在
上述兩論著的基礎上，對審美規範形式再作了更系統深入的闡釋，並
首次提出了許多新觀點，如形式的侷限性，形式與內容的可分離性，
形式對歷史審美經驗的可重複性積累的功能，主體特徵和客體特徵並

---

25 孫原注，見其《文學文本解讀學》（北京市：北京大學出版社，2015年），頁48：創
　作論，據我有限的涉獵只有兩部。一是杜書瀛的《文學原理——創作論》（八十年
　代出版，中國大百科出版社二〇〇五年重版），另一是孫紹振的《文學創作論》（瀋
　陽市：春風文藝出版社，1986年）。海峽文藝出版社本世紀多次再版，另外韓國學
　術情報出版社，二〇〇九年出版八卷本《孫紹振文集》將此書列入第六、第七卷。
　此外詩歌和散文均有少量創作論專著，如駱寒超的《新詩創作論》，和張國俊的《藝
　術散文創作論》（北京市：中國社會科學出版社，2011年）。解讀學，據我有限的涉
　獵，龍協濤先生所作《文學閱讀學》（北京大學出版社，2004年），最接近文學文學
　文本解讀學，可惜並不著眼於文學文本解讀的有效性，而是追隨西方文論所謂作者
　中心、文本中心、讀者中心之說，並未提出文本解讀學的理論建構和操作方法。

非直接發生關係，而是同時與規範形式發生關係等等。二〇一五年出版的《文學文本解讀學》又對上述學術觀點進行了更準確的表述。

　　總之，無論西方學術大師，還是外域文論，在藝術形式的研究方面，由於它對創作、解讀的系統性的重要作用，孫紹振更是表現了實踐第一、科學對待，致力建構本土特色文學理論的探索精神。

二　批判西方文論極端觀點，自創相關理論

　　好走極端是當代西方文論的一大特點。當代西方學術界有論戰的傳統、土壤和市場，一方面，琳琅滿目的學術論爭有利於其學術繁榮，豐富思想，乃至碰撞出真知灼見，另一方面，為論戰之需，標新立異，極端之見，又觸目皆是。上世紀八、九十年代改革開放後，正如孫紹振指出的，大規模引進西方文論，衝擊了過去機械唯物論和狹隘功利論的封閉性，僵化的文學理論獲得生機，呈現興旺局面，短短三十多年間，實現「彎道超車」，不覺進入世界文論的前沿，其業績無疑將在中國文學理論史上留下光輝的一頁；但同時，由於引進的規模空前宏大，產生的問題也特別觸目。孫紹振認為最明顯的問題就是，處於弱勢的本土話語幾乎為西方強勢話語淹沒，失去了主體性，產生了曹順慶先生所指出的一旦離開了西方文論話語，就幾乎沒辦法說話的學術「啞巴」的「失語」現象。其次，在具有不言自明的神聖性與權威性，散發著魅惑力的西方文論面前，不少學人心甘情願地順從，對他們明明是武斷、絕對、霸道，甚至是文字遊戲的觀點，不敢否定，明明是流派更迭過速的西方文論背景下，流派創立者也已自我糾偏的偏見，仍奉若神明。孫紹振舉俄國形式主義的極端陌生化為例，斯克洛夫斯基晚年看到絕對強調陌生化的弊端，乃多有反思，反覆承認早年的錯誤，但孫先生檢索我們有關陌生化的論文三四八七

篇，沒有一篇是對陌生化作系統批判的。[26]批判是有的，西方文論蜂擁而入的初年，許多引入者，一般都會同時指出他們的偏頗，但一般也是不痛不癢，在急需理論血液改變我們「貧血」學術界的當年，對那些極端化觀點的清場是不徹底的。早前很多年，孫紹振就一篇又一篇發表文章，對西方當代文論中的讀者中心（讀者決定）論、理論與文本解讀無關論、極端陌生化論、極端的「意圖謬誤」論、新批評機械單一的「反諷」論等等極端論調，進行了毫不留情的深入批判。本節主要介紹孫先生對讀者中心（讀者決定）論、理論與文本解讀無關論及相關問題的批判。對其它問題的批判，可閱讀其《文學文本解讀學》有關章節，該書中已就這些情況進行了系統梳理。

讀者中心（讀者決定）論、理論與文本解讀無關論，是性質相同的兩個問題，後者比前者，問題更嚴重。《文學文本解讀學》前後，孫紹振就此發表的比較重要的論文至少有十幾篇，包含此內容的有關著作也有好幾部，《文學文本解讀學》專著中也有比較系統的闡述，涉及的內容比較深廣。筆者在孫先生指導下，參與了前一個問題的有關研究，下文就結合筆者的有關研究，介紹孫先生的一些主要觀點。

（一）批判讀者中心論（讀者決定論），創立唯一性解讀論

對上世紀八、九十年代一度影響甚廣的讀者中心論，孫紹振一直有清醒的認識。早期學界倡導多元解讀，孫先生十分肯定，這對改變過去僵化的理論思維，無疑功莫大焉，他曾在批判當年語文考卷僵化的客觀題時，就引用過多元解讀的觀點。但對後來過度的多元觀，他持明顯的批判態度。這源於孫紹振的文學創作論是以作品為中心建構的，大量而堅實的解讀實踐，使他深知讀者中心論是荒謬的，讀者無

---

26 詳見孫紹振：〈在建設中國文學理論話語的歷史使命面前〉一文，載《新華文摘》
　　2017年第17期。

論怎麼重要，都重要不過文本自身，也重要不過作者。但當時，孫先生忙於發展和傳播他最重要的創作論及錯位理論，接著又關注散文明顯落後小說、詩歌創作的現狀，先是投身於與此相關的幽默作品創作實踐、幽默理論研究，後是九十年代散文創作出現大變革時，更是把重點轉向了為建構審智理論的散文研究。新世紀初，孫先生介入語文課改，對當時受讀者中心論（讀者決定論）影響，不少課堂上出現脫離文本，任意解讀，放棄教師的主導作用，不敢教育引導學生的所謂平等對話現象，甚為吃驚。這可以說是孫先生開始認真批判讀者中心論（讀者決定論）的肇因。從此，就一發不可收拾。

1 關於多元有界觀

當時，孫先生帶領團隊編寫初中語文課標教材，多次明確批評了上述錯誤。根據孫先生的意見，筆者正在撰寫的《混沌閱讀》一書中提出了「多元有界」的閱讀觀點。這個提法的理論依據，除了孫先生的上述意見外，筆者研讀了朱立元的《當代西方文藝理論》以及相關的西方文論著述，認為朱立元對西方當代文論中的讀者理論的梳理和看法是比較準確的。他指認的讀者中心是指研究的重心轉移到了讀者接受，並不是另一些西方文論的研究者說的以讀者的接受為判定作品的依據，西方讀者理論中的不少代表性人物還是比較重視文本的，但其中一部分走向了絕對相對主義。朱立元同時批判了這個絕對相對主義。也就是說，學界（包括語文界）流傳的本質為「讀者決定論」，亦即絕對相對主義的讀者中心論，已經有斷章取義和為我所需的性質了。筆者還研讀了童慶炳的《文學理論教程》，童著中的「社會共通性」（即有界）以及下述這段話：「即在正常情況下，不論如何異變，總會含有『第一文本』潛在意義的某種因素，而不會是無中生有。比如儘管『一千個讀者有一千個哈姆雷特』，但在這一千個讀者中，所

了解到的畢竟還是哈姆雷特，而不會是別的什麼人」[27]，很有說服
力。但應把「某種因素」刪去，否則，他只要沾點邊就可以，他仍然
可以任意亂讀，同時，文字也太長，不易記住傳誦，於是筆者在《混
沌閱讀》中轉述時刪改為「多元解讀不是亂讀。『一千個讀者有一千
個哈姆雷特』，不管怎麼還是哈姆雷特，不應把他讀成李爾王。」[28]二
〇〇三年孫紹振先生為拙作《混沌閱讀》作書評，肯定了這一研究，
並把上段話提煉為「一千個哈姆雷特還是哈姆雷特」，並以此為標
題，發表於六月十四日《福建日報》和七月十一日《文匯讀書週刊》
上。由於孫先生所修改的這一命名的精煉，才恰好和「一千個讀者有
一千個哈姆雷特」形成形象對應，起了巧妙的糾偏作用，以及孫先生
的權威，多元有界的這一簡潔形象表述，產生了廣泛影響。後來孫先
生在其許多論著中，包括他發表於《中國社會科學》的著名論文〈文
論危機與文學文本的有效解讀〉中一再引述這一觀點，並簡單地歸到
作者名下，這一方面說明孫先生對之重視，另一方面，肯定他人，扶
持後學，是孫先生一貫的風格。孫先生這方面的事例太多了。如，某
某的學術觀點啟發了他，這是某某提供的資料，這是某某的研究成
果，包括研究生在內，他都一一介紹清楚。但是，筆者恰恰需要訂
正，上述觀點、命名（特別是「一千個哈姆雷特還是哈姆雷特」的形
象命名），本質上是孫先生的學術見解，至少也是孫先生指導下的研
究工作，或者說是在孫紹振、朱立元、童慶炳等學術大家的觀點基礎
上的研究工作。總之，對「多元有界（一千個哈姆雷特還是哈姆雷
特）」研究工作的指導、肯定與宣傳，是孫先生對讀者決定論的一次
特殊方式的批判。

---

27 童慶炳：《文學理論教程》（北京市：高等教育出版社，1998年），頁430。
28 賴瑞雲：《混沌閱讀》（福州市：福建教育出版社，2003年、2010年），頁286。

2 關於姚斯、德里達

西方讀者理論當年對我們影響最大的，一是接受美學，其第一代表人物是姚斯，二是解構主義的代表人物德里達。孫紹振在《文學文本解讀學》中，既指出了國人對他們正確一面的忽略、誤解，又指出了他們的偏頗以及國人對他們片面性的誇大。這又跟筆者的研究有關，包括對筆者研究的肯定以及糾正了筆者研究中的疏漏。

先說明筆者的研究。二〇一一年，筆者就多元有界涉及的西方文論著述正在做進一步的研讀，孫先生囑咐我就此寫篇文章交與《語文學習》雜誌。筆者後來的研讀心得陸續整理成了多篇文稿。一篇題為〈多元有界與文本中心〉發表於二〇一一年第十二期的《語文學習》，一篇概述接受美學二位代表人物姚斯、伊瑟爾的文稿，收錄進了拙作《文本解讀與語文教學新論》（北京市：北京師範大學出版社，2013年），一篇四萬字的闡述整個西方讀者理論、題為〈「讀者中心」論的事實真相與實踐檢驗〉和一篇二萬多字專論姚斯代表作〈文學史作為向文學理論的挑戰〉、題為〈正本清源，還〈挑戰〉本來面目〉的文稿，收入了拙作《文本解讀與多元有界》（北京市：人民出版社，2015年），一篇題為〈尋找相對最像的「哈姆雷特」〉發表於二〇一五年五月十六日《光明日報》，一篇題為〈「多元有界」的有關理論和實踐操作〉發表於《新教師》二〇一七年第三期。現將《光明日報》上的有關內容摘要如下：

> 第一，西方讀者理論中影響最大的是接受美學，其代表人物姚斯與任意解讀最相關的觀點是：他受伽達默爾影響所強調的「沒有接受者的積極參與，一部文學作品的歷史生命是不可想像的」。國內有人把它形象地推進一步：斧頭不用無異於一塊石頭，作品不讀等於一堆廢紙。於是，讀者決定了作品存在的

「讀者中心」的錯誤影響就這樣產生了。但是，他們忘記了：世界上所有的東西不用都無異於一塊石頭，然而要用的時候，石頭怎能當斧頭？斧頭又怎能當電腦？廢紙更不能當作品，《水滸傳》也不能代作《紅樓夢》讀，某一讀者的閱讀體會更不能代替作品本身。事物的根本屬性與它的附屬功能是不能混淆的。手機、水杯必要時都可以把它當石頭扔人，但不能把它們原有的根本屬性改變為石頭。第二，姚斯的理論中始終沒有說要以讀者的接受作為闡釋作品的主要依據，因為姚斯在其代表作中就清醒地指出存在片面的、簡單的、膚淺的理解，明確批評了法國社會曾出現過的普遍不看好《包法利夫人》的錯誤接受現象（此例是其代表作中最多次被提到，並且占篇幅最大的實例）。其代表作中還專列一節明確論述要避免純主觀心理的任意理解的可怕的心理主義陷阱。正是因為注意到了讀者接受的「時代侷限性」和主觀任意性，因此，姚斯代表作中著名的「文學史就是接受史」是這樣表述的：「第一個讀者的理解將在一代又一代的接受之鏈上被充實和豐富，一部作品的歷史意義就是在這過程中得以確定，它的審美價值也是在這過程中得以證實（或譯為『闡明』）。」在這裡，作品只是一部，是固定的，「完美」的，只是其「完美」的意義要在歷史的長河中不斷被發現；而讀者是無數的、不固定的，每一接受都是不完美的，無數不完美的「接受」的無限疊加使之趨近於作品的「完美」。在這裡，不是作品指向接受，而是接受指向作品。不管姚斯是否有意，他說出了讀者與作品的辯證關係：沒有接受，作品不能最後「現實化」；但單個讀者的接受理解還不能等於作品的全部，只有代代相承的接受鏈才有望幾近於作品本身。既如此，判定作品意義的依據只能是作品本身，正如胡經之所言：接受美學「還較為重視文學文本。」也正如此，任一

接受都有提高、修正之必要，更不用說，要對錯誤接受糾偏；同時，任一接受都可能是對另一接受的侷限的彌補，也正是在這意義上，姚斯的「接受美學」重視「多元解讀」，重視研究讀者的接受是很有意義的，但絕非是鼓勵任意解讀的「讀者中心」論。第三，接受美學的另一代表人物伊瑟爾的觀點很集中，其多元解讀與文本制約是同時發生的。他提出文本只是一個未確定的「召喚結構」，認為文本「空白」中確存某種意向，但作品有意不言明，召喚讀者去言明，並希望讀者完全按照文本召喚實現一切潛在的可能，但個體讀者只能實現一部分可能，所以讀者的多元反應成為必然，讀者的自我提高成為必要。即這空白並非一張白紙，而是有「物」在圖，有暗示，齊白石「蝦」圖之空白應為水，雖然可以想像成各種各樣的水，而徐悲鴻「馬」圖之空白就一般不應為水。第四，接受美學之前對他們影響最大的英伽登等人，無論怎麼強調讀者的不可或缺作用，文本仍然是他們的主要依據或至少不敢拋開文本制約。英伽登反覆強調：作品有「空白」的圖式化結構既為閱讀提供了想像的自由，又為閱讀提供了基本的限制。英伽登最反對的就是主觀隨意性的理解，他稱為「奇思怪想」。他說如果這樣，「就使徹底的無政府主義合法化了。」伽達默爾說得更多的甚至是作品視界對讀者視界的制約，是傾聽文本的「訴說」，是擴大導致正確理解的「真前見」，剔除導致錯誤理解的「偽前見」。薩特的觀點可用一句話概括：閱讀是自由的行為，更是負責任的行為；在展現自己閱讀自由時，更要展現別人創作的自由。第五，接受美學之後的讀者反應批評，確較為主觀但影響小，且其基本成員可稱為「共同論」。霍蘭形象地說，在懸崖邊的路上行車，離邊緣遠點是共同反應，但年青人可能膽大點，年老者可能更靠內。而費什等都沒有把裁決權交

給個體讀者，而給予了他們各有命名的「閱讀共同體」。而一般而言，多數人的閱讀接受、反應，正如魯迅所言：「讀者所推見的人物，卻並不一定和作者設想的相同……不過那性格、言動，一定有些類似，大致不差，恰如將法文翻成了俄文一樣。要不然，文學這東西就沒有普遍性了。」這就是文學閱讀背後的「看不見的手」，不管他們願意不願意，共同體背後的決定者乃是文本。第六，對中國讀者影響較大的德里達及其解構主義，窮究文本，質疑他人對文本的「成論」，但不改變、瓦解文本，因而既是人的能動性的更大發揮，又是更自覺更艱苦地指向文本；由窮究原初意義而可能造成的文本意義的消解，並非其初衷。朱立元說，德里達就多次強調應以文本為閱讀和批評的中心，而不是單向的胡思亂想、隨心所欲的闡釋。德里達二〇〇一年來華所作的二十幾場報告中，反覆辨析別人對他的誤解，當時網民就說，聽後很震撼，其實我們對德里達一直是誤解的。第七，走得比較遠的布魯姆的誤讀論以及類似的巴特的「可寫文本」，實際講的是創作。因寫作所需或為獲得某種啟發而創新思考的閱讀，不是尋求文本「真相」的解讀，它完全可以只取文本中一點而生發聯想，這是另一個「存在」的命名問題，不屬於本文探討的內容。至於有人將其與解讀混淆，走向了任意讀解，姚斯當時就進行了批判。

　　孫先生在《文學文本解讀學》的第四章中，首先肯定了筆者這方面的研究，引述了類似上述內容的相關文句，並指出，姚斯「尊重文本的合理因素卻為中國學人忽略了」，國內「藐視文本，把讀者主體臨駕於文本主體之上」者「往往打著德里達的旗號，這可能是片面

的，德里達自己卻堅定地認為自己把文本當作『聖書』的。」[29]其次，強調了姚斯、德里達的片面性錯誤。這後一方面，筆者當時的研究是有欠缺和疏忽的。

第一，孫紹振指出「姚斯的理論不無矛盾，既強調讀者中心，文本不能是『超時代的』，又並不否認文本（管弦樂譜）則是超越時代的、不變的存在。」[30]姚斯此段話的原文是：「一部文學作品並不是獨立自足的，對每個時代每一位讀者都提供同樣圖景的客體。它並不是一座文碑獨白式地展示自身的超時代的本質，而更像是一本管弦樂譜，不斷在它的讀者中激起新的迴響。」[31]姚斯這段話，是當年強調多元解讀，特別是好走極端者最喜引用的語錄之一，因為這句「不斷激起新的迴響」成了多元解讀的形象證詞。筆者當年的研究，主要是發現姚斯原文中的這段話實際並未說完，他接著闡述了一大段話，大意是，文本要創造能夠理解文本的對話者，文本具有「獨一無二的歷史性與藝術特性」[32]，而「藝術特性」是姚文中的一個特殊概念，因為姚斯特別推崇俄國形式主義，對作品中的藝術形式特別看重，換句話說，由於這個「獨一無二藝術個性」的強調，姚斯說的對話者要理解文本，還不是一般性的，而是特別地強調「新迴響不應亂響」。所以認為和前面引述的「接受鏈」一樣，姚斯是看到文本的制約作用，承認文本的獨立存在的。但是，姚斯的確是矛盾的，正如孫先生指出的，他明明說了文本沒有「超時代的本質」，而且做了個形象比喻——文本不是獨立永在的「文碑」。姚斯整篇文章實際都隱含一個

---

29 孫紹振、孫彥君：《文學文本解讀學》（北京市：北京大學出版社，2015年），頁131、136。

30 孫紹振、孫彥君：《文學文本解讀學》（北京市：北京大學出版社，2015年），頁131。

31 蔣孔陽：《二十世紀西方美學名著選・下》（上海市：復旦大學出版社，1988年），頁477。

32 蔣孔陽：《二十世紀西方美學名著選・下》（上海市：復旦大學出版社，1988年），頁477。

矛盾，他的向文本無限逼近的接受鏈，是對文本客觀獨立存在的承認，而他的「文學史就是接受史」之說，又偏移到讀者決定論了。因為，文學史和社會史不一樣。人類社會由人組建，人亡政息，世代更迭，當年的人沒有了，留下的文字歷史是否完全是那個實在社會的反映？已無法用當年的實在社會來檢驗了，只能靠人類積累起來的歷史學知識和對歷史規律的認識去相對找到比較客觀的答案。而文學史卻不同，它的作品還在，而且永在。不管接受再紛繁，再自稱正確，都只能由作品本身作最後的確證。所以，文學史只能是作品本身的歷史，不過它的最後確證，的確永無止境。把文學史說成就是「接受史」，顯然是性質變了，把現實的認識當成最後的認識，把不得不對你偏限的承認，當成對你偏限的忽略。儘管姚斯在其代表作全文中，反覆強調作品自身的重要，但文中隱含的「接受史」和「逼近作品的接受鏈」二者的矛盾是抹不去的。姚斯也許知道這個矛盾，也許不知道，也許困惑於此不能自拔，原因只有一個，他要高揚讀者，這個魔咒使他寫就了那篇不無矛盾的〈挑戰〉。在姚斯方面，這正是前面指出的，西方當代文論為論戰之需，好走極端的反映。在國人方面，當年引入時，為衝擊僵化思維，又迷信西方文論，結果就出現了如孫紹振分析的，一方面是對姚斯尊重文本的合理因素忽略了，另一方面是自覺不自覺地，「國人在接受的時候，又將其片面性擴大了」[33]。在筆者方面，為了強調當年「對姚斯尊重文本的合理因素的忽略」，卻對其文章中不可否認的矛盾視而不見，至少是忽略了，這種遮蔽，正是下文要提到的研究者之心「所秉之偏也」。孫紹振則是全面看待，特別是由此才能較有說服力地回答，為何當年人們從姚斯接受美學那裡受到的主要影響，是「讀者重要」，甚至是「讀者決定」，原因就是姚斯的代表作的確自相矛盾，矛盾的另一面，「接受」書寫「歷史」，

---

33 孫紹振、孫彥君：《文學文本解讀學》（北京市：北京大學出版社，2015年），頁134。

「接受」決定「歷史」的那一面，被當時需要它的人們緊緊抓住了。

　　第二，筆者對德里達研究的欠缺疏忽則更為明顯。德里達也有矛盾兩面，情況也更為複雜。德里達承認文本自身的獨立存在，重視，甚至是很重視對文本本身的研究。其代表作之一〈延異〉（也譯作「異延」），就是從文本本身，不斷研究、分析、解析其延伸出的與本文文面意義有差異的意義，類似於我們說的「言外之意」。德里達尤其看重那些無法用語詞表達的，難以言說、不可言說的，有點類似於我們古代文論說的「書不盡言，言不盡意」的「延異」。其導向的一次比一次更為幽深曲折的解構世界，包括著兩方面的意義：一方面，表明每一次的閱讀都是似曾相識的新經驗，永無到達本真世界的可能，亦即可理解為永遠逼近真理而無法最後到達真理[34]。跟這有關的就是，德里達的二類閱讀中的重複性閱讀。這類重複性閱讀，正如孫紹振所言，「似乎致力於對文本的客觀解釋、複述，說明，承認文本的客觀存在。」[35]另一方面，就可能導致無中心，導致雖然來自文本，卻是邊緣化閱讀的結果，雖然本意是出發於文本，結果卻消解了文本。以上方面，德里達的主觀意願是重視文本的，如前文提及的朱立元所言「以文本為閱讀和批評的中心，而不是單向的胡思亂想、隨心所欲的闡釋」，即使導致無中心的解讀，也不是他的初衷、本意。他的窮究文本就是反對讀者單向的胡思亂想。他創造的術語，如「不在場的在場」、「蹤跡」，指向的就是在場，就是文本，如他在華演講時舉例的，手機，有製作者的蹤跡，但製作者是不在場的（手機上沒有製作者），也就是他的研究對象是揭示手機、文本背後的東西。但是，我們當年引入後，國人更注意其消解中心，消解文本的解構功能，成為當年「讀者決定論」互為犄角的兩路大軍，他重視文本的一

---

34 以上有關德里達的，參見朱立元：《當代西方文藝理論》（上海市：華東師範大學出版社，1997年），頁308-312。

35 孫紹振、孫彥君：《文學文本解讀學》（北京市：北京大學出版社，2015年），頁136。

面被人忽略了。正如此，筆者特別突出了德里達重視文本的一面，引入了朱立元的觀點，引入了德里達在華反覆辨析別人對他的誤解的二十多場演講。而孫紹振突出了德里達的片面性，其一是指出他即使是重複性閱讀，也「並不把作品當作文學，而是從意識形態的角度評述的」；其二是指出德里達二類閱讀中還有一類叫批評性閱讀，「則根本不像是閱讀文本，而是一任讀者對文本的『重寫』。他自己就重寫過盧梭的《論語言的起源》，讀者脫離文本的自由就相當驚人，從某種意義上就不是閱讀而是寫作。」[36]的確，德里達批評性閱讀的那種「讀者決定論」對我們當年的負面影響是更大的，筆者當時沒有指出，是很大的疏忽。歌德說過：「謬誤容易發現的，因為一眼可見，並且容易改正。真理則難於發現，因為深藏其中，不是人人都能看出。」[37]即使德里達批評性閱讀不是在「寫作」，也不是科學的解讀觀，攻其一點，不及其餘，是遠比窮究文本，追逼真理，輕鬆易得得多的。

　　當然，西方讀者理論的一些理論家，也有自我糾偏，但，正如孫先生指出的，情況又是複雜的。比如，後期的姚斯，很不贊同羅蘭・巴特的「複數文本」和「互文性」（或譯為「多文本」、「文本交匯性」），批評說：「多文本理論及其『文本交匯性』的提出，是作為意義可能性毫無限制的、任意的生產，作為專斷解釋毫無限制的、任意的生產」，他相信文學闡釋學的原則是與此相反的[38]。他為此專門研究了一個詩歌文本的多元解讀現象，發現不同的審美感受、不同的意義闡釋，包括排斥他人的各種具體化之間仍有「一致的解釋」，「並不互相矛盾」；他說：「這一令人驚異的發現，將導致如下結論：即使『多

---

36 孫紹振、孫彥君：《文學文本解讀學》（北京市：北京大學出版社，2015年），頁136。

37 李復威、范橋主編：《世界文豪妙論寶庫》（北京市：中國廣播電視出版社，1992年），頁240。

38 見周憲譯，姚斯：《文學與闡釋學》，引自胡經之、張首映：《西方二十世紀文論選（三）》（北京市：中國社會科學出版社，1989年），頁367。

元的文本』本身也在第一種閱讀水準的範圍內，給予感性理解以統一的審美方向。」[39]——對此，孫先生說：「應該指出的是，雖然姚斯是清醒的，但是讀者中心論在德里達、伊格爾頓、喬納森・卡勒等權威的鼓吹下，從否定文本到否定文學之論，仍然風靡全球，釀成了文學理論的空前危機。」同時，孫先生又指出：「姚斯是有侷限的，首先，他對康德的審美價值論似乎並不重視，沒有充分的闡釋；其次，他認為讀者可能『專斷解釋毫無限制的、任意的生產』，但他並沒有像新批評那樣把普遍存在的讀者以感性印象（主義）的偏頗，提升到『感受謬誤』[40]學術範疇，而是直截了當地指出讀者的感受中包含著謬誤，詩歌價值可能因而遭到歪曲。」[41]

孫先生的研究不是孤立地研究一個理論家、一個觀點，而總是把他（它），如姚斯，放在理論大環境中去分析，比較，這也是筆者研究中的欠缺。

又如，「理論熱」之後，西方有出現反思和回歸文本的思考，如伊格爾頓在二○○三年出版的《理論之後》中，提出了「很多真理是絕對的」，如說「這魚嚐著有點壞了」就是「真的」；「承認《李爾王》不止一種含義，並不等於宣稱《李爾王》什麼含義都有」；「作品的真正的含義，既不刻在石頭上，也不是放任自流的；既不是專制主義的，又不是自由放任的」，等等[42]。但是，正如孫先生指出的，伊格爾頓又是積極鼓吹否定文學存在的理論家（見後文第（二）部分），這是非常矛盾的現象。

---

39 見周憲譯，姚斯：《文學與闡釋學》，胡經之、張首映：《西方二十世紀文論選（三）》（北京市：中國社會科學出版社，1989年），頁368。

40 孫原注：這個觀念最初由Wimsatt在 *The Sewanee Review*（1949）第一次出明確，於一九五四年收入Wimsatt的論文集 *The Verbal Icon*（1954）。

41 孫紹振、孫彥君：《文學文本解讀學》（北京市：北京大學出版社，2015年），頁132。

42 〔英〕伊格爾頓著，商正譯：《理論之後》（北京市：商務印書館，2009年），頁93、100。

更重要的是，我們自己學界，要有清醒、堅定的認識，這就是後文要著重介紹的，孫先生如何建構起自己的理論，以抵禦、批判荒謬的讀者決定論。

3 引入皮亞傑理論和《周易》等古代文論，說明讀者的侷限

孫紹振在《文學文本解讀學》第五章第一節中認為，讀者決定論，之所以經不起實踐的檢驗，是人的心理的侷限性決定的。孫紹振分別以皮亞傑理論和《周易》等古代文論作出論證。

一、孫紹振引入皮亞傑的發生認識論，按此理論，外部信息，只有與固有的心理圖式（scheme）相通，才能被同化（assimilation），人才有反應，否則就視而不見，聽而不聞，感而不覺。[43]孫紹振舉了多年前一個著名的實驗案例。四十二名心理學家在西德哥廷根開會，突然兩個人破門而入。一個黑人持槍追趕一個白人。接著廝打起來，一聲槍響，一聲慘叫，兩人追逐而去。前後經過只有二十秒鐘，另有高速攝影機記錄。事後四十二名專家描述所見，沒有一個人全部答對，只有一個人錯誤在百分之十以下，十四個人錯誤達到百分之二十到百分之四十，十二人錯誤為百分之四十到百分之五十，十三人錯誤在百分之五十以上。有的簡直是一派胡言。[44]也就是主體沒有心理預期，往往就一無所知。

二、孫紹振又列舉了古代文論中的類似觀點。如《周易》〈繫辭上〉曰：「仁者見之謂之仁，知者見之謂之知。」黃宗羲在《明儒學案》中引的王陽明「仁者見仁，知者見知，釋者所以為釋，老者所以為老」[45]。張翼獻在《讀易記》中加以發揮說：「唯其所稟之各異，

---

43 孫原注，皮亞傑：《發生認識論原理》（北京市：商務印書館，1985年），頁60。

44 孫原注，參閱孫紹振：《文學創作論》（福州市：海峽文藝出版社，2007年），頁56。

45 孫原注：《四庫全書》〈傳記類・總錄之屬〉《明儒學案》，卷十（上海市：上海人民出版社）。

是以所見之各偏。仁者見仁而不見知，知者見知而不見仁。」[46]李光地在《榕村四書說》更進一步點明此乃人性之偏限：「智者見智，仁者見仁，所稟之偏也。」[47]預期是仁，就不能看到智，預期是智，就不能看到仁。預期就是心理的預結構，也是感官的選擇性，感知只對預期開放，其餘則是封閉。預期中沒有的，明明存在，硬是看不見。相反，心理圖式已有的，外界沒有，卻可能活見鬼。孫紹振說，著名的鄭人失斧故事——斧頭丟了，懷疑是鄰居偷了，觀察鄰居，越看越像，斧頭找到了，再去觀察鄰居，越看越不像小偷，就是活見鬼的典型。

孫紹振這兩方面的例證說明：第一，主觀的偏限性是難免的，克服的辦法只有回到事實本身。解讀就是回到文本本身不斷檢驗，永遠可能有偏限，就永遠修正，不斷調整，向真理逼近。第二，再次說明，建構本土特色文學理論，不是一概拒絕外來理論，不管東西方理論，凡是科學的，都應該取來為我所用。

4 提出唯一性解讀論及多個「一元」論、祭壇說

孫紹振在最近十年的批判西方文論錯誤的「讀者中心論」、「讀者決定論」時，最早提出與之相對的口號是「文本中心」，此可詳見孫紹振《批判與探尋：文本中心的突圍和建構》（濟南市：山東教育出版社，2012年）。隨後，孫紹振做出了更為徹底的發展，在《文學文本解讀學》第一章的第二節和第二章提出了唯一性解讀的根本原則，與此相關的有多個「一元」論和祭壇說。在第四章裡又就此問題做了進一步的闡述。主要觀點有：

---

46 孫原注：《四庫全書》〈易類・讀易紀聞〉，卷五，第五章（上海市：上海人民出版社）。

47 孫原注：《四庫全書》〈四書類・榕村四書說・中庸章段〉（上海市：上海人民出版社）。

　　一、理論的普遍性並不直接包含文本的特殊性，普遍的觀念與特殊的文本永遠不等值。就如蘋果的屬性永遠多於水果一樣，特殊性總是大於普遍性，形象總是大於理念，普遍真理即使再深刻，也並不包含整個特殊，它只是包含特殊的一部分。因此，用理論作為大前提，然後用演繹法，去解讀作品，很可能是緣木求魚。因為運用理論時，可能受這個理論的遮蔽，只看到了文本的某一方面，可能要有多個理論互相補充、糾偏；光理論還不行，要立足文本自身，要有自己的體悟；光體悟也不行，要在理論與文本、與解讀實踐的反覆結合、「搏鬥」中，個案文本的唯一性解讀才可能相對得出。[48]孫紹振花了上萬字舉陶淵明〈飲酒（其五）〉的解讀為例。如說：王國維的「一切景語皆情語」，當然有關，但王國維說的是一般情感、抽象情感，不是個案文本的獨一無二的個性情感。〈飲酒〉的個性情感就是「無心」，無心才「心遠地自偏」，才「而無車馬喧」。這「無心」是怎麼得出的？在孫紹振的解讀中，他是聯繫到陶淵明的〈歸去來兮辭〉中「雲無心而出岫，鳥倦飛而知還」得出「無心」的。這運用的是知人論世方法。但如你僅僅只有這個「知人論世」，你查找的「陶淵明」，不一定會找到這二句，不一定是那個「無心」的「陶淵明」。而之所以聯繫到這些，又在於孫紹振自己體悟時，特別注意到後面幾句詩句。他是這樣描述的：「飛鳥相與還」亦如此，日落而還，天天如此，不在乎是否有欣賞的目光，甚至不關注是否值得自我欣賞。這一「無心之自由」的「真意」正欲辨析，詩人卻馬上把話語全部忘記了（欲辨已忘言），可見詩人無心之自由是多麼強大，即使自己都不能戰勝。一旦想費勁用語言來表達，就是有心了，就破壞了自然、自由、自如的心態，就連動腦筋言說一下，也可能破壞了這個真意。就是連語言表

---

48 詳見孫紹振、孫彥君：《文學文本解讀學》（北京市：北京大學出版社，2015年），頁70-75。

述的壓力都沒有。[49]孫紹振這個體悟，又隱含他有關非陌生化的分析理論（參見第五章最後一節）以及解讀的三層法（參見第四章第二節），即從看似極平常的語句中發現冰山下蘊藏的深層底蘊。還涉及他的意境理論（參見第六章詩歌部分），即意境是一個無處不在的「場」，〈飲酒〉的「無心」是無處不在的，而世人一般只孤立地注意了最有名的「悠然見南山」和最顯見的「心遠地自偏」，沒有把全詩貫通起來，發現此「無心之自由」在「飛鳥相與還」及「欲辨已忘言」中還更為重要。但這些理論已融化在孫紹振的解讀實踐自覺行為中，又不能機械地用理論方法去肢解式解讀，而一切都應在個案文本的解讀實踐中依文本實情，努力追尋唯一性解讀。

　　二、作家的唯一性和作品的唯一性。第一，認為西方當代文論當前所宣揚的文化價值，同過去宣揚階級論一樣，只注意普遍性，而忽視了個性，「最大的缺陷就是普遍性壓倒了作家的唯一性，而一般的作家論的缺陷則是遮蔽了作品的唯一性。」孫紹振引述錢鍾書的話：「作者人殊，一人所作，復隨時地而殊；一時一地之篇章，復因體制而殊；一體之制，復以稱題當務而殊。」[50]並解釋說，體制即體裁，稱題當務指針對性和立意命題。接著又對錢先生的話做了補充，說，反過來，一個作家寫出來的文章如果差不多都是一個樣子，那就註定了要失敗，故文學的生命在於求新避同。孫先生舉了郁達夫著名的〈故都的秋〉與作者同時期的〈我撞上了秋天〉相比的例子。二者情調完全不同。〈故都的秋〉著意寫「清、靜、悲涼之美」。與古代不同。古代詩人沉浸在悲愁之中，在讀者看來詩人的憂愁是美的，可對

---

49 《飲酒》解讀見孫紹振、孫彥君：《文學文本解讀學》（北京市：北京大學出版社，2015年），頁78-82。「飛鳥相與還」幾句描述，綜合了《文學文本解讀學》（北京市：北京大學出版社，2015年），頁81及孫紹振《月迷津渡——古典詩詞個案微觀分析》（上海市：上海教育出版社，2012年），頁199。

50 孫原注，錢鍾書：《管錐篇》（北京市：中華書局，1986年），頁1390。

詩人本身卻並不具有正面價值，但在〈故都的秋〉中，秋天的悲涼、衰敗、死亡本身就是美好的，詩人沉浸在其中，並不怎麼悲苦，而是一種審美享受，是人生的一種高雅的境界。這有西方的唯美主義以醜為美、以死亡為美的痕跡，還有日本文學傳統中的「幽玄美」、「物哀美」的影響，即苦悶、憂鬱、悲哀，一切不如意的事，才是使人感受最深的。而〈我撞上了秋天〉寫的是清麗的、詩意的美，基調是歡樂的，幸福的。原因是和愛情有關的，因為他已經「不同已往」，「我已經不孤單了」，「隨著房間人數的變化」，暗示、透露出一種愛情的幸福感，心裡有一種「可愛的靈氣」，不但人是美好的，而且連小狗都是生動的，世俗的小吃也是富於詩意的，洋溢著充滿靈氣的調皮幸福感。[51]

　　第二，孫紹振又引入了古代文論的避、犯理論。即《三國演義》的評論家毛宗崗提出的，在同一作品中，出現同類的事件，如果寫法相同、相近，叫做「犯」；如果同中有異，就是不犯，叫做「避」。毛宗崗把這種同中有異，「犯」而善「避」形容為「同樹異枝」、「同枝異葉」、「同葉異花」、「同花異果」。他引述毛宗崗舉《三國演義》同樣樣寫火攻等，「呂布有濮陽之火，曹操有烏巢之火，周郎有赤壁之火，陸遜有猇亭之火……前後曾有絲毫相犯否？甚者孟獲之擒有七，祁山之出有六，中原之伐有九：求其一字之相犯而不可得，妙哉，文乎！」[52] 孫紹振認為，《紅樓夢》所寫的少女之死，更有獨一無二的性質；魯迅寫的八種死亡，也無一相同的；而《西遊記》中九九八十一難中大多數犯了重複之弊，只有三打白骨精等少數情節「避」得精彩；巴金的《春》、《秋》也多有與《家》重複之處；劉紹棠的青年時

---

51 本點概述內容詳見孫紹振、孫彥君：《文學文本解讀學》（北京市：北京大學出版社，2015年），頁83-89。

52 孫原注，朱一玄、劉毓忱編：《三國演義資料匯編》（天津市：南開大學出版社，2005年），頁260。

代的作品與壯年作品，所「犯」更多，常常有自我模仿之痕跡。[53]

　　第三，因此，孫紹振批判了西方文論的「作者已死」和「意圖謬誤」，舉出〈岳陽樓記〉和〈醉翁亭記〉都是作家的創作意圖實現了，是「意圖無誤」、「意圖昇華」。在這樣的基礎上，孫紹振提出，作家的唯一性和作品的唯一性觀點，並且認為，古代文論的「知人論世」說是更有意義的，當然，最主要還是作品。孫紹振經常說，「在作家、讀者和文本三個主體中，占據穩定地位的，甚至是不朽的，應該是經典文本。作家可以死亡，讀者也一代又一代地更迭，而經典文本作為實體卻是永恆的。人們可以不管《紅樓夢》、《三國演義》、《水滸傳》的作者，不了解荷馬、莎士比亞的生平，不知道在這些經典在解讀、接受的歷史過程中，產生過多少不同的解讀和分析，照樣為其藝術形象所感染。」[54]按孫紹振更簡潔的口頭說法，就是文本中心，就是文本第一性（在作品、作者、讀者三者關係中），作者第一性（在作者、讀者關係中）。那麼，解讀就應是追尋唯一性解讀。

　　三、多個「一元」論。這個觀點比唯一性解讀更早提出，是在《語文學習》二〇〇九年第八期上，以〈多元解讀和一元層層深入〉中提出和闡述的。是比多元有界的提法更為徹底、到位的文本中心觀。總的就是，多元中每一元，不應是零碎的解讀片段，而是一貫到底的邏輯系統的層層深入，指向文本核心。孫先生從多個方面做了闡釋。

　　第一，批判巴特宣佈的所謂「作者死亡」論。孫紹振指出，巴特雖然沒有宣佈文本已死，但是，在後現代的話語中，沒有確定的（所謂「本質主義」的）文本，一切文本註定要被不同讀者文化價值所

---

53 本點概述的內容詳見孫紹振、孫彥君：《文學文本解讀學》（北京市：北京大學出版社，2015年），頁90-91。

54 本點概述的內容詳見孫紹振、孫彥君：《文學文本解讀學》（北京市：北京大學出版社，2015年），頁137-149，引文見頁165。

「延異」，所以巴特宣佈讀者時代到來，讀者決定論產生了絕對的、惡性的「多元解讀」的橫流。

第二，更重要的是，提醒學界，朱自清很早就對多元解讀有精闢的見解。他說，可惜，國人對自己學術前輩接受西方文論的經驗居然也沒有起碼的了解。孫紹振接著指出，朱自清先生早在四十年代就接觸了美國新批評燕卜蓀的詩歌「多義」（原著為Seven Types of Ambiguity，出版於一九三〇年，今譯為《朦朧的七種類型》），但是，朱自清先生結合傳統的「詩無達詁」，春秋賦《詩》的斷章取義，和後世詩話主觀「穿鑿」的歷史教訓，指出「多義當以切合為準」，「必須貫通上下文或全篇的才算數。」[55]朱自清這個切合文本且貫通全文的「多義」觀，是孫紹振多個「一元」論很重要的理論源頭。

第三，指出讀者主體性有自發和自覺、系統和混亂、膚淺和深邃之分。相對於自發的、混亂的、膚淺的主體性，自覺的、系統的、深邃的一元化的主體正是讀者提升的目標，五花八門的吉光片羽的感想，並不是多元化，而是無序化。

第四，又指出，文本自身是有機的系統性為特點的，文章的信息是有序的、相互聯繫的、處於統一的層次中，進入文本分析的層次，就是要把全部複雜的、分散的乃至矛盾部分統合起來，使之在邏輯上有序化，這就是最起碼的一元化。

第五，從思維質量上說，孫紹振認為，單一觀念的一貫到底比之多種觀念的羅列更重要。

第六，於是孫先生提出：所謂的元，通俗地說，就是系統性。所謂多元，也就是多個的系統性的解讀。每個一元，都是以系統的、統一的、層層深入，貫徹到底為特徵的。因而，大而化之的感想，七零

---

55 孫原注，朱自清：《詩多義舉例》，《朱自清全集》第三卷（南京市：江蘇教育出版社，1992年），頁217。

八落的論斷，不成為一元，更不成其為多元，而只是多個片面的、即興感覺的混亂碰撞。

　　孫紹振以李商隱〈錦瑟〉解讀為例。「錦瑟無端五十弦，一弦一柱思華年」。琴瑟本來是美的，飾錦的琴瑟是更美的，美好的樂曲令人想起美好「華年」，不是雙倍的美好嗎？然而，美好的樂曲卻引出了相反的心情。原因是沉澱在內心的鬱悶本是平靜的，可是一經錦瑟撩撥起當年的回憶，就有一種不堪回首的感覺了。本來奏樂逗引鬱悶，應該怪彈奏者的，可是，卻怪琴瑟「無端」，為什麼要有這麼多弦，要有這麼豐富的曲調呢？美好的記憶，不堪回首。弦、柱越多，越是傷心。「莊生曉夢迷蝴蝶」，像莊子夢見蝴蝶，不知道是蝴蝶夢見莊周，還是莊周夢見蝴蝶那樣，也就是過去的歡樂不知是真是假，這就更令人傷心。「望帝春心托杜鵑」，這個典故的意思是：蜀國君主望帝讓帝位予臣子，死去化為杜鵑鳥，杜鵑鳥暮春啼鳴，其聲哀淒，傷感春去。用在這裡，可以說，悲悼青春年華的逝去，從而將回憶的淒涼加以美化。滄海月明，鮫人織絲，泣淚成珠，將珠淚置於滄海明月之下，以幾近透明的背景顯示悲淒的純淨。周汝昌先生分析說：意思就是望帝春心的性質就是一種「複雜難言的悵惘之懷」[56]。周先生的說法還有發揮的餘地：其特點就是：第一，隱藏得很密，是說不出來的。從性質上來說，藏得密就是因為遺恨很深。第二，隱含著不可挽回，不能改變的憾恨。第三，為什麼要藏得那麼密？就是因為不能說，說不出。用「藍田日暖玉生煙」來形容，這個比喻在詩學上有名，就是可望而不可即，可以遠觀卻不可近察，也就是朦朦朧朧地感覺，它確乎存在，然而細緻審視，卻無可探尋。「此情可待成追憶，只是當時已惘然」把自相矛盾的情思推向了高潮。先是說「此情可待」，可以等待，就是眼下不行，日後有希望，但是又說

---

56 孫原注：《唐詩鑒賞辭典》（上海市：上海辭書出版社，1983年），頁1127。

「成追憶」，那就是只有追憶的份兒。長期以為可待，而等待的結果
變成了回憶。等待越久，希望越渺茫。雖然如此，應該還有「當
時」，但是，「當時」就已經（知道）是「惘然」的，沒有希望的希
望，把感情（其實是戀情）寫得這樣纏綿而絕望，在唐詩中，可能是
李商隱獨有的境界。孫紹振說的戀情，是指「望帝春心托杜鵑」，
有典故云：「蜀王望帝，淫其相臣鱉靈妻亡去，一說，以慚死」[57]，
化為子規鳥，滴血為杜鵑花。杜鵑啼血隱含的不僅是絕望而且是不
能明言的戀情，「春心」是不可公開的戀情，說出來會「慚死」
的，所以是當時就知道是沒有希望的「惘然」之情。而這個典故，
孫紹振說，是被許多注家忽略了的《子規蔵器》引揚雄〈蜀王本
紀〉裡的。這也說明，唯一性解讀離不開專業化解讀。[58]

　　這就是解讀上，邏輯系統的「一元」解讀。

　　多個一元，可以以孫紹振、錢理群、王富仁同題解讀〈我的叔叔
于勒〉為例。

　　孫紹振的解讀，第四章介紹藝術形式知識分析法中的因果法時，
已介紹。主要內容是，于勒、于勒兄嫂、「我」這三方要會面，不會
面無以言「兄嫂無情」、「『我』的同情」，于勒仍有情。小說巧妙地設
計了一個近在咫尺的英屬哲爾賽島，「是窮人們最理想的遊玩聖地」，
讓兄嫂一家可以出國。而于勒思念故土，卻又無錢回國，是法國船長
好心把他帶回祖國，但到了家門口，不敢上岸，不願回去見親人，因
為他自覺有愧於兄嫂。於是，船上的「突然」會面、巧遇順理成章。

　　錢理群則引入了原文的頭尾解讀了「我」的同情。小說開頭說，
一個又窮又老的乞丐向行人乞討，約瑟夫（即文中的「我」）給了老
乞丐五法郎的銀幣。見約瑟夫給乞丐那麼多錢，他的同伴感到很奇

---

57 孫原注：《四庫全書》〈子部・雜家類・雜考之屬〉〈通雅〉，卷四十五。

58 上述六點詳見孫紹振、孫彥君：《文學文本解讀學》（北京市：北京大學出版社，
　2015年），頁149-151，〈錦瑟〉解讀見頁158-160。

怪。於是，約瑟夫就講了他叔叔于勒的故事。講完故事後，小說還有一個結尾，即約瑟夫說：「此後我再也沒有見過我父親的弟弟。以後您還會看到我有時候要拿一個五法郎的銀幣給要飯的，其緣故就在此。」至此，我們才恍然大悟──同情不幸的人，把少年時代的同情心保留到成年，表現了「同情一切不幸者」的偉大的人道主義，是小說的主題之一。

王富仁主要是解讀了于勒的「有情」，認為兄嫂之「無情」，誰都能看出。于勒之「有情」，多被人忽視。他認為，于勒揮霍掉遺產，連屬於哥嫂的那份遺產也揮霍了，自然是位浪蕩子。但于勒不是「沒良心的」，他自覺感到有愧，去美洲之後發了點財即寫信告慰兄嫂，表示會賠償，表示懷念親人。破產後的又一封信，實際很感人，于勒隱瞞了破產真相，為的是不讓哥哥嫂嫂擔心，又以為哥嫂仍然在懷念他，因此寫封信以釋思念，表示他賺了錢之後一定會回來和哥嫂一起過好日子。最重要的是，于勒徹底窮困潦倒後，呆在來往於法國與哲爾賽島之間的船上，都到家門口了，就是不敢再跨出一步，不敢再回到哥嫂身邊，如船長轉述的：「他不願回到他們身邊，因為他欠了他們的錢。」這就是于勒之「有愧」、「有情」，還有良心，而不是他哥嫂想像的「又回來吃我們」、「重新拖累我們」的流氓無賴。王富仁認為，這與其兄嫂形成了鮮明的對照，也折射出了故事的敘述者──少年「我」的同情心。王富仁還特別注意到了題目（「我的叔叔于勒」）和「我」與叔叔見面時心裡默念的那三句同義反覆的話（「這是我的叔叔，父親的弟弟，我的親叔叔。」）所表現出的充滿情感的意味。[59]

三位學者的解讀，都是有自洽邏輯的系統性「一元」。當然，從全面性來說，孫紹振更系統全面，是主題、寫法都解讀到了，揭示了莫泊桑的寫作技巧，讀出了更隱秘的，又是最關鍵最大的表現形式的

---

59 見錢理群、孫紹振、王富仁：《解讀語文》中該篇解讀（福州市：福建人民出版社，2010年）。

秘密，否則故事就根本不可能發生。

　　四、祭壇說。孫紹振早在二〇〇九年在泉州召開的由福建省語文學會與全國中語會舉辦的「首屆文本解讀研討會」上，就提出了「經典文本的解讀是時代智慧的祭壇」之說。祭壇就是要犧牲，要奉獻。

　　面對唯一性解讀，《文學文本解讀學》第五章的末了，孫紹振指出，每一文本的分析都是對智慧的一次挑戰。他認為，解讀的深化並不如某些權威教育理論家所許諾的那樣，只要主體的自信就可以暢通無阻了。解讀主體並不是想開放就開放的。一般讀者，封閉占有慣性的優勢，文本中的嶄新形象，往往被其固有的心理預期同化了。聰明的讀者，則由於開放性占優勢，迅速被文本中的生動信息所震動，但是，敏捷是自發的，電光火石，瞬息即逝的，而心理預期的封閉性則是慣性地自動化的，仍然有可能被遮蔽。即使開放性十分自覺，也還要和文本的表層的、顯性的感性連續性搏鬥，才有可能向隱性的深層勝利進軍。即使如此，進軍並不能保證百戰百勝，相反，前仆後繼的犧牲，為後來者換取山窮水盡，柳暗花明的提示，是為無數解讀歷史所證明的事實。孫紹振總結性地說：

　　　　說不盡的莎士比亞，說不盡的普希金，說不盡的魯迅，說不盡的《紅樓夢》，說不盡的〈背影〉、〈再別康橋〉。就在這前仆後繼的過程中，經典文本才成為每一個時代智慧的祭壇，通過這個祭壇，人類文明以創新的心理圖式向固有的圖式挑戰。每一個經典文本的解讀史，都是一種在崎嶇的險峰上永不停息的智慧的長征，目的就是向文本主體結構無限地挺進。[60]

---

60 引文及本點內容見孫紹振、孫彥君：《文學文本解讀學》（北京市：北京大學出版社，2015年），頁178。孫紹振說過，祭壇說最早是周揚提出的。但周揚當時是從創作的角度說：經典文本是時代智慧的祭壇。而孫紹振進一步發展為，經典文本的解讀是時代智慧的祭壇。這個命題的發展，本身就是時代智者智慧奉獻、累積的結果。

　　孫紹振從上述四個方面，闡明了唯一性解讀是文本解讀無可逃避的成功之道，並以此有力批判了讀者決定論。

　　筆者試以混沌理論就上述有關問題作出自然科學的說明。混沌理論認為混沌現象有一個最重要特徵，即

混沌象徵圖

聚集與發散特徵。一方面，混沌系統的所有（每一）運動軌線——市場上就是每一顧客的購買行為，閱讀上就是每一讀者的閱讀、解讀行為——都將進入吸引子內。即從宏觀上看，存在吸引中心，所有運動軌線都向這吸引中心，向某一特定範圍聚集。換句話說，混沌系統存在確定性，存在秩序，這個確定性、這個秩序就是吸引子把運動軌線吸引和束縛在吸引中心周圍，吸引和束縛在特定範圍內。——市場上的吸引中心即經濟規律的看不見的手，緊俏商品、價廉物美商品把顧客緊緊抓住；文學作品閱讀即作品的藝術奧秘、創作奧秘、「人人心中有，個個筆下無」之秘妙（吸引中心），使讀者沉迷、自失其中，使解讀徘徊於它的周圍。

　　另一方面，進入吸引子後，由於各運動軌線對初始值（自身個性）的高度依賴、高度敏感（即「頑強」表現其個性），又使各運動軌線互相分開。即從微觀上看，在吸引子內部各軌線又不是聚集、靠攏，而是發散、分離，這就是吸引子的所謂「奇異」現象。換句話

說，混沌系統存在不穩定性，系統內部各運動軌線活躍易變，表現出似乎混亂、無序的現象。——市場上的最後購買結果的五花八門，不可精確預測；閱讀上的最後收穫、解讀上的最後表述，沒有一個讀者是完完全全一模一樣的。

關鍵是初始值，亦稱初始條件、初始狀態，即進入者原有個性、特性、習慣，如一個顧客的購買習性，很精明、很糊塗、很挑剔、很隨便、斤斤計較、出手大方，蘿蔔青菜各有所愛，以及購物條件，腰包很鼓還是囊中羞澀；一個讀者的閱讀個性、解讀個性，如水平差異、經驗積累、解讀角度習慣不同，等等。初始值，表明他只能憑藉這個進入市場時的原有習性和條件開始其購買行為；他只能憑藉現有的水平、習慣開始他的文本解讀，這就叫高度依賴。

為什麼又叫高度敏感？這是更重要的。作品如果越吸引人、藝術奧秘、藝術內核越迷人，越是向這迷人的奧秘、內核聚集，讀者的潛能就將被高度激發，就越想說點什麼，個性就越想充分表現。每一讀者的個性表現得越充分，結果，讀者與讀者之間的解讀狀態的區分就越明顯，發散就越厲害，這就是主動形成的多元。即越是聚集越可能發散，越是向藝術奧秘靠攏就越可能出現多元，這就是奇異吸引子的最大奇異之處。

上述混沌象徵圖表明，混沌系統的吸引中心是一個獨立的存在，它不是運動軌線，它是它自身，決定其狀態的是它自身（例如商品，例如作品），而不是各運動軌線（例如購買行為，例如解讀行為），否則，中心就無數個，中心就自相矛盾而不復存在。決定各運動軌線的是其自身的初始值即個性。所以，讀者只能決定讀者自己的解讀狀態，決定自身的解讀離藝術內核這一吸引中心有多近（遠），並無資格決定那個獨立自在的作品及其藝術內核。

上述混沌圖還表明，有的軌線離中心近，有的離中心遠，而且，按混沌理論，混沌圖是立體的而不是平面的，各運動軌線的差異就更

為複雜，不僅是角度不同，而且是水平有高下。離中心越近者，就越是孫紹振說的那個「元」，最是「元」者就是作品藝術內核自身，換句話說，「最後」的最靠近內核的解讀軌線就與作品幾乎重疊，幾乎合二而一，但，永遠不會完全重疊，一者是總有溢出作品的讀者之解，二者是總有某些藝術內核（特別是如《紅樓夢》這樣的藝術經典）可能是讀者永遠無法破譯的，這就是「說不盡的莎士比亞」的迷人魅力，也正是唯有唯一性解讀才能確保向藝術內核的進軍。而離中心（藝術內核）越遠者，對藝術內核的表徵就越表面、片面，不過是多少沾了點藝術內核之邊。孫紹振解讀〈錦瑟〉時，列了前人的八種解讀，如詠物說、國祚興衰說、色空說、閨情說、悼念亡妻說、懷念令狐楚家青衣說、與女道士秘密戀情說、自傷遲暮說等。這些解讀，孫紹振認為，都有一定的合理性，但都偏於一隅，甚至是猜謎，也就是一條與藝術內核有距離的軌線。而孫紹振的解讀是直面文本第一手資料的系統分析，為最靠近內核的軌線。孫紹振認為，「從文本全面分析出發，特別是把那個對下級的妻子的戀情，不能公開的，沒有希望，以慚而死的典故弄清（按：指前面分析中提到的「望帝春心托杜鵑」的揚雄〈蜀王本紀〉典故），再加上古典詩話中「癡」的範疇作理論基礎，至少還比八九個猜謎式的印象（即上述八說）要有說服力得多，至少有道理得多。」[61]又如，孫紹振、錢理群、王富仁解讀《我的叔叔于勒》，一方面，充分證明了前述的混沌理論的「高度敏感」規律，他們一個個都充分展示自己的解讀水平，結果就呈現出三種角度、側重點截然不同，但又都指向內核（無情、有情、同情）的精彩解讀；另一方面，與一般的讀者比，三人的解讀無疑是更靠近內核的軌線，而三解讀中，又是孫紹振的最靠近，最有資格稱為唯一性「元」解讀。

---

61 上述八說及引文見孫紹振、孫彥君：《文學文本解讀學》（北京市：北京大學出版社，2015年），頁159-161。

　　混沌理論又表明，混沌系統、混沌圖是動態的，各軌線會互相借鑑，尤其被最佳軌線吸引，向最靠近中心的軌線「學習」，靠攏，相對最佳的軌線也會吸納其它軌線的優點，或者是它的不同於自己的角度，或者是它在某一點上勝於自己的解讀之長。我們看到《文學文本解讀學》中的孫紹振的大量解讀案例，幾乎都很注意吸納他人的解讀成果，或多或少，視情而定，就〈錦瑟〉解讀，他就吸納了周汝昌之解，又發展了周解。混沌系統、混沌圖的動態，又是分時期的，當年，葉聖陶的〈背影〉解讀是最好的，半個多世紀內，幾乎所有的解讀軌線都向他靠攏，都就葉聖陶一個說法。新世紀以來，孫紹振的解讀是相對最佳的[62]，大量解讀軌線又向孫氏解讀靠攏。總體而言，孫式解讀軌線群比之葉式解讀軌線群更靠近〈背影〉藝術核心。也許，孫氏解讀就是前面說的幾乎與作品重疊的最佳軌線，也許將來會出現超越它的進一步向〈背影〉藝術內核靠攏的新解讀軌線群。如此發展下去，最後的解讀就是幾乎（只能是幾乎）回到作品內核的「元」點，在「元」點周邊不斷波動。不過就長篇經典而言，這最後的時刻，可能遙遙無期。

（二）批判理論與文本解讀無關論，倡導建構本土特色 文學理論

　　文學理論基本不做具體文本的完整分析是世界性的問題。這裡不是指例證分析，作為證明其觀點的例證分析是大量存在的。具體文本

---

62 孫紹振有關〈背影〉解讀，前面章節多次大略提到，《文學文本解讀學》（北京市：北京大學出版社，2015年），頁75孫紹振概述為：「這裡的關鍵是，對父親關愛的拒絕是公然的，被感動流淚，卻是偷偷的，趕緊擦乾了，不讓他看到，這才是文章的唯一性：父親愛兒子，不管兒子如何反應，都是一如既往，而兒子愛父親，愛得很慚愧，愛得很內疚。如此深厚的親子之愛，是有隔膜的。這正是朱自清的親子之愛和冰心不同的地方，也是其藝術生命力不朽的原因。短短一篇散文，不足兩千字，居然花了八十年的時間，還只能算是接近了個案文本唯一性的解讀。」

的完整分析，就是前文孫紹振說的個案文本的唯一性系統性解讀。文學理論在個案文本的唯一性解讀上的低效和無效也是世界性的。分析個案文本的工作是留給文學評論去做的。而文學評論一般是分析成品，加之受上位理論超驗演繹及熱衷於哲學文化社會思考的影響，因而往往其分析在揭示最重要的創作奧秘上，成效不高，這個問題的負面影響，我們後文再談。孫紹振在撰寫《文學創作論》時，就意識到這個問題的嚴重，其創作論已別於其它理論著作，已出現許多個案文本（尤其是短篇詩文）的完整性、唯一性解讀，志在揭示創作奧秘，更是他別於那些流行分析的鮮明特點。介入語文課改，從事文學文本解讀學建設的近十幾年，孫先生尤其感受到這一問題是所有問題的癥結所在。讀者決定論、讀者中心論，實際上就是理論把解讀權讓渡給了讀者，理論不管，由你讀者自己解決。孫先生經常說，中學的問題出在大學，大學的問題出在理論，文學理論如此，其源蓋出於西方文論。孫先生在許多文章中對此做過深入分析，《文學文本解讀學》的序言、緒論中，孫紹振做了一個全面的梳理。下文，主要根據孫先生這個梳理，以及參照有關著述，結合筆者的體會，介紹孫先生就此的有關研究。[63]

　　孫紹振指出，上世紀四十年代，韋勒克和沃倫在《文學理論》第四部引言中指出「文學研究的合情合理的出發點是解釋和分析作品本身」，但「多數學者在遇到要對文學作品作實際分析和評價時，便會陷入一種令人吃驚的、一籌莫展的境地。」此後五十年，西方文論走馬燈似的更新，形勢並未改觀，李歐梵先生在「全球文藝理論二十一

---

63 本大點以下概述（含有關引文）主要見孫紹振：《文學文本解讀學》緒論、序言及第三次印刷前言，參照孫紹振：《文學的堅守與理論的突圍》（北京市：人民出版社，2015年）等有關論著及胡經之：《西方文藝理論名著教程》《西方二十世紀文論選》、伍蠡甫：《西方文藝理論名著選編》、朱立元：《當代西方文藝理論》《二十世紀西方文論選》等有關西方文論論著。除筆者另引文及少部分比較重要的有注出處外，介紹孫紹振的（包括引文）一般不另做注釋。

世紀論壇」的演講中給予了形象而尖銳的描述：西方文論流派紛紜，
本為攻打文本而來，其旗號紛飛，各擅其勝：結構主義、解構主義、
現象學、讀者反應，更有新馬、新批評、新歷史主義、女性主義等等
不一而足，各路人馬「在城堡前混戰起來，各露其招，互相殘殺，
人仰馬翻」，「待塵埃落定後，眾英雄（雌）不禁大失驚，文本城堡
竟然屹立無恙，理論破而城堡在。」李先生這段話，原文很長，孫先
生提煉為此段簡潔表述後，不止一次在有關論著和有關講座中做過
介紹。

　　可以佐證李先生、孫先生之論的是，金元浦二〇〇四年與俄羅斯
的塔瑪爾欽科等文學理論家的一場對話。這場對話最主要的內容就是
對深受蘇聯文藝社會學的影響而普遍忽視文本分析的文學理論教育提
出的批評。「對話」認為文學的研究和文學的教學，最重要的就是對
於具體文本的分析。「對話」針對教學還特別強調，文本分析不是用
來作理論學習的例證，世界上沒有一個作家的作品是用來給人們作例
證的，展示文本分析的範例是不夠的，重要的是，讓學生進行分析文
本的實踐，分析一個個活生生的文本本身。針對這種普遍的欠缺，塔
瑪爾欽科當時致力構建重視分析具體文本的文學理論。[64]「對話」的
看法，與孫先生、李先生不謀而合。

　　孫紹振指出了三點：

　　其一，二十世紀西方當代文論的理論家們，多數是以文本分析起
家的，比如，德里達論喬伊絲的《尤利西斯》、卡夫卡的〈在法的門
前〉，羅蘭‧巴特論《追憶似水年華》、〈薩拉辛〉，德‧曼論盧梭的
《懺悔錄》，米勒評《德伯家的苔絲》，布魯姆評博爾赫斯等等，「但
他們微觀的細讀往往指向宏觀的角度演繹出理論」，也就是做他理論
建構的例證。如德里達用二萬多字的篇幅論卡夫卡僅有八百來字的

64　見《中華讀書報》2004年10月27日。

〈在法的門前〉，進行了超驗的演繹和後結構主義的「延異」書寫（或譯「異延」，參見前文「批判讀者決定論」部分）。「其主旨不在文學文本的個案審美的唯一性」。他們的目的，就是為了論戰而建構理論，為了建構理論而找文本例證，他們的任務就是馳騁於理論的疆場。

其二，當代西方文論這個特點和弊端，源遠流長，西方文論的主流傳統的就是超驗的理論演繹、思辨與建構。

古希臘羅馬時期，柏拉圖的理念（理式）世界第一性，現實世界第二性，藝術世界第三性，藝術是摹本的摹本，就是典型的超驗思維。最好是亞里士多德，還有賀拉斯，傾向於經驗之美。

中世紀的黑暗年代，就是宗教超驗，討論針尖上能站多少個天使，就是著名的例子。這個脫離實踐的超驗思辨綿延一千多年，對後世影響巨大。

文藝復興、啟蒙運動時期，情況有所好轉，主要是對古希臘羅馬學術思想的復興、創新，尤其是對亞里士多德、賀拉斯的繼承、發展。

到了近代即十九世紀，西方近代美學哲學奠基者康德的超驗思辨是理論的主流形態，儘管期間遭到重視或者源於實踐的費爾巴哈、施萊爾馬赫、別林斯基、車爾尼雪夫斯基等等的理論（如感性實踐理念、現實主義文論、「美是生活」），包括馬克思主義文論實踐第一性觀念的批判、反撥，但是，康德式的超驗的哲學美學、形而上學思辨，一直是西方文論的普遍追求、主流形態。一直發展到當代西方文論。

根本上，其歷史根源就是長期的美學化、哲學化傾向。孫紹振說，一九二〇年，宗白華就在其《美學與藝術略談》中指出：

　　以前的美學大都是附屬於一個哲學家的哲學系統內，他裡面

「美」的概念是個形而上學的概念，是從那個哲學家的宇宙觀
念裡面分析演繹出來。

其具體表現是：偏重理論演繹，忽視經驗歸納，和保持演繹、歸納
（更重歸納）二者「必要張力」的西方自然科學理論很不同。

以概括和抽象為榮為務，以犧牲個體文本的特殊性為代價，美國
解構主義批評家喬納森‧卡勒說：「對文學作品的最有力的和適宜的
讀解，或許是把作品看成各種哲學姿態，從作品對待支援著它們的各
種哲學對立的方式中抽取出涵意來。」也就是說，文本只是其思辨、
演繹的例證。

從概念（定義）出發，沉迷於從概念到概念的演繹，越是向抽象
的高度、廣度昇華，越是形而上，與文學文本距離越遠，越被認為有
學術價值。理論空轉，自我循環，自我消費，成了它們的基本特點。

這種狀況、這種與文本唯一性、特殊性的矛盾，在當代即二十世
紀下半葉至新世紀前後變得更加尖銳。近十年雖有變化，有反思，但
多數人仍一如既往。

最尖端者甚至宣稱文學實體並不存在。主要表現又有二種：

（一）執著於從定義出發，定義不及，就認為不是文學。這個極
端觀點也潛移默化影響了我們的文學觀，如上一章的散文部分舉到的
周作人之論。按周作人在〈美文〉中為散文所作的只有「敘事與抒
情」、「真實簡明」的定性，「這樣的簡陋的定義就把魯迅的隨筆式的
智性散文排除了，莫名其妙地把它打入散文的另冊，給了一個全世界
文學史都沒有的文體名稱：『雜文』。實際上是把世界散文以智性為主
流遮蔽了。這就造成了現代散文長期在抒情敘事之間徘徊」的落後
現狀。

（二）當文學不斷變動的內涵一時難以概括出定義，便宣稱作為
外延的文學不存在；或者說，文學的定義今後不知要變成什麼樣子，

也許未來某一天，連莎士比亞都不被認為是文學。如英國文藝理論家特里・伊格爾頓的《二十世紀西方文學理論》號稱「文學理論」，卻在著述中否定文學的存在；美國學者喬納森・卡勒的《文學理論導論》則公然宣稱文學理論不能解決文學本身的問題。孫紹振所舉的最新例證就是，美國解構主義耶魯四君子之一的希利斯・米勒，二〇一五年〈致張江的第二封信〉說：

> 您問我是否相信有一套「系統完整的批評方法，可以為一般文學批評提供具有普遍意義的指導」，我的回答是，在西方有很多套此類批評方法存在，其中也包括解構主義，但是，沒有一套方法能提供「普遍的指導意義」。……因此，我的結論是，理論與閱讀之間是不相容的。[65]

如果說，過去的超驗演繹並沒有那麼坦然表達理論與文本解讀無關，那麼，伊格爾頓、喬納森・卡勒、希利斯・米勒都對理論與文本解讀無關，表達得很是坦然。

甚至，理論無力解決文學文本的個案分析，甚至在美國流行「理論死了」、「理論終結了」後的當代，理論就「轉而研究新的對象，如電影、電視、廣告、大眾文化、日常生活等」。孫紹振諷刺說：「我的貓雖然不能抓住老鼠，它代替了狗看門，也是好樣的。可是，這樣的貓還能算是好貓嗎？不會打仗的部隊可以去屯田，而且莊稼種得很出色，但上了戰場就望風披靡，能算是精銳之師嗎？對於文學理論的這種現狀，除了用『危機』，很難用任何其它話語來來概括，這樣的危機對二千多年來西方文學理論來說如果不敢說絕後的，至少可以說是空前的。」

---

65 見《文學評論》2015年第4期，又見孫紹振、孫彥君：《文學文本解讀學》第三次印刷前言。

其三，實際情況又是複雜的。

（一）孫紹振認為，西方文論背後所表現出的智商可以列入當代最高檔次，在文化價值和意識形態方面，包括哲學思辨、思想創新、社會批判等等方面，他們發揮到極致，這些是西方文論的強項，這可能是世界的共識。這一理論強勢，使理論貧弱的包括兩岸學人在內的中國學界甘拜下風，尤其是大陸學界，數十年來，潮水般引入和運用，既極大地促進了思想的解放、理論的發展，又在澄明的同時，形成了遮蔽，「國人囿於對強勢文化的迷信，至今尾隨他們的錯誤的思路作疲憊的追蹤。」另外，當代西方文論介入思想文化哲學界，介入社會批判是最為積極的，既促進了二十世紀的社會進步，也帶來負面影響。這些負面影響，如極端化的批判和消解中心所帶來的無政府主義，一度時期，國人對此也是不夠警惕的。

（二）文學涉及四個方面：世界（社會）、作家、作品、讀者。西方文論的大體情況是：

1. 漫長的古代、近代，簡言之，一是四者均有涉及，但主要是研究文學與社會的關係，文學反映社會什麼，有什麼功用，不過不像當代那麼深細；二是古代的亞里士多德和近代的康德等不僅研究文學與社會的關係，還涉及更接近藝術奧秘的深刻問題。大體情況如下：

古希臘羅馬時期：柏拉圖主要講文藝與社會的關係，既涉及作品的創作（作品是社會的反映），又涉及作品的社會功用。亞里士多德是全面的，其文論主要是作品中心論，並且涉及藝術形式規範。亞氏又是作家論，既涉及創作論、解讀學，又談文學的社會功用。亞氏的《詩學》是至今光芒不減的文論名著。賀拉斯也注重作品本身，屬於作品中心論；又包含文學的社會功用，著名的寓教於樂就是他提出的。

文藝復興和啟蒙運動時期，是對中世紀黑暗時期的反撥，各方面對古希臘羅馬時期的理論都有繼承和發展，但也有偏執，如分不清美善之別，如過於機械的三一律等。

十九世紀近代，浪漫主義主要是作家中心、作家論，涉及創作論（作家的創作心理）；現實主義主要是研究文藝與社會的關係，也涉及創作論（社會對創作的影響，包括反映論）和功用論（作品對社會所起的作用，包括對社會的批判，如批判現實主義）；但康德、黑格爾、馬恩等等的真善美關係已涉及四者比較深刻的問題，還有歌德、席勒等也有與眾不同的觀念，因他們的理論對二十世紀當代西方文論的重大影響，故留待後文再說。

2. 二十世紀及新世紀初當代西方文論，先仍是十九世紀延續而來的作家中心（「中心」主要指研究重心，但也涉及解讀思想），後轉移至作品中心，再後轉移至讀者中心，又再轉移至社會——文化系統、後現代系統，又出現反思和回歸。

作家中心（涉及創作論），包括象徵主義和意象派、表現主義（直覺——表現論）、精神分析批評、直覺主義與意識流等。

作品中心（涉及藝術形式規範），包括俄國形式主義、英美（美國）新批評、法國結構主義等。

讀者中心（涉及讀者決定論），包括解釋（闡釋）學、接受美學、美國讀者反應批評。

社會——文化系統、後現代系統等，實際就是「社會中心」，包括後結構主義和解構主義、西方馬克思主義、女權主義批評、後現代主義、新歷史主義、後殖民主義；以及前述的世紀之交出現的向文本閱讀告別，向電影、電視、廣告、大眾文化、日常生活（審美泛化、日常生活審美化）的轉移。

3. 十九世紀和二十世紀間，有好些特別重要的理論流派，情況比較複雜，或其內涵跨界，或其影響跨時代，或其承先啟後，分跨兩個時期。如：

德國古典美學諸大家涉及各方面又各有側重，如康德和黑格爾關於真善美，關於主客觀關係的論述與世界、作家、作品、讀者四者都

有關，而康德最有名的是「美是完全無利害觀念（無功利）的快感」「無目的的合目的性」，黑格爾是「美是理念的感性顯現」；又如，席勒偏重作家論，偏重形式（形式消融內容）；再如歌德，是以大作家的創作經驗為基礎建構其文論的。他們對後世的影響一直存在。

胡塞爾、英伽登的現象學，海德格爾、薩特的存在主義文論，是涉及多方面的哲學文論；英伽登和薩特又都是讀者理論、接受美學的前驅，但前者更側重作品，是作品中心向讀者理論的過渡，後者更側重作家和作家意圖的實現；海德格爾是解構主義的前驅，但重視創作論和作家創作過程。

馬克思主義文論涉及各方面，但主要是文藝與社會關係，包括美與真的關係，主客觀關係，文藝的社會功用，實踐第一性，經典馬克思主義理論家也涉及一些具體觀念，如性格、環境、作家的創作、文學的特性等，但總的比較宏觀。後代的繼承者走向細化，出現了蘇聯機械反映論的文藝社會學，違背了經典馬列文論的初衷。

解構主義同時也是讀者理論，既有極端相對主義的讀者中心論；也有仍強調應以文本為閱讀和批評的中心，但又因窮究文本而消解文本，因「重寫」文本而脫離文本的情況複雜的德里達。

以上是總的狀況，大體的分類，實際是互相交叉、重疊、多重身分，國內分類也不一，總的甚至可說是眼花繚亂。

上述四者研究中，雖然任一研究對創作和解讀實踐都是有幫助的，但無論是創作的角度還是解讀的角度，作品研究當是最重要的，但我們當年接受時，並未進行很好的辨析。

4. 以上是西方文論的總狀況，實際上在更具體的方面，西方文論與文本解讀的關係以及對我們的影響，情況更為複雜的，大體有如下幾點：

第一，上述轉移主要是理論（可稱為上位理論）研究重心的轉移，而作品批評、評論界（可稱為下位理論、應用理論），無論東西

方，仍是作家作品研究，尤其是以作品研究為主的，也就是作品批評、評論界還是比較符合創作、解讀實際的，可見，總體上看，上位理論與下位理論也是有相當程度的脫節，尤其在二十世紀當代。

　　第二，對於理論脫離文本解讀的狀況，西方理論界也不時有批評和反思。如上世紀四十年代，韋勒克的批評（見前）。如近十幾年「理論熱」之後的反思，包括美國的愛德華・賽義德「回到文學文本，回到藝術，才是理論發展的征途。」包括歐美俄正在建構旨在分析文學作品的理論體系，如前述的金、塔對話中俄羅斯正在出現的分析文本的理論建構，如俄羅斯瓦列里・秋帕的《藝術分析》〈文學學分析導論〉和瓦・葉・哈利澤夫《文學學導論》，如美國邁克爾・萊恩的《文學作品的多重解讀》、法國帕斯卡爾・卡山諾娃的《文學世界共和國》、英國的彼得・威德森的《文學》等。[66]

　　第三，當代西方文論較少如韋勒克和沃倫的《文學理論》、伊格爾頓一九八三年的《文學原理引論》、蘇聯季莫菲耶夫的《文學原理》那樣整體性闡述文學理論的，多數是就某種觀念的深入闡發。就多數的某種觀點而言，多好走極端，正負面均有。一般學人熟悉的大多數具體觀點對解讀分析作品是有用的，甚至很精彩，其中重要原因，不是當代西方文論本身於解讀有用者更多，而是由於西方文論艱澀難讀（術語、文化、文長、表述習慣、翻譯等等多方面原因），凡是原來的命名較好又翻譯得較好的，還有就是國內學界因需出發，而做了選擇性引進處理的，實踐界就記住了。其作用，有很好的，有更好沒有用上的，有負面的，有缺憾明顯的，總的是在文本解讀的根本問題上沒有起多大作用，主要原因見後。

　　第四，孫紹振認為，文學理論有二個實踐基礎，一是作品，尤其

---

66 本段材料、引文見〔俄〕瓦・葉・哈利澤夫著，周啟超等譯：《文學學導論》〈總序〉（北京市：北京大學出版社，2006年），頁6、15、17。

是經典作品，二是海量的個案文本的唯一性解讀實踐；有二個理論基礎：創作論、解讀學，其中，解讀學又應當以創作論為基礎。

（1）但是，西方文論尤其是當代西方文論，特別是屬於社會、作品、讀者系統的理論，基本上是從作品的最後結果、現成物即孫紹振說的「成品」入手分析作品的，也就是它不是創作論，也並非創作論基礎上建構的解讀學。我們重溫一下第一章引述的孫紹振的「生成機制說」（見孫紹振、孫彥君《文學文本解讀學》〈緒論〉，下文簡稱孫著緒論）：

> 創作實踐，尤其是經典文本的創作實踐是一個過程，藝術的深邃奧秘並不存在於經典顯性的表層，而是在反覆提煉的過程中。過程決定結果，決定性質和功能，高於結果，一切事物的性質在結果中顯現的是很表面的，很片面的，而在其生成的過程中則是很深刻的，很全面的。最終成果對其生成過程是一種遮蔽，正如水果對其從種子、枝芽、花朵生長過程具有遮蔽性一樣，這在自然、社會、思想、文學中是普遍規律。對於文學來說，文本生成以後，其生成機制，其藝術奧秘蛻化為隱性的、潛在的密碼。從隱秘的生成過程中去探尋藝術的奧秘，是進入有效解讀之門。

研究過程的才是創作論。僅僅研究最後結果的不是創作論。

創作論，西方文論有人涉足、重視，孫紹振所舉之例如亞里士多德的《詩學》、福斯特的《小說面面觀》；如義大利克羅齊的「要了解但丁，我們必須把自己提升到但丁的水準」，海德格爾的作品「只有在創作過程中才能為我們所把握，在這一事實的強迫下，我們不得不深入領會藝術家的活動，以便達到藝術作品的本源」，英伽登的「必須在一定程度上和作者一道創作」，伊瑟爾「作家有意不言明，

召喚讀者去言明」，克羅齊的「變為詩人，才能鑒賞詩」，〔法〕瓦萊里的「像作家本人創作時那樣理解作品是必不可少的」；還有，作家中心時期的象徵主義（創作是抽象與形象、理性與感性、意識與潛意識結合的產物）、意象主義（內意外象，意是理性與感情的複合物）、表現主義（直覺是溶解了一切概念、理性的直覺，李澤厚解釋，是鹽與鹽水的關係，如無充分完滿的直覺就不能表現）、精神分析批評（創作是作家未能實現之事的補償、創作是作家的潛意識外顯）、意識流；還有，前面第一章提到的蘇俄的草稿與定稿的比較研究……。[67]

　　西方這些創作論，或者不具體，只是一個觀念，或者不系統、不完整，但都是構建創作論以及創作論為基礎的解讀學的源泉，儘管吉光片羽，孫紹振在其著述中還是儘量引用。

　　（2）作家論有研究創作過程，但作家論不能代替創作論。孫著中提到不少著名的作家論，如別林斯基對果戈里小說的深邃評論，杜勃洛留波夫對奧斯特洛夫斯基《大雷雨》的評論，如西方對莎士比亞、拜倫、雪萊、華茲華斯、柯羅列奇的研究，都是文學評論史的經典，但他認為，就具體作品是一次電光火石般的心靈探險而言，這些作家論都沒有沒有被孫著作為選項，何況孫紹振認為，這些也是西方的，不是我們自己的作家論。孫著緒論中認為，作家的創作往往是朱自清說的「一剎那」：

　　　　……這正午的一剎那，是最可愛的一剎那，便是是現在。事情已過，追想是無用的，事情未來，預想也是無用的；只有在事情正來的時候，我們可以把捉它，發展它，改正它，補充它，

---

67 英伽登、伊瑟爾言論見賴瑞雲：《文本解讀與多元有界》「讀者中心論的事實真相」部分（北京市：人民出版社，2015年）；象徵主義、意象主義、表現主義、精神分析批評、意識流等見朱立元《當代西方文藝理論》（北京市：高等教育出版社，1998年）。

使它健全、諧和，成為完滿的一段落，一歷程。

也就是王國維說的「須臾之物」：

> 夫境界之呈於吾心而見於外物者，皆須臾之物，唯詩人能以此
> 須臾之物鐫諸不朽之文字，使讀者自得之，遂覺詩人之言，字
> 字為我心中所欲言，而又非我之所能自言，此大詩人之祕妙
> 也。

金聖歎說的「靈眼靈手」：

> 文章最妙處的是此一刻被靈眼覷見，便於此一刻放靈手捉住，
> 蓋於略前一刻亦不見，略後一刻便亦不見，恰恰不知何故，欲
> 於此一刻忽然覷見，若不捉住，便更尋不出。今《西廂記》若
> 干文字，皆是作者於不知何一刻中，靈眼忽然覷見，便疾捉
> 住，因而直傳到今。細思萬千年以來，知他有何限妙文，已被
> 覷見，欲不曾捉得住，遂總付之泥牛入海，永無消息。

歌德說的「瞬間顯現」：

> 奧秘不可測的東西在一瞬間的生動的顯現。

蘇軾說的：

> 作詩火急追亡逋，清景一失後難摹。[68]

---

68 王國維、金聖歎、歌德、蘇軾言論見賴瑞雲：《文本解讀與語文教學新論》第二章
　　第一、二節（北京市：北京師範大學出版社，2013年）。

　　（3）西方文論欠缺海量的或者說足夠數量的個案文本的分析。一是建構創作論必須有足夠數量的代表性作品的生成過程的個案分析。如前所述，按孫紹振的研究，解讀學與創作論是一塊硬幣的兩面，真正的解讀學必須以創作論為基礎，也就是同樣需要足量的個案文本生成過程的個案分析。二是，解讀學不僅僅是創作論，它還包括「最好」讀者的解讀，這就是所謂作品思想大於作家的思想，作者未必然，讀者未必不然，需要解讀出一些作品中固有的作家也沒有意識到的深刻、精彩的意蘊。總之，要有海量或者足夠數量的個案文本的唯一性解讀案例作為基礎。但孫著緒論指出：

> 西方理論家們大都為學院派（按：也有如歌德、薩特、瓦萊里、葉芝等是著名作家，所以是大都），缺乏創作才能和起碼的創作體驗已經是先天不足，對文學創作論的漠視，使其基礎更加薄弱。本來，這種缺失，可以文學文本個案的海量解讀彌補，但是，學院派培養理論家的途徑，卻不是對經典文學文本的大量的、系統的解讀，而是把最大限度的精力奉獻給五花八門的文學理論（知識譜系）的梳理。

　　至於作品生成過程的個案分析，如前所述，西方文論基本闕如，寫進他們文論中的案例，不僅只是證明其觀點的任意取點的例證，而且大都不是從創作角度、創作過程去解讀的。什麼樣的解讀才是生成過程的個案分析呢？我們第一章舉過的孫紹振所分析的〈孔明借箭〉是從《三國志》的原生故事經過作家的改造、創新，使本來簡單的鬥智故事，變成了深刻得多的多妒、多智、多疑性格衝突的經典，創造了著名的表現深層微妙人性的藝術經典「瑜亮情結」，就是這樣的生成過程的個案分析。它必須通過還原法、小說藝術形式規範分析法、專業化（歷史文獻）解讀法，才能揭示這一創作過程，揭示這一創作奧秘。

5. 古代中國的傳統和當代的問題：孫著緒論指出：

> 我國古典文學權威理論和西方文論最大的不同，一是以《文心雕龍》為代表的創作論為核心，二是詩話詞話、小說、戲曲評點，以文本解讀學為基礎。朱熹將《詩經》三百餘篇每一篇都作了解讀（文選評點從朱熹始），才寫出《詩集傳》，金聖歎對整部《水滸》作了評點、刪節改寫才提出了「性格範疇」，清代沈雄和賀裳、吳喬解讀了大量的詩詞才提出了抒情的「無理而妙」說，……在情與理的矛盾這一點上，我國十七世紀的古典詩論領先於英國浪漫主義詩論一百年以上。

類似這樣以文本解讀為基礎，建構自己文藝觀的，還有王國維的《人間詞話》、魯迅的《中國小說史略》、《中國小說的歷史的變遷》、葉聖陶的《文章例話》、朱自清的《文言讀本》等。孫先生還多次說到，魯迅、朱自清過早離世，葉聖陶後來行政工作纏身，又未再從事此類學術工作。接續古代的優良傳統，建構我們本土特色的文學理論，歷史地落到了當今學人的身上。但是，孫著緒論又接著指出：

> 可惜的是，我們不是從這樣的寶庫中進行發掘，建構中國學派的文學解讀學，反而用西方美學去硬套，好像不上升到美學就不是學問。可是，越是上升到美學，越帶形而上的性質，越是超驗，就越是脫離文學文本的有效解讀。
> 不論中國還是西方，似乎都陷入一種不言而喻的預設：文學理論只能宏觀的、概括的理論，文學理論越是發達，文本解讀越是無效，甚至是「誤效」，這就造成一種印象，文學理論在解讀文本方面的無效，甚至負作用是理所當然和命中注定的。……最嚴重的後果是，……不僅在文學文本解讀時滿足於

　　從論點到例證的模式，更為嚴峻的是，造成從定義出發否定文學的存在。

　　此外，如前所述，作品批評、評論界和上位的文學理論是不同的，他們是以作品為研究中心，或者以作家作品為研究中心的，他們並未與文本解讀脫節，文學作品的現當代評論分析文章，數十年來也一直存在。所以，在孫紹振、錢理群等介入語文界的文本解讀前，新課改前，幾乎每一篇中學課文，都可找到鑒賞、評析資料。它們雖幾乎均有可取之處，甚至也有頗精彩的，但是，同樣地，多數不是從創作角度、對創作過程的解讀，而是孫紹振指出的，是對成品的解讀，致力於唯一性個案文本解讀的也不多，令人拍案叫絕的精彩分析更少見。因而，即使許多分析資料也收入了教參，但當時一線的中學教師都不太愛看。所以，過去的中學教學問題才會如此嚴重，如此低效。

　　與上述問題相關，尚未完全考證，但值得探討的情況是：歐美中學的母語教育教材，其課本構件雖然也是一篇篇作品，但多數主要著眼於實用語言教育，也就是，課文成為語言教育的例文，對作品任意解體取點（知識點、語言教學點、語法例證點），無害其實用語言教育大目標。課文雖也承載人文教育任務，但同樣可以任取一點，為人文教育作證。蘇俄中學的俄語教育，歷來是延續大學教育的模式，是大學文學教育、語言教育的下放、壓縮、簡本，即由文學史＋作家作品（這是文學教育部分）＋語法教育。他們的寫作是另設一塊，甚至如美國，口語交際獨立一門。他們雖然也有因文學理論不重視文本分析帶來的解讀能力欠缺，近十幾年的反思，也包含了解決中學教育存在的文本分析問題（如前述的金元浦與俄羅斯專家的對話，就明確涉及中學教學），但是，因他們的中學母語教育是分科型的，語法教學又遠比我們重要，所以，歐美俄的中學教育，個案文本解讀的重要性，沒有我們那麼突出。而我們是文章大國，自古課本就是文選型，

語文教育是綜合型，閱讀、寫作、語言、人文，集於一身，漢語又是獨特的意合語言，語法遠無俄語、英語等西方語言複雜和重要，而教學生寫就一篇漂亮的文章，教學上把一篇課文講解得令學生醍醐灌頂，刮目相看，比什麼都重要。自古就有《古文觀止》那樣的評點型（即古代的解讀）文選教材。因此，個案文本的唯一性解讀，在我們的國土，太重要了。用學術的語言，就是早年倪文錦、王榮生在《語文教育展望》裡說的作品的原汁原味閱讀的「定篇」功能，雖然，據他們研究，西方母語教育，作品的定篇教學也是第一位的，但恐怕，我們是第一中的第一。

　　無論是現實教育大業的急迫需要，還是填補世界文學理論領域的這一重大空白，都告訴我們，開創和建構文本解讀學是當今文學理論建設的具有重大意義的學術工作。孫著緒論還說了兩點獨特的原因：

　　一是前面提到的祭壇說。現在，我們把它放在建構文本解讀學的角度，意義又不一般。孫紹振說：「要把潛在的密碼由隱性變為顯性，化為有序的話語，是需要微觀的原創性的，這恰恰是文學文本解讀學的核心。這是一種相當艱深的專業，有時個人畢生的精力是不夠的，往往要一代又一代的讀者把自己的智慧奉獻上經典文本解讀的歷史祭壇。正是因為這樣，才有說不盡的沙士比亞，說不盡的《紅樓夢》，說不盡的普希金，說不盡的魯迅。」也就是說，解放這一艱難個體勞動的唯一辦法，就是從理論上給予徹底解決，創生文本解讀學，撰寫文本解讀理論專著。

　　二是獨立學科說。孫紹振指出：「文本解讀的無效和低效不完全是理論家的弱智，而是人們對文學理論寄於它所不能承載的期待。文學文本解讀和文學理論雖然有聯繫，但是，也有重大的區別。從某種意義上說，乃是一門學科的兩個分支。」也就是說，把文本解讀學這個學科創立起來，不僅有孫紹振的《文學文本解讀學》這第一部的專著，還應當像一般文學理論那樣，產生一批各有特色、各有側重的文本解讀學專著。

　　當然，這是側重建構文本解讀學的角度說的。按前文所述的孫先生的全部觀點，一般文學理論都急需改造、創新，改造、創新的重點，就是包含把創作論部分變成真正能指導創作的理論，把一般性的接受部分，變為以唯一性解讀為基礎的解讀學，文學理論改造、創新的要害就是創作論和解讀學。孫紹振倡導建構本土特色文學理論，就是我們自古有傳統，有資源，我們的新文學理論首先能包含本土特色的嶄新解讀學。

（三）投身建構本土文學理論的卓傑實踐

　　整個第七章都是闡述孫紹振建構本土文學理論的卓越探索，整部拙作也都是圍繞這方面的內容展開的。本大點，僅就幾個實踐方面的事實加以介紹，並且主要圍繞建構文本解讀學的話題，而且集中到為其《文學文本解讀學》的誕生，孫先生所作的幾個重點實踐。

　　同樣應當說明的是，批判西方文論，倡導建設本土理論，乃至建設文本解讀學，也不僅僅就孫先生一人。如張江對西方文論的批判，張江的〈理論中心論——從沒有文學的「文學理論」說起〉、〈作者之死〉等論文；如正在醞釀的在福建師大建立「文藝理論研究中心」，出版刊物，開展建構本土文藝學的學術探索；如新課改後，錢理群等大批大學專家介入中學文本解讀的實踐活動；甚至如新課改前夕，施蟄存提議：應由最權威的一批學者，選擇最必讀的一批經典，分析出最需掌握的內容，不俯就任何學生，成為他們的「必學」，等等，都是卓越探索的林中響箭。但，無疑，孫紹振先生是投入最多，最系統，意識最自覺，成果最豐碩的第一人。

　　下文，勾勒其幾個重點實踐：

1 孫紹振早期的《文學創作論》，是後來建構文本解讀學，著述《文學文本解讀學》的重要基礎

《文學創作論》的鮮明特點之一就是有數百個解讀案例，與常見的理論書籍截然不同。孫先生以此書稿在解放軍藝術學院給軍旅作家們上課，獲得了極高評價，莫言後來多次在公開場合表達了孫先生的課留給他的深刻印象，孫先生的理論對他創作的直接幫助。這些，我們在第二章已做詳細介紹。其實踐的量、質、效果，都可以說是罕見的。

2 孫紹振完整解讀的中學課文至少五百篇，作品則至少六百篇（部），全部是他稱之為個案文本的唯一性解讀，都是從創作角度切入的解「寫」解讀

新世紀以來，出版的解讀專輯十二部。上世紀八十年代以來，另出版的二十多部學術專著（其中，新世紀以來出版學術專著十四部），每部都包含許多解讀案例，其中，又多數都是唯一性解讀。孫先生所有著作所涉及的被他解讀的作品至少有八、九百篇（部）。真正是海量解讀，海量實踐。而且，孫紹振的書，無論是解讀專輯，還是學術專著，都是洛陽紙貴的暢銷書，最多者，重印十七次。如此卓傑的解讀實踐，並世無第二人。

3 其《文學文本解讀學》的個案文本完整解讀案例，是其實踐第一這一重大研究特色的一道獨特風景線，是理論著述融入案例的開創性嶄新模式

最鮮明的是，該書中個案文本完整解讀（單一作品系統解讀、立足創作的唯一性解讀）案例高達六十九例，其它並非三言二語、同樣涉及作品重要問題的解讀案例還有七十多例，至於順手拈來、不著痕

跡，行雲流水穿插其間的例證則難於計數。其保留並發展了《文學創作論》海量般鮮活案例的研究特徵，其繼續發揚化理論為形象、化艱深為活潑的極強可讀性的一貫風格，倒在其次，最重要的是其下述重大實踐特徵：

其一，他對當代西方文論一直以來的最根本批評，就是他們的過度超驗。他們脫離了最根本的創作實踐，不僅例子少，單一，並且不是理論從實踐中來，相反卻頭腳倒置，從文本中任意取證、斷章取義為其觀點服務，而且發展到從概念到慨念、熱衷生造術語、沉迷文字遊戲、以令人卻步為榮的惡性風氣。最嚴重者不僅與創作無關，而且坦然承認與閱讀無緣。清除這樣沉痾有年的病毒，必須下猛藥。於是，我們看到了《文學文本解讀學》裡海量的完整文本的唯一性解讀案例。但是，它只有一個目的，不管屬於何種文體、處於何種觀點下，這六十九＋七十多例，就論證一句話：解讀就是揭示創作奧秘。更重要的，不管是「完整唯一解讀」，還是「揭示創作奧秘」，都不是孫紹振的先驗概念。介入語文課改之初，孫先生根本沒有想到要去建構什麼解讀學，他出於「憤怒」和「技癢」，甚至是「被動」地應中學一線教學之需，接二連三、應接不暇寫解讀。一線就需要他這樣的解讀，而不需要高深莫測的「洋概念」。大量的解讀實踐，使他與先前的創作論貫通起來，使他與批判西方文論聯繫了起來，使他產生了建構文本解讀學和改造「病入膏肓」上位理論的宏願。因此，無論從批判百弊叢生的當代西方文論，還是解決一線實踐的渴求，這個「海量完整唯一解讀」及「創作奧秘唯一核心」都是典型的馬克思主義「從實踐中來，到實踐中去」的產物。

其二，它徹底改變了過去例證型、局部形態使用實例型的理論著述模式。過去的模式有一暗藏大漏洞，就是詭辯，表面上，什麼觀點，我都可以邏輯自洽，旁徵博引，就是所謂的自圓其說，實際上，它是任意取例。現在《文學文本解讀學》力求「海量完整唯一性」，

不能說，它的歸納證明舉全了，但按該書第三章引用到的普利漢諾夫的「臨時定義法」，這已經足夠了，比那有意斷章取義，強過一百倍。過去的模式還有一個大麻煩，就是紙上談兵，學了有關理論，面對完整作品的分析，尤其是中學一線課堂翹首以望的學生讀者，你的蒼白詭辯是無法打動他的，只有你唯一性揭秘才能使他怦然心動，無論你是錢夢龍式的巧妙討論，還是于漪式的精彩體驗，甚或是黃玉峰式的滔滔不絕，都一樣。今天的「海量完整唯一解讀」，即使你不能一下子運用背後蘊含的解讀方法，但正如學法學、學律師的案例，學醫科的病例，學自然科學的實驗典例，這些自然形態的完整樣式，可以直接仿效甚至直接照搬，不僅當場見效，且舉一反三，積久見功，理論方法就可能豁然開朗了。這實在是文學理論回歸科學大家庭的一次重大變局。或許，現在篇幅頗大的「海量完整解讀案例」與理論表述部分的風格融洽（儘管孫先生的生花妙筆已使讀者處於風格的「忘川」），可能不如歷經百年演進的局部例證型文學理論那麼無縫對接，但是，像任何新生事物一樣，它必將披荊斬棘，不斷完善，蓬勃生長。

4 十五年來，不下於三、四百場的文本解讀講座及即席評課

孫紹振是最常被各地語文界邀請去做文本解讀講座及即席評點中學教師閱讀教學的大腕學者之一了。我們第三章已對此做了介紹。這裡要強調的是其實踐意義。這是最鮮活的原汁原味的實踐檢驗。如果十幾次乃至數十次，都不一定能說明什麼，如果是制度性的安排（如是教師的職責）更沒有什麼，他是數百次，完全出於邀請者的自願。如果是仰慕孫先生的演講技巧，邀請來做學術報告就得了，不，許許多多是請去即席評點中學現場教學。明明知道孫先生不太管你什麼教學方法，但照請不誤，這只能說明，他們要的就是文本解讀。如果中學請去，沒話說，但小學語文界照樣有人請，包括一樣有人閱讀孫先

生的解讀專輯。而孫先生解讀專輯所解讀的作品就詩詞與小學有關，但這些詩詞都解讀得很深，小學教學不可能講那麼深的內容，這只能說明，他們主要就是學習解讀的理念與方法。誰說大學專家的解讀和理論不能照搬到中學呢？我們第五章裡提到的運用替換法教學的小學名師竇桂梅、王崧舟，就是孫先生的粉絲。我們常說，實踐是檢驗真理的唯一標準，這大概就是最好的檢驗了。

5 最具獨特意義的實踐，就是孫紹振主編了兩套中學語文教材

其中，北師大版課標初中語文教材六冊；與臺灣學者孫劍秋教授共同擔任主編的兩岸合編《高中國文》，目前完成第一、二冊，另編古詩文選讀一冊。第三章裡介紹過，兩套九冊三百來篇課文的解讀，都是孫先生親自撰寫的。這些解讀無疑都是唯一性、完整性解讀。該章中，還部分介紹過孫先生主編的兩套教材。下面，再分別簡要補充介紹兩套教材的實踐如何體現和檢驗孫紹振的解讀理念。

一、北師大版初中教材。

（一）比較法及單元課文組合：前面第五章已介紹過比較法，指出比較法強調的是普及性。孫先生考慮這個方法比較合適介紹給中學生。因此，該教材六冊三十六個單元，所有單元的課文都用比較組合，這是兩岸其它版本語文教材均無的鮮明特色。看看下列四個單元：

第六單元　歷史智慧（八下冊）

十一　鄒忌諷齊王納諫（《戰國策》）

十二　曹劌論戰（《左傳》）

比較‧探究

　唐且不辱使命（《戰國策》）

　雜說（四）（韓愈）

拓展閱讀

晏子使楚（《晏子春秋》）

諷諫小議（蕭春雷）

「表達・交流」綜合實踐　理趣

語文趣談　諷諫：委婉的批評

第一單元　生活況味（九上冊）

一　項鍊（莫泊桑）

二　詩兩首

　　　假如生活欺騙了你（普希金）

　　　假如生活重新開頭（邵燕祥）

比較・探究

　珠寶（莫泊桑）

鑒賞・評論

　挖薺菜（張潔）

「表達・交流」綜合實踐　想像・虛構

語文趣談　「假如……」背後的邏輯和修辭

第三單元　人生境界（九上冊）

五　岳陽樓記（范仲淹）

六　登岳陽樓（杜甫）

比較・探究

詩兩首

　陪侍郎叔游洞庭醉後（其三）（李白）

　臨洞庭湖贈張丞相（孟浩然）

游岳陽樓記（袁中道）

鑒賞・評論

　醉翁亭記（歐陽修）

光光看這些單元組合裡的課文題目，就會覺得它們之間在題材、主題、文體上有鮮明的異同點，而且很有趣，形象地展示了思維、解讀的一個基本方法。在甘肅等五省實驗區使用十幾年來，一致反映這是最鮮明、易懂，又可操作的方法。

（二）練習（討論）題：孫紹振對課文的解讀是給老師看的，故收入教參，名曰「主編導讀」。練習討論題是提供給學生的，但要將孫紹振主編的解讀觀點簡約地轉化為練習。這同樣是北師大版教材的主要特色。先看看下面三篇課文的部分練習設計：

〈背影〉（七上冊）

1.（略）

2.（略）

3. 作者說：「我父親待我的許多好處，特別是〈背影〉裡所敘的那一回，想起來跟在眼前一樣一般無二。我這篇文只是寫實。」想想看：這「寫實」是否也融入了作者的主觀情感。請討論：

（1）父親的身材、衣著，兒子自然早已熟知，「我」和父親也相處多日，為什麼不如實按先後順序一開頭就交代，而要等到過鐵道、爬月臺時才寫出他肥胖的身子、臃腫的穿戴？

（2）送行中父親說過許多話，為什麼不如實一一引出，而引述的只有那四句？

（3）既然不必像照相一樣實錄，為了歌頌父愛，是否可以把父親攀爬月臺的動作寫得更富詩情畫意、更瀟灑，把他的辦事說話寫得更漂亮，把他的形象、穿戴寫得更帥氣些？

《曹劌論戰》（八下冊）

1. 文章是重在「論」還是重在「戰」？是敘述為主還是議論為
   主？
2. 細讀全文，探究下列問題。
   (1) 從哪句話可看出，魯莊公對克敵制勝的謎底並不清楚？
   (2) 既不清楚，魯莊公又為什麼對曹劌言聽計從？
   (3) 最後才亮出「謎底」有什麼好處？
   (4)「一鼓作氣，再而衰，三而竭。」你是否同意曹劌的分
      析？為什麼？

〈社戲〉（九下冊）

1. 為什麼說「偷來」的豆是最好吃的？「我」說第二天的豆不
   如昨夜的豆好吃，是對六一公公行為的否定嗎？為什麼？
2. 小說裡的「我」一共看過三回戲，是否因為趙莊那夜的戲比
   北京戲園子的兩回戲好看一些，所以說「也不再看到那夜似
   的好戲了」？
3. 小說如何表現在北京戲園子裡和在趙莊看戲時那些不耐煩的
   感覺？這兩種不耐煩有什麼不同？
4. 以往〈社戲〉選入教材時，曾把北京戲園子看戲那部分刪
   去。是刪去好還是保留好？為什麼？

　　這樣的題目，有趣味、有想頭、富有挑戰性，又並非過難。不僅
對準了其主腦（葉聖陶語）、其「極要緊極精彩處」（魯迅語），而且
體現了孫紹振的解讀。
　　〈背影〉的孫先生解讀，前面有關章節已多次介紹過，對對看，

就一目了然。《曹劌論戰》〈社戲〉的孫先生解讀，分別收錄在孫紹振《孫紹振解讀經典散文》（北京市：中華書局，2015年）和《經典小說解讀》（上海市：上海教育出版社，2016年）專輯中，〈社戲〉解讀的最核心要點（即第一題），前面第四章介紹美善錯位時，也有收入。其實，從題目去推想，也大體可以看出孫先生解讀這二篇的要點。

　　更重要的是，還隱含了孫先生的解讀方法。〈背影〉的前二個小題主要是還原法，也是錯位法中的美真錯位。第三小題，主要是錯位法中的美善錯位，即如果父親很瀟灑、很帥氣，說話辦事很漂亮很能幹，那活該他去買橘子，可文中的父親很笨拙，從功利實用的角度，就不如兒子去買，而父親一定要自己去買，越如此越表現了父愛的情感之美，這就是美與善的錯位。《曹劌論戰》主要是矛盾法，以為是戰，其實是論，以為是議論文，其實是記敘文；正是既不清楚又言聽計從的矛盾中，可以分析出魯莊公與曹劌二人的思想、性格。〈社戲〉前三題是錯位法中的美善錯位，第四題是比較法。

　　最重要的是，這三篇的練習都旨在揭示創作奧秘，而且多數題目就是在問：為什麼這麼寫，而不那樣寫？。

　　類似這樣的練習設計，在整部教材中占了大部分。

　　（三）閱讀方法能力導引：這實際講的就是文本解讀方法，但給中學生，不能那麼學術化，因此改為「閱讀方法能力導引」。主編孫紹振考慮每二個單元寫一則短文，分別置於各冊的一、三、五單元，一共十八則。各則短文目錄如下（括弧內數位為單元序號）：

　　　　七上：（1）如何「精讀」；（3）在「比較」中體悟作品特點；
　　　　　　　（5）如何「比較」
　　　　七下：（1）名家讀書三步法；（3）三步法的關鍵：分析；（5）
　　　　　　　朗讀默讀與分析
　　　　八上：（1）略讀　流覽　跳讀；（3）不應該那麼寫（詞語的推敲

和替換）；（5）應該這麼寫（對象的還原與比較）

八下：（1）新異的情趣和理趣；（3）強烈的情感和平靜的情
　　　感；（5）先秦散文的精彩對話

九上：（1）把握詩歌的想像；（3）最不實用與最有情；（5）領
　　　悟話中之話

九下：（1）環環緊扣與橫斷面；（3）「死去」與「因傷心而
　　　死」；（5）提出問題分析問題得出結論

　　既有常用的一般閱讀方法，又有孫紹振解讀方法體系中一些最重
要、最基本的方法。循序漸進，由淺入深，到了後面幾冊，就可以出
現一些術語，如福斯特小說情節因果律的「死去」與「因傷心而
死」，包括「解讀」這個詞也可以出現了。並且在短文中盡可能以課
文裡的故事為例，深入淺出向學生介紹有關知識方法理論。現錄二則
短文於後：

　　最不實用與最有情
　　把握、分析文學作品中的內在「矛盾」，就可能打開通向藝術
奧秘的大門。
　　第一單元的〈項鍊〉中，瑪蒂爾德丟失項鍊後，為信守承諾四
處借債，又艱苦奮鬥十年，還清所有債務。這時她已由一個小
康之家的美麗少婦變成了一個老態盡顯、窮苦的勞動婦女，而
她的朋友福雷斯蒂埃太太卻依舊年輕、美麗。當年她如果還一
條假項鍊，就不必受那麼多苦，但她沒有這樣做。這從實用價
值來說，於她是很不利的，但從情感價值來說，她的誠信、勇
敢、堅強是令人欽佩的。該單元中邵燕祥的詩裡說：「假如生
活重新開頭，／我的旅伴，我的朋友——／依然是一條風雨的
長途，／依然不知疲倦地奔走」，「還要唱那永遠唱不完的

歌」，這更是顯而易見的實用價值與情感價值的矛盾。在文學
作品中，沒有實用價值的，往往卻富有情感價值和審美價值。
抓住這些內在矛盾，就可能揭示出文學作品的思想內涵和藝術
魅力。

小說、詩歌如此，散文同樣如此。本單元〈醉翁亭記〉中歐陽
修說：「醉翁之意不在酒，在乎山水之間也。」作者之意不在
於滿足實用需求的酒，而在於不拘身分、禮法與平民百姓共飲
同歡的快樂。范仲淹的〈岳陽樓記〉更是唱響了最不實用卻最
有情的動人之歌。他說「先天下之憂而憂，後天下之樂而
樂」，要等到天下人都快樂，他才能快樂。這幾乎是遙遙無期
的，也意味著他準備一輩子憂國憂民。這於他而言可說是最不
實用的，卻是最動人的情感抒發。它表現了作者對自己人格的
期許。冰心在〈談生命〉中說：「生命中不是永遠快樂，也不是
永遠痛苦，快樂和痛苦是相生相成的。」「在快樂中我們要感
謝生命，在痛苦中我們也要感謝生命。快樂固然興奮，苦痛又
何嘗不美麗？」從實用性來說，痛苦是負面的，為什麼感謝它
呢？因為痛苦也是一種情感的、生命的體驗。故范仲淹幾乎是
永無休止地「憂」，也是一種美麗，是一種崇高的人生體驗。
這一道理，我們將在本單元的「『寫作‧口語交際』綜合實
踐」和下一單元的〈麥琪的禮物〉中，再次獲得體悟。

「死去」與「因傷心而死」

解讀小說，要分清故事和情節的不同。福斯特在《小說面面
觀》中說，故事和情節不同，故事是按照時間順序敘述事件，
情節同樣要敘述事件，只不過特別強調因果關係罷了。如「國
王死了，不久王后也死去」，這是故事；而「國王死了，不久
王后也因傷心而死」，則是情節。這個說法需要補充，如果是

科學上的因果，如王后死於癌症，則還不能算是小說的情節。只有王后死於情感的原因，而且不是一般的情感，而是特殊的情感、動人的情感，才是小說的、藝術的情節。在七年級下冊的〈最後一課〉中，一個不愛學習母語法語的孩子，突然變得異常熱愛法語了。原因就在於這是最後一課，從此以後，他再也不能學習母語了。這個原因很深刻，揭示了孩子內心深處對母語無限熱愛的動人情感。本冊第一單元的〈范進中舉〉中，胡屠戶起初公開用種種粗暴的語言當面侮辱范進，原因是范進窮困潦倒。後來范進中舉，喜極而瘋。為了救治其瘋病，眾人請胡屠戶打范進一記耳光，嚇唬范進說根本沒有中舉。胡屠戶卻不敢了。原因是，他認為舉人是天上的文曲星下凡，打不得。待到不得已打得范進清醒了，他卻害怕得手都彎不過來了，以為是天上的菩薩對他的懲罰。這樣的因果是情感性質的，又是很特殊的，所以是小說的精彩情節。試用上述的情感因果關係分析第一、第二單元讀過的小說，並指導今後的小說閱讀。

以上三方面內容，都約略體現了孫紹振文本解讀的理念與方法，進入實驗區後，反響很好，許多師生都感到獲得了讀書、寫作上的一種昇華。孫紹振後來建構的文本解讀學，就是這樣從實踐中來，又回到實踐中去的反覆考驗中，從這些本土實驗檢驗中，逐步形成的。

二、兩岸合編教材。

（一）比較法及單元課文組合：同樣把比較這一最基本的思維方法，介紹給學生，也按這個理念構成各冊的單元組合。同時，又根據臺灣高中課本的編排習慣，單元的標題沒有出現在學生課本中，只出現在《教師手冊》裡。但學生接觸課文後，自然會看出相鄰課文之間的內在關聯。現將已經在臺灣正式出版的第一冊、第二冊的目錄列於下文：

課／冊	第一冊	第二冊
第一課	師說（學習之道）	我的書齋（鍾理和）（處世之道）
第二課	傷仲永（學習之道）	項脊軒志（處世之道）
第三課	故都的秋（郁達夫）（夏秋之歌）	題畫詩：竹石；濰縣署中畫竹（鄭板橋）（處世之道）
第四課	再別康橋（徐志摩）（夏秋之歌）	愛情詩選：等你在雨中（余光中）；錯誤（鄭愁予）（愛之歌）
第五課	髻（琦君）（人間真情）	啊，船長，我的船長（惠特曼）（愛之歌）
第六課	給母親梳頭髮（林文月）（人間真情）	范進中舉（悲憫人生）
第七課	廉恥（人生取捨）	孔乙己（魯迅）（悲憫人生）
第八課	左忠毅公軼事（人生取捨）	出師表（陳情說理）
第九課	岳陽樓記（志向境界）	陳情表（陳情說理）
第十課	醉翁亭記（志向境界）	晚遊六橋待月記（人生別趣）
第十一課	論語選：侍坐章（志向境界）	孟子選：義利之辨（人生態度）
第十二課	樂府詩選：陌上桑（人生智慧）	詩經選：蒹葭（在水一方）
第十三課	詠絮之才（人生智慧）	桃花源記（在水一方）
第十四課	世說新語選：絕妙好辭、智解曹謎、下棋（梁實秋）（人生智慧）	

　　（二）主編解讀與解讀資料的互補結合：我們在第四章中介紹過，大陸教材突出文本解讀（臺灣教材同樣重視解讀，但主要以孟子的知人論世之法解讀課文，重在作者，是作者中心，而大陸是文本中心，這兩個中心應該結合起來，解讀才更全面。尤其是孫紹振的解讀又極富特色，合編教材尤其值得將之結合），臺灣教材以資料豐富見長，這是文本解讀最重要方法之一的「專業化解讀」的充分展示。兩岸教材的這兩個優勢結合起來，就形成了優勢共享、優勢互補。合編教材的《教師手冊》就是這樣編寫的，具體做法是圍繞主編解讀，查證有關資料，組合有關資料，並作出必要的說明。看過這套教材的兩岸老師都稱譽有加。

　　現將合編第一冊中〈醉翁亭記〉的孫紹振解讀中對該文最有名的「二十一個『也』字」的解讀及其有關資料展示如下：

　　1. 孫紹振撰寫的「主編解讀」，該篇題為〈「也」字之妙與醉翁之樂〉，現以概述、轉述的方式介紹如下：

　　二十一個「也」字是本篇最突出的特色。過去的評論基本上是在其作為語氣助詞、作為賦體入散所帶來的抒情性、音樂性上做文章，無非是讚歎它強化了文章的節奏感和抒情氣氛，營造了舒緩的文氣，使全篇越發顯得迴旋宛轉，一唱三歎，琅琅上口；強化了文章詠歎的韻味，宛如詩歌一樣，有類似押韻的美感，能拉長語調，彷彿飲酒吟哦一般，等等。但是，使文章帶來這種效果的，不僅在這二十一個「也」字，本篇中出現的二十五個「而」字，十八個「者」字，十個「樂」字，九個「太守」，實際上共同作用，使文章產生了這種韻律之美。然而，給讀者印象最深的是「也」字，原因何在呢？再者，「也」字的抒情韻味是其它古代散文也有的，並非本篇獨有；作者另一篇〈縱囚論〉也用了許多「也」字，據朱東潤《中國歷代文學作品選》所言，首開連用「也」字之端的是王禹偁的〈黃岡竹樓記〉，但這些作品都僅是強化了抒情、音樂韻味而已，並無本篇給人的別致獨

特感覺。張中行指出這是具有解釋斷定語氣的說明句，王水照也說這是說明句，但都只一句簡單的話；賈德民說「……者，……也」是倒文句式，給人先有懸念，後頓然冰釋的感覺，但其它方面沒有多說（均見後文資料）。本主編解讀首次詳盡分析了這二十一個「也」字的獨特妙處：

其一，最主要是揭示了這種以「……者，……也」為主的判斷、說明句式是二分式的問答結構，帶著提問和回答、說明、揭示的意味。這種問答結構，「望之蔚然而深秀者，琅琊也」，在心理上先是驚異，是感覺的聳動（望之蔚然而深秀者），而後是回答、揭示、說明（琅琊也），而如果按一般的描寫，寫成「琅琊山，蔚然而深秀」，沒有了這個「問答」的意味，沒有了這個驚異、發現、提示、揭示的過程，那就是呆板的流水帳了。

其二，這種「也」句式的重重複複，這種連續的「問答」和不斷的「發現」，還提示了景觀的目不暇接和思緒的源源不斷。

其三，這個「也」字還是一種肯定的、明快的語氣，先是觀而察之，繼而是肯定的心態和語氣，是一種自信確信的情感。如「仁者，愛人」是中性的，改為「仁者，愛人也」，就顯得肯定、自信了；「太守謂誰？廬陵歐陽修也」就蘊含了鮮明的自豪、自得情感。

其四，同樣指出了它的抒情效果，但做了獨特的分析。如一開篇指出本篇第一句不能直截了當地讀成：「環滁皆山也」，而應讀成「環滁……皆山也……」，才能與後文連續出現的「……者，……也」構成貫穿到底的統一語調，並且指出這種「也」字句的語氣情緒具有抒情的生命，特別是當「也」成套組成一種結構的時候，其功能就大大超出其數量之和，即從結構的系統性原理揭示了〈醉翁亭記〉抒情性特別強的原因。而且反覆強調這種「也」字句式，不僅有抒情，還同時有判斷、說明、描寫，還有「無理」之抒情與有理之智性說明的相互滲透。

　　其五，二十一個「也」字句不顯得囉嗦、單調，其原因是：（一）如前所述是一連串的問答、驚異、發現、說明，所問所答內容自然是不一樣的，重複的句式沒有重複的內容，表現的是目不暇接，相反是，一連串的心理驚異、源源不斷的思緒是值得重複的。（二）文章並沒有停留在絕對統一的句法上，總體統一的句式中不斷穿插著微小的變化，全篇以「……者……也」判斷、說明句為主，但時有無「者」句打破這種統一句型。（三）更主要的是在同樣的句型結構中，內涵不斷變化、演進、深化。開頭是遠視、大全景（琅琊），接著是近觀的中景（釀泉），再下來是身臨其境的近景（醉翁亭）；更重要的是又從客觀景色的描述，轉入到最主要的主體角色遊人之樂、醉翁之樂的不斷深入的說明。這就是許多評論一致提到的「層層遞進」之美。

　　2. 有關資料。

朱翌《猗覺寮雜記》卷上云：

> 〈醉翁亭記〉終始用「也」字結句，議者或紛紛，不知古有此例。《易》〈雜卦〉一篇，終始用「也」字。《莊子》〈大宗師〉自「不自適其適」至「皆物之情」，皆用「也」字。以是知前輩文格不可妄議。

王楙《野客叢書》卷二十七云：

> 歐公作滁州〈醉翁亭記〉，自首至尾，多用「也」字。人謂此體創見，歐公前此未聞。僕謂前輩為文，必有所祖。又觀錢公輔作〈越州井儀堂記〉，亦是此體，如其末雲：「問其辦之歲月，則嘉佑五年二月十七日也。問其作之主人，則太寧習公景純也。問其常所往來而共樂者，通判沈君興宗也。誰其文之？晉陵錢公輔也。」其機抒甚與歐記同。此體蓋出於《周易》〈雜卦〉一篇。

陳繼儒《太平清話》卷四云：

> 歐陽〈醉翁亭〉用「也」字，王荊公〈度支郎中葛公墓銘〉亦
> 皆用「也」字，不知誰相師，然皆出於《孫武子》十三篇。

吳楚材、吳調侯《古文觀止》卷十云：

> 通篇共用二十個「也」字，逐層脫卸，逐步頓跌，句句是記山
> 水，卻句句是記亭，句句是記太守。似散非散，似排非排，文
> 家之創調也。

張中行《古文選讀》（中國青年出版社，1964年）：

> 另一個特點是說明句特別多。連用「……（者），……也」的
> 句式，也就是用解釋斷定的語氣一貫到底。本文一共用了二十
> 個「也」字，這樣一再重複，讀起來覺得在回環往復之中有勒
> 有放，格調很別致，還略帶些詠歎的意味。這種格調在古文中
> 是很少見的。

王水照《宋代散文選注》（上海古籍出版社，1978年），〈醉翁亭記〉說
明：

> 全文都用說明句，以二十一個「也」字結尾，雖然不免稍有故
> 作姿態的痕跡，但營造成了一種一唱三歎的吟詠句調，加上句
> 子的整齊而又變化，音調的響亮而又和諧，使這篇散文特別宜
> 於朗誦。

賈德民〈談〈醉翁亭記〉〉（《文史知識》1982年第12期）：

> 〈醉翁亭記〉還大量採用倒文的形式。宋人陳揆〈文則〉中
> 說：「倒言而不失其言者，言之妙也；倒文而不失其文者，文
> 之妙也。文有倒句之法，知者罕矣。」〈醉翁亭記〉中狀寫的
> 部分常置於主語之前，如先是「望之蔚然而深秀者，」然後才
> 是被形容的主體：「琅琊也」。先是「醉能同其樂，醒能述以文
> 者」，而後才出現「太守也」。象這樣的倒文句式，文中比比皆
> 是。這種形式的運用，使行文擺脫了常見的敘述方式，把描寫
> 山水、人物情態的分句突出在首要位置，極盡雕繪之能，讓讀
> 者產生一種急於知道被描述的主體的懸念和熱望。隨著「也」
> 字的到來，主體悠然而出，懸念頓然冰釋。如此循環，一篇短
> 文竟平中見山，意趣橫生。讀者除卻迫不及待地誦讀下去，沒
> 有其它選擇。可見倒文形式的運用，也是造成〈醉翁亭記〉傳
> 誦不衰的頗為微妙的一個原因。

朱東潤《中國歷代文學作品選》（上海古籍出版社，2002年），中編，
第二冊，〈醉翁亭記〉題解：

> 語言駢散兼行，音調和諧。全篇用了二十一個「也」字，是文
> 賦的一種新形式（王禹偁的〈黃岡竹樓記〉開了連用「也」字
> 之端）。

吳小如〈我對〈醉翁亭記〉的幾點看法〉（《名作欣賞》1982年第2期）：

> 他以史官筆法做為開頭的佈局，以《詩》、〈騷〉的虛詞用法
> （他改用了適於散文的「也」字）做為貫穿始終的線索，以畫

龍點睛的手法做為巧妙的結尾，這就更使得章法完整，層次起
伏，聲色體段，各臻佳妙。

【說明】

以上資料，或說明了〈醉翁亭記〉連用「也」字有所祖，有所借
鑑；或稱讚連用「也」字的一唱三歎、回環往復之中有勒有放等等好
處；或認為這是說明句式；或指出「……者，……也」是倒文句式，
給人先有懸念，後頓然冰釋的感覺。這些資料，既證明了主編解讀的
正確性，也豐富了主編解讀的內容。

本主編解讀則對它的好處做了比較詳細的分析，特別是揭示出了
連用「也」字的二分式問答結構是該篇最重要的獨創特色。

合編教材的《教師手冊》都是類似於此篇，安排主編解讀與豐富
的相關資料的組合，它使文本解讀更有水平、更有深度，有專業性，
有說服力。臺灣教學，正式課文篇數較少，課時相對較充足，像〈醉
翁亭記〉這樣，一般可上五或六課時，所以，有條件充分使用好這一
結合兩岸教材優勢的文本解讀資源。

孫紹振與孫劍秋教授共同主編的這套合編教材，也以實踐事實再
次說明，建構別於當代西方文論的我們自己特色的文本解讀學，是有
廣闊的用武之地的。

馬克思說過這樣的名言：「人的思維是否具有客觀的真理性，這
並不是一個理論的問題，而是一個實踐的問題。人應該在實踐中證明
自己思維的真理性，以及自己思維的現實性和力量，亦即自己思維的
此岸性。關於離開實踐的思維是否具有現實性的爭論，是一個純粹經
院哲學的問題。」[69]孫紹振堅信，唯有實踐才是最權威的。因此在建

---

69 見馬克思：〈關於費爾巴哈的提綱〉，中共中央馬克思、恩格斯、列寧、斯大林著作編
譯局：《馬克思恩格斯選集》第一卷（北京市：人民出版社，1995年），頁55。

構本土特色文學理論，創建文本解讀學的歷程中，首先投入的也是做得最多的，就是大量的實踐。以上就孫紹振先生理論結合實踐的幾個重點方面所作的簡要介紹，已充分印證了這一點。

三　激活古代文論，插上起飛的翅膀

（一）以陳一琴選輯、孫紹振評說的《聚訟詩話詞話》為例

　　無論《文學創作論》，還是《文學文本解讀學》，孫紹振都引證了許多古代文論，以支撐、建構其理論學說。本節主要介紹他和陳一琴先生合著的《聚訟詩話詞話》。

　　正如孫先生在該書前言中說的，陳一琴先生「潛心古典詩話詞話，積學儲寶，凡數十年不倦」。筆者學生時代，上世紀八十年代初，就對此有深刻印象。當時就古典文學和文藝理論有關問題去請教一琴先生，只見先生積書滿架，坐擁書城，侃侃而談。一琴先生上我們唐代文學課，講臺上總有一堆古籍今著，先生不時旁徵博引，娓娓道來，至今我還保存著的課本——朱東潤的《中國歷代文學作品選》的唐詩部分，還記滿著先生給我們引證的古今詩論。當年學校裡只有一家書店，凡新書一到，書店總是第一個通知一琴先生。後來先生擔任師大副校長、校長十數年，和書店的這種默契，一直持續著。購書儲寶，潛心研讀，是他工作之餘的一大愛好。先生當年在師大學報發表的古代詩論上、下兩篇論文，孫先生經常說，至今還是古代詩論研究領域最好的論文之一。一琴先生撰寫好《聚訟詩話詞話》書稿後，特邀老友孫紹振先生於其書中的每題選輯之後撰寫評說。這本由陳一琴選輯、孫紹振評說的《聚訟詩話詞話》，全書（上海三聯書店本）六十四萬字；臺灣萬卷樓公司出版的為八十萬字。陳一琴的選輯部分

引錄的著述包括詩話、詞話、筆記資料及詩詞批語、解釋共五百餘
種。書中介紹：所引論著往往版本諸多，卷次、文字各有差異，作者
之間互引，彼此更時有異文、訛誤或增刪，即使今人點校本，從文字
到標點亦有不同。作者需從中確定一種版本，再按理論爭辯、案例歧
解、問題討論分上中下三編，又再細分為八十題，確定每題的主題命
名，每題編選入的名言名論均有數十條，全書數千條，其學術工作量
的宏大繁重是可想而知的。孫紹振每題後寫一篇評說，都不是三言二
語，而於紛紜聚訟甚至針鋒相對的爭論之中，發掘其與今日建構本土
理論的關聯，其間確定是非，引經據典，古今中外，廣有所及，或長
或短，皆是論文一篇，大大小小八十篇，其學術勞作亦為非常之舉。
書成出版後，福建師大老中文系的教師們，先睹為快後，紛紛稱譽，
這真是珠聯璧合的學術合作。

　　全面介紹《聚訟》，非本節能勝任，這裡試就「無理而妙」部
分，略談一二。[70]

　　孫紹振認為，清代是古代詩論的大發展時期，此時期，中國詩論
對世界詩論有兩大貢獻，一個就是無理而妙，另一個是「詩酒文飯」。

　　在《聚訟》中，陳一琴先生把無理而妙分列在二題中，一是中編
案例歧解部分的「無理而妙者：『嫁東風』之類」，一是上編理論爭辯
部分的「名言之理與詩家之理」。前一題中最重要的就是學界熟知的
吳喬、賀裳之論，學人耳熟能詳的「早知潮有信，嫁與弄潮兒」。後
一題是無理而妙理論的歷史發展的梳理。看完一琴先生該題的選輯、
梳理，我們外行人會大吃一驚，原來無理而妙並非吳喬的發明，源頭
乃嚴羽，中間經過許多人，賀裳、吳喬當然是一個高潮，是形象命

---

70 本節除另有注釋的引文外，轉述、概述的內容、引文、古代詩論資料，主要源自陳
　一琴選輯、孫紹振評說《聚訟詩話詞話》代前言、凡例、「名言之理與詩家之理」
　及「無理而妙者：『嫁東風』之類」中陳一琴選輯詩論資料、孫紹振評說（上海
　市：上海三聯書店，2012年）。恕不一一注明頁碼。

名，使其插翅傳播的大功臣，而更大的高潮，從理論本質來說是真正的高潮，拿孫紹振的話就是「真正的突破」、「更大的突破」、「不同凡響的大突破」（孫先生一共用了三個突破），是葉燮。看了孫先生的評說分析，會更為驚訝，葉燮之論不僅在時間上早於康德一百年，更重要的是在理論本質上——而這理論，可說是文學真正的本質之論，是現當代美學的核心之論——超越了康德，超越了至今紛繁複雜、莫衷是一的當代西方文論。並且該理論源頭的嚴羽與康德相似的核心觀點，那就不知早出多少個世紀了。

古代文論的最大特點之一就是孫紹振說的，在千年的爭辯中所形成的歷史積累、傳承，「堪稱一大世界非物質文化遺產」。我們應當從這未間斷的歷史發展中，獲得最重要的啟發，就是接續上這個寶貴的學術傳承，激活這個非常珍貴的早熟成果，給我們自己插上起飛的翅膀，這是我們有希望超越西方文論的信心所在。

（二）「無理而妙」詩論的歷史演進，對康德理論的超越

現在我們就具體看看無理而妙理論的歷史發展。關係最大的「名言之理與詩家之理」題中，名言名論共四十五條，次之「無理而妙者：『嫁東風』之類」題中共二十五條，按孫紹振的評說分析（暗含的自然是一琴先生的精心選輯編排——後論問題均與此有關，恕不一一說明），最重要關聯者為嚴羽等七人。

1 嚴羽

情與理矛盾這個世界性課題，按孫先生的說法「要從嚴羽算起」，「到了嚴羽，二者的矛盾才充分揭開」，也就是首創者是嚴羽。嚴羽之論如下：

　　夫詩有別才，非關書也；詩有別趣，非關理也。然非多讀書，

多窮理，則不能極其至。所謂不涉理路，不落言筌者，上也。詩者，吟詠情性也。盛唐諸人惟在興趣，羚羊掛角，無跡可求。故其妙處透徹玲瓏，不可湊泊，如空中之音，相中之色，水中之月，鏡中之象，言有盡而意無窮。（〔宋〕嚴羽《滄浪詩話》〈詩辨〉）

詩有詞理意興。南朝人尚詞而病於理；本朝人尚理而病於意興；唐人尚意興而理在其中；漢魏之詩，詞理意興，無跡可求。（又《滄浪詩話》〈詩評〉）

　　嚴羽之論包含著豐富的信息。孫紹振一共揭示了七點（其中有標序號者五點），其中，與本節側重探討的與西方文論的關係最密切相關的是兩點：一是「非關理也」和「不涉理路」。孫先生說：「詩與理的矛盾極端到毫不相干的程度（非關理也）」，「詩的興趣，『不涉理路』，也就是不遵循理性邏輯。」七、八百年之後的十八世紀末，康德才在《判斷力批判》中提出審美的「非邏輯性」命題。二是「然非多讀書，多窮理，則不能極其至。」孫先生指出：「不讀書不『窮理』，又不能達到其最高層次。這裡的『窮理』，很值得注意，不是一般的明理，要把道理『窮』盡了，真正弄通了，才能達到『極其至』的最高的境界。從這個意義上來說，詩又不是表面上與『理』無關，『理』是它的最初根源，也是它的最高境界。」這比康德以及更後面的黑格爾都最為重視之一的「美是理念的感性顯現」，同樣是早得多了，而且說得那麼明確，那麼肯定。以上兩個命題，都是我們前面章節反覆提到的孫紹振創作論和文本解讀學中最重要之一的「智性」以及「思想不能赤裸裸表達」的早期古代版。

　　情、理、詞（語言）關係如何處理最好，嚴羽有參照標準，舉出了正反面的例證，這就是孫紹振根據上引嚴羽之論第二條闡發的：

「只有把『理』融入『意興』（情致激發）之中，才能達到唐詩那樣的『詞理意興』的高度統一。更高的典範，則是漢魏古詩，語言、情致和『理』水乳交融到沒有分別的程度。」也就是嚴羽最推崇的，就是人們比較熟悉的「言有盡而意無窮」、「無跡可求」、「不落言筌」。

正如孫紹振指出的，上述嚴羽的「理」，「顯然有多重意涵。最表層的『理』，就是他在下文中指出的『近代諸公』、『以文字為詩，以才學為詩，以議論為詩』，流於『末流者，叫噪怒張』至『罵詈為詩』。從這個意義上說，嚴羽針對的是宋朝的詩風。[71]但是，嚴羽的理的意涵，並不侷限於此。他顯然還把理作為詩歌的歷史發展過程中一個重要因素加以考慮，從這個意義上說，『理』在詩中，並不絕對是消極因素，其積極性與消極性是隨史沉浮的。」所以，上引第一條嚴羽之論才會「一方面是理與情的矛盾，被嚴羽說得很絕。另一方面，理與情的統一，又說得很肯定」。

因而，正如孫紹振批評的，嚴羽「把這個『理』的多重意涵，說得太感性，在概念上有些交叉，帶著禪宗的直覺主義，並未把問題說得很透徹」，也就是，他在直覺上、例證上，兩個「理」有區分，但是在理論概念上沒有徹底區分清晰，然而，「他的直覺很獨到，很深刻，因而情與理的關係就成為日後眾說紛紜的一大課題。」直到後面將提到的王夫之理論上「才有所進展」，葉燮才「比較徹底」解決。

2　李夢陽

李夢陽之論如下：

> 夫詩比興錯雜，假物以神變者也。雖言不測之妙，感觸突發，

流動情思，故其氣柔厚，其聲悠揚，其言切而不迫，故歌之心
暢，而聞之者動也。宋人主理，作理語，於是薄風雲月露，一
切鏟去不為。又作詩話教人，人不復知詩矣。詩何嘗無理，專
作理語，何不作文而詩為邪？今人有作性氣詩，輒自賢於「穿
花蛺蝶，點水蜻蜓」〔1〕等句，此何異癡人前說夢也！即以理
言，則所謂深深欵欵者何物邪？詩云：「鳶飛戾天，魚躍於
淵。」〔2〕，又何說也？（〔明〕李夢陽《李夢陽詩話》）

〔1〕即杜甫〈曲江二首〉（其二）詩句：穿花蛺蝶深深見，點
　　水蜻蜓欵欵飛。

〔2〕《詩》〈大雅〉〈旱麓〉詩句。

　　孫紹振指出，明代的李夢陽「認為理與情矛盾，問題出在『作理
語』，純粹說理，只是個表達問題……他漫不經心地點到了體裁：『詩
何嘗無理，專作理語，何不作文而詩為邪？』詩是不能沒有理的，但
是，一味說理，還不如作散文來得痛快。」

3　張時為

　　張時為之論如下：

　　詩有詩人之詩，有儒者之詩。詩人之詩，主於適情，以山水煙
月鶯花草樹為料；儒者之詩，主於明理，以講習克治天人體用
為料。試以詩人之詩言之，彼其取料之法有二：一曰幽事，一
曰幻旨。幽事者，皆目前所閱之境，久為人所習而未覺者。自
我言之，而後恍然以為誠如是，如「茶煙開瓦雪，鶴跡上潭
水」〔1〕之類是也。幻旨者，本為理所未有，自我約略舉似
焉，而若或以為然，執而言之，則固有所不通，譚子所謂「不
通得妙」，如「殘陽過遠水，落葉滿疏鐘」〔2〕之類是也。

（〔明〕張時為《張時為詩話》）

〔1〕唐鄭巢〈送琇上人〉詩句。

〔2〕唐張祜〈題萬道人禪房〉詩句。

　　孫紹振認為，「張時為有了一些發展，他把詩人之理與儒者之理對立起來分析：『詩有詩人之詩，有儒者之詩。詩人之詩，主於適情……儒者之詩，主於明理。』又說，『詩人之詩』『取料之法』中有『「幻旨」：『本為理所未有，自我約略舉似焉，而若或以為然，執而言之，則固有所不通，譚子所謂「不通得妙」。』這就涉及詩中之理最根本的特點，就是按非詩之觀念來看是『不通』的，然而『不通得妙』。不通，是按邏輯來說的，可是按詩來說，則是『適情』的極致。」也就是說，「旨」就是「理」，「幻」就是變異，如「早知潮有信，嫁與弄潮兒」，「嫁與弄潮兒」是不通的，不合邏輯的，但切望情人守信是合理的，是失望情感的極致，不過以不合邏輯的「嫁與弄潮兒」的變異方式表達罷了。或者說，這「幻」就是後面葉燮說的「幽渺」深邃、難以捉摸之「理」，總之，詩人之理不同於儒者之理、邏輯之理；與嚴羽比，確實在理性概念上分清兩個理方面，往前走了一步。

4 賀裳和吳喬

　　孫紹振指出，詩論在清代獲得大發展。《聚訟》的「無理而妙者：『嫁東風』之類」題中所輯贊同嚴羽意見的名言名論就有二十多條。孫紹振又指出：「清方觀貞在《輟耕錄》中所說的『無理而妙』，本是賀裳在《載酒園詩話》、《皺水軒詞筌》中提出的。吳喬《圍爐詩話》還概述賀的話道：『理豈可廢乎？其無理而妙者，如「早知潮有信，嫁與弄潮兒」，但是於理多一曲折耳。』」

　　賀裳、吳喬之論如下：

詩又有以無理而妙者，如李益「早知潮有信，嫁與弄潮兒」，此可以理求乎？然自是妙語。至如義山「八駿日行三萬里，穆王何事不重來」，則又無理之理，更進一層。總之詩不可執一而論。（〔清〕賀裳《載酒園詩話》卷一）

唐李益詞曰：「（即〈江南詞〉，同上引，略）」子野〈一叢花〉末句云「沈恨細思，不如桃杏，猶解嫁春風。」此皆無理而妙，吾亦不敢定為所見略同，然較之「寒鴉數點」〔1〕，則略無痕跡矣。（又《皺水軒詞筌》）

〔1〕宋秦觀《滿庭芳》詞句：斜陽外，寒鴉萬點，流水繞孤
　　　村。萬，一作「數」。

余友賀黃公（賀裳字）曰：「嚴滄浪謂『詩有別趣，非關理也』，而理實未嘗礙詩之妙。如元次山〈舂陵行〉、孟東野〈遊子吟〉等，直是《六經》鼓吹，理豈可廢乎？其無理而妙者，如『早知潮有信，嫁與弄潮兒』，但是於理多一曲折耳。」喬謂唐詩有理，而非宋人詩話所謂理；唐詩有詞，而非宋人詩話所謂詞。（〔清〕吳喬《圍爐詩話》卷一）

（按：此則標點似欠妥。查《載酒園詩話》，吳喬係概述賀裳論說，並非直引原文。「於理多一曲折」一語，當為吳對賀「更進一層」說之闡發。）

　　孫紹振闡釋道：「這裡所說的『無理而妙』之『理』，是與人情相對立的理，即所謂『實用理性』、『名言之理』」（參見第五條）；「什麼叫做『詩不可執一而論』？」就是「不要以為道理只有一種。許多詩詞，從一方面看，似乎是『荒唐』的，是『無理』的，而從另一方面來看，又是有理的，不但有理而且是『妙理』，很生動的」；「為什麼

是生動之『妙理』呢？」吳喬「一語點破：『無理之理』是唐詩的
『理』，和宋人詩話所謂的『理』不是一回事。這就是說，那宋人的
理，是所謂『名言之理』即抽象教條的理；而這裡的『理』則是合乎
人情之理，是詩家之理，是一種間接的理，和一般的實用理性不
同」；「因為嫁給商人，行蹤不定，所以常常誤了她的期待。因為船夫
歸期有信，所以還不如嫁給他。這僅僅是表面的原因，即通常之理。
在這原因背後，還有原因的原因。為什麼發出這樣的極端的幽怨呢？
因為期盼之切。而這種期盼之切、之深，則是一種激憤。從字面上
講，不如嫁給船夫，是直接的、實用因果關係，而期盼的原因其性質
則是愛之深，是隱含在這個直接原因深處的。這就造成了因果層次的
轉折，也就是所謂『於理多一曲折耳』。」

由於賀裳、吳喬以生動、形象的「無理而妙」命名傳播了嚴羽的
詩論觀，前述二十多條支持嚴羽的名言名論，大多都是對無理而妙的
闡釋和發揮，如沈雄的「愈無理則愈入妙」、「詞家所謂無理而入妙，
非深於情者不辨。」

孫紹振還進一步指出：「無理而有情的理論，產生在十七世紀的
中國，在當時世界上，比之英國浪漫主義理論家赫斯立特（1778-
1830）詩的想像理論，要早出一個多世紀。令人不解的是，這個寶貴
的理論遺產，就是今天也沒有得到應有的重視。」

孫紹振又指出：「然而後世支持嚴羽的一派，把嚴羽的思想簡單
化了。賀裳甚至也極端到把元結的〈舂陵行〉、孟郊的〈遊子吟〉，當
作『《六經》鼓吹』來說明『理原不足以礙詩之妙』，詩與理之間沒有
障礙。這又把矛盾全部迴避了。」

賀裳的「理原不足以礙詩」論如下：

　　「詩有別趣，非關理也」。然理原不足以礙詩之妙，如元次山
　　（唐元結字）〈舂陵行〉、孟東野〈遊子吟〉、韓退之〈拘幽

操〉、李公垂（唐李紳字）〈憫農〉詩，真是《六經》鼓吹。樂
天（唐白居易字）與微之（唐元稹字）書曰：「文章合為時而
著，歌詩合為事而作。」然其生平所負，如〈哭孔戡〉諸詩，
終不諧於眾口。此又所謂「言之無文，行之不遠」。故必理與
辭相輔而行，乃為善耳，非理可盡廢也。

…………

論詩雖不可以理拘執，然太背理則亦不堪。（〔清〕賀裳《載酒
園詩話》卷一）

　　當然，孫紹振指的是「賀裳甚至極端」時出現的問題。賀裳似乎
是矛盾的，他還是認為宋人詩學存在有礙詩的理，吳喬亦如是。下面
是他們有關的言論：

詩雖不宜苟作，然必字字牽入道理，則詩道之厄也。吾選晦翁
（宋朱熹，號晦庵）詩，惟取多興趣者。（〔清〕賀裳《載酒園
詩話》〈宋〉）

喬謂唐詩有理，而非宋人詩話所謂理；唐詩有詞，而非宋人詩
話所謂詞。……又如張籍辭李司空辟詩〔1〕，考亭（宋朱熹晚
年號）嫌其「感君纏綿意，繫在紅羅襦」。若無此一折，即淺
直無情，是為以理礙詩之妙者也。（〔清〕吳喬《圍爐詩話》卷
一）

〔1〕唐張籍〈節婦吟寄東平李司空師道〉：君知妾有夫，贈妾
　　雙明珠。感君纏綿意，繫在紅羅襦。妾家高樓連苑起，
　　良人執戟明光裡。知君用心如日月，事夫誓擬同生死。
　　還君明珠雙淚垂，何不相逢未嫁時。宋洪邁《容齋三
　　筆》載：張籍在他鎮幕府，鄆帥李師古又以書幣辟之，
　　籍卻而不納，而作〈節婦吟〉一章寄之。

此外，上述孫紹振所說「名言之理」、「實用理性」，源自於下述
的王夫之。

5 王夫之

王夫之之論如下：

> 評西晉司馬彪〈雜詩〉〔1〕王敬美謂：「詩有妙悟，非關理
> 也。」非謂無理有詩，正不得以名言之理相求耳〔2〕。且如飛
> 蓬何首可搔？而不妨云「搔首」，以理求之。詎不蹭蹬？
> （〔清〕王夫之《古詩評選》卷四）
> 〔1〕〈雜詩〉：百草應節生，含氣有深淺。秋蓬獨何辜，飄颻隨
> 　　　風轉。長飆一飛薄，吹我之四遠。搔首望故株，邈然無
> 　　　由返。
> 〔2〕戴鴻森《薑齋詩話箋注》：舊時代很少人在實際上如此靈
> 　　　活廣泛的理解，一說「理」，便意味著道學先生的倫理公
> 　　　式，或者社會上居統治地位的道德教訓，便是所謂「名
> 　　　言之理」，船山（王夫之，晚年屏居石船山，人尊稱之）
> 　　　認為「正不得」以之「相求」。
> 　　　……故經生之理，不關詩理，猶浪子之情無當詩情。
> 　　　（〔清〕王夫之《古詩評選》卷五）

　　孫紹振認為：「問題到了王夫之才有所進展：『非謂無理有詩，正
不得以名言之理相求耳。』這可能是在中國詩話史上第一次正面提
出，詩中之理，與『名言』之理的矛盾。所謂『名言』之理，今人戴
鴻森在《薑齋詩話箋注》中說，就是『道學先生的倫理公式』。這就
是嚴羽所指的『近代諸公』的『議論為詩』，並沒有太多新意。但
是，王夫之進一步正面提出：『經生之理，不關詩理。』這個『經生

之理』之說卻是很深刻的，實際上已經接近了實用理性不同於審美抒
情的邊緣，很可惜這個天才的感覺沒有發揮下去。但是，他多少對
『理』作了具有基本範疇性質的分析。當然，這僅僅是從反面說，
『經生之理』不是詩理，詩家之理究竟是什麼樣子的呢？王夫之並沒
有意識到要正面確定其內涵。」

　　孫紹振認為：「把這個問題說得比較透徹的是葉燮」。

6 葉燮

　　葉燮之論如下：

　　　　然子但知可言可執之理之為理，而抑知名言所絕之理之為至理
　　　　乎？子但知有是事之為事，而抑知無是事之為凡事之所出乎？
　　　　可言之理，人人能言之，又安在詩人之言之！可徵之事，人人
　　　　能述之，又安在詩人之述之！必有不可言之理，不可述之事，
　　　　遇之於默會意象之表，而理與事無不燦然於前者也。今試舉杜
　　　　甫集中一二名句，為子晰而剖之，以見其概，可乎？

　　　　如《玄元皇帝廟作》「碧瓦初寒外」句〔1〕……又〈宿左省
　　　　作〉「月傍九霄多」句〔2〕……又〈夔州雨濕不得上岸作〉
　　　　「晨鐘雲外濕」句〔3〕……又〈摩訶池泛舟作〉「高城秋自
　　　　落」句〔4〕……以上偶舉杜集四語，若以俗儒之眼觀之：以
　　　　言乎理，理於何通？以言乎事，事於何有？所謂言語道斷，思維
　　　　路絕；然其中之理，至虛而實，至渺而近，灼然心目之間，殆
　　　　如鳶飛魚躍之昭著也。理既昭矣，尚得無其事乎？
　　　　古人妙於事理之句，如此極多；姑舉此四語，以例其餘耳。其
　　　　更有事所必無者，偶舉唐人一二語：如「蜀道之難，難於上青
　　　　天」〔5〕，「似將海水添宮漏」〔6〕，「春風不度玉門關」〔7〕，

「天若有情天亦老〔8〕,「玉顏不及寒鴉色」〔9〕等句,如此者何止盈千累萬!決不能有其事,實為情至之語。夫情必依乎理;情得然後理真。情理交至,事尚不得耶!要之作詩者,實寫理事情,可以言言,可以解解,即為俗儒之作。唯不可名言之理,不可施見之事,不可逕達之情,則幽渺以為理,想像以為事,惝恍以為情,方為理至事至情至之語。此豈俗儒耳目心思界分中所有哉!則餘之為此三語者,非腐也,非僻也,非錮也。得此意而通之,寧獨學詩,無適而不可矣。(〔清〕葉燮《原詩》內篇下)

〔1〕杜甫〈冬日洛城北謁玄元皇帝廟〉詩句:碧瓦初寒外,金莖一氣旁。

〔2〕又〈春宿左省〉詩句:星臨萬戶動,月傍九霄多。

〔3〕又〈船下夔州郭宿雨濕不得上岸別王十二判官〉詩句:晨鐘雲外濕,勝地石堂煙。

〔4〕又〈晚秋陪嚴鄭公摩訶池泛舟〉詩句:高城秋自落,雜樹晚相迷。

〔5〕李白〈蜀道難〉詩句。

〔6〕唐李益〈宮怨〉詩句:似將海水添宮漏,共滴長門一夜長。

〔7〕唐王之渙〈涼州詞〉詩句:羌笛何須怨楊柳,春風不度玉門關。

〔8〕唐李賀〈金銅仙人辭漢歌〉詩句:衰蘭送客咸陽道,天若有情天亦老。

〔9〕唐王昌齡〈長信秋詞五首〉(其三)詩句:玉顏不及寒鴉色,猶帶昭陽日影來。

孫紹振用三個突破來評說葉燮之論。第一個突破是「詩家之理」

就是那些「名言所絕之理」即「不可言之理」。「這種於世俗看來，無理的、不通的『理』之所以動人，就因為是『情至之語』，因為感情深摯。」這個情理關係，其實前面已經出現過了，如「無理而妙」「愈無理則愈入妙」、「詞家所謂無理而入妙，非深於情者不辨」等等「無理而有情」說，表達的都是類似的觀點。所以，孫紹振說，古典詩論在情與理的矛盾上，「在葉燮這裡，又一次有了突破的希望。」

第一個突破其實是為第二個突破做鋪墊的，因為第二個突破在理論上提出了新範疇。所以孫先生說：「如果說這一點（指上述第一突破）還不算特別警策的話，真正的突破，乃是下面『情得然後理真』這個論斷。他和嚴羽等最大的不同是，在分析情與理的矛盾時，引進了一個新範疇，那就是『真』。這個真，是『理真』，然而這個『理真』卻是由『情得』來決定的，因為『情得』，不通之理轉化為『妙』理。從世俗之理看來，不合理，是不真的，但只要感情是真的，就是『妙』的。而那些一看就覺得很通的，用很明白的語言表達的，不難理解的，所謂『可以言言，可以解解』，倒反是『俗儒之作』。」

然而，上述兩點，都不是孫紹振認為最重要的，即使提出了「真」的新範疇，因為無理而妙之類都表達了類似意思。所以，孫先生認為第三個突破才是不同凡響的。他說：「如果說，光是講情『真』為無理轉化為『妙』理的條件，還不能算很大的理論突破的話，那麼接下來的論述就更不同凡響了。他說詩歌中往往表達某種『不可名言之理，不可施見之事，不可逕達之情』，從不可言到可言，從不施見到可見，從不可逕達到撼人心魄，條件是什麼呢？他的答案是：『幽渺以為理，想像以為事，惝恍以為情，方為理至事至情至之語。』」

孫紹振緊接著說葉燮「在詩學上提出三分法，一是理，二是事，三是情。三者是分離的，唯一可以將之統一起來的，是一個新的範疇

『想像』。正是這種『想像』的『事』把『幽渺』的變成有『理』，『惝恍』的、不可感知的『情』變得生動。情與事的矛盾，情與理的矛盾，是要通過想像的途徑來解決的，想像能把情理在『事』中結合起來。」

葉燮這個突破，孫紹振這個闡釋，太重要了。「似將海水添宮漏，共滴長門一夜長」，孫紹振指出，「宮娥在寂寞中等待，不管多麼漫長，不可能像把大海的水都添到計時的宮漏中那樣」，這就是想像出的變異之「事」，正是這個想像的事，亦即藝術形象、意象，如孫先生所言「不過是強調那種永遠沒有盡頭不可忍受的期待」，這就把宮娥的怨情與皇宮無人性的殘酷（理）結合在一起了。也就是，把不可言說的「幽渺」之「理」，「惝恍」之「情」，通過這個想像之事（形象）展現了，亦即依憑這個想像之事，「其中之理，至虛而實，至渺而近，灼然心目之間」。葉燮所舉其他名句無不是這個道理。

表層是感覺，深層是情感，最深一層是智性，無論是詩，還是小說、散文，最好的作品都是這樣。我們在前面章節中已經反覆介紹過孫先生的這個基本觀念。葉燮的三分法，說的也是這個道理。

康德的《判斷力批判》第九節也是講了「3＋1」四者關係的，他的審美判斷包含情感，所以朱光潛譯為情感判斷；相對於這裡說的「事」，宗白華譯為「表象」，朱光潛譯為「形象」；大體相當於「理」者，宗白華譯為「悟性」，朱光潛譯為「知解力」，李澤厚譯為「理解力」，但康德顯然側重於人的能力的角度，與我們這裡說的客觀的理，還有些區別；想像則都一樣。但是，康德的想像的作用顯然不如葉燮說得好。宗白華是這樣翻譯的：

　　賴它（表象）而達到一般認識──這個表象就必須具有想像力，以便把多樣的直觀集合起來，也必須有悟性，以便概念的

統一性把諸表象統一起來。[72]

朱光潛譯為：

> 反映一個對象的形象顯現，如果要成為認識的來源，就要涉及
> 想像力和知解力。想像力把多種感性觀照綜合起來，知解力則
> 用來把多種形象顯現統一起來。[73]

朱光潛還加以注釋：

> 想像力形成形象顯現或具體意象。知解力綜合許多具體意象成
> 為抽象概念（邏輯的）或典型（藝術的集中化和概念化）。

　　葉燮的想像是想像出一個現實中所無之事，難於上青天、海水添
宮漏、春風不度玉門關，等等，就是孫紹振說的「假定情境」。而康
德的想像，不管怎麼翻譯，只是指把各種直觀現象綜合起來，統整起
來，似乎包含了一點葉燮、孫紹振的意思，但顯然不明確，很勉強。
朱光潛的「想像力形成形象顯現或具體意象」，是包含了這個虛構，
但這是朱光潛的意思，為康德補臺之意是不言而喻的。康德原文就是
不明確，所以李澤厚就乾脆說為自己的發揮，想像是一個變數。

　　總之，葉燮早於康德差不多一個世紀，不僅提出了想像，而且想
像的作用（虛構），比康德的「集合直觀」說得到位多了，完全符合全
部文學作品的表現規律，與今天文學理論完全無縫接軌。而想像、虛

---

72 康德著，宗白華譯：《判斷力批判》上卷，第九節（北京市：商務印書館，1963年
　　版，2016年印刷），頁49。

73 朱光潛著：《西方美學史》〈康德章〉（北京市：北京大學出版社，2002年），頁356。
　　下引文同。

構，孫紹振說的假定情境，美真錯位，是文學能成為文學的至關重要的關鍵。而且，葉燮不是從天而降的，是至少從嚴羽開始，歷經幾百年積累、傳承、發展，走到葉燮，發生質變，出現這非同凡響大突破。

還有「文飯詩酒」這一世界性的貢獻。還有許多雖然有各種欠缺，但都可能蘊含吉光片羽，乃至重大理論命題的文論觀。古人無疑有種種侷限，古代文論無疑有概念漂移、過於玄妙等等缺憾，繼承、批判、發展、創新，應該是今人對待一切文化遺產的科學態度，就像孫紹振先生，既吸納了古人的無理而妙豐富了他的錯位範疇，又提出了從「違反充足理由律」、「自相矛盾關係」、「突破辯證邏輯」等去發展無理而妙這一古老範疇。

我們決不抱殘守缺，固步自封，我們一如既往是面向世界的開放的態度、虛心的態度，但正如孫先生經常說的，像文本解讀，西方文論無所作為、放棄作為的地方，正是我們大有作為，大有用武之地的時候。在建構本土特色文本解讀學方面，我們尤其無需妄自菲薄，我們古人的傳統就是文本中心，就是解讀傳統，有許多的珍寶等待我們去發掘，讓飛天袖間的花朵落到地面，讓千年的古蓮重放異彩，在今天這個需要文化自信的新時代，我們應該像孫先生那樣，秉持「古為今用，洋為中用」的好傳統，共同建構我們的本土文學理論。

本章僅僅是對孫紹振先生「建構本土文學理論卓越探索」的粗淺勾勒。《文學創作論》、《文學文本解讀學》也只是孫先生建構本土文學理論進程中的重要探索，它是現在進行式，而不是過去式，《文學文本解讀學》的內容之一，就是呼籲人們共同為此重大工程添磚加瓦。孫先生最近發表於《光明日報》的文章說：「理論的民族創造性、原創性、亞原創性，不能指望成就於一時。這是需要幾代人共同努力才能完成的重要課題。」人們應當有這樣的自豪，我們將是這一宏偉工程的開創的一代。祝福我們自己吧！

作者簡介

賴瑞雲

　　福建師範大學文學院研究員、博士生導師。主要專長閱讀理論、語文教學論，較有影響的成果為混沌閱讀理論、多元有界解讀觀和文本解讀教學新論。《教育研究》發表論文五篇，《文藝理論研究》、《語文建設》等發表論文七十多篇；出版《混沌閱讀》、《文本解讀與語文教學新論》、《文本解讀與多元有界》等五部著作；擔任兩部中學語文教材副主編；獲國家級精品課程、國家級資源共享課、國家級教學成果二等獎，全國教育碩士優秀教師，全國首批、第三批和第四批教育碩士優秀論文指導教師獎等。

本書簡介

　　孫紹振文本解讀學是孫先生在其《文學創作論》，以及對六百篇（部）作品深入解讀的豐富實踐基礎上的開拓性原創學說，涉及孫氏著述近一千萬字。孫氏學說的核心是揭示創作奧秘，要義是實踐第一。其文學創作論曾直接影響莫言等著名作家。其解讀學的五百多篇論文、十幾部暢銷書、大量講座和兩部中學語文教材在兩岸語文界產生了重大反響。本書介紹了孫紹振解讀學的這一鮮明特色和重大影響；重點梳理了孫氏「十二法」文本解讀方法譜系；闡釋了孫氏創立的藝術形式重要新範疇；闡述了孫先生對東西方文論的研究和吸納，

對康德理論的借鑑和超越，對當代西方文論的批判；簡釋了孫先生由此創建本土文學理論的卓越探索。

福建師範大學文學院百年學術論叢・第四輯　1702D09

孫紹振解讀學簡釋

作　　者　賴瑞雲

總 策 畫　鄭家建　李建華

發 行 人　林慶彰

總 經 理　梁錦興

總 編 輯　張晏瑞

編 輯 所　萬卷樓圖書股份有限公司

　　　　　臺北市羅斯福路二段 41 號 6 樓之 3

　　　　　電話 (02)23216565

　　　　　傳真 (02)23218698

發　　行　萬卷樓圖書股份有限公司

　　　　　臺北市羅斯福路二段 41 號 6 樓之 3

　　　　　電話 (02)23216565

　　　　　傳真 (02)23218698

　　　　　電郵 SERVICE@WANJUAN.COM.TW

香港經銷　香港聯合書刊物流有限公司

　　　　　電話 (852)21502100

　　　　　傳真 (852)23560735

如何購買本書：

1. 劃撥購書，請透過以下郵政劃撥帳號：

　帳號：15624015

　戶名：萬卷樓圖書股份有限公司

2. 轉帳購書，請透過以下帳戶

　合作金庫銀行　古亭分行

　戶名：萬卷樓圖書股份有限公司

　帳號：0877717092596

3. 網路購書，請透過萬卷樓網站

　網址 WWW.WANJUAN.COM.TW

大量購書，請直接聯繫我們，將有專人為您服務。客服：(02)23216565 分機 10

如有缺頁、破損或裝訂錯誤，請寄回更換

版權所有・翻印必究

Copyright©2018 by WanJuanLou Books CO., Ltd.

All Rights Reserved　　　　Printed in Taiwan

國家圖書館出版品預行編目資料

孫紹振解讀學簡釋 / 賴瑞雲著.
-- 再版. -- 臺北市：萬卷樓, 2018.09
面；公分. --（福建師範大學文學院百年學術論叢・第四輯・第 9 冊）
ISBN 978-986-478-172-0（平裝）
1.孫紹振 2.學術思想 3.文學理論
820.8　　　　　　　　　　107014161

ISBN 978-986-478-172-0

2018 年 9 月再版

2017 年 12 月初版

定價：新臺幣 700 元